DROEMER

Über den Autor:
Noah Martin studierte Kunstgeschichte in Berlin und ist seitdem fasziniert von der Zeit der Renaissance und ihren Künstlern. Auf zahlreichen Reisen zu den Schauplätzen der italienischen Geschichte entstand die Idee für einen Roman um den Maler Raffael.
Noah Martin lebt und arbeitet in München.

NOAH MARTIN

Raffael

Das Lächeln der Madonna

Historischer
Roman

Besuchen Sie uns im Internet:
www.droemer.de

Aus Verantwortung für die Umwelt hat sich die Verlagsgruppe Droemer Knaur zu einer nachhaltigen Buchproduktion verpflichtet. Der bewusste Umgang mit unseren Ressourcen, der Schutz unseres Klimas und der Natur gehören zu unseren obersten Unternehmenszielen. Gemeinsam mit unseren Partnern und Lieferanten setzen wir uns für eine klimaneutrale Buchproduktion ein, die den Erwerb von Klimazertifikaten zur Kompensation des CO_2-Ausstoßes einschließt. Weitere Informationen finden Sie unter: www.klimaneutralerverlag.de

Eigenlizenz Dezember 2021
Droemer Taschenbuch
© 2020 Droemer Verlag
Ein Imprint der Verlagsgruppe
Droemer Knaur GmbH & Co. KG, München
Alle Rechte vorbehalten. Das Werk darf – auch teilweise – nur mit Genehmigung des Verlags wiedergegeben werden.
Redaktion: Katharina Naumann
Zitat im Prolog nach 1. Korinther 13,12
Zitat in Kapitel 30 entnommen aus:
Jürg Meyer zur Capellen: Raffael. Verlag C. H. Beck. München 2010
Covergestaltung: Guter Punkt, München
Coverabbildung: Collage unter Verwendung von Motiven von Getty Images Plus, Bridgeman Images und Shutterstock.com
Karte: Markus Weber, Guter Punkt
Satz: Adobe InDesign im Verlag
Druck und Bindung: GGP Media GmbH, Pößneck
ISBN 978-3-426-30755-7

2 4 5 3 1

*Für meine Familie –
die, die ich immer schon hatte,
und die, die ich gefunden habe*

Dramatis personae

(HISTORISCHE PERSONEN SIND
MIT EINEM * GEKENNZEICHNET)

Urbino

*Raffael Sanzio, *Maler*
*Giovanni Sanzio, *Raffaels Vater*
*Bernardina Sanzio, *Raffaels Stiefmutter*
*Bartolomeo Sanzio, *ein Geistlicher, Raffaels Onkel*
Fra Michele, *ein Laienbruder der Dominikaner*
Daniele Brandi, *Novize in Diensten Fra Micheles*
*Evangelista da Pian, *Maler aus Meleto, Schüler Giovanni Sanzios*
*Timoteo Viti, *Maler, Raffaels Vormund*
*Guidobaldo da Montefeltro, *Herzog von Urbino*
*Elisabetta Gonzaga, *Herzogin von Urbino*
*Giampietro Arrivabene, *Erzbischof von Urbino*
*Ludovico Odassio, *Gelehrter am Hof der Montefeltro*
Flavio Fizzoni, *ein Schüler Odassios*
*Fabrizio Fizzoni, *ehemaliger condottiere, im Dienst des Herzogs*
Andrea da Pesaro, *Jagdhüter des Herzogs*
Gabriel, Anna und Sofia, *Bauern aus Canveccia*

Faenza

*Cesare Borgia, *Sohn und Heerführer Papst Alexanders VI.*
*Vitellozzo Vitelli, *Söldnerführer in Diensten Cesare Borgias*
Lucca – *Vitellis Adjutant*
*Paolo Orsini und *Yves d'Allègre, Hauptleute in der Armee Cesare Borgias*

Perugia

*Pietro Vannucci, *genannt Perugino, Maler und Maestro einer großen Werkstatt*
Francesco und Giordano, *Lehrlinge Peruginos*
*Bernardino di Betto, *Maler und Mitarbeiter Peruginos*

Siena

*Margherita Luti, *Bäckerin*
Matteo Luti, *Küfnerlehrling, Margheritas Bruder*
*Francesco Luti, *Margheritas Vater*
*Guidoccio und *Giacomo Cozzarelli, *Handwerker*
*Pandolfo Petrucci, *Regent Sienas*
*Aurelia Borghese, *Pandolfos Frau*
*Borghese und *Flavio Petrucci, *Söhne von Pandolfo und Aurelia*
Piero Petrucci, *Richter, Bruder Pandolfo Petruccis*
Alessandro Petrucci, *Margheritas Sohn*

Flavio und Alessandra, *Nachbarn der Lutis in der contrada della Lupa*
Fra Severin und Fra Cione, *Mönche im Ospedale*
Emilia Folli, *Tochter eines Küfnermeisters in der contrada dell'Istrice*
Paolo, *ein Müllergeselle*

Venedig

*Sebastiano Luciani, *Musiker und Maler*
Safiye, *maurische Sklavin, Sebastianos Mutter*
Luciano Luciani, *Geschäftsmann, Sebastianos Vater*
Niccolò Grimani und Livio Contarini, *Söhne venezianischer Patrizier*
*Pietro Bembo, *venezianischer Patrizier und Gelehrter*

Florenz

*Agnolo Doni, *Tuchhändler*
*Maddalena Strozzi, *Agnolos Frau*
*Piero Soderini, *Staatsmann*
*Leonardo da Vinci, *Künstler und Universalgelehrter*
*Gian Giacomo Caprotti, genannt Salai, *Schüler Leonardos*
*Michelangelo Buonarroti, *Maler, Architekt und Bildhauer*
Laura Salviati, *Patriziertochter, Modell Raffaels*

Der Vatikan

*Rodrigo Borgia, *Papst Alexander VI.*
*Giuliano della Rovere, *Papst Julius II.*
*Giovanni de' Medici, *Papst Leo X.*
*Bernardo Dovizi, *Kirchenfürst aus Bibbiena*
*Giovanni Battista Orsini, *Kardinal*
*Alessandro Farnese, *Raffaele Riario, *Giovanni Colonna,
   *Domenico Grimani, *Giulio de' Medici, *Georges d'Amboise,
   Kardinäle
*Paris de Grassis, *päpstlicher Zeremonienmeister.*

Rom

*Felice della Rovere, *Tochter von Giuliano della Rovere und
   Lucrezia Normanni*
*Maria Dovizi, *Nichte Bernardo Dovizis*
*Michelotto, *Gefolgsmann Cesare Borgias*
*Donato Bramante, *Architekt aus Urbino, Förderer Raffaels*
Claudio Ganzoli, *Giulio Romano und *Gianfrancesco Penni
Schüler Raffaels
*Agostino Chigi, *Bankier*
*Francesca Ordeaschi, *Kaufmannstochter aus Venedig, Partnerin
   von Agostino Chigi*
*Albinia, *Kurtisane*

Ravenna

*Fernando d'Ávalos, *Kommandant der spanischen Reiterei*
*Ramón de Cardona, *spanischer Vizekönig von Neapel*
*Fabrizio Colonna, *Heerführer der päpstlichen Kavallerie*
*Pedro Navarro, *Kommandant der spanischen Infanterie*
Nando, *ein spanischer Soldat*

Weitere

*Niccolò Machiavelli, *Florentiner Politiker und Schriftsteller*
Felipe Alvarez Sanchez, *Abgesandter des Vizekönigs von Neapel*
*Gabriel de Guzmán, *Kommandant der spanischen Festung Medina del Campo*
*Oliverotto di Fermo, *Söldner in Diensten Cesare Borgias*
*Baldassare Castiglione, *Botschafter des Herzogs von Urbino in Rom und Schriftsteller*
*Marcantonio Raimondi, *Kupferstecher und Geschäftsmann*

Ein Hinweis zur Schreibweise:
 Raffael ist hauptsächlich unter seinem Vornamen bekannt, der in jeder Sprache leicht anders geschrieben wird. Im Italienischen lautet der Name Raffaello Sanzio, auf Deutsch wurde daraus oft Raffael Santi.
 Da ich ansonsten die italienischen Namen und Schreibweisen verwendet habe, habe ich mich entschieden, auch bei Raffael bei dem italienischen Nachnamen zu bleiben.

Teil 1

Teil I

Prolog

URBINO, AUGUST 1494

Jetzt sehen wir die Dinge noch unvollkommen, wie in einem trüben Spiegel, einmal aber werden wir alles in völliger Klarheit erkennen.
Als er zu den Hügeln um Urbino hinüberblickte, die die flirrende Hitze wie ein Zerrbild erscheinen ließ, dachte Daniele an den Korinthervers, den er am Morgen gelesen hatte.

Der Tag des heiligen Ignatius war der bisher heißeste in einem ohnehin zu trockenen Sommer, und obwohl die Glocken des Klosters Santa Chiara bereits zur Vesper läuteten, hatte die Glut des Tages bisher kaum nachgelassen. Wer es sich leisten konnte, hatte sich längst in schattige Innenhöfe und abgedunkelte Räume zurückgezogen. Und wer gezwungen war, sein Haus zu verlassen, bewegte sich so langsam wie möglich, um jede überflüssige Anstrengung zu vermeiden.

Danieles Meister, Fra Michele, hatte den ganzen Tag über das Haus verschlossen gehalten, um die Sonne auszusperren. Doch nun standen Türen und Fenster weit auf, um die kühle Abendbrise hereinzulassen, die hoffentlich bald von den Hängen des Apennin herabwehen würde. Daniele hegte die Hoffnung, dass mit dem Glockenläuten nicht nur das Tagwerk der Klosterschwestern, sondern auch sein eigenes getan wäre, und träumte bereits davon, ein kühles Bad im Bach zu nehmen.

Auf der Straße vor dem Haus führte ein alter Mann zwei mit Körben beladene Esel die steile Straße hinunter. *Vermutlich ein Bauer aus der Umgebung, der heute seine Ware zum Markt gebracht hatte*, dachte er. Die Felder rings um Urbino waren fruchtbar und ernährten ihre Besitzer gut; Danieles eigene Familie baute unweit der Stadt Wein an und lieferte den Verdicco fassweise an die Tavernen.

Die Esel ließen die Köpfe hängen und trotteten müde und unwillig hinter ihrem Führer her.

Umso mehr fiel Daniele ein Junge auf, der flink die staubige Straße hinauflief.

»Heilige Muttergottes, heute brennt die Sonne ja schlimmer denn je«, knurrte Fra Michele, der sich neben seinen Schüler gestellt hatte. »Bei dem Wetter gehen die Alten und Kranken noch schneller vor die Hunde als sonst. Wir können uns auf einen langen Tag einstellen.«

Fra Michele war ein Laienbruder vom Orden der Dominikaner und tat in Urbino das Werk des Herrn. Dazu gehörte es auch, den Kranken und den Sterbenden beizustehen. Der Junge, der sie nun fast erreicht hatte, kam vermutlich, um Fra Michele zu einem Patienten zu holen.

Er hatte zerschlissene Sandalen an den Füßen und trug ein braunes Hemd, darüber einen Kittel, und als er näher kam, waren darauf feine Farbspritzer zu erkennen. Daniele vermutete, dass er kaum älter war als er selbst, vielleicht dreizehn oder vierzehn Jahre.

»Fra Michele«, rief der Junge außer Atem, als er sah, dass die Tür zum Haus offen stand. »Bitte, Ihr müsst sofort mit mir kommen.«

Daniele wusste, dass sein Meister nicht allzu wohlwollend reagierte, wenn man ihn zu etwas nötigen wollte, und war deshalb nicht überrascht, als dieser den Jungen anfuhr: »Muss ich das sofort, *stupido*? Oder willst du mir zuerst sagen, zu wem du mich rufen willst, damit ich die richtige Arznei einpacken kann?«

Der Junge blickte Fra Michele aus großen Augen an. Der Laienbruder überragte die meisten Menschen um Haupteslänge und musste sich schon seit geraumer Zeit keine Tonsur mehr scheren, da sein Kopf völlig kahl war. Seine Gestalt konnte zusammen mit dem durchdringenden Blick recht einschüchternd wirken.

»Ich ... ich«, stammelte der Junge, doch dann schlug er demütig die Augen nieder und trug sein Anliegen in einer angemesseneren Form vor. »Es ist mein Herr, Messere Sanzio«, sagte er, und es fiel ihm sichtlich schwer, ausreichend Luft zu holen, um zu atmen und zu sprechen. »Das Fieber, das ihn plagt, ist zurückgekommen, und seit dem Nachmittag ist er nicht mehr klar im Kopf und so heiß wie der Herd in unserer Küche.«

Fra Michele nickte bedächtig. Anteilnahme zeigte sich auf seinen Zügen. »Giovanni, eh?«, murmelte er. »Warte hier. Ich komme gleich.«

Er verschwand im Haus und begann, seine Kräuter, Tinkturen und Apparate zu durchstöbern. Wenige Augenblicke später war er wieder da, mit einer abgewetzten Ledertasche in der Hand, die er Daniele übergab. »Hier, nimm den Rucksack und komm. Trödel nicht.«

Daniele dachte für einen Augenblick wehmütig an das kühle Bad, das er eigentlich hatte nehmen wollen, bevor Meister Sanzios Gehilfe erschienen war, schob den Gedanken daran aber gleich reumütig zur Seite. *Herr Jesu, verzeih mir meine Selbstsucht.*

»Er hat sich das Fieber im letzten Jahr aus Mantua mitgebracht«, erklärte sein Meister, während sie eilig die Straße hinabliefen. »Und er hat sich nicht mehr richtig davon erholt. Bisher war jeder Anfall schlimmer als der letzte, sodass ich wenig Hoffnung habe. Weiß der Herzog schon von Messere Sanzios Zustand?« Der Junge schüttelte jedoch nur den Kopf, vermutlich, weil er noch immer außer Atem war.

Da Meister Sanzio in Urbino ein bekannter Mann war, wusste Daniele natürlich, dass er eine Werkstatt leitete, die ganz der Unterhaltung des jungen Herzogs Guidobaldo da Montefeltro diente. Sanzio malte für den Herzog und plante dessen Festlichkeiten, aber Daniele hatte nicht gewusst, dass er dem Herrn der Stadt so nahestand – oder dass er schwer krank war.

Zwei Jahre waren vergangen, seit Danieles Eltern ihn als Lehrling in Fra Micheles Obhut gegeben hatten, damit er von ihm genügend lernte, um später ein Priesterseminar zu besuchen. Er hatte vier ältere Brüder und daher keine Aussicht, das Weingut seiner Eltern zu übernehmen. In dieser Zeit hatte Danieles Meister ihn zwar oft zu seinen Patienten mitgenommen, genauso oft hatte er aber auch darauf bestanden, dass er im Haus blieb und seine Studien vorantrieb.

Nach einem kurzen Stück Weg verbreiterte sich die Straße zu einem Platz, an dem zur Linken die Kirche San Domenico und zur Rechten der Palast lag, dessen Mauern so hoch waren, dass sie einen Gutteil des Platzes in wohltuenden Schatten hüllten. Der Vater des jetzigen Herzogs hatte den prächtigen Palazzo errichten lassen, aber seit seinem Tod war daran nicht weitergebaut worden. In den höheren Stockwerken konnte man erkennen, dass die zierlichen Fensterbögen noch nicht vollendet waren. Die beiden Türme, die zur anderen Talseite zeigten, verkündeten aber schon den Ruhm der Familie Montefeltro. Fra Michele hatte Daniele erzählt, dass alle Fürsten der Marken die Stadt Urbino um den großartigen Bau beneideten. Von hier aus ging die Straße nur noch ein kurzes Stück bergab, um dann wieder steil anzusteigen.

Schließlich erreichten sie ein dreistöckiges Bürgerhaus. Obwohl sie keinen weiten Weg zurückgelegt hatten, lief Daniele der Schweiß den Rücken hinab, und er war ebenso außer Atem wie der Bote zuvor. Zwei Holztüren führten ins Innere des Hauses; eine kleine, die der Botenjunge nun öffnete, und ein breites Tor, das bereits halb offen stand. Daniele erhaschte einen Blick auf Holzrahmen, Staffeleien und bemalte Leinwände, die *bottega* von Maestro Sanzio.

Über eine enge Treppe gelangten sie ins erste Stockwerk und von dort in die Küche, in der ein großer Eichentisch und Stühle standen. Durch ein Fenster strömte frische Luft in den Raum, die jedoch von einer offenen Feuerstelle wieder erwärmt wurde. Vielleicht ein Dutzend Jungen und junge Männer hatte sich hier versammelt; sie saßen am Tisch oder unterhielten sich im Stehen miteinander. Zwei Mägde liefen zwischen ihnen umher und verteilten Suppe, Brot und Wein. Als Daniele und Fra Michele eintraten, verstummten alle Gespräche, und man sah sie überrascht an.

»Wo ist Messere da Pian?«, fragte der Junge, der sie hergeführt hatte, und ein Knabe von vielleicht zehn Jahren antwortete: »Er ist nach oben gegangen.« Der Junge führte sie auf einen Hof, auf dem sich ein in Stein gefasster Brunnen befand. Auf der anderen Seite führte eine offene Tür in den hinteren Teil des Gebäudes, wo sie schließlich ein Schlafgemach erreichten – das Krankenzimmer. An der Wand entdeckte Daniele eine große Truhe und einen geschnitzten Betstuhl, sonst gab es hier keine Möbel. Die Fensterläden waren verschlossen, die Luft war schal und stickig.

Der Patient lag in einem reich verzierten Bett. Dessen Vorhänge waren auf allen Seiten zurückgezogen und gaben den Blick auf einen etwa fünfzigjährigen Mann frei. Giovanni Sanzio war wohl einmal von beeindruckender Statur gewesen; jetzt wirkte er ausgemergelt. Sein Gesicht war eingefallen, schwere Tränensäcke lagen unter seinen Augen. Graues Haar hing ihm wirr ins Gesicht, und sein Atem klang rasselnd. Von seinem Körper stieg ein stechender Geruch nach Schweiß und Urin auf. Es lag auf der Hand, dass der Mann an schwerem Siechtum litt.

Bei ihm waren eine junge Frau, die ein dunkelgrünes Kleid trug und ihr Haar unter einer ebensolchen Haube verborgen hatte, und ein hagerer Bursche mit einem lichten, krausen Bart. Außerdem entdeckte Daniele zu seiner Überraschung Vater Bartolomeo von San Donato, einen untersetzten Priester, den er von Besuchen des Gottesdienstes mit seinen Eltern kannte, die zu dessen kleiner Gemeinde gehörten.

Fra Michele begrüßte die Anwesenden, die ohne Umstände vom Bett zurückwichen, um Platz zu machen. Der Junge, der sie hergebracht hatte, verließ auf einen Wink der Frau hin eilig den

Raum. Der Laienbruder beugte sich über den Mann im Bett. Er legte ihm eine Hand auf die Stirn, schob die Augenlider hinauf und blickte in die Pupillen. Schließlich hob er eine wachsbleiche Hand von der schweißfeuchten Decke, die schlaff zwischen seinen Fingern hing.

»Giovanni«, sagte er dann »Giovanni, kannst du mich hören?«

Aber der Angesprochene reagierte nicht.

»Wie lange ist er schon in diesem Zustand?«, fragte Fra Michele die Umstehenden.

»Heute Morgen hatte er schon hohes Fieber«, antwortete ihm die Frau. »Und dann haben sich seine Gedanken verwirrt. Und jetzt antwortet er gar nicht mehr!« Den letzten Satz brachte sie in einem beinahe anklagenden Ton hervor.

Fra Michele streckte die Hand aus, und Daniele reichte ihm seine Tasche. Er nahm zwei Dinge heraus: eine Schüssel und ein eisernes Instrument von einem Handspann Länge, an dessen Seite sich eine Klinge befand. Die Schüssel reichte er Daniele.

»Halt still«, ordnete er an, und Daniele hielt die Schale, so ruhig er konnte, unter den Arm des Patienten, während sein Meister die Klinge an der Vene ansetzte und sie mit einem kräftigen Schlag durch die Haut trieb.

Rasch ergoss sich ein Schwall roten Blutes über den Arm, den Daniele mit der Schüssel auffing. Giovanni Sanzio gab ein Stöhnen von sich, zeigte aber sonst keine Reaktion.

»Ich fürchte, dass es mit ihm zu Ende geht«, sagte Fra Michele mit Bedauern in der Stimme. »Aber vielleicht fließt genügend schlechtes Blut ab, damit er noch einmal aufwacht; das liegt ganz bei Gott.« Er wandte sich an Vater Bartolomeo: »Würdet Ihr ihm die Sakramente spenden?«, fragte er.

Der Priester schluckte. Seine Finger strichen nervös über den hölzernen Rosenkranz, den er in der rechten Hand hielt. »Mein Bruder soll die Letzte Ölung von mir empfangen«, antwortete er schließlich. »Wenn es so weit ist.«

Erst jetzt fiel Daniele auf, dass es zwischen dem ausgezehrten Mann im Bett und dem Priester trotz der unterschiedlichen Leibesfülle tatsächlich eine gewisse Ähnlichkeit gab, die er zuvor nicht bemerkt hatte.

Im Gesicht der jungen Frau sah man Trauer, aber da war auch noch ein anderer, ein harter Zug um ihren Mund. »Dann sollte ich wohl Elisabetta holen.«

Vater Bartolomeo drehte sich zu ihr um. »Vor allem solltest du den Jungen holen, Bernardina. Er ist wenigstens schon alt genug, um zu begreifen, was mit Giovanni geschieht. Anders als die kleine Elisabetta.«

Der bittere Zug um ihren Mund verstärkte sich noch. Es schien, als wolle sie etwas erwidern, aber dann nickte sie nur und verließ den Raum.

Mittlerweile hatte sich die Schüssel mit dem Blut beinahe vollständig gefüllt. Fra Michele nahm das Flebotomum vom Arm des Patienten.

Der hagere Mann mit dem krausen Bart, der bislang stumm geblieben war, trat vom Bett zurück, ging zu einem der Fenster und schlug die Läden zurück. »Es ist ein wenig abgekühlt«, stellte er mit einer erstaunlich tiefen Stimme fest, und öffnete dann auch das zweite Fenster.

Ob es am Aderlass oder an der frischen Luft lag, jedenfalls kehrte ein wenig Leben in den geschundenen Körper von Giovanni Sanzio zurück. Er stöhnte erneut und schlug die Augen auf. Sein Blick wanderte von einem zum anderen, doch er schien niemanden zu erkennen.

Auf der Treppe erklangen Schritte, und dann kam Bernardina zurück. Sie trug ein Kleinkind auf dem Arm, das in eine bestickte Decke gehüllt war.

»Wo ist Raffael?«, fragte Vater Bartolomeo streng, als sie den Raum betrat.

»Ich konnte den Jungen nicht finden«, gab sie mürrisch zurück.

»Himmel, Bernardina! Dein Mann liegt auf dem Sterbebett.

Kannst du nicht einmal heute deine Abneigung gegen seinen Sohn verbergen?«

Die Frau presste die Lippen aufeinander, schwieg aber.

»Wir lassen Euch allein«, entschied Fra Michele und nickte Daniele zu.

»Ich werde ebenfalls gehen«, sagte der Hagere und schloss sich ihnen an, als sie den Raum verließen.

»Ich bin Evangelista da Pian«, stellte sich der Mann vor, als sie den Treppenabsatz erreichten. Obwohl er gewiss kaum älter als dreißig sein konnte, war sein dunkelblondes Haar bereits ebenso schütter wie sein Bart. »Ich bin Maestro Sanzios Stellvertreter und beaufsichtige die Lehrlinge in der Werkstatt.«

Fra Michele nickte freundlich. Da Pian ließ ihnen auf der Treppe den Vortritt. »Es ist eine Schande«, sagte er mit belegter Stimme. »Wenn Giovanni wirklich stirbt, was soll dann aus der Werkstatt werden?«

»Das wird sich finden«, entgegnete Danieles Meister. »Vertraut darauf, dass Euch der Herr in dieser Stunde beisteht. Und Vater Bartolomeo ist ein tüchtiger Mann; er wird sich gewiss um Giovannis Erbe kümmern.«

»Vater Bartolomeo ist wirklich ein guter Mann, aber er und Meister Sanzios Weib sind sich spinnefeind. Sie hat kein Herz für die Lehrlinge und wäre sicher froh, die Werkstatt vom Hals zu haben.«

»Und was ist mit Giovannis Jungen? Mit Raffael?«

»Den hasst sie noch mehr als die Werkstatt, glaubt mir. Auch wenn Magia Ciarla schon lange unter der Erde liegt, hat Bernardina nie ein gutes Wort über Giovannis erste Frau verloren. Und der Junge steht zwischen ihr und dem Erbe.«

Fra Michele schüttelte bedächtig den Kopf, als könne er nicht verstehen, was da Pian ihm schilderte.

Sie traten in den Hof hinaus, der mittlerweile vollständig im Schatten lag. Aus dem geöffneten Küchenfenster drang das leise Gemurmel der Lehrlinge.

»Wollt Ihr mich begleiten und noch einen Becher Wein trinken?«, bot da Pian an. »Dann kann ich Euch auch für Eure Mühen entlohnen.«

»Dank Euch«, antwortete Fra Michele, dann wandte er sich an Daniele, der noch immer die Schüssel mit dem Blut in der Hand hielt. »Leer die Schale draußen aus, und mach sie sauber, ja?« Er öffnete den Rucksack und gab seinem Lehrling den Lappen, in den er die Geräte für den Aderlass einzuwickeln pflegte. »Und dann komm ins Haus.«

Daniele nickte und tauchte eine Ecke des Tuchs in den Brunnen. Dann ging er die Treppe hinunter nach draußen, wo er den Inhalt der Schüssel auf das staubverkrustete Straßenpflaster goss. Das dunkelrote Blut mischte sich mit dem Dreck, bildete ein rotes Rinnsal. Es rann schwerfällig um die Kiesel und versickerte dann in den Fugen zwischen den Steinen.

Eigentlich hätte er nun zu seinem Meister und da Pian in die Küche gehen sollen, doch die halb offene Werkstatttür erregte seine Neugier. Unschlüssig biss er sich auf die Lippe, aber die Untugend war stärker als sein Gehorsam. *Nur einen kurzen Blick*, versuchte er sich selbst zu überzeugen.

Daniele ließ die Schüssel und den Lappen auf der Schwelle der Haustür stehen und ging zu dem angrenzenden Gebäude. Darin herrschte Dämmerlicht. Tagsüber war es in dem großen Raum gewiss sehr hell. Vor einem der großen Fenster stand ein gewaltiges Tafelbild, auf dem bereits die Umrisse des gekreuzigten Christus zu erkennen waren. Zu seinen Füßen saßen zwei Frauen, unzweifelhaft Maria und Maria Magdalena.

Neben dem Tafelbild stand ein Schemel, und darauf saß ein zierlicher Junge. Er war höchstens ein oder zwei Jahre jünger als Daniele. Unter einer Samtkappe fielen ihm dunkle Haare auf die Schultern, und als Daniele die Werkstatt betrat, starrte er ihn aus großen Augen an, die in dem schwindenden Licht beinahe schwarz wirkten.

»Du bist Raffael, oder?«, fragte Daniele leise.

Er nickte.

Daniele räusperte sich. »Mein Meister sagt, dass es deinem Vater sehr schlecht geht. Sie haben schon nach dir gesucht.«

Der Junge senkte den Blick und schluckte, bevor er antwortete. »Ich weiß. Aber ich will nicht zu ihm gehen.«

Verblüfft sah Daniele den Jungen an. »Wieso?«

»Ich habe Angst«, sagte dieser, fast flüsternd. »Vor dem kranken Mann, der er jetzt ist. Und davor, dass er nie mehr sein wird wie früher.«

Für dich wird wohl gar nichts mehr sein wie früher, dachte Daniele. Aber noch bevor er etwas antworten konnte, wurden sie unterbrochen.

»Raffael? Raffaelino?«

Vom Eingang der Werkstatt her erklang eine Stimme, und einen Augenblick darauf erschien die Gestalt von Vater Bartolomeo in der Tür.

»Ich wusste doch, dass ich dich hier finden würde.«

Als er Daniele sah, runzelte er die Stirn und warf ihm einen prüfenden Blick zu, sagte aber nichts.

Raffael legte etwas auf den Schemel und ging auf seinen Onkel zu. Dieser umschloss die Schulter des Jungen mit einem festen Griff. »Komm jetzt«, sagte Bartolomeo. »Du musst dich von deinem Vater verabschieden.« Damit gingen beide zur Tür hinaus.

Auf dem Schemel, auf dem der Junge gesessen hatte, lag ein Kohlestift, den er wohl eben dorthin gelegt hatte. Daneben lag auf einem Brett ein Stück Papier. Darauf war die Zeichnung eines Mannes zu sehen, Kopf und Oberkörper. Es war eindeutig Giovanni Sanzio, aber nicht der Mann, den er noch vor Kurzem gesehen hatte, sondern so, wie er gewesen sein musste, bevor ihn das Fieber befallen hatte. Ein kräftiger Mann mit dunklem Haar und Falten um die Augen und mit vollen Lippen, die sich zu einem Lächeln kräuselten.

Das Bild war von erstaunlicher Kunstfertigkeit, und der Mann darauf wirkte ganz und gar lebensecht. Daniele fragte sich erstaunt, ob der Junge es allein angefertigt hatte. Er selbst konnte kaum ein Haus zeichnen oder eine Blume.

Er wusste selbst nicht zu sagen, was ihn antrieb, aber er rollte das Papier zusammen und schob es vorsichtig in den Ärmel seines Hemdes, bevor er Bartolomeo und Raffael aus der Werkstatt hinausfolgte.

Kapitel 1

URBINO, DEZEMBER 1499
FÜNF JAHRE SPÄTER

Raffael schreckte mit einem Ruck aus dem Schlaf auf und hatte für einen Moment jegliche Orientierung verloren. Wo war er? Was war das für ein Raum? Dann kehrten die Erinnerungen zurück. *Dein Zimmer. Du kennst den Raum gut, du bist zu Hause,* versuchte er sich selbst zu beruhigen. Zwei Atemzüge später konnte er die Konturen des Zimmers und der Möbel im Schein des gedämpften Lichtes ausmachen, das aus dem angrenzenden Raum herüberschien. Draußen war es noch dunkel, die Stunde, in der die Nacht am tiefsten war und es schien, als könnte es niemals Morgen werden.

In der Dunkelheit lauschte Raffael auf den wilden Schlag seines Herzens, versuchte, seinen Atem zu beruhigen. Er hatte von seinem Vater auf dem Totenbett geträumt, von dem wächsernen Gesicht, dem er einen Kuss auf die Stirn gegeben hatte, weil sein Onkel Bartolomeo es ihm gesagt hatte. Es kam nicht mehr oft vor, dass er von Giovanni träumte, aber von Zeit zu Zeit geschah es, und immer auf diese Weise. Er wachte auf, ohne zu wissen, wo er war, aber immer beherrschte ihn danach ein einziger Gedanke: *Das also ist der Tod.*

Er erinnerte sich kaum an seine Mutter, die bei der Geburt seiner Schwester gestorben war. Nur an die Schreie, die in dem Haus widerhallten, und an ihr Gesicht, das so bleich wie Marmor gewesen war, als er sich von ihr verabschiedet hatte. Der Tod war ein Meister, der alle Farben mit sich nahm. Er kannte keine Würde und ließ nur eine erstarrte Hülle zurück, die Raffael kaum hatte ansehen können. *Und so endet jeder von uns – als kaltes Wachs auf einem stinkenden Laken.*

Vom Fenster her strömte kühle Luft in sein Zimmer, aber ihm war zu warm unter der schweren Daunendecke, die nur im Winter Verwendung fand, und sein Mund fühlte sich trocken an. Er tastete nach der Kerze, die neben seinem Bett stand, schob die Decke beiseite und stand auf. Jede Unebenheit des Fliesenbodens unter seinen nackten Füßen war ihm vertraut. Er ging mit der Kerze in der Hand in den angrenzenden Raum und entzündete sie an der Glut der letzten verglühenden Kohlen im Kamin. Er fand auch einen Krug mit Wasser und trank in langen Zügen.

Sein Herzschlag hatte sich inzwischen beruhigt, und er hob und senkte die Kerze, um zu sehen, wie ihre Flamme das Zwielicht veränderte, das in dem großen Raum herrschte. Der Kerzenschein malte Bilder an die Wände, und als Raffael die Flamme bewegte, verzerrten und verformten sich die Schatten, als ob sie ein eigenes Leben besäßen.

Er kehrte in sein Zimmer zurück. Auf dem kleinen Tisch, der an der Wand stand, lagen eine Mappe mit ledernem Einband und zahlreichen losen Blättern sowie ein Silber- und ein Kohlestift.

Damit kletterte er zurück in das Bett, zog die Knie unter das weite Hemd, ließ aber die Decke beiseite. Die Kerze spendete wenig Licht, aber das machte nichts. Ein Oval für den Kopf, eine vertikale Linie in der Mitte, eine horizontale Linie, auf der die Augen liegen sollten, eine unter der Nase, eine über dem Kinn, so wie sein Vater es ihn gelehrt hatte.

Zug um Zug entstand ein Gesicht, ein freundliches, weibliches Gesicht, mit weichen Zügen und einem tröstlichen Lächeln.

Raffael wusste, dass die Erinnerung an seine Mutter bruchstückhaft war. Er wusste, dass dieses Bild ihr ähneln würde, aber ebenso auch Antonia, die in der Küche des Hauses arbeitete, und auch der Statue der Muttergottes im Dom mit ihrem milden Lächeln, die er schon immer gern betrachtet hatte.

Anders als der Sohn der Madonna, der Schmerzensmann,

hatte die Jungfrau stets so gewirkt, als könnte all ihr eigenes Leid sie nicht davon abhalten, sich dennoch die Gebete all jener anzuhören, die sie mit ihren Sorgen behelligten.

Das Gesicht nahm allmählich Form an. Er zeichnete Locken, die sich unter einem Schleier hervorkringelten.

Und irgendwann, als Raffael gerade den Hals skizzierte, fiel das erste Licht der Morgendämmerung durch das Fenster und brachte die Farben zurück in die Welt.

Er hielt inne und blies die Kerze aus, die beinahe vollständig heruntergebrannt war. Dann warf er noch einen Blick auf das Papier und legte das Skizzenbuch auf die Erde. Schließlich zog er die Decke über sich und schlief wieder ein.

»Du siehst müde aus, Raffaelino«, stellte Antonia fest, stellte eine Schüssel mit Grütze vor ihn hin und strich ihm dann über die Haare.

Er war zu alt für beides, für die Geste und dafür, mit seinem Kosenamen angeredet zu werden, das stand fest, aber Antonia, die schon hier im Haus arbeitete, seit er denken konnte, hätte sich ohnehin weder das eine noch das andere verbieten lassen, also verzichtete er auf seinen Protest. »Es ist nichts, ich habe nur nicht gut geschlafen.«

»Warst du bei einem Mädchen?«

Er hob den Kopf und sah sie an. »Das geht dich überhaupt nichts an – und nein: Ich war hier.«

»Schon gut, schon gut.« Antonia hob beschwichtigend die Hände und wechselte das Thema. »Hast du heute Morgen Unterricht? Oder gehst du in die Werkstatt?«

»Unterricht«, nuschelte er zwischen zwei Löffeln Grütze. »Und wenn ich mich nicht beeile, wird Messere Odassio mir das Fell über die Ohren ziehen.«

Die Tür öffnete sich, und Bernardina kam in die Küche.

»Hier bist du also«, stellte sie fest. Raffael blickte erstaunt auf. Normalerweise bemühte sich seine Stiefmutter, ihm aus dem Weg zu gehen.

»Ja?«, entgegnete er deshalb vorsichtig.

»Wir müssen etwas besprechen. Es sind Rechnungen zu begleichen«, begann sie ohne Umschweife. Sie sah aus, als wollte sie ausgehen. Die Haare hatte sie zu einem Knoten zurückgebunden und darüber einen Schleier gelegt. »Der Tuchmacher will Geld haben, ebenso der Händler, der euch immer die Steine und Erden und das ganze Zeug bringt. Der Bäcker und der Ölhändler auch. Die Werkstatt verschlingt Unsummen, und die Lehrlinge haben daran einen großen Anteil.«

Bernardina setzte sich nicht, sondern blieb mit verschränkten Armen vor ihm stehen und sah auf ihn herab. Ihr Blick war Raffael unangenehm, also schob er die Reste seines Frühstücks von sich und stand ebenfalls auf.

»Wie viel ist es denn?«, fragte er.

»Beinahe zwanzig Dukaten.«

»So viel? Wie kann das sein?«

»Tuch ist teurer geworden, seit die Franzosen Mailand eingenommen haben. Alles kostet mehr, weil die Händler immer häufiger Umwege fahren müssen, um den Söldnerbanden des Papstsohns zu entgehen«, gab Bernardina zurück. Dann presste sie die Lippen zu einem schmalen Strich zusammen.

Raffael wusste, dass sie damit recht hatte. Seitdem Cesare Borgia, der Sohn des Papstes, die Kardinalsrobe abgelegt hatte, um in Frankreich die Nichte des Königs zu heiraten, und dann mit den französischen Truppen nach Italien zurückgekehrt war, um Mailand anzugreifen, fürchteten sich viele Herzogtümer Oberitaliens vor einem Kriegszug gegen ihre Städte und Liegenschaften. Niemand fühlte sich mehr auf den Straßen sicher.

Er versuchte, seine Gedanken zu ordnen. Bernardina und ihm standen je die Hälfte der Einnahmen aus Giovanni Sanzios Werkstatt zu, die sie gemeinsam verwalteten, aber sie waren von Anfang an nur schlecht miteinander ausgekommen. Üblicherweise versuchte ihn sein Onkel Bartolomeo, bei der Verwaltung des Geldes zu unterstützen, aber Bernardina hatte ihn sicher nicht ohne Grund heute Morgen alleine abgepasst.

»Wir sollten die Werkstatt verkleinern. Kann da Pian nicht mit der Hälfte an Lehrlingen auskommen?«, fragte sie, nicht zum ersten Mal.

»Wir brauchen die Lehrlinge, damit wir auch größere Aufträge annehmen können«, erwiderte Raffael. Diese Diskussion hatten sie schon oft geführt.

»Alles Geld in diesem Haus fließt in die Werkstatt. Wir füttern ein halbes Dutzend dummer Jungen durch, die nichts dazu beitragen, auch nur einen Dukaten im Jahr zu verdienen.«

Das war eine Ungerechtigkeit, und er war sich sicher, dass Bernardina das genau wusste. Evangelista achtete sehr genau darauf, nur Lehrjungen aufzunehmen, die ebenso Talent wie Fleiß mitbrachten. *Aber konnte der Rest wahr sein? Ging ihnen das Geld aus, weil der lange Schatten des Krieges allmählich auch Urbino erreichte? Oder übertrieb Bernardina, um ihren Willen durchzusetzen?*

Der Herzog hatte glücklicherweise auch nach dem Tod seines Vaters einige Bilder bei ihnen in Auftrag gegeben, und dank der unermüdlichen Arbeit von Evangelista da Pian waren ihre Werke auch in den umliegenden Marken bekannt. Noch konnten sie sich über mangelnde Aufträge nicht beklagen, aber die Bedrohung durch den Feldzug Cesare Borgias sorgte dafür, dass immer mehr Städte in der Umgebung ihr Geld lieber in starke Mauern und Söldner investierten statt in Kunstwerke.

Er schüttelte den Kopf; er konnte diese Entscheidung nicht treffen. »Bernardina«, begann er, »wenn wir wirklich große Geldsorgen haben, sollten wir mit Bartolomeo darüber reden.«

»Bartolomeo?« Der Gesichtsausdruck seiner Stiefmutter verfinsterte sich. »Wenn es nach ihm ginge, müssten Elisabetta und ich betteln gehen.«

»Das ist nicht wahr«, entgegnete Raffael geduldig. Er wusste, dass es keinen Zweck hatte, mit Bernardina zu streiten, wenn sie sich erst einmal in Zorn geredet hatte. Und er musste wirklich gehen.»Weißt du was? Bezahl die Händler. Aber über alles andere sprechen wir später, ja?«, sagte er.

Bernardina nickte, aber er konnte sehen, dass sich ihre Stimmung keinesfalls aufgehellt hatte.

* * *

Obwohl er die kurze Strecke durch den kalten Morgen bis zum Palast rannte, kam Raffael zu spät im *studiolo* an, in dem er dank der Großzügigkeit des Herzogs zusammen mit einigen anderen Jungen aus Urbino und den Söhnen einiger Mitglieder des Montefeltro-Haushalts Unterricht in Latein, Theologie und Philosophie erhielt.

Ihr Lehrer, Ludovico Odassio, warf ihm einen erzürnten Blick zu, als er hastig seinen Mantel auszog und sich setzte, sagte aber nichts, sondern fuhr in seinen Ausführungen fort.

»Aristoteles lehrt uns, dass die Seele das Leben ausmacht, während ihr der Körper nur als Form dient«, erklärte Odassio seinen Schülern, die mehr oder weniger aufmerksam vor ihm auf den Bänken des Studierzimmers saßen.»Die Seele verhält sich zum Körper, wie sich die Form einer Statue zu der Bronze verhält, aus der sie gegossen wird. Anders als Platon jedoch zog Aristoteles die Unsterblichkeit der Seele in Zweifel.«

Mit einem Zeigestock deutete der Lehrer bei diesen Worten auf die Bilder der beiden Denker, mit denen die Nordwand des kleinen Raumes geschmückt war. Auch die übrigen Wände des Studierzimmers zeigten Reihen bedeutender Männer: Seneca, Cicero, Dante und Hippokrates, ebenso wie wichtige Kirchenmänner, arabische Gelehrte und ein Bild des verstorbenen Herzogs Federico. Der ganze Raum war den Künsten der Mathematik, der Astronomie, der Musik und der Lyrik gewidmet.

Obwohl Aristoteles' Ideen für ihn zu den interessanteren Dingen gehörten, die ihr Lehrer ihnen beizubringen versuchte, war Raffael an diesem Nachmittag nicht richtig bei der Sache und hörte nur mit halbem Ohr zu.

Seine Gedanken waren bei dem Altarbild für die Schwestern der heiligen Chiara, für das die Werkstatt gerade einen lukrativen Auftrag erhalten hatte. Evangelista hatte ihm versprochen, dass er endlich einmal mehr als nur die Zuarbeit übernehmen durfte.

Während er noch versuchte, sich auf die Idee von Bronze und Statue zu konzentrieren, kam ihm eine Idee. Das Marienbild, das ihm bislang eher unscheinbar und gewöhnlich erschien, brauchte eine andere Farbgebung. Der Mantel aus kostbarem Blau, mit dem die Jungfrau üblicherweise dargestellt wurde, nahm zu viel Raum ein und ließ alle anderen Farben verblassen. Deshalb musste der Mantel schmaler werden und mehr wie ein Rahmen für die anderen Farben wirken.

Seine Finger trommelten auf der dunklen Holzbank herum. Er wartete ungeduldig darauf, dass der Unterricht endete. Im Geist ging er die Farben durch, die sich in der Werkstatt befanden, und stellte sich das Bild in den einzelnen Tönen vor. Zu gerne hätte er es gleich ausprobiert und ...

»Nun, Messere Sanzio, und welcher Teil der Seele macht den Menschen aus?« Die Stimme riss ihn aus seinen Gedanken.

Raffael blickte auf. Ludovico Odassio stand direkt vor ihm, die buschigen Augenbrauen so stark zusammengezogen, dass sie sich über der Nase berührten. Kein gutes Zeichen.

»Ich weiß es nicht«, antwortete er ehrlich.

»Weil du mir nicht zugehört hast«, donnerte Odassio und schlug mit dem Stock auf Raffaels Hand, die noch immer auf der Bank lag. Raffael riss sie erschrocken hoch.

»Messere Fizzoni, wisst Ihr es?«, wandte sich Odassio an den Jungen, der rechts von Raffael saß.

Flavio Fizzoni zuckte mürrisch mit den Schultern, während Raffael unauffällig seine Hand ausschüttelte. Er war glimpflich davongekommen; normalerweise zeigte ihr Tutor seinen Ärger viel ausgiebiger.

Odassio holte gerade erneut mit seinem Stock aus, als sich Daniele zu Wort meldete. »Die Geistseele«, murmelte der blonde Junge.

Der Gelehrte ließ den Stock sinken und nickte. »Richtig, Brandi«, sagte er. »Um Vortrefflichkeit zu erlangen, müsst ihr eure Geistestugenden ausbilden«, ermahnte er die Schüler und deutete nacheinander auf die Darstellung der Tugenden des Florentiners Botticelli in den vier Ecken des Raumes. »Verstand fällt nicht vom Himmel.«

Raffael warf Daniele einen anerkennenden Blick zu. Er war immer wieder erstaunt, wie leicht dem Priesterschüler das Lernen fiel.

Meister Odassio schüttelte den Kopf. »Aber genug für heute«, sagte er mit versöhnlicherer Stimme. »Geht, bevor es dunkel wird.«

Ein kalter Wind wehte über den Platz vor dem Palast, und Schneeflocken wirbelten umher, als Raffael auf die Straße trat. Der Winter hatte in diesem Jahr ungewöhnlich früh und ungewöhnlich heftig Einzug gehalten. Sonst schneite es selten vor Weihnachten, aber heute lag Urbino bereits seit einer Woche unter einer dichten weißen Decke, und es war erst der St.-Nikolaus-Tag.

»He, Sanzio.« Flavio Fizzoni verstellte Raffael den Weg, kaum dass sie zwei Schritte vom Palast entfernt waren. Raffael sah ihn argwöhnisch an. Er hatte keinen Streit mit Fizzoni, aber dieser hatte Ärger mit der halben Werkstatt. Was war es diesmal?

Fizzoni hob eine geballte Faust und zielte auf Raffaels Gesicht. »Wenn ich dich noch einmal in der Nähe meiner Schwester sehe, bringe ich dich um«, stieß er hervor.

Verdammt!, schoss es Raffael durch den Kopf. *Bei allen Heiligen, und wir waren so vorsichtig!*

Gleichzeitig versuchte er, sich unter Fizzonis erhobenem

Arm wegzuducken. Der andere Junge war mindestens anderthalb Köpfe größer als er und um einiges schwerer, und Raffael machte sich wenig Illusionen darüber, wie eine Prügelei zwischen ihnen ausgehen würde.

»Deine Schwester?«, fragte er deshalb vorsichtig zurück, um Zeit zu gewinnen. »Meinst du Elena oder Simonetta?«

Er wusste zwar genau, welches Mädchen Fizzoni meinte, aber vielleicht bestand ja noch Hoffnung darin, den Unwissenden zu spielen?

»Verdammt noch mal, ich meine Elena, du elende Missgeburt! Du hast sie am Sonntag nach der Kirche getroffen! Hältst du mich für einen Idioten?«

Diese Frage wollte Raffael lieber nicht beantworten, denn die Wut war Flavio auch so bereits deutlich anzumerken. Flavios Vater hatte als *condottiere* in Diensten des alten Herzogs gestanden und war nun ein geachteter Mann bei Hofe, hatte aber seine Herkunft nie verleugnen können, weshalb sich sein Sohn ständig in seiner Ehre gekränkt fühlte.

Raffael suchte noch nach Worten, als plötzlich Daniele neben ihm auftauchte. »Ich kann mir gar nicht vorstellen, dass Raffael unlautere Absichten gegenüber deiner Schwester hat«, sagte er beschwichtigend. »Er ist so tugendhaft wie ein Novize, und nach allem, was ich weiß, will er sogar ins Kloster gehen, wenn seine Lehrzeit in der Werkstatt beendet ist.«

Das entsprach zwar keinesfalls der Wahrheit, aber Raffael warf seinem Freund trotzdem einen dankbaren Blick zu.

»Jetzt fällt es mir wieder ein!«, fügte Raffael schnell hinzu. Endlich arbeitete sein Verstand wieder. »Wir planen eine neue Madonna in der Werkstatt, und ich habe Elena gefragt, ob Meister da Pian dafür eine Zeichnung von ihr machen könnte.«

»Ist das wahr?«, fragte Flavio, sichtlich verunsichert, und Raffael nickte notgedrungen. Der Herr hatte Fizzoni zwar mit einem Paar beeindruckender Fäuste beschenkt, aber glücklicherweise nicht mit sonderlich viel Verstand.

Zögernd trat der groß gewachsene Junge zur Seite. Insgeheim atmete Raffael auf und ging vorsichtig an ihm vorbei. Jetzt musste er nur noch Elena warnen.

Daniele gesellte sich zu ihm, und sie liefen zusammen die Straße hinunter. Fizzoni kehrte in den Palast zurück, wie Raffael erleichtert feststellte, als er über die Schulter schaute.

»Ist Lügen nicht eine schwere Sünde?«, fragte er und sah Daniele von der Seite an.

»Ja, aber zumindest eine lässliche«, gab Daniele zurück und strich sich die Schneeflocken aus den kurzen blonden Haaren. »Ich werde heute Abend einige Vaterunser mehr beten müssen. Aber immer noch besser, als zuzulassen, dass Fizzoni eine Todsünde begeht, indem er dich umbringt.«

»Danke! Du hast uns also beide gerettet«, gab Raffael gut gelaunt zurück.

Daniele blickte ihn streng an. »Du musst vorsichtiger sein, was die Mädchen angeht«, sagte er. »Auch Untugend ist eine Sünde.«

»Vielleicht hast du recht. Und zumindest Elena Fizzoni sollte ich wohl eine Weile aus dem Weg gehen. Schon allein, damit du nicht noch mehr Vaterunser beten musst.«

»Wenigstens etwas«, versetzte Daniele mit ernster Miene, aber Raffael konnte erkennen, dass er ein Grinsen unterdrückte.

Raffael wollte endlich seine Idee mit den Farben in die Tat umsetzen. Seinen Zusammenstoß mit Flavio Fizzoni hatte er bereits halb vergessen, als er das Haus erreichte. Er konnte durch die Fenster sehen, wie die Mägde im Inneren die Kerzen anzündeten, aber das Licht lockte ihn nicht. Zu dieser Zeit waren Bernardina und Elisabetta mit großer Wahrscheinlichkeit in dem großen Esszimmer, und er hatte keine Lust, das Gespräch vom heutigen Morgen fortzusetzen. Lieber würde er später mit den anderen Lehrlingen essen.

Stattdessen zog es ihn in die Werkstatt. Als Raffael die breite Tür aufschob, schlug ihm sofort ein durchdringender Geruch entgegen. Die jüngsten Lehrlinge waren damit beschäftigt, aus Lederresten, Fischgräten und kleinen Knochen Leim zu kochen, und den Gestank, der die beiden großen Räume erfüllte, konnten weder Pinienzapfen noch die Kräuter im Feuer mildern. Die Jungen grüßten ihn freundlich, als er eintrat.

Direkt hinter der Tür, dort, wo es am kältesten war, die Luft aber auch am besten, zerrieben die Lehrlinge, die noch kein Jahr in der Werkstatt waren, Gips und Farben mit dem Mörser. In der Nähe des Kamins waren die Staffeleien mit den Tafeln aufgebaut, die die älteren Jungen grundierten und für die Bilder vorbereiteten.

Raffael warf seinen Mantel und Beutel unter die Treppe, die zum Zwischenboden führte, wo die Kupferplatten mit dem Grünspan trockneten und die Substanzen für die giftigeren Farben lagerten.

Dann wandte er sich dem Altarbild der Muttergottes zu, an dem sie gerade arbeiteten.

Evangelista da Pian saß auf einem Schemel vor der Tafel. Er hatte die Augen zusammengekniffen und war dabei, die Rötelzeichnung auf der Platte mit Temperafarbe zu füllen.

»Du bist spät dran«, sagte er statt einer Begrüßung. »Ich wollte heute noch die erste Farbschicht auftragen. Aber ich fürchte, dass wir kaum noch Ocker haben. Kannst du mir neuen mischen?«

Doch statt der Aufforderung nachzukommen, blieb Raffael einfach stehen und betrachtete das Bild, das, wenn es fertig war, Maria zeigen würde, die über dem Körper ihres toten Sohnes bittere Tränen vergoss.

»Was ist?«, fuhr Evangelista auf, als Raffael sich nicht bewegte. »Hast du vergessen, wie man Ocker mischt?«

»Man nimmt Brauneisenstein, dann gibt man Ton und Quarz und schließlich Kalk hinzu«, sagte Raffael ungeduldig. »Man zerreibt den Stein im Mörser und mischt ihn schließlich mit der Eigelbtempera. Das weiß ich schon ziemlich lange.«

»Wenn du es schon lange weißt, dann beweg dich, um dein

Wissen anzuwenden«, entgegnete Evangelista.»Die Steine sind teuer, und wir können es uns nicht leisten, die Farbpigmente falsch anzurühren.«

In Raffael stieg Ärger auf. Eigentlich hatte Evangelista ihm versprochen, dass er diesmal mehr tun dürfte, als Studien anzufertigen und Farben zu mischen. Er wollte dem Älteren schon eine zornige Antwort geben, aber dann besann er sich. Damit würde er bei Evangelista nichts erreichen.

Also lächelte er entschuldigend.»Ich weiß«, erwiderte er.»Es ist nur so, dass du selbst gesagt hast, dass du mit dem Entwurf für das Bild nicht zufrieden bist. Ich habe mir überlegt, dass wir zu viel Ocker darin haben. Der blaue Mantel der Jungfrau lässt alles andere blass wirken. Ich glaube, wir müssen ihrem Kleid mehr Raum geben. Wir brauchen mehr Rot neben dem Blau. Kermesrot. Und im Hintergrund sollte es nicht nur Wolken und Hügel geben, sondern Säulen, oder eine große Halle. Das würde dafür sorgen, dass die Muttergottes noch viel mehr in den Mittelpunkt rückt.«

Evangelista stöhnte.»Kermesrot ist ja noch teurer als Ocker. Und der Mantel macht einen Großteil der Figur aus! Wir müssten quasi noch einmal von vorn anfangen.«

Dann besah er sich die Tafel genauer.»Pasquale, hol mir das Rot«, sagte er schließlich zu einem der Jungen, der die Tafeln grundierte.

Der Angesprochene lief sofort zu dem Regal, in dem die Pigmente der einzelnen Farbtöne fein säuberlich in Glasfläschchen aufgereiht standen, und kam nur einen Augenblick später mit dem teuren Kermes zurück.

Evangelista hielt das Fläschchen an den noch schwach konturierten Mantel.»Rot, ja?«, knurrte er. Dann grinste er.»Du hast ja recht. Auch wenn deine Ideen uns noch in den Ruin treiben.«

»Das Gleiche hat Bernardina heute auch schon über dich gesagt.«

Da Pian knurrte zur Antwort lediglich einen unverständlichen Fluch, und Raffael biss sich auf die Unterlippe, um sein Lächeln nicht zu zeigen. »Und? Darf ich nun den Faltenwurf des Kleides neu anlegen?«, fragte er. »Und mir etwas für den Hintergrund überlegen?«

Evangelista sah aus, als ob er sich große Mühe gebe, ernst zu bleiben. »Du bist so stur wie ein Maulesel, Raffaelino«, sagte er. »Aber wer kann dir schon etwas abschlagen?«

»Danke.«, Raffael hätte am liebsten vor Freude einen Sprung gemacht, aber er beherrschte sich.

Vorsichtig goss er mit Wasser verdünntes Eigelb auf die Palette und schüttete mit der Linken langsam Kermes dazu, ein Rot-Pigment, das man aus Schildläusen gewann, wobei er mit dem Pinsel beides vermengte. Als die Tempera eine sattrote Farbe angenommen hatte, strich er alle überflüssige Farbe aus dem Pinsel und setzte die ersten Striche, vorsichtig, um nicht zu fest aufzudrücken und keine Ungleichmäßigkeiten zu erzeugen, aber auch nicht zu schwach, damit er keine weitere Schicht des teuren Kermes benötigte. Das Kleid färbte sich rot, und er begann, eine elegante Falte in Marias Überwurf zu malen, wo zuvor der Mantel gewesen war.

Wenn er vor der Staffelei saß und malte, vergaß Raffael alles um sich herum. Die Geräusche der Werkstatt waren verstummt, die Gerüche von Harz und Kohle verschwunden, und Evangelistas stets prüfender Blick vergessen – es gab nur noch ihn und die Leinwand, die Linien und Farben, das ideale Bild, das vor seinem inneren Auge entstand, und den Pinsel, mit dem er diesem Ideal nachjagte.

Erst als Evangelista ihm eine Hand auf die Schulter legte, kehrte er ins Hier und Jetzt zurück.

»Dein Onkel ist hier«, sagte der ältere Maler. »Und Timoteo Viti ist bei ihm. Du solltest ins Haus gehen.«

※ ※ ※

Im oberen Stockwerk des Wohnhauses fand Raffael Bartolomeo und Timoteo Viti im Esszimmer der Familie. Von seiner Stiefmutter war glücklicherweise nichts zu sehen, was wohl darauf zurückzuführen war, dass sie sich mit Bartolomeo beinahe noch schlechter vertrug als mit ihm selbst.

Beide Männer hatten Weinbecher vor sich und begrüßten ihn, als er eintrat. Raffael verbeugte sich.

Timoteo Viti war ein groß gewachsener Mann, der viel Wert auf seine Erscheinung legte. Er hielt sich sehr gerade, und die dunkelblonden Haare und der Bart waren sorgsam gestutzt. Über dem weißen Hemd trug er eine mit Pelz verbrämte dunkle *zimarra*, die Hose steckte in ledernen Stiefeln. Viti war vor zwei Jahren zum neuen Hofmaler des Herzogs bestellt worden, und er ging in der Werkstatt oft ein und aus, da er einige Bilder für den Palast fertigstellen sollte, die Giovanni Sanzio vor ihm begonnen hatte.

»Setz dich, Raffael«, begrüßte sein Onkel Raffael. »Es gibt etwas, das wir besprechen müssen.«

Raffael leistete der Aufforderung Folge, sagte aber nichts.

»Der Bischof hat sein Urteil gefällt«, begann Bartolomeo. »Bernardina steht auch weiterhin die Hälfte der Einnahmen der Werkstatt zu. Solange das so ist, wird sie wohl auch weiterhin hier wohnen, und wir werden sie aus dem Erbe deines Vaters unterhalten müssen.«

Sein Onkel sah ihn aus dunklen Augen mitleidig an. Bartolomeo hatte nun bereits zum zweiten Mal versucht, bei Erzbischof Arrivabene zu erwirken, dass das Erbe Giovanni Sanzios zu Raffaels Gunsten neu verteilt würde, und war erneut damit gescheitert.

»Dass sie hier wohnt, stört ja niemanden«, sagte Raffael. »Wo sollte sie auch sonst hingehen?« Auch wenn sie sich nicht gut verstanden, konnte er sich kaum vorstellen, dass es seinem Vater recht gewesen wäre, wenn Bernardina das Haus hätte verlassen müssen.

»Das ist zwar wahr, aber die Beteiligung an der Werkstatt steht auf einem anderen Blatt. Ich habe von unserem Notar erfahren, dass sie die Werkstatt verkaufen will. Offenbar wurden sogar schon Briefe mit einem möglichen Käufer aus Città de' Castello gewechselt.«

Raffael erinnerte sich plötzlich wieder an die Unterhaltung, die er am Morgen mit ihr geführt hatte. »Kann sie das denn?«, fuhr er auf. »Die Werkstatt verkaufen? Sie gehört ihr ja schließlich nicht allein.«

»Nein, sie selbst kann das natürlich nicht tun. Aber solange sie dein Vormund ist, könnte sie in deinem Namen handeln. Es gibt nur eine Lösung für dieses Problem. Der Herzog muss dich aus der Vormundschaft entlassen, und du musst die Werkstatt ganz offiziell übernehmen.«

Raffael kniff die Augen zusammen und studierte jede Einzelheit im Gesicht seines Onkels. Konnte Bartolomeo das ernst meinen?

»Wie alt bist du jetzt, Junge?«, fragte Timoteo Viti.

»Sechzehn«, entgegnete Raffael.

»Ludovico Odassio sagt, dass du ein recht heller Kopf bist«, sagte Viti, der Raffael eingehend musterte. »Auch wenn dein Latein ebenso schlecht sein soll wie deine Disziplin.«

Wie kann ich der Meister der Werkstatt werden?, fragte sich Raffael verwirrt. *Bislang hat Evangio mich noch kein einziges Bild allein ausführen lassen. Und was ist mit den anderen Lehrlingen, die genauso alt sind wie ich?*

»Und deine Zeichnungen sind ... nun, *außergewöhnlich* trifft es wohl am besten.«

Erst jetzt sah Raffael, dass Viti ein Buch in der Hand hielt, das er nur allzu gut kannte. Sein Skizzenbuch.

»Hast du das Maestro Viti gegeben?«, fragte er seinen Onkel.

Bartolomeo nickte.

Viti blätterte prüfend durch die Skizzen und hielt mal bei dieser, mal bei jener an. Schließlich nahm er die Zeichnung eines

Jungen mit schulterlangem dunklem Haar aus dem Buch, auf dessen Kopf ein Barett saß, und der den Betrachter direkt ansah. »Das bist du, nicht wahr?«

Raffael merkte, dass sein Gesicht sich plötzlich ganz heiß anfühlte. »Ja.«

»Du bist nicht frei von Eitelkeit.«

»Es gibt kein Mädchen in Urbino, die ihm nicht schöne Augen machen würde«, erklärte Bartolomeo mit milder Stimme. »Er kann der Eitelkeit nur schwer entgehen.«

Raffael sah unbehaglich zu Boden, sodass ihm das Haar vors Gesicht fiel.

»Hübsch genug ist er ja«, murmelte Viti. »Du hast einen guten Blick für die Perspektive«, sagte er dann. »Und an dem, was dir in der Malerei noch fehlt, können wir zusammen arbeiten. Evangelista sagt, er habe dir bald nichts mehr beizubringen.«

»Bei ihm klingt das aber ganz anders«, warf Raffael ein, besann sich dann eines Besseren und biss sich auf die Lippe.

Viti lachte. »Das kann ich mir vorstellen«, sagte er. »Freundlichkeit ist nicht gerade da Pians hervorstechendste Eigenschaft.«

»Es gibt keinen rechtlichen Grund, warum du nicht die Werkstatt übernehmen solltest«, erklärte Bartolomeo. »Alles, was du dafür brauchst, ist der Titel eines *Maestro,* und Messere Viti hier wird dich dabei unterstützen, ihn zu gewinnen. Wenn du einverstanden bist, wenden wir uns an den Herzog, und mit Gottes Hilfe wird er bestimmen, dass du keinen Vormund mehr brauchst. Maestro Viti wird dich in allem beraten, was die Malerei angeht. Und ich werde mich weiterhin um die Bücher kümmern, so wie ich es auch jetzt schon tue.«

»Bartolomeo hat recht«, sagte Timoteo Viti. »Aber dennoch will ich dir nichts vormachen. Ich habe noch nie von einem Lehrling gehört, der so früh selbst Meister wurde. Wenn du es dir verdienen willst, dass man dich *Maestro* nennt, wirst du in Zukunft hart arbeiten müssen, Messere Sanzio.«

Raffael sah zuerst seinen Onkel und dann Timoteo Viti an. Es gab keinen Zweifel daran, dass sie meinten, was sie sagten. Er nickte. »Wenn ihr denkt, dass ich es kann, dann werde ich es versuchen«, sagte er und war selbst überrascht, wie überzeugt es klang.

Kapitel 2

FAENZA, NOVEMBER 1500

Es regnete noch immer, als Vitellozzo Vitelli bei Tagesanbruch vor sein Zelt trat. Das schlechte Wetter hielt nun schon den dritten Tag in Folge an, und der Boden des Heerlagers, von Tausenden Füßen, Hufen und Wagenrädern zertrampelt, hatte sich in Morast verwandelt. *Wer belagert eine Stadt auch kurz vor dem Winter?* Aber er wusste, dass er mit dieser Frage bei Cesare Borgia auf taube Ohren stoßen würde. Der bezahlte ihn und die anderen Condottieri dafür, dass sie für ihn ihre Söldnerheere in die Schlacht führten, nicht für ihre guten Ratschläge. *Aber wozu die besten Heerführer anheuern, wenn man selbst alles besser weiß? Ich dagegen habe schon mit Artillerie gearbeitet, da hat dieser Hurensohn noch an der Brust seiner Amme gesaugt!*

Der Papst hatte seinen Sohn erst vor wenigen Monaten zum Oberbefehlshaber über die Armee des Kirchenstaates gemacht und ihm den Titel des Gonfaloniere verliehen. Cesare Borgia war mehr als begierig darauf, sich dieser Ehre als würdig zu erweisen. Ob Winter oder nicht, er brauchte einen Sieg.

Vitellis Zunge fühlte sich belegt an, und er spuckte in den Schlamm, um den schlechten Geschmack aus seinem Mund zu vertreiben. Aber das saure Brennen in seiner Kehle blieb. Er trat in das Zelt zurück, trank einen Schluck mit Wasser verdünnten Wein und legte seinen Waffengurt an. Ein scharfer Schmerz fuhr durch seine rechte Schulter, als er die Schnallen an seinem Lederkoller verschloss, die Erinnerung an eine alte Verletzung. *Für wen habe ich da gekämpft? Florenz? Die Franzosen?* Aber sosehr er sich auch anstrengte, er konnte sich nicht erinnern.

Irgendwann, das hatte er sich geschworen, würde er die Mauern einer Stadt einreißen und diese danach für sich beanspruchen. Er wollte nicht im Dreck der Schlachtfelder verrecken.

Als er durch das Lager lief, fiel ihm wieder einmal auf, in welch schlechtem Zustand die zusammengewürfelte Armee war, die seit wenigen Tagen vor Faenza lagerte. Die meisten Zelte hatten Löcher oder waren durch den Regen und den Schlamm halb zusammengebrochen. Den Männern setzten die Kälte und der Regen zu, und das führte zu Spannungen innerhalb der Truppe. Borgia war bei der Anwerbung seiner Truppen nicht wählerisch gewesen; unter seinem Kommando standen französische Soldaten ebenso wie spanische Söldner, Paolo Orsinis Männer und Vitellis eigene *condotte*.

Aber der Regen brachte auch Vorteile mit sich. Auf dem Marsch hierher war es noch sonnig und warm gewesen. Die Hitze hatte den Geruch nach den Exkrementen Tausender Soldaten so schnell so übel werden lassen, dass der hiesige Schlamm beinahe ein Segen war.

Das Zelt des Heerführers stand in der Mitte des Lagers. Von seinem Dach flatterte eine Fahne, die das päpstliche Wappen mit dem Bullen der Borgia und den drei schwarzen Querbalken zeigte. Unter dem Zelt war ein Bretterboden verlegt worden, und eine Holzsteige führte hinein, sodass das Innere weit weniger unter dem Schlamm zu leiden hatte als der Rest des Lagers.

Im Inneren herrschte dämmriges Licht. Vitelli konnte außer ihrem Anführer noch Paolo Orsini und den Hauptmann der Franzosen, Yves d'Allègre erkennen, ebenfalls Experte für Artillerie. Außerdem war Bernardo Dovizi anwesend, ein noch junger Kirchenmann mit kantigen Gesichtszügen, der im Auftrag der Medici hier war und als Berater fungieren sollte. Vitelli konnte ihn von allen Anwesenden am wenigsten einschätzen.

Cesare Borgia, der Gonfaloniere, war groß, schlank und kräftig. Er trug eine kunstvoll gearbeitete Plattenrüstung und darüber einen verzierten Waffenrock. Seine jugendlichen Züge waren außerordentlich angenehm, doch die Stirn und die linke Wange waren durch eitrige Geschwüre entstellt. Vitelli hatte genug Männer gesehen, die an der Franzosenkrankheit litten, um den Beginn der Syphilis sofort zu erkennen.

Der französische Hauptmann d'Allègre, mit seinen fünfzig Jahren beinahe doppelt so alt wie Borgia und eine Handvoll Jahre älter als Vitelli selbst, beugte sich über den Kartentisch. Sein brauner Bart war mit grauen Strähnen durchsetzt und ordentlich gestutzt. Sein Wams und seine Strümpfe waren sauber und sahen frisch aus – im Vergleich zu den Tausenden schlammbespritzten Soldaten draußen ein beinahe grotesker Anblick. Aber Vitelli wusste, dass es nicht d'Allègres Aufgabe war, die Männer im Feld anzuführen: Er war ein guter Stratege, der besonders den Einsatz der französischen Lanzen und Kanonen koordinieren sollte.

»Guten Morgen, Vitelli«, begrüßte Cesare Borgia seinen Hauptmann. Ein Diener brachte dem Neuankömmling einen Becher heißen Wein, den Vitelli dankbar entgegennahm. »So wie es aussieht, werden wir heute mit der Erstürmung der Stadt beginnen.«

Vitelli, der mit nichts anderem gerechnet hatte, nickte.

»Gibt es denn keine Antwort von den Manfredi?«, fragte er dennoch.

»Astorre Manfredi hat das letzte Angebot des *Gonfaloniere*, die Tore zu öffnen und die Stadt friedlich zu übergeben, heute Nacht abgelehnt«, erklärte Dovizi. Vermutlich hatte der Priester den Manfredi die Aufforderung überbracht.

Der Zorn über die Ablehnung stand Borgia deutlich ins Gesicht geschrieben. Er legte eine Hand auf den Knauf seiner Klinge. Vitelli kannte die Waffe, wie jeder in den Diensten des Papstes. *Aut Cesar aut nihil*, das war der Wahlspruch, den sich der Gonfaloniere darin hatte eingravieren lassen, bevor er begann, die Romagna zu erobern. *Cäsar oder nichts*.

Vitelli begriff, welche Kränkung es sein musste, dass der Herr

Faenzas sich Cesare Borgia noch immer widersetzte. Astorre Manfredi war erst sechzehn Jahre alt, noch ein halbes Kind, und doch wagte er es, den Papst und seinen Sohn herauszufordern. Aber dennoch glaubte Vitelli auch, dass der verletzte Stolz des Heerführers ein schlechter Ratgeber war. Die Bewohner der Stadt waren ihrem Herrn treu ergeben und hatten selbst ihre Büsten und Statuen eingeschmolzen, um aus dem Metall Geschütze zu gießen. Gegen solche Feinde tat man sich immer schwer.

»Wir brauchen einen schnellen Sieg«, sagte er. »Die Belagerung über den Winter aufrechtzuerhalten, wäre Wahnsinn.«

»Richtig«, stimmte ihm Paolo Orsini zu. »Die Männer sind jetzt schon erschöpft, seit sie den Sommer über vor Fano und Pesaro gelegen haben. Ich sage es nicht gern, aber ich musste gestern bereits zwei meiner Leute aufknüpfen lassen, die versucht haben, zu desertieren.«

Cesare Borgia nickte düster. »Alles wird davon abhängen, wie schnell wir durch die Mauer kommen«, erwiderte er.

»Hier und hier, Messere«, erklärte Yves d'Allègre und zeigte auf zwei Punkte auf der Karte, auf der der Umriss der Stadtmauer mit dünnen Strichen verzeichnet war. »An diesen Stellen müssen wir den Beschuss fortsetzen. Meinen Berechnungen nach kann die Mauer dort nicht standhalten. Die Struktur wird nachgeben und schließlich brechen.«

»Euer Wort in Gottes Ohr«, erwiderte Dovizi, aber Vitelli nickte, als er die Karte genauer betrachtete. D'Allègre hatte ausgesprochen, was er selbst dachte.

Borgia nickte. »Wir haben genug Kanonen, um die Manfredi aus ihrer verfluchten Stadt zu schießen, und genau das werden wir tun.«

»Wenn wir die Stadt eingenommen haben, können wir an ihren Bewohnern ein Exempel statuieren, Messere«, schlug Orsini vor.

Der Gonfaloniere warf ihm einen abschätzenden Blick zu.

»Ich will nicht jede Stadt von hier bis Florenz bis aufs Blut bekämpfen müssen«, erwiderte er. »Wir sind in der Romagna noch lange nicht fertig. Und wenn wir Faenza schleifen und plündern, werden die übrigen Städte erst recht ihre Tore vor uns verschließen. Wenn wir jedoch Milde walten lassen, werden sie hoffentlich verstehen, dass es nur ihr Widerstand ist, der den hohen Blutzoll fordert.«

Er blickte nachdenklich auf die Karte und wandte sich an den Kirchenmann. »Nein. Dovizi, Ihr werdet den Bürgern Faenzas in meinem Namen zusichern, dass ihnen nichts geschehen wird, wenn sie sich friedlich verhalten und kapitulieren, sobald wir ein Loch in die Mauer geschossen haben. Und wir werden uns daran halten. Jeden Soldaten, der sich diesem Befehl widersetzt, werde ich aufhängen lassen.«

»Ein kluger Schachzug, Messere. Das wird den widerspenstigen Herrn Faenzas zusätzlich unter Druck setzen, sich endlich zu ergeben«, gab Dovizi mit undurchschaubarer Miene zurück.

»Aber es wird den Männern nicht gefallen, Herr«, warf Vitelli ein. »Die Kriegsbeute ist ein wichtiger Teil ihres Lohns.«

»Dann werde ich sie dafür entschädigen«, erklärte Borgia ungeduldig. »Also dann, beginnen wir unser Tagwerk. Ich will heute noch ein Loch in der Mauer sehen.«

**

Als Vitelli zu seiner Einheit kam, wartete sein Adjutant Lucca bereits auf ihn. Der junge Soldat mit den roten Haaren war für die Schlacht gerüstet, er trug einen Brustharnisch und hatte seinen Helm unter den Arm geklemmt.

»Die Kanonen sind in Stellung gebracht, wie Ihr es befohlen habt«, erklärte er ihm. »Und die Truppen halten sich bereit für einen Angriff.«

Es war der dritte Tag des Beschusses, und jeden Tag davor

waren die Soldaten sturmbereit auf die Stadt angetreten, nur um unverrichteter Dinge wieder abzuziehen. *Aber nicht heute. Heute machen wir dem ein Ende.*

Vitellis Männer waren in leichte und schwere Infanterie unterteilt, die mit Schwertern, Bucklern und Armbrüsten bewaffnet waren, und in berittene, leicht gerüstete *Stradiotti* mit Lanzen und Arkebusen, die aber erst zum Zug kommen würden, wenn die Mauer bereits gefallen war.

»Gut.« Vitelli nickte. »Wo sind die Franzosen?«

»Die lutschen sich lieber gegenseitig die Schwänze, statt pünktlich hier zu sein«, gab Lucca abfällig zurück.

Vitelli nickte bloß. »Dann fangen wir eben ohne sie an.«

Die erste Salve der Kanonenschüsse hallte donnernd über das Schlachtfeld. Der beißende Qualm des verbrannten Schwarzpulvers stieg Vitelli in die Nase und ließ ihn husten. Als der Rauch sich verzogen hatte, musste er feststellen, dass der Angriff beinahe ohne Wirkung geblieben war. Die meisten Kugeln waren nicht einmal bis zur Mauer vorgedrungen, oder sie hatten dort nur geringen Schaden hinterlassen. *Der Teufel sollte die verfluchten Manfredi und ihre Brut holen. Und die Franzosen gleich mit.* Es wäre die Aufgabe ihrer Kanoniere gewesen, die Geschütze richtig auszurichten.

»Näher ran. Wir müssen näher ran!«, brüllte er. Seine Soldaten spannten die Ochsen an, die die schweren Bombarden und Kartaunen näher an die Stadtmauer bringen sollten.

Bei jedem Schritt musste Vitelli mühsam seine Stiefel aus dem Morast ziehen. Entsprechend schwer war es, die Geschütze zu bewegen. Selbst die Zugtiere kamen kaum voran. Von der Mauer her ertönte das Gelächter der Verteidiger. Arkebusenschüsse wurden jedoch nur vereinzelt auf die Angreifer abgefeuert und stellten kaum eine Gefahr dar. Vitelli vermutete, dass Manfredis Truppen Munition sparen mussten. Kugeln waren in einer Stadt leicht herzustellen, aber das Pulver ging ihnen wohl aus.

Vor ihm versuchten vier Männer, eine Kanone von hinten über ein Hindernis zu schieben, doch plötzlich gab der weiche Boden nach, und das schwere eiserne Geschütz scherte aus und warf sie um. Die zurückrollende Kanone traf einen weiteren Mann an der Brust, der mit einem Schrei in den Schlamm fiel und dann verstummte, als Tonnen von Metall über ihn rollten. Ochsen wurden brüllend durch den Schlamm gezogen, trafen in ihrer Panik andere Soldaten mit Hufen und Hörnern. Männer schrien, gingen zu Boden, einem trat ein Ochse auf das Bein, und Vitelli hörte ein Übelkeit erregendes Knirschen.

Dann hielt das Geschütz endlich an, und der *condottiere* sah das Ausmaß des Schadens: Einer seiner Soldaten war tot, der Helm zerquetscht wie ein Pfirsich, drei verletzt und nicht mehr in der Lage zu kämpfen. In der Furche, die die Kanone hinterlassen hatte, sammelte sich dunkles Wasser, schmutzig vom Schlamm und vom Blut. Vitelli fluchte und spie aus.

Die übrigen Soldaten halfen ihren unverletzten Kameraden auf die Füße, aber Vitelli konnte in ihren Gesichtern erkennen, dass der Tag bereits begann, seinen Tribut zu fordern, obwohl es noch nicht einmal Mittag war.

»Bringt sie nach hinten«, befahl er und wies auf die Verletzten. Es gab einen Feldscher, aber manchmal fragte sich Vitelli, ob ein schneller Tod nicht gnadenvoller war als dessen Hilfe. Zwei Soldaten packten die Beine des Toten und schleiften ihn zur Seite, warfen ihn achtlos in eine schlammige Pfütze, wischten die Hände an den Beinkleidern ab und kamen zurück. Nur ein erster Toter an einem Tag, an dem es viele geben würde.

Vitelli sah, dass viele seiner Söldner bleich geworden waren, die Mienen dunkel umwölkt.

»Kommt schon, Männer«, rief er. »Schließlich kämpfen wir für den Papst und haben damit Gott ganz sicher auf unserer Seite. Denen wird der Spaß schnell genug vergehen, wenn sie erst in der Hölle braten!«

Das brachte einige der Männer zum Lachen, wie es seine Absicht gewesen war. Seit sie sich der Armee des Kirchenstaates angeschlossen hatten, waren sie alle getreue Diener des Papstes geworden, dessen Truppen sie vorher oft genug bekämpft hatten.

Vitelli prüfte die Entfernung zur Mauer. Es war schwer abzuschätzen, wie nah sie noch heranmussten, damit die Kanonen ihren vollen Schaden anrichten konnten. Mit der behandschuhten Linken wischte er sich Wasser und Schlamm aus dem Gesicht.

Von der linken Flanke her näherte sich ein Trupp Reiter, gefolgt von Fußvolk, und Vitelli erkannte, dass es sich um die lang erwarteten Franzosen handelte. Gemeinsam mit d'Allègre konnte er sich endlich daranmachen, die Geschütze genau zu positionieren. Bei den verschiedenen Kalibern und Rohrlängen war das ebenso viel Kunst wie Wissenschaft.

Als sie die Geschütze ausgerichtet und erneut schussbereit gemacht hatten, gab Vitelli den Befehl. Das Donnern war lauter als alles, was die Natur zustande brachte, und ließ die Erde selbst beben. *Was kann dem schon widerstehen?*

Diesmal trafen die Kugeln die Stadtmauer weit besser, und auch die darauffolgende und die übernächste Salve verfehlten ihr Ziel nicht. Dort, wo d'Allègre und Vitelli die Schwachstellen ausgemacht hatten, wo zwei Tage ununterbrochener Beschuss schon Wirkung gezeigt hatte, riss jeder Treffer das feste Mauerwerk weiter auf.

Jetzt lachte in der Stadt niemand mehr.

Endlich stieg ein Geräusch von den Mauern auf, tief und durchdringend wie der Schmerzensschrei eines Riesen, und als der Rauch sich verzog, sah Vitelli, dass der Wall einen Riss bekommen hatte, genau, wie Yves d'Allègre es vorausgesagt hatte. »Weitermachen, Männer!«, schrie er. »Nicht nachlassen!«

Staub rieselte herab, Steine lösten sich, stürzten zur Erde. Die Verteidiger zogen sich von diesem Segment der Mauer zurück.

Noch eine donnernde Salve, und noch eine, dann gab ein Teil

der Stadtmauer krachend nach. Die schmale Bresche wirkte wie ein tiefer Schnitt, als hätte ein Titan mit seinem Schwert die Stadt in zwei Hälften geteilt.

Jetzt war es das Wichtigste, den Feinden in der Stadt deutlich zu machen, dass jegliche Hoffnung von nun an vergeblich war. Konzentrierter Beschuss würde die Bresche erweitern, bis Borgias halbe Armee Schulter an Schulter durch sie hindurchmarschieren konnte. Nur ein Narr würde sich nicht ergeben.

Aber der Heerführer hatte andere Pläne. Borgia ritt gemeinsam mit Bernardo Dovizi hinter den Reihen seiner Truppen entlang und befahl den Soldaten, sich zum Angriff aufzustellen. *Zu früh*, schoss es Vitelli durch den Kopf, aber er hatte keine Gelegenheit zu widersprechen. Schon brachten sich die Truppenteile in Stellung und erhielten von ihren Hauptleuten letzte Anweisungen.

Auch Vitelli lief zu seinen Männern und reihte sich ein. »Wir gehen über die rechte Flanke«, konnte er Lucca noch zurufen. »Wenn wir durch sind, auf die Mauer, zum Torhaus!«

Der rothaarige Söldner hob die Hand zum Zeichen, dass er verstanden hatte, und zog seine Klinge.

Dann lenkte Borgia sein Pferd auch schon vor die Schlachtreihe. »Vorwärts«, brüllte er, und die Soldaten stürmten auf seinen Befehl auf die schartige Mauer zu.

Vitelli war Teil dieser Flut aus Leibern, aus Fleisch und Metall, die auf die Bresche in der Stadtmauer zubrandete. Um ihn herum schrien die Soldaten aus voller Kehle, und er spürte sich selbst in das urtümliche Brüllen einfallen, auch wenn er seine Stimme unter den Tausenden anderen nicht ausmachen konnte.

Die Franzosen nahmen die Verteidiger auf den Zinnen mit ihren Armbrüsten unter Beschuss, und Vitelli führte seine Männer von der rechten Seite heran. Sie rannten, so schnell sie konnten, um dem Feuer der Soldaten auf der Mauer zu entgehen. Jetzt hielten sie sich nicht mehr zurück, und ihre Arkebusen donnerten. Neben Vitelli wurde ein Mann in die Brust getroffen und zurückgeschleudert. Selbst die metallene Brustplatte konnte das Geschoss nicht aufhalten. Vitelli musste nicht einmal hinsehen, um zu wissen, dass der Soldat tot war.

Wie er es befürchtet hatte, war die Bresche noch nicht groß genug. An der Stelle konnten immer nur eine Handvoll Soldaten gleichzeitig angreifen, während die Lücke von relativ wenigen Männern leicht zu halten war. Die ersten Toten, Spanier, die die Mauer zuerst erreicht hatten, lagen bereits im Schlamm, und ihr Blut vermengte sich mit dem Morast. Von oben wurden die Angreifer unablässig mit Arkebusen und Armbrüsten beschossen. Im Angesicht dieses erbitterten Abwehrfeuers fragte sich Vitelli jetzt, ob der zögerliche Beschuss vorher nur ein Trick gewesen war, um die Verteidiger schwächer wirken zu lassen, als sie es waren.

Doch zum Zögern war keine Zeit.

Die Geschosse hielten blutige Ernte unter den Soldaten. Vitelli fluchte, als ein Bolzen haarscharf an seinem Gesicht vorbeizischte. Andere hatten weniger Glück, und die Schreie der Verwundeten vermischten sich mit dem Donner der Arkebusen.

Vitelli entdeckte Astorre Manfredi auf der Zinne, der mit einer Hakenbüchse auf die Angreifer zielte. Das Wappen seiner Familie zierte gut sichtbar seinen Waffenrock. Mut hatte der Junge, das musste Vitelli ihm lassen.

Der erste Angriff war bereits ins Stocken geraten. *Spanier eben,* dachte Vitelli verächtlich. Zeit für ihn und seine Männer, in die Bresche zu springen. Er hob sein Schwert, und Lucca neben ihm tat es ihm gleich. Gemeinsam stürmten sie vor, hieben und schlugen nach den Klingen und Lanzen, die ihnen aus der geborstenen Mauer entgegenragten. Um ihn herum schlugen Armbrustbolzen in den Boden ein. Vitelli schwitzte schon jetzt, sein Atem ging keuchend. Vor ihm fiel ein Mann, sein Hals eine einzige klaffende Wunde. Er taumelte gegen Vitelli, krallte sich an ihm fest und hätte ihn fast zu Boden gerissen. Erbarmungslos stieß Vitelli ihr von sich, sah ihn in den Schlamm fallen. Ein Sturz war ein Todesurteil.

Doch unter seinen Füßen gab ein Stück geborstenes Mauerwerk nach, und er stolperte selbst, fand keinen Halt – bis Lucca ihn auffing. Schwer atmend klammerten sie sich einen Moment lang aneinander.

»Weiter«, schrie Vitelli mit rauer Stimme. »Vorwärts!«

Sein Befehl gab dem Angriff noch einmal Kraft, und sie drängten nach vorn, so dicht gedrängt, dass Vitelli glaubte, ersticken zu müssen.

Ein schwerer Stein fiel von den Mauern herab, wirkte so langsam und zögerlich, dass es selbst Vitelli überraschte, als er zwei Condottieri auf Kopf und Schulter schlug und ihnen die Schädel zerquetschte.

Fast hatten sie es geschafft. Vor ihnen standen ihre Feinde, die Männer Faenzas mit ihren langen Piken und den Schwertern. Mit einem Schrei warfen sich ihre Gegner auf sie.

»Faenza! Manfredi!«

Eine Lanze hätte Vitelli beinahe aufgespießt, aber Lucca lenkte die Stangenwaffe mit seinem Buckler ab, und Vitelli erstach den Mann, der sie führte. Dann zuckte er zur Seite, deckte seinen Adjutanten, sodass dieser eine Pike greifen und einen Feind aus dem Pulk der Verteidiger ziehen konnte. Vor und zurück tobte der Kampf um die Bresche. Blut rann zwischen den Steinen. Jeder Schritt war ein Wagnis, überall lagen Trümmer, Tode, Sterbende und Verwundete.

Doch nun schien der Widerstand der Verteidiger nachzulassen. Vitelli hob Waffe und Schild und drängte nach vorn.

»Mir nach!«

Noch einen Schritt, zwei. Er war hinter der Mauer. Die Feinde vor ihm wankten. Bald würden sie nachgeben, und der Weg in die Stadt wäre frei.

Da ging ein neuerlicher Kugelhagel auf sie nieder. Lucca wurde getroffen und herumgeschleudert. Vitelli duckte sich instinktiv, rutschte dabei auf dem blutdurchtränkten Boden aus und fiel hintenüber. Das war seine Rettung, denn um ihn herum starben seine Männer.

Doch sein Kopf war auf einen Stein aufgeschlagen, Schmerz raste durch seinen Leib. Blut rann ihm in die Augen, und er kroch halb blind umher. Da sah er Lucca. Er konnte ihn am roten Haar erkennen, von dem noch Strähnen am zerschmetterten Schädel hingen. Das Gesicht war nur noch ein blutiges Loch, der Kopf unmenschlich verformt.

Vitelli biss die Zähne zusammen. *Nicht hier! Nicht so!* Mit eisernem Willen kämpfte er sich zurück auf die Füße. Er wischte sich das Blut aus den Augen und sah sich um. Der Sturm war zum Stillstand gekommen. Leichen türmten sich in der Bresche aufeinander, sie bildeten eine perverse Schutzmauer. Immer mehr Männer um ihn herum fielen, durchbohrt von Kugeln, Bolzen, Klingen und Lanzen. An Vormarsch war nicht mehr zu denken. Es gelang ihnen kaum, ihre Position in der Bresche zu halten.

Schließlich erkannte Vitelli, dass es sinnlos war. So würden sie nicht nach Faenza hineingelangen, sondern lediglich mehr und mehr Männer opfern. Gute Männer wie Lucca, die Besseres verdient hatten. Er drängte sich durch die Leiber der Soldaten zurück, fort von der Bresche. Auf den Zinnen nahmen die Schützen erneut Aufstellung.

»In Deckung«, brüllte Vitelli. »Zurück!«

Nicht alle hörten seinen Befehl, aber genug seiner Männer scharten sich um ihn, als er zurück zu den Geschützen lief.

Als der Gonfaloniere sah, dass die Männer die Maueröffnung verließen, ritt er zu ihnen, dicht gefolgt von Bernardo Dovizi.

»Wir müssen uns zurückziehen«, rief Vitelli schon von Weitem.

Borgia hatte die Lippen zu einem schmalen Strich zusammengepresst.

»Zurück in die Schlacht mit Euch!«, befahl er eisern.

»Messere...«
»Zurück, habe ich gesagt. Die Stadt muss fallen. Sie *wird* fallen.«

»Ist das weise, Herr?«, fragte Dovizi mit ruhiger Stimme. »Könnt Ihr nicht mehr erreichen, wenn Ihr jetzt den Rückzug befehlt und morgen mit frischer Kraft angreift? Die Mauer wird kaum über Nacht repariert werden.«

»Hütet Eure Zunge, Priester.« Borgia sah den Kirchenmann verächtlich an. »Was wisst Ihr schon über den Krieg und den Mut meiner Truppen?« Der Gonfaloniere spuckte in den Schlamm. »Ihr tut, was ich sage«, wandte er sich dann an Vitelli.

Es war, als glaubte Cesare Borgia, dass er den Sieg mit reiner Willenskraft erzwingen konnte. Vitelli wagte nicht, noch einmal zu widersprechen. An der linken Flanke führte Paolo Orsini frische Männer heran, und er nickte langsam. Nur Augenblicke später fand er sich erneut in der Schlachtreihe wieder, seine Männer um sich versammelt, und suchte einen Weg nach Faenza hinein.

Doch egal, mit welcher Wucht sie auf ihre Feinde trafen, die Verteidiger gaben keinen Fußbreit nach, und auch der zweite Ansturm endete tödlich für die Angreifer.

Der verfluchte Borgia wird uns hier alle krepieren lassen, dachte Vitelli. Sein Arm schmerzte, jede Bewegung war unfassbar anstrengend geworden. Noch einen Sturm auf die Mauer würde er nicht überstehen, dessen war er sich sicher.

Doch erst, als auch viele von Orsinis Soldaten tot vor der Mauer lagen, schien auch der Gonfaloniere die Niederlage zu erkennen. Einen Moment lang zögerte er noch, dann nickte er. »Gebt den Befehl zum Rückzug, Vitelli«, rief er.

Als die Truppen Manfredis sahen, dass die Belagerer sich zurückzogen, brach Jubel unter ihnen aus. Der junge Herzog selbst kletterte auf den höchsten Punkt der Mauer und schwenkte die Fahne der Stadt.

Vitelli sank auf ein Knie, seine steifen Finger ließen das Schwert einfach in den blutigen Schlamm fallen. Gierig sog er Luft in seine Lungen. Sein Lederkoller war von Schweiß durchtränkt, in seinen Stiefeln stand Flüssigkeit, ob Wasser oder Schweiß oder Blut, konnte er nicht sagen.

Mit der letzten Kraft, die ihm an diesem verfluchten Tag geblieben war, stemmte er sich hoch und sah zur Stadt. Zwischen ihnen und der Mauer lag ein Feld, übersät mit Leichen. Je näher an der Stadt, desto dichter lagen die Toten, bis zur Bresche, wo sie einen Haufen bildeten, einen Schutzwall gegen ihre Kameraden.

Es war nicht Vitellis erste Schlacht, nicht sein erster gescheiterter Sturm auf eine Befestigung, dennoch stieg ihm die Galle in die Kehle. Dort lagen Hunderte, nein, Tausende Gefallene.

Cesare Borgia ritt die Geschützstellung entlang, sah Vitelli und lenkte sein edles Ross neben ihn. Selbst jetzt noch sah er aus, als würde er für ein Schlachtgemälde posieren. Der päpstliche Heerführer beugte sich zu ihm hinab.

»Eines schwöre ich Euch«, raunte Cesare Borgia mit Eis in der Stimme. »Das hier ist noch lange nicht vorüber.«

Kapitel 3

URBINO, SEPTEMBER 1501

*D*er Engel sah aus, als hätte er eine wichtige Frage gestellt, auf deren Antwort er nun geduldig wartete. Sein Gesicht wirkte kindlich und erwachsen zugleich. Raffael neigte den Kopf zur Seite, als wollte er seine Haltung nachahmen, und suchte seinen Blick, der leicht nach unten gerichtet war. Der Cherub trug eine verzierte weiße Tunika und einen leuchtend roten Mantel über die linke Schulter geworfen. Lockiges, goldenes Haar fiel ihm lang den Rücken hinab. Das jugendliche Aussehen des Engels bildete einen starken Kontrast zu dem des würdevollen Gottvaters, der auf den vor ihm knienden heiligen Nikolaus schaute. Der Herr des Himmels betrachtete die Krone in seinen Händen mit so viel Mitgefühl, als wüsste er, dass er dem Heiligen damit noch eine weitere schwere Bürde auferlegte.

Raffael machte mehrere Schritte rückwärts, bis er die Haupttafel und die Predellen zur Gänze sah, die das neue Altarbild in der Kirche Sant' Agostino in Città de' Castello bilden würden. Auf den Predellentafeln, die den Sockel schmücken sollten, hatte da Pian zwei der Wunder des Heiligen dargestellt: die Erweckung der toten Tauben und die Rettung eines ertrinkenden Kindes. Von der Größe und der Gestaltung her passten sie genau zu Raffaels *pala*.

Er legte den Pinsel, mit dem er Lichter aus Bleiweiß gesetzt hatte, auf die hölzerne Palette zurück. »Wir sind fertig, Evangio«, sagte er und drehte sich zu da Pian um. »Ich glaube, das war der letzte Pinselstrich.«

Evangelista da Pian stellte sich neben ihn. Er hielt seine Mütze in den Händen und drehte sie andächtig zwischen den Fingern. Der alte Maler roch nach saurem Schweiß und dem Bier, das er gerade getrunken hatte. Obwohl es bereits Herbst war, drang von der geöffneten Werkstatttür her warme Luft herein.

»Dein erstes Werk als Meister«, sagte da Pian anerkennend. »Bist du zufrieden?«

Bin ich zufrieden? Die Frage hallte in Raffaels Gedanken nach. Die Komposition war ihnen gut gelungen, dessen war er sich sicher. Aber wenn er das Bild genau ansah, war es allein dieser eine Engel, mit dem er *wirklich* zufrieden war. Alles andere wirkte auf ihn beliebig. Der heilige Nikolaus, die anderen Engel, selbst die Jungfrau Maria – sie alle sahen genauso aus wie auf zahllosen Altarbildern in allen Kirchen Oberitaliens, und sie hätten ebenso gut auch von Viti, da Pian oder einem anderen Maler stammen können. Der Cherub jedoch war einzigartig, und sein fragender Gesichtsausdruck entsprach ganz Raffaels Vorstellung. Aber er wusste, dass da Pian eine andere Antwort von ihm erwartete.

»Ich denke, wir können beide zufrieden sein«, sagte er. »Wir haben beinahe ein Jahr daran gearbeitet, und die Brüder aus Città de' Castello bekommen für ihr Geld ein gutes Stück für ihre Kirche.«

»Das denke ich auch.« Da Pian nickte. »Und es war gut, dass wir zu zweit waren«, fügte er hinzu.

»Es war eine Menge Arbeit.«

»Nicht deswegen. Wäre es nur darum gegangen, hätte ich die Lehrjungen eingespannt. Aber die Idee dahinter stammt von dir, und die hätte hier sonst niemand gehabt.«

»Oh?« Raffael warf seinem Lehrmeister und Freund einen Seitenblick zu. »Sei vorsichtig, Evangio. Noch ein paar Worte mehr, und du wirst nicht mehr leugnen können, dass das ein Lob war. Und wo kämen wir da hin?«

Da Pian hob die zusammengerollte Mütze und deutete damit einen Schlag an, dem Raffael jedoch mühelos auswich. »Dein loses Mundwerk wird dich noch den Kopf kosten«, murmelte er.

»Aber du weißt ja selbst, wie viel von deinen Entwürfen in dem Altarbild steckt. Und wäre Viti nicht so eitel, würde er das ebenfalls zugeben.«

Timoteo Viti war tatsächlich kaum noch zufriedenzustellen, das war Raffael nicht entgangen, aber der Hofmaler befand sich in einer schwierigen Lage. Einerseits hielt er sich an das Versprechen, das er Raffaels Onkel gegeben hatte, und unterstützte die Werkstatt und ihren jungen Meister, so gut es ging, andererseits wurde es immer klarer, dass er Raffael auch als Konkurrenz ansah, wenn es um neue Aufträge des Herzogs ging.

Raffael rieb sich nachdenklich mit dem Handballen über die Stirn. Es gab noch ein Thema, das er ansprechen wollte. Als er zu da Pian hinübersah, lachte der ältere Maler, und Raffael warf hastig einen Blick auf seine Hand. Natürlich, er hatte Bleiweiß auf seinem Gesicht verteilt. Er grinste, wurde dann aber sofort wieder ernst. »Ich habe übrigens einen Brief von Pietro Vannucci bekommen«, begann er. »Er hat sich die Zeichnungen für die Altartafel angesehen, die ich ihm geschickt habe, und nun schlägt er mir vor, nach Perugia zu kommen und für ihn zu arbeiten.«

Da Pian runzelte die Stirn. »Aber du führst doch bereits den Titel *Maestro*. Warum solltest du da noch einmal in die Lehre gehen?«

»Ich glaube, genau deswegen hat *il Perugino* Vannucci in seinem Brief auch nichts davon gesagt, dass ich sein Schüler werden soll. Er hat es höflich umschrieben.«

»Dein Vater hielt große Stücke auf Vannucci«, sagte da Pian nachdenklich. »Giovanni hat stets mit großer Bewunderung von seinen Fresken im Vatikan gesprochen. Sie waren für ihn ein Werk von wahrhaft göttlicher Inspiration.«

Vor Raffaels innerem Auge entstand das Fresko, auf dem Christus Petrus den Schlüssel zum Himmel übergab. Er kannte zwar das Original nicht, aber die Zeichnungen, die sein Vater davon angefertigt hatte, hatte er oft studiert. Giovanni Sanzio hatte längere Zeit in Rom gelebt; seine Arbeit hatte ihn zwar an viele Orte geführt, doch keiner hatte ihn so sehr beeindruckt wie die Ewige Stadt.

»Ich kann verstehen, warum mein Vater ihn so hoch geschätzt hat«, sagte Raffael. »Vermutlich könnte ich viel von ihm lernen.«

»Bedeutet das, dass du sein Angebot annehmen wirst?«, wollte da Pian wissen.

»Ich weiß nicht, Evangio. Sollte ich denn? Was soll aus der *bottega* werden, wenn ich monate- oder sogar jahrelang in Perugia bin?«

»Dein Onkel und ich könnten hier schon weiter nach dem Rechten sehen«, entgegnete da Pian langsam. »Aber Bernardina wird dabei sicher ein Wort mitreden wollen.«

Raffael ließ seinen Blick über die Werkstatt und die Lehrjungen schweifen, die gerade ihr Tagwerk beendeten. Obwohl seiner Stiefmutter die Werkstatt noch immer ein Dorn im Auge war, hatte sich ihr Verhältnis verändert. Seit ihre leibliche Tochter Elisabetta im Winter vor zwei Jahren an einem blutigen Husten gestorben war, war Bernardina stiller und bitterer geworden. Raffael bemühte sich seitdem, zumindest in den alltäglichen Dingen besser mit ihr auszukommen. Aber er konnte sich nicht vorstellen, wie sie darauf reagieren würde, künftig die Einkünfte der *bottega* gemeinsam mit da Pian verwalten zu müssen. Und er konnte nicht einschätzen, was Timoteo Viti tun würde.

Würde er versuchen, die Werkstatt zu übernehmen? Oder eher da Pian und die Lehrlinge für sich arbeiten lassen? Nein, es war der falsche Moment, um Urbino zu verlassen.

Raffael schüttelte den Kopf. »Ich denke, ich werde Vannucci schreiben und ihm höflich sagen, dass ich sein Angebot ablehne.« Er übergab den Pinsel und die Palette einem der Jungen, der sich darum kümmern würde, beides zu reinigen, und ging auf die Tür zu. »Ich gehe ins Haus. Vor dem Fest heute Abend sollte ich mir noch die Farbe abwaschen.«

»Viel Spaß«, sagte da Pian. »Bring keine der Hofdamen in Schwierigkeiten, hörst du?«

Raffael gab vor, den letzten Satz nicht gehört zu haben, zog die Schultern hoch und verließ die Werkstatt.

* * *

Unter der Arkade im Hof befand sich ein steinernes Becken mit der lateinischen Inschrift *Lavamini et mundi estote*. Er konnte sich noch gut daran erinnern, wie er das biblische Latein vor Jahren zum ersten Mal mühselig entziffert hatte – *wasch dich, um rein zu werden*. Raffael schöpfte Wasser aus dem Brunnen und goss es in das Becken, um sich dann Gesicht, Hände und Oberkörper zu waschen. Nach Sonnenuntergang war es kühl geworden. Er fröstelte in der Abendluft und beeilte sich, ein frisches Hemd und sein bestes Wams anzuziehen.

Fast der gesamte Sanzio-Haushalt saß noch beim Abendessen zusammen, als er die Treppe hinunterlief und sich auf den Weg zum Palast des Herzogs machte. An zwei Männern in den Farben des Herzogs vorbei gelangte er in den Innenhof des Palazzos, der von einem beeindruckenden Säulengang umgeben war.

Eine breite Treppe führte in den ersten Stock und zum Festsaal. Auf dem umlaufenden Korridor hatten sich die Diener der Gäste an der Wand aufgereiht, und an ihnen vorbei hasteten die Männer und Frauen, die für die Bewirtung zuständig waren. Der Festsaal war riesig und wurde von einer hohen Bogendecke überspannt; an den Wänden prangten Wappen zwischen kostbaren Teppichen. In zwei mannshohen Kaminen brannte Feuer, und Dutzende von Kerzen, die auf den langen Tafeln aufgestellt worden waren, sorgten zusätzlich für Licht. Allerdings bewirkte die verschwenderische Beleuchtung auch, dass sich der Saal, in dem sich vielleicht ein halbes Hundert Menschen befand, stark aufheizte. Der Geruch der Speisen und die Ausdünstungen der Gäste hingen bereits jetzt wie eine Wolke über dem Raum.

Raffael kannte die meisten der Gäste des Herzogs. Er entdeckte Erzbischof Arrivabene an der Tafel, seinen alten Lehrer Ludovico Odassio, den ehemaligen *condottiere* Fabrizio Fizzoni und den berühmten Baumeister Donato Bramante, der zwar aus Urbino stammte, gerade jedoch aus Rom zu Gast war. Er war am Vortag in der Werkstatt gewesen und hatte sich jede ihrer Arbeiten genau erklären lassen. Er grüßte Raffael freundlich, als er ihn entdeckte.

Guidobaldo da Montefeltro, der Herzog von Urbino, saß an der Stirnseite der Tafel auf dem Ehrenplatz. Er war ein hagerer Mann, dessen dünnes, hellbraunes Haar so eng an seinem Kopf anlag, als wäre es mit Leim angeklebt. Der Herzog trug eine silberbestickte *zimarra* mit einem hohen Kragen. Aus den langen Ärmeln schauten Hände mit rot angelaufenen und stark geschwollenen Gelenken hervor. Obwohl der Herzog noch keine dreißig Jahre alt war, litt er bereits unter heftigen Gichtanfällen, die ihn zwangen, ein weitaus häuslicheres Leben zu führen, als es sein Vater getan hatte, der kriegerische Herzog Federico. An Guidobaldos rechter Seite saß seine Ehefrau Elisabetta, die ein Kleid aus Goldbrokat trug, das mit dem Montefeltro-Wappen bestickt war. Die Perlen um ihren Hals passten zum Schmuck in ihrem Haar, das kunstvoll geflochten und mit einem Schleier versehen war.

Obwohl sie mit ihren schmalen Lippen und der vorspringenden Nase sicher keine Schönheit war, die ein Dichter besungen hätte, war Elisabetta Gonzaga seit ihrer Heirat mit dem Herzog der strahlende Mittelpunkt des Hofes. Sie war diejenige, die Künstler und Gelehrte nach Urbino holte, und ihre Feste verliehen dem Hof Glanz. Kluge Entscheidungen des Herzogs hatten dazu geführt, dass Guidobaldo beim Volk beliebt war, und die einzige Sorge des Paares schien zu sein, dass ihre Ehe, die mittlerweile schon zehn Jahre andauerte, bislang kinderlos geblieben war.

»Raffael Sanzio«, begrüßte Guidobaldo da Montefeltro ihn. »Ich freue mich, dass Ihr unserer Einladung gefolgt seid.«

»Die Freude ist ganz meinerseits, Herr«, gab Raffael höflich zurück und verneigte sich tief.

»Ich brauche Euch, Maestro Sanzio«, mischte sich Elisabetta ein. »In ihrem letzten Brief hat meine Schwägerin Isabella ganz ungeniert mit dem Bild angegeben, das Leonardo di ser Piero da Vinci von ihr malen will. Ohne Euch wüsste ich nicht, was ich dem entgegenzusetzen hätte. Aber jetzt seid Ihr ja da, und wir können über ein Porträt reden, das ich in Auftrag geben will.«

Raffael hob die Augenbrauen und lächelte Elisabetta an. Er war der Herzogin zwar erst wenige Male begegnet, aber doch bereits oft genug, um sich durch ihre Worte nicht in Verlegenheit bringen zu lassen. »Obwohl Ihr mir schmeichelt, wäre es mir natürlich eine große Ehre, Euch zu malen«, entgegnete er. »Wenn Ihr wirklich keinen Besseren für Euer Porträt findet«, fügte er dann noch hinzu. Vor dem versammelten Hof war es nicht klug, allzu selbstbewusst aufzutreten.

Aber es fiel ihm schwer, seine Freude zu verbergen. Ein Porträt der Herzogin würde der gesamten *bottega* über Monate ein Auskommen sichern. *Solange die Herzogin meine Bilder nicht ernsthaft mit denen von Leonardo vergleicht,* dachte er. Der aus Vinci stammende Künstler hatte sich in den vergangenen Jahren einen einzigartigen Ruf erworben – und von den wenigen Kartons her, die Raffael von seinen Werken gesehen hatte, völlig zu Recht. Leonardo war ein Genie.

Elisabetta lachte. »Ich schmeichele Euch nur ein wenig«, sagte sie. »Und ganz im Ernst: Ihr müsst mir den heiligen Nikolaus zeigen, bevor Ihr ihn nach Città de' Castello schickt. Timoteo Viti hat das Bild gelobt.«

Raffael wandte sich zu Viti um, der einige Plätze vom Herrscherpaar entfernt neben seiner jungen, sehr schönen und hochschwangeren Frau saß, und warf ihm einen fragenden Blick zu. »Nun, dann beliebt mir auch Maestro Viti zu schmeicheln«, entgegnete er vorsichtig.

»Falsche Bescheidenheit steht dir nicht, Raffael«, versetzte Viti mit einem scharfen Unterton. »Du kannst ruhig zugeben, dass dir der Altar gelungen ist.«

Raffael zog es vor, diese letzte Bemerkung nicht zu kommentieren. Stattdessen schaute er Hilfe suchend einen der Diener an, der seinen Blick offensichtlich richtig deutete und ihn an seinen Platz unweit des Herrscherpaares führte. Zu seiner Freude saß Raffaels Onkel Bartolomeo ihm gegenüber und begrüßte ihn freundlich. In einiger Entfernung von ihm saß auch Emmanuele Brandi, ein wohlhabender Weinhändler und Danieles Vater, mit seinen beiden ältesten Söhnen, doch Daniele selbst konnte Raffael nicht entdecken.

Der Tisch war mit bunten Tüchern bedeckt und mit silbernen Gewürzschalen, verzierten Salzfässern und fantasievollen Blüten aus Marzipan reichlich dekoriert. Zwischen den Gästen eilten Diener mit Platten umher, auf denen sie den Gästen die verschiedensten Köstlichkeiten anboten. An einem extra dafür vorgesehenen Tisch zerlegte ein Vorschneider ganze Wachteln, eine Ochsenbrust und anderes Fleisch in handliche Stücke.

Raffael setzte sich und ließ sich Kalbfleischpastete mit Feigenmus auflegen, gefolgt von Ravioli mit Geflügelfüllung. Dazu wurde ein schwerer roter Wein gereicht, der ihm schon beim zweiten Becher in den Kopf stieg. Als er fertig gegessen hatte, bot ein Diener Raffael eine Schale mit Rosenwasser an, in der er seine Hände waschen und an einem bereitliegenden Tuch abtrocknen konnte. Er schüttelte den Kopf, als ein Diener den Weinbecher nachfüllen wollte. *Falls die Herzogin das Porträt noch einmal zur Sprache bringt, ist es vermutlich besser, Herr meiner Sinne zu sein.*

Doch im Augenblick drehte sich das Gespräch am Tisch vornehmlich um Politik. Cesare Borgia, der seit über einem Jahr eine Stadt nach der anderen unter seine Herrschaft zwang, war das alles beherrschende Thema.

»Habt Ihr gehört, dass Borgia eine Venezianerin entführt hat?«, fragte Fabrizio Fizzoni. Man sah dem früheren *condottiere* seine kriegerische Vergangenheit deutlich an: Zwei wulstige Narben verunzierten sein Gesicht.

»*Entführt* ist vielleicht ein zu hartes Wort. Es heißt, dass Dorotea Caracciolo ganz freiwillig bei ihm bleibt und ihm schon bald einen Bastard schenken soll«, warf ein Mann mit einem dichten graublonden Bart ein, den Raffael nicht kannte.

»Ob es den Franzosenkönig freuen wird, wenn seine Nichte von ihrem Borgia-Ehemann in aller Öffentlichkeit so betrogen wird?«, fragte Bischof Arrivabene, der die eleganten Hände nachdenklich unter dem Kinn gefaltet hatte.

»Selbst König Louis dürfte es inzwischen schwerfallen, mit dem Gonfaloniere zu brechen«, erklärte Fizzoni. »Und ich habe gehört, dass Seine Heiligkeit plant, Cesare Borgia zum Herzog der Romagna zu machen.«

Das führte zu einem allgemeinen aufgebrachten Raunen unter den Gästen. *Kann der Papst wirklich so weit gehen, um seinem Sohn ein eigenes Herrschaftsgebiet zu sichern?*

Der Baumeister Donato Bramante erhob sich und strich sich bedächtig über den Kranz grauer Haare auf seinem Kopf. »Wie Ihr wisst, komme ich gerade aus Rom«, sagte er. »Und ich kann Euch versichern, dass es wahr ist. Papst Alexander wird Cesare zum Herzog machen.«

»Gnade Gott Borgias neuen Untertanen!«, erklärte Odassio mit schwerer Stimme. Er hob seinen Becher, als wollte er ihnen in einem Zeichen der Verbrüderung zuprosten.

Der Herzog hob beschwichtigend die geschwollenen Hände. »Cesare Borgia selbst hat mir geschrieben, nachdem Faenza kapituliert hat. Der Widerstand von Astorre Manfredi hat ihm schwer zugesetzt, aber jetzt, wo sich die Stadt in seiner Hand befindet, sucht er Verbündete, keine neuen Feinde. Er hat sogar angeboten, dem jungen Manfredi gegenüber Milde walten zu lassen.«

Guidobaldo da Montefeltro war vielleicht kein Freund des Borgia-Heerführers, aber er stand ihm näher als die meisten Herrscher in der Romagna und den Marken. In seiner Jugend, bevor seine Krankheit ihn an Urbino gefesselt hatte, hatte er gemeinsam mit Cesares Bruder Juan Borgia gegen die Franzosen gekämpft. Es war eine Laune des Schicksals, dass der ältere Borgia nun mit Frankreich verbündet und durch Heirat verwandt war.

»Caterina Sforza hat er keine Gnade gezeigt«, bemerkte Bartolomeo düster. Die Regentin von Forli hatte ihre Stadt lange gegen die Borgia-Truppen gehalten, und es hieß, dass Cesare an ihr persönlich Rache genommen habe, indem er sie erst schändete und anschließend in Rom einkerkern ließ.

»Pesaro, Rimini, Faenza?«, fragte Fizzoni, an den Herzog gewandt. »Glaubt Ihr wirklich, Herr, dass der Gonfaloniere nun aufhören wird und die saftigste Beute unbehelligt lässt?«

Obwohl die direkten Worte des *condottiere* eine unverzeihliche Unhöflichkeit darstellten, hatten sich wohl die meisten Anwesenden bereits dieselbe Frage gestellt. Die Marken waren ein reicher Landstrich, und Urbino war zusammen mit Bologna die bedeutendste Stadt der Region.

Guidobaldo schien den Affront des Kriegsmannes überhört zu haben und schüttelte den Kopf. »Im Moment ist Cesare in Neapel«, erwiderte der Herzog. »Der Franzosenkönig hat ihn dorthin beordert, um die Kämpfe zu beenden.«

»Ich fürchte, dass sich der Papstsohn von König Louis bald keine Befehle mehr erteilen lässt«, wandte die Herzogin leise ein. Einige Köpfe an der Tafel drehten sich zu ihr um. Es war nicht üblich, dass Frauen sich in Gespräche über Politik einmischten, aber alle, die schon öfter Gast des Herzogspaares gewesen waren, wussten, dass Elisabetta sich gern darüber hinwegsetzte.

»Das weiß ich nicht«, antwortete Guidobaldo. »Aber ich weiß mit Sicherheit, dass er im Süden ist.«

»Und auf dem Weg dorthin hat er Capua eingenommen und geplündert«, entgegnete Fizzoni. »In nur acht Tagen wurden sechstausend Männer, Frauen und Kinder geschlachtet. Die französischen Söldner haben wie die Tiere gewütet.«

Auf Fizzonis Worte folgte ein Schweigen, das sich wie eine kalte Welle am Tisch ausbreitete. »Gott sei ihrer aller Seele gnädig«, sagte der Erzbischof in die Stille hinein.

»Genug von der Politik«, bat Elisabetta mit einem Lächeln, das selbst aus der Entfernung gezwungen wirkte. »Wollen wir uns etwas Heitererem zuwenden? Der Dichtung vielleicht?«

Als sich allgemein zustimmendes Gemurmel erhob, wandte sie sich an einen Mann, der am anderen Ende des Saales saß. »Wollt Ihr uns etwas von Horaz vortragen, Polydor?«, bat die Herzogin. Der Angesprochene war groß und schlaksig. Seine vornübergebeugte Statur ließ ihn vor der Zeit gealtert wirken, doch seine Stimme war beeindruckend und trug mühelos durch den Saal, als er eine Ode des großen römischen Dichters rezitierte. Während die meisten Gäste lauschten, suchte Bartolomeo Raffaels Blick und deutete mit einer Neigung des Kopfes zur Stirnseite der Tafel. Raffael löste seine Gedanken von Cesare Borgias Kriegszügen und sah, worauf sein Onkel ihn aufmerksam machen wollte.

Timoteo Viti hatte den Platz an der Seite seiner Ehefrau verlassen und stand nun an der Seite der Herzogin, der er eben etwas ins Ohr raunte. *Vermutlich versucht er ebenfalls, den Auftrag für das Porträt zu bekommen.* Raffael fragte sich, ob Viti den Auftrag gemeinsam mit der Sanzio-Werkstatt ausführen wollte oder ob er gerade versuchte, ihn auszustechen. Obwohl er nun schon lange genug mit dem Mann zusammenarbeitete, blieben seine Motive für ihn oft im Dunkeln.

Sollte ich besser abwarten oder auch hinübergehen?

Die Wärme und Polydors Vortrag in dem stickigen Raum legten sich wie eine Decke auf seine Gedanken. Er stand auf, um den Saal zu verlassen und sich zu erleichtern. Als er im Korridor an den Dienern vorbeilief, die auf ihre Herren und Herrinnen warteten, löste sich eine Gestalt aus der Reihe und rief seinen Namen, und Raffael erkannte Daniele. Sie hatten sich eine Weile nicht gesehen. Seit er die Werkstatt übernommen hatte, schien es Raffael oft, als bliebe ihm für nichts anderes Zeit.

»Daniele! Wie geht es dir?«, fragte er und umarmte seinen Freund. »Ich habe dich drinnen gar nicht gesehen.«

Daniele hatte sich kaum verändert. Sie waren beinahe gleich groß, aber anders als Raffael besaß Daniele trotz all seiner Studien die kräftige Statur eines Bauernburschen. Sein helles Haar war durch die Sommersonne beinahe weiß gebleicht, und er trug es mönchisch kurz. Das schlichte Hemd, über dem er weder Wams noch Mantel trug, war ebenso grau wie seine Strümpfe.

»Ich war auch gar nicht im Saal«, gab Daniele zurück. »Eine Demutsübung, die mir Fra Michele als Buße aufgetragen hat. Während drinnen alle tafeln, warte ich hier draußen mit den Dienern.«

»Was hast du denn angestellt?«, wollte Raffael voller Mitgefühl wissen, und Daniele seufzte. »Fra Michele nennt es Hochmut, aber mir erschien es nur richtig, den Höchsten nicht mit falschen Worten zu preisen. Ich habe das Latein seiner Predigt korrigiert.«

Raffael musste lachen. Das sah Daniele ähnlich.

»Du bist vermutlich besser dran als wir«, entgegnete Raffael, um seinen Freund aufzuheitern. »Das Tischgespräch war staubtrocken; ein graubärtiger alter Mann nach dem anderen hat kluge Dinge gesagt, um sich wichtigzumachen.«

Danieles Mundwinkel zuckten. »Aber immerhin gab es da drin etwas zu essen, was das Ganze vermutlich leichter erträglich macht. Hier draußen müssen wir vorerst mit dem Duft des Bratens vorliebnehmen.«

Raffael hob entschuldigend die Hände. »Mich wundert es,

dass du noch immer bei Fra Michele in der Lehre bist«, sagte er. »Du übertriffst ihn doch mittlerweile sicher in allen gelehrten Dingen?«

»Vielleicht, ja. Obwohl ich vermutlich erst wieder Weihnachten etwas zu essen bekomme, wenn Fra Michele das hört. Aber meine Familie schickt mich ohnehin bald nach Rom«, antwortete Daniele.

»Wirklich?«, fragte Raffael. »Du gehst aus Urbino fort?«

»Ja, um die Priesterweihe zu erhalten und mich ganz in den Dienst des Herrn zu stellen.«

»Rom ist das Zentrum der Welt!« Vor Raffaels innerem Auge entstand die heilige Stadt mit all ihren prächtigen Bauten, Kirchen und vor allem den ungezählten Kunstwerken, die dort seit der Antike entstanden waren. »Ich wünschte, ich könnte mitkommen.«

»Ich weiß nicht«, gab Daniele zurück. »Fra Michele sagt, dass es auch das Zentrum der Sünde sei, ein wahres Sodom und Gomorrha.«

Raffael grinste, wurde aber schnell wieder ernst. »Wie ich dich kenne, wird es die Versuchung bei dir nicht leicht haben«, sagte er. »Aber willst du das denn wirklich? Priester werden? Niemals mehr mit einem Mädchen zusammen sein?«

»Wir sind alle Sünder«, gab Daniele zurück. »Aber nicht jeder legt so viel Wert auf weibliche Gesellschaft wie du, Raffael.«

»Du kennst mich zu gut. Aber das beantwortet meine Frage nicht. Ist das wirklich, was du willst?«

Ein strahlendes Lächeln legte sich auf Danieles Züge. »Natürlich! Ich wollte schon immer Priester werden, und nun bin ich froh, dass sich die Jahre bei Fra Michele gelohnt haben und mein Vater mich wirklich nach Rom schickt.«

»Die Dominikaner können froh sein, dich in ihren Reihen zu haben«, sagte Raffael, der erkannte, wie ernst es seinem Freund war. »Und ich bewundere deinen Entschluss. Ich glaube, ich könnte das nicht.«

Daniele senkte den Blick auf den Boden. »Das musst du ja auch nicht«, erwiderte er. »Du kannst Gott mit deiner Malerei dienen. So gut, dass er dir bestimmt den einen oder anderen unzüchtigen Gedanken verzeiht.«

Kann ich das?, fragte Raffael sich. *Wenn meine Engel aussehen, als ob sie dem himmlischen Vater hundert Fragen stellen wollten, auf die es keine Antwort gibt?* Aber er nickte nur. »Ich werde dich vermissen.«

Im Saal wurden plötzlich die Stimmen lauter. Vermutlich hatte Polydor seinen Vortrag beendet, und die Gäste verlangten nach mehr Wein und Naschwerk. »Ich muss sehen, ob Fra Michele noch irgendetwas braucht«, sagte Daniele hastig, und Raffael nickte.

»Leb wohl«, sagte Daniele schließlich. »Wer weiß, vielleicht sehen wir uns irgendwann in Rom wieder.«

Als Raffael in den Saal zurückkehrte, sah er, dass Timoteo Viti noch immer bei Elisabetta da Montefeltro stand. Er dachte an das Gespräch mit Daniele. Wenn dieser seinen Weg so zielstrebig verfolgen konnte, dann konnte er das auch. Und wenn er den Auftrag für das Bildnis nicht verlieren wollte, noch bevor er ihn eigentlich erhalten hatte, musste er etwas unternehmen.

Er ging zur Stirnseite des Tisches hinüber und suchte den Blick der Herzogin. »Darf ich mich zu Euch gesellen, Madonna Elisabetta?«, fragte er.

»Aber natürlich.« Elisabetta winkte ihn heran und deutete dann auf Timoteo Viti. »Gerade haben Maestro Viti und ich über das Porträt gesprochen, das ich bestellen will«, sagte sie. »Es scheint, dass Ihr bereits einen Konkurrenten um meine Gunst habt, Raffael.«

Raffael entging nicht, dass Vitis Lächeln bei den Worten der Herzogin ein wenig verkniffener wurde.

»Ich habe Madonna Elisabetta lediglich darauf hingewiesen,

dass in diesem Fall vielleicht eine kundigere Hand besser wäre als die eines Anfängers«, entgegnete Viti steif.

»Oh?« Raffael sah die Herzogin fragend an. »Aber vielleicht sucht Ihr ja auch ein neues *disegno*, Herrin? Etwas Frisches statt der immer gleichen Farben?« Er war sich sicher, dass Viti den Seitenhieb verstand. Der ältere Maler war nicht gerade für seine Experimentierfreude bekannt.

»Wie viel Porträts hast du noch gleich gemalt?«, gab Viti mit einer Schärfe zurück, die Raffael überraschte und die auch die Herzogin erstaunt aufschauen ließ. Elisabetta trank einen Schluck Wein und sah nachdenklich von einem zum anderen. Dann blieb ihr Blick an Raffael hängen. »Es stimmt, oder? Bislang habt Ihr hauptsächlich Altarbilder und Heilige gemalt, nicht wahr?«, fragte sie.

Raffael nickte. Es wäre sinnlos gewesen, das zu leugnen.

»Und auch das stets unter der Anleitung eines erfahreneren Mannes«, fügte Viti mit einer gewissen Befriedigung hinzu.

»Der Nikolaus-Altar ist unter niemandes Anleitung entstanden«, gab Raffael zurück, aber sein Gegenüber ließ sich nicht auf seinen Widerspruch ein.

»Ihr solltet einem Mann vertrauen, der seine Fertigkeiten oft genug bewiesen hat«, erklärte Viti, der nun siegessicher grinste. »Um Eure betörende Schönheit angemessen darzustellen, braucht es Geschicklichkeit, die mit den Jahren erworben wird. Und nicht den schnellen, oft achtlosen Pinselstrich der Jugend.«

Zu spät erkannte er, dass er den Bogen überspannt hatte.

»Meine betörende Schönheit?«, gab die Herzogin mit hochgezogenen Augenbrauen zurück.

Elisabetta stand in dem Ruf, ehrlich zu sein, auch sich selbst gegenüber. Raffael beschloss, alles darauf zu setzen, dass sie diesem Ruf gerecht wurde.

»Anders als Maestro Viti will ich aber auch nicht zuvorderst Eure Schönheit malen, Madonna«, warf er ein. »Sondern das, was Euch wirklich ausmacht – Eure Anmut, die *Grazia*, die Euch auszeichnet. Ich will Euch so malen, wie es auch Maestro Leonardo da Vinci tun würde.« Er unterbrach sich und sah sie an, halb erwartend, dass sie sich verärgert abwenden würde, aber die Herzogin schaute ihn lediglich auffordernd an.

»Ich habe einen Vorschlag für Euch«, fuhr er fort. »Schaut Euch meinen Cherub auf dem neuen Altarbild an. Und entscheidet dann, wie Ihr gemalt werden wollt.«

Zu seiner Erleichterung lachte die Herzogin. »Er ist Eurem Rat gefolgt, Maestro Viti, und hat die falsche Bescheidenheit rasch hinter sich gelassen.« Der Angesprochene presste die Lippen noch fester zusammen und verneigte sich.

An Raffael gewandt, fuhr die Herzogin fort: »Nun, ich denke, ich werde Euer Angebot annehmen und Euch morgen in der *bottega* besuchen. Wenn mir gefällt, was ich sehe, sollt Ihr den Auftrag bekommen.«

Kapitel 4

ROM, JUNI 1502

*D*aniele verließ das Seminar gleich nach der Prim und ohne gefrühstückt zu haben. Sein Magen knurrte, als er sich auf den Weg machte, aber der *Magister scholarum* hatte vereinbart, dass er Bernardo Dovizi da Bibbiena noch vor der Terz treffen sollte, und Daniele wollte ihn auf keinen Fall schon am ersten Tag durch seine Unpünktlichkeit verärgern. Dovizi war ein hoch angesehener Mann, und soweit Daniele wusste, ein enger Vertrauter der mächtigen Medici. Der Magister des Seminars hatte gesagt, dass Dovizi eine große Zukunft in ihrer heiligen Mutter Kirche habe, und Daniele sich glücklich schätzen könnte, als Schreiber und Sekretär in seine Dienste zu treten.

Daniele war erstaunt gewesen, dass man ausgerechnet ihn für diesen Posten vorgeschlagen hatte. Im Seminar gab es genügend Söhne wichtiger Familien, die vermutlich besser zu dieser Aufgabe gepasst hätten als er. Die meisten seiner Mitschüler waren jüngere Söhne einflussreicher Adeliger, die den väterlichen Besitz nicht erben konnten und auch für eine militärische Laufbahn nicht geeignet waren. Man hatte sie ins Seminar gesteckt, damit sie so einen Posten innerhalb der Kurie fanden und so zu Einfluss gelangten. Aus eigenem Antrieb waren nur die wenigsten dort, und folglich nahmen es viele mit den Regeln und Vorschriften des Ordens nicht allzu genau.

Daniele vermutete, dass die Wahl hauptsächlich auf ihn gefallen war, weil er kaum Aussichten auf eine große Karriere in der Kirche hatte. Außerdem war seine Handschrift nahezu fehlerfrei und gut leserlich.

Von der Basilika Santa Maria sopra Minerva aus lief er in Richtung Tiber. Die morgendliche Luft war schwül und warm, und es fühlte sich an, als presste sich eine schwere Hand auf die Stadt. Über ihm ballten sich bereits graue Regenwolken zusammen. Daniele beeilte sich, den Weg zum Vatikan so rasch wie möglich zurückzulegen, damit er noch ankäme, bevor das Gewitter losbrach, das seine Vorzeichen bereits an den Himmel schrieb. Trotz der frühen Stunde waren die Straßen Roms schon belebt. Handwerker, Händler und Mönche begannen ihr Tagwerk, und Studenten, Adelige und Huren suchten den Weg ins Bett.

Rom war die Ewige Stadt, die Stadt, die der Herr sich erwählt hatte, um hier seine Kirche zu bauen – und doch fühlte Daniele sich hier noch immer fremd. Die Stadt war eine chaotische Ansammlung von Ruinen und Baustellen, schlecht gepflasterten, finsteren Straßen und Häusern, die immerzu den Eindruck machten, als ob ihre Bewohner eigentlich nur im Schatten früherer Größe lebten. An etlichen Stellen waren Arbeiter damit beschäftigt, die antiken Aquädukte wieder instand zu setzen, da die Wasserversorgung in den heißen Monaten zum Problem geworden war.

Daniele vermisste das kleine, geschäftige Urbino, seine Familie und Fra Michele. Als er hergekommen war, hatte er gehofft, Gott ebenso dienen zu können wie sein früherer Mentor. Doch jetzt sah es so aus, als ob der Wille des Herrn ihn in eine Schreibstube führen würde, statt ihn den Menschen geistlichen Beistand leisten zu lassen.

Du bist wirklich undankbar, Daniele, ermahnte er sich in Gedanken und begann still, ein Ave-Maria zu beten. *Meine Ordensbrüder haben mir eine wichtige Aufgabe übertragen, und ich sollte mich nicht darüber beschweren.*

Er entschied sich, den Tiber an der Ponte Sant'Angelo zu überqueren und dann am Fluss entlangzulaufen, um das Gewirr von Straßen und Gassen des *Parione* zu umgehen und schneller voranzukommen. Im Winter war es in der Nähe des Flusses noch auszuhalten gewesen, doch nun musste Daniele sich am Ufer den Kuttenärmel vor die Nase halten. Der Tiber transportierte den gesamten Unrat der Stadt in seinen braunen Fluten, und der Sommer ließ den Fluss zum Himmel stinken.

Ein Stück südwärts der Brücke entdeckte er eine große Menschenmenge, die sich am Ufer versammelt hatte und dicht gedrängt etwas anstarrte, das im übel riechenden Schlamm liegen musste. Er blieb stehen und versuchte, einen Blick darauf zu werfen, was die Neugier der Versammelten geweckt haben mochte.

Der Fluss hatte zwei Leichen angespült, die nun am Ufer lagen. Die Toten waren kein Anblick für einen schwachen Magen, und er dankte im Stillen dem Herrn, dass ihn seine Lehrzeit bei Fra Michele dergleichen gegenüber abgehärtet hatte.

Einer der Toten war noch ein Junge oder höchstens ein junger Mann. Die feuchten Strähnen seines langen, schwarzen Haares hingen ihm ins Gesicht und verdeckten gnädig die bläuliche Haut. Er war sicher einmal ein hübscher Jüngling gewesen, aber jetzt hing seine geschwollene Zunge zwischen blutleeren, weißen Lippen hervor, und seine gebrochenen Augen starrten in die Unendlichkeit. Er war mit Hemd und Strümpfen bekleidet, beides schmutzig, zerrissen und mit Wasser vollgesogen. Der andere Tote, nur wenig älter als der erste, war an Armen und Beinen gefesselt. Der Ältere war vielleicht zuerst aus dem Wasser aufgetaucht; sein Gesicht sah aus, als ob sich bereits ein Tier daran zu schaffen gemacht hatte. Fleisch und Muskeln waren zu sehen, die Haut darauf aber fehlte fast vollständig. Die Körper der beiden wiesen außer den Spuren der Tiere keine Verletzungen auf; vielleicht hatte man sie lebendig ertränkt.

Eine der Huren, die sich durch die Menge nach vorn gedrängt hatte, warf einen Blick auf das zerstörte Gesicht des älteren Mannes und übergab sich geräuschvoll in den Flussschlamm. Die Umstehenden wichen vor ihr zurück, bis sie endlich ihren Magen entleert hatte und hastig davoneilte.

»Das sind die Manfredi«, flüsterte ein älterer Mann in schäbiger Kleidung. »Astorre und Ottaviano. Ich habe sie in der Engelsburg gesehen, ich bin mir sicher, dass sie es sind!«

Daniele trat einen Schritt von den Toten zurück. *Astorre Manfredi und sein Bruder? Die Herren von Faenza?* Es hieß, Borgia habe Astorre Manfredi und den Bürgern Faenzas Milde versprochen, doch nachdem die Mauern gefallen waren, hatte man Astorre und seinen Bruder in Ketten nach Rom schleppen und in der Engelsburg festsetzen lassen, deren dunkler Umriss direkt hinter der Brücke aufragte.

Mit einer hastigen Geste bekreuzigte sich Daniele, und ein Mann neben ihm folgte seinem Beispiel. Der Kleidung nach musste er einer der zahlreichen Pilger sein, die zu jeder Zeit in die Stadt strömten. »Herzog Borgia wird die Geduld mit den Manfredis verloren haben«, sagte er. »Oder die Engelsburg ist mittlerweile so voll von Gefangenen, dass er den Platz brauchte.«

Sein Begleiter, ein großer Mann, der einen Pilgerstab in der Hand trug, sah sich um, als stünden die Häscher Cesare Borgias schon hinter ihm. »Sag so was nicht«, zischte er. »Wir wissen doch gar nichts, und es geht uns auch nichts an.«

Daniele konnte ihr Misstrauen gut verstehen. Obwohl er erst einige Monate in der Stadt war, wusste er bereits, dass Papst Alexander VI. nicht mit Nachsicht reagierte, wenn jemand seine Familie angriff, und selbst die mächtigen und alten Aristokraten wie die Colonna und die Orsini hielten sich zurück, wenn es darum ging, Cesare oder seine Schwester Lucrezia zu kritisieren, wollten sie nicht ihr Einkommen, ihre schönen Häuser oder sogar ihr Leben verlieren. Aber die meisten Menschen in Rom mochten Cesare Borgia nicht. Der Sohn des spanischen Papstes, der seinem Vater erst als Kardinal gedient hatte, bevor er sein Heerführer geworden war, galt als grausam, unberechenbar, als ungezügelter Lüstling. Hinter vorgehaltener Hand wurde gemunkelt, dass er selbst vor der Blutschande mit seiner Schwester nicht zurückschreckte. Im Seminar kursierten Gerüchte, dass der Papst und sein Sohn im Vatikan Orgien feierten. Daniele hatte Mühe, sich dergleichen vorzustellen. Spanier oder nicht: Seine Heiligkeit war schließlich immer noch der Stellvertreter Christi auf Erden.

Sein Blick fiel wieder auf die Leichen. Hatte Cesare Borgia die Manfredis wirklich so offensichtlich ermorden lassen? Ihm war plötzlich ganz kalt. »Hat jemand die Wachen gerufen?«, fragte er schließlich. Der Pilger neben ihm warf Daniele einen zögerlichen Blick zu, nickte aber dann. »Da ist eben jemand losgelaufen, der die Wache holen wollte«, sagte er.

Daniele machte einen Schritt zurück, dann noch einen. Hinter ihm murmelte jemand verärgert: »He, pass doch auf, wo du hintrittst.«

Er drehte sich um und kämpfte sich durch die Menge der Schaulustigen. Er hatte genug gesehen und wollte nur noch fort von hier.

Mittlerweile war der Himmel fast nachtdunkel geworden, und die ersten Regentropfen fielen herab. Im Norden zuckten bereits die ersten Blitze.

Daniele murmelte leise ein Gebet für die beiden armen Seelen der Manfredis vor sich hin und nahm dann seinen Weg wieder auf.

Als er den Vatikan erreichte, war er bereits völlig durchnässt. Er lief an der Petersbasilika vorbei und betrat die verschachtelten und miteinander verbundenen Gebäude der päpstlichen Residenz durch einen Nebeneingang. Mit einer Hand drückte er sich das Wasser aus den Haaren, aber viel mehr konnte er nicht tun. Selbst hier, in den Gängen und Räumen der päpstlichen Verwaltung, sah man die Zeichen der Zeit: Putz, der von den Wänden bröckelte, Wasserflecken und zerbrochene Holzdielen. Trotzdem herrschte im Inneren ein Betrieb wie in einem Taubenschlag. Einfache Priester, Bischöfe und Kardinäle arbeiteten hier, während Pilger und Gesandte aus aller Herren Länder versuchten, ihren Anliegen Gehör zu verschaffen. Der Heilige Vater selbst empfing kaum einen Bruchteil von ihnen.

Daniele musste sich durchfragen, bis er Bernardo Dovizis Gemächer fand, und bevor er die Hand hob, um an seiner Tür zu klopfen, atmete er zweimal tief ein und aus, um sich zu sammeln.

»Guten Tag, Monsignore«, grüßte er ehrerbietig, als er auf ein Rufen hin den Raum betrat. »Der Magister ...« Weiter kam er nicht.

Dovizi saß auf einem verzierten Stuhl am Fenster, und auf seinem Schoß saß das hübscheste Mädchen, das Daniele je gesehen hatte. Sie war sehr jung, sicher viel jünger als Daniele, und hatte lange, zierliche Glieder. Goldene Locken fielen ihr bis zur Taille. Außerdem war sie vollständig nackt, und als sein Blick auf ihre Brüste fiel, schoss ihm das Blut ins Gesicht. Er wandte die Augen ab und starrte betreten auf seine Füße in den nassen Sandalen.

»Ah, dich muss das Seminar hergeschickt haben«, sagte Dovizi mit einer tiefen, angenehmen Stimme und ohne das geringste Anzeichen von Verlegenheit. Betreten nickte Daniele, ohne den Kopf zu heben. »Wie heißt du?«, wollte Dovizi wissen.

Er flüsterte unsicher seinen Namen.

Dovizi lachte. »Giuliettas Anwesenheit ist dir unangenehm, oder?«

Daniele hob vorsichtig den Blick. Der Priester schob das Mädchen von seinem Schoß und strich ihr vom Hals abwärts über den Rücken. »Geh, meine Süße«, sagte er. »Bevor dieser junge Esel hier noch beginnt, sich selbst zu geißeln, nur weil er deine Titten gesehen hat.«

Bei diesen Worten wuchs Danieles Verlegenheit noch. Die Schöne hob eilig ein Kleid vom Boden auf und streifte es über. »Monsignore«, sagte sie, küsste Dovizi auf die Wange und verließ den Raum.

Endlich traute Daniele sich, den Priester genauer zu betrachten. Er war vielleicht dreißig Jahre alt, groß und schlank. Seine dunklen Augen musterten Daniele aufmerksam. Die lange Nase und die Unterlippe, die deutlich voller als die Oberlippe war, verliehen seinem Gesicht einen leicht spöttischen Ausdruck. »Dein Name ist Daniele, habe ich das richtig verstanden?«

Er nickte.

»Du bist nicht aus Rom, nehme ich an. Wo kommst du her?«

»Aus ... Urbino.«

Dovizi lächelte erneut, als hätte er einen Witz gemacht.

»Was tust du hier in Rom, Daniele?«

»Ich bin vor einem halben Jahr hergekommen und besuche das Seminar an der Sapienza, Herr. Nicht mehr lange, und ich hoffe, zum Priester geweiht zu werden.«

»Was auch sonst, hm?«, versetzte Dovizi, wurde dann aber ernst. »Dein Meister hat dich mir empfohlen, weil du ein heller Kopf sein sollst.«

Daniele senkte bescheiden den Kopf, sagte aber nichts. Sicher wollte sein Gegenüber nicht, dass er sich der Sünde des Stolzes schuldig machte.

»Was weißt du über mich?«, wollte Dovizi wissen, und Daniele begann, unter seiner Kutte zu schwitzen. Selbst der Magister, der zuzeiten cholerischer als Fra Michele sein konnte, flößte ihm nicht so viel Angst ein wie dieser ruhige und höfliche Mann.

»Ich weiß, dass die Oberen meines Ordens Euch hoch schätzen«, sagte er vorsichtig.

»Geschenkt. Aber das wird doch hoffentlich nicht alles sein, was man sich über mich erzählt?«

Machte er einen Fehler, wenn er weitersprach, oder eher, wenn er schwieg? Er blickte Dovizi an. Dessen Hand trommelte einen ungeduldigen Rhythmus auf der Tischplatte, während er auf eine Antwort wartete. »Und dass viele glauben, Ihr werdet eine große Karriere machen, weil Ihr zum Haus der Medici gehört«, fuhr Daniele fort und biss sich auf die Unterlippe, kaum dass er den Satz beendet hatte.

Dovizi schnaubte. »Eine große Karriere? Ja, gewiss. Du weißt vielleicht, dass die Medici aus Florenz vertrieben wurden. Der

Pöbel hat gegen sie aufbegehrt, und seitdem ist Piero de' Medici auf der Flucht und ich mit ihm.«

Er hielt inne und warf Daniele einen durchdringenden Blick zu.

Mene, mene tekel, schoss es Daniele durch den Kopf, als das Schweigen andauerte. Doch er hielt dem Blick seines Gegenübers stand, und offenbar wurde er nicht für zu leicht befunden, denn schließlich nickte Dovizi kaum merklich, bevor er fortfuhr: »Natürlich geht es uns Flüchtlingen am Hof Seiner Heiligkeit nicht schlecht«, sagte er, »was insbesondere daran liegt, dass Pieros Bruder Giovanni Kardinal ist. Wir leben in Luxus und sind jedermanns geschätzte Gäste, aber eigentlich sind wir nichts als Schmarotzer mit wohlklingenden Namen. Und der spanische Papst tut nichts, um uns zu unserem angestammten Recht zu verhelfen. Lieber wildert sein Sohn als Heerführer in der Romagna und vergewaltigt venezianische Schönheiten.«

Daniele biss sich bei diesen Worten so fest auf die Lippe, dass er Blut schmeckte. Dann sah er unwillkürlich zur Tür. Sie befanden sich mitten im Vatikan, und der Mann vor ihm hatte praktisch den Heiligen Vater selbst beleidigt.

»Keine Angst, Daniele da Urbino«, sagte Dovizi, nun wieder mit kühler, spöttischer Stimme. »Ich bin nicht lebensmüde. Ich möchte nur, dass du weißt, worauf du dich einlässt, wenn du für mich arbeitest.«

»Ja, Herr«, sagte Daniele, weil er nicht wusste, was er sonst erwidern sollte.

»Momentan sind die Medici nicht die Partei, auf die du setzen solltest, wenn du in Rom Karriere machen willst. Ich fürchte, wir beide müssen unser eigenes Glück schmieden.«

Plötzlich nahm Dovizis Stimme einen ganz anderen Ton an, und seine Züge verloren den spöttischen Ausdruck. »Du wirkst aufgeregt«, sagte er. »Das liegt hoffentlich nicht allein an Giulietta; ist alles in Ordnung?«

Da platzte es aus Daniele heraus. »Am Tiber, Herr ... wurden zwei Leichen angespült. Ein Mann hat gesagt, dass es Astorre Manfredi und sein Bruder sind.«

Dovizi blickte ihn fragend an und stand dann auf. Er ging zum Fenster hinüber und blickte hinaus. »Die Manfredis sind tot, ja? Und was denkst du darüber, wenn sie es wirklich sind?«

»Ich weiß nicht, Herr. Jemand meinte, er habe sie ermorden lassen. Der Gonfaloniere. Weil der Herzog ihn bei Faenza der Lächerlichkeit preisgegeben hat.«

Der spöttische Ausdruck kehrte auf das Gesicht des Priesters zurück, als er sich umdrehte, aber Dovizi sagte nichts.

Habe ich noch einen Fehler gemacht?, fragte sich Daniele im Stillen.

Schließlich legte Dovizi die Hände zusammen und sah ihn direkt an. »Wie sind sie gestorben?«, fragte er.

»Ich habe bei ihnen keine Wunden gesehen«, berichtete Daniele. »Deshalb glaube ich, dass man sie gefesselt in den Fluss geworfen hat und sie wohl ertrunken sind.«

»Du hast eine gute Beobachtungsgabe«, sagte Dovizi. »Das gefällt mir.«

»Danke, Herr.«

»Nun, wenn wirklich Cesare Borgia ihren Tod befohlen hat, warum dann wohl auf diese Weise? Warum hat er nicht Michelotto mit einer Dosis *Cantarella* zu ihnen geschickt?«

»Ich weiß nicht, Herr. Weil dann jeder gewusst hätte, wer dahintersteckt?« Das weiße Gift der Borgia war weit über Rom hinaus gefürchtet.

Dovizi schüttelte den Kopf. »Das wird ohnehin jeder vermuten. Du sagst es ja selbst, dass es in der Stadt schon die Spatzen von den Dächern pfeifen. Nein, ich glaube, er wollte, dass man die so zugerichteten Leichen findet, und dass möglichst viele Leute sie sehen. Er hat damit ein Zeichen gesetzt für alle, die sich ihm künftig entgegenstellen könnten. *Seht her, so ergeht es allen Fürsten, die mir Widerstand leisten.* Ich vermute, dieses Gerücht wird Borgias künftigen Eroberungen großen Vorschub leisten. Und er wird sich schon bald wieder auf den Weg machen. Ich denke, du kannst froh sein, Urbino rechtzeitig verlassen zu haben.«

Daniele schluckte schwer. »Wie meint Ihr das, Herr?«, fragte er leise.

»Was Cesare will – *wirklich* will, ist ein eigener Staat in Oberitalien. Ein Gebiet, das seine Familie ebenso beherrschen kann, wie es die römischen Adeligen im Süden tun. Und ich denke, dass Urbino für ihn sehr verlockend sein muss.«

Daniele schüttelte den Kopf. »Ich werde beten, dass er die Stadt verschont.«

Dovizi öffnete mit einem Griff das Fenster und lehnte sich kurz hinaus, wie um Atem zu schöpfen. »Du kannst ordentlich lesen und leserlich schreiben?«, wechselte er dann abrupt das Thema.

»Beides, Herr.«

»Immerhin. Latein?«

»Recht gut.«

Er schnaubte. »Nun, das ist mehr, als ich es derzeit überhaupt von einem Novizen erhoffe. Können wir uns darauf einigen, dass du deine Prüderie ablegst? Ich suche einen Sekretär und keinen Beichtvater.«

In diesem Moment war sich Daniele alles andere als sicher, ob er wirklich in die Dienste Bernardo Dovizis treten wollte. In den wenigen Minuten, die er in seiner Gegenwart verbracht hatte, war es dem Priester bereits gelungen, ihn vollständig zu verwirren.

Seine freie Rede verstörte Daniele ebenso wie die junge Frau, die bei ihm gewesen war, und er hatte das Gefühl, ständig verspottet zu werden. Aber Dovizis Anerkennung hatte ihm beinahe mehr bedeutet als alles Lob am Seminar. »Ich ... kann mich bemühen, Herr«, entgegnete er deshalb.

Bernardo Dovizi lächelte gewinnend. »Also gut, versuchen wir es miteinander.«

Kapitel 5

URBINO, JUNI 1502

Die Sonne stand bereits tief am Himmel, und ihre Strahlen fielen schräg durch die Bäume, als die Jagdgesellschaft anhielt. Herzog Guidobaldo da Montefeltro ließ sich von seinem Jagdhüter eine verzierte Armbrust geben, spannte sie und schoss einen Bolzen auf ein Ziel, das Raffael, der am Schluss des kleinen Trupps ritt, nicht sehen konnte. Der Bolzen ging wohl ins Leere, denn der Herzog fluchte leise und gab Andrea da Pesaro die Waffe zurück, bevor er sein Pferd wieder antrieb. Bislang hatten sie nicht mehr als drei Rebhühner erlegt, die vom Sattel des Jagdhüters baumelten, und Fabrizio Fizzoni, dem ehemaligen *condottiere*, der direkt hinter dem Herzog ritt, schien das fehlende Jagdglück zusehends auf die Laune zu schlagen.

Während Fizzoni und Andrea darüber stritten, wer von ihnen das Wild vertrieb, ließ Raffael seine Stute noch weiter zurückfallen. Er machte sich nichts aus der Jagd und war kein guter Schütze, aber zu einer Gesellschaft des Herzogs eingeladen zu werden, war dennoch eine Ehre, die er natürlich nicht ablehnen konnte.

Herzogin Elisabetta lenkte ihren Wallach neben Raffaels Pferd. »Ich denke, wir beenden unseren Ausflug bald und reiten nach San Bernardino«, sagte sie. Obwohl sie einen zierlichen Dolch am Gürtel trug, vermutete Raffael, dass ihr die Waffe mehr als Schmuck diente; jedenfalls hatte Elisabetta bisher ebenso wenig Anstalten gemacht wie er selbst, sich wirklich an der Jagd zu beteiligen.

»Ich bin mir nicht sicher, ob das möglich ist, solange Messere Fizzoni noch keinen Hirsch erlegt hat, Madonna«, entgegnete Raffael leise, und Elisabetta lachte.

»Ich fürchte auch, dass diese Beute seinem Stolz einen schweren Schlag versetzt«, sagte sie und deutete auf die Rebhühner. »Aber ich glaube dennoch, dass der Herzog bald das Zeichen zum Ende der Jagd geben wird.«

Raffael warf einen Blick zu Guidobaldo und erkannte, dass dieser inzwischen recht verkrampft im Sattel saß. Vermutlich spürte er die Gicht wieder, und seine Gelenke schmerzten.

Es war ein herrlicher Abend vor der kürzesten Nacht des Jahres. Zwar war die Hitze des Tages noch spürbar, aber ein leichter Wind sorgte dafür, dass die Luft angenehm frisch und kühl war. Raffael atmete tief ein und blickte nach Urbino hinüber. Die Farben, mit denen die tief stehende Sonne die Stadt übergoss, waren spektakulär: warmes Gold, leuchtendes Orange und tiefes Rot. Vor seinem inneren Auge wandelten sich die Umrisse der Gebäude zum Hintergrund eines Bildes und die Farben des Himmels zu Farben auf seiner Leinwand.

»Was macht mein Porträt, Raffael?«, wollte die Herzogin wissen.

»Es ginge schneller voran, wenn Ihr mir häufiger Modell sitzen könntet«, erwiderte Raffael mit einem Lächeln. »Wisst Ihr bereits, wann Ihr das nächste Mal die Zeit finden werdet?« Zu Beginn des Jahres war der Auftrag für das Bildnis der Herzogin endlich an ihn und die *bottega* ergangen; die Herzogin fand allerdings nur selten die Muße dafür.

Andrea da Pesaro, der mit dem Herzog vorausgeritten war, hielt sein Pferd an und hob den Arm. Das knappe Dutzend Reiter kam daraufhin zum Stehen. »Das Glück war uns heute nicht gewogen«, verkündete der Herzog. An seinem Gesichtsausdruck konnte Raffael erkennen, dass er den mangelnden Jagderfolg nicht allzu schwernahm. »Wir reiten nach San Bernardino, um dort zu Abend zu speisen.«

Die Herzogin warf Raffael noch einen Blick zu – *Siehst du, ich habe es dir ja gesagt* –, dann schloss sie zu ihrem Ehemann auf, und der Trupp setzte sich wieder in Bewegung.

Der gedrungen wirkende Kirchenbau, den Guidobaldos Vater Federico da Montefeltro hatte errichten lassen und in dem er nun selbst bestattet lag, war von einem gut bestellten Garten umgeben. Die wehrhaften Mauern umsäumten eine mit Gras bewachsene Fläche, die mit Zypressen, Oliven- und Walnussbäumen bestanden war. Hier hatten die Brüder vom Orden des heiligen Francesco bereits einen Tisch für die Jagdgesellschaft gedeckt. Sie trugen auf, sobald die Pferde in die Ställe gebracht worden waren. Es gab warmes Brot, eingelegten Schafskäse und Oliven, ebenso standen mehrere Krüge mit Verdiccio für die Gäste bereit.

Nachdem er den ersten Becher getrunken hatte, besserte sich Fabrizio Fizzonis Laune sichtlich, und auch der Herzog wirkte nun weniger angeschlagen. Da Pesaro brachte einen Trinkspruch auf die Montefeltro aus, und alle Gäste hoben ihren Becher, um dem Herzog die Ehre zu erweisen.

Raffael nippte an dem Verdiccio und überlegte, warum Timoteo Viti wohl nicht eingeladen worden war. Die Konkurrenz zwischen ihnen hatte sich in den vergangenen Monaten weiter verschärft und war nun immer spürbar, wenn sie aufeinandertrafen.

Gerade als er seinen Becher auf dem Tisch absetzte, begannen in einiger Entfernung in Urbino die Glocken von San Domenico zu läuten. Das Geläut wehte so leise zu ihnen herüber, dass Raffael sich zuerst nicht sicher war, woher es kam. Er hob erstaunt den Kopf und blickte zur Stadt hinüber. Andere am Tisch taten das Gleiche. Nur einen Augenblick später stimmten die Glocken von San Giovanni ein. Dann folgte Santa Chiara.

Alle Gespräche verstummten. »Was kann das sein?«, fragte der Herzog, der ebenfalls zur Stadt hinübersah und lauschte. »Sie läuten doch noch nicht zur Komplet?« Der Vorsteher des Klosters, ein korpulenter Mann, der mit ihnen am Tisch saß, schüttelte den Kopf. Die Glocken verklangen. Raffael fragte sich schon, ob es vielleicht ein Versehen gewesen war, das auf alle

Kirchen übergegriffen hatte, doch in diesem Moment begannen die Glocken des Doms zu läuten, so laut und durchdringend, dass niemand, der nicht taub war, ihren Klang überhören konnte. Nur einen Herzschlag später stimmten alle anderen Kirchen wieder in das Geläut ein.

Die Gäste erhoben sich vom Tisch, drängten zur Straße, die vom Tal her zum Kloster führte, um einen besseren Blick auf die Stadt werfen zu können. War vielleicht ein Brand ausgebrochen und außer Kontrolle geraten?

Auf der Straße tauchte ein Mann in den Farben des Herzogs auf, der direkt auf das Kloster zuritt. Als er sich näherte, konnte Raffael erkennen, dass der Reiter schweißüberströmt war, er musste sich völlig verausgabt haben.

»Was gibt es?«, rief Fabrizio Fizzoni mit lauter Stimme.

Der Reiter brachte sein Pferd direkt vor ihnen zum Stehen und rutschte aus dem Sattel. Sein Blick suchte den des Herzogs, vor dem er sich verneigte. »Es sind die Borgia-Truppen«, keuchte er. »Sie marschieren direkt auf uns zu.«

»Was?«, rief Andrea da Pesaro, und die Herzogin hob abwehrend die Hände, als wollte sie die schlechten Nachrichten so aufhalten. Raffael schüttelte ungläubig den Kopf.

»Das kann nicht sein«, flüsterte Guidobaldo da Montefeltro. »Cesare hat mir versichert, dass er nach Camerino zieht. Er *kann* Urbino nicht angreifen.«

»Herr, die Truppen stehen bereits kurz vor der Stadt. Ein Irrtum ist ausgeschlossen, Urbino ist ihr Ziel. Der Erzbischof hat mich zu Euch geschickt, Exzellenz.«

Unter den Umstehenden breitete sich Panik aus.

»*Padre nostro*, steh uns bei«, murmelte der Klostervorsteher.

Fizzoni allein schien die Ruhe zu bewahren. »Ganz langsam, Mann. Was genau hast du gesehen?« Der Mann wandte sich ihm zu. »Viele Tausend Bewaffnete. Vom Hügel aus kann man sie schon gut erkennen. Sie werden bald an den Toren sein. Und sie haben Kanonen dabei.«

»Kanonen, die wir selbst Cesare Borgia geliefert haben«, sagte der Herzog mit mehr Bitterkeit in der Stimme, als Raffael je bei ihm gehört hatte.

Raffael versuchte zu begreifen, was all das bedeutete. Was würden die Bürger der Stadt tun, wenn die Borgia-Truppen sie erreichten? Würden sie sich ergeben? Die Tore verrammeln? Was war mit Evangelista da Pian, mit Bernardina? Mit der Werkstatt und den Lehrlingen? Er musste zu ihnen.

Er sah den Boten an. »Ich muss zurück in die Stadt.«

Der Mann schüttelte den Kopf. »Das geht nicht, Messere. Bis Ihr Urbino erreicht, werden die ersten Soldaten schon am Tor sein. Der Erzbischof hat mich beauftragt, Euch allen hier zu raten, die Flucht anzutreten.« Er sah sich nach dem Herzog um. »Besonders natürlich Euch, Messere.«

Da Montefeltro stieß scharf die Luft aus. Elisabetta hatte seinen Arm ergriffen und er tastete nach ihrer Hand. »Wenn der Bischof will, dass wir fliehen, heißt das, dass er die Stadttore öffnen wird«, sagte er zu Raffaels Überraschung mit ruhiger Stimme.

»Er ist ein Mann der Kirche, *mio caro*«, murmelte Elisabetta. »Und Cesare Borgias Herr ist nun einmal der Papst.«

Der Herzog da Montefeltro sah sich unter den Anwesenden um. Die Demütigung des Augenblicks stand ihm ins Gesicht geschrieben.

»Ich spucke auf diesen spanischen Köter«, sagte Fizzoni wutentbrannt und spie auf den Boden. »So kann die Stadt nicht in seine Hand fallen.«

»Das wird sie aber«, erwiderte der Herzog, der sich auf die Lippen biss.

»Wir müssen dem Rat des Bischofs folgen«, drängte Elisabetta. »Wenn wir hierbleiben, werden sie uns finden und uns in die Engelsburg schleppen.«

»Und ihr wisst alle, was mit den Manfredis passiert ist«, fügte Fizzoni düster hinzu. »Und mit ihrer Stadt.«

Guidobaldo maß seine Frau mit einem langen Blick. »Du hast recht«, sagte er dann. »Wir können nicht bleiben.« An seine Begleiter gewandt, fuhr er fort: »Und ihr könnt ebenfalls nicht nach Urbino zurück. Wenn Borgia erfährt, dass ihr heute mit uns zusammen wart, wird er alles daransetzen, um von euch zu erfahren, wo ich bin. Euch drohen der Kerker und die Folter.«

»Wo sollen wir denn hingehen?«, fragte Andrea da Pesaro. Der Jagdhüter sah den Herzog hilflos an. »Meine Frau und meine Kinder sind in der Stadt.«

»Erst einmal fort von den Borgia«, ordnete da Montefeltro an. »Und dann sehen wir weiter. Vielleicht können Elisabetta und ich nach Ravenna reiten, und von dort aus in den Norden.«

»Meine Schwägerin Isabella ist in Porto Montovano«, warf die Herzogin ein. »Die d'Este werden uns sicher helfen.«

Da Montefeltro nickte und sah zu den Mönchen hinüber. »Wer immer uns begleiten will, ist mir willkommen.«

Der Vorsteher des Klosters trat auf den Herzog zu. »Wir bleiben, Exzellenz«, sagte er. »Und vertrauen auf den Herrn, dass Borgia sich nicht der Sünde der Gotteslästerung schuldig machen will, indem er diesen Ort schändet.«

»Vielleicht solltet ihr besser auf die Dicke eurer Mauern vertrauen«, warf Fizzoni ein. »Wenn ihr bleiben wollt, würde ich euch raten, euch im Inneren des Klosters zu verschanzen und alle Riegel vorzulegen.«

Der Abt nickte. »Das werden wir tun, wenn Ihr fort seid, Messere Fizzoni«, sagte er. »Unsere Gebete werden Euch begleiten.«

»Ich will, dass alle Pferde bereit gemacht werden«, rief der Herzog. »Wenn wir den Borgia-Truppen noch entkommen wollen, müssen wir so bald wie möglich aufbrechen. Sind die Stadttore erst einmal geöffnet und die Armee in Urbino, wird es nicht lange dauern, bis Cesare merkt, dass ich nicht im Palast bin.«

Die entschlossenen Worte lösten die Starre der Anwesenden. Sie beeilten sich, seinen Anweisungen Folge zu leisten.

Raffael lief mit den anderen zu den Ställen und suchte sein

Pferd. Die allgemeine Aufregung hatte auch auf die Tiere übergegriffen, und die braune Stute tänzelte nervös hin und her, als er sie aus ihrer Box führte. Er strich ihr beruhigend über die Nüstern, legte ihr den Sattel auf und ergriff die Zügel. Dann führte er das Pferd auf die Wiese und machte Platz für die anderen. In seinem Kopf überschlugen sich die Fragen. *Ravenna? Was soll ich in Ravenna? Und was wird aus Urbino?*

Noch während er versuchte, seine Gedanken zu ordnen, brüllte plötzlich einer der Mönche: »Soldaten!«

Elisabetta, deren Gesicht kalkweiß war, hatte die Lippen zu zwei schmalen Strichen zusammengepresst. Aus dem Augenwinkel sah Raffael, wie Fizzoni eilig den Herzog auf sein Pferd schob. Als Raffael gerade im Sattel saß, waren die Berittenen schon heran. »Halt«, brüllte der Erste von ihnen, ein Mann in einem Brustpanzer und einem Überwurf in den Farben des Kirchenstaates.

Um Raffael herum brach Chaos aus. Jeder Reiter gab seinem Pferd die Sporen und galoppierte vor den Soldaten davon.

»Hier entlang«, brüllte Fizzoni und schlug einen unter tief hängenden Zweigen fast verborgenen Pfad ein, der in den Wald führte. Das Herzogspaar folgte ihm. Einigen anderen Reitern gelang es ebenfalls aufzuschließen und im Dickicht zu verschwinden, doch dann sirrten bereits Armbrustbolzen durch die Luft, und Soldaten drängten sich zwischen die Fliehenden.

Raffael konnte im letzten Augenblick sein Pferd wenden, bevor ihm der Weg auch von hinten versperrt wurde. Einige andere wurden jedoch vom Rest der Gruppe abgeschnitten. Ein lauter Schrei verriet, dass ein Armbrustbolzen sein Ziel getroffen hatte.

Als Raffaels Pferd plötzlich erschreckt einen Satz nach vorn machte, konnte er sich nur mit Mühe im Sattel halten. Er beugte sich tief über die Stute und hielt sich fest, so gut er konnte, lenkte das Tier an einer freien Stelle in den Wald und galoppierte in halsbrecherischem Tempo einen schmalen Pfad entlang.

Die Rufe hinter ihm wurden leiser, und erst nach einer Weile wagte er es, sich umzusehen. Die Soldaten waren ihm nicht gefolgt.

Er zog vorsichtig an den Zügeln, um die Geschwindigkeit seines Pferdes zu drosseln, und stellte erleichtert fest, dass ihm die Stute noch gehorchte und nicht in blinde Panik verfallen war.

Vorsichtig ritt er in nordöstliche Richtung, immer in Angst vor den Soldaten der Borgia. *Ob der Herzog und Elisabetta davongekommen sind?*, fragte er sich. Wenn die Borgia-Soldaten begriffen hatten, wen sie da aufgespürt hatten, würden sie die Verfolgung sicher nicht aufgeben. Aber vielleicht waren sie nur zufällig in der Nähe des Klosters gewesen?

Es dämmerte bereits, als Raffael den Matàuro erreichte und am Ufer anhielt, unschlüssig, was er als Nächstes tun sollte. Das Dorf Canavaccio befand sich in der Nähe, aber er wusste nicht, ob es sicher war, dorthin zu reiten. Schließlich entschied er, es zu versuchen, aber als er die Kreuzung erreichte, von der aus der Weg dorthin führte, sah er bereits aus der Ferne den Schein eines großen Feuers und hörte, dass sich das Dorf in Aufruhr befand. Die Schreie einer Frau drangen zu ihm herüber, als Antwort darauf ertönten die Rufe und das derbe Gelächter von Männern. Unwillkürlich bekreuzigte er sich. Er hoffte inständig, dass die Bewohner die Nacht überstehen würden. Ein Stück den Hügel hinauf entdeckte er zwei Männer mit schlichten Helmen und Spießen in den Händen, die offenbar Wache hielten. Sie sahen ihn beinahe im selben Moment, hoben ihre Waffen und riefen etwas zu ihm herüber, das er nicht verstand. Dann begann einer von ihnen, den Hügel hinunterzulaufen.

Raffael hatte nicht die Absicht, auf ihn zu warten. Die Möglichkeit, sein Pferd zu erbeuten, würde den Soldaten vermutlich ausreichen, um kurzen Prozess mit ihm zu machen. Hastig wendete er die Stute. Hinter sich hörte er das Gebrüll der beiden Soldaten, doch er blickte sich nicht um, sondern ritt so schnell wie möglich zum Fluss zurück und folgte dessen Verlauf bis zur alten Trajansbrücke.

Mittlerweile war es fast vollständig dunkel geworden, und er wusste, dass er nicht mehr lange weiterreiten konnte, ohne Gefahr zu laufen, dass sich sein Pferd oder er den Hals brachen.

An einer Biegung des Matàuro hielt er an und stieg ab. Er ließ die Stute trinken und schöpfte für sich mit beiden Händen kaltes Wasser aus dem Fluss. Seine Finger zitterten so sehr, dass er drei Anläufe brauchte, bis er etwas getrunken hatte. Erst jetzt wurde ihm klar, wie knapp er den Borgia-Soldaten entkommen war.

Er ließ sich nach hinten fallen und schloss für einen Moment die Augen.

Du kannst hier nicht liegen bleiben, ermahnte er sich dann, doch er konnte sich nicht aufraffen, aufzustehen.

»He!« Erst als er die helle Stimme hörte, fuhr er hoch. Sie gehörte einem kleinen Mädchen, sicher nicht älter als sechs oder sieben. Begleitet wurde es von einer älteren, grauhaarigen Frau, die das Kind erschreckt zum Schweigen bringen wollte.

»Wer seid ihr?«, fragte Raffael überrascht.

»Wir sind aus Canavaggio«, entgegnete die Frau zögernd und musterte ihn misstrauisch. Das getadelte Mädchen klammerte sich an ihren Rock. »Wir waren auf den Feldern, als die Truppen kamen, und sind um unser Leben gerannt.«

»Ich bin aus Urbino«, sagte Raffael. »Und ich war beim Kloster von San Bernardino, als die Borgia kamen.« Er stand auf. »Mein Name ist Raffael.«

»Anna. Und das ist meine Enkelin Sofia. Und mein Mann Gabriel.« Hinter ihnen raschelte es im Gebüsch. Ein graubärtiger Mann mit einem Aststecken in der Hand trat daraus hervor. Offenbar hatte er einen Bogen geschlagen, um Raffael notfalls überraschen zu können.

»Wir wussten nicht, ob du vielleicht zu ihnen gehörst«, sagte Anna entschuldigend. »Aber du bist kein Soldat.«

»Nein.« Als der alte Mann näher kam, sah Raffael, dass er eine Platzwunde am Kopf hatte. Sein spärliches Haar war ganz blutverklebt.

»Sie haben einfach alles niedergeritten, die Felder und uns, als wären wir gar nicht da«, sagte Anna, die Raffaels Blick wohl bemerkt hatte.

»Und wer weiß, was sie im Dorf machen«, fügte Gabriel düster hinzu.

Raffael dachte an die Schreie, die er gehört hatte, sagte aber nichts. *Wenn sie es wissen, ist es nur noch schlimmer für sie.*

Er streckte Sofia die Hände hin, die neugierig danach griff. Auch das kleine Mädchen sah erschöpft aus.

»Hast du etwas zu essen?«, fragte sie. Er schüttelte den Kopf. »Leider nicht.«

»Wir müssen eine Rast machen. Es ist zu dunkel, um noch weiterzugehen«, sagte Gabriel, an seine Frau gewandt. Er musterte Raffael eindringlich, schien dann aber zu beschließen, ihm fürs Erste zu vertrauen. »Willst du dich uns anschließen?«

Raffael nickte. Jetzt, da die Aufregung etwas nachließ, legte sich eine bleierne Erschöpfung auf ihn. »Aber lasst uns noch ein Stück tiefer in den Wald gehen«, schlug er vor. Denn was, wenn die Borgia-Soldaten noch immer im Wald unterwegs waren?

Sie suchten eine Lichtung, auf der sie ein kleines Feuer entfachten, und die beiden Älteren legten Sofia daneben schlafen, sobald die Flammen etwas Wärme spendeten. Raffael versorgte seine Stute. *Sie hat mir heute vielleicht das Leben gerettet,* dachte er und streichelte ihr die Nüstern.

»Ich habe Angst, nach Canaveccio zurückzukehren«, sagte Anna schließlich leise, als sie am Feuer saßen.

»Ihr solltet noch nicht zurückgehen«, erwiderte Raffael. »Die Soldaten waren noch im Dorf, als ich dort vorbeigekommen bin.«

Gabriel stieß einen Fluch aus. »Diese elenden Hunde! Ich schwöre bei allen Heiligen, wenn sie sich an unseren Töchtern vergehen ...«

Anna legte ihm eine Hand auf den Arm und sah zu Sofia hinüber, die unruhig schlief.

Der ältere Mann legte ein weiteres Holzscheit auf das Feuer und sah seine Frau an. »Was sollen wir denn sonst tun?«, fragte er.

»Wir können uns morgen nach Fano auf den Weg machen. Unsere Älteste lebt dort. Sie hat den Hufschmied geheiratet«, erklärte Anna dann, nicht ohne Stolz, an Raffael gewandt.

»Fano? Das solltet ihr wirklich tun, ich glaube nicht, dass die Truppen zur Küste ziehen«, erwiderte Raffael nach kurzem Nachdenken.

»Hast du denn Verwandtschaft, zu der du gehen kannst?«, fragte Gabriel.

Raffael schüttelte den Kopf. Er hatte ganz und gar keine Vorstellung, wohin er sich wenden sollte. Sein ganzes Leben hatte sich bislang in Urbino abgespielt.

»Du siehst aber nicht aus wie ein Bauer«, sagte Gabriel, der vorsichtig den Schorf an seinem Kopf betastete. Plötzlich lag wieder Misstrauen in seiner Stimme. »Hat so ein Hochgeborener nicht immer einen Ort, an den er gehen kann?«

»Ich bin kein Adeliger. Ich bin ... ein Maler.«

»Ein Maler?«, fragte Gabriel ungläubig.

»So einer wie der, der die Madonna in der Kirche in Fano ausgemalt hat?«

Fast hätte Raffael gelacht. *Genau so einer*, dachte er.

Doch dann fiel ihm plötzlich etwas ein. Wer *hatte* eigentlich die Kirche in Fano ausgemalt? Vermutlich Pietro Vannucci, der Maler, dessen Marienbildnisse mittlerweile im ganzen Land bekannt waren und der ihn im Herbst eingeladen hatte, nach Perugia zu kommen. Seitdem Raffael höflich abgelehnt hatte, hatten sie noch zwei oder drei Briefe gewechselt. *Il Perugino* hatte ihm die Absage anscheinend nicht übel genommen, und Perugia war nicht allzu weit entfernt, vielleicht noch zwei oder drei Tagesreisen. Vielleicht konnte er bei Vannucci unterkommen, um von dort aus in Erfahrung zu bringen, was in Urbino geschah?

Anna warf ihm einen prüfenden Blick zu. »Was hast du?«, fragte sie.

»Mir ist gerade eingefallen, wohin ich gehen kann. Ich breche morgen früh nach Perugia auf.«

Als Raffael endlich unter einer Zypresse lag, konnte er trotz seiner Erschöpfung nicht einschlafen. Immer wieder döste er ein, nur um wieder hochzuschrecken und angestrengt nach Schritten oder Pferdegetrappel in die Dunkelheit zu lauschen.

Die Sonne war gerade erst aufgegangen, als er schließlich aus einem unruhigen Schlaf erwachte. Seine Kleidung war vom Tau feucht, und als er zum Fluss ging, sah er, dass seine Hände und Arme mit Mückenstichen übersät waren.

Anna, Gabriel und Sofia waren ebenfalls schon auf den Beinen und machten sich zum Aufbruch bereit.

Das kleine Mädchen hatte Flusskiesel gesammelt und spielte damit so andächtig, als hätte sie die Ereignisse des gestrigen Tages schon vergessen. Raffael hockte sich neben sie nieder.

»Pass gut auf deine Großeltern auf«, sagte er zu ihr.

»Und du sei vorsichtig, Maler«, erwiderte Gabriel.

»Ich werde für dich beten, wenn wir Fano erreichen«, erklärte Anna.

Raffael schaute ihnen nach, bis sie um eine Biegung des Flusses verschwunden waren. Er hoffte sehr, dass sie es nach Fano schaffen würden.

* * *

Als Raffael Perugia schließlich erreichte, war er so müde, dass er sich kaum darüber freuen konnte. Er hatte auch die weiteren Nächte auf der Reise im Freien verbracht und unterwegs kaum etwas gegessen, da er um alle Siedlungen einen weiten Bogen gemacht hatte. Eine düstere Stimmung hatte sich auf sein Gemüt gelegt, die er nicht abschütteln konnte. Was war, wenn Vannucci gar nicht in der Stadt war? Oder wenn sein Angebot nicht mehr galt? Was, wenn er längst ein Parteigänger der Borgia war und sich vor Scherereien fürchtete, wenn er ihn aufnahm?

Reiß dich zusammen, ermahnte er sich selbst. *Wenn Vannucci keinen Platz für dich hat, fällt dir etwas anderes ein.*

Perugia war groß, viel größer als Urbino. Sicher gab es dort noch andere Maler und Werkstätten. Er würde schon Arbeit finden. Und vielleicht konnte er ohnehin bald nach Urbino zurück.

Er folgte der belebten Straße, die sich hügelaufwärts zur Stadtmauer schlängelte und ihn schließlich zu einem massiven Torbogen führte, der noch aus der römischen Zeit stammte. Raffael stieg ab und nahm die Zügel in die Hand. Obwohl er gewusst hatte, dass Perugia mit seiner weithin bekannten Universität eine große Stadt sein musste, war er trotzdem überrascht vom Gewirr der Häuser und Straßen.

Gleich hinter dem Stadttor fand er einen Stall, in dem er sein Pferd unterbringen konnte. Der Besitzer, ein einäugiger Mann mit sonnenverbrannter Haut, musterte ihn misstrauisch und verlangte, im Voraus bezahlt zu werden. Raffaels allerletzte Münzen reichten gerade noch dafür aus.

»Weißt du, wo ich den Maler Vannucci finden kann?«, fragte Raffael den Stallbesitzer ohne große Hoffnung, aber tatsächlich nickte der Mann sofort. »Den *priore?* Der hat seine *bottega* beim *Ospedale Santa Maria della Misericordia*«, sagte er, »du kannst es kaum verfehlen.«

Obwohl er sich in den Straßen und Gassen mehrfach verlief und wieder nach dem Weg fragen musste, erreichte Raffael schließlich ein großes Gebäude mit einem Holzschild über dem Eingang, das es als Spital auswies. Davor hatten sich ein paar Bettler versammelt, die auf eine milde Gabe hofften.

Raffael ging um die Ecke des Gebäudes herum. Dort reihten

sich Läden und Werkstätten aneinander. Schließlich fand er einen Eingang, über dem das Zeichen der Gilde hing, zu der die Maler und Bildhauer gehörten. Ein großer Torbogen gab den Blick ins Innere frei, vermutlich, damit man das Licht möglichst gut ausnutzen konnte.

Er atmete tief durch und rückte die Kappe auf seinem Kopf zurecht, bevor er eintrat, obwohl er ahnte, dass das in seinem momentanen Zustand nicht viel helfen würde.

Die Werkstatt war geräumig und beherbergte sicher ein Dutzend Lehrjungen oder mehr. Sie saßen in zwei Reihen in dem lang gestreckten Raum, leimten oder grundierten Tafeln und übertrugen Zeichnungen.

»Kann ich helfen?«, fragte ein vielleicht zehnjähriger Junge, der nah beim Eingang saß.

»Ich suche euren Meister, Maestro Vannucci«, sagte Raffael. Falls der Junge sein Auftreten merkwürdig fand, ließ er es sich jedenfalls nicht anmerken. Er deutete auf das andere Ende der Werkstatt.

Pietro Vannucci arbeitete in einem kleinen, offenen Raum, von dem aus er die Lehrlinge gut im Blick behalten konnte. Er war ein untersetzter Mann von vielleicht fünfzig Jahren. Dunkelblondes Haar mit grauen Strähnen darin fiel ihm bis auf den Kragen. Er trug ein braunes Wams und ein weißes Hemd, und sowohl seine rötliche Gesichtsfarbe als auch sein ausgeprägtes Doppelkinn verrieten, dass seine Werkstatt keinen Mangel litt. Als Raffael erschien, hob er den Blick von einer Zeichnung und sah ihn direkt an. »Ja?«

»Seid Ihr Meister Vannucci?«, fragte Raffael und verbeugte sich verlegen. »Ich bin Raffael da Urbino.«

Vannucci zog die Augenbrauen zusammen und musterte sein Gegenüber skeptisch. »Du bist Raffael Sanzio? Du siehst aus wie ein Strauchdieb«, erwiderte er.

Raffael wusste, dass das vermutlich stimmte. »Ich bin seit vier Tagen unterwegs hierher«, erklärte er. »Cesare Borgia hat

Urbino eingenommen. Ich war mit dem Herzog vor der Stadt, als die Truppen ankamen, und wir sind ihnen gerade so entkommen.«

Pietro Vannucci stützte eine Hand auf seinem Schreibpult ab. »Grundgütiger! Urbino ist jetzt auch in der Hand der Borgia? Vermutlich hat man deshalb heute Nachmittag die *Priori* zusammengerufen. In der Ratsversammlung gibt es kaum noch ein anderes Thema als den verdammten Sohn des Papstes.« Er schüttelte unwillig den Kopf. »Was ist mit dem Herzog passiert?«, fragte er dann.

»Ich weiß es nicht«, antwortete Raffael ehrlich. »Wir wurden getrennt. Er wollte mit seinen Begleitern in den Norden.«

»Es wird den Rat sehr interessieren, dass die Montefeltro noch leben.«

»Zumindest hoffe ich, dass sie das immer noch tun.«

»Und du bist zu mir gekommen?«, fragte Vannucci.

Raffael nickte. »Es ist zwar schon eine Weile her, aber Ihr habt mir geschrieben, dass ich für Euch arbeiten könnte.«

Vannucci nickte langsam. »Das kommt nun etwas überraschend, wie du dir vorstellen kannst. Aber darüber können wir uns später unterhalten«, sagte er. »Wenn du willst, kannst du dich erst einmal ausruhen. Die Lehrlinge haben ihre Schlafräume gleich neben der Werkstatt, da finden wir schon einen Platz für dich. Und ich denke, ein frisches Hemd können wir auch noch auftreiben.«

Kapitel 6

SIENA, SEPTEMBER 1502

Margherita Luti ließ ihre Finger über den Abakus gleiten und überprüfte noch einmal ihre Rechnung. Wenn sie keinen Fehler gemacht hatte, dann würde ihnen im nächsten Monat endgültig das Geld ausgehen. Sie hatte sorgfältig die Schulden zusammengerechnet, die sie bei den umliegenden Händlern gemacht hatten, das Lehrgeld hinzugefügt, das dem Küfer für die Ausbildung ihres Bruders zustand, und für sich und ihren Vater nur das Allernotwendigste veranschlagt. Doch egal, wie sie die Rechnung auch anging, immer blieb weitaus mehr übrig, was sie bezahlen mussten, als das, was sie einnehmen konnten.

Der Gewinn, den die Bäckerei abwarf, reichte kaum, um sie beide am Leben zu erhalten. Ihre Schulden davon abzubezahlen, war unmöglich. *Und schon jetzt würde meine Rechnung nur stimmen, wenn Papa den Rest des Monats zu Hause verbrächte*, dachte Margherita. Sie wusste selbst, wie unwahrscheinlich das war. *Wenn es noch schlimmer wird, müssen wir das Haus verkaufen.*

Ihr Haus mit der Backstube in der *contrada della Lupa*, dem Viertel der Wölfin, war der letzte Besitz von Wert, der ihnen geblieben war. *Wo sollen wir wohnen, wenn wir das aufgeben? Wovon leben, wenn wir die Bäckerei nicht mehr haben?*

Sie stemmte sich vom Tisch hoch und stand auf. Sie war müde, und die Steine auf der Rechenmaschine verschwammen im Kerzenlicht vor ihren Augen. Sie war heute vor Sonnenaufgang aufgestanden. Morgen würde es nicht anders sein. Aber die Abrechnung musste gemacht werden, und wenn sie es nicht tat, würde es auch kein anderer tun.

Sie schrieb die errechneten Zahlen langsam und sorgfältig in das ledergebundene Buch, das auf dem Schreibtisch lag. Dann stellte sie den Abakus zur Seite und legte das Buch in die Truhe unter dem Tisch, blies die Kerze aus und verließ das kleine Arbeitszimmer, das hinter der Backstube und dem winzigen Laden lag.

In der Backstube füllte sie aus einem Fass eine Schüssel mit Wasser und trug sie die Treppe hinauf. Ihre Kammer befand sich im ersten Stock. Darin fanden kaum ihr Bett und eine Truhe Platz. Sie stellte die Waschschüssel auf die Truhe, schnürte ihr Kleid auf und hängte es zusammen mit ihrer Haube an einen Haken über dem Bett. Dann löste sie ihr dunkles Haar und kämmte es aus, bis es ihr lang auf die Hüfte fiel. Im Unterkleid kniete sie nieder und sprach ihr Abendgebet, bevor sie zu Bett ging.

Die Glocken des Doms schlugen elf Uhr. Ihr Vater war sicher noch in einer der zahlreichen Tavernen, trank zu viel und tat zu laut seine Meinung kund. So lange, bis er mit irgendjemandem darüber in Streit geriet.

Es war nicht zu ändern; Gott wusste, dass sie es versucht hatte. Ihr Vater brachte die Einnahmen, die die Bäckerei abwarf, schneller zu den Wirten der Stadt, als sie hereinkamen, und seine Zunge wurde mit jedem Becher loser. Sie war froh, wenn er nach Hause fand, ohne in eine Schlägerei verwickelt worden zu sein.

* * *

Am nächsten Tag wurde Margherita wach, noch bevor der Morgen graute. Im Geist ging sie alles durch, was sie heute erledigen musste, während sie sich wusch, anzog, ihre Haare aufsteckte und schließlich ihren Vater weckte, der offenbar doch irgendwann im Verlauf der Nacht den Weg nach Hause gefunden hatte.

Francesco Luti war noch nicht alt, aber die Trunksucht hatte ihm aufgedunsene Gesichtszüge und blutunterlaufene Augen verliehen, die ihn beinahe wie einen Greis wirken ließen. Er fragte unwirsch: »Wie spät ist es?«, als sie ihn an der Schulter schüttelte.

»Spät genug, Papa«, gab sie zurück. »Paolo kommt heute, und ich könnte deine Hilfe gebrauchen.« Ihr Vater richtete sich auf und rieb sich über die Augen. Glücklicherweise war er wieder nüchtern genug, um ihr zuzuhören. »Schon gut, ich komme gleich«, sagte er. »Und du geh hinunter und sperr dem Jungen auf.«

Paolo war der Sohn des Müllers, der ihnen Mehl lieferte, und Margherita hatte insgeheim gehofft, dass ihr Vater es heute übernehmen würde, ihn in Empfang zu nehmen, denn das bedeutete auch, ihm sagen zu müssen, dass sie ihn nicht bezahlen konnten. Aber das würde ihr nun wohl nicht erspart bleiben.

Margherita lief die Treppe hinunter und schlug die hölzernen Läden zur Straße hin auf. Die aufgehende Sonne tauchte das Pflaster und die umliegenden Häuser in ein warmes Licht, das sie plötzlich mit einer Zuversicht erfüllte, für die sie keinen Grund hätte nennen können. Sie schloss die Augen und ließ sich die Sonnenstrahlen einen Moment lang ins Gesicht scheinen, atmete tief die frische Luft des Morgens ein, bevor die Hitze des Tages sich über die Stadt legen würde.

In den benachbarten Häusern, die nahezu alle ebenfalls kleine Läden beherbergten, waren die Besitzer auch schon auf den Beinen. Ihre Nachbarin Alessandra leerte einen Nachttopf auf die Straße und kam dann zur Bäckerei hinüber. Sie war höchstens ein oder zwei Jahre älter als Margherita, aber schon eine Weile verheiratet und Mutter von Zwillingen. »Guten Morgen«, rief sie aufgeräumt zu ihr hinüber.

Alessandra wirkte ausgemergelt. In der Schwangerschaft hatte sie zwei Zähne verloren, weshalb sie ihren Mund nun oft mit der Hand bedeckte, wenn sie lachte. »Ist bei euch alles in Ordnung?«, fragte sie. »Ich konnte gestern kaum schlafen, weil die Zwillinge ununterbrochen geschrien haben, und dann habe ich Matteo mitten in der Nacht bei euch gesehen.«

Margherita schluckte. Sie hatte von dem Besuch ihres Bruders gar nichts mitbekommen. »Ach, es ist nichts«, gab sie dennoch zurück. »Vermutlich hat Papa wieder nicht allein nach Hause gefunden, und Matteo musste ihn abholen.« Alessandra musterte sie, sagte aber nichts, und Margherita versuchte, sich nichts anmerken zu lassen. *Wie kann er das nur tun?*, dachte sie im Stillen. *Wie kann er seinem zwölfjährigen Sohn zumuten, ihn betrunken durch die halbe Stadt zu schleppen?*

Margheritas Mutter hatte vor ihrem Tod noch dafür gesorgt, dass ihr Sohn in einem benachbarten Viertel, der *contrada dell'Istrice*, eine Lehre begann. Unglücklicherweise hatte Margheritas Vater sich ausgerechnet dieses Viertel für seine nächtlichen Streifzüge ausgesucht, und die Tavernenwirte wussten inzwischen längst, wo sie Matteo finden konnten, wenn Francesco Luti wieder einmal sturzbetrunken oder nach einer Prügelei auf dem Fußboden lag.

Am liebsten hätte sie ihrem Ärger Luft gemacht, aber was würde das schon bringen? Also schwieg Margherita lieber. Vielleicht hatte Alessandra dennoch bemerkt, wie unangenehm ihr die Frage gewesen war, denn sie verabschiedete sich rasch. »Ich muss mich um das Geschäft kümmern. Grüß Matteo von mir, wenn du ihn siehst«, sagte Alessandra.

Margherita ging in die Backstube und fachte das Feuer unter dem steinernen Ofen an. Die Zuversicht, die sie vor ein paar Augenblicken noch gespürt hatte, war ebenso rasch verschwunden, wie sie gekommen war.

Die Brotschaufel, der Schürhaken und verschiedene Schüsseln und Siebe hingen ordentlich neben dem Ofen an der Wand. Sie nahm einen tiefen Teller vom Tisch und entfernte das Tuch, das ihn bedeckte. Ein frischer, säuerlicher Geruch stieg von dem Teig darunter auf.

»He, jemand zu Hause?« Paolos freundliches Gesicht erschien an der Tür. »Ich habe euer Mehl.«

Sie deckte den Sauerteig wieder ab und ging nach draußen.

Paolos Maultier, das mit Säcken in unterschiedlichen Größen beladen war, stand geduldig auf der Straße.

Margherita grüßte den Jungen freundlich. Dann blickte sie zu Boden, bevor sie fragte: »Können wir das Mehl vielleicht später bezahlen? Wir haben noch ein paar ausstehende Verpflichtungen, und ...«

»Ist schon gut, Margherita«, meinte Paolo und hob einen schweren Sack von seinem Maultier. »Ich bringe dir das Mehl ins Haus, und du gibst mir das Geld nächste Woche, einverstanden?«

Sie lächelte dankbar.

Francesco Luti kam hustend die Treppe hinunter. Er begrüßte Paolo mit einem Nicken, als dieser den Sack Mehl von seinem Rücken wuchtete. Dann strich sich Francesco über den kahlen Kopf und wandte sich an seine Tochter. »Dann sollten wir wohl mit dem Teig anfangen.«

Sie arbeiteten schweigend, und Margherita bemerkte, wie stark die Hände ihres Vaters mittlerweile zitterten, wenn er den Teig knetete und zu Brotlaiben formte. *Eines Tages wird er überhaupt nicht mehr zum Arbeiten in die Backstube kommen.* Und dieser Tag war vermutlich nicht mehr allzu weit entfernt.

Die meisten Kunden kamen, nachdem sie vielleicht eine Stunde beschäftigt gewesen waren. Es waren Arbeiter und Handwerker, die sich ihr Frühstück holten. Danach wurde es ruhiger. Wenn jemand im Laden erschien, ging Margherita nach vorn und verkaufte das Brot, das ihr Vater in der Backstube frisch aus dem Ofen holte.

Als es im Laden gerade leer war, beschloss Margherita, frisches Wasser zu holen.

Der Brunnen, der ihren Teil der *Lupa* mit Wasser versorgte, war nur ein kurzes Stück entfernt. Sie füllte zwei Eimer und balancierte sie vorsichtig aus, bevor sie sich auf den Rückweg machte.

Schon als sie in ihre Straße einbog, sah sie, dass vor der Tür des Ladens zwei Männer standen, die Waffen trugen und in den Farben der Petrucci gekleidet waren. Überrascht blieb sie stehen. Die Petrucci waren die mächtigste Familie in Siena; ihr Wappen mit dem erhobenen Schwert kannte jedes Kind.

Formal war Pandolfo Petrucci nur ein Mitglied der führenden Partei der *Monte de' Nove*, aber er herrschte über die Stadt wie ein Fürst. Er trug zwar keinen Titel, tatsächlich wagten die übrigen *Signori* Sienas jedoch kaum, sich ihm zu widersetzen, da er mit eiserner Hand regierte.

Sind wir in ernsten Schwierigkeiten?, war Margheritas erster Gedanke. Dann zwang sie sich dazu, weiterzugehen, denn auch wenn es so war, musste sie herausfinden, was die Petrucci von ihnen wollten.

Als sie durch die Tür des Ladens trat, sah sie, dass sich ihr Vater mit einem hochgewachsenen Mann unterhielt. »Euer Gnaden, Euer Besuch ist mir eine solche Ehre, dass ...«, sagte Francesco eben, bevor er auf sie aufmerksam wurde.

Er brach den begonnenen Satz ab und wies stattdessen auf sie. »Euer Gnaden, hier ist meine Tochter Margherita.«

Der Besucher drehte sich zu ihr herum. Er war vielleicht zehn Jahre älter als sie selbst, groß und sehr hager. Trotz des warmen Wetters trug er eine pelzverbrämte *zimarra*, die ihm fast bis zu den Füßen reichte. Eine helle Samtkappe bedeckte kurze, hellbraune Haare. Er sah Margherita durchdringend an, dann lächelte er.

»Margherita, das ist Messere Piero Petrucci«, sagte ihr Vater in einem unterwürfigen Tonfall. »Er kam hier vorbei, sah dich und erweist uns nun die Ehre, unser Brot zu kosten. Hol ihm doch etwas von der frischen Focaccia, ja?«

Margherita versuchte, sich zu verbeugen, und das Wasser schwappte aus beiden Eimern über ihre Füße. »Messere«, murmelte sie. *Er hat mich gesehen? Was soll das heißen?* Piero Petrucci war Sienas oberster Richter und der Bruder des Regenten. Was konnte ein Mann wie er überhaupt in der Lupa wollen?

»Dein Name ist also Margherita, ja?«, sagte Piero Petrucci. »Was für ein hübsches Kind du bist.«

»Danke, Euer Gnaden«, erwiderte Francesco Luti eilig, bevor Margherita antworten konnte.

Sie ging hastig in die Küche, um die Eimer in das Fass zu leeren. Ihre Schuhe hinterließen nasse Abdrücke auf dem Holzboden. Am liebsten wäre sie gar nicht mehr in den Laden zurückgegangen, aber ihr Vater hatte sie nun einmal gebeten, das frische Brot zu holen. Die Focacciastücke lagen zum Auskühlen auf einem Brett; als sie mit den Fingern darüber strich, stellte sie fest, dass sie zwar noch warm waren, aber keine Gefahr mehr bestand, sich den Mund daran zu verbrennen. Sie nahm zwei Stücke aus der Mitte, goldbraun gebacken und mit Salz und Rosmarin gewürzt, und brachte sie nach vorne, wo sie sie Piero Petrucci hinhielt.

Petrucci sah sie wieder unverwandt an, so lange, bis Margherita unbehaglich den Blick abwandte. Dann nahm er endlich das Brot und biss hinein. »Das ist gut«, sagte er und blickte Margherita fragend an. »Vielleicht ein spezielles Rezept?«

»Nein, Euer Gnaden. Das ist, was wir jeden Tag backen«, erklärte sie.

Hilfe suchend warf sie einen Blick zu ihrem Vater hinüber, aber Francesco Luti lächelte nur und sah sie auffordernd an.

Sie wollte sich gerade abwenden und wieder in die Backstube gehen, als Petrucci die Hand ausstreckte und sie auf ihren Arm legte. Die Geste überraschte sie; unwillkürlich zuckte sie vor seiner Hand zurück.

»Bleib noch einen Augenblick. Verkauft ihr viel von diesem köstlichen Brot?«, fragte er. Margherita war sich nicht sicher, ob seine Stimme spöttisch klang.

Zu ihrem Glück übernahm es wieder ihr Vater, darauf zu antworten. »Die Geschäfte gehen nicht so gut, wie sie könnten, Herr«, sagte er.

Margherita blickte ihn ungläubig an, schwieg aber.

»Nein?« Piero Petrucci sah immer noch Margherita an, obwohl er ihrem Vater antwortete. »Möglicherweise kann ich euch beiden ja helfen. Ich könnte es arrangieren, dass ihr einige der Lieferungen für den *Palazzo Podestà* übernehmt.«

Francesco Luti stand da wie vom Donner gerührt. Er strich sich über den Schädel und verneigte sich dann beinahe bis zum Boden. »Euer Gnaden, ich weiß nicht, was ich sagen soll. Die Ehre, die ...«

»Bring deine schöne Tochter mit, wenn du das Brot lieferst, und wir sind im Geschäft«, unterbrach ihn Petrucci. »Ich schicke jemanden vorbei, der die Einzelheiten mit dir bespricht.«

Dann aß er die letzten Reste des Brotstücks in seiner Hand und zwinkerte Margherita zu. »Wirklich gut. Ich hoffe, wir sehen uns bald wieder.«

Damit drehte er sich um. Die beiden Männer, die anscheinend reglos in der Sonne auf ihn gewartet hatten, folgten ihm wie zwei Schatten.

Er hat das Brot nicht bezahlt, dachte Margherita. Aber das schien für ihren Vater ebenso selbstverständlich zu sein wie für ihren überraschenden Gast.

»Das hast du gut gemacht, Margherita«, meinte ihr Vater, als Petrucci den Laden verlassen hatte. »Seine Gnaden schien von dir sehr angetan zu sein.«

Unwillig schüttelte sie den Kopf. »Ich habe gar nichts gemacht«, gab sie zurück.

»Vielleicht genug, um uns einen Auftrag aus dem Palazzo Podestà einzubringen.«

Er wirkte aufgeregt und war besser gelaunt, als sie ihn seit Wochen gesehen hatte. Sie war sich nicht sicher, ob sie ihm diese Hochstimmung verderben sollte. »Vielleicht hat er uns aber auch jetzt schon vergessen«, sagte sie dennoch vorsichtig.

»So schnell vergisst er dich nicht, das will ich doch hoffen«, erwiderte ihr Vater, aber Margherita war sich alles andere als sicher, ob sie das ebenfalls hoffte.

Kapitel 7

PERUGIA, SEPTEMBER 1502

Raffael ließ seine Finger unschlüssig über die Pinsel wandern, die ordentlich an der Wand der Werkstatt aufgereiht waren. Schließlich entschied er sich für einen feinen Pinsel aus Dachshaar. Er kehrte an seine Staffelei zurück und rieb den Pinsel schnell und fest an seinen eigenen Haaren. Dann hielt er ihn so an die Schale mit den Goldpartikeln, dass die Borsten die Oberfläche gerade eben noch nicht berührten. Die Goldpartikel hoben sich wie von selbst und hefteten sich an den Pinsel. Raffael trat nah an das Gemälde heran und trug zarte goldene Verzierungen an der dunklen Tunika des heiligen Sebastians auf.

Der Heilige sah recht gut aus und würde ihren Auftraggebern, der einflussreichen Familie Baglioni, hoffentlich gefallen. Rotbraune Locken umrahmten sein Gesicht, und er hielt elegant einen Pfeil in der Hand. Der Pfeil war das einzige Detail auf dem Gemälde, das auf das blutige Martyrium des Heiligen hinwies. Raffael hatte sich ganz auf die Figur konzentriert und im Hintergrund eine in gedeckten Farben gehaltene Landschaft lediglich angedeutet. Das Bild war bereits weit fortgeschritten, nur einige Feinheiten und die abschließende Lasur fehlten noch. Die Farben waren strahlend und die Oberfläche glatt; in Vannuccis Werkstatt wurde viel mehr mit Öl als mit Eitempera gearbeitet, was zu erstaunlichen Effekten führte. Aber Raffael war sich selbst nicht mehr sicher, ob er den Auftrag mit dem nötigen Ernst ausgeführt hatte.

Pietro Vannucci, der zwischen den Reihen der Lehrlinge in der Werkstatt auf und ab lief, musste seinen Blick bemerkt haben. »Hast du keine Angst, dass dir die Baglioni den Kopf abreißen, wenn sie sehen, was du aus ihrem Heiligen gemacht hast?«, fragte er.

»Wieso?«, gab Raffael zurück, obwohl er den Grund genau kannte. »Bloß, weil ich ihn nicht halb nackt an einem Pfahl gemalt habe?«

»Aber so wird der Heilige für gewöhnlich dargestellt«, entgegnete Vannucci. »Und nicht als hübscher junger Lebemann, der aussieht, als zitierte er gerade Petrarca, um ein Weibsbild zu beeindrucken.«

»Vielleicht mochte er Petrarca, bevor er zum Märtyrer wurde?«, schlug Raffael vor. »Und irgendetwas muss die heilige Irene ja auch an ihm gefunden haben.«

Vannucci grinste anzüglich und nickte Raffaels Bild zu. »Wenn er *so* ausgesehen hat, gewiss. Vermutlich sollten die Baglioni froh sein, dass du nicht Sebastian und Irene zusammen im Bett gemalt hast. Ist es das, was du sagen willst?«

»Ich will gar nichts sagen«, erwiderte Raffael. Er warf seinem hübschen jungen Heiligen einen besorgten Blick zu. Schließlich war er froh, dass Vannucci ihm den Auftrag überlassen hatte. Das Geld, das er dafür erhalten sollte, würde helfen, einige Schulden zu begleichen, die er in den ersten Wochen in Perugia notgedrungen hatte machen müssen. »Glaubst du, sie bezahlen uns trotzdem?«

»Wenn ich glauben würde, dass sie es nicht tun, hätte ich dir schon lange den Pinsel abgenommen und mich selbst ans Werk gemacht«, gab Vannucci zurück. »Ich habe nichts zu verschenken. Aber ich vermute, dass zumindest Gianpaolos Ehefrau begeistert sein wird. Wenn du für heute fertig bist, kannst du übrigens zum *Palazzo dei Priori* gehen. Heute müsste ein Postreiter aus dem Norden angekommen sein.«

Vielleicht hat er einen Brief aus Urbino für mich, dachte Raffael. Mittlerweile hatte er von Evangelista da Pian erfahren, dass Urbino vom Schlimmsten verschont geblieben war. Dadurch, dass der Erzbischof der anrückenden Armee die Stadttore geöffnet hatte, hatte für Cesare Borgia kein Grund bestanden, die Stadt mit Gewalt einzunehmen, und die Lage war Gott sei Dank ruhig. Den Dörfern in der Umgebung war es weitaus schlimmer ergangen. Mittlerweile war ein Großteil der Truppen nach Camerino weitergezogen. Borgia hatte sich selbst zum neuen Herzog von Urbino erklärt. Was mit Herzog Guidobaldo und Elisabetta geschehen war, hatte im letzten Brief von Evangelista keine Erwähnung gefunden. Ob es daran lag, dass er nichts über ihr Schicksal wusste, oder ob er es nicht wagte, darüber zu schreiben, war schwer zu sagen.

Vannucci wandte sich zu Filippo um, dem ältesten Lehrling in der Werkstatt, nur ein Jahr jünger als Raffael. Er betrachtete die Madonna, deren Konturen der Junge auf eine Leinwand übertragen hatte.

»Gibt es einen Grund, warum die Gottesmutter grinst wie eine lüsterne Hure?«, knurrte der Maestro. »Habt ihr Burschen eigentlich nichts anderes im Sinn, verdammt noch mal?« Filippo senkte ergeben den Kopf. »Du musst die Konturen des Gesichts noch einmal machen«, sagte Vannucci. »Und sei diesmal aufmerksamer, *imbecille*.«

Vannucci war den Jungen kein einfacher Lehrer, das hatte Raffael schnell festgestellt. Seine Launen wechselten so schnell wie das Wetter im April, und wenn er in einem Moment schallend lachte und die Güte selbst war, konnten sich die Lehrlinge dennoch nicht sicher sein, ob er nicht im nächsten Ohrfeigen verteilte. Dennoch litt seine *bottega* keinen Mangel an Bewerbern; sein Name war weithin bekannt, und er arbeitete mit vielen erfolgreichen Malern in Florenz und Rom zusammen.

Filippo hob den Kopf und fing Raffaels Blick auf. Der Lehrling mochte ihn nicht und machte aus seiner Abneigung meist keinen Hehl.

Raffael schob die Staffelei zurück und verstaute den Goldstaub sorgfältig in einem verschlossenen Glasgefäß im Regal. Verschwendung jeder Art war Vannucci zuwider, und der Goldstaub war eine der kostbarsten Materialien, die sie verwendeten. Dann verließ er die Werkstatt und betrat den angrenzenden Raum, in dem die Lehrlinge schliefen.

Dass er mit den anderen Lehrlingen im Gemeinschaftsraum untergebracht war, machte ihm seine seltsame Situation in der Werkstatt noch deutlicher als alles andere. Einerseits führte er bereits selbst den Titel *Maestro*, andererseits war er kaum älter als die Lehrjungen und völlig mittellos in Perugia angekommen. Also aß, schlief und malte er gemeinsam mit ihnen, wurde aber anders als sie für seine Arbeit bezahlt, was einige der Jungen nicht sonderlich gut aufnahmen. Dass ein Flüchtling aus Urbino einen besseren Stand hatte als sie, kratzte auch an Filippos Ehre.

Raffaels Matratze war die letzte in der Reihe. An der Wand dahinter hatte er die wenigen Kleider aufgehängt, die er seit seiner Ankunft erworben hatte. Er setze seine Mütze auf, entschied sich aber gegen den Mantel.

Der Weg zum Palast der Stadtoberen, der *Priori*, war nicht weit, aber jetzt, am Nachmittag, wimmelte es auf der breiten Straße, die zum Palazzo hinaufführte, vor Fuhrwerken und Händlern, die an jeder Ecke ihre Waren anboten. Wo es möglich war, wich Raffael auf die schmaleren Gassen aus, die oft kaum breiter als er selbst und mit Stützen, Balkonen und Verbindungsgängen überbaut waren.

Vor einer Taverne entdeckte Raffael zwei junge Männer, die mit einer Eskorte Bewaffneter unterwegs waren. Der Streit zwischen den beiden Familienzweigen der Baglioni, der in Perugia allgegenwärtig war, hatte ältere Wurzeln, war aber vor zwei Jahren erneut ausgebrochen, als es während einer Hochzeit zu einem regelrechten Gemetzel zwischen den verfeindeten Familienmitgliedern gekommen war.

Gianpaolo Baglioni war in der Nacht der Bluthochzeit geflohen, später aber zurückgekehrt, und hatte seitdem seinen Machtanspruch in der Stadt gnadenlos verteidigt. Die Mitglieder der Familie gingen inzwischen nur noch bewaffnet oder bewacht auf die Straße, aus Angst vor Rache.

Zwischen dem Palazzo dei Priori und der Kathedrale des heiligen Lorenzo war die Menschenmenge am dichtesten.

Eine beeindruckende Treppe führte zum Eingang des aus weiß-rotem Stein gebauten Palazzos hinauf. Das Innere des Gebäudes bot nicht nur den Stadträten einen Versammlungssaal, sondern beherbergte auch eine Wechselstube und das Handelskollegium.

Vannucci hatte ihm erzählt, dass er einen Teil der Fresken im *Collegio del Cambio* gemalt hatte, damals noch nicht wissend, dass er bald selbst ein Mitglied der *priori* sein würde.

In den Räumen des *Collegio della Mercanzia* fand Raffael schließlich den Postreiter, der an einem der langen Tische saß und die Schriftstücke, die er in Perugia zu übergeben hatte, sorgfältig vor sich ausgebreitet hatte. Vor ihm hatte sich eine Schlange aus Menschen gebildet, die alle auf Nachrichten warteten.

»Für Meister Vannucci und seine *bottega*«, sagte Raffael, als er an der Reihe war, und erhielt beinahe sofort drei Briefe ausgehändigt. Einer war an Pietro Vannucci direkt adressiert und stammte aus Bologna, ein Schriftstück kam aus Forli und war für einen von dort stammenden Lehrjungen bestimmt, und ein Brief war an ihn selbst gerichtet, von seinem Onkel Bartolomeo.

Als er den Palazzo verlassen hatte und wieder an der Taverne vorbeiging, die er auf dem Hinweg bereits passiert hatte, waren die beiden Baglioni und ihre Männer verschwunden. Er zögerte kurz, dann trat er ein. Der Wirt grüßte Raffael mit einem knappen Nicken. Der Raum war ein einziger lang gezogener Schlauch. Hinter einem langen Holztisch standen zwei große Weinfässer, auf Regalen Krüge und Becher. Die Schenke war gut besucht; viele Männer aus Perugia tranken hier noch einen Becher, bevor sie nach der Arbeit nach Hause gingen.

»Roten oder Weißen?«, fragte der Wirt. Raffael deutete auf

das Fass mit dem Weißen, und der Wirt stellte ihm einen Becher hin. Raffael trank einen Schluck, dann suchte er sich einen freien Stuhl und begann, den Brief zu lesen.

***

»Und, was schreibt dein Onkel?«, wollte Vannucci wissen, als Raffael ihm das an ihn gerichtete Schriftstück aus Bologna überbrachte. *Il Perugino* saß noch an seinem Schreibtisch, obwohl es bereits dämmerte und die meisten Lehrlinge schon die Arbeit beendet hatten.

»Er sagt, dass Leonardo da Vinci in Urbino ist. Offenbar möchte Cesare Borgia gerne einige Umbauten am Palast vornehmen.«

Außerdem hatte Bartolomeo geschrieben, dass alle Mitglieder des Sanzio-Haushalts wohlauf seien, aber dass Evangelista da Pian fast alle Lehrlinge nach Hause geschickt habe, weil die Werkstatt, die stets für die Montefeltro gearbeitet hatte, dem jetzigen Herrn der Stadt missfiel. Timoteo Viti hingegen hatte sich offenbar schnell mit den Borgia arrangiert und arbeitete nun an der Gestaltung der Banner für den neuen Herzog.

»Ja, ich habe schon davon gehört, dass Leonardo jetzt in Diensten von Cesare Borgia stehen soll. Ich muss sagen, dass ich niemals gedacht hätte, dass er sich ausgerechnet dem Kriegshandwerk zuwenden würde, als wir beide noch Lehrlinge in Florenz waren.«

»Du hast gemeinsam mit Leonardo gelernt?«, fragte Raffael einigermaßen verblüfft. Vannucci nickte. »Ja, in der Werkstatt von Andrea del Verrocchio. *Gelernt* ist aber so eine Sache, viel zu lernen hatte Leonardo nicht.«

»Nicht? Aber er kann unmöglich schon immer so gut gewesen sein?«

Vannucci stand langsam auf und blickte aus dem Fenster. »Das Talent war schon immer da, soweit ich das beurteilen kann«, sagte er. »Obwohl jeder Künstler durch das Studium der Antike etwas lernen kann, und das war auch bei Leonardo nicht anders. Aber er war in Florenz bald bekannter als unser *Maestro*, und die Medici wurden rasch auf ihn aufmerksam.«

»Hat das del Verrocchio nicht gestört?«

Vannucci lächelte. »Andrea war ein ganz besonderer Lehrer. Ich glaube, er war beinahe stolz darauf, dass sein Schüler ihn so rasch übertraf.«

»Und Leonardo? Wie ist er?«

»Schwierig. Er hat die Fähigkeit, in beinahe allem, was er anfasst, ein Meister zu werden, der alle anderen weit übertrifft, aber kaum dass er etwas begonnen hat, langweilt es ihn auch schon wieder, und er fängt etwas Neues an.« Er machte eine Pause und schüttelte abwägend den Kopf. »Ich weiß, was ich kann«, fuhr er dann fort. »Ich male ganz anständig Marienbildnisse, kann ein paar Heilige darstellen, und Christus am Kreuz gelingt mir auch noch. Davon kann ich meine Familie ernähren, zehn Lehrjungen ausbilden und muss mir keine Sorgen um mein tägliches Brot machen. Mir reicht das. Aber Leonardo? Ihm wäre so ein Leben niemals genug. Er strebt nach Höherem, nach unsterblichem Ruhm. Ich kann mir kaum vorstellen, dass er dasselbe Motiv zweimal malt, egal, wie viel sein Auftraggeber zu bezahlen bereit wäre. Ich würde sagen, so ein Talent ist Fluch und Segen zugleich.«

»Wie meinst du das?«, fragte Raffael und hoffte, dass Vannucci weiterreden würde. Er war begierig darauf, mehr über Leonardo zu erfahren.

»Fluch, weil er ein Getriebener ist, einer, der nie zufrieden ist mit dem, was er erreicht hat. Ein Segen, weil es ihn beschützt vor dem, womit wir normalen Menschen uns herumschlagen müssen – Regeln, Gesetzen und guten Sitten. In unserer Lehrzeit wurde er mehrmals der Unzucht mit Männern beschuldigt. Einmal wurde er sogar angeklagt und verhaftet, aber passiert ist ihm nie etwas. Es heißt, Lorenzo der Prächtige selbst hätte sich vor ihn gestellt, und dafür gesorgt, dass man ihn aus dem Kerker entlässt. Und ich habe gehört, dass er zwar für die Borgia arbeitet, aber tun und lassen kann, was er will, weil selbst der Gonfaloniere ihm keine Vorschriften machen kann.«

Raffael hörte Vannucci gebannt zu. Er bewunderte Leonardo und hatte sich schon lange gewünscht, den Mann aus Vinci zu treffen.

Vannucci nahm den Brief aus Bologna von seinem Schreibtisch und wandte sich der Tür zu. »Ich gehe nach Hause, sonst reißt mir Chiara den Kopf ab. Meine Schwiegereltern sind aus Florenz zu Besuch. Wir sehen uns morgen.«

Noch immer in Gedanken, verabschiedete Raffael sich von Vannucci und ging in den Schlafraum. Filippo und der beinahe gleichaltrige Giordano saßen auf ihren Schlafplätzen und redeten halblaut miteinander, ansonsten war der Raum leer. Vermutlich waren die anderen alle beim Essen.

Sobald die beiden Jungen ihn hereinkommen sahen, standen sie auf und gingen. Filippo grinste Raffael an und stieß ihn zur Seite, als er an ihm vorbeiging.

Raffael hängte seine Mütze auf und zündete eine Kerze an.

Vielleicht käme ihm noch eine Idee zu der Kreuzigungsszene für den Altar des heiligen Hieronymus, für die die Werkstatt kürzlich einen Auftrag erhalten hatte und für die er eine Vorzeichnung anfertigen sollte.

Er wollte sich gerade auf seine Matratze setzen, als ihm ein stechender Geruch in die Nase stieg. *Pisse.*

Die Matratze war feucht, und jetzt erkannte er, was Filippos Grinsen zu bedeuten gehabt hatte. Die Lehrlinge zeigten ihm deutlich, dass sie ihn loswerden wollten. *Verdammt.*

Besser, ich suche mir einen Schlafplatz in der Stadt. Und etwas zu trinken.

* * *

»Ich verstehe es einfach nicht. Egal, wie ich die Figuren anordne – das Bild wirkt einfach nicht harmonisch.«

Raffael biss sich auf die Unterlippe und hielt Pietro Vannucci die Zeichnung hin, die er als Studie für die Kreuzigungsszene angefertigt hatte. Er hatte hämmernde Kopfschmerzen, und sein Magen hatte heftig gegen das Frühstück rebelliert. Er wusste nicht mehr genau, wie viel Wein er gestern getrunken hatte, während er an der Zeichnung gesessen hatte, aber es war eindeutig zu viel gewesen.

Und ausgerechnet heute wollte Vannucci über die Zeichnung für das Altarbild reden. Die Muttergottes und der heilige Johannes befanden sich zu beiden Seiten des Kreuzes. Maria Magdalena und der heilige Hieronymus knieten davor. Der Gekreuzigte war noch nicht genau zu erkennen, aber Raffael plante, ihn mit geschlossenen Augen und erhaben in seinem Leid darzustellen. Über ihm schwebte ein Engelspaar, das das heilige Blut in zwei Kelchen auffing. Der Aufbau des Bildes besaß so viel Symmetrie, wie es überhaupt nur möglich war. *Warum in aller Welt ist das Bild also nicht harmonisch?*

Vannucci betrachtete die Zeichnung aufmerksam. »Deine Kreuzigung wirkt übervoll, obwohl sie nur vier Zuschauer hat«, sagte er dann trocken. »Woran liegt das wohl?«

»Ich weiß es nicht«, erwiderte Raffael ehrlich.

Meister Vannucci nahm einen der Rötelstifte auf, die neben dem Zeichenbrett lagen. »Weil du dem Bild keine Weite gibst, Raffael«, sagte er und deutete auf einen Punkt hinter der Figurengruppe. »Um Struktur zu schaffen, brauchst du mehr Raum, aber deine Perspektive ist falsch, sie ist verschoben. Du hast einen Hügel angedeutet, der in etwa in der Mitte des Kreuzes aufragt, aber das genügt nicht. Wenn die Perspektive hinter deinen Figuren stimmt, gibst du ihnen auch Raum, um sich auszubreiten, und sie werden von ganz allein ihren Platz finden.«

Raffael warf einen Blick auf die Zeichnung und dachte über das Gesagte nach. Der Maestro hatte recht, das war die Lösung.

Vannucci schüttelte den Kopf. »All deine Figuren haben *gratia*, Raffael«, sagte er. »Aber die *gravitas*, die Würde, müssen sie noch finden.«

Vorsichtig schabte Raffael den Hintergrund der Zeichnung ab. Dann nahm er ein Lineal und begann, die Zeichnung zu vermessen, bevor er mit Punkten markierte, wo sich einzelne Elemente befinden sollten.

Mit einigen Strichen ließ Raffael hinter der Kreuzigungsgruppe neue Hügel entstehen, schraffierte sie heller und dunkler und deutete Bäume und einen See an. Und nun wirkte die Szene nicht mehr überladen. Er konnte jede einzelne Figur so anordnen, dass sie harmonisch ins Bild passte. Zufrieden rollte er die Zeichnung zusammen. Morgen konnte er damit beginnen, sie auf eine der Leinwände zu übertragen. Seine Laune besserte sich schlagartig. Selbst seine Kopfschmerzen fühlten sich erträglicher an.

Durch die Tür trat soeben ein Mann. Er war recht klein, vermutlich schon in seinen Vierzigern, hatte hellbraunes Haar und scharf geschnittene Gesichtszüge.

»Bernardino«, begrüßte Vannucci ihn freundlich. »Wann bist du zurückgekommen?«

Der Neuankömmling nickte den Lehrlingen zu und begrüßte Vannucci respektvoll. »Vor einigen Tagen. Wie geht es dir, Chiara und den Kindern?«, fragte er mit einer sanften, wohlklingenden Stimme.

»Gut, gut.«

»Ich habe gehört, du beschäftigst jetzt einen zweiten *Maestro* in der Werkstatt?«

Vannucci deutete auf Raffael. »Raffael da Urbino, das ist Bernardino di Betto. Wir arbeiten schon seit vielen Jahren zusammen.«

»Sag ihm ruhig, dass alle Welt mich Pinturicchio nennt, weil der Herr mir so eine stattliche Körpergröße gegeben hat«, bemerkte di Betto mit einem Augenzwinkern.

»Raffael erweist mir die Ehre, für mich zu arbeiten, solange Cesare Borgia den Malern in Urbino verbietet, etwas anderes als ihn selbst darzustellen«, fuhr Vannucci fort, ohne auf den Einwurf einzugehen.

Der Maler lachte. Borgias Eitelkeit war allgemein bekannt.

»Ich habe Neuigkeiten aus Siena«, sagte er dann. »Man hat mir den Auftrag für die Fresken in der Dombibliothek gegeben. Ich soll noch vor Jahresende beginnen.«

»Meinen Glückwunsch«, entgegnete Pietro Vannucci.

Di Betto verbeugte sich. »Es gibt nur ein Problem – ich kann die benötigten Entwürfe nicht alle selbst machen, und eigentlich will Kardinal Piccolomini mich und dich.«

Vannucci schüttelte unwillig den Kopf. »Siena? Chiara würde mich umbringen. Und ich habe nur wenig Lust, mir im kommenden Winter in der Kathedrale den Hintern abzufrieren. Ist die Bezahlung wenigstens gut?«, fragte er.

»Anständig, würde ich meinen. Sie wollen bis zum Frühjahr achtzig Golddukaten zahlen, danach wird neu verhandelt.«

»Vierzig für jeden, ja?« Wieder schüttelte Vannucci den Kopf. »Aber ich fürchte, ich muss trotzdem ablehnen.«

Raffael, der dem Gespräch gespannt gefolgt war, rieb sich über die Stirn, während er nachdachte. Für Vannucci mochte der Auftrag wenig Reiz haben, aber für ihn war das anders. Er hatte noch nie an einem Fresko mitgearbeitet, und hier bot sich vielleicht die Gelegenheit, nicht nur die Vorzeichnungen anzufertigen, sondern auch die Technik zu erlernen. Sein Onkel hatte ihm zwar auch geschrieben, dass er mittlerweile gefahrlos nach Urbino zurückkehren könnte, wenn er es wollte. Aber was sollte er dort im Moment schon tun, außer ebenfalls für die Borgia Banner zu entwerfen?

Ihm würde Siena vielleicht eine Möglichkeit bieten, seinen Namen bekannt genug zu machen, um eigene Kundschaft zu gewinnen. Und der Verdienst war selbst nach Abzug aller Ausgaben eine Menge Geld.

»Vielleicht könnte ich stattdessen mitgehen?«, fragte er. »Mein heiliger Sebastian ist beinahe fertig. Ich könnte jetzt mit der Kreuzigung beginnen und im November mit Maestro di Betto nach Siena aufbrechen.«

Vannucci sah ihn überrascht an. Dann lachte er plötzlich. »Und im Frühjahr, wenn ihr die Entwürfe fertig habt, kommst du zurück und arbeitest weiter an dem Altarbild. Das ist kein schlechter Gedanke.« An di Betto gewandt, fuhr er fort: »Wie wäre es, wenn ich dir, statt selbst mitzugehen, einen anderen fähigen Mann an die Seite stellen würde?«

»Ich weiß nicht, Pietro«, sagte Bernardino di Betto. »Sie haben nach dir gefragt, nicht nach einem deiner Lehrlinge.«

»Raffael ist kein Lehrling, sondern ein *Maestro*, du hast es selbst gesagt. Wenn wir das dem Kardinal klarmachen, wird er sich sicher nicht beschweren.«

Di Betto sah nicht völlig überzeugt aus, nickte aber dennoch.

Raffael ließ seinen Blick von einem zum anderen schweifen. Dann streckte er di Betto die Hand hin. Der ältere Maler schlug ein.

Vannucci grinste. »Hervorragend«, sagte er. »Dann schuldest du mir lediglich einen Obolus dafür, dass ich dir Farben, Materialien und meinen besten Mitarbeiter mitgebe.«

Kapitel 8

SIENA, NOVEMBER 1502

»Heute ist euer großer Tag, ja?«, fragte Alessandra, als Margherita früh am Morgen die Tür der Bäckerei öffnete.

»Wenn du es so nennen willst«, entgegnete Margherita schulterzuckend.

»Freust du dich denn gar nicht? Dein Vater ist doch so stolz.«

Margherita, die in der kalten Luft des Morgens fröstelte, stellte sich dicht neben ihre Nachbarin. »Ihn freut es vielleicht zu sehr. Und wenn ich ehrlich sein soll, habe ich eher Angst«, sagte sie leise. »Du weißt, wie Papa sein kann. Und es ist leicht, die Petrucci zu verärgern.«

Alessandra nickte langsam. »Aber ihr müsst ihnen ja auch nur Brot liefern. Da sollte es nicht so viele Gelegenheiten geben, mit ihnen in Streit zu geraten, oder?«

»Ach, du hast recht, wahrscheinlich mache ich mir einfach zu viele Gedanken.«

Margherita war überrascht gewesen, dass einige Tage nach Piero Petruccis Besuch in ihrer Backstube tatsächlich ein Diener des Regenten erschienen war, der bei ihnen eine große Bestellung von Brot und Süßwaren für den Palazzo Podestà in Auftrag gegeben hatte. Aber da der Mann sogar einen Teil der Bezahlung im Voraus geleistet hatte, war sie dieses eine Mal mit ihrem Vater einer Meinung gewesen: Sie war dankbar für die glückliche Fügung, die sie über den letzten Monat gebracht hatte. Doch je näher der Tag rückte, umso mehr Sorgen hatte sich Margherita gemacht, während ihr Vater mehr Zeit denn je in den Tavernen verbrachte.

Alessandra griff nach ihrem Arm und drückte ihn leicht. »Das wird schon werden, glaub mir«, sagte sie.

Margherita nickte. Sie war nicht überzeugt, aber das war nicht Alessandras Schuld.

Margherita ging in die Backstube und zählte noch einmal die Brote, Pasteten und *dolci*, die sie in den vergangenen Tagen hergestellt hatte. Sie hatte nichts vergessen oder übersehen; alles war ordentlich verpackt und sah appetitlich aus.

Ihr Vater kam herunter, und sie war dankbar zu sehen, dass er sich gewaschen hatte und ein sauberes Hemd trug. Gemeinsam beluden sie den Karren, den Francesco sich extra bei Alessandras Mann geliehen hatte, und machten sich auf den Weg zum Palazzo Podestà, der in der Mitte der Stadt lag.

Siena bestand aus drei Bezirken, den *Terzi*, die sich wiederum in einzelne *contrade* aufteilten. Jeder Sienese war stolz auf seinen Stadtteil und fühlte sich ihm oft zugehöriger als der Stadt selbst.

Nachdem sie den Bezirk *Civetta* durchquert hatten, erreichten sie die Piazza del Campo. Auf dem großen, fächerförmigen Platz, auf dem im Sommer das große Pferderennen zwischen den *contrade* stattfand, stand nun ein Henkersgerüst. Margherita konnte die Überreste dreier Männer sehen, die man vor zwei Tagen hier aufgehängt hatte. Die fahle Haut der Toten sah aus wie stockfleckig gewordenes Leinen, und in ihrer Körpermitte klafften riesige Löcher. Margherita wandte rasch den Blick ab.

Die Verurteilten waren Gegner Pandolfo Petruccis gewesen, die unter der Folter zugegeben hatten, eine Verschwörung gegen den Herrscher zu planen, und man hatte sie in einem öffentlichen Spektakel hingerichtet, bei dem sie erst bei lebendigem Leib ausgeweidet und dann aufgehängt worden waren. Zur Abschreckung wurden ihre Leichen hängen gelassen, bis sie von selbst von den Stricken fielen oder das Galgengerüst für einen neuen Verurteilten gebraucht wurde.

Die *Signori* der Stadt, so hieß es, fürchteten das gleiche Gespenst, das in Florenz umgegangen war – den Pöbel, der sich gegen seine Herren auflehnte. Petrucci war schnell bei der Hand, einen Mann der Verschwörung zu bezichtigen; er hatte selbst seinen eigenen Schwiegervater Niccolò Borghese angeklagt und verurteilt. Es hieß, dass Petrucci seinen Freunden und Gönnern großzügig Posten verschaffte, während er seine Feinde ebenso unnachgiebig verfolgte, wovon die Gehängten hier Zeugnis abgaben.

Margherita war froh über das klare, kalte Wetter, das verhinderte, dass der Gestank der Toten allzu schlimm zu ihnen herüberwehte.

Francesco zog den Karren am *Torre del Mangia* und an dem von vier weißen Säulen getragenen Eingang des Palazzos vorbei zu einer schlichteren Pforte an der Seite des Gebäudes, vor der bereits einige andere Kaufleute ihre Waren abluden.

»Messere Petrucci hat mich beauftragt, Brot zu liefern«, sagte Francesco und drängte sich durch die Tür. Margherita spähte ins Innere – offenbar befand sich hier die Küche des Palazzos.

»Mir hat keiner was davon gesagt«, knurrte ein breitschultriger Mann, vielleicht der Koch oder einer seiner Gehilfen. »Wo ist der Bäcker, der uns sonst immer beliefert?«

»Das weiß ich nicht, Herr«, erklärte Francesco demütig.

»Und wer ist überhaupt das Weibsbild?«

»Meine Tochter, Herr.«

»Schon gut, Cecco, ich habe ihnen den Auftrag gegeben«, ertönte eine Stimme von der anderen Seite der Küche her. »Lass sie ausladen.«

Margherita und Francesco ließen den Karren vor der Tür stehen und luden ihre Körbe ab unter den misstrauischen Blicken des Mannes, der sie so unfreundlich begrüßt hatte.

Der Mann, der ihnen die Erlaubnis erteilt hatte, trat zu Margherita auf die Straße, und Margherita erkannte Piero Petrucci. Er war heute noch kostspieliger gekleidet als beim letzten Mal. »Los, nimm ihr den Korb ab, Cecco«, befahl er. Der Angesprochene gehorchte, und Piero griff nach Margheritas Hand und deutete einen Kuss darauf an. »Die schöne Tochter des Bäckers. Ich habe schon auf dich gewartet.«

»Euer Gnaden«, erwiderte Margherita, unschlüssig, was sie tun sollte. Sie blickte auf ihre Hand, die noch immer in seiner lag, und fühlte nur allzu deutlich die Blicke des Kochs und der Händler auf sich.

»Messere«, Francesco verbeugte sich tief. »Ich bin sicher, dass Ihr von unserer Lieferung nicht enttäuscht sein werdet.«

»Verschwinde«, blaffte Piero Francesco an. Der Bäcker sah ihn einen Moment lang überrascht an, dann nickte er und kehrte zum Karren zurück, um einen weiteren Korb zu holen.

Piero zog Margherita an der Hand ein Stück die Mauer entlang.

»Und du bist wirklich die Tochter dieses Einfaltspinsels?«, fragte er. »Kaum zu glauben, dass er einmal in seinem Leben zu so etwas fähig war.«

Margherita biss sich auf die Innenseite ihrer Wange. Sie musste etwas tun, etwas sagen, bevor die Situation noch unangenehmer wurde.

»Euer Gnaden«, erklärte sie schließlich. »Es war sehr freundlich von Euch, unser Brot zu kaufen. Aber jetzt würde ich gerne meinem Vater beim Abladen helfen. Ich bin sicher, dass Ihr mit den Waren zufrieden sein werdet.«

»Cecco kann das übernehmen«, entgegnete er unwirsch, ließ aber endlich ihre Hand los. Vorsichtig wich sie zwei Schritte zurück.

»Du enttäuschst mich«, bemerkte er. »So pflichtbewusst.«

Sie lächelte und machte zwei weitere Schritte nach hinten. »Ich bin pflichtbewusst, um Euer Gnaden nicht zu enttäuschen«, erwiderte sie vorsichtig.

»Wann sehe ich dich wieder?«, fragte Piero.

Wie sehnlich sie sich wünschte, ihn in die Schranken weisen zu können! Aber das war unmöglich. Also tat sie, als müsste sie überlegen. »Sicher, wenn wir das nächste Mal etwas für den Palazzo liefern«, sagte sie dann.

Er lachte. »Kluges Mädchen. Nun gut, dann muss ich wohl

dafür sorgen, dass das so bald wie möglich der Fall ist, nicht wahr?«

Damit drehte er sich um und kehrte in den Palazzo zurück.

Margherita atmete tief durch und ging zu ihrem Karren. Ihr Vater kam gerade aus der Küche zurück, den Arm voller leerer Körbe, die er auf dem Handwagen abstellte.

Warum hast du mir nicht geholfen?, dachte sie bitter.

»Bring du den Karren zurück«, sagte Francesco, der mit fahrigen Bewegungen die Behältnisse verstaute. Er warf ihr einen schwer zu deutenden Blick zu. »Ich brauche einen Schluck zu trinken.«

»Papa ...«, begann Margherita, aber dann brach sie ab. Sie wusste, dass es sinnlos war. »Ist gut, Papa. Wir sehen uns später.« Sie sah ihrem Vater einen Augenblick lang nach, wie er mit unsicheren Schritten in die nächste Gasse einbog, dann nahm sie die Stange des Karrens auf und machte sich auf den Heimweg.

Als sie zur Bäckerei zurückkam, stand die Sonne schon tief am Himmel. *Nur noch die Körbe ausladen, den Karren zurückbringen und die Backstube aufräumen,* dachte sie. *Und mich dann endlich auf meinem Bett ausstrecken.*

Sie schloss die Vordertür auf und nahm drei Körbe vom Wagen.

»Kann ich dir helfen?«, ertönte eine Stimme hinter ihr. Als sie sich umdrehte, sah sie keinen ihrer Nachbarn, wie sie es erwartet hatte, sondern einen jungen Mann, den sie nicht kannte.

Er war einen guten Kopf größer als sie und sehr schlank. An seiner hellen Haut sah sie, dass er sich wenig im Freien aufhielt. Langes dunkles Haar fiel unter einer schwarzen Samtmütze hervor auf die Schultern.

Er griff bereits nach den Körben, noch bevor sie ablehnen konnte.

»Die sind leer«, erwiderte sie. »Sie sind ganz leicht.«

»Umso besser«, entgegnete er. »So kann ich dir helfen und muss mich nicht einmal dafür anstrengen.«

Gegen ihren Willen musste sie lachen.

Der junge Mann stapelte die Körbe und hob sie hoch. »Wo sollen sie hin?«, fragte er. Sie deutete mit dem Kopf auf die geöffnete Tür. Er trug sie in den Laden.

»Stell sie einfach auf den Boden«, meinte Margherita, und murmelte »Danke«, als er wieder aus der Tür trat.

»Wir sind wohl Nachbarn«, erklärte er und deutete ein Stück weit die Straße hinunter. »Ich bin heute hier angekommen.«

Sie runzelte die Stirn, als ihr Blick seinem ausgestreckten Arm folgte. »Du bist ein Novize?«, fragte sie misstrauisch. Er sah gar nicht nach einem angehenden Klosterbruder aus.

Der junge Mann sah sie erstaunt an. »Nein, ich will nicht in einen Orden eintreten. Ich meinte das Haus dort drüben.«

»Das Haus von Emile Fredi? Dort hat schon seit Jahren niemand mehr gewohnt.«

»So sieht es drinnen auch aus, fürchte ich.«

»Und wo kommst du her?«

»Aus Perugia. Ich soll gemeinsam mit Maestro Bernardino di Betto die Dombibliothek ausmalen.«

Sie sah ihn von der Seite an, unsicher, was sie davon halten sollte. Aber wer würde schon erfinden, dass er ein Maler war?

Er fing ihren Blick auf und verbeugte sich tief, bevor er ihr seinen Namen nannte.

Wieder musste sie lachen. *Raffael Sanzio,* dachte sie, *der sich vor der Tochter des Bäckers verbeugt, als wäre sie die Tochter eines Fürsten.*

Kapitel 9

LA MAGIONE, OKTOBER 1502

Nebelschwaden zogen vom Wasser herauf über die Hügel, hüllten die Landschaft ein und verliehen ihr etwas Unwirkliches. In den Bäumen, die um den See herumstanden, saßen Krähen; ihre heiseren Rufe drangen bis zu der Villa hinauf.

Ein Vogel war auf dem Terrassenboden verendet, lag steif auf seinem Weg, und Vitellozzo Vitelli versuchte, ein Schaudern zu unterdrücken. *Es ist nur ein toter Vogel, kein verdammtes Omen*, versicherte er sich selbst, aber das unheilvolle Gefühl, das ihn schon verfolgte, seit er hier eingetroffen war, wollte einfach nicht von ihm weichen.

Das Herrenhaus *La Magione* überblickte den Trasimenischen See und die umliegenden Weinberge; es lag in einer lieblichen Gegend, die unter der Verwaltung der römischen Adelsfamilie der Orsini stand. Die Orsini waren es auch gewesen, die im Geheimen zu diesem Treffen geladen hatten. Bei Sonnenschein wäre das Land sicherlich schön anzusehen gewesen, doch im Nebel wirkte es düster und voller Geheimnisse.

Vitelli hatte lange gezögert, das Geschwätz der anderen *condottiere*, die ebenso über Cesare Borgias Herrschaft fluchten wie er selbst, ernst zu nehmen, doch eines Nachts hatte er mehr als üblich getrunken und Oliverotto di Fermo gefragt, ob er es nicht leid sei, Borgias Stiefel zu lecken und im Gegenzug nichts dafür zu bekommen. Zu seinem Erstaunen hatte di Fermo keinen Augenblick gezögert, ihm anzuvertrauen, dass ihn der Gedanke, Borgia loszuwerden, schon lange beschäftigte.

Offenbar war es allen *condottiere* so ergangen, die in den letzten Monaten Rimini, Ravenna, Camerino und Urbino für die päpstliche Armee eingenommen hatten. Die hohen Verluste und die absolute Rücksichtslosigkeit, mit der Borgia auch das Leben der eigenen Truppen aufs Spiel setzte, hatten selbst diese Männer, denen kaum ein Kriegsgräuel fremd war, dazu bewogen, sich gegen den Gonfaloniere zu stellen. Dass die einfachen Soldaten in Scharen fielen, war eine Sache, aber nun lastete das Risiko auch auf den Schultern der Offiziere.

Jeder von ihnen hatte vorsichtig Erkundigungen angestellt und ehemalige Dienstherren und Auftraggeber kontaktiert, bis es Paolo Orsini schließlich gelungen war, seinen Verwandten, den Kardinal Gian Paolo Orsini, dazu zu bewegen, sie alle hierher nach Umbrien einzuladen.

Es war eine bunte Mischung von Männern, die sich auf *La Magione* versammelt hatte: Die Söldnerführer und die Orsini, Antonio Giordano und Piero Petrucci, die als Gesandtschaft Sienas hier waren, der junge Giovanni da Varano aus Camerino, Flavio Fizzoni, der für den Herzog von Urbino sprechen sollte, ein Abgesandter der Bentivoglio aus Bologna, und ein maskierter Mann, der die Medici vertrat, aber offenbar nicht erkannt werden wollte.

Vielleicht ist es Piero de' Medici höchstselbst. Die Anwesenheit des Medici-Vertreters erstaunte Vitelli am meisten, denn die Florentiner hatten durch Borgia noch nichts verloren und standen dem Heiligen Stuhl in Rom durchaus nahe.

Unter den Gästen herrschte eine angespannte Stimmung, und das aus gutem Grund. Die Verschwörer, die hier zusammengekommen waren, planten nichts Geringeres als Verrat, und Vitelli wusste nur zu genau, was ihnen allen drohte, sollten sie scheitern.

Er hatte gesehen, was Cesare Borgia mit denen tat, die sich seinen Befehlen widersetzten, und er vermutete, dass seine Rache Verräter noch hundertmal schlimmer treffen würde. Aber er war hier, weil er glaubte, dass der Gonfaloniere sie ansonsten früher oder später alle opfern würde, einen nach dem anderen. Der Machthunger des Papstsohns war einfach zu groß, er würde seine Eroberungen niemals beenden und niemals genug haben. Alle anderen waren für ihn nur Figuren auf einem Spielbrett, dazu da, ihm zu Willen zu sein, und auch geopfert zu werden, falls nötig. *Außerdem hasse ich die verdammten Franzosen, und mit Borgia an der Macht kommen jedes Jahr mehr von den Bastarden zu uns.*

Aus dem Inneren des Herrenhauses ertönten laute Stimmen. Offenbar hatten die Verhandlungen bereits begonnen. Vitelli machte sich nicht viel aus Politik, aber hier blieb ihm wohl nichts anderes übrig, als dennoch sein Glück damit zu versuchen.

Als er in den hell erleuchteten Saal trat, in dem die Versammlung stattfand, hatte gerade Fabrizio Fizzoni das Wort ergriffen, der Abgesandte des Herzogs von Urbino.

»Ich wette, als Nächstes ziehen die päpstlichen Truppen nach Bologna«, sagte der vernarbte ehemalige *condottiere*. »Bündnis hin oder her. Urbino war auch mit Cesare Borgia verbündet. Das hat ihn nicht davon abgehalten, die Stadt hinterrücks anzugreifen. Ein Bündnis mit diesem Hund ist nichts wert.«

»Aber seine Truppen hassen ihn; wenn er stirbt, endet auch der Krieg«, rief der junge Giovanni da Varano.

»Das stimmt nicht unbedingt«, gab Piero Petrucci zu bedenken. Der hagere Mann sah Fizzoni scharf an. »Der Vater dieses Hundes ist immerhin der Papst, und er füllt Cesares Kriegskasse auf. Die auch ein anderer nutzen könnte.«

Kardinal Orsini, ein asketisch aussehender Mann mit regelmäßigen Zügen, erhob die Stimme: »Und was hat dieser *Papst* mit der heiligen Mutter Kirche gemacht? Borgias Vater feiert schwarze Messen im Vatikan, und seine Schwester ist eine Hure, die Borgia nur zu gerne selbst besteigt.«

»*Alle tun alles mit allen*«, fügte sein Verwandter Paolo hinzu. »So heißt es inzwischen in Rom.«

So heißt es, dachte Vitelli. Gesehen hatte er von alldem allerdings noch nichts, und er bezweifelte, dass die anderen hier mehr als nur Gerüchte kannten.

»Man könnte beinahe neidisch werden«, sagte Oliverotto di Fermo. »Zu Lucrezia Borgia würde ich auch nicht Nein sagen.« Die versammelten Männer lachten.

Di Fermo war jung, zwanzig Jahre jünger als Vitelli, besaß aber bereits eine große Kaltblütigkeit, die er auf zahlreichen Feldzügen erworben hatte. Er stand in dem Ruf, ein besonders grausamer Heerführer zu sein.

»Wir sollten dafür sorgen, dass sich das Volk gegen diese Pestbrut erhebt«, sagte da Varano. »Liefern uns die Spanier dafür nicht mehr als genug Gründe, Signori?«

»Wir können uns wohl kaum darauf verlassen, dass Bauern eine Arbeit machen, für die wir selbst zu feige sind«, warf der maskierte Mann ein, der sich bislang zurückgehalten hatte. »Wir werden uns schon selbst die Hände schmutzig machen müssen.«

Die angenehme Stimme des Mannes erschien Vitelli vage vertraut. *Sind wir uns schon einmal begegnet?*

»Aber weiter die Gerüchte zu streuen, dass Cesare seine Schwester Lucrezia fickt und der alte Borgia seine Macht dem Teufel verdankt und es mit Ziegenböcken treibt, könnte nicht schaden, oder?«, erkundigte sich di Fermo.

»Gewiss nicht«, antwortete Fabrizio Fizzoni. »Aber wir müssen deutlich mehr tun als das. Guidobaldo da Montefeltro muss wieder in seine Rechte eingesetzt werden, wir müssen die Bevölkerung von Urbino, die ihm immer noch wohlgesinnt ist, davon überzeugen, dass ein Aufstand Erfolg haben wird. Dann muss der Herzog so schnell wie möglich in seine Stadt zurückkehren.«

»Es wäre gut, Florenz dabei auf unserer Seite zu wissen«, bemerkte Vitelli.

Der maskierte Mann nickte, sagte aber nichts. Ob er keine Zusicherung geben konnte oder wollte, vermochte Vitelli nicht zu deuten.

»Das kann ich nur unterstützen. Wenn Florenz auch stillhält, sollte es gegen Siena gehen«, sagte Piero Petrucci, der wohl auf Geheiß seines Bruders Pandolfo hier war, des Herrn von Siena. Die beiden Städte verband eine jahrelange Feindschaft.

»Und wir müssen hier und jetzt vereinbaren, dass wir Bologna schützen, egal wie unsere Befehle lauten«, fügte Paolo Orsini hinzu.

Jeder Anwesende wollte zuerst seine eigenen Schäfchen ins Trockene bringen. Vitelli verstand, dass eine Reihe von Aufständen ihnen in die Hände spielen würde, denn solange sich Cesare Borgia überall im Land darum kümmern musste, war seine Aufmerksamkeit, und viel wichtiger noch, waren seine Truppen gebunden. Aber ihm schien es, als sei dies keine Strategie, sondern nur das Gerede von Männern, die für sich oder für ihre Herren Gewinn aus der Sache schlagen wollten, bevor auch nur ein Handschlag getan war.

Wie soll das alles gehen?, fragte sich Vitelli. *Wie sollen wir uns so schnell absprechen, an so vielen Orten gleichzeitig sein, wenn unsere Anführer im ganzen Land verstreut sind?*

Er hob die Stimme. »Das ist alles gut und schön, aber was wir wirklich tun müssen, ist, unsere Kräfte zu bündeln und Cesare Borgia sofort festzusetzen. *Dann* haben wir ein Unterpfand, um mit dem Papst zu verhandeln.«

»Ich denke, dass Vitelli recht hat«, sagte der maskierte Mann in die sich ausbreitende Stille hinein.

»Die Armeen der Borgia stehen zusammen. Wenn wir uns allzu sehr aufteilen, wird er uns einen nach dem anderem besiegen«, führte Vitelli seine Gedanken aus. »So wie man einen Armbrustbolzen leicht zerbrechen kann. Gemeinsam aber sind wir stark, so wie kein Mann ein ganzes Bündel Bolzen zerbrechen kann.« Piero Petrucci blickte zu Boden. Auch die anderen *condottiere* und Abgesandten schwiegen. Die Antwort lag in der Luft. Alle wussten, dass er recht hatte. Sie mussten es sich nur eingestehen.

»Lasst uns zuerst besprechen, was wir in Urbino tun können«, sagte Fizzoni, und der Moment der Entscheidung war vorüber und versank in kleinlichen Streitereien um Herrschaftsgebiete und Befugnisse.

Vitelli sah in die Runde. Allmählich wurde es spät, und die meisten der Männer waren nicht mehr nüchtern. Die Verhandlungen gingen zusehends in grobe Scherze und Anekdoten über. Weinbecher klirrten aneinander. »*Sic semper tyrannis* – So ergeht es den Tyrannen!«, war der Trinkspruch des Abends.

Vitelli betrachtete die Männer der Reihe nach. *Der Pakt, den wir hier schließen, wird wertlos sein,* erkannte er. Jeder war nur zu seinem eigenen Vorteil auf *La Magione,* niemand vertraute dem anderen. Und genau das machte sie anfällig für Verrat in den eigenen Reihen. Ihre Feinde, die Borgia, standen dagegen zusammen.

Er nahm seinen Weinbecher und ging auf die Terrasse zurück.

Neben der ersten toten Krähe lag nun noch eine zweite. *Es ist doch ein verdammtes Omen,* dachte er. *Wir alle handeln hier unser Todesurteil aus.*

In ihm keimte ein Gedanke. Wenn ihr Ansinnen schon ohne Aussicht auf Erfolg war, dann wollte er wenigstens seinen persönlichen Gewinn daraus schlagen.

Er nahm einen tiefen Zug aus seinem Weinbecher.

Wenn ich erst einmal Herr über eine Festung bin, kann ich immer noch mit Cesare verhandeln. Und den ganzen Dreck, den Morast und das Blut hinter mir lassen.

Grimmig trat er gegen die erste tote Krähe und schickte den Leichnam in hohem Bogen von der Terrasse. Die zweite folgte sogleich.

Männer wie er schufen sich ihre eigenen Omen.

Kapitel 10

SIENA, NOVEMBER 1502

Madonna, wie kalt es schon wieder ist!, dachte Raffael und zog sich so rasch wie möglich an.

Die Kleidung, die am Fußende des Bettes gelegen hatte, fühlte sich klamm an. Er nestelte rasch die Hose an seinem Wams fest und schlüpfte in die breiten Schuhe. Dann schob er die Hände unter sein Hemd und wartete darauf, dass seine Finger warm wurden. *Entweder ist die Kirche von Siena bettelarm, oder der Kardinal ist ein Geizhals, wie er im Buche steht.* Anders konnte er es sich nicht erklären, wieso man Bernardino und ihn hier einquartiert hatte.

In dem Haus gab es nur ein benutzbares Zimmer im Erdgeschoss, das sie sich teilten. Die Wände des ersten Stocks waren mit Schimmel überzogen und sahen so morsch aus, als würden sie bei der ersten Berührung in sich zusammenfallen. Bislang waren all ihre Versuche, in dem verrußten Kamin ein Feuer zu machen, kläglich gescheitert, und Raffael fluchte, als er in der Feuerstelle die säuberlich aufgeschichteten, aber kaum angebrannten Holzscheite sah.

Er schob sein Bettzeug zusammen und schaute an den Holzstreben, die das Zimmer teilten, vorbei zu Bernardino. Der ältere Mann fluchte ebenfalls ausgiebig, während er Kohle, Rötel- und Silberstifte und ihre Papiere und Pergamente zusammensuchte. Dann zog Bernardino geräuschvoll die Nase hoch und spuckte in die kalte Feuerstelle. »*Maledetto!* Seine Exzellenz will wohl, dass wir erfrieren«, knurrte er.

»Wir müssen den Kaminschacht säubern«, sagte Raffael. »Das Holz brennt einfach nicht an.«

»Dafür könnte uns der Kardinal auch einen Mann schicken.

Schließlich sind wir hier, um seine Bibliothek mit Fresken zu versehen, und nicht, um seine Häuser instand zu halten.«

»Viel instand zu halten gibt es hier ja auch nicht«, entgegnete Raffael. Selbst wenn es ihnen gelänge, den Kamin zu befeuern, würde die Kälte noch immer durch die mit Brettern abgedeckten Fenster und die Löcher im Holzfußboden ziehen.

Aber weder die Kälte noch die Aussicht auf die Arbeit in der zugigen Bibliothek konnten Raffaels Laune trüben, als sie auf die Straße traten, um sich auf den Weg zum Dom zu machen. In der kleinen Bäckerei gegenüber war Margherita Luti bereits damit beschäftigt, Focaccia zu verkaufen, und Raffael und Bernardino gingen zu ihr hinüber, um sich wie jeden Morgen ihr Frühstück zu holen.

Als sie an der Reihe waren, lächelte Margherita. »Guten Morgen, *Maestri*«, sagte sie freundlich.

Ihr volles, dunkles Haar war geflochten und aufgesteckt; das Licht des Morgens brachte die winzigen rotgoldenen Reflexe darin zum Vorschein. Die Brauen über den dunklen Augen sahen aus, als wären sie mit einem feinen Pinsel gezeichnet worden. Sie trug ein geschnürtes Kleid, das ihre schmale Taille hervorhob, und Raffael war, wie jeden Morgen, völlig von ihrem Anblick gefangen.

Als er Margherita zum ersten Mal gesehen hatte, hatte er an einen Lehrsatz von Leonardo denken müssen, den er auf einer Zeichnung des Meisters gesehen hatte. *Das Idealbild der menschlichen Schönheit ist daher kein absolutes, sondern besteht aus der Beziehung einzelner Teile zueinander.* Wenn er Margherita ansah, verstand er, was Leonardo damit gemeint hatte.

Er konnte nicht anders, als sich zu fragen, ob sie wirklich so vollkommen war, wie sie ihm schien. Die Vorstellung, wie ihre Proportionen unter dem Kleid aussehen mochten, jagte ihm einen Schauer über den Körper, und er schob den Gedanken eilig beiseite, bevor er sich ihr zuwandte.

Margherita reichte ihm das warme Brot, und er drückte ihr

eine Münze in die Hand. Mittlerweile waren die kurzen Begegnungen mit ihr der Höhepunkt seines Tages, aber aus einem Grund, der ihm selbst nicht ganz klar war, schaffte er es nie, mehr als nur ein paar Worte mit ihr zu wechseln. Er grüßte sie, scherzte mit ihr, aber es gelang ihm nicht, ihr irgendwie näherzukommen.

Sie täglich zu sehen, war ein Segen; und dennoch verfluchte er sich jedes Mal, sobald sie sich verabschiedet hatten und er in sein Brot biss.

»Irgendwann wirst du über deinen Schatten springen und ihr ein paar Blumen oder dergleichen mitbringen müssen«, sagte Bernardino mit vollem Mund.

»Ist es so offensichtlich?«, gab Raffael zurück.

»Man braucht nicht gerade die Hellsicht der heiligen Katharina, um zu erkennen, dass dir das Mädchen gefällt.«

Raffael nickte verdrossen.

»Bist du immer so schüchtern, wenn es um Frauen geht?«

»Nein«, antwortete er einsilbig und starrte schweigend den Dom an, der eben vor ihnen auftauchte.

Die beeindruckende Vorderfront des Gebäudes war aus weißem und schwarzem Marmor errichtet worden und wurde von drei spitzen Giebeln gekrönt. Von den Simsen in Höhe der Portalstürze schauten Statuen auf die Kirchgänger hinab. Im hinteren Teil des Gebäudes befand sich eine gewaltige Kuppel, und den ganzen gedrungenen Bau überragte der *Campanile*, der schlanke Glockenturm. Bog man um die Ecke, sah man allerdings, dass der Dom nicht fertig gebaut worden war. Die Pläne für eine groß angelegte Erweiterung, den *Duomo nuovo*, waren vor über hundert Jahren eingestellt worden, und die unvollendete Fassade zeugte stumm vom fruchtlosen Streben ihrer Erbauer.

Kardinal Francesco Todeschini Piccolomini war der Domherr Sienas und galt als ein großer Förderer der Künste. Er hatte den toskanischen Meister Michelangelo Buonarroti beauftragt, Statuen für den Dom zu liefern, und ließ von dem Sienesen Marrina eben eine neue, moderne Fassade für den Eingang der Bibliothek bauen. Allerdings hieß es, dass der in den letzten Jahren immer erfolgreicher gewordene Michelangelo sich über Gebühr Zeit für den Auftrag aus Siena ließ. Raffael fragte sich, ob dieser Umstand eventuell mit der schlechten Zahlungsmoral des Kirchenherrn zusammenhing.

Die *libreria* sollte in einem Nebenraum des Doms untergebracht werden, den Kardinal Piccolomini für diesen Zweck ausgestalten ließ. Sie war dazu bestimmt, die umfangreiche Bibliothek und die Handschriftensammlung seines Onkels aufzunehmen, des verstorbenen Papst Pius II., und deshalb sollten die Fresken im Innenraum das Leben und Wirken des verstorbenen Pontifex Maximus zeigen.

Bernardino und Raffael gingen durch das Baugerüst hindurch, das den Eingang zur Bibliothek bedeckte. Die Maurer und Steinmetze begannen eben ihr Tagewerk und grüßten die beiden Maler freundlich.

Das Innere der künftigen Bibliothek war leer. Der Marmorfußboden hatte hier ebenso wie im übrigen Teil des Doms ein elegantes Muster und Intarsienarbeiten, die biblische Geschichten und die antiken Tugenden darstellten.

Für die halbrunde Decke des Raumes waren Darstellungen des Familienwappens der Piccolomini vorgesehen, und zehn kahle Nischen unter Gewölbebögen warteten darauf, von Bernardino und Raffael ausgeschmückt zu werden.

Die beiden Maler hatten Staffeleien aufgebaut, auf denen sie nun ihre Skizzen befestigten. Bislang hatten sie mit der eigentlichen Arbeit an den Fresken noch nicht begonnen. Sie arbeiteten die ganze Zeit in der Bibliothek, weil ihnen in ihrer Unterkunft sowohl Licht als auch Platz fehlten. Sie vermaßen die Nischen und Winkel des Raumes, beratschlagten und diskutierten, wie man den Raum am besten füllen könnte, und fertigten Skizzen und Kartons an.

Raffael hatte in den letzten Tagen an einem Karton für ein

Fresko gearbeitet, das darstellen sollte, wie Pius II. im Hafen von Ancona die Kreuzfahrer segnete. Er verwendete einen Silberstift, weil dieser feiner war als Rötel oder Kohle, auch wenn die Arbeit damit eine höhere Konzentration erforderte. Der Karton hatte exakt dieselben Abmessungen wie die Nische, in der sich später das Fresko befinden sollte, denn die Konturen würden von der Zeichnung auf den noch feuchten Putz übertragen.

Bernardino nahm einen seiner älteren Kartons zur Hand, der die Ernennung des späteren Papstes zum Kardinal zeigte.

»Ich denke, wir sollten allmählich in der *bottega* der Cozzarellis nachfragen, ob sie für uns den Kalkputz übernehmen können. Wir können bald zumindest schon mit der Decke beginnen«, sagte er.

»Um Weihnachten herum, schätze ich«, entgegnete Raffael. »Wenn du mich zu Beginn des neuen Jahres eine Weile nicht brauchst, könnte ich vielleicht nach Urbino reisen«, fügte er hinzu.

Vor Kurzem hatte die Nachricht Siena erreicht, dass Cesare Borgia von seinen eigenen Hauptleuten verraten worden war, die nun mithilfe einiger mächtiger Fürsten in den eroberten Gebieten Aufstände anzettelten. Raffael hatte einen Brief von Evangelista da Pian erhalten, in dem dieser berichtete, dass sich auch Urbino gegen die Borgia gestellt hatte. Seine Bewohner beteten nun für eine rasche Rückkehr Herzog Guidobaldos.

»Das wird schon gehen«, gab Bernardino zurück. »Du bist ja eine Weile nicht zu Hause gewesen. Und bis dahin hast du dich vielleicht auch endlich getraut, Signorina Luti den Hof zu machen«, fügte er grinsend hinzu.

Jetzt reicht es, dachte Raffael. *Ich werde heute etwas unternehmen. Alles ist besser, als mich auch noch von Pinturicchio verspotten zu lassen.*

* * *

Er stand im beginnenden Regen vor der verschlossenen Tür der Bäckerei und versuchte, Mut zu fassen. Raffael hatte die Arbeit in der Bibliothek unter einem Vorwand früher beendet und sich von Bernardino verabschiedet, um hierherzukommen. *Jetzt mach schon,* ermahnte er sich im Stillen.

Zu seinem Glück war Margherita allein und gerade dabei, den Laden aufzuräumen, als er klopfte.

»Salve Raffael«, begrüßte sie ihn freundlich, als sie öffnete. Ihr Gesichtsausdruck verriet, dass sie überrascht war, ihn zu sehen. »Was kann ich für dich tun?«

Er lächelte und hoffte dabei im Stillen, dass er nicht wie ein kompletter Einfaltspinsel wirkte. »Mach einen Spaziergang mit mir«, bat er.

Sie zog fragend die Augenbrauen zusammen. »Jetzt?«

Ihre Nachbarn würden sicher einiges darüber zu sagen haben, wenn sie allein mit ihm ging, das wusste er sehr gut. »Es ist kalt, es regnet, es wird uns kaum jemand sehen«, entgegnete er deshalb.

»Es regnet und ist kalt? Du gibst dir wirklich Mühe, mich zu überzeugen, ja?«, fragte sie. Aber sie lächelte.

»Bitte«, sagte er. »Ein kurzes Stück.«

Einen Moment lang blieb sie unschlüssig in der Tür stehen und ließ ihren Blick durch die leere Stube schweifen. Dann nickte sie. »Ich weiß zwar nicht, wieso, aber nun gut. Ich hole meinen Mantel.«

Er sandte ein kurzes Dankgebet zum Himmel.

Kurze Zeit später trat sie vor die Tür, in einen Mantel aus dunklem Stoff gehüllt, der sicher schon bessere Tage gesehen hatte. Sie hatte die Kapuze tief in die Stirn gezogen, obwohl es eigentlich kaum nieselte.

»Wo willst du denn hin?«, fragte Margherita.

»Ich weiß nicht«, gestand Raffael. »Eigentlich kenne ich mich gar nicht in der Stadt aus.«

»Das hast du dir nicht vorher überlegt?« Sie schüttelte den

Kopf. »Wir können zum *Orto De' Pecci* gehen«, schlug sie vor und übernahm die Führung.

Sie liefen nach Süden, durch einige Straßen, die Raffael nicht kannte, bis sie die Piazza del Mercato erreichten. Unterhalb des Marktplatzes bogen sie in die Via del Sole ein und nahmen von dort einen Weg, der in einen großen, in der Kälte verlassenen Garten mündete. Das Grau des Winters beherrschte den Ort; selbst das Gras und die Blätter schienen alle Farben verloren zu haben. Margherita wählte einen Weg, der mit Zypressen bestanden war, die in den wolkenverhangenen Himmel ragten. Zwischen ihnen konnte Raffael vertrocknete Lavendel- und Rosmarinbüsche erkennen.

»Im Sommer muss es hier sehr schön sein«, sagte er.

»Ja«, gab sie zurück. »Das ist es. Aber jetzt ist einfach nicht die richtige Zeit für einen Spaziergang. Wie kommt eure Arbeit denn voran?«

»Wir machen gute Fortschritte, aber es gibt viel zu tun, weil es so viele Flächen sind, die wir gestalten sollen.«

»Und wann werdet ihr fertig sein?«

»Du meinst ganz? Das wird noch lange dauern, denke ich. Aber ich bin hauptsächlich für die Entwürfe zuständig, die Gestaltung der eigentlichen Fresken wird Bernardino übernehmen. Und vermutlich werde ich Siena dann verlassen.«

Sie warf ihm einen schwer zu deutenden Blick zu. »Also«, fragte sie. »Warum wolltest du denn unbedingt mit mir spazieren gehen?«

»Ich wollte Zeit mit dir verbringen. Dich kennenlernen. Mit dir über etwas anderes reden als über den Preis für ein Brot.«

»Dann musst du mich wohl etwas fragen«, erklärte sie.

Er schaute sie irritiert an.

»Wenn du mich kennenlernen willst, musst du mir Fragen stellen.«

Raffael lachte. Margherita war so anders als die Hofdamen in Urbino, bei denen jedes Gespräch einem komplizierten Tanz nach streng festgelegten Regeln glich, und auch als die Mädchen aus der Stadt, mit denen eine Unterhaltung beinahe unmöglich gewesen war.

»Also«, sagte er, »wie kommt es, dass du ganz allein eine Bäckerei führst?«

»Ich bin nicht allein. Die Bäckerei gehört meinem Vater.«

»Tatsächlich? Ich habe ihn noch nie gesehen. Lebt er in eurem Haus?«

Sie neigte den Kopf zur Seite. »Die Hälfte aller Tage kommt er gar nicht aus dem Bett, und die andere verbringt er in den Schenken der Stadt«, gab sie ohne Umschweife zu. »Seit dem Tod meiner Mutter ist seine Trinkerei maßlos geworden.«

»Das tut mir leid«, entgegnete Raffael betreten. »Das kann nicht leicht für dich sein. Du hast bestimmt viel Arbeit mit dem Laden.«

Sie zuckte die Achseln. »Vor ein paar Wochen noch hatte ich Angst, dass wir das Haus verlieren, weil wir mit dem Bezahlen unserer Rechnungen einfach nicht mehr nachkamen. Aber jetzt beliefern wir von Zeit zu Zeit den Palazzo Podestà, und das hat uns gerettet. Gerade geht es uns ganz gut.«

»Wirklich? Ihr beliefert die Stadträte?«

»Ja. Normalerweise wird das von den wohlhabenderen Händlern aus den *contrade nobile* übernommen. Aber ein hoher *Signore* ist vor einiger Zeit zufällig in unseren Laden gekommen, und seitdem gibt er uns manchmal Aufträge.«

»Gut für euch«, sagte Raffael anerkennend. Aber dann sah er, dass sich Margheritas Gesichtsausdruck verfinstert hatte. Aus irgendeinem Grund schien sie sich überhaupt nicht über diese glückliche Wendung zu freuen.

»Bernardino hat mir erklärt, dass in Siena die Zugehörigkeit zu einer *contrada* sehr wichtig ist?«

Margherita nickte. »Oh ja. Du wirst in deiner *contrada* geboren und in deiner *contrada* beerdigt. Wenn eine Frau außerhalb ihres Viertels ein Kind bekommt, bringen ihre Nachbarn ihr einen Topf mit Erde, den sie unter das Bett stellen, damit der neue *contradaiolo* doch noch auf dem richtigen Boden zur Welt kommen kann.«

»Wirklich? Und sind alle Viertel nach Tieren benannt?«

»Nicht alle, aber die meisten. Unsere Lupa heißt so, weil Senius, der Sohn von Remus, Siena genau hier gegründet hat.« In ihrer Stimme schwang unüberhörbarer Stolz mit, und Raffael entschied, über diese Geschichte besser nicht mit ihr zu diskutieren.

»Gibt es in Perugia keine *contrade?*«, wollte Margherita wissen.

»In Perugia schon, aber sie haben nicht so viel Bedeutung wie hier. Und Urbino, woher ich stamme, ist wohl einfach zu klein dafür.«

»Warum bist du von dort weggegangen?«

»Ich bin gegangen, als die Borgia die Stadt eingenommen haben«, entgegnete er. »Aber in Urbino ist kürzlich ein Aufstand gegen sie ausgebrochen, und nun soll die Stadt wieder an die Montefeltro fallen, und ich könnte vielleicht zurückgehen.« Für einen Moment dachte er an das Porträt der Herzogin, das er nie fertiggestellt hatte.

»Lebt deine Familie noch in Urbino?«

»Meine Eltern sind schon lange tot. Aber ich vermisse meine Verwandten und meine Freunde.« Bis er es ausgesprochen hatte, war ihm kaum klar gewesen, dass es wirklich so war.

Margherita schüttelte den Kopf. »Ich kann mir kaum vorstellen, wie das ist«, sagte sie. »Ich habe Siena noch nie verlassen.«

»Es ist seltsam«, erklärte er. »Zuerst hat mich der Gedanke erschreckt, aber jetzt möchte ich noch mehr Orte sehen. Vielleicht Venedig oder Florenz, wo so viele große Maler arbeiten. Wolltest du nie von hier fort?«

»Ich wüsste nicht, wohin ich gehen sollte. Es gibt zwar auch überall Bäcker, aber eigentlich reizt es mich nicht, sie kennenzulernen.«

Raffael lachte.

»Wie bist du dann nach Siena gekommen?«, fragte sie.

»Eigentlich arbeite ich in Perugia für Maestro Pietro Vannucci«, erklärte Raffael. »Er hat mich sozusagen an Bernardino verliehen.«

»Verliehen? Das klingt, als wäre die Malerei ein ziemlich kompliziertes Geschäft.«

»Es ist vor allem schwierig, sich selbst einen Namen zu machen, damit man eigenständige Aufträge erhält. Vorzugsweise natürlich von Kunden, die auch bezahlen können«, fügte er hinzu.

»Aber du bist bereits ein *Maestro*, oder?«

»Ja, aber das allein reicht nicht. Ich brauche Auftraggeber, die unbedingt von Raffael Sanzio gemalt werden wollen. So wie jeder Fürst und jeder Kardinal will, dass Leonardo oder Michelangelo für ihn arbeitet.«

»Fürsten und Kardinäle? Bist du denn gut genug dafür?«

Er lächelte. »Noch nicht. Aber ich kann so gut werden.«

»Angeber.«

»Lass es mich dir zeigen.« Raffael blieb stehen und suchte ihren Blick. »Lass mich dich zeichnen«, bat er.

Sie sah ihn an, als hätte er einen schlechten Scherz gemacht.

»Du hast mich Angeber genannt, da solltest du mir doch zumindest die Möglichkeit geben, dich vom Gegenteil zu überzeugen, oder?«, fuhr er unbeirrt fort.

»Malst du denn im Dom noch nicht genug?«

Raffael überging die Frage. »Ich könnte dich nach meiner Arbeit zeichnen«, schlug er stattdessen vor.

Sie nickte langsam. »Du sagst, du wirst eines Tages sehr berühmt sein, und die *nobiltà* wird sich darum reißen, von dir gemalt zu werden? Dann sollte ich dein Angebot wohl besser annehmen.«

Ihm war nach Jubeln zumute, aber stattdessen sagte er mit gespieltem Ernst: »Wir sollten einen Vertrag darüber aufsetzen, damit du keinen Rückzieher machst.«

»Das könnte schwierig werden«, sagte Margherita, ohne zu lächeln. »Ich kann kaum lesen und schreiben«, gab sie zu. »Ich bin gut mit Zahlen, weil meine Mutter mir das Rechnen beigebracht hat, aber mit Buchstaben ...«

»Wenn du deinen Namen schreiben kannst, ist alles andere nicht so schwer«, entgegnete Raffael. »Was das Lesen angeht, müsstest du nur üben.«

»Natürlich, Herr Maler«, gab sie spöttisch zurück. »Gleich morgen beim Brotbacken fange ich damit an.«

Er hob reumütig die Hände. »Entschuldige, so war das nicht gemeint.«

»Schon gut. Lass uns zurückgehen, man kann den Weg ja kaum noch erkennen.«

Als sie in die Gasse einbogen, in der ihre beiden Häuser lagen, war es bereits dunkel. Die Stadttore wurden geschlossen, und die Nachtwächter nahmen ihren Dienst auf.

Vor der Bäckerei wartete ein einzelner Mann auf sie. Er war sehr groß und trug einen pelzverbrämten Mantel, eine braune Samtkappe mit goldener Borte bedeckte seine kurzen Haare. Als sie sich näherten, löste er sich aus dem Hauseingang und trat auf sie zu. »Margherita«, sagte er und griff nach der Hand des Mädchens.

»Euer Gnaden«, begrüßte Margherita den Mann einigermaßen bestürzt.

»Ich hatte schon befürchtet, dass du nicht zu Hause bist«, entgegnete der Mann. Dann wandte er sich an Raffael. Sein Blick drückte Misstrauen aus. »Und wer bist du?«, knurrte er.

»Das ist nur ein Nachbar, der mir geholfen hat, einige Besorgungen zu machen«, sagte Margherita hastig, noch bevor Raffael den Mund aufmachen konnte.

Der Mann musterte ihn von oben bis unten. Raffael erwiderte den Blick ruhig, konnte sich aber des Eindrucks nicht erwehren, dass er gerade einer Prüfung unterzogen wurde, die nicht sehr schmeichelhaft für ihn ausfiel.

»Du verschwindest jetzt besser, Bursche«, sagte der Mann schließlich.

Raffael wollte etwas sagen, den anderen wegen seiner Unhöflichkeit zurechtweisen, aber dann fing er Margheritas Blick auf. Sie hatte die Lippen zusammengepresst und nickte ihm kaum merklich zu.

Obwohl es ihm widerstrebte, Margherita allein zu lassen, blieb ihm wohl nichts anderes übrig. Er verbeugte sich vor den beiden, murmelte »Gute Nacht« und überquerte die Straße.

Kapitel 11

ROM, NOVEMBER 1502

Es war das erste Mal, dass Daniele Papst Alexander VI. begegnete, und den Mann zu sehen, der das Oberhaupt der heiligen Mutter Kirche war, von dem aber auch behauptet wurde, er sei mit dem Leibhaftigen im Bunde, machte ihn nervöser, als er zugeben wollte.

Der Heilige Vater saß auf einem geschnitzten Thron an der Stirnseite eines Raumes voller Menschen, deren aufgeregte Stimmen sich zu einem einzigen lauten Summen verbanden. Alexander dagegen wirkte ruhig und gelassen. Er war ein großer, massiger Mann mit schweren Gesichtszügen. Sein Gesicht hätte bei einem anderen Mann gewöhnlich gewirkt, doch die Insignien seiner Macht und der Blick aus seinen dunklen, wachsamen Augen sorgten dafür, dass Daniele augenblicklich ein Gefühl der Demut überkam.

Die bei der Audienz anwesenden Kardinäle saßen links und rechts des Papstthrons, in den Reihen drängten sich weitere Kirchenmänner, ebenso wie Schreiber und Höflinge.

Viele der Kardinäle entstammten einflussreichen Familien wie den Orsini oder den Colonna, Aristokraten, die schon lange vor den Borgia in Rom geherrscht hatten; andere waren Günstlinge des jetzigen Papstes oder seiner Vorgänger. Sixtus IV. hatte gleich sechs seiner Neffen aus der Familie della Rovere zu Kardinälen ernannt; Alexander VI. hingegen hatte den Bruder seiner Geliebten Giulia Farnese mit dem Purpur ausgestattet und immer wieder Kardinalshüte verkauft, um die leeren Kassen des Vatikans aufzufüllen.

Einige der Purpurträger waren daher kaum älter als Daniele selbst, andere schon in hohem Alter. Ein weißhaariger Kardinal war bereits vor Beginn der Audienz auf seinem hohen Lehnstuhl eingenickt, ein dünner Speichelfaden lief an seinem Kinn hinunter.

Bernardo Dovizi hatte für sie einen Platz im Hintergrund gewählt, von dem aus sie zwar alles sehen und hören konnten, inmitten der Bediensteten und Geistlichen geringeren Ranges aber nicht weiter auffallen würden. Danieles eigene Priesterweihe lag nun zwei Monate zurück, und er trug das gleiche schlichte, dunkle Gewand wie viele andere der Anwesenden.

Daniele war erstaunt gewesen, als er Dovizi morgens in dessen Gemächern aufgewartet hatte, seinen Herrn allein und in Gedanken vorzufinden. Normalerweise schlief eine seiner Geliebten bei ihm.

»Hattet Ihr heute Nacht gar keine Gesellschaft, Monsignore?«, hatte er sich nicht verkneifen können zu fragen.

»Es gibt eine Zeit für Huren und eine für Heilige, Daniele«, hatte Dovizi unwirsch zurückgegeben. »Wir müssen wissen, was Seine Heiligkeit in Bezug auf die Ereignisse auf *La Magione* zu tun gedenkt«, hatte er Daniele erklärt, bevor sie zu der Audienz aufgebrochen waren. »Wenn der Papst die Medici mit den Verschwörern in Verbindung bringt, ist auch unsere Stellung hier in Gefahr. Behalte alles gut im Auge; jede kleine Beobachtung kann wichtig sein.«

Daniele hatte genickt, ohne genau zu verstehen, was Bernardo Dovizi von ihm erwartete. In Rom brodelten die Gerüchte, seit einige der *condottiere* Cesare Borgias ihren Herrn verraten hatten, darunter der gefürchtete Vitellozzo Vitelli und der blutrünstige Oliverotto di Fermo. Sie hatten mit einigen der mächtigsten Familien Oberitaliens aus Bologna, Urbino, Perugia und Siena ein Bündnis gegen die Borgia geschmiedet, um Cesare seine Eroberungen wieder zu entreißen.

Es hieß, dass die Verschwörer Unterstützung vonseiten der römischen Papstgegner bekommen hätten. Die Orsini hatten ihren Landsitz *La Magione* als Treffpunkt zur Verfügung gestellt, und zumindest einige Familienmitglieder standen offen auf der Seite des neuen Bündnisses.

Zuerst hatten die Verschwörer Aufstände in Camerino und Urbino angezettelt, die dazu führten, dass beide Städte sich wieder gegenüber ihren früheren Herren loyal erklärten. Giovanni da Varano war nach Camerino zurückgekehrt, und Urbino stand zumindest nominell wieder unter der Herrschaft der Montefeltro. Allerdings war Herzog Guidobaldo wohl klug genug gewesen, den sich überschlagenden Ereignissen nicht zu rasch zu vertrauen, und hielt sich nach wie vor mit seiner Gemahlin in Venedig auf.

Denn obwohl das neue Bündnis den Borgia-Truppen zahlenmäßig weit überlegen gewesen wäre, zögerten die Verschwörer mit einem Angriff zu lange. Schließlich hatte Cesare seine Schweizer Söldner und seine französischen Hilfstruppen einberufen, womit er den Verschwörern beinah ebenbürtig war, und gemeinsam mit seinem Vater in Imola den wankelmütigen Paolo Orsini getroffen, den er mit wer weiß welchen Versprechungen zu einem Einlenken bewog.

Kurze Zeit später war der Aufstand gegen die Borgia vorbei, noch bevor er richtig begonnen hatte.

Heute fand nun die erste große Audienz des Papstes nach diesen Vorkommnissen statt, und ganz Rom wartete wie gebannt, welchen Kurs Alexander VI. gegenüber seinen Gegnern einschlagen würde.

Falls sich Kardinal Orsini deswegen Sorgen machte, wusste er diese jedoch gut zu verbergen. Er saß offenkundig unbekümmert auf seinem Stuhl, die eleganten Hände ruhig vor sich auf den Tisch gelegt, sodass Daniele nur schwer glauben konnte, dass ihn ein schlechtes Gewissen plagte.

Kardinal Giovanni de' Medici, ein junger Würdenträger mit rundlichem Gesicht und kleinen, weichen Händen, die ihm beinahe etwas Kindliches verliehen, hatte seine Augen fest auf den Papst gerichtet und beachtete seinen Parteigänger Bernardo

Dovizi anscheinend gar nicht. Daniele fragte sich, ob dies ein schlechtes Zeichen war.

Ein Kirchendiener trat vor den Sitz des Papstes und schlug mit einem langen Holzstock dreimal auf den Boden. Beinahe sofort kehrte Ruhe in die Versammlung ein.

Der Heilige Vater blickte in die Runde der Kardinäle. »Wir haben euch heute hierherbeordert, um ein für alle Mal die Zwistigkeiten beizulegen, die in Unseren Provinzen von Urbino und Camerino ausgebrochen sind«, begann Alexander mit klangvoller, tragender Stimme. »Mit tiefer Trauer haben Wir gesehen, dass Unserem Gonfaloniere und geliebtem Sohn Cesare Borgia als Herzog beider Städte nicht der Gehorsam entgegengebracht wurde, welcher ihm als Schwert Gottes und Verteidiger des Heiligen Stuhls zukommt.«

Bei diesen Worten trat hinter dem Thron des Papstes ein Mann hervor, von dem Daniele sofort wusste, dass es Cesare Borgia sein musste. Er war mit einem dunkelgrünen Wams und einer ebensolchen Kappe bekleidet, beinahe schlicht für einen Mann seines Standes. Seine Züge waren von zahlreichen Narben verunstaltet, und seine Mundwinkel sahen rot und entzündet aus. Daniele hatte gehört, dass der Gonfaloniere oft sein Gesicht verbarg, wenn er auf den Straßen und in den Bordellen Roms unterwegs war. Doch hier, im Palast seines Vaters, zog er es offenbar vor, sich offen zu zeigen.

In der Reihe der Kardinäle vor Daniele murmelte jemand etwas, das wie eine Verwünschung klang, doch es wurde sofort wieder still, als der Heilige Vater fortfuhr: »Doch die Rache ist allein bei Gott, uns Menschen steht es an, zu vergeben, wie es uns unser Erlöser gelehrt hat. Und so wollen auch Wir denen vergeben, die sich gegen Unseren Sohn erhoben haben, so sie denn bereuen.«

Der Papst gab einem Bediensteten ein Zeichen, und kurz darauf öffneten sich die Flügeltüren des Saales. Drei Männer wurden hereingeführt, alle in den Farben verschiedener Städte und Provinzen gekleidet. Der Priester mit dem Holzstab stellte sie laut als Abgesandte der Bentivoglio aus Bologna, der da Varano aus Camerino und der Petrucci aus Siena vor.

Daniele fiel auf, dass kein Abgesandter aus Perugia gekommen war. Wollten die Baglioni nicht einlenken und verließen sich auf ihre eigene und die Stärke ihrer Stadt, oder hatte der Heilige Vater sie nicht in seine Vergebung eingeschlossen und sie gar nicht erst eingeladen?

Jeder Einzelne der Abgesandten kniete nieder und küsste den Ring des Heiligen Vaters. Als dieses Ritual vollzogen war, sprach der Papst wieder: »*Sic semper tyrannis. Wider den Tyrannen*, das war euer Schlachtruf gegen Unseren Heerführer«, sagte er. Dann richtete er das Wort an seinen Sohn. »Cesare, in wessen Auftrag hast du in Urbino und Camerino gehandelt?«

»In Eurem, Heiligkeit.« Der Gonfaloniere schien sich vollständig unter Kontrolle zu haben; Daniele konnte keinerlei Gefühlsregung in seinem Gesicht erkennen.

»So ist es. In Unserem Auftrag. Und Uns geht es um nichts anderes als um die Verteidigung des Kirchenstaates und um den höheren Ruhm Gottes. Nur diesem Zweck dienten Unsere Befehle. Seid ihr nun bereit, dies einzusehen und anzuerkennen?«, wandte er sich an die Gesandten.

Einer nach dem anderen trat vor.

»Das sind wir«, sagte Antonio Girodano, der junge Botschafter Sienas, dessen lückenhaftes Gebiss ihn lispeln ließ. Auch die anderen beiden Gesandten bekräftigten ihr Einverständnis.

»Cesare, kannst du denen vergeben, die dir unrecht taten?«, fragte der Papst.

Cesare Borgia nickte. »Wenn es Euer Wunsch ist, Euer Heiligkeit.«

»Und ihr, das Kollegium Unserer Kardinäle. Seid ihr ebenfalls einverstanden mit diesem Friedensschluss? Was sagt Ihr, Kardinal Farnese?«

Farnese nickte. Daniele wusste, dass Farnese vom römischen Volk gern als *Kardinal Möse* verspottet wurde, weil er seinen Ti-

tel seiner Schwester verdankte, die das Bett des Papstes teilte.
»Euer Entschluss ist weise, Heiligkeit«, sagte der Kardinal. »Natürlich unterstütze ich Euch.«

Widerspruch war von Alessandro Farnese nicht zu erwarten gewesen. Der Kardinal war stets darum bemüht, sich das Wohlwollen der Borgia zu erhalten.

»Kardinal Orsini?«

Der Angesprochene erhob sich von seinem Platz. Für ihn musste dieses Einlenken wohl am schwersten sein, denn seine Familie hatte das Bündnis der Verschwörer erst versammelt, und sein Verwandter war es auch gewesen, der es schließlich zu Fall gebracht hatte. Aber seine Miene blieb stoisch, als er versicherte: »Diese Versöhnung wird uns gewiss einen dauerhaften Frieden sichern, Heiliger Vater.«

Der Papst ließ einen suchenden Blick über seine Kardinäle schweifen, doch niemand widersprach ihm. Schließlich blieb sein Blick an einem weiteren Mann hängen. »Und was denkt Ihr, Kardinal de' Medici?«

Der junge, rundliche Kardinal erhob sich ebenfalls. »Der Gonfaloniere ist Euer Schwert, Heiligkeit, mit dem Ihr unsere heilige Mutter Kirche verteidigt. Wer würde das bestreiten wollen? Umso besser, wenn sich nun auch die weltlichen Fürsten wieder geschlossen unter Eurem Banner scharen.« Er wedelte mit den dicklichen Händen und wirkte dabei so unbeholfen und wenig grazil, dass Daniele beinahe froh war, als er sich wieder setzte.

Der Papst ergriff erneut das Wort. »Dann wollen Wir, dass ihr euch die Hand zur Versöhnung reicht. Es soll kein böses Blut mehr zwischen uns sein.«

Cesare und die Abgesandten schüttelten einander die Hände. Auf ein weiteres Zeichen des Papstes hin brachte ein Schreiber bereits vorgefertigte Papiere, auf denen deutlich das Siegel des Heiligen Stuhls zu erkennen war.

Der Heerführer und die Abgesandten unterschrieben in einer

feierlichen Geste, und Daniele wurde klar, dass die Audienz hauptsächlich ein großes Schauspiel gewesen war. Die eigentlichen Absprachen mussten schon viel früher getroffen worden sein, damit nun die bereits ausgehandelten Verträge auf dem Tisch lagen. Dem Papst ging es darum, die Versöhnung mit Cesares *condottiere* und den abtrünnigen Fürsten so öffentlich wie möglich zu begehen, damit möglichst viele Zeugen seine Großmut sahen.

Nach der Unterschrift der Verträge erhob sich der Papst und verließ den Saal, und die Versammlung löste sich allmählich auf.

Cesare Borgia blieb noch im Raum und begann ein Gespräch mit zwei Kardinälen, die Daniele nicht kannte. Er hatte das Gefühl, bislang nichts getan zu haben, um seinen Auftrag zu erfüllen, und überlegte, sich in ihre Nähe zu begeben, um vielleicht zu belauschen, was dort gesprochen wurde, aber Bernardo Dovizi bedeutete ihm, dass es Zeit wäre zu gehen.

»Wir müssen sofort zwei Briefe schreiben«, ordnete Dovizi an, kaum dass sie in seine Unterkunft zurückgekehrt waren. »Eine Nachricht an Niccolò Machiavelli. Und einen Brief an Piero de' Medici. Er hält sich gerade in Ostia auf und sollte fürs Erste wohl nicht nach Rom zurückkehren. Der Papst hat Florenz mit keiner Silbe erwähnt, aber er muss zumindest wissen, womit er rechnen sollte.«

Daniele sah seinen Herrn überrascht an. *Dann haben die Medici wirklich die Verschwörer unterstützt?*, dachte er. Aber die Frage, die er stellte, war eine andere. »Der Heilige Vater wirkte doch ganz ruhig. Und hat er sich nicht mit den Verschwörern ausgesöhnt?«

»Das ist die Ruhe vor dem Sturm, Daniele«, sagte Dovizi, der mit raschen Schritten in seinem Arbeitszimmer auf und ab lief. »Orsini mag glauben, dass der Papst ihm vergeben hat, aber ich sage, dass das nur Blendwerk ist. Alle, die auf *La Magione* dabei waren, werden seinem Zorn nicht entgehen.«

»Wie könnt Ihr das wissen?«, fragte Daniele, immer noch verwirrt. *Die Abgesandten haben die Verträge unterschrieben und den päpstlichen Ring geküsst, zählt das denn gar nicht?*

»Das weiß ich, weil der Papst und sein Sohn *zu* ruhig waren. All dieses Gerede von Vergebung und dass kein böses Blut mehr zwischen ihnen herrsche – das passt einfach nicht zu den Borgia. Nein.« Dovizi schüttelte den Kopf. »Damit ich dem Papst das glaube, hätte er zumindest Reparationen von den Orsini fordern müssen, Vitellis Kopf und vielleicht die Erstgeborenen der Benivoglio. Wenn sie gebrochen im Staub liegen, *dann* hätte er ihnen vielleicht verziehen. Aber so? Sobald sie sich zurücklehnen und sich darüber freuen, wie glimpflich sie davongekommen sind, werden die Borgia zuschlagen. Nimm mein Wort darauf.«

»Ich glaube Euch, Herr«, sagte Daniele. Er zögerte einen Moment, wagte es dann aber doch, eine Frage zu stellen, die ihm auf der Zunge brannte. »Und was wird jetzt aus Urbino?«

Dovizi zuckte die Achseln. »Herzog Guidobaldo tut sicher gut daran, in dem venezianischen Loch zu bleiben, in dem er sich verkrochen hat. Cesare hat Urbino wieder für sich beansprucht, und ich vermute, dass unter den Rädelsführern des Aufstands einige Köpfe rollen werden. Ich hoffe für dich, dass du keine Aufrührer unter deinen Verwandten hast.«

Daniele schluckte. Obwohl er sich nicht vorstellen konnte, dass seine Familie irgendwie in die Ereignisse verwickelt worden war, machte er sich doch Sorgen um Fra Michele. Der aufbrausende Priester verehrte die Montefeltro; wenn es in der Stadt zu einem Aufstand gekommen war, hatte er sicher aufseiten der Borgia-Gegner gestanden. *Ob Raffael wieder in der Stadt ist?*

Er hatte gehört, dass sein Freund am Tag des Borgia-Angriffs zusammen mit dem Erzbischof verschwunden war, und er schloss ihn oft in seine Gebete ein.

Die Tür zum Arbeitszimmer wurde ohne Vorankündigung geöffnet, und Kardinal Giovanni de' Medici trat in den Raum.

»Das war eine aufschlussreiche Audienz«, meinte er trocken, als Dovizi und Daniele zu ihm herumfuhren. »Was denkt Ihr über den neuen Gnadenreichtum des Heiligen Vaters?«

»Ich halte ihn für eine Finte, Eminenz. Nichts als ein Ablenkungsmanöver«, antworte Dovizi.

»Ich bin ganz Eurer Meinung«, sagte de' Medici. »Der heutige Friede wird nicht lange halten. Die Borgia sinnen auf Rache.«

Als die beiden Männer ein so vertrautes Gespräch begannen, erkannte Daniele, dass er sich während der Audienz hatte in die Irre führen lassen – sie hatten einander absichtlich kein Zeichen des Erkennens gegeben. Und Kardinal de' Medici wirkte plötzlich beinahe wie ein anderer Mann. Von seiner kindlichen Unbeholfenheit war nichts mehr geblieben.

»Ihr solltet die Stadt verlassen«, riet Dovizi ihm. »Zu Eurer eigenen Sicherheit.«

»Ich bin geneigt, Euch zuzustimmen. Die Frage ist nur, wohin ich überhaupt gehen könnte, ohne meine Lage noch weiter zu verschlechtern.«

»Vielleicht nach Siena? Pandolfo Petrucci hat stets nur über Mittelsmänner gehandelt und war nie selbst vor Ort, weder hier noch auf *La Magione*. Ich glaube, sein Einknicken war nur ein Lippenbekenntnis. Zuerst hat er seine eigenen Interessen im Blick, und er wird sich nicht so leicht von der päpstlichen Großmut blenden lassen.«

Der Kardinal schien einen Moment nachzudenken, schüttelte dann aber den Kopf. »Petrucci ist ein gewissenloser *Arriviste*«, sagte er. »Wenn dieser Aufsteiger nur den geringsten Vorteil darin sieht, wird er mich an den Meistbietenden verkaufen.«

»Die Baglioni haben keinen Abgesandten geschickt«, platzte es aus Daniele heraus. »Perugia war bei den Vertragsunterzeichnungen nicht anwesend.«

»Gut beobachtet«, sagte Dovizi mit einem anerkennenden

Nicken in Danieles Richtung. »Was meint Ihr, Eminenz: Wäre Perugia ein guter Rückzugsort?«

»Vielleicht. Aber die Baglioni werden sicher bald ins Visier des Gonfaloniere geraten, und niemand weiß, wie die Sache dann ausgehen wird.« Er warf Dovizi einen fragenden Blick zu. »Ist Euch bekannt, wo sich Kardinal Giuliano della Rovere derzeit aufhält?«

»Bei seiner Tochter in Savona, soweit ich weiß. Die della Rovere haben dort Besitz.«

»Und der Ort ist weit genug von Rom entfernt. Möglicherweise sollte ich ihn besuchen.«

Giuliano war wohl der einflussreichste der Kardinäle aus der Familie della Rovere und ein erbitterter Gegner des Borgiapapstes, den er bei dessen Wahl der Simonie bezichtigt und seitdem stets bekämpft hatte.

»Und Ihr, Dovizi?«, fragte der Kardinal. »Was habt Ihr vor? Vielleicht wäre eine Reise in den Norden auch für Euch nicht falsch. Habt Ihr nicht noch Familie in Bibbiena?«

»Einen Bruder und ein Haus voller Nichten und Neffen, Eminenz. Aber so reizvoll der Gedanke auch ist, mein Platz ist hier. Zumindest, solange ich noch nicht weiß, was Piero tun wird. Außerdem denke ich, es sollte jemand hierbleiben, der Euch darüber informieren kann, was in Rom vor sich geht und welches die nächsten Pläne der Borgia sind. Und falls Euch jemand zu sehr in die Nähe der Verschwörer rückt, kann ich vielleicht noch rechtzeitig eingreifen und etwas arrangieren, das die Person zum Schweigen bringt.«

Daniele lief ein Schauer über den Rücken. Er wollte sich in diesem Moment nicht vorstellen, was Dovizi damit meinte. *Herr, ist es wirklich dein Wille, dass ich diesem Mann diene, dem keines deiner Gebote heilig ist?*

»Ich danke Euch, Bernardo Dovizi«, sagte Kardinal de' Medici und lächelte. Sein eigentlich wenig anziehendes Gesicht wirkte durch diese Geste plötzlich offen und freundlich. »Weder ich noch meine Familie werden Euren guten Dienst an uns je vergessen.«

Bernardo Dovizi neigte leicht den Kopf. Wenn man nicht genau hinschaute, hätte man die Geste für Ergebenheit halten können, aber Daniele war sich sicher, dass Dovizi dahinter ein Grinsen verbarg.

Kapitel 12

SIENA, DEZEMBER 1502

Margherita spielte gedankenverloren mit den goldenen Kettengliedern ihres Armbands, das ungewohnt schwer um ihr Handgelenk lag. Das Armband war ein Geschenk von Piero Petrucci, und sie fühlte sich unwohl dabei, den Schmuck zu tragen. Doch als Petrucci ihr das Geschmeide am Nachmittag überreicht hatte, hatte er darauf bestanden, es ihr direkt anzulegen, und es wäre mehr als unhöflich gewesen, ihm diesen Wunsch abzuschlagen. Ihre Finger folgten dem glatten Metall, während sie ihrem Vater beim Essen zusah. Francesco Luti schob sich ein Stück Schinken in den Mund, dann wischte er mit einem Brotkanten seinen Teller sauber und spülte den Bissen mit einem großzügigen Schluck Rotwein hinunter.

»... doch diesem Arschloch aus *Istrice* werde ich es schon noch zeigen«, schloss er einen Satz, dessen Beginn Margherita überhört hatte. Vermutlich ging es um eine der endlosen Streitereien, die Francesco mit seinen Trinkkumpanen aus der benachbarten *contrada* verband. Als Margherita ihm nicht antwortete, warf er einen sehnsüchtigen Blick zur Tür hinüber. »Ich werde dann ...«

»Ich weiß«, unterbrach Margherita ihren Vater nicht eben freundlich. »Du gehst in die Taverne.«

Er reckte das Kinn. »Hast du etwas dagegen?« Er hatte bereits genug getrunken, um praktisch jedes Wort als Angriff zu verstehen, während Margherita an ihrem Wein kaum genippt hatte.

»Alessandra sagt, dass in der *Bruco* ein Fieber ausgebrochen sein soll. Vielleicht wäre es besser, du würdest hierbleiben?«

»Ein Fieber? Zu dieser Jahreszeit? Alessandra klingt schon wie ein altes Waschweib. Jedes Mal, wenn eins ihrer Kinder einen Schnupfen hat, unkt sie, dass die Pest zurückgekehrt ist.«

»Du weißt, dass das Unsinn ist, oder?«, gab sie zurück.

»Sprich nicht so mit mir, verdammt noch mal«, fuhr Francesco auf. »Wir haben endlich auch einmal Glück mit den Geschäften. Da darf ich doch ruhig ein bisschen feiern? Und du solltest ebenfalls nicht den ganzen Tag mit so einer mürrischen Miene herumsitzen. Ich bin überrascht, dass dein *Corteggiatore* dich überhaupt noch ansieht.«

»Glück hat damit nichts zu tun, und das weißt du ebenso gut wie ich. Und wenn du von Piero Petrucci sprichst – er ist nicht mein *Verehrer*.« Wütend funkelte sie ihn an.

Francescos unsteter Blick wanderte zu dem teuren Schmuck an ihrem Arm. »Ach nein? Dafür ist er dir gegenüber aber ziemlich aufmerksam, obwohl du jedes Mal aussiehst wie das Leiden Christi, sobald er dich anspricht. Vielleicht solltest du dich nicht so zieren. Wer weiß, wann er sonst das Interesse verliert?«

»Vater!« Margherita, die eben aufgestanden war, um das Geschirr abzuräumen, knallte einen Teller so heftig zurück auf den Tisch, dass die Gläser ins Schwanken gerieten und Wein auf die zerkratzte Holzplatte tropfte. »Was genau erwartest du denn von mir? Was soll ich mit Piero Petruccis Aufmerksamkeit machen? Ich wüsste die Antwort darauf nämlich nur zu gerne.«

Jetzt sprang auch Francesco auf. »Ich erwarte, dass du dich einem Mann gegenüber entgegenkommend zeigst, der verhindert hat, dass wir unser Haus verlieren und die *contrada* in Schande verlassen müssen, und der dafür sorgt, dass wir Wein und Schinken zum Abendbrot haben, statt uns Sorgen darüber machen zu müssen, dass wir noch vor Ende des Winters am Hungertuch nagen.«

Seine Haltung war herausfordernd, und sie konnte sehen, dass seine Hand vor Zorn zitterte. Kein gutes Zeichen – er hatte sich bereits in seine Wut hineingesteigert. Normalerweise hätte sie versucht, ihn zu beschwichtigen, aber nicht heute Abend.

»Papa«, sagte Margherita eindringlich. Sie holte tief Luft und senkte die Stimme. Es brachte nichts, mit ihm zu streiten, aber vielleicht drang sie ja zu ihm durch, wenn sie es ruhig versuchte? »Daraus kann nichts Gutes entstehen«, begann sie schließlich. »Piero Petrucci sucht nicht nach einer Ehefrau, und falls doch, dann sucht er sie sicher nicht hier bei uns. Was er will, ist eine Liebschaft. Und wenn er dieser überdrüssig ist, wird ihn nicht mehr kümmern, was aus uns wird.«

Ihr Vater hob zweifelnd eine Augenbraue. »In Rom leben Kurtisanen, die ebenso reich und angesehen sind wie die tugendhaftesten Töchter des Adels.«

Seine Worte fühlten sich an wie ein Schlag ins Gesicht. »Du willst wirklich, dass deine Tochter Petruccis Hure wird?«, fragte Margherita fassungslos.

Francesco ballte die Rechte zur Faust. Einen Augenblick lang glaubte sie, dass er sie gegen sie richten würde, aber dann versetzte er lediglich dem Tisch einen Stoß, sodass Schüsseln und Teller hinunterfielen, drehte sich wortlos um und stürmte aus der Tür.

Margherita stieß den angehaltenen Atem aus. Dann kniete sie sich auf den Boden, um die Scherben des Steinzeugs einzusammeln. Hastig hob sie die Kerze auf, die brennend heruntergefallen war, und schob Käserinden und Oliven zusammen. Als sie sich an der scharfen Kante einer Scherbe schnitt, merkte sie, dass ihr Tränen in die Augen stiegen. *Nein*, ermahnte sie sich selbst. *Steh auf.*

Sie richtete sich auf und warf die Reste und die Scherben weg. Dann löste sie das schwere Goldarmband von ihrem Handgelenk und legte es auf die Einfassung der Feuerstelle, bevor sie in der Backstube das Geschirr abwusch, das heil geblieben war. Schließlich ging sie zum Fenster hinüber, öffnete den Laden und sah hinaus auf die Straße, die in der Dunkelheit verlassen dalag. Nachdenklich biss sie sich auf die Lippe. *Ach, was macht es schon*, dachte sie schließlich. Sie legte Feuerholz nach, entzündete eine weitere Kerze am Kamin und stellte sie ins Fenster. Dann setzte sie sich wieder an den Tisch und wartete.

Raffael hatte ihr eine Geschichte erzählt. Sie handelte von zwei Liebenden, Hero und Leander, die durch eine Meerenge getrennt waren. Jede Nacht stellte Hero ein Licht ins Fenster, und jede Nacht durchschwamm Leander die Meerenge, um bei seiner Liebsten zu sein, geleitet von dem Licht in ihrem Fenster.

Es erschien ihr, als sei kaum Zeit vergangen, als Raffael schon ans Fenster klopfte. Sie eilte zur Tür und ließ ihn herein.

Er hatte sich zum Schutz gegen die Kälte bis zur Nase in seinen Mantel gewickelt und trug eine lederne Mappe unter dem Arm. Er wünschte ihr freundlich einen guten Abend, aber sie bedeutete ihm zu schweigen und einzutreten.

»Geht es dir gut?«, fragte er.

Sie zuckte die Achseln. »Ich habe mich mit meinem Vater gestritten«, sagte sie ausweichend. »Es ist ... nichts. Möchtest du etwas Wein?«

»Gerne.«

Während sie zwei frische Becher und einen Krug holte, setzte Raffael sich auf einen der Stühle am Feuer. Er hielt die Hände in Richtung der Flammen. »Worum ging es bei eurem Streit?«, wollte er wissen.

Margherita setzte sich ihm gegenüber und reichte ihm einen gefüllten Becher. »Es ging um Piero Petrucci«, sagte sie langsam.

»Ich nehme an, es gefällt deinem Vater nicht, wie er dir den Hof macht?«

»Wenn es das nur wäre«, sagte sie. »Aber es ist eher so, dass mein Vater mich gern mit ihm zusammen sehen würde. Messere Petrucci ist ein wichtiger Mann in Siena, der Bruder unseres Regenten und oberster Richter der Stadt.«

Raffael nickte. »Und er ist derjenige, der euch die Aufträge beim Stadtrat verschafft hat, nicht wahr? Ich verstehe.« Er trank einen Schluck Wein und rieb sich mit der freien Hand über die Stirn, eine Geste, die Margherita mittlerweile schon vertraut war, wenn er nachdachte.

»Was ist mit dir?«, fragte er dann. »Gefällt dir Messere Petrucci?«

Abwehrend hob sie die Hände. »Du hast ja bereits erlebt, wie er ist«, entgegnete sie. »Aber ich fürchte, dass niemanden außer dir interessiert, was ich darüber denke. Die Petrucci brauchen normalerweise nicht zu fragen, wenn sie etwas haben wollen; in ganz Siena können sie sich einfach nehmen, wonach ihnen der Sinn steht.«

»Und dem Herrn Piero steht der Sinn nach dir, aber nicht umgekehrt?«

Die Frage klang beiläufig, aber Margherita konnte erkennen, dass Raffael sie angespannt ansah. Sie nickte. »Genau deshalb habe ich mich mit meinem Vater gestritten.«

»Das tut mir leid«, sagte er leise. »Soll ich lieber wieder gehen?«

Sie schüttelte den Kopf. »Nein.«

Eine Weile lang saßen sie schweigend da. Margherita warf Raffael einen Seitenblick zu, während er den Becher von einer Hand in die andere nahm. Schließlich deutete sie in Richtung der Flammen. »Ist es bei euch immer noch so kalt?«

»Zumindest weiß ich die Wärme hier wirklich zu schätzen«, antwortete er. »Bernardino schreibt Monsignore Piccolomini unermüdlich Nachrichten wegen des Kamins, aber bislang hat Seine Eminenz noch nicht zu antworten geruht. Vermutlich geht er davon aus, dass wir schließlich noch nicht erfroren sind, solange wir jeden Tag zur Arbeit kommen.«

Das brachte sie zum Lachen. »Zu Recht, oder nicht?«

Er verzog das Gesicht, grinste dann aber. »Darf ich dich jetzt zeichnen?«

Als Margherita nickte, stand er auf und sah sich um. Dann stellte er die Kerzen neu auf, verrückte die Stühle und bat Margherita, sich so hinzusetzen, dass der Feuerschein ihr Profil beleuchtete.

Sie kam sich beinahe albern vor, aber er war mit so viel Ernst bei der Sache, dass sie ihn nicht hindern wollte.

Endlich war alles zu seiner Zufriedenheit angeordnet, und er setzte sich ihr gegenüber, schlug die Ledermappe auf, besah sich die Stifte, die darin lagen, wählte einen Rötelstift aus und begann schließlich seine Arbeit.

Eine Weile lang waren das Knacken des Holzes im Kamin und das Kratzen des Stiftes auf dem Papier die einzigen Geräusche, die zu hören waren.

»Wie ist die Geschichte ausgegangen?«, wollte Margherita wissen. »Die von Hero und Leander? Hatte sie ein gutes Ende?«

Raffael schüttelte den Kopf, ohne den Blick vom Papier zu nehmen. »Leider nicht. Ovid schreibt, dass eines Nachts ein Sturm aufkam, als Leander gerade über den Hellespont schwamm. Das Licht in Heros Fenster wurde vom Wind ausgeblasen, und Leander fand den Weg zum Ufer nicht mehr und ertrank. Am nächsten Morgen entdeckte Hero seinen toten Körper am Strand und stürzte sich von einer Klippe, um wenigstens im Tod bei ihm zu sein.«

Margherita nahm einen Schluck aus ihrem Becher. Der Wein, der vorher bitter geschmeckt hatte, kam ihr nun süß vor, und sie wusste, dass das allein an Raffaels Gesellschaft lag. Sie sah ihn an. Er hatte sich die langen Haare hinter das Ohr geklemmt. Seine Miene war konzentriert, und er blickte abwechselnd auf das Blatt vor ihm und zu ihr herüber, während sein Stift unablässig über das Papier glitt.

»Hast du schon viele Frauen gemalt?«

»Einige. Ich schaue immer nach Modellen, zum Beispiel für die Madonna und die verschiedenen Heiligen. Aber es ist gar nicht so leicht, die Richtigen dafür zu finden. In der Werkstatt in Urbino waren wir immer auf der Suche.«

»Gibt es denn in Urbino nicht genug hübsche Frauen?«

Das brachte ihn zum Lachen. »Doch. Aber nicht jedes schöne Mädchen ist auch ein gutes Modell. Viele Gesichter haben nicht das nötige Ebenmaß, auch wenn sie hübsch sind. Und wieder andere, die schön sind, wirken öde, wenn man sie zeichnet.

Manche Modelle können nicht stillsitzen, andere schlafen beinahe dabei ein, und so weiter und so fort. In unserer *bottega* haben wir Jungen oft Strohhalme gezogen, um zu bestimmen, wer für die Frauenfiguren Modell sitzen muss.«

»Du willst mich auf den Arm nehmen, oder?«

Für einen Moment ließ er den Stift ruhen. »Das ist mein heiliger Ernst. Auf mindestens einem Gemälde von Timoteo Viti bin ich Maria Magdalena.«

Sie musste so laut lachen, dass sie beinahe ihren Wein verschüttet hätte, und schlug sich eine Hand vor den Mund.

»Und ich?«, fragte sie dann. »Was für ein Modell bin ich?«

Plötzlich wurde er ganz ernst. »Du bist wunderbar. Dein Gesicht ist so anziehend, dass ich am liebsten eine ganze Reihe Zeichnungen aus verschiedenen Perspektiven machen möchte. Ich wünschte, ich könnte dich einmal als Madonna malen.«

Sie merkte, dass ihr die Wärme des Feuers und der Wein zu Kopf stiegen, und senkte den Blick.

Schließlich ließ er den Stift sinken. Mit den Daumen rieb er über die Ecken des Papiers. »Ich denke, ich bin so weit«, sagte er dann.

Margherita stand auf, ging zu ihm hinüber und beugte sich über die Zeichnung. Was sie sah, erfüllte sie mit einer Mischung aus Freude und Verlegenheit. Sie fragte sich, ob ihr Profil wirklich so aussah, umgeben von dunklem Haar, das sich aus ihrer Frisur gelöst hatte; ob ihre Wimpern wirklich so dunkel und ihre Züge so hübsch sein konnten. Sie streckte die Finger aus und fuhr mit den Kuppen ganz leicht die Linien und Schraffuren nach. Sie wusste nichts über die Malkunst, die darin steckte, aber sie wusste, dass er ihr mit diesem Bild ein großes Kompliment gemacht hatte. Ein größeres würde sie vielleicht niemals bekommen.

»Du hattest recht«, sagte sie leise. »Du bist kein Angeber.«

Er sah zu ihr auf. Ihr wurde bewusst, wie nah sie sich waren, aber sie wollte sich nicht abwenden.

»Ich ...«, begann er, führte den Satz aber nicht fort.
»Ja?«, fragte sie.
»Ich würde dich gerne küssen.«
Obwohl es ihr schwerfiel, hielt sie seinem Blick stand. »Ich bringe dich zur Tür«, sagte sie leise. »Küss mich, wenn du gehst.«

Er stand auf, legte die Zeichnung vorsichtig auf den Stuhl und packte schweigend seine Stifte ein. Dann nahm er seinen Mantel vom Haken und wandte sich zur Tür. Margherita folgte ihm.

Seine Lippen waren warm und schmeckten nach Wein und nach Rauch. Er küsste sie erst ganz leicht, und dann noch einmal fester, mit geöffneten Lippen. Seine Zunge suchte ihre, und seine Hände fanden ihr Haar, und sie ließ zu, dass er sie umarmte, legte ihre Hände auf seine Schultern, zog ihn näher an sich.

Dann machte sie sich frei. »Gute Nacht, Raffael«, sagte sie atemlos.

»Gute Nacht.«

Einen Augenblick später war er verschwunden, und sie kreuzte die Hände hinter dem Rücken und lehnte sich an die geschlossene Tür. Sie warf einen Blick zu Raffaels Zeichnung hinüber. Sacht fuhr Margherita sich mit den Fingern über die Lippen, die er einen Moment zuvor berührt hatte.

Kapitel 13

SAVONA, DEZEMBER 1502

»Madonna Felice! Madonna, wo seid Ihr?« Eine durchdringende weibliche Stimme hallte zu ihr herüber, und Felice della Rovere warf noch einen letzten Blick zum Hafen hinunter, bevor sie das Fenster schloss. »Ich bin hier, Greta. Was gibt es denn?«

»Ein Bote mit einer Nachricht, Herrin. Aus Rom, sagt er.«

Felice runzelte die Stirn. *Von meiner Mutter vielleicht?* Aber Lucrezia schrieb ihr selten und schickte ihre Post eher mit einem der Schiffe, die die Küste von Ostia aus hinauffuhren.

»Hat der Bote eine Nachricht für mich oder für meinen Vater?«, wollte Felice wissen. Greta betrat eben das Ankleidezimmer, schnaufend, als hätte sie selbst den ganzen Weg von Rom aus zurückgelegt. »Für Euren Vater, Madonna, aber den konnte ich nicht finden. Benicio sagt, er sei in aller Frühe zur Jagd ausgeritten.«

Felice nickte und zog den hohen Kragen ihres Kleides enger um ihren Hals, dann trat sie vom Fenster zurück. Der Hafen war zu dieser Jahreszeit ohnehin kein sonderlich erfreulicher Anblick. Den gesamten Winter über kam der Schiffsverkehr auf dem Mittelmeer nahezu zum Erliegen, sodass jetzt nur wenige winterfest gemachte Galeeren an den Pieren vertäut lagen. Drei Monate würde es gewiss noch dauern, bis der Sommer kam und in Savona wieder die gewohnte Betriebsamkeit herrschte, die die Stadt als einen der wichtigsten Häfen Liguriens auszeichnete.

Felice folgte Greta hinunter ins Erdgeschoss. Der *Palazzo della Rovere* war, was Luxus und Bequemlichkeit anging, nicht mit dem *Palazzo de Cupis* in Rom zu vergleichen, in dem sie aufgewachsen war, aber seine Größe allein verriet, welche Bedeutung die Familie für die Provinz Savona hatte.

Der Bote erwartete sie in der Eingangshalle, ein junger Mann in wetterfester Kleidung, dem man die weite Reise aus Rom erstaunlicherweise nicht ansah. Felice schätzte, dass er zwischen fünf und sieben Tagen bis nach Savona gebraucht hatte, wenn er die Pferde häufig genug gewechselt hatte.

»Was gibt es denn?«, fragte sie.

Der Mann verneigte sich tief vor ihr. »Ich habe eine Nachricht von Kardinal de' Medici für Seine Eminenz Kardinal della Rovere«, sagte er.

»Mein Vater ist nicht hier«, erwiderte Felice und streckte die Hand aus. Der Bote griff in die lederne Tasche, die er umgehängt hatte, und holte einen Brief heraus, zögerte dann aber. »Eigentlich soll ich das Schreiben persönlich übergeben.«

»Ich weiß wirklich nicht, wann mein Vater zurück sein wird«, sagte Felice liebenswürdig, »aber wenn Ihr sicher seid, dass die Botschaft des Kardinals keine Eile hat ...« Sie ließ den Satz unvollendet, dennoch verfehlte er seine Wirkung nicht. Mit einer erneuten Verbeugung übergab der Bote ihr das Schreiben.

»Greta, sorg dafür, dass der Mann etwas zu essen und heißen Wein bekommt, bevor er sich wieder auf den Weg macht«, sagte Felice zu der älteren Dienerin, dann zog sie sich zurück.

Es war gerade erst Mittag, aber der Tag war so grau, dass Felice im Speisezimmer die Kerzen anzünden ließ, bevor das Essen aufgetragen wurde.

Was treibt meinen Vater nur bei diesem Wetter nach draußen?, fragte sie sich. Die Jagdbeute war naturgemäß im Winter magerer und schwerer zu erlegen. Aber Giuliano della Rovere wurde rastlos, wenn er zu lange im Palazzo herumsaß, und die Verwaltung der Provinz interessierte ihn nicht. Natürlich hatte Felice ihm alles berichtet, was in seiner Abwesenheit vorgefallen war, als er aus Vercelli hier eingetroffen war, aber er hatte kaum mehr als ihre ersten Sätze über Kornpreise und Handelsstreitigkeiten angehört, bevor seine Aufmerksamkeit abschweifte.

Seine Gedanken kreisten beinahe ausschließlich um die Aufstände, die in den vergangenen Wochen und Monaten gegen die verhassten Borgia ausgebrochen waren, und was diese für ihn bedeuteten. Savona hingegen war für ihn nicht mehr als ein flüchtiger Aufenthaltsort unter vielen, und er hielt sich selten länger als einige Wochen in seiner Geburtsstadt auf.

Felices Vater reiste seit vielen Jahren unentwegt zwischen Rom, Avignon und einem guten Dutzend anderer Städte hin und her, in denen er schon einmal seinen Bischofssitz innegehabt hatte. Seit zwei Jahren verwaltete Felice die Güter der Familie beinahe allein, und sie wusste nie, ob sie sich geschmeichelt fühlen sollte, weil ihr Vater ihr dieses Vertrauen entgegenbrachte, oder gekränkt, weil er ihre Arbeit kaum anerkannte.

Es lag in der Natur der Sache, dass ihr Vater ihre Mutter nicht hatte heiraten können, aber er hatte Lucrezia Normanni mit einem vatikanischen Beamten verheiratet, als sie schwanger geworden war. Der Mann hatte Felice stets wie sein eigenes Kind behandelt. Dennoch trug Felice den Namen »della Rovere« und hätte sich der Familie ihres leiblichen Vaters nicht zugehöriger fühlen können, wenn sie ehelich geboren worden wäre.

Felice fragte sich oft, ob sie je nach Rom zurückkehren würden. Die Aussicht darauf war jedoch gering, solange noch der Spanier Borgia auf dem Heiligen Stuhl saß. Der würde gewiss nicht zögern, sie als Faustpfand gegen ihren Vater einzusetzen, einen seiner erbittertsten Gegner.

Sie legte eingelegte Weinbeeren auf einen Zwieback und biss hinein. Noch bevor sie einen zweiten Bissen nehmen konnte, verriet ihr der Lärm in der Halle, dass ihr Vater zurückgekehrt war. Sein dröhnendes Lachen drang zu ihr herüber, und laute Stimmen redeten durcheinander.

»Wir haben einen Eber erwischt« verkündete der Kardinal freudestrahlend, als er in der Tür zum Esszimmer erschien. »Prachtvoller Bursche, sicher dreihundert Pfund schwer. Die anderen bringen ihn gerade in den Hof.«

Nichts an der Erscheinung Giuliano della Roveres verriet seine

Stellung als Kirchenfürst. Er trug schlammbespritzte Stiefel und lederne Beinlinge, die für Ausritte gemacht waren. Obwohl er beinahe sechzig Jahre alt war, besaß er die Agilität eines weitaus jüngeren Mannes; sein sorgfältig gestutzter grauer Bart, das helle Hemd und die kostbare *zimarra* ließen ihn durch und durch wie einen weltlichen Adeligen wirken, der er hier in Savona auch war.

»Meinen Glückwunsch«, sagte Felice trocken. »Ich hoffe, es ist niemand zu Schaden gekommen? Außer natürlich der Eber.«

»Keine Sorge, wir sind alle unversehrt«, erwiderte ihr Vater. »Und ich habe einen Bärenhunger.«

»Ein Bote aus Rom ist vorhin hier eingetroffen«, sagte Felice, während ihr Vater sich aus den Stiefeln helfen ließ.

»Von Giovanni de' Medici.« Sie stand auf und übergab Giuliano den Brief.

»Oh?« Ihr Vater brach das Siegel und begann zu lesen, während Felice einem Diener bedeutete, das Essen aufzutragen.

»Es scheint, dass uns Kardinal Medici besuchen möchte.« Giuliano nahm einen Weinbecher vom Tisch, ohne sich zu setzen, und trank einen Schluck. »Wenn Gott ihm eine schnelle Reise schenkt, ist er zu Weihnachten hier.«

Felice runzelte die Stirn. »Um diese Jahreszeit verlässt er Rom?«

»Der Fuchs tut gut daran, Rom jetzt den Rücken zu kehren«, gab Giuliano zurück. »Seit der Verschwörung auf *La Magione* gärt und brodelt es im Vatikan, das sagen zumindest meine Männer dort.«

Felice senkte den Kopf und überlegte. »Und warum kommt er ausgerechnet hierher?«, wollte sie wissen.

Giuliano legte den Brief auf den Tisch und nahm einen bräunlichen Apfel aus einer Schale. »Vermutlich, weil er denkt, dass ich der letzte Mann in Italien bin, der ihn an die Borgia ausliefern würde«, sagte er, bevor er hineinbiss. »Womit er ja nicht unrecht hat.«

»Die Medici haben sich in der Vergangenheit nicht gerade als loyale Verbündete gezeigt«, meinte Felice. »Glaubst du, das wird sich ändern, wenn du den Kardinal hier aufnimmst?«

Ihr Vater zuckte die Achseln. »Ich wäre ein Narr, mich auf die Dankbarkeit eines Medici zu verlassen«, murmelte er. »Aber der Feind meines Feindes ist immer noch mein Freund, nicht wahr?« Er spielte mit dem angebissenen Apfel, den er wie ein Taschenspieler von einer Hand zur anderen gleiten ließ. »Andererseits heißt es, dass Cesare Borgia gerade in Verhandlungen mit Machiavelli steht, um die Auslieferung der Medici an die Republik Florenz zu arrangieren, damit sich die Stadt fester an ihn bindet. Wenn nun aber nicht die Borgia, sondern wir einen Medici übergeben ...«

»Könntest du mit den Florentinern mächtige Verbündete gewinnen«, vollendete Felice den Satz. »Ich vermute, Piero Soderini wäre nicht allzu wählerisch, wenn es darum geht, wer ihm die verhasste Sippe auf einem Silbertablett serviert.«

Soderini trug in Florenz den Titel eines Regenten auf Lebenszeit, aber es gab noch immer viele Stimmen, die eine Wiedereinsetzung der Medici forderten, und solange es noch Erben von Lorenzo dem Prächtigen gab, war Soderinis Herrschaft bedroht. In der Vergangenheit hatten er und vor allem sein umtriebiger oberster Diplomat Machiavelli es stets geschafft, in Verhandlungen mit allen Parteien zu bleiben: Den Papsttreuen und den Papstgegnern, den Franzosen, den Mailändern und den Neapolitanern, was wohl das Bemerkenswerteste an ihrer Politik war.

Endlich ließ sich Giuliano auf einen Stuhl fallen und streckte die Beine aus. »Das wäre sicher so«, sagte er nachdenklich und legte sich Brot und kalten Braten auf den Teller.

Felice beobachtete ihren Vater und versuchte, seine Gedanken zu erraten. Seine Entscheidung würde allein davon abhängen, welchen Vorteil er sich davon versprach, so viel wusste sie. »Und«, fragte sie schließlich, »was wirst du tun?«

»Zuerst einmal abwarten, ob noch weitere Nachrichten aus Rom kommen. Es wäre äußerst nützlich zu erfahren, was die

Orsini und die Sforza jetzt planen. Was für ein Unglück, dass die Feiglinge von *La Magione* so lange gezögert haben, die Borgia offen anzugreifen. Mit der Unterstützung Frankreichs und Venedigs hätte es das Ende der spanischen Teufel sein können.«

»Die Venezianer sind in ihrer Treue beinahe ebenso unbeständig wie die Florentiner, oder nicht?«, fragte Felice.

»Der Papst übt schon seit einer Weile Druck auf Venedig aus, damit man ihm Guidobaldo da Montefeltro ausliefert«, erwiderte Giuliano. »Solange der Herzog am Leben ist, fürchtet Cesare sich davor, sich länger in Urbino aufzuhalten. Guidobaldo ist bei seinen Leuten beliebt, das ist etwas, was Borgia nicht versteht. Es macht ihm Angst. Und die Venezianer sind vielleicht wankelmütig, aber zumindest mögen sie es nicht, wenn man versucht, sich in ihre Angelegenheiten einzumischen.«

Felice lächelte. »Nun, wer mag das schon?«, fragte sie.

Giuliano hob abwehrend die Hände. »Falls das eine Anspielung sein soll ... ich glaube, ich habe bei diesem Besuch noch mit keinem Wort erwähnt, dass du erneut heiraten könntest, um deinen alten Vater glücklich zu machen«, sagte er. »Oder hast du deine Ansichten dazu vielleicht geändert?«

»Bedaure, aber ich fürchte, mir fällt immer noch kein passender Kandidat ein.«

Ihr Vater erwiderte das Lächeln; sie hatten den Streit darum längst beigelegt. Felice hatte mit vierzehn Jahren einen doppelt so alten Adeligen aus Savona geheiratet, kaum dass sie aus Rom hier eingetroffen war. Ihr Mann war kein Jahr nach der Hochzeit verstorben, und sie sehnte sich keinen Augenblick lang nach dem Eheleben zurück. Savona mochte nicht Rom sein, aber als Witwe war sie hier nicht Gast im Haus eines anderen, sondern sie führte ihren eigenen Haushalt, und insbesondere in den langen Abwesenheiten ihres Vaters konnte sie schalten und walten, wie sie wollte.

»Irgendwann wirst du zu alt sein, um einen Mann für dich zu finden«, sagte Giuliano, allerdings in mildem Tonfall.

»Das hoffe ich doch. Ich bin eine ehrbare Witwe von zwanzig Jahren. Kein Mann sollte sich noch für ein altes Weib wie mich interessieren.«

Guiliano schüttelte den Kopf. »Gott weiß, ich wünschte, du wärst als mein Sohn geboren worden. Du hättest es weit bringen können in der Kurie.«

Felice erwiderte darauf nichts. Ihr Vater hatte diesen Wunsch schon oft geäußert, aber sie selbst teilte ihn nicht. Sie wünschte sich, dass ihr Geschlecht sie weniger einschränken würde, nicht, ein anderes zu besitzen.

Eine Weile lang aßen sie schweigend, aber dann nahm Giuliano das Gespräch wieder auf. »Vielleicht stellen wir uns die falschen Fragen, was Kardinal de' Medici angeht«, sagte er. »Wir überlegen nur, wem es am meisten nutzt, ihn auszuliefern.«

»Aber vielleicht wäre es besser, uns zu fragen, was er uns als Verbündeter bringen könnte?«

Guiliano nickte. »Der Borgia-Papst wird nicht ewig leben. Er ist ein alter Mann der frisst wie ein Schwein, säuft wie ein Gaul und hurt wie ein Bock. Eines Tages wird ihn der Antichrist schon zu sich holen, auch wenn die *condottiere,* die Petrucci und die Orsini es nicht geschafft haben, ihn zu Fall zu bringen.«

Felice nickte. Ihr Vater schien manchmal zu vergessen, dass er selbst kein junger Mann mehr war. Bislang hatte ihn der Herr mit einer eisernen Gesundheit gesegnet, aber wer konnte schon sagen, wie lange das so bleiben würde? Giuliano schnitt mit einem silbernen Messer ein Stück Braten ab und spießte es auf. »Vielleicht nutzt uns ein lebender Kardinal Medici in einem Fall sogar mehr als ganz Florenz mit all seinem Geld.«

Felice verstand sofort, worauf er hinauswollte. »Wenn Alexander VI. stirbt, hat der Medici eine Stimme bei der Wahl des neuen Papstes.«

»Ganz genau«, sagte Giuliano und biss zufrieden lächelnd in das Bratenstück.

Kapitel 14

SIENA, DEZEMBER 1502

Als Raffael aufwachte, fühlte sich sein Kopf schwer an. Seine Augen waren verklebt. Sobald er sich aufrichtete, bekam er einen Hustenanfall. *Vielleicht hat der Kamin endgültig den Dienst aufgegeben, und der Rauch daraus vergiftet nun die Luft?* Aber dann fiel ihm ein, dass sie gestern erst spät zurückgekehrt waren und gar nicht versucht hatten, ein Feuer zu entzünden. Ein vermögender Goldschmied aus der *Leocorne*, der ein Porträt seiner Familie bestellen wollte, hatte sie zum Essen in sein Haus eingeladen, und Raffael war ebenso froh wie Bernardino gewesen, ihrer kalten Unterkunft so lange wie möglich fernzubleiben.

Als Raffael sich über die Waschschüssel beugte, sah er, dass die Oberfläche gefroren war. Er streckte den Arm aus und suchte nach einem der Spachtel, die bei den Zeichenstiften lagen, dann zerschlug er das dünne Eis auf dem Wasser. Es widerstrebte ihm, seine Hände in die Schüssel zu tauchen, aber schließlich überwand er sich und wusch sich, so schnell er konnte.

Bernardino wartete schon vor der Tür auf ihn. »Wir müssen uns beeilen«, sagte er. »Die Cozzarellis sollen heute kommen, um sich die Verputzarbeiten anzuschauen und über die Kosten dafür zu sprechen. Lass uns hoffen, dass sie nicht auch von der Seuche betroffen sind.«

Seit Kurzem grassierte in der Lupa und den angrenzenden Vierteln ein Fieber, das viele der Bewohner ergriffen hatte.

Raffael hörte ihm jedoch nur halb zu, seine Gedanken waren bei der Arbeit an den Fresken. Theoretisch wusste er, wie man dabei vorging, er hatte sowohl in der Werkstatt in Urbino als auch bei Vannucci gelernt, aber noch nie selbst ein Fresko hergestellt. Zuerst musste man mehrere Schichten Putz auf die Wand auftragen. Begonnen wurde mit grobem Kalkputz; alle folgenden Schichten wurden immer feiner und dünner. Die eigentlichen Bilder entstanden, indem man Farbpigmente in Kalksinterwasser anrührte und auf den noch nicht durchgebundenen Feinputz auftrug. So verband sich die Farbe beim Trocknen vollständig mit dem Putz, und das Bild wurde nahezu unbegrenzt haltbar. Der Nachteil der Methode war, dass sich der Künstler kaum Fehler erlauben durfte; nach dem Durchbinden des Kalkputzes konnten Änderungen nur noch durch das Abtragen und den vollständigen Neuaufbau der letzten Putzschicht durchgeführt werden.

Allein wegen der Größe der zu verputzenden Flächen in der Bibliothek würden sie bei diesen Arbeitsschritten auf die Hilfe einer Sieneser Werkstatt zurückgreifen müssen, der Cozzarellis.

Raffael hustete wieder, spuckte aus und folgte Bernardino in Richtung der Kathedrale. Jeder Schritt fiel ihm schwer. Als sie auf das Haus der Lutis zuliefen, sah er zu seinem Erstaunen, dass die Bäckerei heute nicht geöffnet hatte. Hinter den geschlossenen Fensterläden lag das Haus still da.

»Wir müssen wohl ohne Frühstück auskommen«, knurrte Bernardino, dessen Laune offenbar ohnehin nicht die beste war, und schob die Hände unter seinen Mantel.

Raffael fragte sich sofort, warum der kleine Laden geschlossen war. Er hatte Margherita seit drei Tagen keinen Moment allein gesehen, und das Gefühl, nicht länger auf ihre Gesellschaft verzichten zu können, nagte an ihm. An sie zu denken, machte ihn einerseits glücklich und stürzte ihn gleichzeitig in tausend Sorgen. Er hatte sie geküsst, und sie hatte den Kuss erwidert; daran konnte er sich festhalten. Aber was war mit Piero Petrucci? Was würde der mächtige Mann tun, wenn Margherita ihn auch weiterhin abwies? Und was würde *er* tun, wenn sie es nicht tat? Als Raffael dieser Gedanke durch den Kopf schoss, wäre er am liebsten umgekehrt, um sich sofort davon zu überzeugen, dass bei den Lutis alles in Ordnung war, aber Bernardino war bereits ein Stück vorausgeeilt. Raffael wusste, dass er ihn bei der Besprechung mit den Cozzarellis dabeihaben wollte, also würde der Besuch bei Margherita bis später warten müssen.

* * *

»Ich denke, wir müssen ein kleines Gerüst bauen«, sagte Giacomo Cozzarelli und beäugte die Wände der künftigen Bibliothek mit einem prüfenden Blick. »Und wir brauchen zwei unserer Gehilfen, um den Mörtel anzumischen und den Feuchtputz aufzutragen. Für eine so große Fläche brauchen wir viel *Arricio* – wird uns der Kardinal dafür entschädigen, Maestro di Betto?«

Bernardino nickte mit ergebenem Gesichtsausdruck. »Das hoffe ich doch sehr, Messeres. Ich wollte mit ihm darüber sprechen, sobald ich von Euch eine ungefähre Aufstellung der Kosten habe.«

Guidoccio und Giacomo Cozzarelli waren Vettern und betrieben die größte *bottega* Sienas, in der sie gemeinsam als Architekten, Bildhauer und Handwerker arbeiteten.

Der ältere Cozzarelli, trotz seines fortgeschrittenen Alters von beeindruckender Statur, strich sich über den eisgrauen Bart. »Ich werde ausrechnen, um welche Summe es sich in etwa handelt, und Euch dann unser Angebot schicken«, versprach er. Die beiden Männer schüttelten sich die Hände, bevor Guidoccio seinen Messstab noch einmal Richtung Decke schob, um die genaue Höhe der Nischen zu bestimmen, und sich dann Notizen machte.

Giacomo, dessen nach vorn hängende Schultern ihn kleiner wirken ließen, als er in Wirklichkeit war, wandte sich jetzt an Raffael. »Es hat einen Moment gedauert, bis ich Euren Namen erkannt habe, aber jetzt ist es mir wieder eingefallen, woher ich Euch kenne. Ihr seid der Sohn von Giovanni Sanzio, oder?«

Raffael nickte überrascht.

»Ich kannte Euren Vater«, fuhr Giacomo fort. »Und auch Euch, als Ihr noch ein Kind wart und Giovanni alle Mühe hatte, Euch davon abzuhalten, seine ganze Werkstatt auf den Kopf zu stellen. Ich habe lange in Urbino gelebt und dort am Palazzo des Herzogs mitgebaut.«

Raffael lächelte. »Ich kann mich leider nicht daran erinnern«, sagte er. Die *bottega* seines Vaters war oft voller Männer gewesen, Arbeiter, Maler und Baumeister, die alle an dem gewaltigen steinernen Traum Federico da Montefeltros mitgearbeitet hatten, aber er war zu jung gewesen, um sich wirklich für das zu interessieren, was sie taten. Meist war er zwischen ihnen herumgelaufen und hatte mit Stiften, Fingern und alten Pinseln auf den Papierresten herumgemalt, die sie übrig ließen.

Cozzarelli deutete auf die verstreuten Zeichnungen zu den geplanten Fresken. »Wenn man so will, hat Papst Pius den Palast von Urbino erst möglich gemacht«, sagte er. »Er hat Herzog Federico zum Befehlshaber der Truppen des Heiligen Stuhls gemacht und dafür gesorgt, dass ihm sein alter Feind Malatesta eine riesige Menge Goldes als Wiedergutmachung zahlen musste.«

»Was nur beweist, wie launenhaft das Schicksal ist«, warf Bernardino ein. »Wo doch der jetzige Gonfaloniere der päpstlichen Truppen Federicos Sohn aus Urbino hinausgeworfen hat.«

Die Bemerkung versetzte Raffael einen Stich. Er musste dringend nach Urbino schreiben, um herauszufinden, was dort seit dem gescheiterten Aufstand geschehen war. Die Berichte, die in Siena eintrafen, waren widersprüchlich und wenig verlässlich. Es hieß abwechselnd, dass Guidobaldo da Montefeltro nach Urbino zurückgekehrt sei, nur um dann gleich erneut fliehen zu müssen, oder dass er in die Hände der Borgia gefallen sei, aber auch, dass er Venedig nie verlassen habe.

»Es hat mir sehr leidgetan, von Giovannis Tod zu erfahren, Maestro Raffael. Führt Ihr denn die Werkstatt noch?«, wollte Cozzarelli wissen.

Raffael hustete und rieb sich mit der Hand die schmerzenden Schläfen. »Ich danke Euch für Eure Worte. Ja, Evangelista da Pian kümmert sich in meiner Abwesenheit darum. Aber ich hoffe, im nächsten Jahr nach Urbino zurückzukehren, wenn sich die Lage dort beruhigt hat.«

»Dann müsst Ihr da Pian von mir grüßen! Er war damals noch ein Schüler, aber Giovanni hatte großes Vertrauen zu ihm.«

»Ich werde ihm Eure Grüße gerne ausrichten, ich bin überzeugt, er freut sich, von Euch zu hören.«

Als die Cozzarellis gegangen waren, nahm Bernardino seine Mütze vom Kopf und warf sie wütend gegen die Wand.

»Wird uns der Kardinal auch dafür bezahlen, Maestro di Betto?«, Bernardino ahmte Giacomo Cozzarellis Stimme nach. »Als ob ich das wüsste. Bislang haben wir ja genug Probleme, selbst von Seiner Eminenz unser Geld zu bekommen. Aber wenn er seine Fresken haben will, dann muss er wohl oder übel auch die Kirchenschatulle öffnen. So kann es schließlich nicht weitergehen. Demnächst müssen wir noch um Almosen betteln, damit wir die Farben bezahlen können.«

Bernardinos Worte rauschten an Raffael vorbei. Er hob den Silberstift und setzte ihn an, um den Umriss einer Figur zu zeichnen, aber seine Hand zitterte. Er konzentrierte sich, versuchte, seine Finger locker und ruhig zu halten, nahm den Stift mit einer anderen Fingerhaltung, aber seine Bemühungen zeigten keine Wirkung. *Ausgeschlossen, so kann ich nicht arbeiten.*

»Wir werden übrigens in den nächsten Tagen in der Piccolomini-Residenz speisen«, fuhr Bernardino fort. »Vermutlich wird der Kardinal dabei an nichts sparen. Ich denke, er möchte seinen Gästen seine Künstler vorführen. Aber vielleicht ergibt sich dann ja eine Gelegenheit, mit ihm über die ausstehende Bezahlung zu sprechen.«

»Bernardino«, unterbrach Raffael seinen Freund, der sich anschickte, weiter über ihren Auftraggeber zu schimpfen. Er war selbst überrascht, wie heiser seine Stimme klang. »Ich glaube, ich kann heute nicht mehr weitermachen. Ich gehe zurück und lege mich hin.«

Bernardino warf ihm einen besorgten Blick zu. »Bist du krank? Du bist ja so weiß wie der Putz«, sagte er dann. »Geh nur.«

Als Raffael die Strecke vom Dom bis zu ihrer Unterkunft zurückgelegt hatte, war das Zittern so stark geworden, dass er drei Anläufe brauchte, um den Schlüssel ins Schloss der Tür zu stecken. Der Kamin sah verlockend aus, aber als er sich davor kniete und versuchte, Holzscheite aufzustapeln, konnte er kaum die Stücke ruhig halten. Ein neuer Hustenanfall schüttelte ihn, und als er endlich vorbei war, blieb er keuchend auf dem Boden sitzen, bis sich sein Atem beruhigt hatte.

Er gab es auf, Feuer machen zu wollen, schleppte sich zu seinem Bett und ließ sich auf die Matratze sinken. Er zog die Decke über sich, und als das nicht gegen die Kälte half, seinen Mantel noch darüber. Mit den Armen umschlang er seine Knie, die er bis vor die Brust zog. Als der nächste Hustenanfall einsetzte, fühlte er sich sterbenselend.

Irgendwann musste er eingeschlafen sein. Als er wieder erwachte, war es bereits dunkel, und Raffael war inzwischen nicht mehr kalt, sondern glühend heiß. Sein Atem ging rasselnd und er schwitzte am ganzen Körper. Er entdeckte Bernardino, der in der Nähe seines Bettes auf einem altersschwachen Stuhl saß und sich zum Schutz gegen die Kälte in seinen Mantel eingewickelt hatte. Im Kamin brannte ein kümmerliches Feuer, und es roch stark nach Rauch.

Als er sah, dass Raffael wach war, kam der ältere Maler zu ihm herüber. »Junge, was machst du denn?«, sagte er. »Du hast mir einen ordentlichen Schreck eingejagt, als ich hergekommen bin.«

»Das war nicht meine Absicht«, gab Raffael heiser zurück.
»Schon gut.« Bernardino sah ihn an. »Du weißt, dass es heißt,

dass die englische Seuche im Viertel umgeht«, sagte er. »Vielleicht hast du dich damit angesteckt. Ich glaube, du brauchst einen Arzt. Ich gehe rasch hinüber zu den Lutis, vielleicht wissen sie, wen wir um Rat fragen können. Es dauert nur einen Augenblick.«

Bernardino verschwand, und Raffael blinzelte zur Decke. Er war so müde, dass er am liebsten gleich wieder eingeschlafen wäre, aber er wollte wach bleiben. Er hatte Durst, also stand er mühsam auf und holte sich mit unsicheren Bewegungen einen Becher Wasser, den er mit wenigen Zügen leerte.

Er musste erneut husten. Schwarze Punkte tanzten vor seinen Augen, und er spürte, wie die Beine unter ihm einknickten. Eine Stimme sagte seinen Namen, aber er konnte die Augen einfach nicht mehr offen halten.

* * *

Als er wieder zu sich kam, drangen zunächst nur Einzelheiten in sein Bewusstsein – das dämmrige Licht, das ihn umgab, die warme Decke, die auf ihm lag. Um sich herum hörte er Husten, Stöhnen und ein gemurmeltes Gebet. Für einen Moment war er verwirrt. *Wo bin ich?* Nicht in der Unterkunft, die er mit Bernardino teilte, und nicht in Urbino. Er war nicht allein, aber ganz sicher auch nicht zurück in Perugia.

Vorsichtig richtete er sich auf. An der gegenüberliegenden Wand waren Kopf- an Fußende Betten aufgereiht, die nur notdürftig mit Tüchern voneinander abgetrennt waren, und er selbst lag wohl in einer ähnlichen Reihe. Hinter dem Tuch am Ende seines Bettes hörte er ein Stöhnen, auf einem Schemel gegenüber saß ein alter Mann, der offenbar für ein Kind in einem der Betten betete.

Über seinem Bett hing ein schlichtes Holzkreuz, und dank einer eisernen Kohlenpfanne, die zwischen den Bettreihen stand und von der auch das spärliche Licht stammte, war es in dem Raum warm, wofür er dankbar war, denn mittlerweile war ihm wieder eiskalt.

Es roch stark nach menschlichen Ausdünstungen, Exkrementen, Blut und Schweiß, und daran änderte auch ein Räuchergefäß an der Decke kaum etwas.

Als der Husten zurückkam, erinnerte er sich wieder daran, dass er aufgestanden war, um sich Wasser zu holen. Wann war das gewesen?

Noch bevor Raffael den Gedanken beendet hatte, wurde die Tür geöffnet, und ein junger Mann in einer hellen Mönchskutte betrat den Raum der eine Kerze in der Hand trug. Er beugte sich über jedes Bett.

»Gut, Ihr seid wach«, sagte er freundlich, als er vor Raffaels Bett stand. »Ich bin Fra Severin.«

»Wo bin ich hier?«

»Im *Ospedale Santa Maria della Scala*. Euer Freund hat Euch hergebracht. Ihr wart eine ganze Weile im Delirium.«

Raffael rieb sich die Augen. »Wie lange denn?«

»Seit Montag Nacht; heute ist Donnerstag, und jetzt wird die Glocke bald zur Komplet läuten. Fra Cione hat Euch jeden Abend zur Ader gelassen, um das Fieber zu senken, und wir haben Euch verdünnten Wein eingeflößt, um Euch am Leben zu halten.«

Erst jetzt entdeckte Raffael, dass sein linker Unterarm verbunden war. Er konnte die Schnitte spüren, wenn er die Hand bewegte. Er hatte drei Nächte und drei Tage praktisch verschlafen? Das erklärte, warum er sich so zerschlagen fühlte.

Der Mönch stellte die Kerze auf dem Schemel ab.

»Ihr seid nach drei Tagen noch am Leben, das ist ein gutes Zeichen«, sagte der Mönch freundlich. »Wir haben alle Hände voll mit den Seuchenkranken zu tun, und viele überstehen schon die erste Nacht nicht, in der sie hier sind. Ich werde morgen früh gleich nach der Laudes wieder nach Euch sehen.«

Fra Severin füllte die Kohlenpfanne auf und leerte Nachttöpfe aus. Schließlich schlug er das Kreuzzeichen über seinen Patienten und sprach ein kurzes Gebet, bevor er den Raum verließ.

Als der junge Mönch gegangen war, beobachtete Raffael noch eine Weile die Schatten, die die Glut der Kohlenpfanne an die Wand warf, und ließ seine Gedanken ziellos umherwandern. Ihm war wieder heiß, und die Geräusche der anderen Kranken hielten ihn wach. Er dachte an seinen Vater, an Urbino und an Margherita. Seine Gedanken umwölkten sich. *Ich habe nichts geleistet, nichts vollbracht, wenn es so endet. Nicht als Maler und nicht als Mann.*

* * *

Als er am nächsten Morgen erwachte, drang aus hoch gelegenen Fenstern Licht in den Raum, und er hörte ein Schluchzen. Der alte Mann saß immer noch am gegenüberliegenden Bett und hielt die Hand des kleinen Jungen umklammert. Er weinte. Die Blässe und die unnatürliche Haltung des Kindes ließen keinen Zweifel daran, dass der Kleine in der Nacht gestorben war.

Als Fra Severin zurückkehrte und das tote Kind entdeckte, zog er den widerstrebenden Alten vom Bett weg und redete murmelnd auf ihn ein. Kurze Zeit später kam ein kräftig aussehender Bruder in das Zimmer, der das tote Kind aus dem Bett hob, in seine Decke wickelte und es nach draußen trug.

Bei seinem nächsten Besuch hatte Fra Severin Grütze und Milch auf einem Holzbrett bei sich, doch schon der Gedanke an Essen ließ Raffael würgen. Ein älterer Mönch mit Pockennarben im Gesicht folgte ihm. Er füllte eine Flüssigkeit aus einem Tonkrug in Becher und reichte sie den Kranken.

Raffael nahm den Becher entgegen; darin befand sich eine säuerlich riechende, dunkle Brühe.

»Was ist das?«, wollte Raffael wissen.

»Ein Aufguss aus Lungenkraut. Es wird dabei helfen, die Säfte in Eurem Körper wieder in Einklang zu bringen.«

Die warme Flüssigkeit roch nach Gras und hatte einen unangenehmen, bitteren Nachgeschmack. Raffael beeilte sich, den Becher zu leeren.

Er versuchte auch, die Grütze zu essen, aber nach zwei Bissen fühlte sie sich wie Watte in seinem Mund an. Er konnte sie kaum schlucken.

Im Laufe des Tages wurden neue Kranke hereingebracht, und das Bett des Jungen war nun mit einem noch jungen Mann belegt, der so stark schwitzte, dass seine Haut aussah wie in Öl getunkt.

Raffael verbrachte die Zeit zwischen Wachen und Schlafen. Er versuchte, sich Margheritas Gesicht vorzustellen, und fragte sich, ob Bernardino wohl mit ihr gesprochen hatte.

Kurz nachdem er die Glocke zur Non gehört hatte, trat Bernardino zu Raffaels Überraschung in den Krankensaal. Er verzog kurz das Gesicht, wohl wegen des Geruchs, nahm sich dann aber zusammen. »Gut, du bist wieder aufgewacht«, sagte er zur Begrüßung. »Als ich von den Lutis zurückgekommen bin und dich auf dem Boden gefunden habe, dachte ich mir, es wäre besser, dich gleich hierherzubringen.«

Raffael war sich da nicht so sicher, aber er sagte dennoch: »Danke. Das hier ist das große Hospital bei der Kathedrale, oder?«

Bernardino nickte. »Es ist gut, dich zu sehen, mein Freund«, sagte er. »Wir haben schon geglaubt, das Fieber hätte dich geholt. Aber Fra Cione meint, dass du es überstanden hast, obwohl die Seuche deine Lungen angegriffen hat.«

Wie zum Beweis hustete Raffael ausgiebig, dann sah er Bernardino skeptisch an: »Ist das eine gute Nachricht?«

»Ich glaube schon«, meinte Bernardino. »Und eine weitere gute Nachricht habe ich auf jeden Fall: Der Kardinal hat uns eine Anzahlung gegeben. Du musst dir also keine Sorgen machen, ich kann für deinen Aufenthalt hier bezahlen.«

Raffael war erleichtert. Ihm war wohl bewusst, dass er auch in einem Armenspital hätte enden können, in dem alle Kranken dicht gedrängt auf dem Boden liegen mussten.

»Wie hast du ihn dazu gebracht?«, wollte er wissen.

»Ich war gestern in seine Residenz geladen, zusammen mit etlichen Kaufleuten aus der Stadt. Als er nach dem Fortgang der Arbeit gefragt hat, habe ich mich untertänigst nach der Bezahlung erkundigt, mit dem Hinweis darauf, dass ich derzeit allein arbeiten muss, weil du im Spital bist. Seine Eminenz hat sich zunächst geziert wie eine Jungfrau im Hurenhaus, aber ich denke, er wollte vor seinen übrigen Gästen nicht schlecht dastehen, und so hat er mir schließlich einen Teil des Geldes gegeben – und jemanden vorbeigeschickt, der den alten Kamin vom Dach bis zur Feuerstelle säubern soll. Wenn du zurückkommst, ist das Haus mit etwas Glück warm.«

»Preisen wir den Herrn«, murmelte Raffael. »Ein Wunder ist geschehen.«

»Guidoccio Cozzarelli war heute Morgen noch einmal im Dom. Er hat mir die Bibliothek des Klosters empfohlen«, sagte Bernardino. »Und schau, was ich gefunden habe: Die Zeichnungen von Maestro Botticelli zur *Comedia* von Dante.« Er öffnete seine lederne Tasche und legte ein ledergebundenes Buch auf den Schemel. »Wenn du willst, lasse ich sie dir hier, damit du sie studieren kannst.«

»Mehr als gerne, vielen Dank.« Raffael zögerte einen Moment, dann fragte er: »Hast du Margherita gesehen?«

Bernardino schüttelte den Kopf. »Nicht mehr, seitdem wir dich hierhergebracht haben. Die Bäckerei ist schon seit Tagen geschlossen, und es ist auch niemand zu Hause, wie es scheint. Ich nehme an, sie sind mit den Vorbereitungen für die Feier des Christfestes im Palazzo Podestà beschäftigt.«

Die Nachricht versetzte Raffael einen Stich. Piero Petrucci genoss offenkundig Margheritas volle Aufmerksamkeit.

Als der ältere Maler sich verabschiedet hatte, nahm Raffael das Buch zur Hand, das ihm Bernardino mitgebracht hatte, und strich vorsichtig über den ledernen Einband, bevor er es aufschlug.

Kurze Zeit später hörte er das Husten, Keuchen und Murmeln der anderen Kranken nicht mehr und war völlig in den Anblick der Kupferstiche versunken. Wie lebensnah waren die Qualen der Sünder dargestellt, wie detailreich die Kreise der Hölle!

Er brauchte Papier und Stift, um einige der Zeichnungen zu kopieren. Plötzlich erfüllte ihn neuer Lebensmut. *Das ist es, was ich schaffen will*, dachte er. *Was ich noch schaffen muss, bevor es mit mir zu Ende geht. Etwas, zumindest ein Werk, das die Zeit überdauert, wie Dantes Comedia, wie die Kunstwerke des alten Roms.*

* * *

Am nächsten Morgen fühlte er sich kräftig genug, um aufzustehen, auch wenn seine Knie zitterten, als er es tat.

Als Fra Severin und Fra Cione zu ihrer morgendlichen Runde erschienen, sah ihn der ältere Mönch forschend an. »Ich sehe, dass Ihr Euch erholt habt.«

»Ich glaube, ich brauche Eure Hilfe nicht länger«, entgegnete Raffael. »Aber ich bin Euch sehr dankbar.«

»Dankt nicht uns, sondern dem Herrn«, versetzte Fra Severin. »Heute findet die Christmette statt. Wollt Ihr uns zur Messe in den Dom begleiten?«

Raffael verlagerte sein Gewicht von einem Bein auf das andere. Er brannte darauf, Margherita zu sehen, und sie würde bestimmt zur Messe im Dom sein. »Mehr als gerne«, sagte er.

»Viele der Brüder gehen heute in unsere Badestube«, erklärte Fra Severin, als sich der Ältere schon zum Gehen wandte. »Wenn Ihr wollt, könnt Ihr das ebenfalls tun.«

Das war ein Angebot, das Raffael gern annahm. Als er sich im Badehaus des Hospitals in das warme Wasser in einer der hölzernen Wannen gleiten ließ, fragte er sich, wann er zuletzt gebadet hatte, und beschloss, dass es eindeutig zu lange her war. Er war froh, den Schmutz und den Geruch der Krankheit von sich abwaschen zu können.

Als Raffael anschließend inmitten der Mönche das *ospedale* verließ und über den Platz zum großen Hauptportal der Kathedrale schritt, sah er, dass sich vor dem gewaltigen Kirchenbau bereits eine große Menschenmenge versammelt hatte, die ebenfalls zur Christmette strömte, und auch das Innere des Doms war bereits voller Menschen.

Suchend blickte er sich um und sah, dass der Eingang zur Bibliothek mit Tüchern verhängt und das Gerüst zur Seite geräumt worden war, um mehr Platz für die Besucher der Messe zu schaffen. Der Dom war mit immergrünen Zweigen geschmückt, und die Weihrauchbehälter, die die Messdiener in den Gängen schwenkten, verbreiteten einen beinahe betäubenden Duft.

Schließlich entdeckte Raffael Margherita in der Nähe einer der schwarz und weiß gemusterten Säulen. Sie trug ein dunkles Kleid und hatte ein Tuch über ihr Haar gelegt. An ihrer Seite stand ein älterer Mann mit schütterem Haar und aufgedunsen wirkendem Gesicht und daneben ein Junge, dessen Ähnlichkeit mit Margherita leicht zu erkennen war. Das mussten ihr Bruder Matteo und Francesco Luti, ihr Vater, sein.

Raffael versuchte, ihren Blick aufzufangen, aber das Gedränge war zu groß. Also löste er sich von der Gruppe der Mönche und schob sich durch die immer noch nachströmende Menschenmenge. Schließlich blickte Margherita zufällig zu ihm herüber, und als sie ihn erkannte, strahlte sie. Sie sagte einige Worte zu ihrem Vater, die Raffael nicht verstehen konnte, dann kam sie ihm entgegen. Als sie sich erreichten, hätte Raffael sie am liebsten umarmt, aber in der Kirche war das natürlich unmöglich.

»Geht es dir besser?«, wollte sie wissen.

Er nickte. »Die Mönche haben sich gut um mich gekümmert.« »Ich habe mir solche Sorgen gemacht, als mir Maestro di Betto erzählt hat, dass du die Seuche hast«, gab sie zu. »Ich weiß nicht, ob ihm meine Fragen nicht schon zu viel wurden.« »Ich denke, dass Bernardino deine Fragen gut ausgehalten hat«, versetzte er lächelnd.

Die Menge teilte sich, als Kardinal Piccolomini in seiner prachtvollen Robe den Mittelgang entlangschritt. Er nahm vor dem Altar Aufstellung und begann mit dem *Asperges,* dem Segnen der Gläubigen mit geweihtem Wasser. Die Messdiener knieten vor dem Altar nieder, und als der Kardinal zu sprechen begann, wurde es absolut still in der Kirche. Die Stimme des Kardinals erfüllte den gesamten Kirchenbau, und eine feierliche Stimmung legte sich auf die Anwesenden. Aber Raffaels Gedanken waren weder bei der Messe noch bei dem feierlichen Anlass dafür.

Margherita stand so nah bei ihm, dass er ihre Wärme spüren und ihren Duft riechen konnte. Er tastete mit den Fingern nach ihrer Hand, und als er sie fand und in die seine nahm, erwiderte sie den Druck.

Hand in Hand lauschten sie den lateinischen Worten des Kardinals, und Raffael war plötzlich so glücklich, wie befreit von einer schweren Last, als ihm klar wurde, was er für Margherita empfand. *Wie sich im Wasser das Angesicht spiegelt, so ein Mensch im Herzen des anderen.* Als er sacht über die Innenfläche ihrer Hand strich, sah sie ihn an, und er war sich sicher, dass sie ebenso dachte wie er.

Erst lange nach Mitternacht endete der Gottesdienst. Die Menschen traten auf die Straße und wünschten einander ein frohes Christfest.

Raffael hatte Margheritas Hand festgehalten, bis sie aus dem Kirchenportal traten und sich nicht länger in der Menge verbergen konnten, erst dann ließ er sie los.

»Ich muss auf meinen Vater warten«, sagte sie. »Er hat Matteo bei sich.«

»Ich würde deinen Bruder gern kennenlernen«, sagte er.

Mit einem schwer deutbaren Blick sah sie ihn an. »Ich muss dir etwas sagen«, begann sie.

»Ja?«

»Piero Petrucci hat mich gebeten, seine Frau zu werden.«

»Er hat *was*?«

Sie schluckte, bevor sie leise wiederholte: »Er will mich heiraten.«

»Willst du das denn?«, brach es aus Raffael hervor.

»Du weißt genau, dass ich das nicht will. Aber wie soll ich zu den Petrucci *Nein* sagen?«, fragte sie.

»Margherita, tu das nicht. Bitte, tu das nicht«, hörte er sich selbst sagen, und seine Stimme klang in seinen eigenen Ohren wie die eines Fremden.

Sie schüttelte schweigend den Kopf.

Aus dem Augenwinkel heraus entdeckte Raffael Margheritas Vater, der eben mit seinem Sohn auf sie zukam. Sein Gesichtsausdruck verriet seinen Ärger nur allzu deutlich. Margherita sah ihn ebenfalls. Sie blickte Raffael an. In ihren Augen standen Tränen.

Dann wandte sie sich ab und war einen Moment später in der Menge verschwunden.

Kapitel 15

SENIGALLIA, DEZEMBER 1502

Ein hoher, schmerzerfüllter Schrei hallte durch den nahezu verlassenen Palazzo und wurde von den Wänden zurückgeworfen, gleichzeitig stieg ein beißender Geruch nach verbranntem Fleisch von dem Mann auf, der den Schrei ausgestoßen hatte. Oliverotto di Fermo drückte die Fackel noch fester an die Fußsohlen seines Opfers, das auf einer Bank festgebunden war. Sosehr der Mann sich auch gegen die Stricke stemmte, er konnte der Tortur nicht entgehen.

Wieder schrie er seine Qualen in die Nacht hinaus.

Vitellozzo Vitelli blickte regungslos auf die Szene, die sich vor ihm abspielte. Obwohl das Töten im Krieg für ihn schon seit vielen Jahren zu bloßem Handwerk geworden war, fand er die Folter noch immer abstoßend. Manchmal mochte dieses Vorgehen unumgänglich sein, aber im Augenblick konnte er keinen Nutzen darin erkennen, außer di Fermos dunklere Neigungen zu befriedigen. Er schüttelte den Kopf. »Beende das, Livero«, befahl er. »Es ist sinnlos. Er weiß nichts.«

»Wie du willst.« Der Angesprochene steckte die Fackel in eine Halterung, zog mit einer routinierten Bewegung seine Klinge aus der Scheide und trieb sie dem jungen Adeligen in den Hals. Blut sprudelte aus der Wunde und über die Klinge. Die Augen des Jungen rollten nach hinten. Sein aufgerissener Mund versuchte, Worte zu bilden, aber seine zerstörte Kehle gab keinen Laut mehr von sich. Zuckend verendete er auf der Holzbank, die sich dunkelrot verfärbte.

»Schade. Ich hatte wirklich gehofft, er könnte uns sagen, wo diese Montefeltro-Hure und ihre verfluchte Brut stecken.«

Giovanna da Montefeltro, Witwe des Herrn der Stadt, die sie

im Namen ihres ältesten Sohnes seit einiger Zeit regierte, war nicht aufzufinden gewesen, als sie Senigallia eingenommen hatten. Schon seit Tagen wollte sie keiner ihrer Untergebenen mehr gesehen haben.

»Was kümmert es uns überhaupt?«, gab Vitelli zurück. »Vermutlich verstecken sie sich in irgendeinem Loch. Oder sie versucht, zu ihrem Bruder nach Venedig zu fliehen. Viel Hilfe wird sie dabei ohnehin nicht finden. Ihre Familie ist am Ende. Und ihre Stadt gehört uns.«

Oliverotto di Fermo gab ein abfälliges Schnauben von sich.

»Die Stadt gehört Cesare Borgia, meinst du wohl«, entgegnete er und griff nach einem Weinkrug, den er mit hastigen Zügen leerte. »Dessen gute Hunde wir sind, die ihm schwanzwedelnd die Beute präsentieren.«

Obwohl es ihm widerstrebte, wusste Vitelli, dass der andere *condottiere* in diesem Punkt recht hatte. »Du hast dir auf *La Magione* zu viel von den hohen Herren aus Camerino und Siena versprochen«, meinte er. »Hätten wir die Borgia danach angegriffen und gesiegt, wären sie uns gerne gefolgt, aber sich selbst die Hände schmutzig machen, nein, das können sie dann doch nicht.«

»Herrgott, Camerino!«, entgegnete di Fermo, der den Dolch aus dem Hals seines Opfers zog und beide Seiten an der Kleidung des Toten abwischte, bevor er ihn wieder in der Scheide verschwinden ließ. »Ich kann es kaum glauben. Die Borgia haben da Varanos Vater vor seinen Augen aufschlitzen lassen wie einen Aal, und er wirft sich vor ihnen in den Staub.«

»Viel besser haben wir es nach Orsinis Verrat auch nicht gemacht. Was blieb uns schon übrig?«

Di Fermo knurrte, dann nickte er. »Verschwinden wir von hier«, sagte er. »Der Gestank ist ja nicht auszuhalten.«

Ohne sich noch weiter um den Toten zu kümmern, verließen sie den geplünderten Palazzo und betraten die Straße, die am Fluss Misa entlang zum Hafen führte.

»Du hast recht«, sagte di Fermo. »Heute sollten wir uns keine Sorgen mehr um dieses Weibsbild oder unseren vom Teufel geliebten Herrn Borgia machen. Wir sollten lieber die letzte Nacht als Herren Senigallias feiern. Morgen sind wir wieder speichelleckende Lakaien.«

Die Festung Senigallias, die *Rocca Roveresca*, wurde zwar noch vom Kastellan und einigen wenigen Getreuen gehalten, doch deren Widerstand war nicht mehr der Rede wert. Der Kastellan hatte bereits angekündigt, sich dem Gonfaloniere ergeben zu wollen, sobald er in der Stadt eintraf, und Cesare Borgia hatte mittlerweile Nachricht geschickt, dass ihn seine Hauptleute am nächsten Tag erwarten sollten.

Es war bereits spät in der Nacht, und die Stadt lag nun ruhig vor ihnen, nachdem sie in den ersten Tagen ihrer Eroberung einem Schlachthaus geglichen hatte. Die Truppen von di Fermo und Vitellis eigene Männer waren monatelang zur Untätigkeit verdammt gewesen. Es hatte Wochen gedauert, das Bündnis zwischen den Söldnerführern und den Fürsten der Romagna und der Toskana zu schmieden. Noch mehr Zeit war verstrichen, weil die Adeligen nach dem Treffen auf *La Magione* erst zögerten, loszuschlagen, und dann schließlich die Seiten erneut wechselten.

Die Langeweile, die die Soldaten hatten ertragen müssen, hatte sich in einem Blutbad Bahn gebrochen, als sie endlich Senigallia eingenommen hatten, damit di Fermo und Vitelli Cesare Borgia ihre erneute Loyalität beweisen konnten. Die Schreie der Geschändeten und der Gefolterten hatten nächtelang zwischen den Häusern widergehallt.

Vitelli wusste aus langer Erfahrung, dass Männer, die diszipliniert einen tödlichen Kampf bestritten hatten, oft wie von Dämonen besessen waren, wenn die Schlacht erst vorüber war. Erst wenn sie ihren blutigen Triumph zur Gänze ausgekostet hätten, würden sich die Söldner beruhigen.

Nach drei Nächten hatten di Fermo und er allerdings hart

durchgegriffen. Die Männer hatten sich ausgetobt, nun war es an der Zeit, dass wieder Ruhe einkehrte. Eine Stadt, die im ständigen Belagerungszustand lebte, war nichts wert, und wenn die Borgia-Truppen hier eintrafen, sollte die Übergabe Senigallias geordnet verlaufen. Aber den Bürgern saß der Schreck noch tief in den Knochen; nach Einbruch der Nacht zeigte sich keiner von ihnen freiwillig auf der Straße, und wer Töchter, Mütter oder Ehefrauen hatte, bemühte sich, nur keine Aufmerksamkeit auf sich zu lenken. So standen die meisten Häuser, an denen sie vorbeikamen, dunkel und still da.

Das galt natürlich nicht für das Hurenhaus, auf das di Fermo zielstrebig zusteuerte. Aus dem Inneren erklangen Musik und lautes Lachen, so als hätte die Plünderung der Stadt niemals stattgefunden. Als Vitelli die Tür aufstieß, erkannte er einige seiner *Caporale,* die er angewiesen hatte, für alle geleisteten Dienste angemessen zu bezahlen. Irgendwo musste man schließlich damit beginnen, wieder Regeln aufzustellen.

»Gott, es tut gut, endlich wieder in einer richtigen Stadt zu sein und richtige Huren zu vögeln«, sagte di Fermo, als sie das Haus betraten. »Die Mädchen beim Tross sind alle krank oder halb verhungert, und man muss schon sehr betrunken sein, um Lust zu bekommen, eine von ihnen zu besteigen.«

Vitelli erwiderte nichts darauf. Er spürte mit jedem Tag deutlicher, dass er zu alt wurde für dieses Leben, das sich beinahe ausschließlich in Feldlagern, auf Schlachtfeldern und in besiegten Städten abspielte. Sollten Jüngere wie di Fermo künftig den Ruhm und die Beute ernten, er war müde.

Aber als er versucht hatte, sich im besetzten Arezzo als Regent niederzulassen, hatte dieser Hund von einem Borgia ihn gezwungen, die Stadt wieder aufzugeben, und ihm so alle Träume von einem ruhigeren Lebensabend genommen. Nun würde er im Auftrag des spanischen Papstes vermutlich weiter Schlachten schlagen, bis ihn eine Kugel oder eine Klinge traf.

Mit einem Kopfschütteln versuchte er, die düsteren Gedanken zu vertreiben. Er hatte in der vergangenen Nacht bei einem blonden Mädchen gelegen, das ihr Handwerk verstanden hatte, und Vitelli wusste Professionalität zu schätzen. Als er sie in einer Ecke entdeckte, winkte er sie zu sich.

»Signore«, sagte sie mit einem Lächeln, das so falsch wie die Farbe auf ihren Wangen war. »Ihr kommt zu mir zurück. Ich habe Euch auch vermisst.«

»Hol uns was zu trinken«, sagte er, ohne auf ihre Worte einzugehen. Sie verschwand, um kurze Zeit später mit einem Krug zurückzukommen. Vitelli setzte ihn an. Der Weinbrand schmeckte zu herb für seinen Geschmack, aber er vertrieb den öligen Brandgeruch, der ihn seit dem Palazzo verfolgte.

»Morgen ist der letzte Tag des Jahres«, sagte sie. »Wollt Ihr auf Glück und Gesundheit trinken?«

Vitelli schnaubte. *Glück und Gesundheit.* Er war mehr als sein halbes Leben lang Soldat und wusste nur zu genau, dass Trinksprüche an beidem nichts ändern würden. Nun, er war nicht wegen der Gespräche hier. Er nahm noch einen Zug, dann reichte er ihr das Gefäß. »Auf Euer Wohl, Signore!«, prostete sie ihm zu.

Der Alkohol tat rasch seine Wirkung, und er ließ sich von der Dirne auf ein leidlich sauberes Zimmer führen. Glücklicherweise schien sie sich daran zu erinnern, dass ihn ihr Gerede nur störte. Kaum dass sie den Raum betreten hatten, machte sie sich an seinem Wams zu schaffen, und kurz darauf nahm sie seinen harten Schwanz zwischen die Lippen.

* * *

Er erwachte mit einem unglaublichen Brand in seiner Kehle, und der Alkohol rumorte wie Feuer in seinen Gedärmen. Die junge Hure, die neben ihm lag, gab ein Schnaufen von sich, als er sich aus ihren Armen löste.

Mit einer gemurmelten Verwünschung stieg Vitelli vom klapprigen Bett hinunter, nahm eine der zerschlissenen Decken und wickelte sie sich um die Körpermitte. Er fluchte erneut, als er gegen eine Kiste oder etwas Ähnliches trat, und verließ schwankend den Raum, um sich zu erleichtern.

Als er die Hintertür des Hurenhauses öffnete, blendete ihn das Licht der Sonne. Es musste wohl bereits um die Mittagszeit sein. Vitelli trat hinaus und begann, sein Wasser an der Wand abzuschlagen. Sein Kopf schmerzte, als hätte ihn jemand mit dem Hammer bearbeitet. Verfluchter Weinbrand.

Als er sich gerade wieder in die Decke wickeln wollte, hörte er eine Stimme hinter sich, die er nicht kannte. »Hauptmann Vitelli?«

»Wer will das wissen?«, gab er zurück.

»Caporale Bardi.«

Als Vitelli herumfuhr, entdeckte er eine *corazza* aus fünf Mann ein Stück weit hinter sich. Der *Caporale*, der ihn angesprochen hatte, trug das Abzeichen der päpstlichen Armee am ledernen Ärmel, der unter den Schulterplatten seiner Rüstung hervorsah.

»Ich wurde geschickt, um Euch zum Gonfaloniere zu bringen«, sagte Bardi. »Die Armee des Heiligen Vaters ist bei Senigallia eingetroffen.«

Vitelli unterdrückte einen Fluch. Er hatte nicht vor den frühen Abendstunden mit dem Tross gerechnet, aber es sah Cesare ähnlich, die *condottiere* in dieser Art zu überraschen. So würde er bei der Übergabe Senigallias der strahlende Ritter sein, während er selbst und di Fermo schwitzend und dreckig hinter ihm herlaufen würden. Was hatte di Fermo noch gesagt? *Hunde, die schwanzwedelnd die Beute apportieren.*

Einen Moment lang erwog Vitelli, den Befehl zu verweigern und Bardi und seine Männer einfach unverrichteter Dinge zurückkehren zu lassen. Aber die Jahre im Dienst von Cesare Borgia hatten ihn gelehrt, dass der Gonfaloniere kein Mann war, dem man sich einfach widersetzte. Vermutlich wäre er tot, noch bevor er es aus der Stadt geschafft hätte. Also nickte er. »Kann ich vorher noch Hemd und Wams anziehen?«, wollte er wissen.

Bardi nickte. Sein Blick war schwer zu deuten, aber Vitelli glaubte, Verachtung darin zu erkennen.

Als er zurückkehrte, wartete auch Oliverotto di Fermo bereits bei dem kleinen Trupp. Der jüngere *condottiere* hatte blutunterlaufene Augen und sein dunkles Haar flüchtig mit Wasser an den Kopf geklebt, ansonsten verriet jedoch nichts an ihm, ob er sich ebenso erbärmlich fühlte wie Vitelli.

Als sie sich in Bewegung setzten, stieß eine weitere *Corazza* zu ihnen, die vor dem Haus gewartet haben musste. Unbehaglich fragte sich Vitelli nach dem Grund. Gewiss, Cesare Borgia hatte keinen Anlass, seine Hauptleute allzu zuvorkommend zu behandeln, aber zwei Trupps Bewaffneter am Vorder- und Hinterausgang eines Hurenhauses aufzustellen, wirkte, als sollten sie wie Verbrecher abgeführt werden. Er warf di Fermo einen Blick zu, aber der starrte bloß düster auf die Straße vor sich.

Als sie die Unterkunft erreichten, in der die meisten von Vitellis Soldaten einquartiert waren, machten sie halt. Vitelli gab den Männern Befehl, sich zu sammeln und geschlossen anzutreten, um den Gonfaloniere in der Stadt zu begrüßen. Viele sahen ebenso mitgenommen und abgerissen aus wie er selbst, aber das würde sich in der Kürze der Zeit nicht ändern lassen.

»Besser, ich bleibe hier und sorge dafür, dass alles ordentlich abläuft«, knurrte di Fermo.

»Gut«, stimmte Vitelli zu. »Und schick dem Kastellan eine Nachricht, dass er seine gottverfluchten Schlüssel jetzt übergeben kann.«

Doch Caporale Bardi schüttelte den Kopf. »Seine Gnaden hat ausdrücklich angeordnet, beide Hauptleute zu ihm zu bringen. Ihr könnt nicht hierbleiben.«

Jetzt merkte auch di Fermo, dass etwas nicht in Ordnung war, das verriet sein Gesichtsausdruck. Aber vermutlich wusste er ebenso gut wie Vitelli, dass es sinnlos war, sich hier und jetzt den Wünschen des Gonfaloniere zu widersetzen.

Der *condottiere* zuckte die Achseln. »Gut. Dann soll sich ein anderer darum kümmern.« Er rief seinen Leuten weitere Befehle zu, bevor sich ihre kleine Einheit wieder in Bewegung setzte.

Sie verließen die Stadt über die Hauptstraße. Vor dem Tor, an dem seit der Plünderung niemand mehr Wache stand, hatten die Männer Pferde angebunden, die sie nun bestiegen.

Die Straße, die aus Senigallia hinausführte, lag verlassen da. Es war ein klarer und kalter Tag, und die beiden *corazze* legten ein hohes Tempo vor, so als triebe sie der kalte Wind zur Eile, der vom Meer herwehte.

Schließlich tauchte in einiger Entfernung das päpstliche Heerlager auf. Vitelli hatte bereits gehört, dass Cesare Borgia tausend Schweizer Söldner unter seinem Banner versammelt hatte, dazu kamen vielleicht fünfhundert Mann aus den verschiedenen Städten und Provinzen, die er erobert hatte. Im Gegensatz zu Vitellis Leuten waren diese Soldaten frisch und ausgeruht, und ihr Lager wirkte beinahe so prachtvoll, als wäre es errichtet worden, um darin eine Lustbarkeit für den hohen Herrn auszurichten, und nicht, um von hier aus einen Feldzug zu beginnen.

In der Mitte des Lagers erwartete sie Cesare Borgia, den Vitelli sofort an der schwarzen Samtmaske erkannte, die den Bereich um seine Augen und die Nase bedeckte.

Als sie näher kamen, stiegen die Reiter ab. Offenbar erkannte auch di Fermo den Gonfaloniere, denn er verneigte sich fast bis zum Erdboden und grüßte ihn so unterwürfig, dass Vitelli ein abfälliges Lächeln unterdrücken musste. *Gestern Nacht hast du ihn einen Hurensohn genannt, jetzt küsst du seinen Arsch.*

»Wo habt ihr sie gefunden?«, wollte Cesare Borgia von dem Anführer des Trupps wissen. Eine Begrüßung schien er nicht für nötig zu halten.

»Im Hurenhaus, Herr. Wie Ihr es vermutet hattet.«

Cesare lachte. »Nun, eine wohlverdiente Feier nach dem Sieg, will ich meinen«, sagte er. Er wandte sich an Vitelli und di Fermo. »Ich wollte Euch persönlich für Eure geleisteten Dienste danken, bevor wir gemeinsam in die Stadt reiten«, fuhr er fort. »Lassen wir die Vergangenheit vergangen sein. Denken wir nur noch an neue und große Ziele, die wir zusammen erreichen wollen.«

Vitellis Misstrauen war noch nicht verschwunden, als auch er vor dem Sohn des Papstes das Knie beugte, aber Cesare trat einen Schritt auf ihn zu und zog ihn auf die Füße. Er umarmte und küsste Vitelli und di Fermo so herzlich, als seien sie seine Familie, deren Gesellschaft er zu lange entbehrt hatte.

Einer der Männer, die nach Cesare Borgia aus dem Zelt getreten waren, war ein hagerer Mann mit scharf geschnittenen Gesichtszügen und stoppelkurzem Haar, in dem Vitelli den florentinischen Botschafter Niccolò Machiavelli erkannte. Der andere war Paolo Orsini, und für einen Moment beschleunigte sich Vitellis Herzschlag. Paolo war derjenige, der das Bündnis von *La Magione* durch seine Verhandlungen mit den Borgia zu Fall gebracht hatte. Auch wenn die Borgia den Orsini vergeben haben mochten – Vitelli konnte sich keinen Grund vorstellen, aus dem der Gonfaloniere den verräterischen römischen Adeligen mit hierher hätte bringen sollen. *Außer, er will uns zusammen an einem Ort wissen.*

Orsini hingegen verhielt sich so unbefangen, als sei er alle Tage mit Cesare Borgia unterwegs. Er umarmte seine früheren Mitverschwörer und tauschte mit dem Gonfaloniere Scherze aus. Machiavelli dagegen hielt sich bescheiden im Hintergrund. Gott allein mochte wissen, welches Spiel der Florentiner spielte – Machiavelli war ein gerissener Bastard.

Noch während Vitelli sich seine Gedanken machte, kamen zwei Pagen eilig angelaufen und verteilten Weinkrüge, die bis zum Rand gefüllt waren. Vitellis Kopfschmerzen waren während des Ritts immer schlimmer geworden, und er sehnte sich nach einem Schluck Wasser für seine ausgedörrte Kehle, sagte aber nichts. Sie hoben die Weinkrüge und stießen an. Beim ersten Schluck meinte Vitelli noch, sich übergeben zu müssen, aber schon der zweite beruhigte seinen Magen ebenso wie seine Nerven.

»Senigallia ist in unserer Hand?«, wollte Cesare von di Fermo wissen.

Der Hauptmann beeilte sich zu nicken. »So ist es, Herr. Der Kastellan wird heute die *Rocca Roveresca* für Euch öffnen.«

»Und Giovanna da Montefeltro?«

Di Fermo senkte den Kopf. »Vergebt uns, Messere, aber sie hat die Stadt zusammen mit ihrem Sohn verlassen, noch bevor das Heer sie eingenommen hat.«

Falls Cesare diese Nachricht nicht gefiel, wusste er das gut zu verbergen. »Nun, eine Witwe und ein Zwölfjähriger ohne Verbündete werden uns das Recht auf Senigallia nicht so schnell streitig machen, nicht wahr?«

Nichts in den Mienen Borgias oder seiner Männer deutete darauf hin, dass Cesare noch einen Groll gegen seine Hauptleute hegte. Immerhin hatten sie die Schlacht gewonnen und würden Borgia die Schlüssel zur Stadt nun quasi auf einem Silbertablett übergeben.

Bis der Tross zum Aufbruch bereit war, war es bereits später Nachmittag, und die Diener füllten unermüdlich ihre Becher nach. Vitelli merkte, dass er bereits wieder alles andere als nüchtern war, und für di Fermo galt das Gleiche. Vielleicht zweihundert Soldaten sollten ihren Einzug in Senigallia begleiten. Cesare Borgia selbst führte die Truppe an. Der Zug musste ein prachtvolles Bild abgeben. Die Fahnen der Schweizer, der päpstlichen Soldaten und der anderen Soldaten flatterten im Wind. Das Licht der tief stehenden Sonne funkelte auf den Rüstungen, und viele Männer hatten die Mähnen ihrer Pferde mit Stoffstreifen geschmückt.

Entgegen ihren Befürchtungen hatten Vitelli und di Fermos Männer ganze Arbeit geleistet. Die Soldaten säumten die Hauptstraße der Stadt, standen in Reih und Glied Spalier und jubelten, als Cesare zur *Rocca Roveresca* ritt. Als sich der Zug dem Eingang der Festung näherte, kniete bereits ein halbes Dutzend Männer auf der Brücke, die zum Tor führte. In ihrer Mitte kniete ein Mann mit einem dunklen Bart und öligen Haaren. Er hielt einen Holzkasten in Händen, aus dem er einen großen eisernen Schlüssel nahm, den er Cesare Borgia übergab.

Diener und Mägde hatten die Roveresca, einen beeindruckenden, gedrungenen Wehrbau mit breiten Türmen, schon lange verlassen, und so herrschte in den meisten Räumen Dämmerlicht und eine achtlose Unordnung. Überall war es still, nirgends brannte ein Feuer. Die meisten Männer blieben im Hof der Festung zurück. Cesare lud nur di Fermo und Vitelli ein, mit ihm und seiner Garde gemeinsam die *Rocca* zu erkunden. Hier hatten die della Rovere und die Montefeltro gehofft, gemeinsam die Macht ihrer Familien zu vermehren, und hier wurde ihr Scheitern deutlicher als an jedem anderen Ort.

Sie schlenderten durch Schlafräume, Esszimmer und Waffenkammern. Cesare Borgia sah sich immer wieder um, als suchte er etwas. Schließlich erreichten sie einen kleinen Raum mit schmalen Fensternischen, der vollständig leer war. Cesare wandte sich an seine Garde. »Hier«, sagte er ruhig.

Kaum betraten Vitelli und di Fermo den Raum, versperrten die Soldaten hinter ihnen die Tür. Zwei von ihnen stießen den *condottiere* das stumpfe Ende ihrer Stangenwaffe von hinten gegen die Beine. Vitelli fiel vornüber auf die Knie.

»Was soll das, Herr?«, rief di Fermo verwirrt und einigermaßen kläglich.

Mit einem Lächeln auf den Lippen trat Borgia auf die beiden Gefangenen zu. »Ihr habt wirklich geglaubt, dass ihr mich ungestraft verraten könnt, nicht wahr?«, fragte er.

Di Fermo, der neben Vitelli auf die Knie gesunken war, blickte seinen Herrn an. Auch er wusste sofort, was die Stunde geschlagen hatte. »Messere, es war nicht unsere Schuld. Die Orsini haben uns belogen! Wir haben Senigallia für Euch eingenommen, und wenn Ihr zornig wegen der Montefeltro seid – ich versichere Euch, ich werde sie finden!« Am Ende des letzten Satzes überschlug sich di Fermos Stimme vor Eifer beinahe.

Ein Soldat trat vor und hieb di Fermo die behandschuhte Rechte gegen das Kinn. Der Söldnerführer klappte zusammen, und der Soldat trat ihm mit zwei präzisen Tritten gegen den Kopf. Blut lief aus einer Wunde über der Augenbraue, als ihn die Wachen wieder auf die Knie zerrten.

Vitelli schwieg. Er wusste, dass der Gonfaloniere auf seine Frage keine Antwort erwartete; es gab keine, die ihre Haut retten konnte. Sie hatten Cesare Borgia verraten, und er für seinen Teil wünschte ihm noch immer, dass er mit seinem päpstlichen Vater gemeinsam zur Hölle fahren sollte. Schließlich hatten die Borgia ihn in Arezzo ins offene Messer laufen lassen. Welche Treue hatte der Papstsohn dafür zum Dank erwartet?

»Aber Ihr habt uns vergeben«, murmelte di Fermo, der gebrochen den Kopf hängen ließ. Vermutlich verstand nun auch er, dass die Situation nur ein einziges Ende haben konnte.

Es passt zu dem Leben, das wir geführt haben, dachte Vitelli. Männer wie sie starben nur selten hochbetagt in ihren Betten. Er war selbst erstaunt, mit welcher Klarheit er sah, was dieser Abend für ihn bereithielt.

»Mein Vater sagt, dass Gott euch vergeben hat«, erwiderte Borgia lächelnd. »Aber das ist ein Luxus, den ich mir nicht leisten kann. Wie sähe es denn aus, wenn jeder dächte, er könne mich betrügen, wie es ihm beliebt, und mit einer einzigen Entschuldigung wäre alles vergeben und vergessen?«

Er schüttelte leicht den Kopf. »Nein, auf euren Verrat kann es nur eine Antwort geben.«

Di Fermo war der Erste. Ein kräftiger Mann mit einem Würgeeisen in der Hand trat auf ihn zu. Der *condottiere* stieß einen spitzen Schrei aus, als sich das Metallband um seinen Hals legte, und Vitelli musste an den jungen Adeligen in Senigallia denken, der durch di Fermos Hand gestorben war. Vitelli blinzelte in das Licht des atemberaubend schönen Sonnenuntergangs, den er durch den schmalen Schlitz in der Mauer sehen konnte. Ein Dunstschleier lag über dem Meer, wie das Versprechen eines fernen Ufers. Er versuchte, sich zu sammeln, in Gedanken ein *Ave Maria* zu sprechen.

Dann spürte er das kalte Eisen auch an seinem Hals.

Kapitel 16

SIENA, JANUAR 1503

Das Läuten der Kirchenglocken riss Margherita aus dem Schlaf. Wie spät es wohl sein mochte? Ein dünner Streifen Mondlicht drang durch den Spalt zwischen den Fensterläden, sonst war es vollkommen dunkel. Aber die Glocken läuteten Sturm, und draußen wurden Stimmen laut, Hunde bellten, und im Nachbarhaus begann ein Kind zu weinen. Noch schlaftrunken, stand sie auf und ging zum Fenster. Sie öffnete die Läden.

Offenbar war die halbe Straße durch die Glocken geweckt worden, in vielen Häusern erschienen Gesichter an den Fenstern, während andere Nachbarn auf die Straße traten.

Als Margherita Alessandra und deren Mann in der immer größer werdenden Menge entdeckte, rief sie zu ihnen herunter: »Was ist denn los?«

Alessandra, die einen ihrer Zwillinge auf dem Arm hatte und das schreiende Kind zu beruhigen versuchte, sah sich suchend um, bis sie Margherita im Fenster entdeckte. Offenbar hatte sie ebenfalls schon im Bett gelegen, denn sie trug nur ein Unterkleid und hatte sich eine Wolldecke um die Schultern gelegt. »Es heißt, dass Cesare Borgias Truppen auf Siena zumarschieren«, rief sie zu ihr hinauf.

»Wir werden bald angegriffen«, rief ein Mann von der anderen Straßenseite her, seine Stimme überschlug sich beinahe vor Aufregung. »Ich habe mit jemandem gesprochen, der es direkt aus dem Palazzo Podestà weiß.«

»Das kann doch nicht sein, oder?«, mischte sich ein weiterer Mann ein. »Das würde Kardinal Piccolomini niemals zulassen!«

»So ein Unsinn. Vielleicht brennt es einfach irgendwo in der Stadt?«, vermutete eine alte Frau mit weißen Haaren, die sie sich hastig unter eine dunkle Haube stopfte.

Diese Frage hatte Margherita sich auch schon gestellt, aber von ihrem Fenster aus konnte sie weder Rauch noch Feuerschein erkennen. Die Gerüchte auf der Straße ergaben keinen Sinn. Sie hatte Piero Petrucci erst gestern getroffen, und er hatte nicht so gewirkt, als ob ihn etwas bedrückte oder er sich Sorgen machte. Sie hatten nicht über Politik gesprochen – natürlich nicht, das taten sie nie –, aber er hatte versucht, sie davon zu überzeugen, so bald wie möglich die Bäckerei aufzugeben und auf das Landgut der Petrucci in San Quirico d'Orcia vor den Toren der Stadt zu ziehen. Das hätte er doch nicht getan, wenn ein Angriff der Borgia bevorstand? Und sicher konnte doch eine ganze Armee nicht unbemerkt bis nach Siena gelangen?

Aber die Kirchenglocken läuteten unbeirrt weiter.

Als sie wieder auf die Straße blickte, entdeckte sie Raffael, der mit einem ihrer Nachbarn sprach. Sein Anblick versetzte ihr einen Stich, und sie biss sich auf die Unterlippe. Er musste ihr aus dem Weg gegangen sein, denn sie hatte ihn seit vier Wochen nicht mehr gesehen und sich bereits gefragt, ob er vielleicht nach Perugia zurückgekehrt war. Sie war sich nicht sicher, ob es das besser oder schlimmer gemacht hätte. Ihr erschien es jeden Tag mehr so, als wäre es unmöglich, *nicht* an ihn zu denken, und die Vorstellung, dass sich das auch nicht ändern würde, wenn sie schließlich mit Piero Petrucci verheiratet war, brachte sie beinahe um den Verstand.

»Wir gehen zur Piazza del Campo«, rief die Alte von unten mit überraschend fester Stimme. »Sicher weiß dort jemand, was geschehen ist.«

Vermutlich hatte die Frau recht. Hier zu stehen und den brodelnden Gerüchten zuzuhören, brachte überhaupt nichts. Margherita schloss den Fensterladen, streifte ihr Kleid über, schnürte ihre Schuhe und band sich das Haar zusammen. Sie warf einen kurzen Blick in die Schlafstube ihres Vaters, war aber nicht überrascht, diese leer vorzufinden. Dann lief sie die Treppe hinunter und trat aus der Tür. Alessandra kam auf sie zu und drückte ihre Hand.

»Ich gehe mit zum Palazzo Podestà«, sagte Margherita. »Sobald ich weiß, was vorgefallen ist, komme ich zurück und sage euch Bescheid.«

Das Kind auf Alessandras Arm hatte einen Daumen in den verschmierten Mund gesteckt und war trotz des Trubels auf der Straße eingeschlafen. »Hat Seine Gnaden denn nichts gesagt?«, fragte Alessandra vorsichtig.

Margherita schüttelte den Kopf. »Nicht zu mir.«

»Sei auf jeden Fall vorsichtig, ja?«, bat Alessandra.

»Die Borgia sind ja noch nicht in der Stadt. Mir passiert schon nichts.«

Unschlüssig warf Margherita einen Blick zu Raffael hinüber, doch der war noch immer ins Gespräch vertieft und schien sie nicht zu bemerken. *So ist es am besten*, sagte sie sich. Und doch hatte sie plötzlich einen bitteren Geschmack im Mund.

Sobald sie sich auf den Weg gemacht hatte, schien es ihr, als wäre jeder Bewohner Sienas auf dem Weg zur Piazza del Campo. Als sie die nächste größere Straße erreichte, blieb ihr nichts anderes übrig, als sich in den Strom der Menschen einzureihen und sich von ihm bis zu ihrem Ziel mittragen zu lassen.

Die Piazza war bereits beinahe so überfüllt, als sollte heute der *Palio* stattfinden. Der Palazzo Podestà war hell erleuchtet, und an den Zinnen steckten Fackeln in eisernen Halterungen, deren Schein die versammelten Bürger in flackerndes Licht tauchte.

Auf dem Platz hatten sich Sienesen aus allen Contraden versammelt, Junge und Alte, Reiche und Arme, und die Angst lag beinahe greifbar über dem Platz, genährt aus Gerüchten und geflüsterten Worten. Es gab keinen Mann in Italien, der gefürchteter war als Cesare Borgia, und nun sollte er vor der Stadt stehen?

»Im Dom beten sie, dass der Papst uns verschonen möge«, raunte ein Mann Margherita zu, dessen Atem faulig roch. Sie wich unwillkürlich vor ihm zurück. *Wird Christus uns denn gegen seinen Stellvertreter auf Erden beistehen?*, schoss es ihr durch den Kopf. Ihr war nicht nach Beten zumute.

Ein Raunen ging durch die Versammelten, als eine Gruppe von Männern mit Fackeln auf der obersten Zinne des Palazzos erschien. Margherita schob sich weiter in die Menschenmenge hinein, um besser erkennen zu können, was dort oben vor sich ging. Plötzlich entdeckte sie Raffael inmitten des Gedränges. Der Palazzo und was dort vorging, schienen ihn nicht zu interessieren; er bahnte sich einen Weg durch die Umstehenden und sah sich dabei suchend um, bis er schließlich ihren Blick auffing. Er stutzte einen kurzen Moment, dann begann er, sich zu ihr durchzudrängen. Margherita wusste nicht, ob sie zu ihm hin- oder vor ihm davonlaufen sollte. Schließlich tat sie keines von beidem, sondern rührte sich einfach nicht von der Stelle.

Er sah verändert aus, blasser und dünner, vielleicht noch immer nicht ganz genesen von seiner Krankheit. Obwohl sie ihn sonst nie anders als frisch rasiert gesehen hatte, war sein Kinn nun mit dunklen Stoppeln bedeckt.

»Margherita!«, rief er, als er kaum noch drei Armeslängen von ihr entfernt war. »Gott sei Dank, ich habe dich gefunden.«

»Was machst du hier?«, fragte sie und konnte selbst hören, dass keine Spur von Ärger in ihrer Stimme lag.

»Ich habe dich gesucht«, gab er zurück. »Als ich dich auf der Straße gesehen habe, wollte ich dir nachgehen, aber ich habe dich in der Menge verloren. Ich habe mir Sorgen um dich gemacht. Was ist denn überhaupt hier los?«

Margherita schüttelte den Kopf. »Ich weiß nicht. Es heißt, wir werden von den Borgia angegriffen, aber ...«, begann sie, bevor sie ein Ellbogen unsanft in den Rücken traf und die voranstrebende Menge sie beinahe von Raffael getrennt hätte.

Auf den Zinnen des Palazzos hatten die Fackelträger Aufstellung bezogen und flankierten nun rechts und links einen hochgewachsenen Mann, den Margherita als ein Mitglied der Monte de'Nove erkannte, dessen Name ihr aber nicht einfallen wollte. Neben ihm betrat Kardinal Piccolomini das Dach, unverkennbar in seiner roten Robe.

Der Ratsherr hob die Arme, um die Menge zum Schweigen zu bringen. »Bürger Sienas«, begann er. »Der Herzog der Romagna, Cesare Borgia, und das Heer der päpstlichen Truppen sind auf dem Weg nach Siena.«

Erschreckte Rufe wurden laut, doch der Ratsherr sprach unbeirrt weiter. »Der Verräter Pandolfo Petrucci hat ein Mordkomplott gegen Seine Heiligkeit Alexander VI. geschmiedet, das jedoch noch rechtzeitig entdeckt und vereitelt werden konnte. Der päpstliche Gonfaloniere ist auf dem Weg, um diese Tat zu bestrafen.«

Während um sie herum das Raunen zu einem Chor lauter, fragender Stimmen wurde, konnte Margherita kaum glauben, was sie da hörte. *Die Petrucci hatten geplant, den Heiligen Vater zu ermorden? Aber wieso?*

Nun ergriff Kardinal Piccolomini das Wort. »Aber Herzog Borgia hat uns eine Nachricht gesandt, die unsere Rettung sein kann«, sagte er mit seiner sanften, volltönenden Predigerstimme. »Er hat uns versichert, dass die Stadt nichts zu befürchten hat, wenn wir uns von Pandolfo Petrucci lossagen. Der Verräter ist bei Nacht und Nebel geflohen, aber der Sünder wird seiner gerechten Strafe nicht entgehen.«

Um Margherita begann sich alles zu drehen, und die Fackeln wurden zu hellen Lichtflecken vor den Mauern des Palazzos. Mit einem Mal fühlte sich die Enge um sie herum quälend an. Sie schlug eine Hand vor den Mund und wollte nur noch fort, rempelte Menschen an und erhielt Stöße von ihnen. Vage war sie sich bewusst, dass Raffael ihr folgte. Schließlich gelangten sie zum Rand des Platzes, wo die Menge weniger dicht gedrängt stand und sie wieder Luft zum Atmen fand.

»Die Stadt wird nun wieder vom Rat ihrer Bürger regiert und nicht länger von einem Tyrannen«, sagte der Kardinal eben. »Seid unbesorgt, uns wird nichts geschehen. Wir haben Boten zu Cesare Borgia und nach Rom gesandt.«

Nun ergriff wieder der Stadtrat das Wort: »Noch heute Nacht werden wir aus den Vorräten der Stadt Bier und Wein verteilen und gemeinsam mit euch feiern, dass der Herr uns vor einem grausamen Schicksal bewahrt hat.«

Auf dem Platz herrschte für einen kurzen Moment Schweigen, während die Anwesenden wohl zu verstehen versuchten, was man ihnen soeben verkündet hatte. Dann brachen Hochrufe aus, erst nur vereinzelt, dann immer mehr, bis schließlich jeder in den Jubel einstimmte und sich die angespannte Stimmung löste.

»Geht es dir gut?«, wollte Raffael wissen. Margherita atmete tief ein und aus. *Die Petrucci sind fort. Sie haben Siena verlassen.* Sie musste den Gedanken einige Male wiederholen, bevor ihr wirklich klar wurde, was das bedeutete.

Sie zweifelte nicht für einen Moment daran, dass Piero Petrucci den Herrn der Stadt begleitet hatte. Er war im Namen seines Bruders zum obersten Richter Sienas geworden, und ohne dessen Schutz konnte er unmöglich bleiben.

Und wenn Piero Petrucci gegangen ist, ohne mir etwas zu sagen, dann bin ich nicht mehr an ihn gebunden. Sie lächelte Raffael an, der sie noch immer besorgt anschaute. »Ja«, entgegnete sie strahlend. »Hast du nicht gehört, was Monsignore Piccolomini gesagt hat?«

»Denkst du, dass alle Petrucci geflohen sind?«

Sie nickte. Einen Augenblick lang standen sie schweigend da und sahen einander an.

Als die Tore des Palazzos geöffnet wurden und Fässer herausgeholt wurden, schob sich die Menge mit aller Macht nach vorn. Raffael griff nach Margheritas Hand und hielt sie fest. Am liebsten hätte sie ihn hier, vor aller Augen geküsst. »Lass uns gehen«, sagte sie. »Ich muss Alessandra Bescheid sagen.«

* * *

Die Nachricht verbreitete sich wie ein Lauffeuer. Die Tavernen und Wirtshäuser, die bereits geschlossen gewesen waren, öffneten erneut, und Bier und Wein flossen in Strömen.

Raffael und Margherita ließen die Feiernden an sich vorüberziehen. Als sie ihre Straße erreichten, war es dort wieder ganz ruhig. Margherita konnte Alessandra nirgends entdecken. Sicher hatte längst ein anderer die Neuigkeiten von der Piazza del Campo überbracht.

Ohne zu zögern, folgte sie Raffael zu seinem Haus. Wer würde sich in dem Aufruhr, der überall herrschte, schon Gedanken darum machen, wohin sie unterwegs war oder mit wem? Doch als sie an der Tür seines Hauses standen, fragte sie: »Was ist mit Maestro di Betto?«

»Er ist in Volterra«, gab Raffael zurück, während er die Tür aufschob. »Er wollte dort einen Händler treffen, der ihm Aquamarinpigmente verkaufen kann, die wir für die Fresken brauchen.«

Im Inneren des Hauses gab es kaum Mobiliar, und der einzige Stuhl, den sie entdeckte, war mit Zeichenutensilien bedeckt. Also blieb sie stehen und wartete, bis Raffael das Feuer aus den noch schwach glimmenden Kohlen anfachte. Offenkundig hatte der Kardinal Wort gehalten und den Kamin instand setzen lassen, denn schon bald brannten die Flammen gleichmäßig und wärmten den Raum angenehm auf.

Raffael stand auf und stellte sich vor sie. »Du hast mir gefehlt«, sagte er. »Ich habe nachts stundenlang zu eurem Haus hinübergestarrt und gehofft, du würdest eine Kerze im Fenster anzünden. Aber es blieb immer dunkel.«

Er legte eine Hand an ihr Gesicht und strich ihr sanft über die Wange.

»Du weißt nicht, wie gerne ich das getan hätte«, entgegnete sie. Ihre Stimme zitterte, ohne dass sie es hätte verhindern können. »Ich habe es kaum ausgehalten ohne dich.«

»Aber jetzt bist du hier«, stellte er fest. Seine Fingerspitzen glitten über ihre Lippen, und sie nickte.

Mit beiden Händen strich er ihr das Haar, das sich aus ihrem Zopf gelöst hatte, aus dem Gesicht und beugte sich vor, um sie zärtlich zu küssen. Ihre Lippen trafen sich. Margherita richtete sich auf, um den Kuss zu erwidern, und legte ihre Arme um seinen Hals. Seine Hände streichelten ihren Rücken.

Als seine Lippen über ihre Ohren strichen, musste sie lachen, weil das kitzelte. Er küsste ihren Hals abwärts, bis er den Rand ihres Kleides erreichte, das ihr plötzlich wie ein Hindernis erschien. Raffael nahm ihre Hand und küsste ihre Finger, jede Kuppe einzeln. Ohne die Umarmung zu lösen, führte er sie zum Bett hinüber. Sie ließen sich nebeneinander fallen und küssten sich wieder und wieder.

»Ich weiß nicht, wie ich dich fragen soll«, sagte er atemlos. Margherita schüttelte den Kopf. »Du musst nicht fragen«, flüsterte sie. »Du kennst die Antwort schon.«

Sie wusste, was er wollte, und sie wollte es auch

Raffael streifte sich das Hemd über den Kopf und begann, die Schnüre ihres Kleides zu lösen. Sie betrachtete ihn, nahm all die Einzelheiten seines Körpers wahr. Die helle, glatte Haut, unter der sich seine Rippen abzeichneten, die Brust, die sich schnell hob und senkte. Sie vergrub ihr Gesicht in seinem Haar, und strich über seine Arme, seine Schultern und über seinen Bauch, und er erschauderte.

Sie zögerte, ihre Finger weiterwandern zu lassen, und wollte es dennoch. Er schloss die Augen, als sie ihre Hand in seinen

Schritt wandern ließ. Als er aufstöhnte, blickte Margherita ihn fragend an, unschlüssig, ob sie ihn richtig verstand. Er nahm ihre Hand und führte sie vorsichtig, ließ den Kopf in den Nacken fallen. Dann rollte er sie sacht herum, sodass sie auf dem Rücken lag, und fing an, sie auszuziehen. Jedes Stück Haut, das er entblößte, bedeckte er mit Küssen.

Als sie beide nackt waren, richtete er sich auf einen Ellbogen auf und sah sie an, ließ seinen Blick langsam und bedächtig über ihren Körper wandern. Zuerst kicherte sie, doch dann schlug sie unter seinem Blick die Augen nieder und bedeckte ihre Scham mit der Hand.

»*In toto nusquam corpore menda fuit*«, murmelte er.

Margherita zog fragend die Augenbrauen zusammen. »Was heißt das?«, wollte sie wissen.

»*Am ganzen Körper war kein Makel*«, erwiderte er. »Das hat Ovid geschrieben. Und es ist einer von vielleicht drei lateinischen Sätzen, die ich mir merken kann. Schon als ich dich das erste Mal gesehen habe, habe ich gedacht, dass du vollkommen bist.«

Lachend schüttelte sie den Kopf. Sie war aufgeregt, und ihr Kopf fühlte sich ganz leicht an, als er das sagte. Sie liebte ihn, dessen war sie sich in diesem Augenblick absolut sicher. Er beugte sich über sie. Seine Lippen berührten die Spitzen ihrer Brüste, und das Gefühl war wie ein warmer Regen auf ihrer Haut. Er ließ seine Hände tiefer wandern, erkundete ihren Körper mit Lippen, Zunge und den Spitzen seiner Finger, und schon bald beschleunigte sich ihr Atem.

Schließlich lag sein Körper auf ihrem, und sie drängte sich ihm entgegen, erst zögernd, dann immer mehr. Raffael legte seine Hände auf ihre und verschränkte ihre Finger, als er in sie eindrang.

* * *

Als Margherita erwachte, blinzelte sie in helles Sonnenlicht, das durch die halb geschlossenen Läden in das Zimmer drang. Eine Taube saß auf dem Fensterbrett und gurrte leise. *Hast du mich geweckt?* Neben sich spürte sie Raffaels warmen Körper. Vorsichtig drehte sie sich zu ihm herum und sah ihn an, genoss den Moment, der ihr so absolut friedlich erschien.

Raffael öffnete verschlafen die Augen und fing ihren Blick auf.

»Guten Morgen.«

»Ich weiß nicht ob es noch Morgen ist«, gab sie zurück. »Ich glaube, wir haben ziemlich lang geschlafen.«

»Bestimmt verschläft heute die ganze Stadt«, gab er zurück. »Die Feierlichkeiten haben gestern sicher noch lange gedauert.«

»Vermutlich bis zum Morgengrauen. Bereust du es, sie verpasst zu haben?«

»Ganz ungemein.« Er beugte sich vor, um sie zu küssen. »Herr im Himmel, wie schön du bist«, flüsterte er und umarmte sie.

Sie erwiderte den Kuss zuerst, doch als sie spürte, wie er seine Hände zu ihrer Scham wandern ließ, löste sie sich widerstrebend von ihm. »Ich muss gehen«, murmelte sie.

»Jetzt schon? Wirklich?«, fragte er ungläubig.

»Ich sollte nach meinem Vater sehen. Vielleicht macht er sich Sorgen.«

Raffael nickte, auch wenn ihm die Enttäuschung ins Gesicht geschrieben stand.

Sie wollte nicht aufstehen, tat es aber dennoch. Ein seltsames Gefühl überfiel sie, als sie vor dem Bett stand und sich bückte, um ihr Kleid aufzuheben. Sie hatte die ganze Nacht mit Raffael in einem Bett verbracht, aber nun, da sie im Sonnenlicht vor ihm stand, schämte sie sich für ihre Nacktheit.

»Sehe ich dich später?«, fragte er, als sie sich rasch anzog.

»Sogar, wenn ich meinen Vater dafür selbst in die Taverne tragen müsste«, versprach sie lächelnd.

Margherita band die letzten Schnüre fest, dann kehrte sie

zum Bett zurück, setzte sich und legte ihre Hände auf seine. Raffael richtete sich halb auf und küsste sie. »Ich liebe dich«, sagte er mit solcher Selbstverständlichkeit, als wünschte er ihr nur einen schönen Tag. »So wie ich dich«, gab sie zurück, bevor sie aufstand.

Vorsichtig öffnete sie die Tür und spähte hinaus. Obwohl die Sonne bereits wieder tief am Himmel stand, war niemand auf der Straße zu sehen. Viele der kleinen Läden blieben heute offenbar geschlossen. Aber vor ihrem Haus entdeckte sie eine Ansammlung von Menschen, Nachbarn und Freunden, die sich um den Eingang der Backstube drängten.

Schlagartig verflog das Hochgefühl, das Margherita bis eben begleitet hatte. Voller schlimmer Vorahnungen lief sie die kurze Strecke bis zu den Versammelten hinüber. Alessandra befand sich unter ihnen. Als sie Margherita entdeckte, kam sie auf sie zu und nahm sie wortlos in die Arme. »Es ist dein Vater«, sagte Alessandra mit Tränen in den Augen. »Er muss wohl gestern Nacht in den Kanal gestürzt sein. Wirtsleute aus Istrice haben ihn am Ufer gefunden. Sie haben ihn eben nach Hause gebracht. Es tut mir so leid, Margherita. Er ist tot.«

Margherita schüttelte ungläubig den Kopf. Sie drängte sich durch die Umstehenden, achtete weder auf ihre Worte noch auf ihre ausgestreckten Hände.

Ihr Vater lag in der Backstube auf der Bank. Seine Augen waren offen und blickten ins Nichts, die Haut war weiß und von dunklen Flecken überzogen. Als sie die Hand ausstreckte, um ihn zu berühren, war seine Wange eiskalt, und sie zog die Finger so rasch zurück, als hätte sie einen Schlag erhalten.

Heilige Maria, Mutter Gottes, bitte für uns Sünder, jetzt und in der Stunde unseres Todes. Amen.

Kapitel 17

ROM, FEBRUAR 1503

Ein Luftzug drang durch das geöffnete Fenster und ließ die Kerzen flackern. Daniele fröstelte, aber Bernardo Dovizi schien die Kälte gar nicht zu bemerken. Er tauchte seine Hände in die Waschschüssel vor ihm, und fuhr sich damit über den Kopf, bis sein dunkles Haar nass glänzte. Daniele hielt eine frische Kutte für seinen Herrn bereit; sobald Dovizi fertig war, wollten sie sich gemeinsam auf den Weg zur Komplet machen.

Während Dovizi seine Vorbereitungen traf, sah Daniele sich in dessen Schlafzimmer um. Als er zum ersten Mal in Dovizis Räumlichkeiten gewesen war, hatte ihn ihre strenge Schlichtheit überrascht, schließlich war sein Herr ansonsten nicht gerade ein Asket. Aber mittlerweile wusste Daniele, dass die einfache Einrichtung der Zimmer ebenso zu seiner Rolle gehörte wie sein meist unauffälliges Verhalten gegenüber der Kongregation der Kardinäle.

Er reichte Dovizi gerade das einfache, schwarze Gewand, als es klopfte und ein untersetzter Mönch, der Daniele vage bekannt vorkam, auf Dovizis Ruf hin den Raum betrat.

Er grüßte sie höflich, vermied es aber, den halb nackten Dovizi anzusehen. »Monsignore, Ihr sollt in die Gemächer Seiner Heiligkeit kommen«, sagte er ruhig.

»Jetzt sofort?«, fragte Dovizi.

»Umgehend.«

»Ich mache mich gleich auf den Weg. Ich muss mich nur noch ankleiden, wie Ihr seht«, entgegnete Dovizi.

Der Mönch nickte und schloss die Tür hinter sich.

»Was kann Seine Heiligkeit denn zu dieser Stunde von Euch

wünschen?«, wollte Daniele wissen, der seinen Herrn dabei beobachtete, wie er sein Ornat anlegte.

Dovizi, der sonst in jeder Situation ruhig bleiben konnte, wenn er es wollte, wirkte seltsam aufgewühlt. Er neigte den Kopf und sah Daniele an. »Wenn ich das nur wüsste«, gab er zurück. »Aber ich fürchte, der Grund könnte ein recht unerfreulicher sein.«

Er zögerte einen Augenblick, als müsste er eine stille Entscheidung treffen. »Du musst mich nicht begleiten«, sagte er schließlich, »wenn du nicht willst.«

Das Angebot überraschte Daniele. Er konnte erkennen, dass Dovizi sich vor dieser Begegnung mit dem Papst fürchtete, und das machte auch ihm Angst, aber er wollte seinen Herrn in diesem Moment nicht allein lassen. »Ich komme mit Euch.«

»Gut«, Dovizi nickte. »Dann komm.«

Die Flure und Gänge des Vatikans waren zu dieser Zeit beinahe menschenleer. Vermutlich waren die meisten Ordensbrüder bereits bei der Komplet in der Sixtinischen Kapelle. *Der Heilige Vater will vielleicht nicht, dass man uns auf dem Weg zu ihm sieht,* überlegte Daniele. Der Gedanke trug nicht zu seiner Beruhigung bei.

Schließlich erreichten sie die Privaträume des Heiligen Vaters und meldeten sich bei einem Diener an, der sie in das Zimmer geleitete, in dem sie den Papst treffen sollten. Der Raum war weitaus kleiner als die Audienzhalle, in der Daniele Alexander VI. zum ersten Mal gesehen hatte, aber seine Wände und Decken waren reich verziert.

Bernardino di Betto hatte die Gemächer des Borgia-Papstes erst vor wenigen Jahren mit Fresken ausgestaltet, und während sie warteten, besah sich Daniele die Bilder, um sich abzulenken. In der Darstellung der Auferstehung entdeckte er etwas, das seine Neugier weckte. Direkt über dem offenen Sarkophag Jesu hatte der Maler nackte Wilde mit Federschmuck in den Haaren abgebildet, die in einem bizarren Tanz erstarrt schienen. Dies mussten die Heiden sein, auf die Messere Cristoforo Colombo auf seinen Fahrten in die neue Welt getroffen war.

Daniele wollte eben Dovizi darauf aufmerksam machen, als Papst Alexander eintrat. Seine massige Gestalt war in ein schlichtes Priestergewand gekleidet, dem von Dovizi nicht unähnlich, und er trug keinerlei Insignien seines Amtes – ein weiteres Zeichen für die inoffizielle Natur ihres Besuches.

Bernardo Dovizi kniete nieder und küsste den Ring des Papstes, und Daniele tat es ihm nach.

Beinahe hastig entzog der Papst ihnen die Hand und setzte sich an einen Tisch, der in der Mitte des Raumes stand, ohne sie aufzufordern, ebenfalls Platz zu nehmen. »Wir haben einen Auftrag für Euch«, begann er.

Bernardo Dovizi verschränkte die Hände hinter dem Rücken, senkte die Augen und nickte, sagte aber nichts.

»Kardinal Orsini will die Beichte ablegen, und Wir brauchen jemanden, der in die Engelsburg geht und sich seine Sünden anhört.«

Daniele unterdrückte mit Macht den Wunsch, sich die Hand vor den Mund zu schlagen. *Gütiger Herr im Himmel!*

Kardinal Orsini war seit Jahresbeginn ein Gefangener in der Engelsburg, seit Alexander und sein Sohn damit begonnen hatten, gnadenlos die Verräter zu bestrafen, die sich in der Verschwörung von *La Magione* gegen sie gestellt hatten. Bei Senigallia waren zuerst die abtrünnigen Hauptleute gestorben, dann hatte der Papst Kardinal Orsini und seinen Verwandten Paolo festsetzen lassen.

Seitdem herrschte ein offener Krieg zwischen den Borgia und den Orsini, die sich in die Festungen von Ceri und Bracciano zurückgezogen hatten, wo sie von Jofré Borgia belagert wurden, dem jüngsten Sohn des Papstes und Cesares Bruder. Es war ein offenes Geheimnis, dass der Papst versuchte, den Kardinal als Druckmittel gegen die mächtige Familie einzusetzen. Niemand in Rom glaubte jedoch daran, dass Monsignore Orsini die Engelsburg noch einmal lebend verlassen würde.

»Wie Eure Heiligkeit wünscht«, sagte Dovizi schlicht. Dieses demütige Verhalten musste ihn große Überwindung kosten, und Daniele war ein weiteres Mal überrascht, wie gut sein Herr seine wahren Gedanken zu verbergen vermochte.

»Sobald Ihr ihm die Absolution erteilt habt, werdet Ihr Uns Bericht erstatten«, befahl der Papst. Er saß vollkommen ruhig da, die Hände auf der Tischplatte gefaltet, die Augen auf Dovizi und Daniele gerichtet. »Wir müssen wissen, wer noch in die Verschwörung gegen Unsere Person eingeweiht war.«

Daniele begann zu zittern, und er fürchtete, dass der Papst es bemerken würde. Er glaubte seinen Ohren kaum zu trauen. Befahl der Papst tatsächlich gerade einem Diener der heiligen Kirche, das *Signum confessionis* zu brechen?

Aber in Bernardo Dovizis Gesicht zuckte kein Muskel, als er dem Papst antwortete. »Selbstverständlich, Heiliger Vater.«

»Ihr werdet jetzt gleich zur Engelsburg eskortiert. Diese Sache duldet keinen Aufschub.«

Damit erhob sich Alexander schwerfällig von seinem Stuhl. Dovizi tat einen Schritt nach vorn, um ein weiteres Mal den Ring des Papstes zu küssen, doch der Pontifex wandte sich ab. Noch bevor Dovizi und Daniele noch etwas sagen konnten, war er bereits verschwunden.

»Herr, wie ...«, begann Daniele, aber Dovizi hob warnend einen Finger. »Kein Wort«, formten seine Lippen lautlos.

Daniele nickte eingeschüchtert. Der Diener, der sie hergeführt hatte, betrat erneut den Raum. »Wenn Ihr mir folgen wollt, Messeres«, sagte er und führte sie durch verschlungene Gänge und Flure.

Daniele hatte bereits gehört, dass die Engelsburg und der Vatikan durch einen Korridor direkt miteinander verbunden waren, es war jedoch das erste Mal, dass er diesen Weg selbst beschritt.

»Warum sollt ausgerechnet Ihr dem Kardinal die Beichte abnehmen?«, flüsterte Daniele, als sie sich endlich in einiger Entfernung zu den päpstlichen Wohnräumen befanden und der Diener, der sie begleitete, in sicherer Entfernung vorauslief.

»Weil der Papst glaubt, dass Kardinal Orsini mir eher vertraut als den Borgia-Treuen im Vatikan«, gab Dovizi unumwunden zurück.

»Und, was werdet Ihr tun?«

»Das kommt darauf an, was der Kardinal zu beichten hat. Feuchtfröhliche Feste mit seinen Mätressen und Verstöße gegen das Fastengesetz werde ich gerne an den Heiligen Vater weitergeben.«

»Und wenn er über *La Magione* spricht?«

Dovizi sah Daniele an, als ob dieser geistesschwach wäre. »Wenn er die Medici belastet, werden wir selbstverständlich schweigen. Denkst du, ich schaufele mir mein eigenes Grab?«

Als er hinter der nächsten Biegung des Ganges Fackelschein entdeckte, verstummte Dovizi, und den Rest des Weges legten sie schweigend zurück, bis sie die breite, spiralförmige Rampe erreichten, die den oberirdischen Teil der Festung mit dem Kellergeschoss verband.

Die untere Ebene der Engelsburg war ein Ort, der Daniele erschaudern ließ. Die kreisrunde Festung war uralt und einst als Grabmal für den römischen Kaiser Hadrian erbaut worden. Da sich das massige Bauwerk exzellent verteidigen ließ, diente es nun schon seit langer Zeit den Päpsten als Fluchtburg. Durch die Nähe zum Tiber waren die dicken Wände kalt, und die breite Rampe, die bis zur früheren Grabkammer führte, war nur spärlich erleuchtet.

Bevor sie jedoch das Ende der Rampe erreicht hatten, übergab ihr Führer sie in die Obhut eines anderen Mannes von beeindruckender Gestalt, der ein Lederwams trug, von dessen Gürtel ein metallbeschlagener Knüppel baumelte; ohne Zweifel der Kerkermeister des *Castel Sant'Angelo*. Er leuchtete ihnen den Weg bis zu einer niedrigen Holztür, die mit einem schweren eisernen Riegel verschlossen war. Mit einer spöttisch anmutenden Verbeugung entriegelte er die Tür und ließ sie eintreten.

In der Zelle, die dahinter lag, herrschte qualvolle Enge. In einer Ecke des Gelasses, in das nur durch einen Schacht vor einem vergitterten Fenster Licht drang, lag eine Strohmatratze; sonst war ein Eimer der einzige Einrichtungsgegenstand.

Der Kardinal kauerte in einer Ecke und schirmte seine Augen vor dem Licht der Fackel ab, das ihn blendete. Neben ihm stand eine Schüssel mit einer nicht angerührten Mahlzeit.

Hätte er nicht gewusst, um wen es sich handelt, hätte Daniele den Kardinal nicht erkannt. Bei ihrer letzten Begegnung war Orsini ein sehniger Mann im Vollbesitz seiner Kräfte gewesen, nun wirkte er wie ein gebrechlicher Greis, mit zitternden, von stark hervortretenden Adern bedeckten Händen. Er war mit einer verschmierten Kutte bekleidet, die um seine dürre Gestalt schlotterte. Als sie sich dem Kardinal näherten, stieg Daniele der Geruch nach saurem Schweiß und Exkrementen in die Nase.

Schließlich ließ Orsini die Hand sinken und richtete seine Aufmerksamkeit auf seine Besucher. »Also Euch haben sie geschickt?«, sagte er mit einer Stimme, die viel klarer klang, als es sein Zustand hätte vermuten lassen. »Das entbehrt nicht einer gewissen Ironie.«

Dovizi nickte. »Ich grüße Euch, Eminenz. Ich soll Euch das Bußsakrament spenden«, sagte er. »Akzeptiert Ihr mich als Euren Beichtvater?«

Danieles Blick wanderte von einem zum anderen. Die Situation erschien ihm ebenso unwirklich wie ein Traum. Bernardo Dovizi sprach mit solchem Respekt und solcher Ehrerbietung, als hielte der Kardinal im *Palazzo Orsini* Hof.

Orsini lachte; in dieser Umgebung ein hohles, unheimliches Geräusch. »Und wenn ich nicht zufrieden bin, dann schicken sie einen anderen? Wohl kaum. Ich habe keine Wahl. Entweder ich beichte Euch meine Sünden, oder ich muss mit ihnen auf meiner Seele dem Herrn gegenübertreten. Ich weiß, dass meine Stunde bald schlägt. Die Borgia können mich nicht leben lassen, nicht nach allem, was sie di Fermo und Vitelli und meinen Brüdern und Verwandten angetan haben.« Der Kardinal war aufgestanden, und seine Stimme wurde immer lauter. Speichelbläschen klebten in seinen Mundwinkeln.

»Bitte beruhigt Euch, Eminenz«, sagte Dovizi sanft. Das entlockte dem Kardinal ein weiteres Lachen. »Aufgeregt, Dovizi, wärt Ihr in meiner Situation wohl auch. Aber nun gut.« Orsini schlug das Kreuzzeichen. »*In nomine Patris et Filii et Spiritus Sancti* ...«

»Dann soll es so sein«, erwiderte Dovizi. Er deutete mit dem Kopf zur Tür, um Daniele aufzufordern, die Zelle zu verlassen, der sofort fluchtartig Folge leistete.

Mit geschlossenen Augen lehnte Daniele sich gegen die kalte Wand neben der Zellentür und versuchte, seinen Atem zu beruhigen. Überraschenderweise drang kein Wort von dem, das drinnen gesprochen wurde, zu ihm hinaus. *Beten. Ich sollte ein Gebet sprechen, dachte er. Gerade an einem so gottverlassenen Ort wie diesem.*

Als er fremde Stimmen hörte, öffnete er die Augen wieder. Unschlüssig, wie lange es wohl dauern würde, Kardinal Orsini die Beichte abzunehmen, ging Daniele wenige Schritte weiter den Gang hinunter.

Ihm kamen zwei weitere Männer entgegen, beide dunkel gekleidet und hochgewachsen. Es war schwer, im schwachen Licht der Fackeln Gesichtszüge auszumachen, doch als sie bereits nahe heran waren, erkannte Daniele mit Erschrecken Cesare Borgia.

In seiner Begleitung war ein überschlanker Mann mit sandfarbenem Haar, das an der Stirn ausgeprägte Ecken aufwies.

Daniele wusste nicht, was er tun sollte, also verbeugte er sich, so tief er konnte.

»Du bist der Schreiber von Monsignore Dovizi, oder?«, fragte der Herzog, als er direkt vor ihm stand. »Ja, Herr«, beeilte sich Daniele zu versichern. »Und dein Herr nimmt dem alten Bastard gerade die Beichte ab?«, mischte sich der andere ein.

Daniele nickte und wagte es kaum, den Blick zu heben.

In diesem Moment wurde die Zellentür erneut geöffnet, und Dovizi trat heraus. »Euer Gnaden«, sagte er mit vollendeter Höflichkeit und so, als ob er nicht im Mindesten überrascht wäre, den Sohn des Papstes hier zu sehen.

»Habt Ihr alles erfahren, was Orsini zu erzählen hatte?«, fragte der Herzog.

Dovizi nickte. »Ich glaube, ich habe so viel gehört, wie er jemals sagen wird. Die Namen aller Mitverschwörer auf *La Magione* hat er nicht preisgegeben, wenn es das war, was Ihr Euch erhofft hattet. Aber seine Schuld an dem heimtückischen Komplott hat er zweifelsfrei eingestanden.«

»Nun, man kann nicht alles haben, nicht wahr?«, entgegnete Cesare Borgia. Dann nickte er seinem hageren Begleiter zu. »Es ist wohl an der Zeit, Michelotto«, sagte er.

Der Angesprochene nickte und verschwand in Orsinis Zelle.

Daniele war kalt bis ins Mark. Das alte Gemäuer und diese Nacht lösten in ihm das Gefühl aus, dass ihm nie wieder warm werden würde.

»Kardinal Orsini ist in Raserei verfallen, wollte weder essen noch trinken, und ist schließlich in geistiger Umnachtung gestorben«, erklärte Cesare Borgia seelenruhig.

Bernardo Dovizi nickte. »Das war mir ebenfalls aufgefallen, Messere«, sagte er.

Daniele wollte auffahren, aber ein Blick Dovizis fror die Worte in seiner Kehle ein.

»Wir brauchen jemanden, der bestätigt, dass der Kardinal eines natürlichen Todes gestorben ist«, fuhr Cesare Borgia fort. »Und das werdet Ihr sein.«

Mit einer nachdenklichen Geste strich Dovizi sich über das

Kinn. »Verzeiht, Euer Gnaden, aber warum muss ausgerechnet ich das tun?«

»Natürlich werdet Ihr nicht der Einzige sein, der das bezeugt, aber es ist unumgänglich, dass auch jemand dabei ist, der nicht als Anhänger der Borgia gilt«, erwiderte der Herzog. »Und Ihr solltet jetzt besser gehen. Wenn ich es richtig verstanden habe, erwartet mein Vater Euren Bericht.«

Bernardo Dovizi verbeugte sich. »Selbstverständlich, Messere«, sagte er ruhig. »Komm, Daniele.«

Schweigend liefen sie die Rampe hinauf, bis sie den Gang erreichten, der sie aus der Engelsburg hinausführte.

»Wie könnt Ihr das nur tun?«, fragte Daniele entsetzt. Erst als sie die ersten Stufen hinaufstiegen, wagte er es, wieder zu sprechen.

Dovizi warf ihm unter zusammengezogenen Brauen einen Blick zu. Sein Gesicht verriet keine Gemütsregung, er wirkte nach wie vor völlig ruhig. »Kardinal Orsini ist ein toter Mann, Daniele«, sagte er. »Nichts, was ich tue oder sage, wird daran etwas ändern. Aber das Wohl und Wehe der Medici hängt an einem seidenen Faden, und nur, wenn wir den Papst davon überzeugen, dass Kardinal Orsini seine Geheimnisse mit ins Grab nehmen wird, kommen sie vielleicht ungeschoren aus dieser Sache heraus. Und nur dann werden wir diese Nacht lebend überstehen.«

Daniele blieb stehen. *Konnte das wahr sein? Hing ihr Leben davon ab, was Dovizi tat?* Fassungslos sah er seinen Herrn an. »Aber ich verstehe nicht. Warum sollten wir mitschuldig sein, wenn es doch die Medici sind, die Seine Heiligkeit verraten haben? Müsst Ihr ihnen denn die Treue halten?«

Dovizi lächelte, aber es lag kein Funken Heiterkeit darin. »Ich war selbst auf *La Magione*, Daniele. Im Auftrag Piero de' Medicis. Ich trug zwar eine Maske, aber wer mich kennt, konnte sicher herausfinden, wer sich darunter verbirgt. Hätte Kardinal Orsini es gewollt, hätte seine Beichte mich leicht den Kopf kosten können.«

Daniele fühlte sich, als hätte man ihm den Boden unter den Füßen weggezogen. *Sein Herr war direkt an der Verschwörung beteiligt gewesen? Und hatte ihm nichts gesagt?*
Umso schrecklicher erschien es ihm, dass Dovizi nicht nur nichts zu unternehmen gedachte, um Kardinal Orsini zu retten, sondern sich vielmehr auch noch bereit erklärt hatte, die Schuldigen zu decken.
Rom ist wirklich eine Schlangengrube, ein weit schlimmerer Ort noch als in Fra Micheles Schilderungen.

Kapitel 18

SIENA, MÄRZ 1503

Die Mittagssonne schien Raffael ins Gesicht, und er ließ für einen Moment den Stift sinken, schloss die Augen und genoss ihre Wärme. Der Frühling veränderte nicht nur die Natur, auch die Stadt war anders. Selbst mit geschlossenen Augen konnte er sich die satten Farben des Marktes und das weiche Licht auf den Mauern noch vorstellen.

Sogar die Menschen schienen wie verwandelt. Herbe Gesichtszüge wirkten plötzlich edel, gewöhnliche Gesichter wie große Schönheiten.

Er war früh zum Marktplatz gekommen, um zu zeichnen. Bei Sonnenaufgang das Bett zu verlassen, fiel ihm im Allgemeinen nicht leicht, aber Margherita bestand darauf, die Backstube bei Tagesanbruch zu öffnen. Er verbrachte seit einigen Wochen jede Nacht in ihrem Haus, aber da niemand seine Anwesenheit bemerken sollte, verschwand er stets, noch bevor sie mit der Arbeit begann. Die Gewissheit, sie am Abend wiederzusehen, machte ihn auf unbestimmte Art glücklich. Er konnte sich nicht erinnern, schon einmal so lange so heiter und gelassen gewesen zu sein.

Nun saß er etwas abseits der Buden und Stände mit angezogenen Knien auf einer niedrigen Mauer und skizzierte, was ihm ins Auge fiel. Er malte weder Gesichter noch Körper – dafür reichte die Zeit meist nicht, seine Modelle hielten ja nicht still –, sondern Details, die ihm auffielen. Den Faltenwurf am Kleid einer alten Frau, die nackten Füße eines Straßenjungen, die kräftigen Arme des Gerbers, bucklige Rücken, zahnlose Münder, bezaubernde Haarlocken. Manches gelang ihm, anderes wollte mit der Geschwindigkeit, mit der er den Stift führte, nicht die richtige Form annehmen. Aber er ärgerte sich nicht über die misslungenen Versuche. Der Tag war herrlich, und er freute sich über die Gelegenheit, die menschliche Natur zu studieren.

Die Cozzarellis hatten vor wenigen Tagen mit den Verputzarbeiten an den Wänden der Bibliothek begonnen, und Raffael hatte dadurch viel Zeit zu seiner freien Verfügung. Morgens trugen die beiden Vettern jeweils in einer der Nischen die frische *arricio*-Putzschicht auf, die Bernardino dann in den Nachmittagsstunden bemalte, wobei ihm Raffael manchmal zur Hand ging.

Eigentlich hätte er bereits nach Perugia zurückkehren können, aber im Moment lag ihm absolut nichts daran, Siena zu verlassen. Nicht ohne Margherita. In der ersten Zeit nach dem Tod ihres Vaters hatte Raffael sie nicht deswegen bedrängen wollen. Trotz der Streitigkeiten zwischen ihr und Francesco Luti hatte sie sein plötzlicher Tod hart getroffen, und auch wenn sie nicht darüber sprach, ahnte Raffael, dass sie es sich vorwarf, in der Nacht seines Todes nicht zu Hause gewesen zu sein.

Blinzelnd öffnete er die Augen. Er wusste, dass es sich kaum länger aufschieben ließ, mit ihr über seine Abreise zu reden. Sein Teil der Arbeit in der Bibliothek war beendet, und bei der Sparsamkeit des Kardinals würde dieser für das Auftragen der Fresken keinen zweiten Künstler bezahlen, den er nicht brauchte. Es war an der Zeit, sich neue Aufträge zu suchen, und das würde ihm vermutlich am besten über Pietro Vannucci gelingen.

Raffael streckte sich. Mittlerweile war es Mittag, an der Zeit, bei Margherita vorbeizuschauen.

Er sammelte seine Zeichenutensilien auf und schob sich durch das Gedränge auf dem Markt, lief durch die Gassen und Straßen bis zu ihrer *contrada*.

Margherita war gerade dabei, mit dem hölzernen Schieber frisches Brot aus dem Ofen zu holen, das letzte für heute, wie er wusste. Das ganze Haus duftete nach dem frisch gebackenen

Teig. Sie lächelte ihm zu, als er in die Backstube trat und sich vorsichtig vergewisserte, dass sie allein waren.

Noch während sie das Brot absetzte, trat er hinter sie, hob ihr Haar an und küsste ihren Nacken. Es schien ihm, als könnte er nie genug bekommen vom Gefühl ihrer Haut an seinen Lippen, von der Farbe ihres Haares und den zarten Linien ihres Körpers.

»Lass mich dir helfen«, sagte er und nahm ihr den Schieber aus der Hand.

»Du willst mir nicht helfen, sondern mich von der Arbeit abhalten«, meinte sie, aber sie lachte, als er schuldbewusst nickte und sie umarmte.

Einen Moment lang vergrub sie ihr Gesicht an seiner Schulter, doch als er sie küsste, wisperte sie:

»Hör auf. Was ist, wenn jemand sieht, wie ich am helllichten Tag meinen Geliebten in der Backstube empfange?«

Raffael seufzte. Seine Hände strichen über Margheritas Haar und ihren Rücken hinab. Er hatte nicht die geringste Lust, sie loszulassen. »Du hast recht, das geht nicht. Dann lass uns das ändern. Heirate mich«, bat er, nicht zum ersten Mal. Bislang hatte er sie eher im Scherz darum gebeten, und sie hatte ebenso geantwortet, aber heute war es anders.

Sie legte ihm sacht eine Hand auf die Brust. »Mein Vater liegt noch keine sechs Wochen in seinem Grab. Das können wir noch nicht.«

Er hatte geahnt, dass sie das sagen würde, da die Trauerzeit von vierzig Tagen noch nicht ganz vorüber war. Dennoch enttäuschten ihn ihre Worte.

»Margherita, ich muss Siena bald verlassen«, sagte er. »Ich kann Bernardino noch ein paar Tage in der Bibliothek aushelfen, aber eigentlich bin ich hier fertig, und ich habe Maestro Vannucci versprochen, im Frühjahr nach Perugia zurückzukehren. Aber ich will nicht ohne dich gehen. Bitte, komm mit mir.«

Langsam ließ sie sich auf einen Stuhl gleiten. Sie strich sich mit nachdenklicher Miene die Haare zurück, die sich aus dem Knoten gelöst hatten, und drehte sie am Hinterkopf zusammen.

»Ich weiß ja«, begann sie langsam, »dass du irgendwann nach Perugia zurückmusst. Aber was soll denn aus der Bäckerei werden, wenn ich mit dir weggehe?«

»Kannst du das Geschäft nicht verkaufen?«

»Das Haus gehört mir ja nicht allein. Vielleicht könnte ich die Backstube verpachten, aber sehr einträglich wäre das sicher nicht. Wenn ich hier nicht mehr arbeite, wie soll dann das Lehrgeld für Matteo bezahlt werden?«

Raffael suchte ihren Blick. Das war keine Frage, die er sich nicht auch schon gestellt hätte. »In Perugia kann Maestro Vannucci mir helfen, Aufträge zu bekommen. Ich kann Porträts malen«, erklärte er. »Von reichen Kaufleuten und ihren Familien. Oder sogar von Cesare Borgia und seinen Anhängern, wenn es sein muss. Das wäre immerhin ein Anfang. Mit ein bisschen Mühe verdiene ich genug für uns und für Matteo.«

»Und was wird dein Meister dazu sagen, wenn du mich mitbringst?«

»Eigentlich ist er ja nicht mein Meister und ich nicht sein Lehrling. Also kann er mir auch nicht verbieten zu heiraten. Ich hoffe einfach darauf, dass er Verständnis hat. Wir können natürlich nicht zusammen in seinem Haus leben, aber wir finden schon etwas. Und wenn das Geld nicht für uns und deinen Bruder reicht, kann ich mich immer noch an meine Familie in Urbino wenden. Vermutlich werden meine Onkel ein wenig gekränkt sein, weil sie mir keine Frau aussuchen können, aber sie werden wohl darüber hinwegkommen.«

Sie hatte ihr Haar fertig gebunden und stand wieder auf. »Du willst das wirklich?«, fragte sie.

Er warf ihr einen prüfenden Blick zu, um herauszufinden, ob sie sich über ihn lustig machte, aber ihr Gesichtsausdruck war ganz ernst. »Du hast nicht vor, mich *nicht* zu heiraten, oder?«, fragte er verwirrt.

Sie beugte sich vor und küsste ihn zu seiner Überraschung auf die Lippen. »Natürlich nicht«, gab sie zurück. »Ich kann mir nur noch nicht vorstellen, wie es sein wird, aus Siena fortzugehen. Aber wenn du gehen musst, dann komme ich natürlich mit dir. Ich rede mit Matteo und mit Alessandra und ihrem Mann. Vielleicht können sie sich erst einmal um das Haus kümmern.«

»*Alla grande.*« Am liebsten hätte er gejubelt, aber stattdessen nahm er ihre beiden Hände in seine und küsste sie abwechselnd.

Ein lautes Räuspern von der Tür her ließ sie auseinanderfahren.

Bernardino di Betto verneigte sich. »Signorina Luti«, grüßte er laut. »Ich hoffe, ich störe nicht?«

Margherita stieg die Röte ins Gesicht, aber Raffael wusste, dass der Maler sie nur aufzog; er wusste schließlich, dass Raffael praktisch bei Margherita wohnte. »Ich müsste Euch Raffael kurz entführen«, sagte er. »Mir wäre es recht, wenn er heute seine Zeichnungen selbst durchpausen könnte. Und außerdem hatte ich gehofft, noch etwas von dem frischen Brot zu bekommen?«

»Natürlich, Maestro di Betto.« Margherita stand hastig auf.

Als Raffael mit Bernardino vor die Tür trat, hätte seine Laune nicht besser sein können.

* * *

Nachdem sie gemeinsam die Farben mit dem Kalksinterwasser angerührt hatten – was nötig war, damit sich die Farbe beim Trocknen vollständig mit dem Kalk verband –, begann Raffael damit, seine Zeichnung auf den frischen Putz zu übertragen. Der Entwurf zeigte Kardinal Piccolomini, der gemeinsam mit einem Kirchengelehrten zum Konzil von Basel ritt. Zuerst drückte Raffael die Zeichnung gegen die feuchte Putzschicht, dann übertrug er mit einem spitzen Griffel die einzelnen Linien auf die Wand. Er arbeitete konzentriert und achtete genau darauf, dass die Umrisse an keiner Stelle verrutschten. Sobald die erste Figur erkennbar war, stieg Bernardino auf einen Schemel. Er strich mit einem feinen Pinsel noch einmal eine dünne Schicht aus Marmorstaub und Kalk, die *Intonaco*, über Raffaels Vorzeichnung, bevor er damit begann, sie vorsichtig mit Farbe zu füllen. Das Bild bestand aus vielen Einzelheiten, weswegen die Arbeit schnell gehen musste, damit der Putz nicht durchtrocknete, bevor das Fresko fertiggestellt war.

»Und, wie lange bleibst du mir noch erhalten?«, wollte Bernardino wissen, während er Umbra auftupfte, vielleicht die günstigste Farbe, mit der sie arbeiteten, da sie hauptsächlich aus sienesischer Erde bestand.

»Ich habe gerade mit Margherita darüber gesprochen. Wir werden Siena bald verlassen, sie kommt mit mir nach Perugia«, antwortete Raffael, der gerade die Pferde im unteren Bildteil durchpauste.

»Meinen Glückwunsch«, gab Bernardino zurück. »Das freut mich für dich. Wann wollt ihr denn aufbrechen?«

»Sobald sie sich von ihrem Bruder verabschiedet und jemanden gefunden hat, der sich um die Bäckerei kümmert.«

Der ältere Maler beugte sich zu Raffael hinunter und sah ihn ernst an. »Lasst euch nicht zu viel Zeit«, sagte er. »Wer weiß, wie lange hier noch alles bleibt, wie es ist.«

Überrascht hielt Raffael inne. »Wie meinst du das?«, fragte er.

Bernardino schüttelte den Kopf. »Vielleicht ist es nichts, aber ich war vor ein paar Tagen im Konvent der Franziskaner, die bei mir gern eine Predella für den Hauptaltar in ihrer Basilika bestellen möchten. Die guten Brüder haben mir erzählt, dass Pandolfo Petrucci in den letzten beiden Monaten heimlich seine Anhänger und Günstlinge um sich geschart hat und nun jeden Moment nach Siena zurückkehren könnte. Das sind natürlich nur Gerüchte, aber ...« Er führte den Satz nicht zu Ende.

Raffael spürte, wie sich sein Magen verkrampfte. »Aber was ist mit der Verschwörung der Petrucci gegen den Papst?«, fragte er. »Würden die Borgia ihn denn hierher zurückkehren lassen?«

»Die Borgia sind so sehr in ihren Krieg mit den Orsini verwickelt, dass sie vermutlich weder Truppen noch Geld haben, um sich um Siena zu kümmern. Außerdem ist der Heilige Vater launisch. Wer weiß, ob der Mann, der gestern noch sein Feind war, heute nicht bereits wieder sein Verbündeter ist.«

»Aber die Sienesen haben die Petrucci gehasst. Als Pandolfo verschwand, haben sie die ganze Nacht hindurch gefeiert.«

»Du weißt doch, wie schnell sich so etwas ändern kann. Und viele von Petruccis *Monte de' Nove* sind immer noch in der Stadt. Vermutlich ist an der Geschichte ja auch nichts dran, aber ich denke nicht, dass du dich darauf verlassen kannst.«

Raffael nickte langsam. »Ich werde Margherita sagen, dass wir uns so schnell wie möglich auf den Weg machen sollten«, sagte er.

»Aber sei vorsichtig, wem du sonst davon erzählst«, bat Bernardino. »Egal, ob es wahr ist oder nicht – das ist eine gefährliche Neuigkeit.«

* * *

Als Raffael in der Dämmerung zum Haus der Lutis zurückkehrte, waren alle Fensterläden schon geschlossen, was ihn überraschte. Er öffnete die Tür und rief Margheritas Namen, aber sie antwortete ihm nicht. Sofort beschlich ihn ein kaltes Gefühl der Angst. Wo war sie?

»Margherita?«, rief er noch einmal, lauter diesmal.

Aber es war nicht Margherita, die aus der Backstube trat, sondern ein Mann, der Raffael bekannt vorkam, ohne dass er ihn sofort erkannt hätte.

»Wer seid Ihr?«, fragte er überrascht. »Wo ist Signorina Luti?«

»In meiner Obhut«, gab der andere zurück. Er hielt einen glimmenden Span in der Hand und entzündete damit eine Kerze, in deren Licht Raffael ihn nun besser sehen konnte. Er trug dunkle, unauffällige Kleidung, aber etwas an ihm verriet deutlich, dass er kein einfacher Mann war.

»In Eurer Obhut? Was soll das bedeuten?«, wollte Raffael wissen. Zum ersten Mal seit langer Zeit wünschte er sich, eine Waffe bei sich zu tragen und damit umgehen zu können.

»Nun, ich habe den Eindruck, als hätte sich meine Verlobte in meiner Abwesenheit mit schlechter Gesellschaft umgeben, vor der ich sie beschützen sollte.«

Die Erkenntnis traf Raffael wie ein Schlag. »Ihr seid Piero Petrucci«, stieß er hervor.

Petrucci nickte. »Die Narren, die jetzt im Palazzo Podestà sitzen, waren allzu leichtgläubig, was unsere Flucht betraf. Aber es gibt viele Sienesen, die ihrem rechtmäßigen Herrn die Treue gehalten haben, und bevor der morgige Tag zu Ende geht, wird die Stadt wieder uns gehören.«

Raffael kämpfte gegen den Wunsch an, noch einmal laut Margheritas Namen zu rufen. Was Petrucci hier wollte, bedurfte keiner Nachfrage. In Raffaels Kopf überschlugen sich die Gedanken. *Ist er allein gekommen? Kann ich ihn niederschlagen und mit Margherita fliehen? Und, heilige Mutter Gottes, ist sie überhaupt hier? Geht es ihr gut? Ruhig. Verdammt noch mal, bleib ruhig.* »Messere«, begann er. »Ich bin Urbinate, kein Bürger dieser Stadt, deren Händel mich nichts angehen. Das Einzige, was ...«

»Dann packt Euren Krempel und verschwindet von hier«, unterbrach ihn Petrucci grob. »Und zwar noch vor dem Morgengrauen.«

Raffael nickte langsam. »Das werde ich gerne tun«, gab er zurück. »Aber ich werde Margherita mitnehmen«, sagte er bestimmt.

»Raffael!« Margheritas Stimme ertönte von der Treppe her. Er drehte sich um und wollte die Treppe hinaufstürmen, aber ein gerüsteter Mann mit einem Schwert an der Seite und einer ledernen Kappe auf dem Kopf versperrte ihm den Weg. Im ersten Stock hörte Raffael Schritte und Stimmen. An dem Soldaten kam er nicht vorbei. »Ich bin hier«, rief Raffael laut.

Piero Petrucci musterte ihn aus zusammengekniffenen Augen. »Ihr werdet Siena verlassen, und Ihr werdet allein gehen, Maestro Sanzio«, sagte er kalt. Das Wort *Maestro* klang aus seinem Mund wie eine Beleidigung. »Und Margherita wird hierbleiben und meine Frau werden, wie sie es versprochen hat.«

Raffael fuhr zu ihm herum. »Das ist vorbei!«, sagte er. »Ihr könnt sie nicht zwingen, Euch zu heiraten.«

Piero Petrucci deutete ein Lächeln an. »Nein, das kann ich nicht. Aber das muss ich auch gar nicht. Ich bin davon überzeugt, dass sie gerne meine Frau wird, sobald erst einmal Euer schädlicher Einfluss von ihr genommen ist. Und das wird, wie ich schon sagte, noch vor Ende der Nacht der Fall sein.«

»Ich gehe nicht ohne sie«, erklärte Raffael schlicht.

Petrucci schüttelte den Kopf, als hätte Raffael etwas sehr, sehr Dummes gesagt. »Wenn Ihr bleibt, werde ich Euch vor Gericht stellen, sobald ich meinen Posten als oberster Richter zurückhabe«, sagte er.

»Vor Gericht? Das ist doch lächerlich. Was könntet Ihr mir denn vorwerfen?«

»Nun, lasst mich mal überlegen.« Petrucci faltete seine Hände hinter dem Rücken und richtete sich zu voller Größe auf. »Sodomie käme mir als Erstes in den Sinn. Lebt Ihr nicht mit diesem kleinwüchsigen *Cretino* zusammen in einem halb verfallenen Haus? Ich müsste Euch natürlich beide für Euer widernatürliches Verbrechen zur Rechenschaft ziehen, aber ich denke, das ist Euch bewusst.«

Was ist das für ein Spinnennetz?, ging es Raffael durch den Kopf. *Er will mich der Sodomie anklagen? Und Bernardino mit mir? Kann er das denn?* Aber er konnte sehen, dass Petrucci sich seiner Sache sicher war. Raffael ahnte, wie ein solches Verfahren ausgehen würde. Überführte Sodomiten wurden hart bestraft, nicht selten mit dem Tod. Und nach allem, was Raffael von den Petrucci gehört hatte, würden sie nicht zögern, eine Verurteilung durch gekaufte Zeugen oder durch die Folter zu erreichen. *Das hier ist von langer Hand geplant,* erkannte er mit plötzlicher Klarheit. *Und wir haben nichts bemerkt.*

»Ihr würdet mich verleumden und falsche Zeugen einen Meineid schwören lassen?«

»Vielleicht muss ich das gar nicht. Ihr werdet zu Eurer Verteidigung kaum Margheritas guten Namen in den Schmutz ziehen wollen und gestehen, dass Ihr Unzucht mit einer Trauernden getrieben habt, die noch dazu einem anderen versprochen war, oder? Dann gebt Ihr sicher lieber zu, dass Ihr Eurem alten Liebhaber zu Willen wart.«

Ohne nachzudenken, ballte Raffael die Hand zur Faust und schlug sie seinem Gegenüber ins Gesicht. Es war kein sehr gezielter Schlag, aber in ihm lag aller Zorn, der sich in ihm aufgestaut hatte, seit er das Haus betreten hatte. Petrucci taumelte zurück.

Sofort war der Bewaffnete bei ihnen und riss Raffael zu Boden. Raffael versuchte, sich zu drehen und ihm einen Tritt zu verpassen, aber der Soldat zog seine Waffe und drückte sie ihm auf die Brust. Petrucci hielt sich das Kinn, machte aber keine Anstalten, zurückzuschlagen.

»Ich habe oben drei weitere meiner Männer«, sagte er kalt. »Wenn ich es wollte, wärt Ihr in wenigen Momenten ein toter Mann, aber ich fürchte, das käme Margheritas Wünschen nicht entgegen. Und ich bin bereit, ihr den Willen zu lassen. Aber wenn Ihr noch einmal die Hand gegen mich erhebt, lasse ich jeden Eurer Finger einzeln abschneiden.«

Egal, wie ruhig seine Worte klangen, Raffael konnte den Hass seines Gegenübers beinahe körperlich spüren. Er hatte keinen Zweifel daran, dass Petrucci seine Drohung ernst meinte.

»Wenn ich Euch nicht überzeugen kann, die Stadt sofort zu verlassen, dann gelingt es vielleicht ihr«, sagte Petrucci, dem nun ein dünner Faden Blut von der Lippe tropfte, den er mit zwei Fingern abwischte und nachdenklich betrachtete. »Geht ruhig zu ihr, sie wird Euch sagen, dass sie sich für mich entschieden hat.«

Petrucci nickte dem Soldaten zu, der zwei Schritte zurücktrat und sein Schwert wieder in die Scheide steckte.

Raffael zögerte keinen Moment, kam wieder auf die Beine und lief zu der baufälligen Treppe. »Lasst ihn durch«, rief Petrucci seinen Männern zu.

Die Stufen schienen unter seinen Füßen nachzugeben, während Raffael die Stufen hinauflief. *Das kann nicht wahr sein. Sie wird mit mir kommen.*

Vor der Tür zu Margheritas Kammer standen zwei weitere von Petruccis Männern, gerüstet und bewaffnet wie der Soldat am Fuß der Treppe, und ebenso wie er ohne ein Abzeichen oder die Farben eines Hauses. Einer von ihnen öffnete die Tür und ließ ihn eintreten. Margherita saß auf dem schmalen Bett, das sie in den letzten Monaten so häufig geteilt hatten. Er machte einen raschen Schritt auf sie zu, und sie stand auf und umarmte ihn.

»Wir müssen von hier verschwinden, heute Nacht noch«, sagte er drängend.

Sie löste sich ein Stück von ihm und schüttelte den Kopf. »Ich kann nicht mit dir gehen«, erwiderte sie.

»Doch, das kannst du. Petrucci kann nicht ewig mit seinen Söldnern hierbleiben.« Zumindest hoffte Raffael das.

»Nein«, entgegnete sie. »Ich muss in Siena bleiben.«

»Was? Warum, um Himmels willen?«

»Zum einen ist Matteo noch in der Stadt, und ich weiß nicht, was Petrucci ihm antun wird, wenn ich weglaufe«, sagte Margherita.

Raffael hob beschwörend die Hände. »Dann nehmen wir ihn

mit.« Er hatte keine Ahnung, was sie mit dem Jungen tun sollten, wenn sie Perugia erreichten, aber irgendetwas würde ihm schon einfallen.

Margherita lächelte, aber in ihren Augen schimmerten Tränen. »Raffael«, sagte sie. »Was hast du heute Mittag gesagt, wovon wir leben werden?«

»Ich werde malen«, sagte er ungeduldig. »Porträts, Altarbilder, was auch immer. Du musst dir keine Sorgen machen, ich werde...«

»Du bist es, um den ich mir Sorgen mache«, unterbrach sie ihn. »Du willst Adelige und reiche Kaufleute malen. Wer wird dir aber noch Aufträge geben, wenn Piero dich wirklich der Sodomie bezichtigt? Die Petrucci haben Verbindungen im ganzen Land. Dein Ruf wäre ruiniert, und niemand würde dich mehr für sich arbeiten lassen. So eine Anklage kann dich vernichten, und das weißt du genau.«

Heilige Jungfrau, steh uns bei. Raffael wusste, dass Margherita recht hatte, aber er suchte verzweifelt nach einem Ausweg, den er doch nicht fand. Noch hatte er keinen Namen, konnte sich nicht darauf verlassen, dass ein mächtiger Fürsprecher ihn schützen würde, wie es Lorenzo de' Medici bei Leonardo da Vinci getan hatte. Er war ein Niemand. Wenn Piero Petrucci wirklich seine Stellung zurückerhielt, würde ihn nichts daran hindern, Raffael vor Gericht zu zerren, ob mit dieser falschen Anklage oder einer anderen.

»Vielleicht scheitern ihre Pläne. Vielleicht wird er nie wieder Richter. Bitte, Margherita. Komm mit mir mit.«

Wieder schüttelte sie den Kopf. »Piero würde uns niemals in Ruhe lassen. Wir wären nie frei von den Petrucci.«

»Wenn du hierbleibst, können wir niemals zusammen sein«, gab Raffael bitter zurück.

Sie ließ den Kopf hängen. »Ich hätte mit dir gehen sollen, als wir es noch konnten«, sagte sie. »Es tut mir so leid.«

Er wusste, dass es an der Zeit war, zu kapitulieren. Müde strich er sich mit den Händen über die Stirn.

Margherita legte den Kopf an seine Brust, und er drückte sie an sich. Er spürte wie ihm ebenfalls Tränen in die Augen stiegen, wollte sie Margherita aber nicht sehen lassen, wenn dies die letzten Augenblicke waren, die er mit ihr verbrachte.

»Versprich mir etwas«, entgegnete er, mit den Lippen in ihrem Haar. »Versprich mir, dass du zu mir kommst, sobald du es kannst.«

Sie hob den Kopf und sah ihn an. »Wie meinst du das?«

»Wenn Piero Petrucci dich gehen lässt, oder du ihn verlässt. Wenn er nicht mehr lebt. Oder aus welchem Grund auch immer. Wenn du nicht mehr bei ihm sein musst, versprich mir, dass du zu mir kommst.«

»Aber wirst du mich dann nicht vergessen haben?«

Das werde ich nicht, dachte er. *Ich werde dich nie vergessen.* Doch er sagte nichts und küsste sie stattdessen. »Versprich es mir.«

»Wie soll ich dich finden, wenn das passiert?«, fragte sie.

Raffael nahm ihre Hand in seine. »Bitte versprich es mir«, wiederholte er.

Endlich nickte sie. »Ich verspreche es dir. Wenn ich je frei bin, werde ich nach dir suchen.«

»Und ich verspreche dir, dass du mich finden wirst. Ich werde dafür sorgen, dass du weißt, wo ich bin.«

Sie küssten sich noch einmal, bevor Raffael sie verließ. Ohne ein weiteres Wort und ohne ihn anzusehen, lief er an Petrucci und seinen Leuten vorbei aus dem Haus.

Eines Tages werde ich so unangreifbar sein wie Leonardo, versprach er sich. *Was immer dafür nötig ist, was immer es kostet. Kein Petrucci und kein anderer wird mir je wieder einfach nehmen können, was ich liebe.*

though
Teil 2

Kapitel 19

ROM, OKTOBER 1503

Felice stand auf dem Dach des *Palazzo dei Penitenzieri* und blickte zum Vatikan hinüber. Kaum zwanzig Jahre war es her, dass die Della-Rovere-Familie sich hier einen neuen, prächtigen Stammsitz erbaut hatte, keinen Steinwurf entfernt vom Zentrum der kirchlichen Macht, der viele ihrer Verwandten seit Generationen angehörten. Und heute war für sie und ihren Vater Giuliano della Rovere der Tag gekommen, an dem sie nach der höchsten Macht im Kirchenstaat greifen würden.

In Felices Kopf kreisten die Gedanken. Im Vatikan würde morgen ein neuer Herrscher aller Christen gewählt werden. Der Borgia-Papst war endlich abberufen worden. Es hieß, sowohl Alexander als auch Cesare seien bei einem Besuch auf dem Weingut des Kardinals Castellesi mit Cantarella vergiftet worden, ihrem eigenen Gift, das sie eigentlich dem Kardinal selbst zugedacht hatten. Cesare, jünger und bei besserer Gesundheit als sein Vater, hatte überlebt, doch der Papst war an dem Gift zugrunde gegangen.

Ganz Italien hatte wochenlang davon gesprochen, wie der schwarz verfärbte und aufgequollene Leichnam Alexanders, so schnell es ging, einbalsamiert und beigesetzt werden musste. Der Teufel selbst sollte seine Seele abgeholt haben, die ihm Rodrigo Borgia vor so langer Zeit im Gegenzug für den Papstthron versprochen hatte.

Doch auch abseits aller Legenden, die sich bereits um den verstorbenen Papst rankten, hatte sein Tod die Gräben in Rom nur vertieft. Nach einem quälend langen Konklave hatte man sich schließlich auf einen Kandidaten geeinigt, der zwar kaum starke Unterstützer, aber auch die wenigsten Feinde hatte. Pius

III. war schon bei seiner Wahl ein schwer kranker Mann gewesen, und sein Pontifikat hatte nicht einmal einen Monat gedauert, bevor die Gicht ihn erst dauerhaft ans Bett fesselte und er kurze Zeit später unter unerträglichen Schmerzen verstorben war.

Der brüchige Frieden unter den Kardinalsfraktionen, den Cesare Borgia als Gouverneur von Rom erzwungen hatte, war sofort wieder zerbrochen, und das Kardinalskollegium würde nun am letzten Tag des Oktobers bereits zum zweiten Mal in diesem Jahr in Rom zusammenkommen, um ein Konklave abzuhalten. Achtunddreißig Kardinäle residierten in Rom oder hatten die Reise auf sich genommen, um an der Wahl teilzunehmen.

Dies war auch der Grund, warum Felice nun in Begleitung ihres Vaters endlich aus Savona in die Ewige Stadt zurückgekehrt war. Um Cesare Borgias Aufmerksamkeit nicht zu früh zu erregen, waren sie jedoch in aller Stille und ohne großes Aufsehen nach Rom gekommen – kaum die triumphale Rückkehr, von der ihr Vater immer geträumt hatte.

Felice atmete die milde Herbstluft tief ein und warf einen Blick zur Engelsburg hinüber. Das späte Licht legte gnadenlos die Zerstörungen frei, die die letzten Unruhen in der Stadt an den Mauern angerichtet hatten. Auf den neuen Papst würde eine Herkulesaufgabe warten, wollte er unter den verfeindeten Familien Frieden stiften. Sie sah auf die belebte Straße unter ihr hinunter und spürte das vertraute Ziehen in der Magengrube, das der Blick in die Tiefe auslöste. All die Menschen, die dort ihren Geschäften nachgingen, vertrauten darauf, dass die Kardinäle morgen die richtige Entscheidung treffen würden.

Trotz aller Schwierigkeiten, die sie in Rom erwartet hatten, genoss Felice das pulsierende Leben um sich herum, genoss es, an diesem Tag hier zu sein, im Herzen der Macht.

Ihr Vater hatte keinen Zweifel daran gelassen, dass er plante, die Papstwahl schon heute zu entscheiden, indem er schon vor

Beginn des Konklaves Vertreter aller Kardinalsfraktionen in den Palazzo geladen hatte: den Florentiner Giovanni de' Medici für die italienischen Kardinäle, Georges d'Amboise, Kardinal von San Sisto und päpstlicher Legat, für die Franzosen, und Cesare Borgia, der, obwohl er schon lange keinen Ornat mehr trug, für die spanischen Kardinäle sprach, die sein Vater zu einem Großteil ins Amt berufen hatte. Den Gonfaloniere einzuladen, stellte wegen der jahrelangen Feindschaft der Borgia und der della Rovere das größte Risiko dar, doch ihn außen vor zu lassen, hätte angesichts der Machtfülle, die er in Rom immer noch besaß, keinen Sinn ergeben.

Konnten Felice und ihr Vater diese Würdenträger überzeugen, würde der Stuhl Petri für Giuliano endlich in greifbare Nähe rücken. Doch versagten sie heute, würde dies wohl das Ende der Ambitionen ihres Vaters bedeuten – es war kaum zu erwarten, dass das nächste Pontifikat ähnlich kurz sein würde wie das von Pius, und Giuliano della Rovere war kein junger Mann mehr. Dies war die entscheidende Stunde. Felice konnte die Schwere des Augenblicks beinahe körperlich spüren.

Sie hatte den ganzen Vormittag mit den Vorbereitungen des Treffens verbracht. Alles sollte für den Empfang der Gäste perfekt sein. Sie hatte lange überlegt, wie sie sich selbst präsentieren sollte, und sich dann für ein Kleid mit schwarzem Rock und einem Mieder mit hohem Ausschnitt entschieden. Der teure Stoff, mehrlagig gefärbt, unterstrich ihre Stellung als Tochter des Kardinals, während der schlichte Schnitt ihre weibliche Tugend betonte – so hoffte sie. Ihr dunkles Haar war geflochten und aufgesteckt und wurde von einem Schleier bedeckt.

Schritte eilten die Treppe hinter ihr hinauf, und ein außer Atem geratener Diener betrat das Dach. »Die Gäste treffen ein, Madonna.«

Sie nickte. »Ich komme gleich.«

Dann hielt sie noch einen Moment inne und wartete, bis alle

Besucher vermutlich im großen Saal angekommen waren. Sich den bestmöglichen Auftritt zu verschaffen, konnte nicht schaden. Felice setzte ihr bestes Lächeln auf und schritt die Treppe hinunter.

Die so unterschiedlichen Männer, die Giuliano eingeladen hatte, standen in dem lichtdurchfluteten, hohen Raum im Kreis vor den dunklen geschnitzten Holzstühlen und musterten einander misstrauisch.

Streng genommen, dachte Felice, als sie ihren Blick von einem zum anderen wandern ließ, ist schon dieses Treffen Simonie, und jeder seiner Teilnehmer macht sich damit einer Todsünde schuldig ...

Der dickliche Giovanni de' Medici drehte einen Weinbecher in seinen Händen, den ein Diener eben zu befüllen versuchte. Neben ihm stand Bernardo Dovizi, vom Aussehen her mit seiner hoch aufragenden, hageren Gestalt und den attraktiven, klugen Zügen das genaue Gegenteil seines Herrn. Dovizi war noch kein Kardinal, aber ein aufstrebender Kirchenpolitiker, der sich ganz den Medici verschrieben hatte.

Kardinal de' Medici verbeugte sich unbeholfen, als Felice den hellen Raum betrat. »Madonna Felice, welche Ehre.« Sie hätte schwören können, dass sich seine Wangen rosa verfärbten. Sein Begleiter hingegen wandte sich ihr mit einem gewinnenden Lächeln zu und küsste ihre Hand. »Und welch angenehme Überraschung, Euch kennenzulernen«, sagte er. »Man spricht überall in Rom in den höchsten Tönen von Eurer Tochter, deren Klugheit Eurer in nichts nachstehen soll«, bemerkte er, an Felices Vater gewandt. »Wie umsichtig von ihm, Euch zu unserer Runde hinzuzubitten«, fügte er dann in Richtung Felice hinzu.

Wenn er erstaunt war, sie hier zu sehen, ließ er es sich nicht anmerken. Dovizi war ein Mann, auf den man achtgeben musste, dessen war sich Felice sofort bewusst. Sein Ehrgeiz übertrifft bei Weitem den seines Herrn, dachte sie und lächelte ihn besonders strahlend an. »Die Ehre ist ganz meinerseits«, entgegnete sie. Dann blickte sie in die Runde, entschlossen, den Blick vor keinem der Anwesenden zu rasch zu senken. »Meine Herren.«

Sie wandte sich Kardinal d'Amboise zu. Der Franzose war ein Mann in seinen Vierzigern, mit einer vorspringenden Nase und vollen Lippen, der sich darum bemühte, eine ruhige Miene zu bewahren. Die unermüdlich auf seinem Bein herumtrommelnden Finger verrieten jedoch, unter welcher Anspannung er stand. Felice wusste, dass d'Amboise ein enger Vertrauter des französischen Königs war, der den Kardinal vermutlich gerne auf dem Stuhl Petri gesehen hätte. Er hatte eine steife, umständliche Art an sich, die auch jetzt zum Tragen kam, als er seine Gastgeberin begrüßte.

Der Nächste in der Runde war Cesare Borgia. Egal, ob die Gerüchte, dass man ihn ebenfalls hatte vergiften wollen, nun stimmten oder nicht – Borgia war kein gesunder Mann, das war auf den ersten Blick zu erkennen. Seine vernarbte Haut war fahl, und seine Bewegungen wirkten fahrig, als litte er an einem Fieber. Seit dem Tod seines Vaters hatte er nichts anderes getan, als zu versuchen, die schwindende Macht der Borgia zusammenzuhalten, was eine wahre Sisyphosarbeit sein musste.

Der Blick seiner eingesunkenen Augen wanderte unstet von einem zum anderen und blieb nur kurz an ihr hängen. Seine Stimme war jedoch laut und klar, als er sagte: »Ein ungewöhnliches Vergnügen, Kardinal della Rovere, aber natürlich liegt es ganz bei Euch, zu entscheiden, ob Ihr einem Weib zutraut, an einer solchen Runde teilzunehmen und den Mund zu halten. Ich hoffe, Ihr werdet Euch nicht langweilen, Madonna.«

Felice' Lächeln blieb unverändert. Sie hatte kaum mehr als eine Beleidigung vonseiten des Borgia erwartet.

Giuliano della Rovere hingegen sah den Gonfaloniere scharf an. »Wie Ihr sagt – es ist meine Entscheidung, und ich bin mir sicher, dass uns ihre Anwesenheit allen zum Vorteil gereichen wird. Lasst Euch versichert sein, dass meine Tochter auch meine wichtigste Stütze ist«, sagte er mit einer Demut, von der Felice wusste, dass sie reines Schauspiel war. »Sie geht ihrem alten Vater nicht nur in allen Dingen des täglichen Lebens zur Hand, sondern ist auch belesen – und äußerst verschwiegen, was ja eine seltene Zierde ihres Geschlechts ist.«

Felices Vater wirkte so angespannt wie die Sehne eines Bogens. Dies war der Moment, auf den er seit vielen Jahren hingearbeitet hatte, und Felice wusste, dass er alles, was er hatte, in die Waagschale werfen würde, um die Papstkrone zu erlangen. Dazu gehörte in gewisser Hinsicht auch sie.

»Gewiss, Eminenz«, sagte Borgia mit einem Kopfnicken, den Blick aber bereits auf Dovizi gerichtet, den er offen abfällig musterte.

Keiner der Männer hier war ein Freund des anderen, und in der Vergangenheit hatten die drei großen Fraktionen des Kardinal-Kollegiums – Italien, Spanien und Frankreich – oft genug gegeneinander statt miteinander agiert. Wollten sie heute einen Erfolg erzielen, mussten Felice und ihr Vater verhindern, dass offene Feindseligkeiten zwischen den Anwesenden ausbrachen.

»Vor allem aber ist es meine Pflicht als Gastgeberin, dafür zu sorgen, dass keiner unserer hohen Gäste verdurstet«, sagte Felice und zwang sich zu einem heiteren Tonfall. »Nehmt Platz, meine Herren, und tut mir die Ehre an, den Wein zu kosten, den wir in Savona gekeltert haben!« Sie gab einem Diener ein Zeichen, mit dem Befüllen der Becher weiterzumachen.

Bernardo Dovizi ergriff das Wort. »Eminenzen, meine Herren«, er machte eine kurze, doch bedeutungsvolle Pause, bevor er zu Felice hinübersah. »Madonna Felice. Ich bin mir sicher, ich spreche in unser aller Namen, wenn ich Kardinal della Rovere bitte, uns den Grund für diese höchst angenehme Einladung zu nennen.«

Giuliano räusperte sich. »Nun, wir sind hier zusammengekommen, weil es der Wille unseres Herrn sein muss, die Differenzen, die zwischen uns herrschen, beizulegen, damit es uns gelingt, morgen einen würdigen Nachfolger Petri zu wählen.«

»Das ist sicher in unser aller Interesse«, entgegnete Borgia. »Aber Euch allen muss klar sein, dass Rom in der Hand meiner Familie ist, und daran wird sich nichts ändern, egal, wer auf dem Papstthron sitzt«, fügte er mit einer Deutlichkeit hinzu, die Felice überraschte.

»Aber der nächste Pontifex kann auch bestimmen, wer päpstlicher Heerführer wird, Gonfaloniere«, entgegnete Dovizi, anders als Cesare ohne jede Spur Schärfe in der Stimme. »Gewiss, Ihr seid Gouverneur von Rom, und niemand wird Euch diese Ehre streitig machen – aber ist für einen Mann Eures Formats nicht selbst die Engelsburg ein zu kleines Spielfeld?«

Felice erkannte die kaum verhohlene Drohung, die in den Worten des Sekretärs lag – noch Anfang Oktober hatte sich Borgia im *Castel Sant'Angelo* verschanzen müssen, um nicht von einem wütenden Mob, der von den Colonna und Orsini aufgestachelt worden war, in den Straßen gelyncht zu werden.

»Das beste Spielfeld ist immer das Feld, das wir zu verteidigen vermögen«, gab Borgia zurück, aber er klang deutlich weniger angriffslustig.

»Brüder«, begann Giuliano. »Natürlich kann es keinem von uns daran gelegen sein, dass die Ewige Stadt nicht mehr von unseren besten Kriegern verteidigt wird – und diese Krieger führt nun einmal Ihr, Gonfaloniere. Aber so, wie Ihr Rom und unsere Mutter Kirche vor allen weltlichen Gefahren schützt, so sollte auch der neue Heilige Vater die Kirche und die Christenheit vor allem Schaden bewahren. Und dafür braucht es einen Mann, der nicht nur seine geistliche Aufgabe sieht, sondern der weiß, welche weltlichen Gefahren uns bedrohen. Und dieser Mann wird Eure Hilfe brauchen, Messere Borgia. Eure und die Hilfe Eurer Kardinäle.«

Das ist es, dachte Felice. *Die entscheidende Frage.* Sie ahnte, welche Überwindung es ihren Vater kosten musste, ausgerechnet den verhassten Borgia um Hilfe zu bitten. Alexander VI. und Giuliano della Rovere waren ihr Leben lang Feinde gewesen. Welchen Grund hätte der Gonfaloniere jetzt, ausgerechnet auf den alten Widersacher seines Vaters zu setzen? Doch ohne Borgia und die Stimmen der zwölf spanischen Kardinäle, die Alexander ins Amt berufen hatte, war es aussichtslos, die erforderliche Mehrheit an Stimmen erringen zu wollen.

»Wir haben Gott weiß unsere Differenzen gehabt, Messere Borgia«, fuhr Giuliano fort. »Doch ich sage Euch: Sitzt ein fähiger und entschlossener Mann auf dem Stuhl Petri, wird es einen zweiten Vorfall wie den an der Engelsburg nicht geben.«

Diese Worte, deren Bedeutung allen Anwesenden klar sein musste – wählt mich, und ich werde Euch im Amt des Gouverneurs bestätigen –, gingen so weit, wie es Giuliano nur wagen konnte.

»Ich könnte mir vorstellen, dass viele Kardinäle nicht allzu glücklich damit wären, wenn sie wüssten, dass ein neuer Heiliger Vater schon vor Amtsantritt solche Zugeständnisse in Erwägung zieht«, sagte d'Amboise mit ätzender Schärfe in der Stimme.

»Die italienischen Kardinäle werden tun, was für unsere Mutter Kirche das Richtige ist. Sie werden einen Papst unterstützen, von dem sie glauben, dass er die vom Krieg gerissenen Wunden des Landes heilen kann«, entgegnete de' Medici milde. *Und der Italiener ist,* fügte Felice in Gedanken hinzu. Viele der Kardinäle hatten bereits den spanischen Papst als einen Verstoß gegen die natürliche Ordnung der Dinge betrachtet.

De' Medici trank einen Schluck Wein. »Ein solcher Papst müsste wohl an vielen Orten im besten Interesse der Kirche wirken. Florenz zum Beispiel erholt sich noch immer nur langsam von den falschen Lehren Savonarolas, und es mangelt dort an einer festen Hand, um die Geschicke der Stadt zu lenken.«

»Eine feste Hand wie die der Medici, meint Ihr?«, fragte d'Amboise mit einigem Spott. Florenz stand seit dem Tod des Bußpredigers Savonarola unter französischer Protektion. Dem Kardinal konnte eine Rückkehr der Medici in die Stadt also nicht recht sein.

»Immerhin hat die Familie Medici die Stadt für mehr als hundert Jahre gut und gerecht geführt«, warf Felice ein, womit sie es riskierte, den Franzosen zu brüskieren. Die Unterstützung der italienischen Fraktion war ihr allerdings in diesem Moment wichtiger.

Borgia nickte. »Der Bastard Savonarola hätte früher brennen sollen«, sagte er düster.

D'Amboise wollte sich jedoch noch nicht geschlagen geben. »Vielleicht sind diese Wunden am besten durch jemanden zu heilen, der sie nicht mitverursacht hat?« warf er ein. »Viele Familien waren an den Kriegen in Oberitalien beteiligt, und ein Medici traut einem Colonna genauso wenig wie ein Wolf dem anderen.«

»Aber dennoch, Eminenz, sind es beides Wölfe. Und im Zweifel werden sie zu ihrem Rudel halten und nicht einen Hahn zum Anführer wählen.«

Kardinal de' Medici zeigte ein gütiges Lächeln, aber er hatte mit diesem Gleichnis die Hoffnungen des Franzosen, die Kirche künftig im Namen seines Herrn führen zu können, zunichtegemacht. Die zwanzig italienischen Kardinäle – alles Abkömmlinge alter, mächtiger Familien – würden es nicht hinnehmen, den französischen Eroberern auch noch den Vatikan zu überlassen, und in ihrer Mehrheit für einen italienischen Papst stimmen.

Die Worte des Medici mit seinem sanften Gebaren beeindruckten Felice. Hier saß auf jeden Fall ein Mann, der seine unscheinbare Erscheinung zu seinem Vorteil zu nutzen wusste.

»Meine Herren.« Bernardo Dovizi erhob die Stimme. »Ich sehe die Lage so wie unser geschätzter Gastgeber. Rom und die

Kirche, aber auch ganz Italien stehen an einem Wendepunkt. Wollen wir wirklich so weitermachen wie bisher? Stadt gegen Stadt, Provinz gegen Provinz, statt vereint gegen die Gefahren von außen zu stehen? Schon jetzt herrscht beinahe ein Bürgerkrieg auf den Straßen. Muss es nicht unser aller Anliegen sein, die Unruhen zu beenden? Wer ist dazu am besten geeignet? Wer kann die Fürstentümer befrieden? Uns gegen äußere Feinde schützen?«

Felice blickte in die Runde. De' Medici war auf ihrer Seite, aber d'Amboise und Borgia wirkten alles andere als überzeugt.

»Und wer könnte dabei Hand in Hand mit den Kardinälen und dem Gouverneur von Rom arbeiten, um das zu erreichen?«, fragte sie. Die Anwesenden wandten sich ihr schlagartig zu, und Bernardo Dovizi zwinkerte ihr kaum merklich zu. Das brachte sie kurz aus der Fassung, aber dann sammelte sie sich wieder.

»Was müsste ein solcher Mann tun, damit Ihr ihm vertraut, Gonfaloniere?«, fragte sie und sah Cesare Borgia prüfend an.

Borgia musterte zuerst Felice, dann ihren Vater. »Ich kann dem Heiligen Stuhl wohl am besten dienen, wenn ich auch weiterhin das Schwert des Papstes bleibe. Der Gonfaloniere der päpstlichen Truppen. Und der Herr über die Romagna.«

Die letzte Forderung war beinahe dreist, denn die Städte der Romagna waren nach dem Tod Papst Alexanders größtenteils wieder an ihre früheren Herrscher zurückgefallen, die es gewiss übel aufnehmen würden, wenn der Borgia mit einem Herrschaftsanspruch zurückkehrte.

Dennoch nickte Giuliano, fast ohne zu zögern, und stand dann auf. »Ein weiser Papst würde diesen Anspruch unterstützen, dessen bin ich mir sicher«, sagte er. »Ein solcher Kandidat würde den Titel des päpstlichen Heerführers in den fähigen Händen Cesare Borgias belassen, die italienischen Familien hier in Rom und an anderen Orten unterstützen und alles daransetzen, einen neuen dauerhaften Frieden mit unseren französischen Verbündeten zu erzielen.«

Aller Aufmerksamkeit richtete sich jetzt auf Giuliano, die Anwesenden nickten zustimmend. Felice fing den Blick ihres Vaters auf. Es blieb noch eine Frage, die er nicht selbst stellen konnte.

»Wenn Ihr Euch über all dies einig seid, Messeres, dann müsst Ihr Euch selbst prüfen: Wisst Ihr einen unter den Kardinälen, der ein solcher Mann sein könnte?«, sagte sie.

»Der Herr nutzt das schwache Gefäß eines Weibes, um uns den Spiegel vorzuhalten«, nahm Dovizi rasch den Faden auf, und Felice glaubte, einen Anflug von Belustigung in seiner Stimme zu hören. »Madonna Felice hat recht. Das ist die Frage, die wir uns stellen müssen.«

»Ich denke, die italienischen Kardinäle wissen, wer ein solcher Mann ist«, sagte de' Medici ruhig.

»Wenn ich diesen Zusagen vertrauen kann, dann wissen wohl auch die Spanier, für wen sie ihre Stimme abgeben müssen«, erklärte Borgia.

Felice stieß den Atem aus, den sie unwillkürlich angehalten hatte. Die Stimmen der Italiener und der Spanier reichten für eine Zweidrittelmehrheit, egal, wie sich die Franzosen entscheiden würden.

D'Amboise erkannte die Lage ebenso. »Auch die französischen Kardinäle werden, wenn es Gottes Wille ist, für den richtigen Kandidaten stimmen«, sagte er. »Und es wird mir persönlich eine Ehre sein, diesen Kandidaten der Kardinalskongregation zu präsentieren.«

»Dann ist es entschieden«, sagte Giuliano, und plötzlich sah er aus wie der alte Mann, der er war. Dann aber richtete er sich noch einmal zu voller Größe auf. »Ich sehe Euch morgen in der Sixtinischen Kapelle, Monsignores.«

* * *

Am nächsten Tag strahlte die Sonne von einem wolkenlosen Oktoberhimmel. Felice stand mit unzähligen anderen Menschen dicht gedrängt auf dem Platz vor San Pietro und wartete auf das erste Wahlergebnis des Konklave, als ein Fenster geöffnet wurde und ein Kardinal der jubelnden Menge bereits den Namen des neuen Heiligen Vaters verkündete: Julius II., vormals Giuliano della Rovere.

Immenser Jubel brach auf dem Platz aus. Niemand konnte sich erinnern, dass schon einmal so schnell ein neuer Stellvertreter Christi gewählt worden war.

Kapitel 20

URBINO, JUNI 1504

Obwohl er mehrere Jahre nicht hier gewesen war, überkam Daniele sofort ein vertrautes Gefühl, als die Wachen das Stadttor am Fuß des Hügels für ihn öffneten und er Urbino betrat. Die Fackeln am Eingang zur Stadt knisterten und warfen Schattenbilder auf das Pflaster, als er den Aufstieg begann. Natürlich war das Tor nach Sonnenuntergang längst verschlossen gewesen, aber von einem einzelnen Priester schien den Soldaten des Herzogs wohl keine Gefahr auszugehen.

Er war den ganzen Tag unterwegs gewesen und hatte die Stadt erst erreicht, als es bereits dunkel wurde. Um diese Zeit war die Straße, die zum Palast hinaufführte, nur wenig belebt.

Vor Daniele lagen geschäftige Tage, das wusste er. Der neue Papst, Julius II., vormals Giuliano della Rovere, hatte Bernardo Dovizi beauftragt, in seinem Namen mit Guidobaldo da Montefeltro zu verhandeln, und Daniele hatte die Order, nach Urbino zu reisen, um alles für Dovizis Ankunft vorzubereiten, mehr als gern angenommen.

Er freute sich darauf, seine Verwandten und Freunde wiederzusehen, und machte sich gleichzeitig auch Sorgen darum, wie es ihnen ergangen war. Niemand in seiner Familie außer ihm konnte lesen oder schreiben; deshalb stammten die einzigen Neuigkeiten, die er über sie erfahren hatte, aus den seltenen Briefen Fra Micheles.

Sein ältester Bruder war bereits zum dritten Mal Vater geworden, seit Daniele nach Rom gegangen war, und seine älteste Schwester hatte einen Rechtsgelehrten geheiratet, das hatte er aus den Briefen erfahren, aber von seinen anderen Geschwistern hatte Fra Michele nichts geschrieben. *Vielleicht habe ich* noch mehr Nichten und Neffen, von denen ich noch gar nichts weiß.

Auf dem Weg von Rom nach Urbino hatte Daniele gehört, dass auch Raffael in die Stadt zurückgekehrt war und die verwaiste Werkstatt wieder übernommen hatte. Der junge Maler war in Perugia offenbar zu einigem Ansehen gelangt, und wenn die Leute jetzt bewundernd von *Maestro Sanzio* sprachen, meinten sie nicht länger Raffaels Vater.

Meister Sanzio, dachte Daniele. *Na, das wird dir gefallen.* Daniele war den steilen Weg, der sich durch die Stadt wand, in seiner Kindheit so oft gegangen, dass er auch jetzt glaubte, ihm blind folgen zu können, wenn es nötig gewesen wäre.

So vieles war unverändert: Die Ölmühle, die Kirche San Domenico und der gewaltige Palazzo, der alle anderen Bauten weit überragte, sahen genauso aus wie in seiner Erinnerung. Obwohl Daniele dies alles so vertraut schien, wusste er, dass Urbino unter der Herrschaft des Gonfaloniere eine andere Stadt geworden war, und die Rückkehr ihres rechtmäßigen Herrschers, Guidobaldo da Montefeltro, hatte die Zeit nicht zurückdrehen können. Nachbarn und Familien hatten sich während der Regentschaft der Borgia zerstritten. Die einen hatten sich als Papsttreue den neuen Herren angeschlossen, und die anderen die Borgia-Truppen als Besatzer verflucht und bekämpft, und die streitenden Parteien waren noch lange nicht wieder versöhnt. So zerrissen, wie sie war, war die Stadt ein Spiegelbild ganz Oberitaliens.

Daniele hielt an, um seinen Rucksack zurechtzurücken. Er reiste mit leichtem Gepäck, aber dennoch schmerzten seine Schultern nach dem langen Tag. Bis Assisi war er mit Erzbischof Contugi in dessen Kutsche gereist und von dort aus zu Fuß weitergegangen.

Zu Danieles Rechten tauchte das Haus der Sanzios auf, und aus einer plötzlichen Eingebung heraus beschloss er, zunächst der Werkstatt einen Besuch abzustatten und herauszufinden, ob Raffael tatsächlich in der Stadt war.

Als er vor der Tür stand, fragte er sich allerdings, ob das wirklich eine gute Idee gewesen war. Niemand reagierte auf sein Klopfen, die Fensterläden waren verschlossen, und auch das Tor zur Werkstatt war zugezogen. Von außen deutete nichts darauf hin, dass das Haus bewohnt war.

Als Daniele am Tor rüttelte, stellte er jedoch fest, dass es nicht verschlossen war. Vorsichtig zog er einen Flügel auf und sah, dass im hinteren Teil der *bottega* Licht brannte.

»Ciao«, rief er halblaut, erhielt aber keine Antwort. In der Werkstatt war es beinahe gespenstisch still. Er erinnerte sich daran, wie es hier früher gewesen war, laut und lebendig, angefüllt mit dem Lachen und Schwatzen der Lehrlinge und der strengen Stimme Evangelista da Pians.

Daniele wusste nicht, was mit der *bottega* geschehen war, nachdem der Herzog geflohen und Cesare Borgia in Urbino einmarschiert war. Aber ohne Raffael war die Werkstatt sicher nicht mehr dieselbe gewesen.

Der große Raum, der vor ihm lag, war leer. Lediglich dort, wo das Licht herkam, war eine einzelne Leinwand aufgebaut, umgeben von etlichen brennenden Kerzen, von Ölen und Pinseln, Lappen, Papieren und Gläsern mit Pigmenten. Ein Weinkrug stand neben einer Schüssel mit Früchten.

Vor der Leinwand auf einem Hocker saß Danieles alter Freund in einem mit Farbe und Flecken überzogenen Hemd, den Kopf zur Seite geneigt, und malte. Er war so konzentriert auf seine Arbeit und offenbar so versunken in das, was er tat, dass er seinen Besucher gar nicht bemerkt hatte.

»Raffael«, rief Daniele leise, und als dieser nicht reagierte, wiederholte er den Namen noch einmal laut. Der Maler schreckte hoch. Sein Gesicht wirkte verquollen, ein stoppeliger Bart bedeckte seine Wangen. Als Daniele einen Schritt auf ihn zumachte, stieg ihm der säuerliche Geruch von schalem Wein in die Nase.

»Daniele? Bist du das?«, fragte Raffael ungläubig und mit rauer Stimme. Er sprang auf, und sie umarmten sich.

»Dass ich dich wirklich hier antreffe!«, sagte Daniele. »Seit wann bist du wieder hier?«

»Schon seit ein paar Monaten. Aber was machst du hier?«

»Ich bin im Auftrag meines Herrn hier, Bischof Bernardo Dovizi«, erklärte Daniele.

Raffael musterte ihn. »Also bist du tatsächlich Priester geworden! Und du stehst in Diensten eines Kirchenfürsten, statt eine Gemeinde zu betreuen?«

Daniele nickte. »Mein Herr ist in Rom ein mächtiger Mann, ein Vertrauter des neuen Papstes. Er wird zu Verhandlungen nach Urbino reisen«, sagte er, »und mich hat er vorgeschickt.«

»Verhandlungen? Mit wem?«, fragte Raffael.

»Der neue Papst wünscht, sich die Feinde des alten Papstes zu Freunden zu machen, dazu gehört auch Herzog Guidobaldo.« Daniele bemerkte erst jetzt, dass Raffaels Augen von dunklen Ringen umgeben waren. *Ist er krank?* Er bemühte sich, sich seine Bestürzung über die Verfassung seines Freundes nicht anmerken zu lassen. »Bist du ...«, er zögerte kurz. »Ganz allein in der Werkstatt?«

Raffael rieb sich über die Stirn und strich sich die dunklen Strähnen aus dem Gesicht. »Meist ja«, entgegnete er. »Evangelista hat die Lehrlinge bei anderen Malern untergebracht, nachdem ich fortgegangen war, und ist selbst nach Meleto zurückgekehrt. Und Bernardina hat im vergangenen Jahr wieder geheiratet und das Haus ebenfalls verlassen – wer hätte es gedacht? Kaum dass ...« Er brach ab und begann zu husten. Suchend sah er sich um, bis er den halb vollen Weinkrug auf dem Boden entdeckte. Er trank erst vorsichtig, dann nahm er einen tiefen Zug und sah Daniele an, dem er den Krug hinhielt.

»Du siehst ganz verändert aus!«, stellte er fest. »Wie geht es dir in Rom? Ist es so ein Sündenpfuhl, wie Fra Michele immer gesagt hat?«

»Schlimmer«, gab Daniele trocken zurück, doch statt das

Thema weiter auszuführen, fragte er: »Und du malst hier auch ganz allein?«

Er trat auf die Leinwand zu und betrachtete das Bild. Es zeigte eine Hochzeitsszene: die Jungfrau Maria, in leuchtendes Rot und Blau gekleidet, die vom Priester des Tempels mit Josef vermählt wurde. Der Priester und das Paar waren bereits gut zu erkennen; hinter ihnen erhob sich, noch als roher Umriss, ein runder Tempel, während die Figuren an den Rändern noch kaum mehr als Skizzen waren.

»Ja. Niemand, der mich stört oder mir Vorschriften macht«, erwiderte Raffael, und in seiner Stimme lag eine Bitterkeit, die ihm früher fremd gewesen war.

»Es ist wundervoll.« Daniele studierte das Bild erneut, bewunderte die Schönheit und Präzision, mit der Raffael es ausführte, und die leuchtenden Farben. *Er ist jetzt wirklich ein Meister*, schoss es ihm durch den Kopf.

»Vor allem ist es leider nicht fertig«, gab Raffael zurück. »Ich muss mich beeilen, wenn die Dominikaner nicht bald ihr Geld zurückhaben wollen.«

Wieder hustete er und nahm einen weiteren Schluck aus dem Weinkrug. »Ist es wahr, dass der alte Papst vergiftet wurde? Und hast du den neuen Heiligen Vater bereits getroffen?«, wollte er wissen.

Daniele nickte. »Beides. Zumindest heißt es, Alexander sei an seinem eigenen Gift gestorben. Wenn du mich fragst, ist der neue Papst eine große Verbesserung zu Rodrigo Borgia. Giuliano della Rovere ist aus einem anderen Holz geschnitzt. Das Konklave hat ihn mit nur einer Gegenstimme gewählt, seiner eigenen. Ich glaube, er ist endlich wieder ein würdiger Nachfolger Petri.«

»Ach ja?« Raffael sah seinen alten Freund aus zusammengekniffenen Augen an. »Du klingst ja sehr beeindruckt von ihm. Das ist für eine Karriere in der Kirche sicher nützlich. Willst du vielleicht noch Kardinal werden?«

»Was weißt du schon davon?«, gab Daniele zurück, den die schroffen Worte verletzten. »Du hast die letzten Jahre nicht in Rom verbracht und verzweifelt versuchen müssen, nicht zum Opfer der Borgia zu werden.«

»Nein, das habe ich nicht. Aber tu nicht so, als ob ihr in Rom die Einzigen wärt, die unter den Folgen des Krieges gelitten haben.«

»Das habe ich doch gar nicht gesagt! Ich weiß, dass du mit dem Herzog fliehen musstest! Aber ich glaube, dass Papst Julius mit ihm Frieden schließen will.«

»Du denkst wirklich, dass der neue Papst besser ist als der alte? Wird er seinen Feinden vergeben und ihnen die andere Wange hinhalten?«, fuhr Raffael auf. Seine Stimme wurde lauter. »Oder ist dir und deinem Herrn Dovizi egal, was mit denen passiert, die keine Anhänger des neuen Pontifex sind?«

»Was, bei allen Heiligen, ist nur los mit dir?«, erwiderte Daniele zornig. »Warum willst du dich unbedingt streiten?« Er erkannte in dem verbitterten Mann vor sich kaum mehr den liebenswürdigen Raffael wieder, von dem er sich vier Jahre zuvor verabschiedet hatte. »Was ist in Perugia bloß mit dir passiert?«

Raffael ließ die Hand sinken, auf einmal schien es, als seien alle Kraft und aller Zorn aus ihm gewichen. »Verzeih mir, Daniele«, sagte er. »Ich wollte dich nicht angreifen.« Er hielt einen Moment in der Bewegung inne. Dann deutete er auf die Szene, die sich auf dem Bild vor ihm abspielte.

Danieles Blick glitt zur Leinwand. Maria war auf dem Bild eine anmutige Schönheit, kaum älter als ein Mädchen. Sie reichte einem wesentlich älteren Bräutigam die Hand zur Ehe. Die frisch Vermählten und die Gäste hätten jedoch auch zu einer beliebigen Adelshochzeit in Florenz, Rom oder Urbino gehören können. Vor dem Paar stand ein junger Mann, der voll Zorn einen Stab über dem Knie zerbrach, offenbar ein abgewiesener Verehrer.

»Die Mächtigen tun, was immer sie wollen, Daniele«, sagte Raffael. »Sogar die Heilige Jungfrau musste auf Geheiß des Hohepriesters Josef heiraten, der schon ein alter Mann war. Und es macht kaum einen Unterschied, ob es Kirchenfürsten sind oder weltliche Männer. Sie setzen ihren Willen durch, mit uns oder ohne uns.«

Plötzlich begriff Daniele. Früher hätte er den Zusammenhang zwischen Raffaels Worten und dem Bild vielleicht nicht verstanden, aber inzwischen hatte er von Bernardo Dovizi viel über die menschliche Natur gelernt. »Du hast jemanden verloren, nicht wahr?«, wollte er wissen und deutete auf die Marienfigur in der Mitte.

Raffael biss sich auf die Unterlippe und zögerte einen Moment.

»Ihr Name ist Margherita«, fuhr er schließlich fort. »Ich habe sie in Siena kennengelernt, als ich mit Bernardino di Betto die Domfresken angefertigt habe.«

»Und sie ist es, die auf dem Bild einen anderen heiratet?«

Raffael nickte.

»Das tut mir sehr leid«, gab Daniele zurück, der verstand, dass sich Raffaels Wut nie gegen ihn gerichtet hatte.

Raffael biss sich auf die Lippen. Schwieg, setzte wieder den Weinkrug an und begann dann erneut. »Die Erinnerung an sie ist wie ein Fluch für mich«, sagte er schließlich. Er kniete sich hin und blätterte fahrig in einem Stapel Skizzen, der auf dem Boden lag. Schließlich hob er ein einzelnes Blatt empor, auf dem eine mit feinen Kohlestrichen gezeichnete Frauenhand zu erkennen war. »Ich könnte jede Linie ihrer Hand mit verbundenen Augen zeichnen. Oder dir die Farbe ihres Haares aufmalen, oder wie sie es getragen hat, an dem Abend, als ich sie zum letzten Mal gesehen habe. Sie steht mir so deutlich vor Augen, als hätte sie gerade erst den Raum verlassen. Ich kann sie nicht vergessen. Aber sie ist unerreichbar für mich geworden. Sie ist die Frau von Piero Petrucci.«

»Petrucci – wie in Pandolfo Petrucci?«

»Des Bruders des Regenten.«

Daniele fiel es schwer, etwas zu sagen. Er kannte die Versuchung so gut wie jeder andere, aber die Gefühle, von denen Raffael sprach, waren ihm unbekannt. Er betrachtete das Bild erneut. Die perfekten Fluchtpunkte, die Hochzeitsgäste – all das war nur schmückendes Beiwerk zur eigentlichen Szenerie: die junge Frau, die mit unbewegter Miene einem Mann die Hand zum Bund der Ehe reichte, während ihr junger Geliebter seinem Zorn darüber freien Lauf ließ.

»Das bist du, nicht wahr?«, fragte Daniele. Raffael nickte düster, doch dann begann er plötzlich zu lachen. »Ich hoffe, die Dominikaner erkennen das nicht.«

»Darüber musst du dir wohl keine Sorgen machen. Sie kennen dich nicht so gut, wie ich es tue.«

Raffael musterte ihn jetzt. »Du hast dich in Rom sehr verändert, Daniele«, sagte er. »Aber es tut gut, dich zu sehen.«

Daniele legte Raffael eine Hand auf die Schulter.

»Was wirst du tun? Wenn das Bild fertig ist?«, fragte er.

»Ich werde zumindest nicht hierbleiben. Ich glaube, es hat keinen Sinn, die Werkstatt so wieder aufzubauen, wie sie war, selbst wenn ich noch einmal für den Herzog arbeiten könnte. Aber ich habe da Pian geschrieben; wenn er zurückkehren will, ist mir das natürlich nur recht.«

»Und was ist mit dir? Was glaubst du, das der Herr mit dir vorhat?«

»Nach allem, was du in Rom gesehen hast, vertraust du noch immer auf den göttlichen Plan?«, fragte Raffael, aber es lag nur sanfter Spott in seiner Stimme. »Ich denke darüber nach, nach Florenz zu gehen.«

»Dort sind immer noch die Franzosen die eigentlichen Herren der Stadt«, versetzte Daniele missbilligend.

»Ich weiß. Aber es gibt dort viele Aufträge, und Leonardo da Vinci ist dort, und Michelangelo Buonarroti ebenfalls. Sein

David soll ein wahres Wunder sein. Ich würde beide Maestros nur zu gerne kennenlernen und ihre Werke studieren.«

»Hat da Vinci nicht den Gonfaloniere als Kriegsmeister begleitet?«

»Ja, aber ich glaube, er ist weder ein treuer Parteigänger der Medici noch der Borgia. Oder der Franzosen. Nicht nach dem, was man über ihn hört.«

Er musterte Daniele. »Du weißt inzwischen viel über die Politik?«, fragte er.

Für einen Moment zog Daniele die Stirn kraus. Aber dann lachte er. »Ja, schon. Es ist nicht möglich, für einen Herrn wie Dovizi zu arbeiten, ohne nicht auch ein wenig von ihm zu lernen. Aber genug davon, ja? Es ist noch nicht spät. Lass mich dir ein Abendessen spendieren. Und dann musst du mir alles über Perugia erzählen. Und über Siena.«

Raffael kam auf die Füße und sah mit blutunterlaufenen Augen an sich herunter. »Gib mir nur einen kurzen Moment, dann begleite ich dich. Ich möchte im Gegenzug alles über Rom wissen.«

Kapitel 21

VENEDIG, AUGUST 1504

Als das Boot am Steg vor dem Palazzo anlegte, war es bereits so dunkel, dass das Wasser des Canal Grande eine tintige Schwärze angenommen hatte. Der Fährmann warf eine Schlaufe um einen der Pfähle, die vor dem Palazzo in den Schlamm gerammt worden waren. Sebastiano Luciani bezahlte ihn mit einer kleinen Münze, hob vorsichtig seine lederne Tasche auf und trat auf den Steg. Die Gondel legte wieder ab, noch bevor er den Eingang erreicht hatte.

Der Wind, der von der See her kam, hatte gegen Abend aufgefrischt und vertrieb nun endlich den Gestank und die Hitze des Tages. Die Flammen der Fackeln, die an der Fassade angebracht worden waren, flackerten unruhig hin und her. Ein livrierter Diener begrüßte Sebastiano und erkundigte sich höflich nach seinem Namen, bevor er ihn ins Innere des Palazzos führte. Wie in vielen venezianischen Häusern war der unterste Stock zum Kanal hin offen. Das Wassergeschoss diente hauptsächlich der Anlieferung von Waren und war entsprechend karg eingerichtet. So konnte es auch im Fall eines Hochwassers schnell leer geräumt werden.

Über eine breite Treppe gelangten sie in den ersten Stock, der die Räumlichkeiten der Familie beherbergte. Der Piano nobile stand im starken Gegensatz zum untersten Geschoss. Gleich gegenüber dem Treppenabsatz entdeckte Sebastiano das goldgerahmte Bildnis eines alten Dogen, der den Betrachter würdevoll anblickte. Sebastiano wäre gern stehen geblieben, um das Gemälde zu bewundern, aber der Diener eilte ohne einen Blick daran vorbei. Alles hier sprach vom Reichtum der Besitzer – die Böden aus schwarz-weißem Marmor, die Wandteppiche, die kostbaren Hölzer der Möbel und Truhen –, und dennoch lebte hier nur ein Nebenzweig der Familie Contarini. Der *Palazzo Contarini del Bovolo*, den der Patriarch selbst bewohnte, lag am Campo Manin und war ungleich prächtiger als dieses Haus.

Der Diener blieb vor einem Durchgang stehen, der mit schwerem Samtstoff abgehängt worden war. Hinter dem Vorhang erklang lautes Gelächter. Eine jungenhafte Stimme trug etwas in einer Sprache vor, die Sebastiano nicht verstand, Latein oder Griechisch vielleicht, und überschlug sich dabei beinahe vor Heiterkeit.

Als Sebastiano den Vorhang zur Seite schob und den Raum betrat, konnte er den Vortragenden sehen, einen groß gewachsenen jungen Mann mit auffallendem roten Haar. Sebastiano erkannte Niccolò Grimani und fühlte sofort einen Stich des Unbehagens. Sie waren einander bereits bei einigen früheren Gelegenheiten begegnet, und stets hatte Grimani im Verlauf des Abends Streit gesucht, dem Sebastiano nur mit Mühe entgangen war.

Aber nun ist es zu spät, dachte er, als ihn Grimanis Blick traf. *Ich kann mich schließlich nicht einfach umdrehen und wieder gehen.*

Vielleicht ein Dutzend junger Männer hatte sich hier versammelt und beinahe ebenso viele Kurtisanen, die mit ihnen speisten. Livio Contarini, der Gastgeber der kleinen Abendgesellschaft, winkte Sebastiano zu sich. Trotz seiner jungen Jahre war Contarini bereits recht beleibt, was seinem Gesicht ein teigiges Aussehen gab. Seine Kleidung war nach der neuesten Mode gefertigt, und allein das Gold, mit dem seine *zimarra* bestickt war, musste ein kleines Vermögen wert sein.

»Ah, der Musico ist da«, rief er mit lauter, vom Wein schon schwerer Stimme. »Setz dich, Luciani. Ich hoffe, dein Geklimper wird diesen Esel davon abhalten, uns noch weitere Päderastenverse vorzutragen. Mir ist schon ganz übel davon.«

Sebastiano verneigte sich höflich in die Runde, dann nahm er auf einem frei stehenden Hocker an der Schmalseite des Raumes Platz und zog seine Laute aus dem ledernen Beutel. Das Instrument war sein kostbarster Besitz; er hatte es erst kürzlich nach einem eigenen Entwurf anfertigen lassen. Die Laute verband sechs statt der üblichen fünf Seitenpaare zu Chören, und der glänzende Holzkorpus sorgte für einen hervorragenden Klang.

Vorsichtig zog Sebastiano die Schafdarmsaiten nach. Die Laute sollte perfekt gestimmt sein, obwohl das vermutlich keinen Unterschied machen würde. Aus Erfahrung wusste er, dass bei Gelegenheiten wie dieser kein großes Können erforderlich war. *In spätestens einer Stunde werden alle ohnehin so betrunken sein, dass sie es nicht einmal mehr merken würden, wenn ich jeden einzelnen Ton falsch spiele,* dachte er mit einem Anflug von Verachtung.

»Fang schon an«, forderte Contarini ihn auf.

Sebastiano strich sacht mit der rechten Hand über die Saiten, bevor er den ersten Akkord anschlug. Er spielte zuerst ein langsames Volkslied, das in Venedig sehr beliebt war, gefolgt von einer neuen Ricercar. Dann wechselte er zu einem heiteren Stück, das offenbar viele der Anwesenden kannten, denn schon bald begannen erste Stimmen, den Refrain mitzusingen.

In der Mitte des Raumes war eine lange Tafel aufgebaut worden, die mit Platten, Karaffen und Schüsseln bedeckt war. Es war die neueste Mode der jungen Aristokraten in der Serenissima, kleine Zirkel zu bilden, die sich vordergründig dem hehren Ziel verschrieben, dem Geist der Antike zu huldigen, indem dort Gedichte rezitiert und Philosophien besprochen wurden. Aber die Treffen fanden zumeist bei einem späten Nachtmahl statt, und nach dem, was Sebastiano bisher dabei hatte beobachten können, waren sie vor allem hemmungslose Trinkgelage. Schon jetzt konnte er sehen, dass Livio die Brust der jungen Frau entblößt hatte, die neben ihm saß, und mit der linken Hand daran herumspielte, während er mit der Rechten Früchte von einem Teller pickte.

Livio Contarinis Zirkel, die Compagnie delle Calze, versammelte die hochrangigsten Mitglieder und war so wohl der begehrteste dieser Aristokratenbünde in der Stadt. Sebastiano hätte wetten können, dass seine Brüder mit Freuden ihre Seele dem Leibhaftigen verkauft hätten, um einmal von Livio eingeladen zu werden. Aber für diesen waren die Mitglieder der Luciani-Familie nichts als Emporkömmlinge, vor noch nicht einmal zwanzig Jahren mit dem Handel von Weizen und Hirse zu bescheidenem Wohlstand gekommen, während die Contarini zu der ältesten und angesehensten Patrizierfamilie der Stadt gehörten.

Und Sebastiano, den Bastardsohn Luciano Lucianis, hätte Livio erst recht niemals als Tischgast in Betracht gezogen. Aber seine Fähigkeiten als Lautenspieler hatten sich herumgesprochen, und mittlerweile schätzten viele venezianische Adelige seine Musik zur Untermalung ihrer Feste. So war Sebastiano bereits zu einigen Einladungen gelangt, die seiner Familie versagt blieben; eine ganz neue Erfahrung für ihn. Die Abneigung, die seine Geschwister gegen ihn hegten, war dadurch allerdings eher noch stärker geworden.

Er stimmte ein neues Lied mit einer sentimentalen Melodie an.

»Die Türken sollten keine Gegner für uns sein«, sagte Niccolò Grimani eben. Er hatte das Versevortragen aufgegeben und sprach nun lieber über die Politik. »Es ist eine Schande, dass wir den Ungarn Tribut zahlen müssen, damit sie unsere östlichen Grenzen beschützen!«

»Die Osmanen haben mehr Nachschub und mehr Männer als wir«, widersprach Pietro Bembo ihm ruhig, der mit Mitte dreißig wahrscheinlich der Älteste der Anwesenden war. »Während wir allmählich ausbluten, was unsere Seeleute angeht.«

»Dann sollte der Rat mehr Mittel aufbringen, um Söldner einzukaufen. Himmel, ich verstehe nicht, warum jeder an Land seine Kriege von Fremden ausfechten lässt, aber wir das zur See nicht ebenso halten.«

»Vielleicht, weil die Schweizer nicht gerade begnadete Seeleute sind?«, warf Contarini belustigt ein.

»Und?«, gab Grimani laut zurück. »Willst du damit sagen, die verdammten Türken hätten bessere?« Pietro Bembo runzelte die Stirn und sah Grimani fragend an. »Natürlich haben die Türken gute Seeleute. Wäre das anders, hätten wir sie schon lange auf dem Meer geschlagen.«

Rote Flecken entstanden auf Grimanis Wangen, ein sicheres Zeichen dafür, dass der Alkohol seine Wirkung tat. »Die Osmanen sind nicht mehr als eine Nation von Ziegenfickern. Jeder Venezianer ist sicher doppelt so viel wert wie einer von ihnen. Oder willst du etwas anderes behaupten?«

Bembo zuckte mit den Schultern. »Alles, was ich sage, ist, dass die Türken reichlich gute Männer auf ihren Schiffen haben. Nicht einmal du solltest darin eine Beleidigung Venedigs sehen können.«

Eine Weile lang hielt Grimani Pietro Bembos Blick trotzig stand, aber dann wandte er sich ab. Pietros Vater war ein Mitglied der Consiglio dei Dieci, der mächtigsten zehn Männer Venedigs, und Pietro selbst wegen seiner ruhigen und besonnenen Art bei jedermann beliebt. Grimani würde es nicht wagen, ihn weiter herauszufordern. Stattdessen ließ er seinen Blick streitlustig durch den Raum schweifen, auf der Suche nach einem neuen Opfer.

Hastig senkte Sebastiano den Kopf und konzentrierte sich auf seine Finger, die über die Laute strichen. Er sandte ein Stoßgebet zum Himmel, dass Niccolò ihn übersehen möge, aber er wurde nicht erhört.

»Was ist los, Luciani?«, herrschte Grimani ihn an. »Stimmt es etwa nicht, dass ihr Türken alle Ziegen fickt? Lieber als Weiber, meine ich?«

Sebastiano spielte die letzten Akkorde der Melodie und ließ dann das Instrument sinken. Er bemühte sich darum, seine Stimme ruhig zu halten, als er Grimani ansah. »Das weiß ich nicht, Messere. Ich bin kein Türke.«

Grimani stand auf und ging auf Sebastiano zu. Er beugte sich vor und kniff die Augen zusammen, als bemühe er sich, ihn deutlicher zu sehen. »Kein Türke? Du siehst aber aus wie einer. Und ist deine Mutter etwa keine türkische Hure?«, fragte er laut mit falscher Süße in der Stimme.

Sebastiano war vage bewusst, dass alle Gespräche verstummt und alle Augen nun auf ihn gerichtet waren. Die Beleidigung war weiß Gott nicht neu, und ein Teil von ihm wusste, dass er darauf gar nicht antworten sollte. Egal, was er sagte, er würde Grimani nur noch weiter provozieren. Aber ein anderer Teil von ihm wollte nicht schweigen und demütig zu Boden blicken. Er wollte Grimani für seine Dummheit und Unverschämtheit in Grund und Boden prügeln. Der Teil von ihm, der es leid war, für die Umstände seiner Geburt bezahlen zu müssen, wieder und wieder. *Tu's nicht. Lass dich nicht herausfordern.* »Nein«, gab er einsilbig zurück.

»Nein was? Ist sie keine Türkin? Aber ganz Venedig weiß, dass sie eine Hure war.«

Sebastiano spürte, wie die altvertraute Wut in ihm aufstieg. Er atmete langsam aus, stand auf und legte die Laute auf den Schemel. »Meine Mutter ist Maurin«, sagte er, die Stimme noch immer ruhig. »Aber ich vermute, Ihr kennt den Unterschied nicht. Und sie war weder eine Hure, noch hat sie einen solchen Idioten wie Euch in die Welt gesetzt.«

Seine Worte verfehlten ihre Wirkung nicht. Mit einer weit ausholenden Geste versuchte Grimani, Sebastiano die Faust ins Gesicht zu schlagen, doch der duckte sich unter dem Hieb weg. Einige der Mädchen schrien auf, als ein Stuhl mit lautem Geklapper zu Boden fiel.

»Halt«, brüllte Livio Contarini. Er sah erst zornig von einem zum anderen, aber dann begann er zu grinsen. »Du willst wirklich mit ihm kämpfen?«, fragte er Grimani. »Es ist zwar unter deiner Würde, Niccolò, aber wenn du so versessen darauf bist, werde ich dich nicht hindern.«

Grimani nickte entschlossen. Sebastiano bemerkte, dass sich niemand die Mühe machte, ihn zu fragen, ob er einem Kampf zustimmen würde, aber das war auch egal. Wenn Grimani sich schlagen wollte, sollte es ihm nur recht sein.

»Fäuste und nichts anderes«, ordnete ihr Gastgeber an. »Wer den anderen zuerst sauber am Boden hat, ist der Sieger.«

Sebastiano hob die geballten Fäuste vor die Brust und fasste Grimani ins Auge. Der war ein gutes Stück größer als er, aber Sebastiano war breiter gebaut. Und er hatte vermutlich mehr Erfahrung mit Prügeleien als sein Gegner. In San Polo, wo er aufgewachsen war, schlug man sich vermutlich weitaus häufiger als in San Marco.

Einen Augenblick lang umkreisten sich beide lauernd, während die übrigen Gäste einen Ring um sie bildeten, klatschten und schrien. Sebastiano nahm sie lediglich verschwommen wahr, eine Wand aus Leibern und glänzenden Gesichtern. Schließlich sah er eine Gelegenheit für einen Angriff und boxte Grimani gegen die Schulter. Dieser taumelte zurück, doch der Schlag hatte zu wenig Wucht gehabt, um ihn zu Fall zu bringen. Grimani schlug zurück und traf Sebastiano an der Brust. Der Schlag tat weh, brachte ihn aber ebenfalls nicht aus dem Gleichgewicht.

Der Kampf wurde nun schneller; sie tauschten mehrere Hiebe aus, ohne dass einer von beiden einen Vorteil gewinnen konnte. Sebastiano bemerkte, dass Grimani allmählich außer Atem geriet, und seine Bewegungen waren wegen des Alkohols wohl langsamer als normal. Das musste er sich zunutze machen. Er täuschte einen Schlag an, führte ihn jedoch nicht aus, sondern ließ Grimani ins Leere laufen. Dadurch gelang es Sebastiano, zweimal rasch nacheinander zuzuschlagen. Er traf Grimani zuerst an der Wange und dann mit voller Wucht auf das linke Ohr. Der zweite Schlag reichte aus, um Niccolò von den Beinen zu holen. Er drehte sich halb um die eigene Achse und ging dann mit einem klatschenden Geräusch zu Boden.

Ein urtümliches Gefühl des Triumphes stieg in Sebastiano auf. Die Gesichter um ihn her wurden wieder klar und gestochen scharf. Er wollte sich gerade zu Livio Contarini umdrehen, um zu sehen, ob dieser seinen Sieg anerkannte, als er einen dumpfen Schlag auf den Kopf erhielt. Er taumelte nach vorn, und noch bevor er begriff, was geschehen war, zwang ihn ein weiterer Schlag in den Rücken auf die Knie.

»Um Gottes willen, lasst das!«, hörte er die Stimme von Pietro Bembo, aber es war zu spät. Weitere Schläge und Tritte hagelten auf Sebastiano ein.

Ich hätte es wissen müssen. Hätte wissen müssen, dass sie mich niemals mit einem Sieg davonkommen lassen würden.

* * *

Als er wieder zu sich kam, spürte er zuerst kühlen Stein an seiner Wange, dann stieg ihm der widerliche Geruch nach Erbrochenem in die Nase. Mühsam hob er den schmerzenden Kopf. Das helle Licht des frühen Morgens stach ihm in die Augen, als ihm klar wurde, wo er sich befand: Er lag in einer kleinen Gasse im Dreck. Mühsam richtete er sich auf und lehnte sich mit dem Rücken an eine nahe gelegene Hauswand. Übelkeit stieg in ihm auf, die er nicht unterdrücken konnte, und er übergab sich, bis sein Magen leer war und er nur noch gelbe Galle spuckte.

Eine Zeit lang blieb er mit geschlossenen Augen sitzen; er fühlte sich sterbenselend. Dann betastete er vorsichtig mit den Fingern sein Gesicht. Sein linkes Auge war geschwollen, und er konnte es nur noch einen Fingerbreit öffnen. An seiner linken Wange klebte Blut, das auch an seinem Hals heruntergelaufen war. Als er darüber rieb, rieselten rotbraune Flocken auf sein Hemd. Als er dem Blut mit den Fingern folgte, fand er eine kleine Platzwunde an seiner Schläfe. Aber er schien weder einen Zahn verloren noch einen Knochen gebrochen zu haben.

Als er seine Untersuchung an seinem Körper fortsetzte, stellte er fest, dass die Compagnie delle Calze es nicht einmal für nötig befunden hatte, ihm den Beutel mit den Münzen abzunehmen, aber natürlich fehlte seine Laute. Sein Stolz war verletzt, aber das konnte er verschmerzen. Der Verlust der Laute wog viel schwerer. Wo sollte er jetzt ein neues Instrument herbekommen?

Vorsichtig stellte er sich auf die Füße. Die Übelkeit ebbte allmählich ab, und er schleppte sich die Gasse entlang zum Wasser. Er war gar nicht weit vom Canal und der Anlegestelle der Gondeln entfernt, an der trotz der frühen Stunde schon einiger Betrieb herrschte.

Als er näher kam, warfen ihm die Gondoliere misstrauische Blicke zu. Vermutlich machte er nicht gerade einen vertrauenerweckenden Eindruck. Mit einer Hand schob er eine schwarze Locke über sein ramponiertes Auge, um es zu verdecken. Haare wie ein Mohr, sagte seine Schwester Silvia immer, was nicht als Kompliment gemeint war.

Als er noch näher kam, hob einer der Fährleute abwehrend sein Paddel in die Höhe, bereit, ihn notfalls mit Gewalt zu vertreiben.

»Ich brauche bloß ein Boot, und kann bezahlen«, rief Sebastiano ihm zu, aber der grobschlächtige Fährmann senkte seine improvisierte Waffe nicht. Leise fluchend kramte Sebastiano den Beutel hervor und ließ den Gondoliere das Klingeln der Münzen darin hören. Endlich reagierte der Fährmann und nahm das Paddel herunter. »Messere«, rief er. »Seid mein Gast.«

Sebastiano unterdrückte mühsam den Wunsch, dem Mann eine grobe Beleidigung an den Kopf zu werfen, und ließ sich stattdessen auf eine der beiden Bänke des Gefährts fallen. Dann beschrieb er dem Gondoliere, wohin er ihn bringen sollte.

Das Boot setzte sich gemächlich in Bewegung. Zu dieser frühen Stunde war der große Kanal noch recht wenig befahren. Als sie ablegten, waren nur wenige Gondeln unterwegs, die meisten

Boote dümpelten vertäut vor den Häusern ihrer Besitzer, während der Sonnenaufgang die Lagune in ein so schönes Licht tauchte, dass es Sebastiano in den Augen schmerzte.

Nachdem sie um eine breite Kurve gefahren waren, tauchte vor ihnen die Ponte di Rialto auf, die einzige Verbindung zwischen den Sestiere San Polo und San Marco. Um die Brücke herum herrschte bereits reges Treiben, denn hier fand der Markt statt, und viele Fischer verkauften den Fang, den sie noch vor Sonnenaufgang gemacht hatten.

Als sie die Brücke hinter sich gelassen hatten, bogen sie in einen der kleineren Kanäle ein, die das Viertel von San Polo durchzogen.

Die Häuser waren hier weniger prachtvoll als in den vornehmeren Teilen der Stadt, und an vielen Stellen wurde gebaut. In den vergangenen Jahren hatten sich hier mehr und mehr Händler wie Sebastianos Vater mit ihren Familien angesiedelt. Schließlich tauchte das Haus der Familie Luciani vor ihnen auf, und der Gondoliere hielt das Boot an.

Sebastiano hatte kein Interesse daran, dass sein Vater seine Rückkehr entdeckte. Eine Auseinandersetzung war zwar angesichts der deutlichen Spuren der Schlägerei auf seinem Gesicht unvermeidlich, aber vielleicht konnte er sich erst einmal ausschlafen und umziehen, bevor es dazu kam. Also schlich er um das Gebäude herum und betrat den Hof, an dem die Küche lag. Er schaute durch eines der Fenster hinein und suchte seine Mutter, die mit Sicherheit zu dieser frühen Stunde schon bei der Arbeit war.

Als sie auf sein Klopfen hin aufschaute und ihn sah, kam sie zur Tür und schloss ihm auf.

»Um der Liebe Christi willen, wie siehst du denn aus?«, fragte Safiye, als Sebastiano die Küche betrat.

Sie war eine kleine, zarte Frau, deren früher schwarze Locken längst ergraut waren. Sie stammte aus dem Norden Afrikas und war schon im Kindesalter als Sklavin nach Venedig verkauft worden. Seit vielen Jahren lebte sie schon im Haushalt von Luciano Luciani. Nachdem dessen erste Frau gestorben war, hatte er sich für kurze Zeit Safiye zugewandt, und das Kind dieser Verbindung, Sebastiano, später zähneknirschend in seinen Haushalt aufgenommen, die Mutter aber zurück in die Küche verbannt.

Welche Erinnerungen sie auch immer an ihre Heimat haben mochte, Safiye sprach nie darüber. Sie hatte ihre Familie, ihren Gott und ihr Leben dort hinter sich gelassen und sich, wie es schien, mit ihrem Schicksal vollständig abgefunden.

Sebastiano zupfte vergebens an der Locke, die sein Auge verdecken sollte. »Es ist nichts. Ich hatte ... einen kleinen Unfall.«

»An dem mindestens noch ein anderer beteiligt war, so wie es aussieht.« Mit einer liebevollen Geste schob sie ihm das Haar aus der Stirn und musterte ihn. »Das wird ganz sicher blau werden.«

»Ist Vater schon auf?«, fragte Sebastiano. Er wollte ihr nicht erzählen, was geschehen war, weil er wusste, dass sie das nur traurig machen würde. Ihr Sohn, der auch der Sohn ihres Herrn war, war ihr ganzer Stolz.

»Er ist in seinem Arbeitszimmer. Wenn du leise bist, sieht er dich nicht«, sagte sie, seine Absicht erratend.

»Ich muss mich schlafen legen«, murmelte er entschuldigend.

»Willst du zuerst etwas essen?«

Sein Magen rebellierte zwar nicht mehr, aber der Gedanke an eine Mahlzeit war trotzdem unangenehm. »Nur etwas Wasser«, sagte er, weil er merkte, wie durstig er war.

Safiye nahm eine Kanne aus einem Regal, füllte sie an dem großen Fass, das in der Küche stand, und reichte sie ihm.

Einen Moment lang hätte er sie am liebsten umarmt, aber stattdessen murmelte er bloß: »Danke.«

»Dann geh.«

Als er schon bei der Tür war, rief sie ihn noch einmal zurück.

»Dein Bruder hat wieder Geld verloren, glaube ich. Dein Vater hat sehr schlechte Laune, also lässt du dich vielleicht besser den ganzen Vormittag nicht bei ihm blicken.«

Sebastiano nickte, verließ die Küche und schlich vorsichtig die Treppe hinauf bis zu seiner Kammer, einem schmalen Raum im zweiten Stock, dessen einziges Fenster auf den kleinen Kanal vor dem Haus hinausging. Er nahm einen großen Schluck Wasser aus der Kanne und spülte sich endlich den schlechten Geschmack aus dem Mund, bevor er es aus dem Fenster spuckte.

Dann ließ er sich auf sein Bett fallen. Aber egal, wie müde er war, er konnte nicht einschlafen. Es hätte keiner Erinnerung bedurft, aber die gestrige Nacht hatte ihm wieder einmal gezeigt, wie begrenzt seine Möglichkeiten waren. Als dritter und überdies unehelicher Sohn würde er niemals eine wichtige Rolle in den Familiengeschäften spielen. Sein Bruder Ugo würde das Geschäft erben, und wenn dieser weiterhin lieber Geld verspielte, statt es zu verdienen, Ludovico nach ihm. Wenn Sebastiano ehrlich zu sich war, nahm er an, dass sein Vater sogar dem Gatten seiner ältesten Schwester den Vorzug vor ihm geben würde, und nach diesem dann den Mädchen Silvia und Ela. Alle seine ehelich geborenen Kinder standen Luciano näher als er selbst.

Und als Musiker würde Sebastiano für immer ein Bittsteller bleiben, der vielleicht am Tisch großer Herren spielte, aber niemals ihresgleichen war. Er aber wollte mehr als das. Er wollte einer von ihnen sein.

Er ließ seinen Blick zu der kleinen Kiste schweifen, auf der eine saubere Holzplatte stand, die er selber verleimt und grundiert hatte, um sie zu bemalen. Eine Vorzeichnung, die Studie eines Christuskopfes, lag daneben. Was er von der Malerei verstand, hatte er sich bisher hauptsächlich selbst beigebracht. Seit Jahren träumte er davon, bei einem der großen Maler Venedigs in die Lehre zu gehen, bei den Brüdern Bellini vielleicht, oder bei Giovanni Mansueti.

Aber bislang hatte sich sein Vater geweigert, die Kosten für die

Ausbildung in einer *bottega* zu übernehmen. Zwar hatte er weder in seinem Geschäft noch in der Familie eine richtige Verwendung für Sebastiano, aber gehen lassen wollte er ihn auch nicht.

Ich muss aber fort von hier, dachte Sebastiano mit plötzlicher Überzeugung. *Und ich kann nicht darauf warten, dass er das von allein einsieht.*

Er stand wieder vom Bett auf und verließ sein Zimmer. Kurz dachte er an die Warnung seiner Mutter, beschloss aber, sich davon nicht aufhalten zu lassen.

Sein Vater war, wie Safiye es gesagt hatte, im Wassergeschoss mit der Buchhaltung beschäftigt.

»Herrgott noch mal, hast du dir schon wieder Ärger eingehandelt?«, fragte Luciano Luciani. Er war ein grobschlächtiger Mann in seinen Fünfzigern, dessen Stimme mühelos das ganze Haus füllen konnte.

Sebastiano schüttelte den Kopf und wollte schon zu einer Erklärung ansetzen, aber dann konzentrierte er sich auf sein Anliegen. »Ich bin nicht hier, um darüber zu reden«, sagte er ausweichend.

»Worüber dann?«

»Ich bitte dich noch einmal, mich in einer *bottega* in die Lehre gehen zu lassen.«

Luciano Luciani sah ihn an, als ob er am Verstand seines jüngsten Sohnes zweifelte. »Darüber haben wir doch schon längst gesprochen. Die Antwort lautet Nein.«

»Ein Nein werde ich diesmal nicht hinnehmen, Vater«, gab Sebastiano zurück.

An der Schläfe seines Vaters begann eine blaue Ader zu pochen, aber noch blieb der alte Luciani ruhig. Er sah Sebastiano prüfend an. »Bis gestern war es noch das Lautenspiel, dem du dich verschreiben wolltest. Und war es davor nicht die Seefahrt? Du leistest nichts für diese Familie, bist aber launisch wie eine streunende Katze«, entgegnete er ihm. »Und ich sehe nicht, was sich daran geändert haben sollte.«

»Das kommt dir vielleicht so vor, aber es ist nicht wahr«, gab Sebastiano zurück. Trotz schwang in seiner Stimme mit, den er mühsam zu unterdrücken versuchte. »Ich wollte schon viel länger in eine Werkstatt eintreten, als das Lautenspiel zu lernen.«

»Aber du weißt, was es mich kosten würde, wenn ich einen Maestro dafür bezahle, damit mein Sohn so tun kann, als ob er ein Maler wäre?«, gab Luciano schneidend zurück.

Sebastiano senkte den Kopf und biss sich auf die Unterlippe. Er hatte nicht gedacht, dass ihn das mangelnde Vertrauen, das sein Vater ihm entgegenbrachte, noch schmerzen konnte, dafür war er es schon zu lange gewohnt. Aber dieser Moment belehrte ihn eines Besseren.

Er schluckte schwer und hob die Stimme, um seinem Vater das Angebot zu machen, das er sich auf dem Weg hierher überlegt hatte. »Wenn du mir das Lehrgeld gibst, brauchst du dir um alles andere keine Sorgen mehr zu machen, das verspreche ich dir«, sagte er. »Ich werde nie mehr etwas von dir fordern. Und ich kann immer noch weiter die Laute spielen und einen Teil meines Lebensunterhaltes selbst bestreiten.« Halb erwartete er, dass sein Vater aufspringen und ihn anschreien würde, aber das geschah nicht.

Als Sebastiano sah, dass er die volle Aufmerksamkeit seines Vaters hatte, fuhr er fort: »Du weißt doch selbst, dass ich ansonsten keine Aussichten im Leben habe.«

Der alte Luciani wog abwägend den Kopf hin und her. »Damit hast du wohl recht. Eher wird in Venedig die letzte Hure zur Nonne, als dass aus dir noch ein ordentlicher Kaufmann wird.«

Sebastiano schluckte die Erwiderung, die ihm auf der Zunge lag, mit einiger Anstrengung herunter.

»Und in welche Werkstatt würdest du eintreten wollen?«, fragte sein Vater unvermittelt.

»Giovanni Bellinis, wenn er mich aufnimmt.«

»Bellini? Himmel, ich wusste nicht mal, dass dieser alte Furz noch lebt.«

»Maestro Bellin ist zwar betagt, aber er nimmt noch immer Schüler an.«

»Dann soll es eben so sein«, willigte sein Vater ein. »Ich zahle dein Lehrgeld, und du gehst mir aus den Augen. Wie du dir danach dein Auskommen verdienst, geht mich nichts mehr an.«

Das war mehr, als Sebastiano zu hoffen gewagt hatte, und er konnte kaum mehr tun, als zu nicken. Im Hinausgehen blickte er aus dem Fenster. Das Licht tanzte auf dem Wasser des Kanals und lud ihn ein, ihm zu folgen.

Kapitel 22

FLORENZ, MAI 1505

Bei allen Heiligen, wie hat Meister Michelangelo das nur gemacht? Raffael ließ seinen Blick von einer Skizze zur nächsten wandern. Er hatte im Laufe der letzten Wochen unzählige Zeichnungen von der David-Statue vor dem *Palazzo Vecchio* angefertigt. Dennoch schien es ihm, als wäre es unmöglich, die Haltung des jungen Kriegers, der gerade vor seinem Kampf mit dem übermächtigen Goliath stand, auf Papier zu bannen. Michelangelo, der den David aus einem einzigen, gewaltigen Marmorblock gefertigt hatte, war es gelungen, die Proportionen der Figur so anzulegen, dass sie auf den Betrachter, der die Statue von unten ansah, perfekt wirkten. Aber auf Papier und Karton schien dieses Kunststück nicht zu gelingen.

Raffael war fasziniert. Obwohl er nie mit Marmor und Meißel gearbeitet hatte, wollte er unbedingt das Geheimnis der Perspektive ergründen, das dem David zugrunde lag. Er entschied, sich als Nächstes an einem Detail zu versuchen, das ihn besonders interessierte: die rechte, nach innen gedrehte Hand des Helden, auf der jede Ader und jede Sehne zu erkennen war, was sie besonders lebensecht wirken ließ. Er nahm einen Staubbeutel und verteilte eine Schicht aus feiner Asche auf dem Pergament. Dann blies er darüber, bevor er den Silberstift ansetzte.

Der Beutel war beinahe leer. Er musste daran denken, ihn später in der Küche wieder aufzufüllen. Glücklicherweise verdächtigte ihn die Köchin seines Gastgebers noch nicht, an schwarzen Messen teilzunehmen, sondern zog ihn eher gutmütig damit auf, wenn er darauf bestand, sich am Ascheimer zu bedienen.

Er hatte gerade erst mit der Skizze begonnen, als es an der Tür klopfte.

»Maestro Sanzio?«

Raffael erkannte die Stimme seines Gastgebers Agnolo Doni sofort. »Kommt herein«, forderte er ihn auf.

Der Hausherr war ein schlanker Mann mit buschigen Haaren, der sich leicht bücken musste, als er durch die Tür in Raffaels großzügige Räume trat. Doni war der reichste Tuchhändler der Stadt. Seine mit Alaun gebeizten Stoffe in leuchtenden Farben fanden reißenden Absatz bei den Mitgliedern der *Signoria* und ihren Familien, und die prächtige grüne Samt*zimarra*, die er trug, war ein wahres Aushängeschild für die Qualität seiner Waren. Er hatte seinen Reichtum gut angelegt und sich am Ufer des Arno eine Villa erbaut, in der Raffael dank eines Empfehlungsschreibens der Montefeltro zu Gast war.

Obwohl er nun schon Wochen hier verbracht hatte, war Raffael von dem Luxus, der in Donis Villa herrschte, noch immer beeindruckt. Überall war man von Silber, Gold und kostbarem Carrara-Marmor umgeben. Doni hatte es bei der Ausstattung seines Hauses an nichts fehlen lassen. In Urbino war solcher Reichtum allein dem Fürsten vorbehalten gewesen, aber in Florenz, das hundert Jahre lang von Bankiers regiert worden war, konnten offenkundig auch die Bürger zu solchem märchenhaften Wohlstand gelangen, ein Umstand, den Raffael sehr bemerkenswert fand.

»Ich sehe, Ihr seid bereits mit den Vorbereitungen für unser Hochzeitsbild beschäftigt, Maestro Sanzio«, sagte Doni spöttisch, der die Skizzen des David betrachtete, mit denen Raffael eine ganze Wand bedeckt hatte.

»Verzeiht, Messere Doni«, entgegnete Raffael verlegen. »Ich habe bereits ... Überlegungen angestellt, wie ich Euch und Eure Gemahlin am besten ins Bild setze. Ich kann Euch im Laufe der kommenden Woche sicher erste Entwürfe zeigen.«

Für den Kaufmann war es von Vorteil, einen Künstler zu unterstützen. Seit den Tagen der Medici-Herrschaft galt es als vornehm für die reichen und mächtigen Florentiner Familien, die schönen Künste zu fördern. Raffael hatte bereitwillig zugestimmt, im Gegenzug für die gewährte Gastfreundschaft ein Doppelbildnis seines Gönners und seiner jungen Frau Maddalena anzufertigen, die aus einer der ältesten Florentiner Adelsfamilien stammte. Allerdings reizte ihn die Arbeit nicht besonders. Die Aufgabe stellte ihn vor keinerlei neue Herausforderung, und da Doni nicht auf ihre Erledigung drängte, war Raffael bis jetzt genug Zeit geblieben, die Werke anderer Künstler zu studieren, die in Florenz arbeiteten. Für ihn hatte sich eine ganz neue Welt eröffnet, seit er hier angekommen war.

»Was kann ich für Euch tun, Messere Doni?«, fragte Raffael. Meist suchte ihn sein Gastgeber auf, um ihn einzuladen, ihn zu einem Fest oder einer Gesellschaft zu begleiten. Einen eigenen Maler im Haus zu haben, lohnte sich nur, wenn man ihn auch herumzeigen konnte. Raffael war sich dessen bewusst, aber das war ein kleiner Preis dafür, in Florenz arbeiten und lernen zu können.

»Da Ihr so begeistert von den Arbeiten von Michelangelo Buonarroti seid, wollte ich Euch fragen, ob Ihr mich heute in die Ratsversammlung begleiten wollt? Maestro Michelangelo und Maestro Leonardo stellen ihre Kartons für die Neugestaltung des Ratssaals der Signoria vor. Ich nehme Euch gerne mit, allerdings müsst Ihr mir dafür versprechen, dass ich auf dem kommenden Gemälde besser aussehe als Taddeo Taddei auf seinem Porträt.«

Raffael verneigte sich höflich, um sein Grinsen zu verbergen. Das missglückte Porträt des Patriziers von Lorenzo di Credi hatte in der Stadt für viel Spott gesorgt. »Mehr als gern, Messere«, versicherte er Doni. »Wenn Ihr es wünscht, werdet Ihr auf Eurem Porträt der bestaussehende Händler in Florenz, nein, in ganz Oberitalien sein!«

Innerlich hätte er jubeln können. *Was für eine Gelegenheit!* Leonardo und Michelangelo würden heute ihre Kartons präsentieren, und er durfte dabei sein?

Piero Soderini, der Herr der Stadt, hatte beide Künstler beauftragt, je einen Entwurf für eine Wand im Ratssaal des Palazzo Vecchio anzufertigen, und es hieß, dass die Konkurrenz zwischen ihnen beide zu neuen Höchstleistungen angespornt hatte. Jeder von ihnen wollte beweisen, dass er der größere Maler war.

Agnolo Doni lachte. »Das wollte ich hören, Maestro. Dann haben wir eine Abmachung. Lasst uns gleich aufbrechen.«

Die beiden Männer liefen den Corso de' Tintori entlang, die Straße der Gerber und Färber. Der unverkennbare stechende Geruch drang zu ihnen herüber. Agnolo Doni kannte viele Handwerker, die hier arbeiteten, und wechselte im Vorbeigehen Grüße mit ihnen.

Schließlich erreichten sie den Platz vor der Basilika Santa Croce, auf dem der Markt stattfand. Hier roch es deutlich angenehmer als in der Färberstraße. Im dichten Gedränge, das rund um die Stände mit Salz und Gewürzen, Käse und Honig, Seifen und Hornkämmer herrschte, mussten sie ihre Schritte verlangsamen, doch in der Via dell'Anguillara kamen sie schneller voran und erreichten schließlich den Palazzo Vecchio.

Die Sonne stand schon tief am Himmel, und das Licht des späten Nachmittags verlieh dem David, der sich auf der Piazza vor dem Sitz der Signoria befand, heute einen Glanz, der in Raffael den Wunsch weckte, sofort wieder zu seinen Stiften zu greifen.

Auf dem Platz vor dem Sitz des Florentiner Rates herrschte am Nachmittag ein reges Treiben. Auf den steinernen Bänken saßen Studenten und debattierten, und die Ratsherren der Signoria und ihre Diener kamen und gingen.

Gerade, als sie den Platz überquerten, zog die Ankunft einer Gruppe von Männern die allgemeine Aufmerksamkeit auf sich. Obwohl er ihm noch nie begegnet war, erkannte Raffael sofort Leonardo di ser Piero, genannt Leonardo da Vinci. Er stach aus der Menge hervor wie Kermesrot auf einer hellen Leinwand, dafür sorgte schon allein seine Kleidung. Er trug einen kurzen, flammend roten Mantel über einem schwarzen Samtwams und einer roten Hose, eine ebenso farbenprächtige wie kostspielige Ausstattung. Der Meister war von einer Schar junger Männer umgeben, vermutlich seine Schüler. Leonardo selbst war ein Mann in seinen Fünfzigern, hielt sich aber kerzengerade und überragte dadurch die meisten Umstehenden. Rotbraune, von grauen Strähnen durchzogene lockige Haare fielen ihm bis weit auf den Rücken, und ein Bart in der gleichen Farbe reichte ihm bis auf die Mitte der Brust. Raffael spürte, wie die Aufregung von ihm Besitz ergriff, dem Meister aus Vinci endlich leibhaftig gegenüberzustehen. Er nahm einen tiefen Atemzug, um Mut zu fassen, als Doni schon »Maestro Leonardo« rief und zu der Gruppe aufschloss.

Leonardo blieb stehen, und seine Schüler sammelten sich um ihn wie eine Schar Vögel. Er grüßte Agnolo Doni höflich und erkundigte sich nach seinem Befinden, dann sah er Raffael prüfend an und lächelte schließlich zufrieden, als hätte er eben eine Rechenaufgabe im Kopf gelöst. »Raffael Sanzio, nehme ich an?«, fragte er. Raffael nickte erstaunt. Er hatte seit seiner Ankunft darauf gehofft, Leonardo zu treffen, aber woher kannte der Maestro seinen Namen?

»Ganz Florenz spricht über den hinreißenden jungen Maler, der bei Messere Doni wohnt«, beantwortete Leonardo die unausgesprochene Frage und zwinkerte ihm zu. »Eure Identität zu erraten, war also nicht allzu schwer.«

Doni lachte. »Dürfen wir Euch begleiten, Maestro Leonardo? Wir sind äußerst gespannt auf Eure Kartons zur Anghiari-Schlacht. Mein junger Gast hier ganz besonders.«

»Aber natürlich, Messeres.« Doch noch bevor Leonardo sich wieder in Bewegung setzen konnte, zeigte das Raunen unter seinen Schülern, dass nun auch Leonardos Konkurrent den

Platz betreten hatte. Anders als sein Rivale kam Michelangelo jedoch allein.

Der Künstler war sicher zwanzig Jahre jünger als Leonardo und nur wenige Jahre älter als Raffael selbst. Mit dem krausen, dunklen Haar und einer flachen Nase, die aussah, als wäre sie bereits mehrfach gebrochen gewesen, wirkte er eher wie einer der Arbeiter aus den Schenken am Arno. Er war von gedrungener Statur und trug einen schlichten Kittel über verblichenen Hosen. Der Unterschied zwischen den beiden *Maestros* war so groß, dass man den einen für den Diener des anderen hätte halten können.

»Maestro Buonarroti«, begrüßte Leonardo den Neuankömmling, allerdings deutlich kühler als zuvor. »Ich bin erfreut, Euch zu sehen. Habt Ihr Eure Kartons ebenfalls dabei, oder fürchtet Ihr wieder, sie zu zeigen, weil man Euch im Palazzo Vecchio die Ideen stehlen könnte?«

Die Frage konnte kaum ernst gemeint sein, denn Michelangelo trug eine lederne Kartenrolle auf dem Rücken, die sicher seine Kartons enthielt.

»Maestro Buonarroti?«, platzte es aus Raffael heraus. »Ich verehre Euren David. Ich habe noch nie etwas Vergleichbares gesehen!«

Michelangelo wandte sich ihm zu und musterte ihn. »So. Und wer seid Ihr? Der neueste unter Leonardos Speichelleckern?«

»Raffael Sanzio, zu Euren Diensten«, entgegnete Raffael mit einer knappen Verbeugung. *Hervorragend,* schalt er sich selbst, *du hast dich anscheinend gleich mitten zwischen die Fronten manövriert.*

»Ah, der Wunderknabe aus Urbino«, sagte Michelangelo mit kaum verhohlener Verachtung. »Ich hörte schon von Eurer Ankunft in Florenz. Nun, lasst mich Euch warnen. Die Sitten hier sind andere als in der Provinz. Ich rate Euch, lieber weiter unbedeutende Adelige und Dorfschönheiten mit Kuhaugen und großen Brüsten als Madonnen zu malen, die Euch dafür gewiss bewundern, anstatt Euch hier mit echten Malern zu messen, Messere Sanzio.«

Raffael verschlug es die Sprache. Er hatte den Mann, der den David geschaffen hatte, offenbar bereits, ohne es zu wissen, schwer gekränkt. Doch noch bevor er antworten konnte, kam ihm Leonardo zu Hilfe.

»Seid Ihr so nervös, Maestro Buonarroti, dass Ihr Eure Manieren vergesst? Macht Euch nicht zu viele Sorgen, ich bin überzeugt, dass Eure Entwürfe ... ausreichend sein werden.«

Michelangelo spuckte geräuschvoll aus. »Eure Anghiari-Schlacht wäre gewiss prachtvoll geworden«, sagte er mit einem Schnauben. »Wie schade, dass Ihr sie vermutlich nie fertig malen werdet, wie es Eure Gewohnheit ist.« Er wandte sich Agnolo Doni zu. »Wisst Ihr, mein Herr, was Leonardo für ein Aufschneider ist? Dann fragt ihn doch einmal, wie viele Werke er in Mailand schon fertiggestellt hat. Nun, wie auch immer. Wir sehen uns vor der Signoria«, sagte er und schritt eilig davon.

Raffael blickte getroffen zu Boden. Wie immer er sich vorgestellt hatte, dem Schöpfer des David zu begegnen – das hier war himmelweit davon entfernt.

»Bin ich Maestro Buonarroti in irgendeiner Weise zu nahe getreten?«, fragte er schließlich.

»Macht Euch keine Gedanken wegen Michelangelo, Maestro Sanzio«, erklärte Leonardo aufgeräumt. »Seine Laune ist für gewöhnlich noch schlechter als sein Atem, und er erträgt den Gedanken nicht, dass außer ihm noch jemand malen kann. Aber ich freue mich, Eure Bekanntschaft zu machen. Ich habe Eure Vermählung Marias gesehen. Ein interessantes Bild, sowohl was das Motiv, als auch, was die Perspektive angeht. Ihr müsst mich in meiner Werkstatt besuchen, ich würde gerne mit Euch darüber sprechen.«

Obwohl die Worte freundlich waren und die Einladung in Leonardos Werkstatt mehr war, als er zu hoffen gewagt hätte, empfand Raffael plötzlich einen fast körperlichen Schmerz. Er erinnerte sich daran, wie er das Bild in der Werkstatt gemalt hatte, allein und zumeist angetrunken, gequält von der ständigen Erinnerung an Margherita. Es war ein Wunder, dass er es überhaupt beendet hatte. Aber wenn Leonardo darüber sprechen wollte, würde er die Gelegenheit dennoch beim Schopf packen, immerhin wollte *dieser* Maler, anders als Michelangelo, überhaupt mit ihm reden. »Es wäre mir eine Ehre, Maestro.«

* * *

Die Signoria, die Versammlung der Ratsherren von Florenz, hatten sich fast vollständig versammelt, um sich die Kartons der beiden Meister vorführen zu lassen. Als sie schließlich in der Mitte des Raumes auf einem großen Tisch ausgebreitet wurden, schwelgte Raffael in den Entwürfen. Beide Künstler hatten ein Gefecht als Motiv gewählt, Leonardo die Schlacht von Anghiari, die zwischen Mailand und Florenz ausgefochten worden war, und Michelangelo die Schlacht von Cascina zwischen Florenz und Pisa. Beide Entwürfe waren so reich an Figuren und Bewegung und so lebensecht in ihren Details, dass Raffael nicht hätte entscheiden können, welches der bessere Entwurf war. Michelangelos Karton bestach durch eine Fülle athletischer Leiber, die in den Kampf gegeneinander verstrickt waren, ein gänzlich dynamisches Bild. Dagegen hatte Leonardo eindringlich die ganze Wucht eines Reiterangriffs dargestellt, mit Soldaten, die schreiend ihre Pferde antrieben, und Gegnern, die einander so nahe waren, dass sie sich in die Augen blickten.

Den Ratsherren ging es offenkundig genauso, und ohne Gegenstimmen wurde beschlossen, dass beide Meister die Gelegenheit bekommen würden, ihre Vision umzusetzen.

* * *

Am nächsten Abend beschloss Raffael, Leonardos Einladung direkt Folge zu leisten, bevor der Meister sie vergessen haben konnte.

Leonardos Werkstatt war nicht schwer zu finden, nachdem Doni Raffael genau beschrieben hatte, wo sie lag. Die zahlreichen kleinen Straßen und Gassen in Florenz konnten verwirrend sein, aber Raffael behielt stets den gewaltigen Dom mit Brunelleschis Kuppel, die alle anderen Gebäude überragte, und den Arno im Auge.

Als er die *bottega* erreichte, blickte Raffael zuerst neugierig durch die geöffnete Tür ins Innere, bevor er sich bemerkbar machte. Leonardo stand an einem langen, hölzernen Tisch und rührte in einer Flüssigkeit, die in einem Tiegel über einer kleinen Flamme kochte. Er war nicht ganz so auffallend gekleidet wie am Vortag, aber seine Vorliebe für prächtige Farben zeigte sich dennoch in einem feuerroten Wams.

Die ganze Werkstatt wirkte mehr wie eine Kreuzung aus dem Labor eines Alchemisten und dem Arbeitszimmer eines Medicus als wie die Werkstatt eines Malers. Hohe Regale, in denen Raffael Glaskolben, Steinzeug, Malerutensilien und hölzerne Modelle mehr ahnen als sehen konnte, streckten sich bis zur dunklen Balkendecke. Überall an den Wänden waren Schnüre gespannt, von denen Zeichnungen hingen.

Als Raffael sich räusperte, blickte Leonardo von seiner Arbeit auf. »Maestro Sanzio! Kommt herein. Ich muss allerdings hier noch fertig werden, deshalb müsst Ihr entschuldigen, wenn ich fürs Erste ein schlechter Gastgeber bin.«

»Natürlich! Entschuldigt, dass ich Euch so überfalle.« Raffael zögerte kurz, aber dann siegte seine Neugier. »Darf ich mich umsehen?«, fragte er. Er konnte seine Aufregung kaum zügeln. Er war in Leonardos Allerheiligstem, in der Werkstatt des Mannes, den er mehr als jeden anderen bewunderte.

Raffael trat zu den Zeichnungen und sah sich aufmerksam Skizzen von Menschen und Tieren, Gebäuden und Landschaften an. Schließlich blieb er vor der Zeichnung einer Hand ohne Haut stehen, die Muskeln, Knochen und Sehnen zeigte.

»Interessiert Ihr Euch für die menschliche Natur, Maestro Sanzio?«, wollte Leonardo wissen.

»Ich interessiere mich auf jeden Fall für die Menschen«, gab Raffael vorsichtig zurück und richtete den Blick auf eine Serie von Zeichnungen, die Menschen mit grotesken Gesichtszügen zeigte: Vorspringende Nasen und Kinne, verzogene Münder, vom Alter eingeschrumpfte Haut und ein Wasserkopf waren darunter.

»Mich interessiert allerdings mehr, was die Natur idealerweise schafft, statt dieser grausamen Veränderungen.«

»Das sind alles Florentiner Bürger«, gab Leonardo zurück. »Manche waren in ihrer Jugend ebenso schön wie Ihr, aber das Alter hat ihre Schönheit zerstört. Andere sind schon mit einem Makel zur Welt gekommen und nie in den Genuss gelangt, den ein angenehmes Äußeres mit sich bringt.«

Nun sah sich Raffael mit noch größerer Aufmerksamkeit die Skizzen an und konnte plötzlich erkennen, was Leonardo meinte. In dem greisenhaften Gesicht einer alten Frau lag noch immer die Erinnerung an ihre früheren Reize verborgen. »Was für ein Jammer«, sagte Raffael, »dass dies unser aller Schicksal ist.«

»Grämt Euch nicht, Maestro Sanzio. Ein erfülltes Leben sorgt für einen heiteren Tod«, gab Leonardo zurück. Er hob das Gefäß, aus dem jetzt ein öliger Rauch aufstieg, von der Feuerschale und betrachtete den Inhalt. »Perfekt«, stellte er fest, bevor er das Gefäß vorsichtig zum Abkühlen auf eine Korkplatte stellte. »Ich versuche gerade, einen neuen Grünton für die *verdaccio* herzustellen«, erklärte er.

Neugierig blickte Raffael in den Keramiktopf, in dem sich tatsächlich ein grünliches Granulat befand, das man sicher später zur Gewinnung von Farbpigmenten fein mahlen konnte.

Raffael wandte sich der nächsten Wand und einem großen

steinernen Behälter zu. Doch bevor er die Hand danach ausstrecken konnte, hielt Leonardo ihn auf.

»Schont Eure Nase lieber«, sagte er. »Darin ziehen gerade meine Bleiplatten in Essig und Pferdepisse.«

Raffael, der den stechenden Geruch noch aus der Werkstatt in Urbino nur zu gut kannte, der bei der Herstellung von Bleiweiß entstand, zog rasch die Hand zurück und wandte sich wieder den Zeichnungen zu.

»Ihr zeichnet mehr mit Rötel als mit Silberstift?«, wollte er wissen.

»Ich arbeite fast nur noch mit Kohle und Rötel. Das Silber ist so ungenau. Insbesondere, wenn Ihr die Feinheiten des menschlichen Körpers einfangen wollt.«

Raffael entdeckte etwas Neues, das seinen Blick fesselte – Porträtzeichnungen einer jungen Frau, einmal von der Seite, dann von vorne und einmal ganz ungewöhnlich in der Dreiviertelperspektive. »Sie ist sehr schön«, bemerkte Raffael. »Fast nicht von dieser Welt.«

»Ja, und ich frage mich, wie ich den Reiz daran ausdrücken kann, ohne dass so viel Anmut langweilig wird«, gab Leonardo zurück. »Deshalb habe ich sie in verschiedenen Haltungen sitzen lassen. Aber Ihr habt selbst ein Händchen für schöne Frauengesichter, oder etwa nicht? Habt Ihr schon einmal darüber nachgedacht, diese Ansicht zu nutzen?«

Raffael schüttelte den Kopf. »Nicht für ein Altarbild. Aber für ein Porträt würde ich es gerne einmal versuchen. Das ist sehr interessant, was Ihr hier tut, Maestro. Allerdings versuche ich es vielleicht nicht unbedingt bei dem Bildnis von Maddalena Doni, ich weiß nicht, was ihr Mann davon halten würde«, fügte er nachdenklich hinzu.

»Vielleicht freut Agnolo Doni sich«, sagte Leonardo. »Die meisten Fürsten holen uns an ihre Höfe, damit wir sie unterhalten – und das tut etwas Überraschendes allemal besser als das Altbekannte. Bei einem Tuchhändler wird das möglicherweise nicht anders sein. Wenn Ihr diesen Rat von mir annehmen wollt.«

»Bei Euch klingt das ein wenig so, als wären wir kaum mehr als Hofnarren«, sagte Raffael, erstaunt über die Offenheit des Meisters.

Leonardo hob die Hände. »Sind wir denn etwas anderes, Maestro Sanzio?«, fragte er. »Springen wir nicht, wenn unsere Auftraggeber unterhalten werden wollen? Lodovico Sforza hat mich häufiger dafür bezahlt, seine Lustbarkeiten auszustatten, als ihm etwas zu malen oder seine Bewässerungsanlagen zu verbessern.«

Raffael neigte den Kopf. Er musste sich erst daran gewöhnen, dass Leonardo offenbar gern von einem Thema zum nächsten sprang, ohne sich darum zu kümmern, ob sein Gesprächspartner ihm folgte. »Offen gestanden, kein angenehmer Gedanke.«

»Nein, das sicher nicht. Aber ich vermute, Euch ist es lieber, der Wahrheit ins Auge zu sehen, statt Euch selbst zu belügen?«

Raffael deutete wieder auf die enthäutete Hand. »Das hoffe ich zumindest. So wie hier? Ist es wahr, dass Ihr die Anatomie der Toten studiert?«

Leonardo nickte. »Es ist äußerst nützlich für einen Maler oder einen Bildhauer, der die menschliche Natur begreifen will«, sagte er. Dann machte er eine kurze Pause und sah Raffael an. »Begleitet mich heute Nacht ins *Ospedale Santa Maria Nuova* und seht mit eigenen Augen, was unseren Körper im Innersten zusammenhält, Messere Sanzio«, forderte er ihn auf. Beim Gedanken an Leichen musste Raffael ein Schaudern unterdrücken. Kurz zuckte das Bild des wachsbleichem Gesichts seines Vaters auf dem Totenbett durch seine Gedanken, sein alter Albtraum, der nie völlig vergangen war. »Ich weiß nicht, ob ich das kann, Maestro«, antwortete er wahrheitsgemäß. »Glaubt Ihr denn nicht, dass wir eine unsterbliche Seele haben?«

Leonardo legte ihm eine Hand auf die Schulter. »Die Seele ist dann schon lange fort, vertraut mir. Es gibt keinen besseren

Weg, herauszufinden, wie sich ein lebendiger Körper in allen möglichen Bewegungen verhält, als die Toten aufzuschneiden und ihre Mechanik zu studieren.« Er streckte sich und nahm von einem der oberen Regalbretter eine skelettierte Hand, deren einzelne Knochen von zahlreichen dünnen Drähten zusammengehalten wurden. Er zog den Zeigefinger nach oben und zeigte Raffael das Ergebnis. »Wenn Ihr den ungläubigen Thomas malt, wollt Ihr seine Hände gewiss richtig darstellen, wenn der Apostel sagt, dass er seine Finger in die Wunden des Herrn legen will.

Seht: Wenn der Zeigefinger zum Himmel weist, fallen die übrigen Finger von allein nach innen. Das ist keine einstudierte Geste, sondern ganz natürlich.«

Raffael berührte vorsichtig die Skeletthand. »Das ist faszinierend«, sagte er. Kein Modell, nicht einmal die geübtesten, hielten lange genug still, um eine solche Pose naturgetreu nachmalen zu können.

»Und das ist noch das geringste Beispiel dafür, was wir aus dem Studium der Toten lernen können. Ich kann nicht verstehen, wie jemand glaubt, den toten Christus malen zu können, ohne jemals einen echten Toten studiert zu haben.«

Ob Leonardo dies nur dahinsagte oder ob er ihn direkt meinte – diese Bemerkung kratzte an Raffaels Ehre. Er wollte den älteren Maler auf keinen Fall enttäuschen.

Vielleicht hatte Meister Leonardo recht? »Nun gut«, stimmte er zu. »Ich werde Euch heute Abend begleiten.«

»Sehr gut! Aber nun kommt, lasst uns zuerst einen Becher Wein trinken. Ich bin wirklich ein schlechter Gastgeber! Wo ist Salai nur schon wieder? Salai!«

Kurze Zeit später betrat ein junger Mann die Werkstatt, und Raffael war sofort sicher, dass dieser eines von Leonardos Modellen sein musste. Salai war außergewöhnlich hübsch. Sein Profil ähnelte dem einer griechischen Statue, und er hatte lange, rote Locken, die er zu einem Pferdeschwanz gebunden hatte.

»Das ist mein Gehilfe. Und das ist Raffael Sanzio«, stellte Leonardo seinen Gast vor. »Wir gehen später ins *Ospedale* und wollten uns vorher noch etwas Mut antrinken«, sagte er augenzwinkernd. »Begleitest du uns?«

Salai hob eine perfekt geschwungene Augenbraue und musterte Raffael von oben bis unten. »In einem feuchten Keller Tote aufschneiden? Mehr hast du mit ihm nicht vor? Was für eine Verschwendung«, sagte er dann zu Leonardo.

»Salai«, sagte dieser warnend, doch der lachte nur. »Ich mache nur Spaß, Messere Sanzio. Ich bin beim Wein gerne dabei, auch wenn ich auf keinen Fall einen Fuß ins Hospital setze, um mir eine Leiche von innen anzusehen. Was möchtest du mitnehmen, Leonardo?«

Leonardo lächelte seinen Gehilfen nachsichtig an, und Raffael ließ den Blick von einem zum anderen wandern. Der ältere Meister war offenbar sehr vertraut mit seinem Schüler, und der Spitzname »Salai«, kleiner Teufel, klang aus seinem Mund keinesfalls vorwurfsvoll.

Die drei Männer machten sich auf den Weg, als die Sonne bereits untergegangen war. Überall am Arno öffneten die Schenken, Tavernen und Bordelle. Sie kauften einen Krug Wein, setzten sich vor ein Wirtshaus, teilten ihn und diskutierten miteinander. Dabei beobachteten sie die Vorübergehenden.

»Wie lange seid Ihr schon bei Leonardo?«, fragte Raffael Salai. Der Angesprochene wechselte einen Blick mit seinem Meister. »Schon lange. Mein Vater hat mich in Mailand bei ihm in die Lehre gegeben, und seitdem begleite ich ihn, wohin er auch geht.«

»Und macht mir Schwierigkeiten, wo er nur kann«, fügte Leonardo freundlich hinzu. »Aber niemand sonst kennt mich so gut wie er. Wenn ich ihm eine Studie zeige, die ich gerade erst begonnen habe, weiß er sofort, wie ich sie fortsetzen will und was meine Absicht war. Manchmal besser als ich selbst.«

Salai beugte sich zu Raffael vor. »Eigentlich behält er mich

nur wegen meiner Haare«, flüsterte er, und Raffael musste lachen. »Die ja auch wirklich prachtvoll sind«, wisperte er zurück.
»Hast du das gehört, Leonardo? Ein Mann nach meinem Geschmack.«
»Das kann ich mir denken. Er erobert gerade ganz Florenz mit seiner *gentilezza*. Aber erzählt mir von Eurer *sposalizio*, Raffael.«
»War das Thema in Eurer Werkstatt beliebt, Maestro Sanzio? Oder wie seid Ihr auf das Motiv gekommen?«, fragte Salai.
»Vermutlich war es ein Auftrag, oder etwa nicht?«, wollte Leonardo wissen.

Ein Schatten der alten Schwermut legte sich bei der Erwähnung der Marienhochzeit auf Raffael, doch er schob ihn beiseite. Nicht heute Nacht. Raffael hätte Leonardo stundenlang zuhören können, um einen Einblick in seine Denkweise zu bekommen, und Salai verstand deutlich mehr von der Malerei, als es zunächst den Anschein gehabt hatte. Der Gehilfe liebte es außerdem offenbar, Leonardo in Verlegenheit zu bringen, der jedoch geduldig mitspielte.

Als der Weinkrug leer war, verabschiedeten sich Raffael und Leonardo von Salai. »Passt auf ihn auf, Messere Sanzio«, sagte Salai. »Er vergisst bei der Arbeit alles um sich herum.«

***

Das *Ospedale* lag direkt hinter dem gewaltigen Dombau. Ein Mönch begrüßte die beiden an der Pforte des Hospitals, der Leonardo offenbar bereits kannte. »Folgt mir«, sagte er in sanftem Tonfall, nachdem er sie begrüßt hatte.
»Ist jemand verstorben, den ich untersuchen kann, Bruder?«, erkundigte sich Leonardo.
»Wir haben einen Selbstmörder, Messere.«
Raffael folgte den beiden Männern ins Innere des Hospitals,

vorbei an zahlreichen Räumen, in denen sich die Brüder um Kranke und Bedürftige kümmerten.

Er war sich nicht sicher, was die Bibel zu ihrem Plan zu sagen hatte, einen Menschen aufzuschneiden, hieß es doch von den Predigern so oft, dass auch der Leib der Menschen am Jüngsten Tag auferstehen würde. Aber bei einem Mann, der sein eigenes Leben beendet und damit ohnehin bereits jede Möglichkeit verwirkt hatte, unversehrt in den Himmel zu gelangen, machte die Kirche womöglich eine Ausnahme.

Über mehrere Treppen gelangten sie schließlich in einen Kellerraum, in dem es deutlich kühler war als im Erdgeschoss des Klosters. Die Leiche des Selbstmörders lag auf einem Holzbrett, das auf zwei Böcken stand. Daneben stand ein Waschkrug. Schwämme und allerlei Werkzeug lagen auf einem kleinen Tisch ausgebreitet. Aus einer Räucherschale stieg stark riechender Weihrauch auf. Unwillkürlich versuchte Raffael festzustellen, ob sich bereits Verwesungsgeruch in den Rauch mischte, aber er konnte nur das aromatische Harz riechen. Er spürte, wie nervös er war, als sein Magen sich plötzlich zusammenkrampfte.

Leonardo trat an das Brett heran und betrachtete den Leichnam. Raffael tat es ihm nach.

Der Tote war ein dünner Mann, nicht alt, nicht jung, mit wirren, aschblonden Haaren und einem ungepflegten Bart.

»Er ist in den Arno gesprungen, von der Ponte alle Grazie«, erklärte der Mönch.

»Was mag ihn wohl dazu getrieben haben?«, murmelte Raffael, aber auf diese Frage konnte es natürlich keine Antwort geben.

Leonardo besah sich zunächst genau die Arme, Hände und Finger, dann fuhr er mit den Beinen, dem Oberkörper und dem Geschlecht des Mannes fort. Er hob die Arme des Mannes an, ein erkennbarer Kraftakt. »Jede Erkenntnis beginnt mit den Sinnen«, sagte er. »Also, was sagen Euch Eure Sinne?«

Raffael richtete seinen Blick auf den Toten. »Er ist starr und steif. Also muss er schon eine Zeit hier liegen. Aber es riecht nicht nach Verwesung, also kann es auch noch nicht allzu lang sein.«

Leonardo drückte mit der Hand fest auf den Brustkorb des Toten. Zwischen den leicht geöffneten Lippen schob sich ein schaumiges, jedoch überraschend festes Sekret fast pilzförmig hervor. »Ich denke, dass er ertrunken ist. Wir werden sehen, dass dieser Schaum auch in den Atemwegen zu finden sein wird.«

Dann wandte er sich an Raffael. »Was interessiert Euch?«, fragte er. »Womit sollen wir beginnen?«

Raffael dachte einen Moment nach, dann fielen ihm die Hand Davids und die Knochenhand in der Werkstatt wieder ein. »Der Aufbau einer Hand«, entgegnete er. »Was es darin außer den Knochen noch zu sehen gibt.«

Leonardo bewegte zunächst die Finger der Hand, um die folgende Präparation zu erleichtern. Dann nahm er ein scharfes Messer und schnitt über den Zeigefinger bis zum Gelenk, zog die Haut des Fingers komplett ab und legte Muskeln, Sehnen und Bänder frei. Raffael erkannte, dass Leonardo das schon oft getan haben musste, jeder seiner Schnitte war präzise.

»Ich würde das gerne zeichnen, wenn Ihr erlaubt«, erklärte Raffael, und Leonardo nickte. »Natürlich. Deshalb seid Ihr ja hier!«

Raffael griff zu seinem Pergament und der Zeichenkohle und begann, die freigelegten Finger in allen Einzelheiten zu zeichnen. Er war fasziniert von dem filigranen, komplexen Gewebe, das Leonardo zutage förderte, und vergaß für einen Moment beinahe, wo er sich befand, oder was genau er sich da ansah.

»Seht Ihr, wie die einzelnen Sehnen hier unter ihren Bändern verlaufen und die Knochen verbinden?«, fragte Leonardo. Um ihm zu demonstrieren, was er meinte, bewegte er die Finger der anderen, noch intakten Hand, mit der er eine obszöne Geste formte, indem er den Daumen zwischen Zeige- und Mittelfinger einklemmte. Raffael hätte beinahe gelacht, erschrak dann aber vor sich selbst.

»Wie gesagt, seine Seele ist schon lange fort«, erklärte Leonardo, der seinen Gesichtsausdruck wohl richtig deutete. Dann zeigte er ihm mittels der gehäuteten Finger noch einmal, wie die Feigenhand von innen funktionierte.

Raffael beschloss sofort, diese Zeichnungen unter Verschluss zu halten. Er konnte Agnolo Doni unmöglich sehen lassen, dass er einen Toten mit einer so vulgären Geste gezeichnet hatte.

»Habt Ihr alles Wissenswerte gesehen?«, fragte Leonardo nach einer Weile. »Dann würde ich mir gerne sein Inneres anschauen.«

Leonardo griff nach einem größeren Messer und setzte es unterhalb der Halsgrube an. Dann schnitt er mit einer einzigen, raschen Bewegung die Haut bis zum Nabel auf, wo er noch zwei weitere, seitliche Schnitte ansetzte und dann die Haut des Oberkörpers aufklappte wie die Seiten eines Buches.

Darunter kamen roter Muskel und gelbes Fettgewebe zum Vorschein. Am seitlichen Brustkorb schimmerten die blassgelben Knochen der Rippen. Ein weiterer Schnitt eröffnete die Bauchhöhle, aus der die Gedärme grünlich verfärbt und gebläht hervorquollen. Ein übler Geruch stieg auf, den auch der Weihrauch nicht mehr überdecken konnte.

Leonardo nahm eine scharfe Zange zur Hand und setzte sie am Brustkorb an, um die Knorpel zu durchtrennen.

Raffael spürte, dass ihm der Wein wie bittere Galle den Hals hinaufstieg. Plötzlich erschien ihm das alles nur zu real, der Tote, der geöffnete Brustkorb, die Geräusche und Gerüche ...

»Ich ... muss an die frische Luft«, murmelte er und legte hastig seine Zeichnungen in die Tasche.

Leonardo nickte ihm zu. »Geh nur«, sagte er und benutzte scheinbar unbeabsichtigt eine vertrautere Anrede. »Für ein erstes Mal hast du dich hier unten tapfer gehalten. Ich sehe dich später.«

Einige Augenblicke später stand Raffael mit zitternden Knien vor dem Ospedale und atmete die milde Nachtluft ein, bis die Übelkeit verging. Er fragte sich, was ihm mehr zu schaffen machte – Leonardos Faszination für die Toten oder der Gedanke, dass er einst selbst so enden würde, kalt und steif auf einem Holzbrett.

Um ihn herum pulsierte das Leben der Florentiner, und er nahm das Lachen und Reden der Menschen um sich plötzlich mit aller Deutlichkeit wahr.

Er löste sich von der Mauer und lief mit plötzlicher Entschlossenheit zum Fluss hinunter, in Richtung der nächsten Taverne.

Noch war er lebendig, und er würde die heutige Nacht genießen.

Kapitel 23

SIENA, AUGUST 1506

Margherita spürte, wie ihr der Schweiß die Stirn und den Nacken hinablief, obwohl sie nicht mehr tat, als vor der Statue der heiligen Jungfrau zu knien und für ein Wunder zu beten. Obwohl der August bereits dem Ende zuging, war es in den letzten Tagen noch so heiß gewesen, dass sich selbst die *Cattedrale di Santa Maria Assunta* aufgeheizt hatte, und die vielen Kerzen, die vor dem Abbild der Muttergottes brannten, trugen das ihre dazu bei, dass die Luft heute besonders schwer und stickig war.

Als sie den Blick hob, um die Heilige anzusehen, war es, als läge ein dünner grauer Schleier über ihren Augen, und sie konnte eine Verzweiflung spüren, die sich nicht zurückdrängen ließ.

All die Kerzen um sie her brannten, weil jemand die Jungfrau um etwas gebeten hatte. *Wie viele von diesen Bitten mochte sie wohl erfüllt haben? Eine? Zehn? Oder keine?*

Margherita verharrte bereits seit langer Zeit in der Seitenkapelle, und allmählich wurde ihr von der Hitze und der unbequemen Haltung schwindelig. Als sie ein weiteres Ave-Maria begann, wünschte sie sich, die Jungfrau würde ihr ein Zeichen geben, nur ein kleines Signal, dass sie die Gebete erhörte, die an sie gerichtet wurden. Doch Maria blieb so stumm, wie sie es Margherita gegenüber schon immer gewesen war.

Unwillkürlich legte sie eine Hand auf ihren Leib. Noch war ihre Schwangerschaft nicht zu deutlich zu erkennen, nicht mehr als eine sanfte Wölbung ihres Bauches, die sie unter ihren Röcken verbergen konnte.

Das Kind würde Piero Petruccis sein, vielleicht der Sohn, den er sich so sehr wünschte. Margherita wusste, dass diese Schwangerschaft ihre Stellung innerhalb der Petrucci-Familie sichern, ihr vielleicht die Möglichkeit geben würde, von einer Außenseiterin zu einem echten Familienmitglied zu werden. Doch was sollte dann mit Alessandro geschehen, ihrem Erstgeborenen?

Nicht zum ersten Mal, seit sie erkannt hatte, dass sie wieder schwanger war, hatte sie darüber nachgedacht zu fliehen. Verstohlen warf sie einen Blick zum Eingang des Doms. Dort standen zwei Männer in den Farben der Petrucci, die sie später wieder in den Palazzo begleiten würden. Seit sie geheiratet hatte, war sie praktisch nie mehr allein gewesen.

Margherita erhob sich umständlich und mit steifen Gelenken. Bevor sie in den Palazzo zurückkehrte, wollte sie noch der Bibliothek einen Besuch abstatten, wie sie es sich in den letzten Jahren zur Gewohnheit gemacht hatte. Sie ging durch das Hauptschiff zur linken Seite des Doms hinüber, klopfte an eine Tür und wartete, bis ein Geistlicher sie hineinließ. Der Priester nickte ihr freundlich zu, er erkannte sie sofort.

Margherita kam oft hierher, und als Frau eines der mächtigsten Männer Sienas hätte ihr niemand den Zutritt verwehrt. Sie hatte die letzten Jahre genutzt und das Lesen und Schreiben erlernt. Wenn sie jetzt Wörter auf eine Tafel schrieb, ging ihr das bereits ganz flüssig von der Hand. Und sie hätte nie gedacht, dass ihr das Lesen einmal so viel bedeuten würde. Mittlerweile konnte sie sich ein Leben ohne Bücher kaum mehr vorstellen.

Aber heute war sie nicht hier, um zu lesen oder Sonette abzuschreiben, sondern um nachzudenken. Sie setzte sich auf eine der flachen Holzbänke und ließ den Blick über die Fresken schweifen, die die Decke und die Wände bedeckten. Sie hatte gehört, dass Raffael jetzt in Florenz lebte und seine Bilder bei der Signoria sehr begehrt waren.

»*Ich kann so gut werden*«, hatte er vorhergesagt. Damals.

Drei Jahre. So lange war es her, dass Raffael hier mit Bernardino di Betto gearbeitet hatte, dass die beiden Maler jeden Tag in die Bäckerei gekommen waren, und dass sie Raffaels Stimme gehört und ihn gesehen hatte. Und dass sie freier gewesen war als in jedem Moment, der vergangen war, seit er Siena verlassen hatte. Seit sie die Frau von Piero Petrucci geworden war.

Petrucci war kein Narr gewesen. Als Margherita ihn geheiratet hatte, nur wenige Wochen nach Raffaels erzwungener Abreise, hatte er schnell erkannt, dass sie schwanger war. Damals wie heute war Margherita klar gewesen, dass er sie ohne Weiteres verstoßen und zum Betteln auf die Straße hätte schicken können. Er hätte sie töten können, ohne Konsequenzen befürchten zu müssen, und es gab Tage, an denen sie sich wünschte, er hätte es getan.

Aber Piero hatte nichts dergleichen unternommen. »Wenn ich dich jetzt verstoße, weil du sein Kind trägst, mache ich mich vor ganz Siena lächerlich«, hatte er gesagt. »Ein Ehemann, schon gehörnt, bevor er noch verheiratet war. Ich glaube nicht, dass unsere Familie diesen Skandal braucht.«

Es hatte nichts gegeben, was Margherita darauf erwidern konnte. Als sie gemerkt hatte, dass sie schwanger war, hatte sie gewusst, dass sie endgültig in der Falle saß. Jeder Gedanke an Flucht hatte sich damit in Luft aufgelöst. Vorher hätte sie vielleicht noch davonlaufen können, aber mit einem Kind?

Petrucci hatte geschwiegen, als Margherita nach kaum acht Monaten Ehe einen Sohn zur Welt gebracht hatte. Er hatte dem Jungen einen Namen gegeben und so jeden Verdacht im Keim erstickt. Und sie hatte Raffaels Sohn an sich gedrückt und gewusst, dass sie ihm zuliebe würde lernen müssen, in der Petrucci-Familie zu überleben.

Piero hatte Alessandro zwar als seinen Sohn anerkannt, aber er bemühte sich nach Kräften darum, das Kind so wenig wie möglich zu sehen. Und er wollte einen Erben von Margherita, einen eigenen Sohn, sein Fleisch und Blut.

Margherita wusste, wie sehr sie von Pieros Launen und seiner Gunst abhängig war, und die Tatsache, dass sie bisher nicht von ihm schwanger geworden war, hatte sie noch mehr von seiner

Zuneigung verlieren lassen, als das schon vorher der Fall gewesen war. Wäre es nur um sie gegangen, es wäre ihr egal gewesen. Doch um Alessandros willen musste sie Piero eine gute Ehefrau sein.

Aber wenn Piero nun einen eigenen Erben bekam, würde Alessandro ihm nicht im Weg stehen? Margherita kannte Piero inzwischen gut genug, um zu wissen, dass er keinerlei Skrupel hätte, den Jungen aus dem Weg zu räumen, sobald er ihm hinderlich wäre. Das war der Grund, aus dem sie die Schwangerschaft bislang sorgsam vor ihm und allen anderen Mitgliedern des Haushalts verborgen hatte. Doch sie wusste, dass das nicht mehr lange gut gehen konnte. Sie musste es Piero sagen.

Ihr Blick, der in ihren Erinnerungen verloren gewesen war, kehrte zu den Fresken zurück, wahre Wunderwerke, die die Taten eines früheren Papstes zeigten.

Sie dachte daran zurück, wie es gewesen war, als sie von Bernardino gehört hatte, dass Raffael die englische Seuche hatte und im Hospital bei den barmherzigen Brüdern lag.

Auch damals hatte sie zur Jungfrau gebetet, hatte ihr jedes Opfer versprochen, wenn die Muttergottes ihn verschonte. Und sie hatte wirklich geglaubt, dass Maria sie erhört hatte, als sie Raffael, gesund und wohlauf, zur Christmette im Dom wiedergesehen hatte. Vielleicht hatte die Jungfrau sie wirklich erhört und sie beim Wort genommen, und alles, was darauf gefolgt war, war der Preis dafür gewesen, den sie für seine Rettung verlangt hatte. Wer konnte das schon wissen?

So gern sie einfach noch einen Moment in der Vergangenheit und mit ihm verbracht hätte, sie wusste, dass das Hier und Jetzt nach einer Lösung verlangte. In kürzester Zeit würde sie in den Palazzo zurückkehren müssen, und ihr musste etwas einfallen, um Alessandro zu beschützen, wenn dieses Kind in ihr wirklich der lang erhoffte Sohn Petruccis war.

Der freundliche Priester, der sie hereingelassen hatte, trat auf sie zu. »Möchtet Ihr ein Glas Wein, Madonna? Ihr seht blass aus.«

Margherita schüttelte den Kopf. »Danke, aber ich muss mich bald wieder auf den Weg machen.«

Plötzlich kam ihr ein Gedanke. *Vielleicht ist ja die Kirche die Lösung?* Wenn sie Petrucci überzeugen konnte, Alessandro in ein Kloster zu schicken, konnte er der Familie nicht mehr gefährlich werden, und er wäre Pieros Zugriff entzogen.

Der Gedanke nahm Gestalt an, wurde in ihrem Kopf konkret. Wenn dieses Kind ein Junge war, würde sie Piero bitten, Alessandro in eine Klosterschule zu geben, sobald er alt genug dafür war. Der Gedanke, sich von ihm trennen zu müssen, schnürte ihr die Kehle zu, aber wenn dies die einzige Möglichkeit war, ihn zu retten, dann musste es so sein.

Sie erhob sich langsam und hoffte inständig, dass der einsetzende Schwindel schnell vorübergehen würde.

Die beiden Männer am Eingang der Kathedrale nahmen sie schweigend in Empfang, als Margherita blinzelnd in das blendend helle Sonnenlicht hinaustrat, und begleiteten sie ebenso stumm den kurzen Weg bis zum Palazzo der Petrucci. Es war nicht ungewöhnlich für eine Frau ihres Standes, auf jedem noch so kurzen Weg von Männern ihres Hauses eskortiert zu werden, und doch fühlte sich Margherita als das, was sie war: als eine Gefangene. Sie hatten den Eingangsbereich des Palazzos noch kaum betreten, als Margheritas Schwägerin Aurelia sie bereits in Empfang nahm.

Aurelia war groß gewachsen und gertenschlank, eine Patrizierin, die seit vielen Jahren an Pandolfo Petruccis Seite stand. »Willst du heiliggesprochen werden, oder warum gehst du bei dieser Hitze stundenlang beten?«, fragte sie unwirsch.

Margherita nestelte sich den kostbaren und mit schweren Steinen geschmückten Schleier aus den Haaren. Ihr Kopf fühlte sich gleich etwas leichter an. »Wieso, hast du mich vermisst?«, fragte sie spöttisch.

Normalerweise beschäftigte sich Aurelia kaum mit ihr. Margherita war immer wieder erstaunt, wie sehr ihre Schwägerin sich die Ziele der Petrucci zu eigenen gemacht hatte, obwohl Pandolfo Petrucci, Aurelias Mann, vor einigen Jahren Aurelias eigene Familie des Verrats hatte anklagen und ihren Vater hatte hinrichten lassen.

Aurelia ließ Margherita ihre Herkunft niemals vergessen. Auch Piero gegenüber machte sie stets deutlich, dass sie seine Wahl missbilligte. Ganz genau so, wie Piero Petrucci Margherita seine Verachtung spüren ließ, seit der Brand gelöscht war, den sie in ihm ausgelöst hatte, als er zum ersten Mal in der Bäckerei in der Lupa gewesen war.

Aurelia schüttelte den Kopf. »Es sind überraschend einige wichtige Gäste aus Neapel eingetroffen, und wir müssen ein Festessen veranstalten, ohne darauf vorbereitet zu sein. Ich erwarte Pandolfo aber erst heute Abend zurück, und bis dahin müssen wir die Gesandtschaft bei Laune halten. Du musst sofort mitkommen. Immerhin sehen dich die meisten Gäste gern an.«

»Mir ... geht es nicht gut«, erwiderte Margherita. Der Schwindel war auf dem kurzen Weg hierher eher stärker als besser geworden, und sie fühlte sich fremd in der eigenen Haut. »Ich würde mich lieber zurückziehen.«

»Lieber Himmel, ausgerechnet jetzt? Das kommt nicht infrage, ich brauche dich. Kannst du nicht auch einmal etwas für die Familie tun?«

Margherita war mehr als bewusst, dass dies eine rhetorische Frage war, also nickte sie bloß. Eigentlich hätte sie den Schleier wieder anlegen müssen, aber ihr Widerwille gegen das schwere Tuch siegte, und sie legte es auf einen Tisch.

Der große Saal des Palazzos wimmelte bereits vor Dienern und Mägden, die in Windeseile versuchten, alles für das eilig anberaumte Bankett vorzubereiten, und in der Küche wurde das Feuer im Herd entfacht, was dafür sorgte, dass von dort eine geradezu infernalische Hitze herüberwehte.

Die Gäste, von denen Aurelia gesprochen hatte, hatten sich

zusammen mit Piero vor dem Trubel und der Wärme in Pandolfos Arbeitszimmer zurückgezogen, in dem es einigermaßen kühl war, da es auf der schattigen Seite eines Innenhofes lag. Die drei Männer waren gerade in ein angeregtes Gespräch vertieft, als die Frauen hereinkamen.

Einer der Gäste war groß, mit scharfen Gesichtszügen und in etwa im selben Alter wie Piero Petrucci. Er trug eine schwarze *zimarra* über einem schlichten weißen Hemd. Sein wesentlich jüngerer Begleiter besaß volles, lackschwarzes Haar und war wesentlich prächtiger gekleidet. Margherita dachte, dass er mit seinen sinnlichen Lippen und den dunklen Augen sicher viel Eindruck hinterließ, auch wenn man bereits erahnen konnte, dass er zur Leibesfülle neigte und seine noch schlanke Gestalt nicht für immer behalten würde.

»Ah, meine Gattin und meine teure Schwägerin«, begrüßte Petrucci sie. Margheritas Mann strich sich über die kurz geschorenen Haare, dann zeigte er auf den älteren Mann. »Das ist Niccolò Machiavelli, der Vertreter der Signoria von Florenz, und dies ist Felipe Alvarez Sanchez, ein Abgesandter des Vizekönigs von Neapel. Wir hatten beide erst in den nächsten Tagen erwartet, aber günstige Reisebedingungen sorgten dafür, dass sie heute schon hier sein konnten.«

Anders als seine Schwägerin war Piero Petrucci kein allzu guter Schauspieler, und so konnte Margherita seiner Stimme deutlich anmerken, wie irritiert er davon war, dass die beiden Gesandten bereits vor dem Regenten eingetroffen waren. Er war kein Mann, der Überraschungen liebte.

Aurelia setzte ein angespanntes Lächeln auf. »Wir sind mehr als glücklich, dass Ihr heute schon unsere Gäste seid!«, beteuerte sie, während der Spanier sich zuerst vor ihr und dann vor Margherita verbeugte.

»Es ist uns eine Ehre, hier zu sein, und ich bedaure, dass wir Euch Umstände machen müssen«, sagte der ältere Mann – Machiavelli – höflich.

Sanchez ergriff Margheritas Hand und deutete einen Kuss an.

»Madonna, ich bedauere lediglich, Euch nicht schon früher gesehen zu haben.«

Margherita neigte den Kopf. »Willkommen, Messeres«, sagte sie mit einem Seitenblick zu Petrucci, aber dem schien gar nicht aufzufallen, dass der Spanier sie noch immer anzüglich anlächelte.

Die Bedeutung dieses Besuchs musste größer sein, als Margherita zunächst angenommen hatte. Sie fragte sich, wie die beiden Gesandten wohl zueinander standen. Florenz und das vom spanischen Vizekönig Consalvo de Cordoba beherrschte Neapel galten nicht unbedingt als Verbündete.

»Hat man sich gut um Euch gekümmert, Messeres? Können wir Euch noch etwas bringen lassen?«, erkundigte sich Margherita, die sich an ihre Gastgeberpflichten erinnerte.

»Man hat es an nichts mangeln lassen, Madonna«, sagte der ältere Mann. »Aber erweist uns doch die Ehre und trinkt einen Schluck mit uns.«

»Wenn Ihr die Gesellschaft der Damen wünscht, Messeres ...«, sagte Piero missbilligend, begann aber, zwei weitere Becher zu füllen. Margherita konnte unmöglich ablehnen, obwohl ihr schon der Geruch des Weines die Übelkeit in die Kehle trieb.

»Wir bestehen darauf, Messere Petrucci«, sagte Sanchez, der gut Italienisch sprach, wenn auch mit einem schleppenden Akzent.

»Seid Ihr direkt aus Neapel gekommen?«, fragte Margherita. »Das ist eine weite Reise.«

»Wir haben uns in Rom getroffen, Madonna«, antwortete Machiavelli. »Ich war am Hof unseres neuen Heiligen Vaters zu Gast.«

»Wie aufregend«, sagte Aurelia, die, wie fast immer in Gegenwart der Männer, eine naive Maske aufgesetzt hatte und absichtlich den Anschein erweckte, dem Gespräch gerade so eben folgen zu können. Margherita wusste, dass das nur gespielt war, aber sie bewunderte ihre Schwägerin fast dafür, wie überzeugend sie wirkte.

»Welchen Eindruck hattet Ihr denn von Seiner Heiligkeit?«, fragte Piero. »Stimmt es, dass er sich ein ganzes Regiment aus Schweizern zugelegt hat, die nur seinem persönlichen Schutz dienen?«

Machiavelli neigte den Kopf zur Seite. »Das ist tatsächlich wahr. Hundertfünfzig Männer mit dem erstaunlichsten Dialekt«, sagte er. »Aber zu allem entschlossen. Papst Julius ist sicher ein Mann der Tat, wie sein berühmter Namensvetter, der große Cäsar«, erklärte er. »Darin ist er auch nicht anders als der Borgia-Papst, Gott hab ihn selig. Ich vermute, dass wir seinen Tatendrang schon bald zu spüren bekommen werden. Bologna zuerst, würde ich schätzen.«

»Signor Machiavelli, wir wollen die Damen doch nicht langweilen!«, sagte der Spanier galant und reichte Margherita ihren Wein mit einem Lächeln, das gewiss schon Herzen gebrochen hatte, sie jedoch nur unangenehm berührte.

»Der Heilige Vater ist ein kultivierter Mann, der die schönen Künste schätzt«, fügte er hinzu. »Es heißt, er denke darüber nach, den ganzen Vatikan umgestalten zu lassen. Und er will eine neue Basilika erbauen lassen, die größte und prächtigste der gesamten Christenheit.«

»Die Menschen in Rom werden sich sicher freuen, wenn Seine Heiligkeit lieber Bauprojekte plant, statt Kriege zu führen, oder?« Margherita lächelte, als sie ihren Becher entgegennahm, aber Piero verzog noch immer keine Miene. Vielleicht war er erzürnt darüber, dass sie bei der Ankunft der Gäste nicht im Haus gewesen war.

»Das eine schließt das andere nicht aus, würde ich sagen«, warf Machiavelli ein.

»Papst Julius hat jedenfalls einige Künstler von Rang nach Rom berufen, darunter auch Michelangelo Buonarroti«, erklärte Sanchez, »falls Ihr schon von ihm gehört habt? Sein Ruhm ist sogar schon bis nach Neapel vorgedrungen, wenn wir ihn auch noch nicht überzeugen konnten, für uns zu arbeiten.«

Aurelia faltete geziert die Hände. »Natürlich haben wir von Michelangelo gehört!«, rief sie. »Wie wunderbar, dass er nun für Seine Heiligkeit malt statt für die gottlosen Mailänder.«

Machiavelli nickte zustimmend, aber Margherita konnte sehen, dass er ein Grinsen verbarg. »Auf unsere heilige Mutter Kirche, und auf unsere glorreichen Städte, Florenz, Siena und Neapel«, sagte er, und alle hoben ihre Becher.

Margherita trank einen Schluck, aber der Wein schmeckte schal und metallisch. Ihr Kopf fühlte sich so leicht an. Plötzlich überkam sie eine Welle der Übelkeit, die sie kaum noch unterdrücken konnte. Sie legte Piero eine Hand auf den Arm. »Verzeih«, bat sie ihn. »Ich kann euch nicht länger Gesellschaft leisten, ich fühle mich nicht wohl.«

Er zog die Augenbrauen zusammen, als wollte er eine unwirsche Antwort geben, doch dann nickte er. »Zieh dich zurück«, war alles, was er sagte. »Ich sehe dich später.«

»Zu schade«, sagte Sanchez. »Ich hoffe, es ist nur die Hitze.«

»Ich bringe dich nach oben«, sagte Aurelia, die ihr einen prüfenden Blick zuwarf. »Ihr entschuldigt uns für einen Moment?«

Sie ergriff Margheritas Arm und schob sie beinahe aus dem Raum.

Margherita hatte das Gefühl, sich gegen schwere Wassermassen zu bewegen, als sie die Treppe hinaufstieg. Jeder Schritt kostete sie eine schier übermenschliche Kraft. Sie bemerkte kaum, dass Aurelia sie untergehakt hatte und mit sich zog.

Als sie schließlich ihr Schlafzimmer erreichte, konnte sich Margherita kaum noch auf den Beinen halten. Sie streifte nur noch ihre Schuhe ab, bevor sie sich auf das Bett sinken ließ.

»Bist du in anderen Umständen?«, fragte Aurelia rundheraus.

Margherita nickte. Was brachte es jetzt noch, es zu leugnen?

»Und mein Schwager weiß noch nichts davon? Warum? Ihr habt das Kind doch im Ehebett gezeugt?«, fragte Aurelia.

Margherita nickte noch einmal, ergeben und unendlich müde. »Du musst es ihm so schnell wie möglich sagen. Wie dumm von dir, es für dich zu behalten. Kinder sind das Einzige, was dich für diese Familie wertvoll macht, das musst du doch wissen.«

Aurelia selbst hatte zwei Söhne, die bereits junge Männer waren, und drei Töchter, für die die Familie allmählich Heiratskandidaten suchte.

»Ich weiß«, entgegnete Margherita schlicht. »Ich hatte bislang einfach ... keine Gelegenheit. Ich sage es ihm gleich heute Abend, oder morgen früh, sobald ich ihn sehe.«

»Gut so«, erklärte Aurelia. Sie trat zum Nachttisch und goss einen Schluck Wasser aus einer Karaffe in einen Becher. »Hier«, sagte sie beinahe milde. »Falls dir übel wird.«

»Danke.« Margherita meinte es ernst. Die ungewohnte Freundlichkeit der anderen Frau trieb ihr beinahe die Tränen in die Augen.

Als Aurelia den Raum verlassen hatte, ließ sich Margherita in die Kissen sinken. Aus dem Nachbarzimmer konnte sie Alessandros Lachen hören, der der dort mit seiner Amme spielte.

»Sandro?«, rief sie, erst leise, dann noch einmal lauter, bis sich die Tür öffnete und ein fröhlicher Zweijähriger mit pummeligen Armen und Beinen und ungekämmten dunklen Haaren hereinkam. Er lief sofort zum Bett und schlang die Arme um Margherita.

Sie hielt ihren Sohn fest und strich ihm über den Kopf. Wir werden das schon schaffen, dachte sie. Ich sage Piero morgen, dass ich schwanger bin, und bitte ihn gleichzeitig, dich Priester oder Mönch werden zu lassen. Mein armes Kind.

Sandro wand sich aus ihren Armen und setzte sich auf die Bettkante. Plötzlich stieß er einen Schrei aus. »Mama?«, fragte er und deutete auf ihren Schoß.

Margherita sah an sich herunter.

Blut. Ein dunkelroter Fleck, der sich immer weiter ausbreitete. Jetzt konnte sie auch spüren, wie ihr das Blut an den Beinen herablief.

»Sandro, geh bitte«, sagte sie mit zitternder Stimme. Sie spürte, wie Panik in ihr aufstieg. »GEH!« Sie schrie es, so laut sie konnte. Alessandro bekam davon vermutlich Angst, Margherita bemerkte undeutlich, wie er das Bett verließ.

Ein Krampf erfasste sie, und sie krümmte sich zusammen.

Die Tür zum Nachbarzimmer wurde aufgerissen. »Madonna? Madonna, was ist mit Euch?« Die Stimme drang wie aus weiter Ferne zu ihr. »Ich ... ich ...«, begann sie, aber sie konnte sich nicht mehr erinnern, was sie sagen wollte.

»Oh heiliger Herr Jesus«, rief jemand. »So viel Blut.«

Ja, so viel Blut, dachte Margherita. *Vater unser ...* begann sie in Gedanken, doch die Worte verdrehten sich in ihrem Kopf, und sie wusste nicht, wie sie das Gebet beenden sollte.

Ihr unsteter Blick wanderte zu Alessandro, der sich in die gegenüberliegende Ecke des Zimmers zurückgezogen hatte. Sie sah ihn an und versuchte zu lächeln, bevor sie der nächste Krampf vornüber zwang. Ihr Sohn wirkte noch so klein, so schutzlos in der Welt der Petrucci. Aber mit jedem Tag, der verging, wurde er seinem Vater ähnlicher. Raffael. Der Gedanke blitzte in ihr auf, dann fiel sie in die Schwärze.

Kapitel 24

OSTIA, AUGUST 1506

In Ostia herrschte zum Ende des Sommers Hochbetrieb. Schiffe aus vieler Herren Länder legten jeden Tag in dem römischen Hafen an und versorgten die Stadt mit allen nur vorstellbaren Gütern. Und ebenso viele Schiffe legten von hier aus ab, um die italienischen Waren über das *Mare Mediterraneum* zu bringen.

Die Luft schmeckte nach dem Salz des Meeres, und im Licht des farbenprächtigen Sonnenuntergangs boten die Segel, die am Horizont verschwanden, ein spektakuläres Bild.

Die Karacke, die Daniele bald besteigen sollte, lag jedoch noch an einem Pier vertäut. Das Schiff hatte einen hohen Aufbau und drei Masten, doch momentan waren weder die vorderen beiden Rah- noch das hintere Lateinersegel gesetzt. Die »Giulia« sah beruhigend stabil und vertrauenswürdig aus, zumindest soweit Daniele das beurteilen konnte.

Matrosen waren damit beschäftigt, Vorräte an Bord zu bringen, denn das Schiff würde am nächsten Morgen mit der ersten Flut auslaufen und Kurs auf Spanien nehmen.

Daniele war aufgeregt, zum einen wegen der Reise an sich, aber auch, weil er noch nie zuvor an Bord eines Schiffes gewesen war.

Bernardo Dovizi hatte sich entschieden, ihn persönlich nach Ostia zu begleiten und ihn dort zu verabschieden, und auch wenn Daniele nicht ganz verstanden hatte, warum, freute ihn diese Geste seines Herrn.

Während Dovizi und er von der Mole aus den Seeleuten beim Beladen der Karacke zusahen, klopfte Daniele sich auf die Tasche mit den Briefen, die ihm der Erzbischof mitgegeben hatte.

»Also«, begann er, »ich reise von Terragona aus nach Medina del Campo und mache mir vor Ort ein Bild von dem Gefängnis, in dem Cesare Borgia sitzt, ja?«, fragte er, mehr, um seine Nervosität zu überspielen, als um sich den Auftrag noch einmal bestätigen zu lassen.

Der Heilige Vater hatte jüngst ein großes Interesse daran gezeigt, zu erfahren, wie es um den Borgia bestellt war, der kurz nach der Wahl von Julius zum Papst aus Rom geflohen war, nur um dann von Freunden und Vertrauten schmählich im Stich gelassen und eingekerkert zu werden.

Lange Zeit hatte es so ausgesehen, als würde Borgia einfach in seiner Zelle verrotten, vergessen von der Welt. Doch dann hatten die jüngsten politischen Entwicklungen den Papst dazu gebracht, das weitere Schicksal des ehemaligen Feldherrn, den er schon fast aus seinen Gedanken verbannt hatte, noch einmal zu überdenken.

Bernardo Dovizi hatte vorgeschlagen, Daniele nach Medina del Campo zu schicken, um sich vor Ort ein Bild der Lage zu machen – ein einfacher Priester würde wenig Aufsehen erregen, und überdies hatte Daniele sich in seiner Zeit in Rom sowohl passables Spanisch als auch Französisch angeeignet. Er meisterte die neuen Sprachen ebenso leicht wie Latein und Griechisch, und Dovizi hielt ihn dazu an, seine Studien darin weiter zu vertiefen.

»Soll ich mich davon überzeugen, dass die Spanier alles tun, damit der Borgia ihnen nicht entkommen kann?«, fragte Daniele.

»Fast«, gab Dovizi trocken zurück. Er zögerte, weiterzureden. Dann seufzte er. »Ich habe es dir bislang noch nicht gesagt, aber eigentlich sollst du Cesare Borgia dabei helfen, zu fliehen.«

»Ich soll WAS?« Daniele schrie seinen Herrn beinahe an. »Das kann doch nicht Euer Ernst sein.«

»Leider ist es mein heiliger Ernst, Daniele. Du solltest mich gut genug kennen, um zu wissen, dass ich damit keine Scherze treiben würde.«

Das stimmt, dachte Daniele voller Zorn. *Und ich wünschte bei Gott, ich würde dich gut genug kennen, um zu wissen, dass du mich niemals Hochverrat in deinem Auftrag begehen lassen würdest.*

»Lucrezia Borgia, Cesares Schwester und Herzogin von Ferrara, hat mich ... sehr nachdrücklich darum gebeten, ihr bei der Befreiung ihres Bruders zu helfen. Seit klar ist, dass Papst Julius wenig tun wird, um Cesares Situation zu verbessern, hat Lucrezia offenbar mit dem König von Navarra Pläne geschmiedet, wie man Cesare aus der Festungshaft herausbringen könnte. Sie haben in Medina jemanden bestochen, und Jean d'Albret soll Cesare in Pamplona treffen, aber sie brauchen einen Mittelsmann vor Ort. Jemanden, der möglichst unverdächtig wirkt und mit allen Parteien Kontakt aufnehmen kann.«

Sie muss etwas gegen Dovizi in der Hand haben, dachte Daniele. *Sonst ist es absolut nicht möglich, dass er auch nur darüber nachdenkt, ausgerechnet Lucrezia Borgia bei diesem wahnsinnigen Unternehmen zu unterstützen.*

»Werdet Ihr von der Herzogin erpresst?«, fragte er rundheraus.

Dovizi schloss die Augen.

»Ja«, stieß er zwischen zusammengebissenen Zähnen hervor.

»Womit?«

»Das würde ich dir lieber nicht sagen. Es bringt auch dich in Gefahr.«

»In größere Gefahr, als mich diese Reise bringen wird? Sagt es mir«, verlangte Daniele mit plötzlicher Entschlossenheit. Er war es leid, dass Dovizi ihn immer nur mit so vielen Informationen abspeiste, wie es ihm richtig erschien. »Oder ich gehe nicht an Bord des Schiffes.«

Dovizi zögerte, aber nur kurz. »Lucrezia hat nie aufgehört, Nachforschungen zum Tod ihres Vaters anzustellen. Und sie hat herausgefunden, wer Kardinal Castellesi das Cantarella verschafft hat, damit er es so aussehen lassen konnte, als hätte Alexander sich versehentlich selbst vergiftet.«

Mein Gott!, dachte Daniele. *Konnte das wahr sein? Ist Dovizi wirklich an der Ermordung des alten Papstes beteiligt gewesen? Selbst wenn dieser Papst Rodrigo Borgia gewesen war, musste ihn das doch direkt in einen von Dantes Höllenkreisen führen!*

Aber tief in seinem Inneren wusste er, dass es nicht unmöglich war. In Dovizi lauerten Abgründe, die Daniele schon viel zu lange ignoriert hatte.

»Und sie kann das beweisen?«

Egal, wie verhasst der Borgia-Papst gewesen sein mochte, dass Dovizi seinen Tod mitverschuldet hatte, durfte niemals ans Licht kommen.

»Ja«, gab Dovizi zurück. Dann sah er Daniele direkt an. »Cesare stellt keine Bedrohung mehr für uns dar. Selbst wenn er in die Dienste Navarras tritt, wird er dem Kirchenstaat nie mehr gefährlich werden können. Ohne seinen mächtigen Vater ist er nur ein Glücksritter und Söldner. Sein weiteres Schicksal kann uns egal sein.«

Der Erzbischof klang, als wollte er mehr sich selbst als Daniele überzeugen.

»Und Lucrezia ist nur eine besorgte Schwester, die es nicht erträgt, ihren Bruder in Gefangenschaft zu wissen?«, fragte Daniele, dessen Ärger sich im Spott Bahn brach.

»Bitte, Daniele. Tu es für mich. Ich will nicht, dass du dich in Gefahr bringst. Du musst nichts tun, das deinen Gelübden widerspricht. Du übermittelst ein paar Botschaften, bist im richtigen Moment am richtigen Ort, sprichst mit den richtigen Leuten. Das ist schon alles.«

Daniele wusste, dass das natürlich nicht stimmte. Bei diesem Unternehmen konnte einfach alles schiefgehen. Sein Auftrag war soeben völlig unberechenbar geworden, und er hatte keine Ahnung, wie er ihn ausführen sollte.

»Mit wem muss ich sprechen, wenn ich in Medina ankomme?«, fragte er dennoch.

»Ein Abgesandter von Jean d'Albret wird sich an dich wenden, wenn Navarra alle Vorbereitungen abgeschlossen hat. Aber sei sehr vorsichtig, es wäre gut möglich, dass es in der Burg noch mehr Spione gibt, die für die eine oder andere Seite arbeiten.«

»Falls mich das beruhigen sollte, ist das aber gründlich misslungen.«

Dovizi lachte kurz auf. »Du wirst das schaffen, Daniele. Du bist in den letzten Jahren ein fähiger Diplomat geworden, und ein kluger Kopf warst du schon immer. Ich zögere nicht, dir meine Karriere und mein Leben anzuvertrauen.«

Das war eine Tonart, die Dovizi höchst selten anschlug. Daniele sah seinen Herrn an. Er wollte ihn nicht enttäuschen, und er konnte ihn auch nicht Folter und Tod aussetzen, die ihm sicher drohten, wenn Lucrezia Borgia ihr Wissen gegen ihn einsetzte. Und wer konnte schon ahnen, was mit seinem Vertrauten Daniele geschehen würde, wenn Dovizi angeklagt wurde? Daniele wusste nur zu gut, wie schnell man in Rom auch unschuldig in einer Zelle oder gar auf dem Schafott landen konnte.

»Also gut«, sagte er. Er nahm seinen Beutel vom Boden auf, den er neben sich abgestellt hatte.

»In einem der Briefe findest du alle weiteren Instruktionen«, sagte Dovizi. »Ich habe überlegt, nichts zu sagen und ihn dich erst auf der Reise lesen zu lassen, aber ich wollte dir zumindest die Möglichkeit geben, gar nicht erst an Bord zu gehen.«

Daniele nickte. *Zumindest diese Entscheidung hat er mir überlassen.* »Ich verbrenne den Brief, sobald ich ihn gelesen habe«, sagte er. »Und ich werde Euch schreiben, wenn ich in Spanien ankomme. Macht Euch keine Sorgen, niemand außer Euch wird die Briefe verstehen.«

Dovizi lachte, nun schon wieder ganz der Alte. »Wie ich gesagt habe, du hast einen klugen Kopf! Und mach dir ebenfalls nicht zu viele Sorgen, Daniele. Kastilien ist ein wunderbares Land, voller überraschender Schönheiten. Genieße sie, wenn du kannst.« Er umarmte Daniele zum Abschied.

Daniele lief über den Pier auf das Schiff zu und stieg über eine

Planke an Bord der Karacke. Der Kapitän, der das Beladen beaufsichtigte, grüßte ihn freundlich.

Daniele sah auf das spiegelnde, sonnenbeschienene Meer hinaus. Worauf, bei allen Heiligen, habe ich mich da nur eingelassen?

***

MEDINA DEL CAMPO, OKTOBER 1506

Das *Castillo de la Mota* war ein gedrungener Festungsbau, der sich aus einer beeindruckenden Wehrmauer mit runden Türmen erhob.

»Da oben, im höchsten Turm der Festung, sitzt Cesare Borgia fest«, erklärte der Händler vergnügt. »Manche sagen, er habe jederzeit ein halbes Dutzend Huren bei sich. Andere, dass er Tag und Nacht gefoltert werde, um ihm den Teufel auszutreiben!«

Daniele blinzelte gegen das Sonnenlicht und versuchte, mehr als nur einen Schemen vor dem hellen Himmel zu erkennen. Aber so genau musste er die Festung gar nicht sehen.

Hier also war Cesare Borgia eingekerkert, seit ihn seine früheren Verbündeten verraten, festgesetzt und schließlich nach Spanien ausgeliefert hatten. König Ferdinands berühmter Gefangener war ein beliebtes Gesprächsthema in den Tavernen und Gasthäusern, und Daniele hatte seit seiner Ankunft in Kastilien keine Schwierigkeiten gehabt, Neuigkeiten über ihn zu erfahren, auch wenn der Wahrheitsgehalt der Geschichten häufig mehr als zweifelhaft war.

»Danke«, erwiderte er und gab dem Mann eine Münze, um die Datteln zu bezahlen, die er als Vorwand für ein Gespräch erworben hatte.

Nachdenklich schritt Daniele weiter durch die Straßen von

Medina del Campo. Sein Esel lief genügsam neben ihm her. Er hatte ihn an der Küste zu einem Wucherpreis erstanden, um sich die Reise ein wenig angenehmer zu gestalten. Das Grautier hatte ihm gute Dienste erwiesen, und er hatte ihn Bernardo getauft, ein winziger Akt der Rebellion, den er schon wieder bereute, denn das Tier war gutmütig, gelassen und hatte bislang davon abgesehen, ihn in politische Intrigen jedweder Art zu stürzen.

Trotz der fortgeschrittenen Jahreszeit hielt sich die Wärme zwischen den Häusern. In einem hatte Dovizi recht behalten: Kastilien war ein schönes Land. Immer wieder hatte man ihm unterwegs versichert, dass er sich glücklich schätzen könne, denn es sei ein besonders warmer und angenehmer Herbst, der die Vorzüge des Landes noch deutlicher erstrahlen ließ.

Aber Daniele war nicht hier, um diese Schönheiten zu genießen, sondern um ein weiteres Mal Teil der Ränkespiele seines Herrn zu sein.

Und nun führten ihn diese Intrigen nach Kastilien, nach Medina del Campo, bis in die Zelle von Cesare Borgia und vielleicht sogar bis an den Galgen. Er schluckte.

»Signore?«

Überrascht blickte Daniele sich um. Ein junger Mann löste sich aus dem Schatten eines Tores. Er mochte Anfang zwanzig sein und trug einen schmalen Bart, wie es hierzulande beliebt war. Eine breite Narbe führte vom Mundwinkel bis zum rechten Ohr, von dem nur mehr ein Stummel übrig geblieben war.

»Ja?«, fragte Daniele vorsichtig. In seiner Muttersprache angesprochen zu werden, war ungewöhnlich. Sein einfaches Priestergewand ließ nur wenig Rückschlüsse auf seine Herkunft zu.

Der Mann trat unangenehm nah heran und sprach leise: »Ihr seid der Römer?«

»Ich komme aus Rom, ja.«

Mit dieser Bestätigung zeigte ihm der junge Mann ein kleines Stück Leder, auf das grob das Wappen von Navarra gemalt worden war, kaum mehr als ein roter Fleck mit gelben Linien in Sternform, aber genug, als dass Daniele es erkannte.

»Mein Herr ist Jean d'Albret«, flüsterte der Mann. »Findet mich heute Abend in der Taverne bei der Kirche San Pedro.«

»Taverne nahe Kirche des Heiligen Petrus, heute Abend«, wiederholte Daniele zur Sicherheit. Sein Gegenüber nickte nur und verschwand dann in einer schmalen Gasse.

Es war warm für einen Oktobertag, aber der Schweiß, der Daniele den Rücken hinablief, war nicht der Sonne geschuldet. Denn ihm war kalt. Bis vor wenigen Herzschlägen war das ganze Unterfangen noch ein Hirngespinst gewesen. Nun war es Ernst.

Medina del Campo war ein kleiner Ort, der um die aus rötlichem Stein erbaute Burganlage herum gebaut war. Jetzt leuchtete die Burg in den Strahlen der sinkenden Sonne, als ob sie in Flammen stünde. Er blieb noch einen Moment stehen und bewunderte das Schauspiel, das sich ihm bot.

Er kraulte den Esel, der den Kopf hängen ließ, hinter den Ohren. »Du bist auch froh, wenn wir aus der Sonne kommen«, murmelte er. »Nur noch ein kleines Stück, dann bekommen wir beide Wasser, und für dich finden wir sicher etwas Heu.«

Der Esel schnaubte und schüttelte sich, als hätte er Daniele verstanden, und beide machten sich in langsamem Trott auf den Weg zu der Wehranlage.

Je näher sie kamen, desto beeindruckender erschien Daniele das Bauwerk. Die gedrungenen Mauern waren sicher in der Lage, einer ganzen Armee von Belagerern zu widerstehen.

Er führte den Esel über eine heruntergelassene Zugbrücke, die den tiefen Burggraben überquerte, ins Innere der Festung und auf einen viereckigen Hof, der von einem eleganten Säulengang umschlossen wurde.

Spanische Soldaten, die im Schatten Wache hielten, wurden auf ihn aufmerksam, aber wie so oft sorgte seine Priesterkutte dafür, dass man in ihm keine Gefahr sah.

Schließlich kam ein gelangweilt aussehender Mann in einem Lederwams auf ihn zu, der intensiv nach saurem Bier roch. »Was wollt Ihr?«, fragte er auf Spanisch.

Daniele ließ seine Zunge absichtlich etwas schwerer werden, als es nötig war, und wählte seine Worte langsam und mit Bedacht, als müsste er über jedes einzelne davon nachdenken.

»Ich bin im Auftrag der Heiligen Mutter Kirche unterwegs«, antwortete er. »Mein Herr schickt mich im Namen unseres Heiligen Vaters, um mit dem Kommandanten dieses Ortes zu sprechen.«

»So?« Der Spanier wirkte bereits jetzt gelangweilt. Offenbar sehnte er sich nach seinem schattigen Platz und dem sauren Bier zurück. Er winkte einen Jungen mit buschigen dunklen Locken heran, der kaum älter als zwölf sein konnte. »Schau, ob der Kommandant Zeit für diesen *maricón* hat«, zischte er ihm zu.

Daniele schaute ganz unbeteiligt, als wäre ihm entgangen, dass der Soldat ihn soeben als Schwuchtel beleidigt hatte. Ganz wie es ihm Dovizi geraten hatte, bevor er die Reise angetreten hatte: »Aber lass nicht jeden wissen, dass du ihre Sprache sprichst. Es kann dir einen nützlichen Vorteil verschaffen, wenn du die Einheimischen verstehst, sie aber davon nichts ahnen.«

»Könnte ich meinen Esel in den Schatten stellen?«, fragte er stattdessen, und der Soldat zuckte mit den Schultern. »Nur zu.«

Kurze Zeit später stand Daniele in einem ebenerdigen, dunkel vertäfelten Arbeitszimmer Gabriel de Guzmán gegenüber. Guzmán hatte eine beeindruckende weiße Haarmähne und trug einen Wappenrock mit dem Emblem Kastiliens darauf, dazu ein Rapier mit einem kunstvoll verzierten Handkorb an der Seite.

»Ihr habt die weite Reise aus Rom auf Euch genommen?«, fragte er in vollendetem Italienisch. »Ich fühle mich geehrt. Bitte setzt Euch und nehmt eine Erfrischung.«

Daniele nickte und lächelte. »Ja, Herr. Seine Heiligkeit sendet

Grüße, und ich habe einen Brief meines Herrn, Exzellenz Bernardo Dovizi, für Euch dabei.«

Daniele nahm das Schreiben aus seiner Tasche, noch bevor er Platz nahm. Er trank dankbar einen Schluck eisgekühlten Wein. *Wie gelingt es ihnen, den Wein so kühl zu halten?*, fragte er sich. Guzmán hatte das Siegel des Briefes sofort gebrochen und las jetzt, während er mit langsamen Schritten um seinen imposanten Schreibtisch herumlief. Schließlich nickte er einmal und legte den Brief auf die Tischplatte. Er sah Daniele auffordernd an.

»Wie Ihr sehen könnt, schickt mich der Heilige Vater, um herauszufinden, wie es um Euren Gefangenen bestellt ist. Cesare Borgia.«

»Hat Seine Heiligkeit Sorge, dass wir nicht gut genug auf ihn aufpassen?«, fragte der Kommandant mit einer gewissen Schärfe in der Stimme. Daniele war überrascht. Es gab keinen Grund für Guzmán, so auf seinen Besuch zu reagieren. Aber vielleicht war eine so direkte Einmischung in spanische Angelegenheiten unerwünscht, obwohl König Ferdinand II. und der Papst Verbündete waren?

»Seine Heiligkeit hat keinerlei Sorgen Euch betreffend«, entgegnete Daniele deshalb bestimmt. Es war sicher nicht ratsam, den Kommandanten jetzt zu verärgern. »Aber es haben sich einige Stimmen erhoben, die seine Freilassung wünschen. Die Herzogin von Ferrara verwendet sich für ihn, und sogar seine französische Ehefrau Charlotte d'Albret, die er seit vielen Jahren nicht gesehen hat ...«

Guzmán zog geräuschvoll die Nase hoch. »Die Herzogin von Ferrara ist seine Schwester, ja? Bei der er häufiger gelegen haben soll als bei seiner Frau. Weiber! Wenn es weiter nichts ist ... sie werden ja kaum mit seidenen Tüchern und Fächern bewaffnet hier auftauchen und ihren Liebhaber befreien wollen, oder?«

Um etwas Zeit zu gewinnen, nahm Daniele noch einen Schluck Wein. »Wie ich schon sagte, der Heilige Vater ist nicht in Sorge. Sonst hätte er sicher auch keinen so geringen seiner

Diener wie mich geschickt.« Guzmán lächelte milde, schenkte sich selbst von dem Wein ein und prostete seinem Gast zu.

»Aber dennoch«, fuhr Daniele fort. »Ihr wisst, dass die Borgia in Spanien zahlreiche Anhänger hatten. Juan Borgia hat einige Zeit in Gandia regiert, wenn ich mich nicht irre? Gibt es unter diesen nicht vielleicht auch welche, die ihn lieber heute als morgen auf freiem Fuß sehen wollen?«

»Juans Witwe behauptet, dass Cesare seinen unfähigen Bruder selbst ermordet hat. Ich weiß nicht, ob das stimmt, aber ich kann mir nicht vorstellen, dass er viele Freunde unter den ehemaligen Borgia-Untertanen in Gandia hat.«

So kommen wir nicht weiter, dachte Daniele. »Nun, Seine Heiligkeit wird umso erfreuter sein, wenn ich ihm berichten kann, dass Borgia eher in diesen Mauern ein alter Mann werden wird, als dass ihn Seine allerchristlichste Majestät Ferdinand freilässt.«

Er legte eine kleine Pause ein. »Dennoch wäre es nötig, dass ich den Gefangenen selbst zu Gesicht bekomme.«

Guzmán blickte aus dem Fenster und schwieg. Auf dem Hof kam nun, da die Sonne untergegangen war, mehr Leben in die Soldaten. Knechte und Mägde liefen umher, wohl um das Abendessen vorzubereiten.

Dann schien der Kommandant eine Entscheidung zu treffen. »Wenn es Seine Heiligkeit so will. Es kann ja kaum schaden«, sagte er. »Noch heute?«

Daniele tat, als müsse er überlegen, bevor er den Kopf schüttelte. »Nein, ich hoffe, Ihr versteht, dass ich von der Reise erschöpft bin. Ich würde mir gerne erst den Staub von der Haut waschen.« Er zwinkerte Guzmán verschwörerisch zu. »Cesare Borgia wird mir ja nicht weglaufen.«

Der Kommandant quittierte das mit einem dröhnenden Lachen, in das Daniele deutlich leiser einfiel.

»Dann erlaubt mir, Euch unsere Gastfreundschaft zu erweisen.«

Daniele nickte und erhob sich wieder. Falls der Mann misstrauisch geworden war, verbarg er es äußerst gekonnt. Er selbst konnte nur hoffen, ebenso geschickt zu sein.

* * *

Dem Gästezimmer, zu dem Guzmán Daniele schließlich geleitete, fehlte es an nichts. Das große Bett mit den schweren Vorhängen, die an vier Pfosten gespannt waren, lockte ihn nach dem langen Tag sehr, aber zuerst musste er noch eine Pflicht erfüllen, bevor er sich schlafen legen konnte.

Er befreite sich aus seiner Kutte, bekreuzigte sich vor dem kostbaren Kruzifix an der Wand und kniete sich dann im Hemd auf dem Betstuhl nieder, um sein Abendgebet zu sprechen. Die gewohnten Worte beruhigten ihn, und als er sich mit dem kühlen Wasser aus der Schüssel den gröbsten Schmutz abgewaschen hatte, fühlte er sich seiner Aufgabe besser gewachsen.

So machte er sich auf, ging zum Tor der Festung und wandte sich an die beiden Wachen: »Ich möchte mir in der Stadt noch etwas ... Unterhaltung suchen.«

Die beiden Soldaten sahen sich feixend an, was Daniele mit einem wissenden Lächeln quittierte.

»Unterhaltung gibt es mehr als genug«, erklärte der eine Soldat mit verschwörerischer Miene. »Aber wir schließen das Tor zur Nacht.«

Daniele wies mit dem Kopf auf die kleine Pforte im Holz.

»Das ganze Tor?« Er öffnete betont deutlich seine Geldkatze, zog zwei Münzen hervor und hielt sie in der offenen Hand. Es bedurfte keiner weiteren Worte. Die Soldaten steckten sich sein Geld ein, und Daniele ging in das Städtchen hinunter.

Es war einfach, sich nach der Kirche des Heiligen Petrus durchzufragen, die kaum mehr als eine Kapelle war. An dem kleinen Platz davor gab es nur ein Wirtshaus, in das Daniele eintrat. Einige der bereits anwesenden Gäste sahen auf, und in ihren Blicken lag Neugier. Einen Priester bekamen sie hier wohl nicht allzu oft zu Gesicht. So gut er konnte, ignorierte er die fragenden Blicke und sah sich nach dem jungen Mann um. Als er ihn nicht entdeckte, bestellte er einen mit Wasser verdünnten Wein und setzte sich an einen Tisch in der hintersten Ecke.

In seinen Gedanken spielten sich wilde Szenen von Verrat und Verhaftungen ab. Doch bis auf das Kommen und Gehen durstiger Gäste geschah nichts. Schon fluchte Daniele innerlich, dass er die Zeit des Treffens nicht genauer bestimmt hatte, da betrat der Abgesandte von Jean d'Albret den Schankraum, erspähte Daniele und kam schnurstracks auf ihn zu.

»Da seid Ihr ja endlich«, entfuhr es Daniele, doch sein Gegenüber winkte nur ab.

»Ich musste sichergehen, dass man Euch nicht folgt.«

Mir folgen?, fragte sich Daniele erschreckt. An diese Möglichkeit hatte er gar nicht gedacht.

»Und?«

»Alles ist sicher.«

Außer, es ist dir jemand gefolgt, dachte Daniele bei sich, sprach es aber nicht aus.

»Wer seid Ihr?«

Der Mann beugte sich vor.

»Namen sind gefährlich. Besser, Ihr kennt meinen nicht.«

Daniele schluckte. Mehr und mehr wurde ihm bewusst, dass ihm diese verstohlene Arbeit nicht lag. Und sie war eines Gottesmannes unwürdig.

»Es ist alles vorbereitet«, erklärte der Mann. »Der Plan stammt von Borgia selbst. Aber wir kommen nicht mehr an ihn heran, um ihn über die Details zu informieren, seit die Wachen ausgewechselt wurden. Das ist Eure Aufgabe.«

»Meine Aufgabe?«

»Ein Brief. Übergebt ihn Borgia morgen. Könnt Ihr das tun?«

»Ich denke, dass ich morgen zu ihm gelassen werde«, erläuterte Daniele nervös. »Vielleicht ...«

»Versprecht es!« Der Mann funkelte ihn an. »Leben hängen davon ab!«

Die Intensität des Augenblicks jagte Daniele Schauder über den Rücken. *Hängt wirklich so viel von meinen Taten ab? Wie viele Leben?* Wer konnte schon sagen, wozu die Flucht Cesare Borgias führen würde? Ein Teil von ihm wollte »Nein« sagen. Sich dem Netz widersetzen, das um ihn gesponnen worden war. Aber zumindest das Leben Bernardo Dovizis stand auf dem Spiel, ebenso wie sein eigenes.

»Ich verspreche es«, erklärte er. »Borgia erhält Euren Brief.«

Der junge Mann lehnte sich zurück und lächelte zufrieden. Es war kein Anblick, der Danieles Herz erfreute, aber er hatte gewusst, was es bedeutete, als er an Bord des Schiffes ging.

Der Brief war ein kleines Stück Papier, doppelt gefaltet und mit einem Klecks Wachs ohne Siegel verschlossen. Er sah harmlos aus und war doch gefährlicher als jede Klinge.

* * *

Borgia saß am Fenster und hatte die schmutzigen Füße auf das Sims gelegt. Daniele sah, als er eintrat, dass der Blick von hier oben in eine schwindelerregende Tiefe und bis in den Burggraben führte.

Der ehemalige Heerführer der Kirche konnte kaum mehr als dreißig Jahre zählen, aber die Monate der Gefangenschaft hatten ihm übel mitgespielt. Sein Haar war fast bis auf den Schädel rasiert, er war barfuß und gekleidet wie ein Bauer – mit schlichten Beinkleidern und einem grauen Überwurf, der seine sehnigen Arme frei ließ.

Daniele konnte sehen, dass die Handgelenke und Unterarme

des Gefangenen von Narben überzogen waren. Zunächst dachte er an all die Schlachten, die Cesare Borgia geschlagen hatte, aber dann sah er, dass die Narben viel zu regelmäßig waren – Spuren vergangener Folter.

Interessant, dachte Daniele. Guzmán sprach respektvoll mit Borgia, und die Spuren der Folter schienen längst verheilt zu sein. *Wo immer man ihm dies zugefügt hatte, es war nicht hier.*

Das runde Turmverlies, in dem Borgia untergebracht war, wirkte deutlich freundlicher als die fensterlosen Kerker im *Castel Sant'Angelo*. Hier hatte der Gefangene, wenn auch auf engem Raum, Luft und Licht, ein Bett, einen Stuhl und einen Schreibtisch. Durch ein geöffnetes Fenster kam eine leichte Brise, die das Gelass selbst zur Mittagsstunde angenehm kühl sein ließ. *Kein Vergleich zu dem Loch, in dem du Kardinal Orsini hast ermorden lassen,* dachte Daniele.

»Monsignore Daniele Brandi ist extra aus Rom hierhergereist, um sich von Eurem Wohlergehen zu überzeugen«, sagte der Kommandant, der die Tür mit einem schweren Schlüssel aufgeschlossen hatte.

Borgia nahm Daniele unter zusammengezogenen Brauen ins Visier. »Ich erinnere mich. Der Schoßhund von Bernardo Dovizi«, sagte er zu Danieles Erstaunen, der nicht damit gerechnet hatte, dass Borgia noch wusste, wer er war.

Der ehemalige Feldherr wandte sein Gesicht ab. »Euer Herr ist ein lügnerischer Hund.« Borgia spuckte auf den Boden. »Und der Papst selbst ein Verräter.«

»Mäßigt Euch«, mahnte Guzmán ihn, doch Borgia sah ihn nur mit einem wilden Blick an.

»Wir hatten eine Abmachung, und ich habe mich an meinen Teil gehalten. Ein Dutzend spanische Stimmen habe ich ihm verschafft, und dieser Hurensohn hat mich festgesetzt, kaum dass sein Name als Sieger verkündet worden war.«

Daniele erschrak. Julius II., der sich so streng gegenüber der Simonie gab und diese für alle künftigen Wahlen bei Todesstrafe verboten hatte, hatte die Wahl tatsächlich gekauft? In einem Bündnis mit Cesare Borgia?

Das waren schwere Anschuldigungen.

Ich sollte nicht so überrascht sein, dachte Daniele. *Dovizi würde mich dafür auslachen, dass ich noch immer glaube, der Stellvertreter Christi müsse besser sein als ein gewöhnlicher Mann. Aber nun verstehe ich, warum der Heilige Vater sicherstellen will, dass Borgia in diesem Turm verrottet.*

»Der Herr verzeihe Euch, dass Ihr so leichtfertig das achte Gebot brecht, Messere«, sagte Daniele mild. »Ich werde für Eure Seele beten, damit Ihr Euren Irrtum einseht.«

»Bete für deine eigene Seele, Priesterlein«, zischte Borgia. »Eines Tages werde ich frei sein, und dann wird dir und deinesgleichen selbst Gott nicht mehr helfen können. Ich werde euch alle mit dem größten Vergnügen an euren eigenen Eingeweiden durch den Dreck schleifen.«

»Ich wurde vom Heiligen Vater gesandt, um Euch die Beichte abzunehmen.«

Das ließ Borgia bitter auflachen.

»Der soll sich um sein eigenes Seelenheil sorgen.«

Es war Danieles Versuch gewesen, eine kurze Zeit allein mit Borgia herauszuschinden, aber dass der ehemalige Heerführer Roms seinem Seelenheil irgendeine Bedeutung beimaß, war ohnehin nur eine geringe Hoffnung gewesen.

»Die Herzogin von Ferrara ...«, fuhr Daniele deshalb mit einer anderen, leider offensichtlicheren Taktik fort. Die Erwähnung seiner Schwester bewirkte etwas. Borgia fuhr herum. Seine Augen funkelten im Halbdämmer des Turmverlieses ...

»Was redet Ihr von Lucrezia?«

Alles in Daniele verkrampfte sich. Wie sollte er Cesare Borgia für sich einnehmen, ohne dass Guzmán misstrauisch wurde? *Dovizi verlangt zu viel von mir! Ich bin kein Spion, kein zungenfertiger Diplomat!*

»Verzeiht, ich kenne Eure Schwester nicht, aber ich bin mir

sicher, dass sie nicht möchte, dass Ihr weiterhin ...« Eine kurze Pause, ein winziges, angedeutetes Nicken.»... weiterhin Euer Seelenheil gefährdet.«

Beinahe schien Daniele, dass er hinter Borgias Augen die Gedanken rasen sehen konnte. Schlimmer noch, auch Guzmán runzelte die Stirn.

»Familie, Messere, ist ein hohes Gut«, fuhr er dennoch fort.

»Der glaubt Euch ohnehin nichts«, bemerkte Guzmán mit einem Kopfschütteln. Zu Daniele gewandt, sagte er: »Mir scheint, Ihr habt gesehen, was Ihr müsst. Kommt morgen wieder, wenn der Gefangene sich beruhigt hat.«

»Wartet.«

Überrascht hielt der Kommandant inne. Borgia trat aus dem Schatten. Daniele erinnerte sich, dass der ehemalige Heerführer auch früher schon von der Franzosenkrankheit gezeichnet gewesen war, und sein Zustand hatte sich nicht gebessert. Die linke Seite seines Gesichts war von Wunden zerfressen und mit wulstigen Narben bedeckt. Beinahe wäre Daniele vor ihm zurückgewichen, doch er behielt die Fassung. Der Mann, vor dem einst ganz Italien gezittert hatte, auf dessen Befehl hin so viele Menschen ihr Leben verloren hatten, fiel vor ihm auf die Knie, ergriff Danieles Hand und legte seine Stirn an sie.

»Verzeiht mir, Vater. Ich habe übereilt gehandelt. Meine Schwester, meine liebe Lucrezia, ich habe so oft an sie denken müssen in diesem Höllenloch.«

Guzmán schnaubte. Ob wegen der unglücklichen Erwähnung Lucrezias oder weil Borgia seine Festung als Höllenloch bezeichnet hatte, wusste Daniele nicht. In ihm gab es nur einen Gedanken: *Jetzt oder nie!*

Geschickt verbarg er den Brief in der linken Handfläche und strich Borgia damit über das stoppelige Haupt. Sorgsam darauf bedacht, das Papier vor dem Kommandanten zu verbergen, ergriff er dann Borgias Hände. Verstehen stahl sich in dessen Miene.

»Bitte, könnt Ihr meiner Schwester eine Nachricht von mir überbringen? Sie aufsuchen und ...«

»Ich fürchte, das lassen meine Pflichten nicht zu, Messere«, unterbrach ihn Daniele. Er hatte das Gefühl, keine Luft zu bekommen, seine Stimme klang fremd in seinen Ohren, so kühl und ruhig.

Borgia stieß seine Hand weg.

»Ihr würdet einem Landsmann diesen kleinen Dienst verweigern?«

Sofort trat Daniele zurück und unterdrückte den Drang, sich die Hände an der Robe abzuwischen. Seine Finger fühlten sich feucht an.

»Es liegt nicht in meiner Macht ...«

»Verfluchter Bastard!« Borgia wandte sich ab, und für einen Augenblick sah Daniele, wie er sich den Brief unter das Hemd steckte. »Nur ein Diener des Teufels würde einem Mann Hoffnung machen, um sie dann zu zerstören!«

»Ich diene dem Heiligen Stuhl.«

»Auf dem sitzt der Teufel«, erwiderte Borgia spöttisch und lachte finster auf. »So wie auf jedem Thron dieser Welt!«

»Das reicht«, brüllte Guzmán und stampfte auf, was alle verstummen ließ. Dann wandte er sich an Daniele: »Und was denkt Ihr?«

»Ich habe genug gesehen, um Bericht zu erstatten«, erklärte Daniele bleich. »Eure Festung ist vorbildlich geführt. Ihr könnt sicher sein, dass ich das beim Heiligen Vater lobend erwähne.«

Die Lüge ließ Guzmán strahlen.

»Und dieser da, nun, er ist dort, wo er hingehört«, fügte Daniele hinzu.

»Und da wird er noch lange bleiben.« Der Kommandant nickte zufrieden und öffnete die Tür.

Beim Hinausgehen sagte Daniele: »Ich werde bald nach Rom zurückkehren.«

»Oder fahr gleich zur Hölle«, rief Borgia ihnen nach, als der Kommandant die Tür hinter ihnen verschloss. Das dicke Eichenholz schluckte erfreulicherweise die nächsten Flüche.

* * *

Im Gästezimmer haderte Daniele lange mit sich, wie viel Zeit er noch in Medina del Campo verbringen sollte. Zu früh abzureisen erschien ihm unklug, da es Verdacht auf ihn lenken würde, doch wäre er am liebsten schon fort gewesen, wenn geschah, was immer die Verschwörer geplant hatten. So lief er in der Stube auf und ab, zu nervös, um zu sitzen, aber zu besorgt, um die Gemächer zu verlassen.

Als die Glocken der Kirchen zum Abendgebet riefen, war Daniele immer noch so angespannt, dass er ihr Läuten beinahe nicht gehört hätte. Doch die langen Jahre, in denen er sich dem Rhythmus des Stundengebets ergeben hatte, siegten schließlich, und er kniete sich hin und schloss die Augen. Kaum hatte er sein Gebet begonnen, als auf dem Gang ein Tumult ausbrach.

Sofort schlug ihm das Herz bis in den Hals. *Zu früh, viel zu früh!* Er sprang auf und öffnete die schwere Tür. Vorsichtig spähte er nach draußen.

»Alarm! Alarm!« gellte es vom Gang her. »Der Gefangene versucht zu fliehen.«

Auch wenn er es schon geahnt hatte, blieb sein Herz nun beinahe stehen. Er erwartete, dass jeden Moment Soldaten auf ihn zustürmen würden.

Als aber nichts dergleichen geschah, band sich Daniele die Kutte mit dem Gürtel zusammen und rannte nach draußen. Im Gang war mittlerweile niemand mehr, aber von der Treppe, die zu dem großen Turm führte, klangen Schritte und Waffengeklirr zu ihm herüber. Daniele lief durch den Korridor und dann die Treppe hinauf.

Zwei Männer in voller Rüstung schlugen gegen die Tür von Borgias Zelle, die offenbar von innen verrammelt worden war. Fünf weitere sahen sich ratlos an. Schließlich kam Kommandant Guzmán die Treppe hinauf, vor Zorn rot im Gesicht. »Was macht ihr Hurensöhne hier oben? Hinunter mit euch und versucht, ihn unten zu stellen.« Er deutete auf die zwei Männer an der Tür. »Brecht sie auf«, befahl er.

Die Männer holten eine schwere Bank herbei und ließen sie mehrfach gegen die Tür krachen. Schließlich gab nach, was immer die Tür von innen verbarrikadiert hatte, und das Holz barst splitternd. Daniele versuchte, sich so unsichtbar wie möglich zu machen, als er sich an den Soldaten vorbeischob und einen Blick in die Zelle warf.

Das Fenster, an dem Borgia vorher gesessen hatte, stand noch immer offen, und als Daniele nach draußen schaute, sah er ein Seidenseil, das am Fensterkreuz festgebunden war. Weit unter ihm, aus der Tiefe des Burggrabens, klangen Stimmen zu ihm hoch, Rufe und Schmerzensschreie.

Neben ihm stellte sich Guzmán ans Fenster und sah hinab. Der Kommandant warf Daniele einen finsteren Blick zu, dann beugte er sich aus dem Fenster.

»Stellt ihn«, brüllte er zornig. »Setzt ihn fest!«

Langsam zog Daniele sich zurück, aber Guzmán wandte sich ihm zu. Sein Gesicht war hochrot, an seiner Stirn trat eine Ader deutlich hervor.

»Ihr kommt hierher und am selben Tag ...«

»Wollt Ihr behaupten, der Heilige Vater würde Cesare Borgia zur Flucht verhelfen?«, entgegnete Daniele sofort. Alles, was er von Dovizi gelernt hatte, ließ ihn Stahl in seine Stimme legen. »Den Mann, den er selbst verhaften ließ?«

»Ich meine ...«

»Ihr solltet Euch lieber darum sorgen, den Flüchtigen einzufangen«, fiel ihm Daniele ins Wort. »Der Gesandte des Heiligen Stuhls kommt in Eure Festung, um nach der sicheren Verwahrung des Cesare Borgia zu sehen, und am selben Tag lasst Ihr zu, dass er entkommt! Man könnte *meinen*«, Daniele betonte das Wort besonders, »dass dahinter ein Plan steht. Ein Plan, den Papst selbst zu beschämen.«

»Das ist ... niemals würde ich ... was ...«

Noch immer war Guzmáns Antlitz rot, doch jetzt nicht mehr vor Zorn.

»Findet Borgia«, brüllte Daniele auf einmal mit einer Kraft in der Stimme, von der er nicht einmal geahnt hatte, dass er sie besaß. »Sonst gnade Euch Gott!«

Der Kommandant rannte aus dem Turmverlies, floh regelrecht aus seiner Nähe. Daniele betete innerlich: Herr, bitte lass Cesare Borgia entkommen! Gewähre mir diese Gnade.

Er ging zum Fenster und sah herab. Das Seil hing ein gutes Stück über dem Boden. Von dort aus zu springen war mutig, aber Feigheit hatte man Borgia noch nie vorwerfen können.

Unten hatten sie mit Pferden auf ihn gewartet, und nun ritten sie fort. Und trugen Danieles Schicksal mit sich.

Kapitel 25

FLORENZ, SEPTEMBER 1506

*U*nd, was hältst du von deinem neuen Modell?«, wollte Agnolo Doni wissen, der ein Bündel Trauben von einem Teller nahm und die Früchte prüfend betrachtete, bevor er sie sich in den Mund schob.

Wenn es nach ihm ginge, würde ich nichts anderes mehr tun, als zu essen, zu trinken und mit ihm die Bordelle der Stadt zu besuchen, dachte Raffael, den ein weiteres Mittagsmahl bei seinem Gastgeber schon viel länger aufhielt, als es ihm lieb war. In der Werkstatt wartete Arbeit auf ihn, und er war ruhelos und gereizt. *Ich frage mich wirklich, wann Agnolo eigentlich arbeitet.* Aber er konnte seinen Gastgeber unmöglich vor den Kopf stoßen, also lächelte er und versuchte, seine Finger, die er unbewusst unter dem Tisch verknotet hatte, zu entspannen.

»Ich bin begeistert«, erklärte er, zweifellos die Antwort, die sein Gegenüber erwartet hatte.

Dank Donis Vermittlung hatte Raffael den Auftrag erhalten, Laura Salviati zu malen, die Tochter eines der mächtigsten Männer der Stadt. Laura als Modell zu haben, war nicht nur eine hohe Ehre, sondern hatte auch umgehend dazu geführt, dass noch mehr Mitglieder der Signoria bei ihm Heiligenbilder und Porträts bestellt hatten. Derzeit war es regelrecht zur Mode geworden, sich von Raffael malen zu lassen, und so ging ein steter Strom von Patrizierinnen in seiner *bottega* ein und aus, und er hatte mittlerweile sogar wieder Lehrjungen angenommen, die ihm zuarbeiteten, Farben mischten und Leinwände vorbereiteten.

»Laura kann stundenlang so still wie eine Statue sitzen und dabei nicht einmal blinzeln«, führte Raffael weiter aus. »Und sie hat wundervolles Haar. Ich bin überaus erstaunt, dass Maestro Botticelli sie noch nicht entdeckt hat!«

Die Vorliebe des älteren Malers für blonde Schönheiten war weithin bekannt, und Raffael war sich sicher, dass Laura Salviati auch ein hervorragendes Modell für die antiken Göttinnen abgegeben hätte, die Botticelli häufig darstellte.

Obwohl ihr Haar nicht so prachtvoll ist wie das Salais, schoss es ihm durch den Kopf, aber er behielt den Gedanken lieber für sich.

»Wenn dieses kleine aufgeregte Biest nicht wäre, das Madonna Laura ständig mit sich herumträgt, würde ich sagen, sie ist perfekt. Ich überlege, sie zu bitten, auch für die heilige Katharina Modell zu sitzen, die dein Schwiegervater in Auftrag gegeben hat.«

Doni lachte mit vollem Mund und hielt sich eine Hand vor die Lippen. »Das ist alles, was dir zu *bella Laura* einfällt?«, fragte er und machte eine anzügliche Geste.

Raffael wusste natürlich, was ihm nach Donis Meinung hätte einfallen sollen, aber er verspürte keinerlei Neigung, seinem Gastgeber in die Quere zu kommen, der selbst ein Auge auf die schöne junge Frau geworfen hatte. »Was soll mir denn noch einfallen?«, gab er deshalb mit gespielter Unschuld zurück.

»Nun, sie hat alles, was ein Weib begehrenswert macht, findest du nicht? Und als Tochter von Jacopo Salviati wäre sie eine ziemlich gute Partie, mein Freund«, sagte Agnolo Doni leichthin. »Ich hatte eigentlich gedacht, dass du deine Netze hier schon lange ausgeworfen hast.«

Raffael warf Doni einen zweifelnden Blick zu. Ihm war bewusst, dass Laura Salviati eine gute Partie war. Aber selbst, wenn er nicht geahnt hätte, dass Doni sie selbst begehrte – der Wunsch, eine andere als Margherita Luti zu heiraten, lag ihm noch immer fern.

»Nein, bislang habe ich nichts in diese Richtung unternommen«, sagte er deshalb wahrheitsgemäß. »Ich empfange Laura immer nur in Begleitung. Ich denke nicht ans Heiraten, und wenn ich das Bett mit ihr teilen würde, ohne ihr einen Ring anzustecken, würde Salviati mich vermutlich entmannen lassen. Und das wäre weder für mich noch für meine Karriere förderlich.«

Tatsächlich genoss Lauras Vater, Jacopo Salviati, in Florenz einen zweifelhaften Ruf. Er war nicht nur über die Maßen reich, sondern auch lange Zeit Vorsteher der Gilden gewesen. Um den Frieden zwischen den Zünften zu wahren, hatte er mehr als einmal auf die Hilfe von Söldnern zurückgegriffen, die an einigen Unruhestiftern ein blutiges Exempel statuiert hatten.

Doni lachte erneut. »Damit hast du vermutlich nicht unrecht. Er führt ein strenges Regiment über sein Gold und über seine Familie. Man müsste sehr vorsichtig vorgehen«, fügte er nachdenklich hinzu, wohl mehr an sich selbst als an Raffael gewandt.

Als bemerkte er die Unruhe seines Freundes endlich, fuhr er fort: »Dann lasse ich dich zu deiner keuschen Malerei gehen, bevor du Laura und meine Gattin noch warten lassen musst. Du arbeitest ja wirklich nur noch, man kann gar keinen Spaß mehr mit dir haben.«

»Ich habe gerade erst zwei neue Aufträge von Mitgliedern der Signoria bekommen, Agnolo«, entgegnete Raffael. »Das sollte ich nicht ungenutzt lassen.«

Kurz musste er an den Brief denken, den er von Donato Bramante erhalten hatte, der ihn in Rom dem Papst empfehlen wollte. Schon alleine der Gedanke daran brannte wie ein Funken in seinem Geist, aber er wollte nicht zu große Hoffnungen darauf setzen, dass aus der Empfehlung ein Auftrag werden würde. Die Enttäuschung, wenn es nicht klappte, würde zu groß sein.

Er erhob sich und verneigte sich vor Doni, der sich einen weiteren Becher Wein eingoss und dem Maler zuprostete.

»Ich sehe dich heute Abend«, sagte Raffael. »Wäre es dir recht, wenn ich Madonna Laura sage, dass sie Maddalena zum

Essen zu euch begleiten soll?« Zu Ehren des heutigen Marientages würde ein Bankett im Haus der Donis stattfinden. Agnolo grinste breit. »Unbedingt, mein Freund«, sagte er.

* * *

Mittlerweile hatte Raffael sich so gut in Florenz eingelebt, dass er keinen Gedanken mehr an den Weg verschwenden musste, den seine Füße fast von allein fanden. Leonardo da Vinci hatte ihm großzügig angeboten, seine Werkstatt zu übernehmen, als er sich entschieden hatte, einer Einladung von Charles D'Amboise, dem französischen Vizekönig von Mailand, zu folgen. So konnte Raffael seit einigen Wochen die *bottega* des Meisters nutzen, während dieser letzte Vorbereitungen für seine Abreise traf, die in wenigen Tagen bevorstand. Raffael wusste jetzt schon, dass er Leonardo vermissen würde, dessen Wissen und Erfahrung wie ein Schatz für ihn waren, und mit dem er gemeinsam mit Salai viele Abende beim Wein und angeregten Diskussionen verbracht hatte.

Leonardos Fresko der Anghiari-Schlacht in den Räumen der Signoria hatte sich leider als Debakel erwiesen. Die neue Technik, bei der er die Tempera-Farben mit der Hitze eines darunter entfachten Feuers hatte trocknen wollen, hatte verheerende Auswirkungen auf das Bild gehabt, und schließlich war Leonardo über das zerstörte Werk mit der Signoria in Streit geraten, während Michelangelo triumphierte. Der ältere Maler hatte es zwar nicht zugegeben, aber Raffael hatte sehen können, wie verletzt sein Stolz gewesen war.

Deshalb hatte es ihn nur wenig überrascht, dass Leonardo die erste sich bietende Gelegenheit angenommen hatte, Florenz den Rücken zu kehren.

Raffael hatte gerade erst die Werkstatt aufgesperrt und die Abdeckungen von den Fenstern genommen, als er draußen auch schon Laura Salviati und Maddalena Doni lachen und scherzen hörte. Durch die hohen Fenster der *bottega* konnte er die beiden Frauen sehen, die Arm in Arm über den Hof gingen. Sie erinnerten ihn mit ihren hellen Stimmen an zwei zwitschernde Vögel bei Tagesanbruch, gefangen in ihrem goldenen Käfig aus prunkvollen Kleidern, unendlich teurem Schmuck und der Willkür ihrer Väter und Ehemänner.

Beide Frauen waren etwa im gleichen Alter, aber im Auftreten völlig unterschiedlich. Maddalena Doni war eine eher unscheinbare Person, die in einer größeren Gesellschaft kaum auffiel. Sie trug gedeckte Farben, ein blaues, besticktes Kleid und einen dunklen Schleier auf dem Haar. Sie lächelte Raffael höflich, aber ohne Herzlichkeit an, als er ihr und ihrer Freundin die Tür öffnete.

In Agnolos und Maddalenas Ehe war Geld zu Geld gekommen, die Zuneigung beider Ehepartner war dabei eher unwichtig gewesen, das war Raffael bewusst. Dies war sicher auch ein Grund, warum Agnolo es mit der ehelichen Treue nicht allzu genau nahm und Freiheiten genoss, die Maddalena natürlich verwehrt blieben.

Laura Salviati hingegen zog in jeder Umgebung sofort die Blicke auf sich. Sie war sehr groß, schlank, und ihr Blick verriet sofort, dass sie keine Göttinnen neben sich duldete.

Das goldblonde Haar war kunstvoll aufgesteckt, sie war in ein Schleppkleid aus schimmernder Seide mit angesetzten Ärmeln aus rotem Samt gekleidet, und um den Hals hatte sie sich eine Goldkette mit einem schweren Rubin und einer Perle geschlungen, die vermutlich wertvoll genug war, um eine Bauernfamilie ein Jahr lang zu ernähren.

Auf dem Arm trug sie ein schlappohriges kleines Hündchen, das sie überallhin begleitete und das sofort in wildes Bellen ausbrach, sobald es den Maler sah.

»Ihr müsst Cato eine Leckerei geben, damit er Euch wohlgesinnt ist«, sagte Laura, während sie das Hündchen hinter den Ohren kraulte. Ihren dünnen Mantel ließ sie achtlos auf den Boden gleiten, in der sicheren Erwartung, dass ihn schon jemand aufheben würde, und steckte eine Hand in den Samtbeutel, den sie am Gürtel trug. Dann hielt sie Raffael ein kleines Stück Trockenfleisch hin. »Hier, versucht es damit.« Als sie ihm die Leckerei gab, ließ sie ihre Finger wie zufällig noch einen Moment auf seinen ruhen und schenkte ihm ein Lächeln, das einen Heiligen hätte in Versuchung führen können. Maddalena Doni warf ihm einen prüfenden Blick zu, wandte sich dann aber demonstrativ ab und begann, den Inhalt der Regale zu inspizieren, die hinter ihnen in der Werkstatt aufragten und in denen noch immer ein Teil von Leonardos Besitztümern lagerte.

Denk an Agnolo und an Lauras Vater, ermahnte sich Raffael selbst, während er Lauras Hand nahm, einen Kuss darauf andeutete und dem kläffenden Cato dann seine Leckerei gab.

Die Gefahr, wichtige Körperteile zu verlieren, brachte ihn ins Hier und Jetzt zurück. »Möchtet Ihr eine Erfrischung, Madonna?«, fragte er. »Oder sollen wir gleich beginnen?«

»Wein, bitte, Maestro«, sagte Maddalena, ohne sich zu ihm umzudrehen.

Er füllte zwei Becher aus einer Karaffe, die einer der Lehrjungen vorausschauend für sie bereitgestellt hatte.

»Von mir aus können wir gleich anfangen«, sagte Laura. Geziert trank sie einen Schluck und nahm dann auf dem Stuhl Platz, der direkt vor einem hohen Fenster stand, an dem das Florentiner Leben vorbeifloss.

Zuerst hatte Raffael es befremdlich gefunden, dass die Vorübergehenden jederzeit einen Blick auf seine Arbeit werfen konnten, dann aber festgestellt, dass es zu seinem Ruhm in der Stadt beitrug, wenn neugierige Passanten beobachten konnten, wie er die Töchter und Ehefrauen der reichsten Männer von Florenz malte.

Lauras Porträt war schon recht weit fortgeschritten, mittlerweile konnte er sich den Details der Kleidung und dem Setzen von Lichtpunkten widmen. Auf dem fertigen Gemälde würde

Laura statt des Hündchens nach dem Willen ihres Vaters ein Einhorn im Arm halten, ein Sinnbild ihrer Tugend und Jungfräulichkeit. Die sie bei der Fertigstellung des Porträts längst hinter sich gelassen haben wird, wenn es nach Agnolo Doni geht, dachte Raffael.

Laura ordnete ihre kostbaren Roben und zog zwei Kämme aus ihrem Haar, das ihr nun über die Schultern floss, sodass sie noch mehr wie ein Bildnis der Venus aussah. Dann rückte sie so lange auf dem Stuhl hin und her, bis sie eine bequeme Position gefunden hatte, und versank schließlich in den beinahe tranceähnlichen, unbewegten Zustand, der sie als Modell so reizvoll machte. Ihre Schönheit war wie in Wachs erstarrt, wobei aber jedes bezaubernde Detail erhalten blieb, wie Raffael jedes Mal aufs Neue fasziniert feststellte.

»Schaut noch ein wenig mehr zu mir, Madonna«, bat er. Als sie den Kopf drehte, fiel das Licht perfekt auf ihr Haar und verwandelte es in gesponnenes Gold. Raffael hatte sich entschieden, Leonardos Rat auszuprobieren und Laura im Dreiviertelprofil darzustellen, genau wie der Meister *La Gioconda* gemalt hatte, die Mona Lisa.

Er hatte gerade erst begonnen, mit einem angeschrägten Pinsel gemahlenes Gamboge-Harz und Leinöl zu mischen, um den Goldsamt auf den Brustsaum von Lauras Kleid zu tupfen, als es erneut an der Tür klopfte. Raffael seufzte. Das Gamboge musste möglichst frisch verwendet werden. Der Farbstoff war teuer und, da er über die Seidenstraße importiert werden musste, oft nicht leicht zu beschaffen.

»Ihr erlaubt?«, fragte er dennoch. Vorsichtig legte er den Pinsel ab. Laura versuchte indessen, Cato zu beruhigen, der bereits wieder bellte.

Als Raffael die Tür öffnete, stand ein junger Mann vor ihm, mit breiten Schultern und kastanienfarbenem Haar. Er war einfach gekleidet. Seine schlammbespritzten Stiefel und ein zerknitterter Mantel ließen vermuten, dass er gerade eine lange

Reise hinter sich gebracht hatte. Er kam Raffael vage bekannt vor, ohne dass er ihn sofort hätte zuordnen können.

»Salve. Kann ich Euch helfen?«

Der junge Mann sah den Maler betreten an. »Ich weiß nicht, ob Ihr Euch an mich erinnert, Messere Sanzio. Mein Name ist Matteo, Matteo Luti. Ich bin der Bruder von Margherita Petrucci.«

Natürlich, dachte Raffael, der plötzlich Margheritas Züge und ihr Haar erkannte. *Der Lehrling des Küfers.* Als er den Jungen zuletzt gesehen hatte, konnte er erst zwölf oder dreizehn gewesen sein. Aber was um alles in der Welt macht er hier?

»Matteo? Seid Ihr ... ist Margherita bei Euch?«

Matteo schüttelte den Kopf und räusperte sich verlegen, als Maddalena Doni hinter Raffael auftauchte, fasste sich dann aber ein Herz. »Messere, es geht meiner Schwester sehr schlecht, und sie hat mich gebeten, Euch zu suchen und Euch zu ihr zu bringen.« Der junge Mann sah bei diesen Worten so unglücklich aus, dass Raffael sofort wusste, dass sie wahr sein mussten. Er fühlte sich plötzlich, als ergriffe eine unsagbare Kälte von ihm Besitz.

»Was meint Ihr damit?«, fragte er.

»Messere, ich weiß nicht, wie ich die Nachricht anders überbringen soll.« Matteo hob hilflos die Hände. »Der Arzt sagt, dass meine Schwester im Sterben liegt. Aber Margherita glaubt, dass sie die Letzte Ölung nicht empfangen kann, ohne Euch noch einmal gesehen zu haben. Sie bestand darauf, Euch zu holen, weil sie vor ihrem Tod etwas Wichtiges mit Euch zu besprechen hat.«

Margherita liegt im Sterben? Das kann nicht sein. Das darf nicht wahr sein. Raffael machte einen Schritt zurück und stolperte beinahe über Laura Salviatis Mantel. Er hob ihn vom Boden auf und warf ihn ihr zu. »Ihr müsst gehen«, sagte er, ohne sie anzusehen oder ein weiteres Wort der Erklärung.

»Jetzt gleich?« Die junge Frau schüttelte sich, als wäre sie gerade erst aufgewacht. Sie blickte erst den Mantel an, der in ihrem Schoß gelandet war, und dann mit zusammengepressten Lippen zu ihm herüber.

»Und wer ist diese Margherita?«, fragte Maddalena mit einer Stimme, die deutlich ihr Missfallen verriet.

Raffael verspürte weder den Wunsch, es ihr zu erklären, noch traute er es sich zu, noch einen Moment länger eine höfliche Maske aufrechtzuerhalten. »Verschwindet! Beide!«, rief er. Ihm wurde erst klar, wie laut er geworden war, als er die Worte selbst hörte.

»Geht«, sagte er noch einmal leiser, aber nicht weniger bestimmt. »Ich sage es nicht noch einmal.«

Laura und Maddalena sammelten ihre Habseligkeiten auf, während Maddalena ihrer Empörung lautstark Luft machte. »Ihr werft mich aus Eurer *bottega*, Maestro? Ich bin gespannt, was mein Mann dazu zu sagen hat, dessen Gastfreundschaft Ihr noch immer ohne jede Gegenleistung genießt.«

Raffael erwiderte nichts. Er wartete, bis sie auf die Straße geeilt waren, um sich wieder Matteo zuzuwenden, dem die ganze Situation sichtlich unangenehm war.

»Sollen wir gleich aufbrechen?«, fragte Raffael.

»Ich bin bereits den ganzen Tag über geritten und bräuchte ein frisches Pferd, Messere«, erwiderte Matteo.

»Das lässt sich einrichten. Wir können uns sofort zum Mietstall aufmachen.« Er zögerte. »Ist Margherita im *Palazzo Petrucci?* Wie komme ich dort hinein?«

Matteo hob die Schultern. »Die Herren Petrucci sind zu Verhandlungen nach Pisa gereist, aber es wird dennoch nicht leicht. Wir werden Euch hineinschmuggeln müssen.«

Raffael hatte keine Vorstellung davon, ob das funktionieren konnte, aber darum würden sie sich vor Ort kümmern müssen.

»Wir müssen beten, dass sie noch lebt, wenn wir eintreffen, Messere«, sagte Matteo ernst.

»Was ist denn eigentlich mit ihr? Ist sie krank? Verletzt?«

»Sie hatte eine Fehlgeburt und hat nicht aufgehört, Blut zu verlieren, hieß es«, antwortete Matteo. »Der Arzt hat mir nicht viel mehr gesagt. Nur, dass ich mich beeilen soll.«

Als er seinen Blick noch einmal ins Innere der Werkstatt richtete, bevor er die Tür versperrte, kam ihm eine Idee. »Wir gehen zuerst zu Maestro da Vinci«, sagte er.

* * *

»Ich bin kein Arzt, Raffael«, erklärte Leonardo zögerlich. »Das weißt du. Und eigentlich müsste ich schon längst auf dem Weg nach Mailand sein.« Er deutete auf die Kisten und Truhen in seiner Bleibe, in die er offenbar bereits einen Großteil seiner Habe verpackt hatte. Die Wohnräume waren beinahe leer.

»Ich kenne niemanden, der mehr über den menschlichen Körper weiß als du«, sagte Raffael. »Bitte. Siena ist nur einen Tagesritt weit entfernt. Du verlierst kaum Zeit, um nach Mailand zu gelangen. Aber Matteo hier sagt, dass Margherita eine Fehlgeburt hatte. Ich weiß, dass du Frauen, die Kinder verloren haben ... bei den Brüdern im Ospedale untersucht hast.«

Plötzlich schien es ihm unmöglich, das Wort »aufgeschnitten« zu verwenden. Das Bild von Margheritas leblosem Körper auf dem Tisch im Keller stand mit erschreckender Klarheit vor seinem inneren Auge.

»Geh«, sagte Salai ruhig, der zu ihnen getreten war. »Du siehst doch, was es Raffael bedeutet. Ich werde inzwischen fertig packen, sodass wir gleich aufbrechen können, wenn du zurückkommst.«

Leonardo blickte von Salai zu Matteo, dann zu Raffael. Schließlich nickte er. »Nun gut. Ich suche noch meine Instrumente heraus, dann komme ich mit euch. Aber versprich dir keine Wunder von mir, ich bitte dich.«

* * *

Es war bereits später Nachmittag, als sie sich endlich auf den Weg machten. Raffael war dankbar, dass die Straßen durch die Sommerhitze ausgetrocknet waren, und der Boden zwar staubig, aber weitgehend fest war und sie gut vorankamen.

Auf dem ersten Teil des Weges redeten die drei Männer kaum miteinander. Die Nacht war inzwischen hereingebrochen, und an Matteos eingesunkener Haltung auf dem Pferd erkannte Raffael, dass er nach den Strapazen des Ritts erschöpft war.

Raffael sprach ihn nach Stunden des Schweigens schließlich an, weil er befürchtete, dass er sonst aus dem Sattel fallen würde.

»Wie lange ist Piero Petrucci fort?«

»Das weiß ich nicht«, gab Matteo zurück. »Aber sie sind erst vor drei Tagen aufgebrochen, so schnell kann er also kaum zurückkommen.«

Er ist erst kürzlich aufgebrochen und hat Margherita einfach so zurückgelassen? Am liebsten hätte Raffael sein Pferd zu noch größerer Eile angetrieben, aber in der tiefen Dunkelheit wäre es halsbrecherisch gewesen, schneller zu reiten. Das Mondlicht reichte gerade eben aus, sie ihren Weg erkennen zu lassen.

Schließlich gabelte sich die Straße. Die breitere Abzweigung, die sie nahmen, führte weiter nach Siena, während die schmalere in einem Wald aus Steineichen verschwand. Je näher der Morgen rückte, desto mehr Reisende zu Fuß oder zu Pferd begegneten ihnen unterwegs.

Leonardo lenkte sein Pferd neben Raffael. »Es war schwer, zu überhören, dass du bei den Petrucci nicht gerade willkommen sein wirst. Was heißt das genau für unseren Besuch?«, wollte er wissen.

»Ich bin mir nicht sicher«, sagte Raffael. »Wenn Piero Petrucci mich im Palazzo antrifft, ist das wahrscheinlich mein Ende. Aber sein Bruder kennt mich nicht, und auch sonst niemand dort, bis auf Margherita.«

Leonardo nickte. »Wir müssen sie also täuschen, um hineinzukommen?« Er setzte eine nachdenkliche Miene auf, bevor er sich wieder zurückfallen ließ.

Als sie Siena erreichten, war die Sonne bereits aufgegangen, und es herrschte geschäftiges Treiben in den Straßen, die sie zum Palazzo der Petrucci führten. Wieder in Siena zu sein, erschien Raffael beinahe unwirklich. Die Stadt war für ihn so sehr mit Margherita verknüpft, dass die Erinnerungen nur so auf ihn einströmten.

Matteo riss ihn aus seinen Gedanken. »Was sollen wir sagen, wer Ihr seid?«, fragte er.

»Ich kann mich als Arzt ausgeben, den Ihr zu Eurer Schwester geholt habt, Messere Luti«, bot Leonardo an. Raffael nickte. Ihm erschien dieser Plan so gut wie jeder andere, wenn er ihn nur zu Margherita brachte.

Matteo führte sie an dem säulenbewehrten Eingang des Palazzo Podestà vorbei in eine Nebenstraße, an der die Villa der Petrucci lag. Vor dem Eingang stiegen sie ab, und Matteo betätigte den Türklopfer. Ein älterer Mann öffnete ihnen.

»*Salve*, Messere Luti. Wen habt Ihr da mitgebracht?«, fragte er. »Das ist ...«, begann Matteo, geriet jedoch sofort ins Stottern.

»Ich bin ein Medicus aus Florenz, Messere«, schaltete sich Leonardo ein, der ein gewinnendes Lächeln aufgesetzt hatte. Dann deutete er auf Raffael. »Und das ist mein Gehilfe. Messere Matteo hat uns geholt, um nach seiner Schwester zu sehen.«

Der Mann warf einen misstrauischen Blick von einem zum anderen.

»Hat Messere Petrucci nach Euch schicken lassen?«, verlangte er zu wissen.

»Natürlich«, sagte Leonardo und sah den Alten direkt an.

»Messere Piero ist nicht hier«, entgegnete der Pförtner mit Schärfe in der Stimme. »Ich weiß nicht, ob ich Euch hereinlassen kann.«

»Wie ich höre, geht es Madonna Margherita sehr schlecht?«, fragte Leonardo. »Wir könnten natürlich auf Messere Petrucci warten, aber ...« Er ließ den begonnenen Satz bedeutungsschwer in der Luft hängen.

Der Alte seufzte. »Ich will keine Scherereien.«

»Natürlich nicht«, entgegnete Raffael. »Euch werden keinerlei Unannehmlichkeiten entstehen, das versichere ich Euch. Wir haben nur Madonna Petruccis Wohlergehen im Sinn.«

Der Blick des Mannes verharrte einen Moment auf Raffael, dann nickte er schließlich und trat beiseite.

Matteo blieb zurück. »Geht voran, Messeres«, bot er an. »Ich kümmere mich um die Pferde und komme dann nach.«

**

Ein Diener führte sie durch die Flure des Palastes, bis sie im zweiten Stock schließlich ein Schlafzimmer erreichten, vor dem er Aufstellung bezog, statt mit hineinzugehen.

Margherita lag in dem großzügigen Raum auf einem breiten Bett. Daneben stand ein Korb, in den jemand achtlos blutige Lappen geworfen hatte. Eine Magd war gerade damit beschäftigt, die Decken auf dem Bett neu zu richten.

Margheritas Züge wirkten eingefallen. Sie war so blass, als hätte sie sich mit Bleiweiß geschminkt. Im Licht des frühen Tages schien sie beinahe zu leuchten. Aber ihr Brustkorb hob und senkte sich, und ihre Hände bewegten sich auf der Decke, die über ihr ausgebreitet wurde.

»Grazie, Signore«, murmelte Raffael, als sie den Raum betraten. *Sie lebt noch.*

Leonardo räusperte sich, und die Magd blickte auf. »Ich bin der neue Medicus«, sagte Leonardo streng. Er legte seinen Beutel auf eine Kommode, als sei es das Natürlichste der Welt. »Kannst du uns etwas Wasser bringen?«

Sein entschiedenes Auftreten erzielte offenbar die gewünschte Wirkung. Als die junge Frau den Raum verlassen hatte, ließ sich Raffael neben dem Bett auf die Knie fallen und griff nach Margheritas Hand, blickte auf ihre Finger in den seinen. Der Gedanke an sie war für ihn wie eine vertraute Wunde gewesen, die zwar verschorft, aber niemals abgeheilt war. Sie jetzt so zu sehen, dem Tode nah, riss diese Wunde auf, und der Schmerz, den er so lange unterdrückt hatte, kehrte mit aller Macht zurück und nahm ihm den Atem. Es kann nicht sein, dass ich sie wiedersehe, nur um sie erneut zu verlieren.

Vorsichtig strich er über das zerzauste kastanienfarbene Haar, das ihr ins Gesicht hing.

Sie kam nicht zu Bewusstsein, sondern rollte nur mit dem Kopf von einer Seite zur anderen.

Leonardo trat neben Raffael und hob die Decke an, die auf Margherita lag. Sie trug ein dünnes Hemd, das bereits mit Blut getränkt war. Raffael schlug eine Hand vor den Mund, um nicht zu schreien.

»Du solltest sie mich jetzt untersuchen lassen«, sagte Leonardo ruhig.

»Was macht Ihr hier?«, ertönte plötzlich eine scharfe, helle Stimme. In der Tür stand eine groß gewachsene Frau in den Vierzigern, die sie misstrauisch musterte.

»Ich bin der Arzt, den Messere Piero aus Florenz ...«, begann Leonardo.

»Das seid Ihr nicht«, gab die Frau zurück. »Ich bin Aurelia Petrucci, und ich weiß, dass mein Schwager nach niemandem geschickt hat. Erklärt Euch, oder ich rufe die Wachen.«

Raffael trat vor. »Matteo Luti hat uns geholt«, sagte er hastig. »Das ist Leonardo da Vinci, Ihr habt vielleicht schon von ihm gehört?«

Leonardo sah alles andere als glücklich aus, als er ihn vorstellte, aber es schien Raffael der letzte Ausweg zu sein, die Wahrheit zu sagen. Oder zumindest einen Teil der Wahrheit.

»*Maestro* da Vinci?«, fragte die Frau ungläubig. »Der Künstler?«

Leonardo nickte. »Ja«, meinte er. »Und der Anatom. Ich bin ... ein alter Bekannter von Messere Luti, der mich bat, nach seiner Schwester zu sehen.«

Aurelia Petrucci sah unschlüssig von einem zum anderen. Leonardo warf einen vielsagenden Blick zum Bett. »Sie hat offenbar viel Blut verloren, Madonna«, sagte er.

Das schien Aurelia zu überzeugen. »Nun gut, Messere da Vinci. Tut, was Ihr könnt, und erklärt mir später genau, wie Ihr hierhergekommen seid.«

Sie verließ das Zimmer, und Raffael stieß hörbar den Atem aus.

»Du solltest jetzt auch gehen, damit ich herausfinden kann, ob sie noch zu retten ist«, sagte Leonardo bestimmt.

»Soll ich nicht ...«

Leonardo ließ Raffael nicht aussprechen. »Nein. Du kannst mir nicht helfen.«

***

Raffael verbrachte die nächsten Stunden wie in einem Traum. Er saß halb schlafend und halb wachend im Schatten des Palazzos und nahm die Menschen, die um ihn herum ihrem Tagwerk nachgingen, kaum wahr. Irgendwann kam Matteo zu ihm. Er trug einen kleinen, dunkelhaarigen Jungen auf den Schultern.

»Euer Sohn?«, fragte Raffael, als das Kind die Hände in Matteos Haar vergrub.

»Margheritas Sohn, mein Neffe Alessandro Petrucci.«

Margheritas Sohn? Sie hat schon Kinder? Natürlich, sie ist seit Jahren verheiratet. Raffael lächelte den Jungen an, der einen Schmollmund zog.

»Sie wird wieder gesund«, sagte Matteo aufmunternd zu dem Kind. »Du kannst bestimmt bald zu ihr.« Der Kleine nickte begeistert mit dem Kopf.

Etwas an dem Gesicht des Kindes erschien Raffael ganz vertraut, aber nicht wegen der Ähnlichkeit zu Margherita. Waren es seine Augen oder die Art, wie er die Lippen verzog? Wie alt mochte der Kleine sein? In den hintersten Winkeln seiner Gedanken bildete sich eine Frage, aber er war zu erschöpft, um sie sich zu stellen. »Komm, ich bringe dich aus der Sonne«, sagte Matteo zu dem Jungen. »Wink Raffael zum Abschied, ja?«
Alessandro hob eine Hand und winkte fröhlich. Raffael erwiderte den Gruß und folgte den beiden mit seinen Blicken, als sie im Palazzo verschwanden.

Als er zurückkam, setzte sich Margheritas Bruder neben Raffael, lehnte den Kopf an die Mauer und schlief einfach ein, von der Erschöpfung der Reise übermannt.

Als die Sonne schon hoch am Himmel stand, kam Leonardo endlich zu ihnen. Auch ihm sah man die Anstrengung der letzten Stunden an. Auf seiner *zimarra* und an den Ärmeln seines Hemdes waren Blutflecken zu sehen. Raffael sprang auf.

»Ich glaube, es ist gelungen«, sagte Leonardo sofort zu seiner Beruhigung. »Es war schädliches, entzündetes Gewebe, das die Blutung verursacht hat, und das habe ich entfernt. An einem lebenden Menschen war eine solche Operation allerdings auch für mich etwas ganz Neues. Margherita schläft jetzt; wenn sie kein Fieber bekommt, wird sie sich erholen, glaube ich.«

Raffael umarmte den älteren Mann. »Danke«, flüsterte er. Leonardo drückte ihn an sich, dann machte er sich los.

»Du musst zurück nach Florenz reiten, bevor Petrucci wieder hier ist«, erklärte er bestimmt. »Diese Aurelia wird Margheritas Mann sicher bald eine Nachricht schicken, dass seine Frau auf dem Weg der Besserung ist. Und ihm erzählen, dass ich hier war.«

»Ich weiß«, entgegnete Raffael. »Aber vorher will ich mich noch verabschieden.«

Leonardo sah ihn eindringlich an. »Geh mit Matteo hinein, wenn euch niemand sieht, und sofort wieder raus, wenn du sie gesehen hast, verstehst du?«, sagte er. »Ich selbst werde mich nach Mailand aufmachen, sobald ich in Florenz das Hemd gewechselt habe. Ich wünsche dir alles Gute, mein Freund.«

Er hatte sich schon halb abgewandt, als er sich noch einmal umdrehte. »Ich bin froh, dass ich dich begleitet habe. Und es tut mir so leid für dich ... für euch.«

»Petrucci hat sie einfach zurückgelassen«, sagte Raffael voller Zorn. »Es hat ihn offenbar nicht allzu sehr gekümmert, was aus ihr wird, und dennoch muss ich sie bei ihm lassen.«

»Ja, ich fürchte, so ist es«, erwiderte Leonardo. Sein Blick richtete sich in die Ferne, nach Süden. »Vielleicht sind wir nicht dazu bestimmt, glücklich zu werden«, sagte er nachdenklich. »Mit der Liebe, die wir uns gewählt haben. Aber was wären wir ohne sie?«

Raffael sah ihn an. Er ahnte, was es den älteren Maler kosten musste, seine Gefühle für Salai vor aller Augen verbergen zu müssen. »Ich danke dir für alles«, sagte er noch einmal. »Und ich hoffe, dass wir uns wiedersehen.«

Kapitel 26

SIENA, SEPTEMBER 1506

Margherita fühlte sich, als triebe sie in einem See, dessen Wellen sie sanft schaukelnd trugen. Sie spürte keinen Schmerz und keine Angst, nur das Auf und Ab des Wassers.

Als sie die Augen öffnete, ließ das Schaukeln allmählich nach. Sie lag nicht in einem See, sondern in ihrem Schlafzimmer, auf ihrem eigenen Bett. Benommen schüttelte sie den Kopf, um die Schwerfälligkeit des Schlafes zu vertreiben.

Die Glocken des Doms hatten sie geweckt, und dem dämmrigen Licht nach zu urteilen, das in ihr Zimmer fiel, musste es das Abendläuten sein.

Der Schmerz kehrte augenblicklich zurück, als sie versuchte, sich aufzurichten. Sie sog scharf die Luft ein und lag still, bis das Stechen in ihrem Unterleib abgeklungen war.

Neben sich hörte sie jemanden atmen, und sie wandte den Kopf. Raffael saß neben ihrem Bett, den Kopf an die Wand gelehnt, die Augen geschlossen. Er hatte sich das dunkle Haar aus dem Gesicht gebunden, und sie betrachtete seine schlafenden Züge, sah voller Überraschung den Mann an, dem Alessandro vielleicht eines Tages ähneln würde.

Kann das sein? Was tust du hier?, fragte sie sich, während sie versuchte, ihren Geist zu klären. Dann fiel es ihr wieder ein, bruchstückhaft zunächst nur, bis sich die einzelnen Teile zu einem Bild formten.

Sie hatte Matteo angefleht, nach Florenz zu reiten und Raffael zu holen, weil sie ihn noch einmal hatte sehen wollen, bevor sie starb. Und weil sie ihm Alessandro anvertrauen musste. Und offenbar war er tatsächlich gekommen, war noch immer hier. Und wie durch ein Wunder lebte sie noch.

Sie sagte mit heiserer Stimme seinen Namen.

Er öffnete die Augen, und sein Blick suchte den ihren. Dann lächelte er. »Du bist wach«, stellte er fest. »Wie fühlst du dich?«

»Ich weiß nicht«, sagte sie ehrlich. »Benommen. So, als könnte ich keinen Gedanken festhalten.«

»Leonardo hat dir Schlafmohn gegeben«, erklärte Raffael. »Die Benommenheit geht vorüber. Hast du Durst? Soll ich dir Wasser holen?«

Sie nickte, und er stand auf, holte einen Becher, den er festhielt, während sie trank. »Leonardo?«, fragte sie dann.

»Leonardo da Vinci. Er hat eine Operation an dir durchgeführt, die dich gerettet hat. Bei allen Heiligen«, fügte er mit bewegter Stimme hinzu. »Ich bin so froh, dass du noch lebst.«

Sie ließ den Kopf zurück auf das Kissen sinken. Raffaels Worte ergaben keinen Sinn. Was war geschehen? Piero war fortgegangen, und ...

Die Erkenntnis, dass sie beide im Palazzo Petrucci waren, ließ sie hochfahren. Frischer Schmerz durchzuckte sie.

»Du kannst nicht hier sein«, sagte sie erschrocken. »Was ist, wenn Piero dich hier findet?«

Raffael griff nach ihrer Hand, strich darüber. »Er ist fort, Margherita. In Pisa.«

Sie schwieg für einen Moment. Sie hatte nicht erwartet, sich zu erholen, war so schwach gewesen, dass sie beinahe gewünscht hatte, nicht mehr aufzuwachen. Und jetzt lag sie hier, und der Schmerz verebbte, und Raffael war bei ihr. Aber er konnte nicht bleiben.

»Du musst gehen«, sagte sie. »Auch wenn Piero nicht hier ist. Was ist mit Aurelia, mit den Dienern? Wenn dich jemand hier sieht ...«

»Matteo steht vor der Tür und wird uns warnen. Aber ich konnte noch nicht gehen. Sag mir erst, warum du mich sehen wolltest?«

Alessandro. Sie schloss kurz die Augen. Sollte sie ihm sagen, dass er der Vater war? Aber was würde er dann tun? Als sie geglaubt hatte, sterben zu müssen, war sie so sicher gewesen, dass er es wissen musste, aber jetzt zögerte sie. Mache ich ihn nicht nur unglücklich, wenn ich es ihm sage? »Du hast mir so sehr gefehlt«, sagte sie sanft. »Und ich konnte nicht klar denken. Aber jetzt kann ich es wieder. Es war verrückt, Matteo zu dir zu schicken, und verrückt von dir, herzukommen.«

»Ich würde alles für dich tun, daran hat sich nichts geändert.« Sie spürte, wie ihr die Tränen in die Augen stiegen.

»Erzähl mir etwas von dir«, bat Raffael hastig. »Wie geht es der Lupa?«

»Ich war schon lange nicht mehr dort. Matteo wohnt jetzt in unserem alten Haus, auch wenn es die Bäckerei nicht mehr gibt.«

Er zögerte. »Und Petrucci? Wie ist euer Leben?«

»Er ist nicht grausam zu mir«, erwiderte Margherita. »Aber es gibt keine Liebe zwischen uns. Vielleicht bereut er seinen Entschluss schon längst, aber sein Stolz würde nie zulassen, mich freizugeben.«

Sie schwieg einen Moment. »Wie ist es dir ergangen?«, fragte sie dann, um einen heiteren Tonfall bemüht. »Du bist berühmt geworden. Man nennt dich in einem Atemzug mit Maestro Michelangelo.«

Raffael neigte den Kopf. »Ich weiß nicht, ob es eine Ehre ist, überhaupt mit diesem *coglione* zusammen genannt zu werden.«

Margherita musste lachen, aber dadurch kam der Schmerz zurück, und sie verzerrte das Gesicht. Raffael drückte ihre Hand. »Nicht lachen«, bat er.

»Dann bring mich nicht dazu! Sag, malst du all die schönen Frauen in Florenz?«, fragte sie. »Ich habe gehört, dass du inzwischen nicht nur sehr bekannt, sondern auch sehr beliebt bei den Florentinerinnen sein sollst.«

Raffael zog die Augenbrauen in die Höhe. »Ach ja?«, fragte er.

»Ich male tatsächlich gerade Laura Salviati, eine Schönheit aus noblem Hause.« Er zögerte kurz. »Sie ist absolut unerträglich. Und wird künftig vermutlich noch unerträglicher sein, wenn ich zurückkehre und mich dafür rechtfertigen muss, dass ich sie einfach in der Werkstatt habe stehen lassen und hierher aufgebrochen bin.«

Plötzlich erklangen von draußen laute Stimmen, und Margherita erkannte nicht nur Matteo, sondern auch Aurelia, die einen Moment später bereits aufgebracht durch die Tür trat, gefolgt von Margheritas Bruder, der sie offenbar nicht hatte aufhalten können. Raffael sprang auf die Füße.

Ihre Schwägerin musterte sie beide. »Oh Gott, Aurelia, bitte ...«, begann Margherita und stemmte sich hoch.

»Ihr solltet jetzt gehen. Sofort«, sagte Aurelia mit gefährlich ruhiger Stimme zu Raffael. Er sah Margherita an. »Bitte«, formte sie unhörbar mit den Lippen. Ihn gehen zu sehen, brach ihr das Herz, aber jeder Augenblick, den er länger blieb, brachte ihn in Gefahr.

Er nickte und verließ zusammen mit Matteo den Raum.

Aurelia trat mit energischen Schritten auf Margheritas Bett zu. Sie trug ihren Zorn wie ein Banner vor sich her. Margherita konnte ihren Ärger spüren, noch bevor sie ein Wort gesagt hatte. »Offenbar hast du dich schnell erholt«, sagte ihre Schwägerin mit unüberhörbarem Sarkasmus.

Margherita neigte den Kopf und bekreuzigte sich. »Ich kann dir nicht genug für deine Fürsorge danken, Aurelia, und werde im Dom eine Dankesmesse für meine Rettung lesen lassen«, erwiderte sie. *Was kann ich sagen? Tun?* Ihre Gedanken rasten.

»Piero wird sicher ebenfalls sehr froh sein und deinen mysteriösen Rettern persönlich danken wollen.«

»Meinem Bruder und Messere Leonardo?«, fragte Margherita mit gespielter Unschuld. Ihr fiel nichts Besseres ein.

»Und seinem jungen Gehilfen. Der ganz sicher *kein* Arzt war.«

Plötzlich ließ sich Aurelia auf die Kante des Bettes fallen.

»Himmel, Margherita! Was hast du dir dabei gedacht? Ich fürchtete, dass du im Sterben liegst, und du lässt einen Verehrer hierherkommen? Mit Maestro da Vinci? Wirklich, was geht bloß in deinem Kopf vor?«

Margherita fühlte sich auf einmal unendlich müde. Was sollte das Katz-und-Maus-Spiel mit Aurelia noch? Sie konnte genauso gut gleich aufgeben. »Raffael ist Alessandros Vater.«

Das verschlug Aurelia die Sprache. »Ich ...«, fing sie an, doch dann begann sie plötzlich zu lachen. Margherita sah sie an, als hätte sie den Verstand verloren.

»Und hier sitze ich und habe immer gedacht, dass Piero dich noch vor eurer Hochzeit verführt hat. Und dass du mit deiner Bußfertigkeit und deiner Tugend zu nichts anderem zu gebrauchen bist, als eine gehorsame Ehefrau zu sein und Piero Kinder zu schenken.«

Heilige Muttergottes! Das ist das Bild, das sie von mir hat? Natürlich, wie sollte sie auch etwas anderes denken?

Sie schüttelte den Kopf. »Piero hat mich sicher nicht verführt, und ich habe ihn nie heiraten wollen. Ich wäre Raffaels Frau geworden, aber Piero ist uns zuvorgekommen. Er hat Raffael gezwungen, Siena zu verlassen – und damit auch mich.«

Aurelia war nun wieder ganz ernst. »Und Piero weiß, dass dein Sohn nicht von ihm ist?«

Margherita nickte, und Aurelia sah sie mit einem Ausdruck des Mitgefühls an, der vorher nicht dort gewesen war.

»Und deshalb wage ich es so selten, gegen ihn aufzubegehren.«

»Weiß Raffael es?«

»Nein. Ich wollte es ihm sagen, aber ...«

»Manchmal ist Unwissenheit eine Gnade«, stellte Aurelia nachdenklich fest. »Wie seltsam, dass ich das alles noch nicht einmal geahnt habe«, fuhr sie dann fort. »Ich habe geglaubt, dass du den Petrucci treu ergeben bist, und sogar, dass du mich in Pieros Namen ausspionierst.«

»Was?«, fragte Margherita fassungslos. »Warum sollte ich so etwas tun?«

»Weil wir Angst vor unseren Männern haben, ich genauso wie du. Ich war immer mehr als vorsichtig, musste es immer sein. Pandolfo hat mich geheiratet, um sich den Einfluss meiner Familie zu sichern, und als sie aufgehört haben, ihn zu unterstützen, hat er meine Brüder ermordet und meinen Vater hinrichten lassen. Wenn er meiner je überdrüssig wird oder mich verdächtigt, gegen ihn zu arbeiten, droht mir dasselbe Schicksal. Glaubst du etwa, ich hätte ihm je verziehen?«

Margherita wurde erst jetzt bewusst, wie wenig sie ihre Schwägerin kannte. Wie sehr sie sich beide aus Furcht vor den Petrucci verstellt hatten und so zu Gegnerinnen geworden waren, obwohl sie beide so viel dringender eine Verbündete hätten brauchen können.

Sie ergriff Aurelias Hand. »Es fällt dir vermutlich nicht leicht, mir zu glauben, aber ich würde dich niemals an einen von ihnen verraten«, beteuerte sie. »Egal, was du tust.«

Die ältere Frau drückte ihre Finger, während sie nachdachte.

»Ich weiß, dass es gefährlich ist, Piero nicht zu sagen, dass Raffael hier war. Und du hast wenig zu gewinnen, wenn du es nicht tust«, sagte Margherita ehrlich. Die Mattigkeit kehrte mit Macht zurück. Sie hatte keine Kraft, um etwas anderes zu sagen als das, was sie dachte.

Doch Aurelia schien eine Entscheidung getroffen zu haben. »Dein Geheimnis ist bei mir sicher«, erklärte sie. »Wenn Piero zurückkehrt, werden wir eine plausible Geschichte zu erzählen haben.«

Kapitel 27

ROM, MÄRZ 1507

Jubel aus Tausenden von Kehlen füllte die kalte, klare Luft, als die siegreichen Truppen des Papstes durch die Straßen ritten. Die Begeisterung der Menge war ansteckend, und auch Daniele konnte sich dem überwältigenden Gefühl nicht entziehen, Teil von etwas Größerem zu sein, sich in der Masse zu verlieren, und so brüllte er mit all den anderen im Chor, als die Schweizergarde, die neue Leibwache des Pontifex, in ihren prächtigen bunten Gewändern und polierten Rüstungen an ihm vorüberzog.

Als der Heilige Vater in den Reihen der Soldaten auftauchte, ebenfalls zu Pferd und in eine Prunkrüstung gekleidet, kannte die Menge kein Halten mehr, und dem Papst schlug die Verehrung der Römer wie eine Welle entgegen. Julius II. war, so hieß es, an der Spitze seiner Truppen nach Bologna geritten, hatte die Stadt für den Kirchenstaat beansprucht und ohne nennenswerten Widerstand eingenommen.

Der Heilige Vater versteht es auf jeden Fall besser als sein Vorgänger, sich die Liebe des Volkes zu sichern, dachte Daniele. *Und wenn nicht die Liebe, dann zumindest den Respekt.* Der Triumphzug durch Rom, begleitet von zahlreichen Feierlichkeiten auf Kosten der vatikanischen Kasse, sorgte überdies dafür, dass die Bürger der Stadt Julius II. schon jetzt als ihren Wohltäter verehrten, während die Zeit der Borgia inzwischen als Teufelsherrschaft gesehen wurde. Dazu hatte der neue Papst nicht unwesentlich beigetragen, der seinen Vorgänger, wann immer es möglich war, verdammte.

Alexanders zahlreiche Gegner in Oberitalien hatten das endgültige Ende seiner Macht gern gesehen – und Julius II. umso williger ihre Unterstützung bei seinem ersten Kriegszug zugesagt.

Und auch die Franzosen werden zufrieden sein, dachte Daniele. Auch wenn keiner der Ihren die Papstwürde gewonnen hatte, so war ihr Einfluss im Kirchenstaat dank Julius' Unterstützung größer als je zuvor.

Mittlerweile stellte auch Cesare Borgia keine Gefahr mehr dar. Gerade hatte die Nachricht Rom erreicht, dass der ehemalige Gonfaloniere, inzwischen ein einfacher Söldner im Dienste des Königs von Navarra, bei einem Scharmützel gefallen war. *Und seine Geheimnisse hat er hoffentlich mit ins Grab genommen,* dachte Daniele.

Er wusste, dass er Buße tun musste, denn er konnte nicht anders, als sich über den Tod Borgias zu freuen.

Als auch die letzten Fußsoldaten des päpstlichen Heeres vorübergezogen waren, verklangen die heiser gewordenen Hochrufe allmählich, und der größte Teil der Menschenmasse machte sich auf den Weg zum Vatikan, vor dessen Toren zur Feier des Tages Wein ausgeschenkt und bis spät in der Nacht gefeiert werden sollte. Daniele ließ sich im Strom der Menge in die beginnende Dunkelheit treiben, blickte in hoffnungsfrohe Gesichter und vom Alkohol gerötete Augen. Vielen, die hier jubelten, war die Bedeutung des Kriegszugs des Papstes wohl gar nicht klar. Aber der Papst war wieder Italiener, und er war siegreich – das allein reichte den Römern für ein Fest.

Als Daniele den mit Fackeln erleuchteten Apostolischen Palast vor sich sah, löste er sich allmählich aus der Flut der ihn umgebenden Leiber. Statt zu feiern, hatte er andere Pläne. Bernardo Dovizi erwartete ihn. Er hatte nicht an der Parade teilgenommen und wichtige Geschäfte vorgeschützt. Daniele wusste jedoch, dass Dovizi das Spektakel zuwider war.

* * *

Im Vatikan klang der Lärm der Feierlichkeiten nur von ferne herüber. In Dovizis Arbeitszimmer waren bereits zwei Männer zu Gast, und zu Danieles Erstaunen war der Heilige Vater einer von ihnen. Er wurde von einem Mann von kräftiger Statur und in schlichter Kleidung begleitet, den Daniele nicht kannte.

Julius hatte sich seiner prunkvollen Rüstung entledigt und trug nun die schlichteren Gewänder eines Geistlichen. Sein grauer Bart war auf Brusthöhe gestutzt, und aus der Nähe betrachtet, konnte Daniele die Falten in seinem Gesicht erkennen, die trotz seines oft so kämpferischen Auftretens sein wahres Alter verrieten. Die drei Männer waren offenbar in ein Gespräch vertieft gewesen, das sie bei Eintreffen des Sekretärs unterbrachen.

»Daniele, endlich, da bist du ja«, begrüßte Dovizi ihn.

»Du musst die Vereinbarungen für einen Vertrag für Uns aufsetzen«, erklärte ihm der Papst freundlich, als Daniele seinen Ring küsste. »Mein eigener Schreiber vergnügt sich draußen mit der Menge«, fuhr Julius fort, »und Wir wollen keinen der Novizen bitten, die die Kirche mit ihrem schlechten Latein blamieren würden.«

»Natürlich, Eure Heiligkeit«, beeilte sich Daniele zu versichern und griff nach Feder und Pergament, bevor er sich auf einen Stuhl hinter Dovizi setzte. »Zwischen wem sollen die Verträge denn geschlossen werden?«

»Zwischen dem Heiligen Stuhl und Maestro Michelangelo Buonarroti«, erklärte Dovizi und deutete auf den kräftigen Mann, der an der Schmalseite des Tisches saß. »Seine Heiligkeit möchte, dass Meister Michelangelo die Sixtinische Kapelle neu gestaltet.«

Daniele nickte und begann, den Namen aufzuschreiben. Der Künstler war kein Unbekannter im Vatikan; Julius hatte ihn schon früh beauftragt, ein Grabmal zu gestalten, das eines großen Papstes würdig sein sollte.

Es erstaunte Daniele noch immer, wie weit sein Herr in den

letzten Jahren gekommen war. Dovizi hatte sich von einem kaum beachteten Parteigänger der Medici, der unter den Borgia um sein Leben fürchten musste, nicht nur zu einem Vertrauten des Papstes entwickelt, sondern Julius hörte auch in vielen finanziellen Fragen auf seinen Rat und hatte ihm erst jüngst den Titel eines Erzbischofs verliehen, was seine Machtposition noch einmal erheblich gestärkt hatte. Und Dovizis Aufstieg bedeutete immer auch Danieles Fortkommen.

Michelangelo senkte demütig den Kopf. »Heiligkeit, ich habe gerade erst mit der Arbeit an Eurer Skulptur in San Petronino in Bologna begonnen«, sagte der Künstler. Er drehte unruhig seine Kappe in den Händen, die von vielen feinen Linien überzogen waren, zweifellos Narben, die auf seine Arbeit als Bildhauer zurückzuführen waren. »Es fertigzustellen, wird noch Monate dauern. Die Bologneser sind ein faules Völkchen und liefern mir dringend benötigte Materialien nur langsam. Meinen Gehilfen musste ich entlassen, weil er mich bestohlen hat, und für einen neuen habe ich kein Geld. Ich sehe nicht, wie ich diese neue Aufgabe auch noch bewältigen sollte.«

Wenn Daniele es nicht für ausgeschlossen gehalten hätte, dass der Heilige Vater so etwas tat, hätte er schwören können, dass Julius die Augen verdrehte.

»Maestro, lasst mich Euch versichern, dass wir die finanziellen Fragen lösen können, wenn Ihr Euch bereit erklärt, die Arbeit an der Sixtina zu übernehmen. Wir haben daran gedacht, dass Ihr die Geschichte der zwölf Apostel in den Fresken nacherzählen könntet. Seht Ihr Euch ansonsten dazu in der Lage?«, fragte Dovizi schnell, noch bevor der Papst etwas sagen konnte.

Michelangelo zuckte mit den Schultern. »Wie Ihr wisst, bin ich zuallererst Bildhauer, kein Maler. Das ist eine Kunst ... für andere.« Im Tonfall des Künstlers schwang unüberhörbare Verachtung mit.

»Wir wollen für diese Aufgabe aber keinen anderen als Euch«, sagte Julius mit Nachdruck.

Michelangelo seufzte.»Solche Fresken in der Sixtina würden vielleicht Jahre in Anspruch nehmen. Jahre, Heiligkeit, in denen ich Euch besser dienen könnte, wenn Ihr mich mit dem Bau Eurer neuen Basilika beauftragen würdet?«

Der gigantische Neubau von *San Pietro* war ein Vorhaben des Papstes, das seit einer Weile die römischen Gemüter erhitzte. Einerseits herrschte Stolz darauf, dass Rom die Heimstatt der gewaltigsten Kirche der Christenheit werden sollte. Aber in diesen Stolz mischte sich die Sorge, dass es letztlich die Bürger der Stadt sein würden, die den kolossalen Kirchenbau bezahlen mussten. Dennoch galt es als große Ehre, am Bau teilhaben zu können, und Steinmetze, Baumeister, Maurer und Schreiner aus ganz Italien strömten bereits jetzt nach Rom, um ihre Dienste anzubieten.

Julius schüttelte den Kopf.»Nicht jetzt, Maestro Buonarroti. Ihr wisst doch sicher, dass die Bauaufsicht bereits an Donato Bramante vergeben ist?«

»Bramante?«, fuhr Michelangelo laut auf und richtete sich in seinem Stuhl auf.»Wie konntet Ihr das tun? Hinter meinem Rücken? Während ich in Bologna war!«

Daniele zuckte zusammen. Er hatte noch nie gehört, dass jemand so mit dem Heiligen Vater gesprochen hatte, und er wusste, wie jähzornig der Papst reagieren konnte.

Erstaunlicherweise blieb Julius jedoch ruhig. Lediglich seine zur Faust geballte Hand, die auf dem Tisch ruhte, verriet, wie sehr der Künstler seine ohnehin nicht sehr ausgeprägte Geduld strapazierte.»Bramante ist ein alter Mann, Maestro. Und der Bau der Basilika wird noch lange dauern. Wenn Ihr Euch jetzt für die Sixtinische Kapelle entscheidet, könnt Ihr später immer noch am Bau teilhaben!«

Michelangelo blickte zu Boden.»Zu viel der Ehre, der zweite Mann zu sein, der auf das Ableben des ersten hoffen muss«, entgegnete er.

Jetzt hob der Papst die Stimme doch.»Wir wollen, dass Ihr

die Sixtina zu einem Wunder macht, das Unsere Kardinäle niemals den höchsten Ruhm des Herrn vergessen lässt, Maestro«, erklärte er. »Ist Euch diese Ehre zu gering?«

»Ein Wunder? Und dann wollt Ihr bloß die zwölf Apostel?«, Michelangelo schnaubte. Der Künstler blickte zur Decke und hob die Mütze in einer Geste gespielter Verzweiflung. »Wenn Ihr ein Wunder haben wollt, müsst Ihr größer denken. Allumfassender. Beginnen wir nicht bei den zwölf Aposteln, sondern bei den biblischen Ahnvätern. Beginnen wir bei der Schöpfung!«

»Die Schöpfung?« Der Papst klang nun einigermaßen verblüfft. »Verstehen Wir Euch richtig? Aber wenn Ihr einschlagt, könnt Ihr in der Sixtina tun und lassen, was Ihr wollt. Malt von Uns aus die Schöpfung, die Vertreibung aus dem Paradies und Noahs Arche, wenn es Euch beliebt. Wir verlassen Uns ganz auf Euer Urteil.« Zur Bekräftigung schlug er die noch immer zur Faust geballte Linke auf den Tisch. »Aber Ihr müsst einschlagen. Wir dulden kein *Nein*.«

Michelangelo neigte erneut den Kopf. »Ich verstehe«, sagte er. »Dann müssen wir nur noch über den Preis sprechen ...«

Der Papst sprang auf. »Selbst der heilige Narcissus würde in einer Verhandlung mit Euch die Geduld verlieren, Maestro Buonarroti«, fuhr er auf. »Wir kommen später zum Preis.«

Dovizi hob beschwichtigend die Hände, doch Michelangelo ging gar nicht auf den Zorn des Pontifex ein, sondern sah auf seine Hände. »Heiligkeit, ich denke, Ihr wisst, dass ich mich ruiniere, wenn ich keine anderen Aufträge als die Euren annehme. Und ja: Es gibt keinen anderen, der so gut ist wie ich. Wenn Ihr in der Sixtina wirklich ein Wunder sehen wollt, müsst Ihr *mir* entgegenkommen. Könnt Ihr kein Geld bei der Ausgestaltung Eurer Gemächer sparen? Oder braucht Ihr dort auch die Hochachtung der Kurie?«

Für einen Augenblick sah Julius aus, als würde er seinen Becher nach dem Künstler werfen, aber dann lachte er. »Wir planen tatsächlich, dort Geld zu sparen«, gab er zu.

»Donato Bramante empfiehlt dafür einen jungen Künstler«, warf Dovizi ein. »Aus Urbino. Ich habe einige seiner Arbeiten gesehen und finde sie recht gut.«

»Raffael Sanzio«, sagten Michelangelo und Daniele wie aus einem Mund, aber in einem gänzlich anderen Tonfall.

Julius wandte sich Daniele zu. »Ihr kennt den Mann?«, fragte er.

»Daniele ist selbst aus Urbino«, erklärte Dovizi statt seiner.

»Wie auch Bramante.«

»Und was ist Eure Meinung zu ihm?«

»Ihr könntet keinen Besseren finden, Heiligkeit!«, erklärte Daniele mit Überzeugung. Noch als er die Worte sagte, merkte er, dass sie in Gegenwart Michelangelos vielleicht nicht allzu klug waren, aber er konnte sie nicht mehr zurückzwingen.

»›Keinen Besseren‹ als diesen aufgeblasenen, überschätzten Schönling aus Leonardos Gefolge?«, schnaubte Michelangelo. »Raffael kann kaum fünfundzwanzig sein, und ich bezweifle, dass er die Fähigkeiten hat, jetzt schon für die heilige römische Kirche zu malen. Eigentlich glaube ich nicht, dass er je das Talent besitzen wird. Ich habe seine Werke in Florenz gesehen. Höchst mittelmäßig.«

»Raffael hat schon für die Kirche gemalt«, warf Daniele ein, den Buonarrotis Ungerechtigkeit wütend werden ließ. Wenn er aufgebracht war, sollte der Künstler seinen Zorn lieber auf ihn als auf Raffael richten. »Für die Dominikaner in Città di Castello, und für San Francesco in Perugia.«

»Città di Castello und Perugia«, gab Michelangelo höhnisch zurück. »Provinzklöster und Arme-Leute-Kirchen sind wohl schwerlich ein Beweis seines Könnens. Ich sage Euch, Heiligkeit: Raffael ist eigentlich ein Hochstapler.«

Daniele warf seinem Herrn einen Hilfe suchenden Blick zu, aber Dovizi schien die Situation eher zu amüsieren.

»Lasst Euch doch Proben seiner Arbeit kommen, Heiliger Vater«, schlug Dovizi, an Julius gewandt, vor. »Wenn sie Euch zusagen, könnt Ihr entscheiden, ob Ihr ihm die Stanzen anvertrauen wollt.«

Julius nickte. »Ein weiser Vorschlag. Und um Euch mit der Arbeit an der Sixtina und Messere Sanzio auszusöhnen, Maestro Buonarroti, sind Wir bereit, Euer Salär entsprechend zu erhöhen. Zweihundert Dukaten. Wie klingt das?«

Zum ersten Mal, seit Daniele den Raum betreten hatte, sah der Künstler nicht zutiefst unglücklich aus. »Und die Kirche trägt die Kosten für Materialien, Gerüste und Gehilfen?«, fragte er mit sanfter Stimme.

»Ihr würdet selbst die Krämer auf der Piazza San Marco vor Neid erblassen lassen, Meister Michelangelo«, sagte Dovizi. »Aber wenn Ihr dann hier und heute einschlagen könnt, dann sei es so, in Gottes Namen.«

Julius blickte in die Runde. Alle drei Männer nickten sich zu. Dann erhob sich der Papst, und Dovizi und Michelangelo taten es ihm gleich. »Wir sollten Uns noch auf Unserer Feier zeigen«, erklärte der Pontifex. »Begleitet Ihr Uns, Maestro? Wir haben allen Grund, einen Becher zusammen zu trinken.«

Als die beiden Männer den Raum verlassen hatten, stieß Daniele hörbar die Luft aus.

»Schreib die Summen und die Bedingungen auf«, sagte Dovizi zu ihm, der zwei Becher mit Wein füllte und einen davon Daniele reichte. »Wir können später den genauen Vertrag daraus machen.«

»Und soll ich nach Urbino schreiben, Herr?«, schlug Daniele vor. »Ich bin mir sicher, dass der Herzog für Raffael sprechen wird und Euch auch Kopien einiger seiner Bilder schicken kann.«

»Du hältst wirklich große Stücke auf diesen Sanzio, nicht wahr?«, fragte Dovizi. »Weil du daran glaubst, dass er der richtige Maler für die Gemächer des Papstes ist, oder weil er dein Freund ist?«

Daniele lächelte. »Ich habe keinen Zweifel daran, dass er der Richtige ist.«

»Nun gut, dann schreib einen Brief nach Urbino. Aber erst, nachdem wir unseren Anteil an den Feierlichkeiten hatten. Wenn auch nicht unbedingt vor den Toren des Vatikans.«

* * *

Warum habe ich mich überhaupt darauf eingelassen, Dovizi zu begleiten?, fragte sich Daniele kurze Zeit später. *Ich hätte mir denken können, wo er uns hinbringt. In ein Bordell. Ich sollte jetzt besser gehen.*

Aber als sie an der Tür des unscheinbaren Hauses standen, warf Dovizi ihm einen auffordernden Blick zu. »Komm wenigstens mit hinein und trink noch etwas«, sagte er. »Du hast dir auch eine kleine Feier verdient.«

»Ich sollte nicht ...«, stammelte Daniele.

»Doch«, gab Dovizi zurück. »Du solltest.«

Die Herrin des Hauses schien Dovizi gut zu kennen, denn sie grüßte ihn freundlich und führte ihn nach einer kurzen, flüsternd geführten Unterhaltung in einen mit kostbaren Teppichen und Wandbehängen ausgekleideten Raum, in dem es außer einem geräumigen Bett kein weiteres Mobiliar gab.

Auf der Bettstatt lagen und saßen drei junge Frauen. Alle drei waren jung, kaum bekleidet und, wie Daniele fand, wunderschön mit ihren langen Haaren und kohlschwarz umrandeten Augen. Unter den dünnen Tüchern, in die sie sich gehüllt hatten, zeichneten sich ihre Brüste ab, und das Licht einer Vielzahl von Kerzen ließ ihre Haut verführerisch schimmern.

Ein betäubender Duft stieg von einer Räucherschale auf, die an der Schmalseite des Raumes stand. Daniele atmete tief ein. *Ich kenne den Geruch.* Dann fiel es ihm wieder ein. *Schwarzes Bilsenkraut.* Fra Michele hatte es zur Linderung von Schmerzen eingesetzt, aber er wusste, dass es auch als Rauschmittel genutzt wurde.

Ein Mädchen mit schwarzen Locken stand auf und reichte Dovizi zur Begrüßung einen Weinbecher. Sie hielt ihn an seine Lippen; er trank daraus, doch dann ließ sie etwas von der Flüssigkeit absichtsvoll über seine Lippen rinnen, beugte sich vor und leckte ihm den Wein vom Kinn. Dovizi umschlang sie mit beiden Armen und ließ seine Hände über ihren nackten Rücken wandern. Ein zweites Mädchen mit hellen Haaren kam auf Daniele zu und stellte sich so dicht vor ihn, dass der Geruch nach dem parfümierten Öl, das sie aufgetragen hatte, sogar den Geruch des Bilsenkrauts überdeckte. Sie nahm der Schwarzhaarigen den Weinbecher ab und reichte ihn Daniele.

Er fühlte sich benommen, vielleicht vom Rauch, vielleicht von der Gegenwart der Mädchen. Der Wein schmeckte köstlicher als jeder andere, den er je gekostet hatte. Das Mädchen schlang ihm die Arme um den Hals und presste sich an ihn.

Schließlich stand auch die dritte junge Frau auf. Sie nahm den Weinbecher, trank daraus und warf ihn dann achtlos zu Boden. Dann stellte sie sich neben das Mädchen in Dovizis Armen und küsste erst sie auf den Mund, dann das Mädchen, das Daniele hielt. Sie band das Tuch los, das ihren Oberkörper bedeckt hatte, und entblößte ihre Brüste, bevor sie ihre Lippen auf Dovizis presste.

Daniele spürte, wie das Blut in seinen Ohren rauschte und ihm der Schweiß ausbrach. Die schönen jungen Frauen, die abwechselnd sich und Dovizi küssten, die nackte Haut, die ihn berührte – das alles war so unwirklich.

Er drückte das hellhaarige Mädchen in seinen Armen an sich. Ihr Körper an seinem fühlte sich so unglaublich gut an. *Was tue ich hier nur?*

»Ich ... kann nicht«, murmelte er mit rauer Stimme. Sie ließ die Hand über seinen Körper und zu seinem Geschlecht wandern, fühlte, wie erregt er war. »Ich glaube kaum, dass das ein Problem ist«, flüsterte sie ihm kichernd ins Ohr.

»Vergiss deine Gelübde für heute«, murmelte Dovizi, der sich von den beiden anderen jungen Frauen zum Bett führen ließ, an seiner Kutte nestelte und die Zärtlichkeiten der Mädchen sichtlich genoss. »Wofür hat die Mutter Kirche die Beichte denn erfunden? Du kannst dich morgen selbst geißeln, wenn dir danach ist.«

Daniele schloss die Augen. Er spürte einen Kuss auf seinen Lippen, erwiderte ihn beinahe verzweifelt.

Es kostete ihn alle Willenskraft, derer er fähig war, sich loszureißen. Er ergriff die Hände des Mädchens, nahm sie von seinem Körper und hielt sie einen Augenblick fest.

»Es tut mir leid. Ich kann das nicht tun«, flüsterte er und verließ fluchtartig den Raum, verfolgt von Dovizis Gelächter.

Kapitel 28

AUF DER STRASSE NACH ROM, OKTOBER 1508

Der Herbst hatte bereits begonnen, die Blätter der Kastanienbäume, die die Straße säumten, spanischrot zu färben, und die Sonne setzte goldene Akzente auf die Farbpracht. Raffael erschien es, als hielte alles an diesem Morgen eine Verheißung für ihn bereit. Er ritt in langsamem Tempo den letzten Teil der Via Francigena entlang und ließ zu, dass Pilger und Bauern, Handwerker und Soldaten, die es ebenfalls in die Stadt zog, ihn auf seinem Weg überholten, denn er hatte es nicht eilig. Er wollte die Schönheit bewundern, die ihn umgab. Schon seit einer ganzen Weile schimmerten die Mauern Roms vor ihm, und in einiger Entfernung konnte er bereits die Porta del Popolo erkennen, eines der Stadttore, das den Abschluss der Straße bildete.

Raffael hatte in den vergangenen Tagen von Florenz aus die alte Pilgerstraße genommen, die von Pisa über Viterbo und durch das Val d'Orcia bis nach Rom führte und sich dabei immer in Küstennähe hielt. Die Via Francigena war der schnellste Weg, um in die Heilige Stadt zu gelangen; über weite Teile war die Straße schon seit den Zeiten des antiken römischen Reichs gepflastert.

Als Raffael der Brief Donato Bramantes erreicht hatte, in dem der Baumeister ihn einlud, nach Rom zu kommen, um mit dem Heiligen Stuhl über einen Auftrag zu sprechen, hatte er sein Glück kaum fassen können. In Florenz hielt ihn nichts mehr. Zwar hatte Maddalena Doni ihm schließlich zähneknirschend verziehen, dass er sie und Laura aus der Werkstatt geworfen hatte, doch das Verhältnis zu den Donis war merklich abgekühlt, seit der Tuchhändler eine neue Geliebte hatte, die nichts auf die Malerei gab. Laura Salviati hatte Doni zu Raffaels Erstaunen eine Abfuhr erteilt und kurze Zeit später einen Medici geheiratet.

Raffael selbst hatte sich noch mehr als zuvor in die Arbeit gestürzt, das einzige, erprobte Mittel, das ihm half, über die neuerliche Begegnung mit Margherita hinwegzukommen.

Das Wiedersehen mit ihr hatte ihm noch einmal bewusst gemacht, dass sie nun ein anderes Leben führte, für immer unerreichbar für ihn. Sie war Petruccis Frau und die Mutter seiner Kinder, und er musste damit leben, sie verloren zu haben.

Seitdem hatte er jeden Auftrag angenommen, den er bekommen konnte, hatte Altarbilder, Heilige und Madonnen gemalt, doch er war es längst leid, Patriziertöchter und die Frauen reicher Händler zu porträtieren. Seit einiger Zeit beschäftigte er sich mit der Baukunst der Antike, studierte Zeichnungen und diskutierte halbe Nächte lang mit Baumeistern und Handwerkern in den Schenken am Arno, weil ihn die geradlinigen Strukturen, die erhabene Schönheit und die schlichte Eleganz der Architekten des alten Roms faszinierten. Er war begierig darauf, diese Zeugnisse der Vergangenheit einmal mit eigenen Augen zu sehen, und hatte schließlich den neuen Herzog von Urbino, Francesco Maria della Rovere, einen Verwandten des neuen Papstes und Neffen des alten Herzogs, gebeten, sich für ihn einzusetzen.

Papst Julius hatte bereits viele Künstler nach Rom eingeladen, darunter auch Michelangelo, das wusste Raffael. Es nicht in die Ewige Stadt zu schaffen, wäre ihm wie eine bittere Niederlage erschienen. Doch nun war die Erfüllung seines Wunsches zum Greifen nah. Für den Stellvertreter Christi auf Erden zu arbeiten, war eine Ehre, zu der es keinen Vergleich gab.

Schließlich ragte das mächtige Stadttor vor ihm auf. Durch die Puzzolanerde, die dem Mauerwerk beigemischt war, schimmerte das Tor in der Sonne violett.

Nahezu alle Reisenden, die aus dem Norden in die Stadt kamen, mussten diese Pforte passieren, und so herrschte vor dem Eingang lautstarkes Gedränge.

Raffael ließ sich mit einer Traube anderer Reisender in die Stadt treiben. Als er durch das mittlere der Tore auf die Piazza del Popolo ritt, stieg ihm dichter Rauch in die Nase und ließ ihn husten. Direkt an der Innenseite der aurelianischen Mauer standen zahlreiche Öfen, in denen Kalk gebrannt wurde, und die wegen der Hitze fast nackten Arbeiter eilten zwischen den Brennöfen hin und her. Überall an der Mauer waren Bretterverschläge und Buden zu sehen, provisorische Unterkünfte, die wohl von den weniger glücklichen Neuankömmlingen in der Ewigen Stadt errichtet worden waren.

Die weiträumige Piazza war zur Mittagszeit äußerst belebt, Händler verkauften den eintreffenden Reisenden Brot und Wein, Salben, Tinkturen und Lederwaren, und an einem Stand briet das Fleisch eines Ochsen an einem Spieß. Soldaten, die offenbar einen Beamten begleiteten, gingen unter lauten Beschimpfungen der Marktleute von Stand zu Stand.

Raffael stieg von seinem Pferd ab. Direkt am Tor gab es einen Mietstall, in dem er das Tier unterbringen konnte. Er nahm die beiden Beutel herunter, die er über den Sattel gehängt hatte, und schlang sie sich über die Schultern. Darin war alles enthalten, was er aus Florenz mitgenommen hatte: Hemden, Strümpfe, ein Umhang, eine Kappe und zwei durchgefärbte, schwarze *zimarras*, die er von Agnolo Doni als Abschiedsgeschenk erhalten hatte, befanden sich in dem einen Beutel, zusammen mit einigen Dukaten und persönlichen Dingen. In dem anderen, deutlich schwereren, waren ein ledernes Etui mit seinen Pinseln, Tiegel und Fläschchen mit teuren Farbpigmenten und andere Malutensilien untergebracht. Überdies trug er eine lederne Rolle, in der sich die Zeichnungen und Studien befanden, von denen er sich nicht trennen konnte oder wollte, sowie der letzte Brief von Daniele, in dem er ihm beschrieben hatte, wo sie sich treffen wollten.

Raffael ließ seinen Blick über die Piazza wandern und entdeckte die Kirche von Santa Maria del Popolo am gegenüberliegenden Ende.

Die schlichte, weiße Fassade ließ die Kirche von außen beinahe unscheinbar wirken, als er die Stufen hinaufstieg. Im Inneren des dreischiffigen Gewölbes überkam den Besucher jedoch sofort ein Gefühl der Ehrfurcht, und Raffael bekreuzigte sich, bevor er in Richtung Altar ging.

Der Chor von Santa Maria del Popolo war von Donato Bramante im Auftrag des Papstes neu gestaltet worden, und als Raffael sah, was der Architekt hier geschaffen hatte, ging ihm das Herz auf: Durch das einfallende Licht wirkte die eigentlich kleine Kapelle wie ein weiter Raum. Er entdeckte ein Gemälde, das die Signatur seines alten Freundes Pinturicchio trug, der sich wohl, gutmütig, wie er war, noch immer von Pietro Vannucci Perugino an die großen Höfe Italiens ausleihen ließ.

Vorsichtig ließ Raffael seine Beutel zu Boden gleiten, dann kniete er sich auf eine der Holzbänke und sprach ein Gebet, um für seine sichere Reise zu danken. Noch bevor er das Amen gesprochen hatte, ertönten hinter ihm Schritte, und als er sich umwandte, stand Daniele Brandi vor ihm.

Raffael sprang auf die Füße, und die beiden Männer umarmten sich, bevor Raffael eine Armeslänge Abstand nahm und seinen alten Freund betrachtete. Daniele hielt sich viel aufrechter und selbstbewusster als in den Jahren, die er als Novize verbracht hatte. Sein hellblondes Haar trug er noch immer kurz, aber nicht mehr mönchisch geschoren, und er hatte sich einen krausen Vollbart wachsen lassen, seit sie sich zuletzt in Urbino gesehen hatten.

Vermutlich muss er keine Läuse mehr fürchten, schoss es Raffael durch den Kopf.

Daniele war mit einer schlichten Kutte bekleidet, die jedoch aus gutem Stoff gefertigt war, und er trug geschnürte Schuhe. Auch das kleine Stundenbuch, das er am Gürtel befestigt hatte, verriet, dass er schon längst kein armer Geistlicher mehr war.

»Es tut so gut, dich zu sehen«, sagte Daniele mit der alten Herzlichkeit, die ihn immer ausgezeichnet hatte.

»Und dich!« Als Raffael Daniele geschrieben hatte, dass er nach Rom kommen würde, war aus dessen Antwort schnell klar geworden, dass er es sich keinesfalls nehmen lassen würde, seinen alten Freund in Empfang zu nehmen.

»Wie war die Reise?«

»Ich glaube, die Pilgerstraße ist die sicherste in ganz Italien. Ich musste zwei Aufträge in Florenz unvollendet lassen, um pünktlich hier zu sein, und das war aufregender, als hierherzureiten.«

Daniele lachte. »Gut für dich! Wenn du einverstanden bist, bringen wir dich erst einmal im Haus meines Herrn unter, bis du etwas Eigenes gefunden hast, ja?«

»Ich wäre auch in eine Taverne gezogen, aber ich kann nicht sagen, dass es mir so nicht lieber wäre. Ich bin dir sehr dankbar für die freundliche Aufnahme – und sehr gespannt darauf, endlich den berühmten Bernardo Dovizi kennenzulernen! Es scheint dir in seinem Dienst zumindest gut zu gehen.«

Es schien Raffael, als ob sich ein Schatten über Danieles Züge legte, aber nur für einen Moment, dann war der Ausdruck verschwunden. »Nun, ich kann nicht sagen, dass mein *Padrone* ein einfacher Herr wäre, und es mangelt ihm für einen Kirchenfürsten manchmal wahrlich an Demut, aber ich kann dir versichern, dass dir in seiner Gesellschaft zumindest nicht langweilig werden wird.«

»Jetzt bin ich noch gespannter auf ihn«, gab Raffael zurück und hob sein Gepäck vom Boden auf.

»Lass mich dir eine Tasche abnehmen«, bot Daniele an, bevor er sich dem Ausgang der Kirche zuwandte.

Raffael blinzelte, als sie aus dem Halbdämmer des Gotteshauses ins helle Sonnenlicht traten, und folgte Daniele, der zielsicher zwischen den Häusern hindurchging.

Er konnte all die neuen Eindrücke kaum fassen, die auf dem

Weg in Richtung Tiber auf ihn einprasselten. Die Ewige Stadt schien ihm nur aus Gegensätzen zu bestehen: Hütten, Verschläge und windschiefe Häuser wechselten sich ab mit prunkvollen Villen und mehrgeschossigen Bürgerhäusern. Teuer gekleidete Patrizier ließen zerlumpte Kinder, die es wagten, ihren Pfad zu kreuzen, von ihren Dienern mit Tritten vertreiben. Halb nackte Bettler schleppten ihre dreckverkrusteten Leiber durch den Schmutz der Straßen. Zwischen den provisorischen Hütten und Buden schwammen Unrat und Exkremente auf dem Pflaster; kam man diesen zu nah, wurde der Gestank unerträglich.

Gleichzeitig waren noch an allen Straßen, allen Ecken die Reste der einstigen Größe Roms zu bewundern. Überall stieß man auf Zeugnisse der Antike – auf Häuser, die mit Teilen von Statuen geschmückt worden waren oder mit antiken Ornamenten, Säulen, Bögen oder auf Fundamente älterer Gebäude. Im Süden entdeckte er in einiger Entfernung die Kuppel des Pantheons. Raffael hatte Grundriss und Bau des antiken Tempels studiert und freute sich, das gewaltige Bauwerk bald aus der Nähe sehen zu können.

Der Tiber selbst mit seinen blaugrauen Fluten war majestätisch anzuschauen, roch allerdings in der Sonne ebenso streng, wie es der Arno getan hatte, da auch hier die Abwasserkanäle direkt in den Fluss führten.

»Weiter oberhalb am Tiber gehst du besser nicht entlang, mein Freund«, erklärte Daniele. »Dort gibt es viele Straßenräuber, die nicht zögern, dir am helllichten Tag ein Messer an die Kehle zu setzen.«

Raffael blickte ihn erstaunt an. »Und das wird zugelassen?«

Daniele zuckte mit den Schultern. »Wer sollte das verhindern? Meistens greifen die Räuber ahnungslose Pilger an. Auf deren Wohlwollen sind weder die Stadtoberen noch die Kirche angewiesen.«

Raffael sagte nichts weiter, denn zu seiner Rechten entdeckte er eine Ruine, die vielleicht früher zum antiken Bewässerungssystem gehört hatte. Die halb eingestürzten, halb in der feuchten Erde versunkenen Bögen bildeten Höhlen am Ufer des Flusses. Im Halbschatten dieser Höhlen konnte er Gestalten ausmachen, die zu ihnen hinüberschauten.

Eine Frau, deren Alter schwer zu schätzen war, da sie eine dicke Schicht Bleiweiß aufgelegt hatte, löste sich aus der Gruppe, trat ins Licht und sprach sie mit schleppender Stimme an. »Salve, edle Herren! Was sucht ihr? Mich? Oder soll ich eine Freundin dazuholen? Ihr bekommt einen guten Preis bei uns, versprochen.«

Im Sonnenlicht erkannte Raffael, dass selbst das Bleiweiß die Spuren der Syphilis in ihrem Gesicht nicht vollständig überdecken konnte.

Daniele hielt seinen Blick fest auf die Brücke gerichtet, er zog Raffael am Hemdsärmel. »Komm weiter«, sagte er.

Der Frau schien ihre Nichtbeachtung nicht zu passen. »Ihr besorgt es euch wohl nur gegenseitig, ihr verfluchten Schwanzlutscher!«, rief sie ihnen nach.

»Rom ist eine Stadt, in der viele einsame Männer leben«, erklärte Daniele. »Die Huren haben hier viel zu tun.«

Raffael lachte laut auf.

»Was?«

»Die Heilige Stadt hat dich *wirklich* verändert!«

* * *

Schließlich tauchte der Vatikan vor ihnen auf. *Das Zentrum der Welt,* dachte Raffael und blieb einen Moment stehen, um den Ort zu bewundern. Noch konnte er es kaum begreifen, dass er wirklich hier war. Momentan sah der Sitz des Pontifex Maximus jedoch aus wie eine gigantische Baustelle. Schon von Weitem konnte man das Gerüst erkennen, das dort stand, wo der Neubau des Petersdoms entstehen sollte, aber auch in der Nähe der päpstlichen Palazzi wurde gearbeitet: Offenkundig entstanden hier neue Gebäude und Plätze, und Dutzende von Bauarbeitern waren allein mit der Errichtung einer bereits halb fertiggestellten Terrasse beschäftigt.

Daniele hielt sich jedoch westlich des Apostolischen Palastes und der Baustellen und bog in eine Straße ein, die von vornehmen Villen gesäumt wurde. Schließlich hielt er vor einem Palazzo an, der ohne Weiteres auch einem weltlichen Fürsten oder einem der reichen Florentiner Händler hätte gehören können.

»Mit dem Titel eines Erzbischofs, den der Heilige Vater meinem Herrn verliehen hat, sind nicht unerhebliche Einnahmen verbunden, sodass sich unser Lebensstil sehr verbessert hat«, erklärte Daniele beinahe entschuldigend, als er die Tür öffnete.

* * *

Als Raffael dem Erzbischof schließlich gegenüberstand, fielen ihm zuerst dessen beeindruckende Größe und sein scharfer Blick auf. Bernardo Dovizi hielt sich sehr aufrecht, und über seiner hohen Stirn hatte sich sein dunkles Haar schon recht stark gelichtet. Er richtete einen prüfenden Blick aus dunklen Augen auf Raffael.

»Maestro Sanzio«, sagte er. »Es ist mir eine Ehre, Euch zu Gast zu haben. Daniele schwärmt regelrecht von Euch.«

»Die Ehre ist ganz meinerseits«, gab Raffael zurück, »und ich weiß kaum, wie ich Euch für die Freundlichkeit danken soll, die Ihr mir erweist.«

»Dazu wird sich gewiss Gelegenheit ergeben«, erwiderte Dovizi leichthin. »Der neue Herzog von Urbino hat sehr warm von Euch gesprochen und dem Heiligen Vater sogar Kopien einiger Eurer Werke geschickt.«

»Seine Heiligkeit war besonders von *San Severo* angetan, und ich ahne, dass er dieselbe Christusfigur noch einmal von dir umgesetzt haben möchte«, fügte Daniele hinzu.

Raffael staunte über die Leichtigkeit, mit der sein alter Freund über die Wünsche des Papstes sprach. Offensichtlich hatte er es mit seiner beständigen Freundlichkeit und Geduld weit gebracht.

»Und was ich von Euren Werken bereits bewundern durfte, hat mich natürlich ebenfalls überzeugt«, erklärte Dovizi. »Eure Madonnen sind überaus anziehend, Maestro. Sagt, hattet Ihr dafür ein Modell oder viele?«

»Viele, Exzellenz. Aber sie sind natürlich alle in Urbino oder Florenz.«

»Rom ist voller schöner junger Frauen«, erklärte der Erzbischof aufgeräumt. »Ihr werdet sehr rasch neue Modelle finden.«

Raffael neigte den Kopf. »Wenn ich Euch und Daniele richtig verstanden habe, soll eine ganze Zimmerflucht mit Fresken versehen werden?«, fragte er vorsichtig, obwohl er die Antwort bereits aus Bramantes Brief kannte.

»Allerdings. Die neuen Räumlichkeiten des Heiligen Vaters; praktisch der gesamte zweite Stock des vatikanischen Palastes. Julius möchte nicht länger in denselben Räumen residieren, in denen sein verhasster Vorgänger gewirkt hat. Wir werden uns morgen alle fraglichen Räume einmal anschauen. Ihr werdet sehen, es ist wahrlich keine kleine Aufgabe, die auf Euch wartet.«

»Ich bin mir dessen bewusst, Exzellenz.«

»Michelangelo hat ebenfalls von Eurem Talent geschwärmt«, fuhr Dovizi süffisant fort. »Ihr kennt Euch aus Florenz?«

Bis dahin war sich Raffael in den Schmeicheleien des Erzbischofs verloren vorgekommen, aber plötzlich erkannte er, was der andere Mann mit seinen Bemerkungen vorhatte: Dieses Gespräch war nichts anderes als eine sorgfältige Prüfung, Dovizi wollte ihn aus der Reserve locken.

Nun gut, spiele ich dein Spiel eben mit, dachte er.

»Ein Lob von Michelangelo kann ich mir beim besten Willen nicht vorstellen.«

Dovizis Lächeln erlosch. »Nein, ich fürchte, ich habe übertrieben. Aber er hat von Euch gesprochen. Buonarroti und Ihr seid keine Freunde, richtig?«

»Leider nein, Exzellenz. Allerdings nicht, weil das mein Wunsch wäre. Ich fürchte, Maestro Buonarroti hält nicht allzu viel von meiner Malerei.«

Dovizis Stimme verlor plötzlich alle Liebenswürdigkeit. »Aber der Heilige Vater will nun einmal, dass Ihr beide für ihn arbeitet«, sagte er. »Ob Ihr Freunde, Konkurrenten oder Erzfeinde seid – das ist ihm egal.« Er räusperte sich. »Und mir ist dabei nur eines wichtig: dass wir die Wünsche des Heiligen Vaters genau befolgen. Denn wenn er zufrieden ist, geht es uns ebenfalls gut. Und wenn er unzufrieden ist und denkt, das sei meine Schuld, weil ich ihm einen unfähigen, faulen oder streitsüchtigen Maler in den Vatikan geholt habe, dann werde erst ich dafür büßen, und dann Ihr, das garantiere ich Euch. Und ich meine damit nicht, dass ich Euch ein paar Dukaten vom Lohn abziehe, Maestro Sanzio. Haben wir uns verstanden?«

Raffael nickte langsam. Er glaubte dem Erzbischof jedes Wort. »Ja, Exzellenz«, gab er schlicht zurück.

Dovizi nickte. »Das freut mich. Und nun sollten wir uns erfreulicheren Dingen zuwenden. Madonna Felice della Rovere gibt heute Abend ein Bankett. Und sie würde sich freuen, Euch kennenzulernen.«

»Ich hatte gehofft, Donato Bramante noch heute zu sehen«, sagte Raffael zögernd.

»Wer weiß, vielleicht ist er ebenfalls dort«, erklärte Dovizi, nun wieder zuvorkommend. »Aber das war kein Vorschlag, Maestro. Zur Tochter des Papstes könnt ihr nicht *Nein* sagen.«

Kapitel 29

ROM, FEBRUAR 1509

Sebastiano Luciani blickte mit einigem Widerwillen auf den Inhalt der Suppenschüssel, die ein mürrischer Junge in einer schäbigen Taverne in der Via Panisperna vor ihn hingestellt hatte. Er hätte viel lieber in einer der besseren Schenken in Trastevere gegessen, doch sein Vorrat an Dukaten ging rasch zur Neige, und inzwischen musste er bei jeder Münze genau überlegen, wofür er sie ausgeben wollte.

Als Venezianer war er in der Stadt derzeit nicht allzu willkommen. Seit seiner Ankunft vor einigen Wochen war es ihm noch nicht gelungen, einen Auftraggeber zu finden oder gar einen Platz in einer *bottega* zu erhalten.

Venedig hatte durch Diplomatie und Strategie viele Jahre lang seine Unabhängigkeit von Rom bewahrt, doch seit sich die päpstlichen Staaten mit Frankreich, Aragon und dem österreichischen Kaiser Maximilian zur Liga von Cambrai zusammengeschlossen hatten, waren die Feinde der Markusrepublik übermächtig geworden. Von der verheerenden Niederlage, die die Republik im Frühjahr bei Agnadello hatte hinnehmen müssen, erholte sich Venedig nur langsam, und während sich der Doge verzweifelt bemühte, mit leeren Kassen neue Söldner und *condottiere* anzuwerben, zog sich die Schlinge der Liga immer weiter um die Lagunenstadt zu.

Die Römer hatten die Venezianer schon immer mit Misstrauen beäugt – »in Venedig sind alle Männer Spieler und alle Frauen Huren«, sagte ein Sprichwort –, aber der Feldzug des Papstes sorgte nun dafür, dass aus dem Misstrauen offene Feindseligkeit geworden war.

Sobald Sebastiano in Rom seine Herkunft erwähnte, konnte

er förmlich merken, wie sich die Stimmung gegen ihn wandte, da halfen auch Maestro Bellinis freundliche Empfehlungsschreiben nichts mehr. Ging es so weiter wie bisher, würde es nicht mehr lange dauern, bis er mit eingezogenem Schwanz nach Venedig und zu seiner Familie zurückkriechen musste. Doch noch war er nicht bereit, eine Niederlage einzugestehen.

Zwei Möglichkeiten, in Rom zu Arbeit zu kommen, hatte er noch, doch bei beiden hatte er bis heute nicht den Mut aufgebracht, vorstellig zu werden. Maestro Bellini hatte ihm nach einigem Zögern auch ein Empfehlungsschreiben für Michelangelo Buonarroti mitgegeben, der in Rom lebte und für den Papst arbeitete. Doch Bellini hatte ihn gewarnt, dass Buonarroti und er sich zwar kannten, ihr Verhältnis aber schwierig sei und es gut möglich wäre, dass Buonarroti Sebastiano die Empfehlung um die Ohren schlagen würde.

Ansonsten blieb ihm nur noch, es bei Raffael Sanzio zu versuchen, von dem er gehört hatte, dass er gerade auf der Suche nach Gehilfen war, doch er hatte weder eine Empfehlung noch Fürsprecher, um sich bei dem Maler aus Urbino vorzustellen.

Sebastiano schob die schmutzige Schüssel von sich, aus der er kaum drei Bissen genommen hatte. Es half nichts, es noch länger aufzuschieben, er musste Michelangelo aufsuchen, der in der Nähe des Trajansforums zu Hause war, wie Sebastiano herausgefunden hatte. Seufzend legte er zwei kleine Münzen auf den Tisch und stand auf.

* * *

Das Haus, in dem der Meister wohnte, lag in einer kleinen Seitenstraße, in der sich schlichte, mehrstöckige Häuser aneinanderreihten. Eine hölzerne Pforte gab den Blick auf einen Innenhof frei, der von Arkaden gesäumt war.

Im Schatten der steinernen Bögen waren mehrere Tiere angebunden, darunter ein weißes Maultier. Ein junges Mädchen fegte vor dem improvisierten Stall Stroh und Mist zusammen. Sie warf Sebastiano einen kurzen Blick zu, als er den Hof betrat, dann widmete sie sich wieder ihrer Arbeit.

Sebastiano sah erstaunt den blätternden Putz der Fassade und die klapprigen Fensterläden. Er hatte erwartet, dass ein so berühmter Meister in einer standesgemäßeren Unterkunft lebte. Aber als er das Mädchen mit dem Besen fragte, ob sie Maestro Michelangelo Buonarroti kannte, nickte sie. »Aber er ist nicht zu Hause, Messere. Er ist immer unterwegs. Eigentlich ist er nur nachts daheim«, erklärte sie mit wichtiger Miene.

Sebastiano war enttäuscht, wollte aber nicht so einfach aufgeben. »Und woher weißt du so genau, wann er zu Hause ist?«, fragte er leicht spöttisch zurück.

Das Mädchen sah ihn erschreckt an. »Meine Nana kocht für ihn und macht seine Wäsche«, antwortete es ängstlich.

»Schon gut. Und weißt du dann auch, wo ich Maestro Michelangelo finden würde?«, fragte er. »Wenn er nicht hier ist ...«

»In der Sixtina, Messere. Er ist immer in der Kirche und malt. Für den Heiligen Vater selbst«, entgegnete das Mädchen.

Obwohl sein Geldbeutel fast leer war, gab Sebastiano ihr eine kleine Münze. *Was soll's,* dachte er. Wenn Michelangelo ihm nicht helfen konnte, blieb ihm vielleicht noch der andere Maler aus Urbino, aber dann wäre er endgültig am Ende seiner Reise angelangt, da kam es auf etwas Kupfer auch nicht mehr an.

* * *

Sebastiano kehrte zum Trajansforum zurück und lief in Richtung des Tibers. Er überquerte die Ponte Siesto und lief auf die gewaltige Baustelle zu, die der Vatikan derzeit war. Viele der alten Gebäude wurden gerade restauriert; andere hatte Julius II.

gleich abreißen lassen, um neue zu bauen. Die Gerüste und Mauern des Petersdoms überragten jedoch alle anderen Bauten, und überall auf den hölzernen Aufbauten konnte Sebastiano Maurer, Steinmetze und andere Handwerker entdecken, die unter Rufen und Schreien ihrer Arbeit nachgingen.

Sebastiano betrat den Vatikan durch die St.-Anna-Pforte, die tagsüber für die Bürger Roms geöffnet war, und ging über mehrere Innenhöfe in Richtung der Sixtinischen Kapelle.

Papst Sixtus hatte die Kapelle erst vor zwanzig Jahren errichten lassen, und sie war einer der wenigen Teile des Vatikans, die zumindest von außen von den Baumaßnahmen des Papstes verschont geblieben waren: Sie erhob sich ohne Gerüste und Ziegelstapel im Norden der Dombaustelle.

Die Priester, Nonnen und Pilger, die um diese Zeit in der Residenz des Heiligen Vaters unterwegs waren, um Buße, einen Ablassbrief oder eine Audienz mit einem der Kardinäle zu suchen, beachteten ihn kaum oder gar nicht. Er war nur ein weiterer im endlosen Strom aus Besuchern.

Als er schließlich den Eingang der Kapelle erreichte, musste er feststellen, dass die Tür verschlossen war.

»Verdammt«, fluchte Sebastiano leise. Suchend sah er sich um, aber keiner der Vorbeieilenden sah aus, als ob er ihm helfen könnte.

Er wollte sich gerade abwenden, als sich die Bronzetür öffnete und ein spindeldürrer Priester heraustrat, auf dessen Tonsur sich Schweiß gebildet hatte.

Sebastiano trat auf ihn zu und hielt den Mann an. »Ich muss in die Kapelle«, sagte er in Ermangelung einer besseren Begründung.

»Ihr könnt hier nicht hinein«, erwiderte der Priester, der Sebastiano fragend musterte. »Drinnen wird gearbeitet.«

»Bitte, Monsignore«, sagte Sebastiano. »Ich muss mit Maestro Michelangelo sprechen. Es ist eine Angelegenheit von Leben und Tod. Seine alte Vermieterin schickt mich«, fügte er hinzu und hoffte, dass der Priester nicht allzu geschickt darin war, Lügen zu durchschauen.

Der Geistliche musterte ihn zwar skeptisch und zögerte einen Moment, doch dann hielt er die Tür einen Spaltbreit für Sebastiano auf. Innerlich triumphierend, bedankte Sebastiano sich artig und betrat die Kapelle.

Zu seiner Verblüffung war es im Inneren so still, wie man es bei einem Gotteshaus, aber nicht bei einer Baustelle erwarten würde.

»Salve?« Sebastianos Stimme hallte in der Kirche wider. Hier rannten keine Handwerker umher, es gab weder Lehrjungen noch sonstige Helfer, nur ein gigantisches Holzgerüst, das eine Seitenwand der Kapelle vollständig bedeckte.

Darauf stand ein einzelner Mann, der gerade konzentriert damit beschäftigt war, mit einem Pinsel eine Lünette auszumalen.

»Stört mich jetzt nicht«, rief der Mann, als Sebastiano ihn grüßte. »Wartet, bis die letzte Farbschicht aufgetragen ist.«

Sebastiano wusste nicht, was er sagen sollte. Als sich seine Augen an das Licht in dem hohen Raum gewöhnt hatten, entdeckte er um sich herum die allergrößten Wunder.

Aus dem Halbdämmer blickten ihn mystische Figuren, Propheten und Sibyllen, Tugenden und Apostel an. Einige wenige Bilder waren bereits fertig und von so vollendeter Kunstfertigkeit, dass Sebastiano beim Betrachten der Atem stockte. Andere schienen nur halb ausgeführt – ein Torso ragte scheinbar aus dem Nichts hervor, die muskulösen Beine eines Mannes waren übrig geblieben, als der Künstler offenbar eine Szene verworfen und das Bild abgeschlagen hatte.

Die ganze Wand, an der Michelangelo Buonarroti – denn kein anderer konnte es sein, der hier arbeitete – sein Werk zu vernichten versucht hatte, war ein Anblick zwischen Himmel und Hölle. Die verbliebenen Gliedmaßen und verstümmelten Körper waren grausig, und doch war jede Einzelheit perfekt. Sebastiano hatte noch nie etwas Vergleichbares gesehen.

»Wer hat Euch hier hereingelassen?«, fragte Michelangelo unwirsch, als er schließlich von dem Gerüst herunterstieg und seine Hände mit einem Tuch von dem feinen Staub befreite, der ihn über und über bedeckte. Der grauhaarige Mann rollte den Kopf hin und her, und Sebastiano konnte deutlich hören, dass die Wirbel knackten.

»Eure Nachbarin hat mir gesagt, dass ich Euch hier finde. Und die Kapelle war nicht abgeschlossen.«

»Oh?«, machte Michelangelo. »Heilige Mutter Gottes, wie schwer kann es sein, einen Schlüssel zu benutzen?«, murmelte er mehr zu sich selbst als zu Sebastiano. »Und den verdammten Waschweibern in meinem Haus sollte ich den Lohn kürzen. Aber nun, da Ihr schon einmal da seid: Was führt Euch zu mir?«

»Mein Name ist Sebastiano Luciani. Ich war Schüler bei Giovanni Bellini, und mein früherer Meister hat mir aufgrund Eurer langjährigen Freundschaft ein Empfehlungsschreiben für Euch mitgegeben.« Sebastiano hielt es nicht für klug, den genauen Wortlaut, mit dem Maestro Bellini Michelangelo beschrieben hatte, wiederzugeben.

Er hatte den Brief seines alten Meisters ganz zuoberst in seine Tasche gesteckt und reichte ihn Michelangelo nun. »Ich hatte gehofft, hier in Rom für Eure Werkstatt arbeiten zu können.«

»Aufgrund unserer alten Freundschaft, ja?« Michelangelo sah Sebastiano an, als ob er nicht recht bei Sinnen wäre, nahm aber dennoch den Brief und begann zu lesen. Als er den Kopf bewegte, seufzte er leise auf, als ob er Schmerzen hätte. Dann lachte er plötzlich auf. »Meine Werkstatt? Seht Euch um, Messere, hier ist sie.« Er deutete auf die leere Kapelle.

Sebastianos Blick folgte seinem Finger. Weit und breit war nichts zu sehen, was auf den Trubel einer *bottega* hindeutete. Dann erst verstand er. Hier würde er keine Arbeit finden. Der Meister hatte offenbar beschlossen, dieses gigantische Werk ganz allein zu vollbringen. Endlose Niedergeschlagenheit machte sich in ihm breit. Er hatte sich wieder einmal zum Narren gemacht. Und nun auch noch jede Möglichkeit vertan, für den Meister zu arbeiten, den ganz Italien bewunderte. Er war ihm so nah gekommen, nur um jetzt zu versagen.

»Verzeiht, dass ich Euch gestört habe, Maestro«, sagte er leise. Er schickte sich an zu gehen, wandte sich dann aber noch einmal um, als ihm ein Gedanke kam. *Der Maler aus Urbino.* »Wisst Ihr, ob Maestro Raffael Sanzio noch Gehilfen annimmt?«

Michelangelo schnaubte. »Er kann gar nicht genug davon bekommen«, antwortete er. »Er selbst arbeitet offenbar nicht allzu gern. Wollt Ihr Euch wirklich bei ihm vorstellen?«

Sebastiano zuckte mit den Schultern. »Ich will nicht, Maestro«, sagte er ehrlich. »Ich wollte für den großen Michelangelo arbeiten. Aber er scheint niemanden zu brauchen.«

Buonarroti sah ihn nachdenklich an. »Wisst Ihr was?«, sagte er dann wesentlich aufgeräumter. »Ich wollte sowieso gerade zu Mittag essen. Lasst uns in eine Taverne einkehren, Ihr spendiert uns eine Karaffe Wein, und dabei könnt Ihr mir erzählen, wie es dem alten Schurken Bellini geht – so er denn noch lebt. Er lebt noch, oder? Ihr seid nicht hier, weil er besoffen in einen Kanal gefallen ist?«

Der Sinneswandel des älteren Malers überraschte Sebastiano, aber er war entschlossen, sich das nicht anmerken zu lassen und sein unvermutetes Glück zu nutzen.

»Nein, Messere«, sagte er also hastig. »Bellini lebt noch.« Er streckte Michelangelo die Hand hin.

»Sebastiano Veneziano, eh?« Michelangelo zögerte nur kurz, dann schlug er ein.

***

Kurze Zeit später saßen sie in einer Schenke, in der jetzt am Nachmittag nur wenige Handwerker und Arbeiter der verschiedenen Baustellen saßen, die aber die letzte Gastwirtschaft, in der Sebastiano gewesen war, bei Weitem übertraf. Michelangelo schien plötzlich geradezu leutselig zu sein; er bestellte Wein, Brot und Eintopf und prostete seinem Gegenüber zu. Sebastiano versuchte, im Kopf zu überschlagen, was ihn die Mahlzeit kosten würde, schob den Gedanken dann aber mit einiger Anstrengung beiseite.

»Also, was treibt Bellini dieser Tage?«, wollte Buonarroti wissen.

»Er ist inzwischen ... alt, Maestro«, gab Sebastiano zurück. »Seine Entwürfe sind noch immer wundervoll, aber seine Hände zittern inzwischen zu sehr, sodass er das Malen meist anderen überlässt.«

»Das Alter verschont niemanden, eh? Hat er viele Schüler?«

»Nein, immer nur zwei oder drei, als ich in seiner *bottega* war. Nach mir hat er nur noch einen Lehrjungen angenommen, Tiziano Vecellio. Ein talentierter Bursche, der sich sicher noch einen Namen machen wird.«

»Vecellio, sagt Ihr? Nun, eigentlich können Venezianer nicht malen, das ist ja bekannt, aber es muss wohl in jeder Generation eine Ausnahme geben.«

Wenn Michelangelo das als Beleidigung gemeint hatte, war Sebastiano fest entschlossen, sich nicht ärgern zu lassen.

»Was wisst Ihr über Raffael Sanzio?«, wechselte Michelangelo das Thema. »Wenn Ihr schon für ihn arbeiten wollt.«

»Nicht allzu viel«, gab Sebastiano zu. »War er nicht ein Schüler Peruginos, bevor er nach Florenz ging?«

Michelangelo kaute grimmig auf einem Stück Brot herum. »Das mag sein. Wichtiger ist aber, dass er jetzt hier ist, und ich befürchte, dass sein hilfloses Gekleckse den höheren Ruhm der Kirche schmälern könnte.« Er spülte das Brot mit einem kräftigen Schluck Wein hinunter. »Seine Heiligkeit ist leider auf einen kaum erfahrenen und sich weit überschätzenden Knaben hereingefallen«, fuhr er betrübt fort. »Sanzio ist kaum älter als Ihr, nennt sich aber bereits seit Langem hochtrabend ›Meister‹. Eine Weile ist er hinter Leonardo da Vinci herscharwenzelt, bis dieser sich entschieden hat, seine glücklosen Unternehmungen künftig den Franzosen aufzubürden.«

»Das wusste ich nicht«, sagte Sebastiano ehrlich verblüfft. »Ich habe nur gehört, dass Sanzio Gehilfen sucht, um die Gemächer des Papstes auszumalen.«

»Die wenigsten ahnen, wie es wirklich um ihn bestellt ist. Leider! Aber Ihr wisst bestimmt, dass der Prophet im eigenen Land nichts gilt. Ich kann meine Sorgen kaum freiheraus äußern. Rom ist voller Schakale, die mir unterstellen würden, ich sei neidisch.«

»Maestro«, unterbrach Sebastiano ihn. »Wie könntet Ihr? Ihr seid der berühmte Michelangelo, während Raffael doch kaum jemand kennt!«

Das schien Michelangelo zu gefallen, denn er nickte und prostete Sebastiano zu. »Ich habe nur das beste Interesse unserer Kirche und des Heiligen Vaters selbst im Sinn«, sagte er.

»Natürlich, Maestro«, beeilte sich Sebastiano zu versichern.

»Wie Ihr gesehen habt, ist es nicht so, als könnte ich keine helfende Hand gebrauchen. Alle meine anderen Aufträge ruhen, solange der Papst mich beschäftigt. Aber im Moment arbeite ich allein, und das wird auch so bleiben, bis ich die *Sixtina* vollendet habe. Aber natürlich könnte ich Euch dennoch das eine oder andere beibringen, ein paar Fäden für Euch ziehen und ein gutes Wort für den Schüler Bellinis einlegen.«

»Das würdet Ihr für mich tun?« Vor Aufregung vergaß Sebastiano, weiterzuessen.

»Das würde ich. Und Euch im Gegenzug nur um einen kleinen Gefallen bitten, der Euch nicht schwerfallen würde und vielleicht ein großer Dienst am Papst sein könnte.«

»Was immer Ihr wollt«, sagte Sebastiano begeistert.

»Geht zu Sanzio, der gerade für die Stanzen wirklich händeringend Hilfe sucht. Arbeitet für ihn, aber erstattet mir Bericht darüber, was er plant, ob er mich ausspioniert, wie er vorgeht, und wo er scheitert. So kann ich den Heiligen Vater vielleicht besser davor bewahren, noch einen solchen Fehler zu begehen.«

Das erschien Sebastiano nun doch merkwürdig, und er sah den älteren Maler zweifelnd an.

Aber dann dachte er an die unvergleichlichen Skulpturen, die er gesehen hatte, und an all die unvollendeten Wunderwerke in der *Sixtina*.

Wenn er dir die Möglichkeit bietet, von ihm zu lernen, dann schlag ein, dachte er. Und vielleicht hat er recht, und du hilfst, den Heiligen Vater vor einem großen Scharlatan zu bewahren? Vielleicht war dieser Sanzio ja wirklich ein Hochstapler, dem es irgendwie gelungen war, das Vertrauen der Kirche zu erschwindeln?

»Wie konnte Sanzio den Papst und seine Kardinäle so täuschen?«, fragte Sebastiano.

»Der Heilige Vater selbst hat kaum noch Zeit, sich um die Bauarbeiten im Vatikan zu kümmern«, erklärte Michelangelo. »Er versucht, den Krieg zwischen Eurer Heimat und der Liga von Cambrai zu beenden.«

Ihr meint, er will Venedig zur Kapitulation zwingen, dachte Sebastiano bitter, sagte aber nichts.

»Und Sanzio ist als Blender nicht übel. Er ist von gefälligem Äußeren, hat immer eine Schmeichelei auf den Lippen. Den einflussreichen Erzbischof Dovizi, der eine gute Skulptur nicht von einem Haufen Pferdemist unterscheiden kann, hat er bereits völlig um den Finger gewickelt. Und leider geht es ja auch vielen Kardinälen und Patriziern so, dass sie den Kunstverstand von Milchschafen haben. Aber sie sind oft genug nun einmal unsere Auftraggeber.«

Sebastiano dachte an die *nobiltà* in seiner Heimat, die immer auf ihn herabgesehen hatte. An all die nutzlosen Adeligen, die nichts hatten, auf das sie stolz sein konnten, als ihre hohe Geburt.

Wenn Michelangelo ähnliche Erfahrungen gemacht hatte, konnte er den älteren Mann voll und ganz verstehen. Er nickte.

»Ich bin einverstanden, Messere. Wenn ich von Euch lernen darf, berichte ich Euch, was Sanzio treibt.«

»Gut«, erwiderte Michelangelo. »Und lasst Euch nicht von ihm täuschen, wenn Ihr in seine Dienste tretet.«

»Das werde ich nicht«, versicherte Sebastiano ihm. Er hob seinen Becher, um mit Michelangelo Buonarroti anzustoßen.

Kapitel 30

ROM, APRIL 1509

Felice zog eine silberne Haarnadel aus ihrer Frisur, löste mit einer Hand den Zopf, den diese in einem Knoten gehalten hatte, und schüttelte ihr Haar aus. Sie blickte in den goldgerahmten Spiegel, der über ihrem Frisiertisch hing, neigte den Kopf von einer Seite zur anderen und musterte ihr Gesicht im Licht der Kerzen, die ihr Schlafgemach ausleuchteten.

Sie formte mit den vollen Lippen einen Kussmund und fuhr sich mit einem Puderpinsel über Nase und Wangen, bevor sie mit einem Kohlestift ihre Augen umrandete. Ihre Stirn war zu breit und ihre Nase zu flach, daran ließ sich nichts ändern, aber sie hatte bei der neuesten Mätresse ihres Vaters gesehen, welche dramatische Veränderung die Augenschminke mit sich brachte – warum also es nicht versuchen?

Als sie mit dem Ergebnis zufrieden war, rief sie ihre Dienerin herein, damit sie ihre Haare frisierte. Das Mädchen flocht die schwarzen Strähnen mit ruhigen Fingern zu Zöpfen und drehte sie mit Perlenschnüren zusammen, bevor sie sie wieder aufsteckte.

Felice war sich selbst gegenüber ehrlich genug, um zu wissen, dass sie sich heute Abend besondere Mühe mit ihrem Aussehen gab, weil sie wusste, dass bei der Abendgesellschaft von Erzbischof Dovizi nicht nur wichtige Verbündete ihres Vaters anwesend sein würden, sondern auch Raffael Sanzio. Sie hatte den Maler erst vor kurzer Zeit kennengelernt, doch seitdem verfolgte sie der Gedanke an ihn hartnäckig.

Innerlich schüttelte Felice den Kopf über sich selbst. Lange Zeit hatte sie nur über Männer nachgedacht, wenn es galt, einen weiteren Heiratskandidaten, den ihr Vater vorgeschlagen hatte, abzulehnen. Dank ihres Witwenstatus genoss sie eine Unabhängigkeit, die den meisten anderen Frauen verwehrt blieb, und sie war fest entschlossen, sich diese Selbstständigkeit zu bewahren.

Aber nun war plötzlich der junge Maler in Felices Leben aufgetaucht, und es gelang ihr einfach nicht, ihn zu vergessen.

Raffael, der auf eine seltsam unbestimmte Art um sie warb, nicht aufdringlich, nicht fordernd – und doch anders als mit den üblichen Schmeicheleien, die auf den römischen Festen für jedermann zum guten Ton gehörten.

Raffael, der in den wenigen Monaten, die er in der Ewigen Stadt verbracht hatte, schon mit jedem Kirchenmann und jeder Adelsfamilie bekannt zu sein schien.

»Momentan kann man wirklich nirgendwo mehr hingehen, ohne auf Maestro Sanzio zu treffen«, hatte Michelangelo Buonarroti geklagt, als der Papst ihn zu einem Essen in die provisorischen Räumlichkeiten eingeladen hatte, die er bewohnte, solange der Apostolische Palast renoviert wurde. Auch wenn das vielleicht übertrieben war, stimmte es doch, dass sich die römische Gesellschaft geradezu um Raffael riss, und Felice war froh darum, denn das bedeutete, dass sie dem Maler an vielen Orten begegnete, ohne je selbst ein Treffen vorschlagen zu müssen.

Ihr war klar, dass daraus niemals etwas Ernstes entstehen konnte. Als Tochter des Papstes würde ihr Vater eine Ehe mit ihr eines Tages als Pfand einsetzen, um sich die Unterstützung einer der wichtigen römischen Familien oder das Geld eines toskanischen Adeligen zu sichern. Selbst wenn sie es anders gewollt hätte – Raffael Sanzio kam als Ehemann sicher nicht infrage. Und die Bedeutung, die eine Verbindung mit ihr hatte, hing auch von ihrem guten Ruf ab, den sie in all den Jahren als Witwe niemals gefährdet hatte.

Sie seufzte. *Was soll's?*, dachte sie. *Nur heute Nacht einmal nicht an morgen denken, einmal nicht alles planen und vorhersehen.* Sie schlang sich eine dreireihige Perlenkette um den Hals und warf einen letzten, prüfenden Blick in den Spiegel, bevor sie aufstand.

Sie richtete sich auf, und ihre Dienerin befestigte zwei perlenbestickte Tücher an ihrem schwarzen, tief ausgeschnittenen Schleppkleid.

Felice war bereit, zum ersten Mal seit vielen Jahren etwas Dummes zu tun.

* * *

Als sie bei Erzbischof Dovizi ankam, war die Feier bereits in vollem Gang.

Dovizi war dafür bekannt, seinen ausgewählten Gästen nur das Beste anzubieten: Wein aus dem Trentino, Geflügel mit Zitronen, raffinierte Süßigkeiten und frisch gebackenes Brot.

Obwohl der Tisch mit Köstlichkeiten schwer beladen war, ließ sich Felice von jedem Gang nur wenig auflegen. Sie war nicht hungrig und ohnehin zu nervös zum Essen.

Wie so oft, war sie eine der wenigen Frauen an der Tafel – für unverheiratete Frauen schickte es sich nicht, an solchen Gesellschaften teilzunehmen, und es lag in der Natur der Sache, dass die anwesenden Kirchenfürsten höchstens Schwestern oder Cousinen als Begleitung mitbringen konnten – oder junge Frauen, die sie kurzerhand zu ihren Cousinen erklärten.

Der dickliche Kardinal de' Medici saß ebenso an der Tafel wie zwei französische Kirchenobere und Daniele Brandi, Dovizis Sekretär und Vertrauter. Felice entdeckte Isabella Colonna, die in Begleitung ihres Bruders Kardinal Giovanni Colonna hier war, Massimo della Rovere, einen entfernten Verwandten, ebenso wie einige der Künstler, die derzeit alle nach Rom kamen, in der Hoffnung, hier einen reichen Gönner zu finden.

Für die ehrgeizigen Maler und Bildhauer war eine Einladung bei Bernardo Dovizi nicht mit Gold aufzuwiegen, denn hier konnten sie Kontakt zu den wichtigsten Geldgebern des Vatikans und des römischen Adels bekommen.

Raffael saß am anderen Ende des Tisches und unterhielt sich angeregt mit Kardinal de' Medici und einem jungen Mann, den Felice nicht kannte.

Sie wartete ungeduldig darauf, dass das Essen endete und sich die Gäste frei in den Räumlichkeiten bewegen konnten. Als Dovizi endlich die Tafel aufhob, nahm sie einen Becher Wein und schlenderte durch die Räume. Sie grüßte ihren Verwandten und wechselte ein paar Worte mit dem Gastgeber, doch ihre Augen suchten immer wieder Raffael. Der Maler lächelte ihr über die anderen Gäste hinweg zu, bevor er ihren Weg wie zufällig kreuzte.

»Madonna Felice«, begrüßte er sie. »Ich hatte schon befürchtet, wir würden den ganzen Abend durch die Tafel getrennt bleiben.«

»Maestro Sanzio. Habt Ihr die Gesellschaft des Kardinals nicht genossen? Ich finde ihn immer äußerst geistreich.«

»Das ist er ganz sicher, aber verzeiht, wenn ich eine Unterhaltung mit Euch dennoch vorgezogen hätte.«

Felice erlaubte sich nur ein kleines Lächeln. »Euch sei verziehen«, sagte sie gnädig. »Hat mein Vater Euch mittlerweile eigentlich eine eigene Werkstatt verschafft?«, wollte sie dann wissen.

Sie bemerkte, dass er kaum merklich zusammenzuckte, als sie vom Papst sprach, sich aber schnell wieder in der Gewalt hatte.

Gut, dachte sie. *Wir sollten niemals vergessen, wessen Tochter ich bin, denn mein Vater wird es auch nie vergessen.*

»Ich genieße immer noch die Gastfreundschaft von Exzellenz Dovizi«, erklärte Raffael und deutete mit der Linken vage in die Richtung, in der der Erzbischof stand und sich angeregt mit Isabella Colonna unterhielt. »Ich fürchte, ich bin ihm zu ewiger Dankbarkeit verpflichtet. Aber Seine Heiligkeit war so freundlich, mir zu erlauben, in einem der Seitengebäude des Vatikans eine Werkstatt einzurichten, solange ich an den Stanzen arbeite. Ich habe bereits ein paar Gehilfen gefunden, und mein alter

Meister aus Perugia hat mir zugesagt, mir zur Hand gehen zu wollen. Es geht also voran.«

»Das freut mich zu hören«, gab sie zurück. »Womit werdet Ihr beginnen?«

»Mit dem Studierzimmer«, erklärte Raffael. »Der Heilige Vater wünscht sich dafür Fresken, die die Macht des Glaubens ebenso zeigen, wie sie den Kirchenstaat repräsentieren. Ich zerbreche mir Tag und Nacht den Kopf, wie ich diese Aufgabe am besten lösen kann.«

»Euch wird etwas einfallen, davon bin ich überzeugt.«

»Ihr seid sehr freundlich, Madonna«, entgegnete Raffael. »Da kommt übrigens gerade der neueste meiner Gehilfen, Sebastiano Luciani«, fügte er hinzu und deutete auf den jungen Mann, der auch schon beim Essen in seiner Gesellschaft gewesen war.

Auch wenn Felice über die Störung nicht sonderlich erfreut war, ließ sie sich nichts anmerken und grüßte den Neuankömmling freundlich.

Sebastiano musste etwa in Raffaels Alter sein, hatte einen dunklen Teint und beinahe schwarze Augen. Seine kurzen, schwarzen Locken waren offenbar sorgfältig gestutzt. Ehrerbietig beugte sich Sebastiano über Felices ausgestreckte Hand.

»Michelangelo hat ihn sehr gelobt, und zu Recht«, erklärte Raffael. »Und ich bin hocherfreut, dass Maestro Buonarroti ihn mir empfohlen hat. Ich hatte in Florenz nicht den Eindruck, dass er mich besonders schätzt.«

»Nicht doch«, sagte Sebastiano mit einer angenehmen, dunklen Stimme, die in Felices Ohren eine Spur zu glatt klang. »Maestro Michelangelo ist manchmal ein wenig eigenbrötlerisch, das ist alles.«

So, wie der Papst manchmal ein wenig katholisch ist, dachte Felice, sagte aber nichts.

»Nun, ich bin auf jeden Fall froh, dass er Euch zu mir geschickt hat, mehr Erfahrung als Ihr hat zumindest niemand in meiner neuen *bottega*.«

Sebastiano küsste Felices Hand. »Ich freue mich so, Eure Bekanntschaft zu machen, Madonna«, sagte er höflich. »Und es ist eine große Ehre, mit Maestro Sanzio an den neuen Räumen Seiner Heiligkeit zu arbeiten. Es wird ein grandioses Werk.«

»Ihr seid sehr wortgewandt, Messere Luciani«, gab Felice zurück. »Wir sprachen gerade darüber, wie das erste Fresko in den Stanzen aussehen könnte. Was habt Ihr denn bislang geplant?«, wollte sie dann wissen, wieder an Raffael gewandt.

»Das erste Fresko soll den Triumph der Religion darstellen und dreistufig sein«, sagte er.

»Zuoberst eine Ebene mit den himmlischen Heerscharen, dann eine mit den Urvätern des Alten Testaments, Abraham, Moses, David und Salomo«, ergänzte Sebastiano.

»Und auf der Ebene darunter die großen Denker der Christenheit: Augustinus, Thomas von Aquin, Dante Aligheri«, erklärte Raffael mit leuchtenden Augen. »Und natürlich soll eine der Figuren die Züge Eures Vaters tragen«, fügte er hinzu. Dann fiel ihm offenkundig auf, was er gesagt hatte. »Verzeiht«, murmelte er. »Des Heiligen Vaters, meinte ich natürlich.«

Felice lachte. »Ihr müsst Euch nicht entschuldigen.« Sie blickte ihn herausfordernd an. »Werdet Ihr auch weibliche Figuren auf einem Eurer Fresken haben?«, fragte sie.

»Natürlich. Sappho, die Dichterin. Und die Musen auf dem Parnass sind selbstverständlich ...«

»Und was ist mit Denkerinnen und Philosophinnen?«, unterbrach sie ihn.

Raffael stutzte. »Ich bin mir nicht sicher, wen Ihr meinen könntet?«, gab er ratlos zurück, und Felice genoss es für einen Moment, ihn in Verlegenheit gebracht zu haben. Falls er einfach nur Bewunderung von ihr erwartete, musste sie ihn enttäuschen; egal, wie sehr er sie durcheinanderbrachte, bewahrte sie sich doch noch einen Funken Verstand.

»Hypatia zum Beispiel«, sagte sie.

»Hypatia?«, fragte Sebastiano.

»Sie war eine Mathematikerin und Philosophin. In Alexandria«, erklärte Felice.

Raffael neigte besiegt den Kopf. »Ich habe bis heute nichts von ihr gehört. Verzeiht meine Unkenntnis, Madonna. Ich werde das ändern.«

»Es wäre mir eine große Freude, wenn ich etwas zu Eurer Arbeit beitragen kann«, sagte sie, nun wieder ganz ernst.

»Ihr könnt uns jederzeit besuchen kommen«, bot Raffael an. »Und Euch selbst davon überzeugen, dass wir alle nötige Sorgfalt auf die Gemächer des Papstes verwenden.«

»Vielleicht werde ich das, Maestro«, sagte sie zögerlich, obwohl ihr Herz vor Aufregung einen Schlag auszusetzen schien.

»Vielleicht möchtet Ihr mir ja für Hypatia Modell stehen? Wer sonst könnte eine Philosophin verkörpern, wenn nicht Ihr?«

Schmeichler, dachte Felice und blickte ihn prüfend an. »Seid ehrlich, Maestro Sanzio: Hat schon einmal eine Frau abgelehnt, sich von Euch malen zu lassen?«, fragte sie.

Plötzlich verdüsterten sich Raffaels Gesichtszüge, als ob er an etwas Unangenehmes denken müsste. »Ja«, erwiderte er einsilbig.

Felice hätte zu gern weitergefragt, aber sie ahnte, dass sie keine zufriedenstellende Antwort erhalten würde.

»Messeres, Madonna«, Daniele Brandi hatte sich von hinten genähert und legte Raffael und Sebastiano je einen Arm um die Schulter. »Ihr seht nicht aus, als ob Ihr dieses Fest genießt, und Seine Exzellenz Bernardo Dovizi bat mich, nach Euch zu sehen. Falls Ihr, Messeres, Madonna Felice die Freude an seinen Einladungen verderbt, wird er dafür sorgen, dass Ihr die Kerker der Engelsburg ausmalen müsst«, drohte er scherzhaft.

»Macht Euch um mich keine Sorgen, Messere Brandi. Die Herren haben sich größte Mühe gegeben, mich gut zu unterhalten«, sagte Felice.

»Ich fürchte, ich muss sie dennoch zu ihrem Vortrag abholen«, erklärte Daniele. »Der Wettstreit soll gleich beginnen.«

Auf Dovizis Festen war es üblich, dass die jüngeren Gäste in einem freundschaftlichen Turnier gegeneinander antraten, bei dem sie musizieren, Poesie vortragen oder singen konnten. Die anderen Gäste wählten dann den Besten unter ihnen aus.

»Von mir aus gerne«, sagte Sebastiano leichthin. »Wenn Ihr eine Laute habt, weiß ich bereits, welche Waffe ich wähle.«

»Und Ihr, Raffael?«, fragte Felice. »Spielt Ihr ebenfalls ein Instrument?«

Der junge Maler seufzte. »Nein. Ich nehme nicht an, dass Seine Exzellenz mich malen lässt, oder?«, fragte er Daniele.

»Das wäre den anderen gegenüber höchst ungerecht«, erklärte Daniele lächelnd. »Und das weißt du auch.«

»Mich gegen Sebastiano hier singen zu lassen, ist es aber ebenfalls.«

»Ihr werdet doch einen ehrlichen Wettkampf nicht scheuen, oder, Messere?«, fragte Felice mit gespielter Empörung.

»Niemals«, versicherte Raffael ihr. »Wenn Ihr wollt, dass ich mich vor Euch blamiere, nur zu. Dann wird es für mich wohl Poesie sein.«

»Wollt Ihr im Kampf meine Farben tragen?«, fragte Felice übermütig, in Anspielung auf die alte Sitte, bei Waffenturnieren ein Zeichen der Gunst einer Dame zu zeigen.

Raffael lachte. »Nur zu gerne, Madonna. Das ist vielleicht das Einzige, das mich noch retten kann.«

Sie löste eines der Tücher von ihrem Gürtel und gab es ihm. Als er es um sein Handgelenk schlang, sah er sie mit einem Lächeln an, das den Rest des Raumes für sie verdunkelte.

»Dann kann ich jetzt wohl nicht mehr verlieren«, sagte er.

»Und kein Gunstbeweis für mich?«, fragte Sebastiano anklagend.

»Bedaure«, erklärte Felice. »Ich fürchte, eine Dame kann nur einen Ritter haben, Messere.«

**

Bernardo Dovizi, der offenbar bester Laune war, stieg auf eine vorbereitete Kiste, die den Vortragenden als Podium dienen sollte. »Meine teuersten Gäste«, mit einer ausladenden Armbewegung brachte er die Anwesenden zum Schweigen. »Insgesamt acht Kontrahenten treten heute zu unserem Sängerwettstreit an.«

Die Gäste applaudierten freundlich. Der Erzbischof hielt einen goldenen Pokal in die Höhe. »Und selbstverständlich soll der Sieger nicht leer ausgehen! Wie immer gilt: Wer den meisten Beifall von euch erhält, bekommt den Preis!« Damit kletterte Dovizi von der Kiste herunter und gab sie für einen jungen Mann frei, der etwas unbeholfen lateinische Verse von Ovid deklamierte. Er wurde vom Publikum zwar mit einem freundlichen Klatschen, aber ohne Begeisterung verabschiedet.

Sebastiano stieg als Dritter auf die Kiste, und es zeigte sich, dass die Laute eine hervorragende Wahl gewesen war. Er sang mit schöner, voller Stimme ein Liebeslied zu einer eingängigen Melodie und wurde vom Publikum mit Hochrufen belohnt.

Als Raffael an der Reihe war, suchte er Felices Blick.

»Ich fürchte, dass die Ohren der Dame, deren Gunstbeweis ich heute trage, nicht verdient haben, was sie gleich hören werden«, sagte er, und die Gäste lachten gutmütig. Dann räusperte er sich und begann. Er deklamierte drei Strophen eines einfachen Liebesgedichts.

Vielleicht lag es an der Art seines Vortrags, vielleicht auch daran, dass er den Mut gehabt hatte, anders als seine Mitstreiter ein eigenes Gedicht vorzutragen, aber Felice bemerkte erstaunt, dass Raffaels eher schlichte Verse beinahe ebenso viel Beifall wie Sebastianos Lied erhielten.

Dennoch ging Sebastiano letztlich als Sieger aus der ganzen Runde hervor, und Bernardo Dovizi überreichte dem strahlenden Sieger feierlich den Goldpokal.

Sowohl Sebastiano als auch Raffael wurden nach dem Wettstreit von ihren Bewunderern in Beschlag genommen, und Felice beschloss, sich von dem Fest zu verabschieden. Es war schon weit nach Mitternacht, und sie fühlte sich auf dem Heimweg trunken und lebendiger als seit Jahren.

* * *

Noch während sie am nächsten Morgen frühstückte, brachte ihr ein Botenjunge ein kleines Paket.

Darin befanden sich ihr Perlentuch und ein Stück Papier mit einer Zeichnung, die eine junge Frau in griechischer Tracht zeigte. Sie sah den Betrachter neugierig an. *Hypatia,* dachte Felice.

Raffael hatte die letzten Zeilen seines Gedichts danebengeschrieben.

Süß ist's, den Ansturm zu erinnern in Gedanken,
Doch bitterer den Abschied, da sie ging.
Ich blieb zurück, wenn ich es recht auffing,
gleich denen auf dem Meer, die sternlos schwanken.

Felice schloss die Augen und hob den Streifen Papier so vorsichtig hoch, als würde er bei der geringsten Berührung auseinanderfallen.

Sie war verloren und hätte dieses Gefühl für nichts in der Welt aufgeben wollen.

Kapitel 31

ROM, JUNI 1509

Als Donato Bramante die Zeichnungen des Säulenkapitells vollendet hatte, half Raffael ihm vorsichtig, auf die Füße zu kommen. Es ließ sich nicht leugnen, dass sein Mentor alt geworden war. Bramante ging nun bereits auf die siebzig zu, und seine Knie vertrugen die Arbeit im Knien anscheinend nicht mehr so gut wie früher.

»Das Wetter schlägt um, wir sollten für heute Schluss machen«, sagte Raffael mit einem prüfenden Blick zum Himmel, dessen Farbe aussah wie Ultramarin mit beigemischter Holzkohle.

Der Regen fiel bereits in dicken Tropfen auf das Pflaster vor *San Pietro in Vincoli*, als Raffael und Bramante an der Kirche vorbeiliefen. Raffael legte den Kopf in den Nacken und ließ die warmen Tropfen über sein Gesicht rinnen. Obwohl sie schnell unterwegs waren, waren sie bereits vollkommen durchnässt, noch bevor sie den Esquilin hinter sich gelassen hatten.

Sie waren früh am Morgen hergekommen, um die Antiken zu studieren und in Ruhe zeichnen zu können, die Trajanssäule, die Überreste der Foren und die Ruinen des gewaltigen Kolosseums. Die obersten Stockwerke des alten römischen Amphitheaters erhoben sich aus der Erde, und steinerne Bögen gaben den Blick auf eine Wiese in der Mitte frei. Eine Schafherde graste darauf, ein friedliches Bild an einem Ort, an dem einst Gladiatoren zur Belustigung der Römer gestorben waren.

Sie liefen vom Forum Romanum aus in Richtung Tiber und von dort aus weiter nach Trastevere, wo Raffael mittlerweile Räume in der Nähe der Kirche Santa Maria gemietet hatte. Sosehr er Bernardo Dovizi für seine Gastfreundschaft dankbar war, war es doch an der Zeit gewesen, sein eigener Herr zu werden.

Ein weiterer Vorteil seiner neuen Räume war die Möglichkeit, zumindest gelegentlich Madonna Felice zu empfangen. Der Gedanke an sie ließ Raffael lächeln. Felices Reiz lag nicht in ihrer äußeren Schönheit, und ihre Zunge konnte so scharf wie eine Klinge sein. Aber es gab niemanden, mit dem er lieber sprach und stritt.

Die Tochter des Papstes faszinierte ihn, und das Spiel mit dem Feuer, das es unzweifelhaft war, sich mit ihr zu treffen, genoss er ebenfalls. *Solange Seine Heiligkeit nichts davon erfährt.*

Ein ärgerliches »Hörst du mir überhaupt zu?« seines Begleiters brachte ihn rasch in die Gegenwart zurück.

Bramante strich sich immer wieder über den kahlen Schädel, an dem das Regenwasser herablief, während er Raffael musterte.

»*Scusa*«, sagte Raffael, »ich war in Gedanken. Was hast du gesagt?«

Bramante schnaubte, begann dann aber erneut: »Die Arbeit am Dom geht gut voran, aber mir ist klar, dass ich kaum noch die ersten Baufortschritte erleben werde«, sagte er ruhig. »Dann will ich San Pietro in fähigen Händen wissen.«

Das brachte Raffael endgültig ins Hier und Jetzt zurück. »Geht es dir nicht gut?«, fragte er besorgt. »Bist du krank?«

Bramante schüttelte den Kopf, sein Gesichtsausdruck wurde weicher. »Nein, mein lieber Junge. Nicht krank. Nur alt. Mir fällt es inzwischen schwer, jeden Tag auf die Baustelle zu gehen, und das wird sich nicht mehr ändern, nur schlimmer werden. Aber ich wollte damit nicht sagen, dass ich vorhabe, direkt morgen vor unseren Schöpfer zu treten.«

Einerseits war Raffael erleichtert, dass sein Mentor offenbar kein schlimmes Leiden plagte, dennoch tat ihm Bramante leid, der sein Leben lang so rastlos und voller Tatkraft gewesen war. Es musste schwer sein, mehr und mehr die Kraft zu verlieren und mit dem, was übrig blieb, immer sorgsamer haushalten zu müssen.

»Es heißt, dass Michelangelo Buonarroti schon alle Hebel in Bewegung gesetzt hat, um dein Nachfolger als Dombaumeister zu werden«, entgegnete Raffael. »Und er wäre vermutlich genau der Richtige dafür‹, fügte er hinzu, auch wenn es ihm einen Stich versetzte.

»Von seinen Fähigkeiten her bestimmt. Aber sosehr ich Michelangelo bewundere, was für eine Art Bauleiter wäre er wohl? Ein Mann, der mit niemandem auskommt, jeden verächtlich macht, und der auf denen herumtrampelt, bei denen er sich das leisten kann – die Maurer würden ihn fürchten, und die Steinmetze würden ihn hassen. Keine gute Voraussetzung, um die größte Kirche der Welt zu bauen.« Bramante räusperte sich. »Aber du könntest es. Du könntest die Arbeit von mir übernehmen und den Bau mit Umsicht und Verantwortung beaufsichtigen.«

Raffael blieb stehen und blickte sein Gegenüber durch den Regen ungläubig an. Dann schüttelte er den Kopf. »Nein«, sagte er. »Das kannst du nicht ernst meinen. Ich habe überhaupt keine Erfahrung als Architekt.«

»Wie ich schon sagte: Wenn unser Herr es will, bleiben mir vielleicht noch ein paar Jahre. Du könntest von mir lernen, als meine rechte Hand«, erklärte Bramante.

»Das ist wirklich sehr ...« Raffael suchte nach dem richtigen Wort, er wollte nicht *verrückt* sagen. »Schmeichelhaft«, schloss er den Satz. »Aber augenblicklich unmöglich. Die Stanzen auszumalen, wird ebenfalls noch lange dauern.«

Bramante seufzte. »Ich weiß. Und vielleicht sogar noch länger, als du denkst. Der Heilige Vater sagte mir gerade gestern, dass er wünscht, dass du nun auch die Decke der *Stanze della Segnatura* neu gestaltest.«

Raffael runzelte die Stirn. »Aber die Decke hat Sodoma doch erst vor zwei Jahren ausgemalt!«, wandte er ein.

Die restlichen Bilder in der Kammer waren alt und bedurften ohnehin der Erneuerung, sodass er keine Probleme hatte, alten Putz abschlagen zu lassen oder zu übermalen, aber die Decke war ein Kunstwerk, das Raffael sich problemlos inmitten seiner Arbeiten vorstellen konnte.

»Der Papst will alle Fresken von Sodoma zerstören lassen«, erklärte Bramante. »Er befindet sie nicht mehr für gut genug. Und er möchte, dass die *stanze* möglichst aus einem Guss wird, also von deiner Hand ausgeführt. Maestro Michelangelo hat ihn wohl auf den Gedanken gebracht. Künftig werden deine Helfer wohl hauptsächlich in der Werkstatt arbeiten müssen, während du das eigentliche Malen übernimmst.«

»Was?« Raffael warf Bramante einen ungläubigen Blick zu, während ihm die Bedeutung von dessen Worten klar wurde. »Wer soll denn dann zeichnen? Die Lehrjungen?« Ihm kam ein weiterer Gedanke, der ihn noch mehr erschreckte. »Erst gestern sind Perugino und Pinturicchio auf meine Einladung hin in Rom eingetroffen, um an den Stanzen mitzuarbeiten. Was soll ich ihnen denn um Himmels willen jetzt sagen?«

»Das ist heikel«, gab Bramante zu. »Du wirst ihnen vermutlich die Wahrheit sagen müssen.«

»Das ist mehr als heikel«, erklärte Raffael verärgert. »Wie stehe ich denn da, wenn sie unverrichteter Dinge wieder nach Siena zurückkehren müssen, nachdem ich sie hierhergeholt habe? Und wenn ich einfach eine gute Arbeit eines anderen Malers zerstöre, wird vielleicht bald niemand mehr in Rom mit mir zusammenarbeiten wollen.«

»Vielleicht ist es genau das, was Michelangelo erreichen wollte«, sagte Bramante.

Ich hätte wissen sollen, dass unser Streit nicht beigelegt ist, dachte Raffael bitter. *Jetzt gelingt Michelangelo mit einem vergifteten Lob vielleicht, was ihm alles Spotten und Schimpfen nicht eingebracht hat.*

»Ich frage mich zumindest, warum Michelangelo ausgerech-

net jetzt dem Papst solche Ratschläge gibt«, meinte Bramante.
»Als hätte er nur darauf gewartet, dass Perugino und Pinturicchio hier eintreffen.«
»Wie hätte er das wissen sollen? Ich habe es ihm sicher nicht erzählt.«
»Vielleicht ein anderer?«, überlegte Bramante. »Aber langfristig ist es vielleicht gar nicht so schlimm für dich. Wenn nun niemand außer dir für die Ausgestaltung der Stanzen verantwortlich sein soll, wird dir auch niemand den Ruhm streitig machen.«
»Ja, vielleicht – aber wie gesagt, mein Ruf wird sehr darunter leiden.«
»Das liegt alles in den Händen Gottes, Junge«, sagte Bramante demütig.
Raffael fühlte sich gerade nicht danach, schon klein beizugeben. »Oder in den Händen des Heiligen Vaters«, sagte er. »Ich finde eine Lösung dafür.«
Schließlich erreichten sie die Porta Septimiana, das alte Stadttor, an dem ihre Wege sich trennten. »Ich gehe mir erst noch etwas Trockenes anziehen und bringe unsere Zeichnungen in Sicherheit, bevor ich mich in die Werkstatt aufmache«, sagte Raffael. Die beiden Männer umarmten sich. »Wir sehen uns zu selten«, fügte Raffael hinzu. »Dabei arbeitest du nur einen Steinwurf entfernt.«
»Dann komm und sieh dir an, was wir für die Basilika planen«, bat ihn Bramante eindringlich, bevor er sich abwandte. »Lerne von mir, ein Architekt zu sein.«

* * *

Die Werkstatt war wegen des trüben Wetters mit Lampen hell erleuchtet. Sie war in einem aufgegebenen Seitengebäude des Vatikans untergebracht, das nach dem Willen Bramantes und des Papstes abgerissen werden sollte, sobald der neue Apostolische Palast fertiggestellt sein würde. Raffael spürte förmlich die Energie, die darin herrschte, als er die Flügeltüren aufschob. Es war noch recht früh am Morgen, aber er wusste, dass zumindest die Lehrjungen schon seit Sonnenaufgang in der *bottega* waren.

Die beiden jüngsten Jungen, die er aufgenommen hatte, der elfjährige Giulio und der ein Jahr ältere Claudio, liefen zwischen den Malergesellen herum und brachten Zeichenutensilien, Farbpigmente, Wasser, Öl und Pinsel herbei, wenn sie benötigt wurden. An langen Tischen, die von den Schülern aufgebockt worden waren, standen die älteren Schüler, darunter Gianfrancesco Penni und Raffaellino del Colle, über Zeichnungen und Kartons gebeugt. Es wurden Farben gemischt, Papier geschabt, Entwürfe diskutiert und laut geflucht, wenn etwas nicht so gelang wie erhofft.

Im Inneren der Werkstatt roch es nach Harzen, Farben und Schwefel, und nach dem gummiartigen Leim, den die Maler verwendeten, um die Vorzeichnungen miteinander zu verkleben, bevor sie auf Karton übertragen wurden.

Die Werkstatt hatte jetzt ein gutes Dutzend Gehilfen, Schüler und Lehrlinge, die hier arbeiteten, und seit Urbino hatte Raffael sich nicht mehr so zu Hause gefühlt wie in dieser neuen *bottega*. Er genoss es, inmitten von Menschen zu arbeiten, sich austauschen und Ideen jederzeit überprüfen zu können und seine Schüler herauszufordern – und auch, nicht jeden Handgriff selbst vorbereiten zu müssen, sondern sich auf fähige Helfer verlassen zu können. Nur so konnte er die besten Werke schaffen, zu denen er fähig war.

Sein eigener Arbeitsplatz in der Werkstatt lag im hinteren Ende, unterhalb einer großen Fensteröffnung. Er hängte seinen nassen Überwurf zum Trocknen auf und trat an sein Zeichenpult, neben dem mannshohe Kartons standen. Zahllose Abbildungen der antiken Strukturen, Statuen und Ruinen, die ihn immer wieder aufs Neue faszinierten, hingen an den Wänden und inspirierten ihn, wenn er für die Figuren auf den geplanten Fresken Raum und Struktur suchte.

Verschiedene Bücher waren neben einem Lehnstuhl gestapelt, die er brauchte, um Details aus dem Leben der Heiligen oder aus der antiken Mythologie nachzuschlagen.

Obwohl er noch vollauf damit beschäftigt war, an der *Disputa* zu arbeiten, hatte er bereits erste Ideen dafür gesammelt, wie das Gegenstück auf der gegenüberliegenden Wand des Raumes aussehen musste – im Geist nannte er das zweite Fresko *Die Schule von Athen*, und er freute sich unbändig auf die Ausgestaltung.

Er stellte sich ein weitläufiges Forum vor, auf dem die großen Philosophen, Denker und Dichter der Antike versammelt waren und miteinander debattierten. Er wollte die harmonischen Verhältnisse nutzen, die in Leonardos Zeichnung des vitruvianischen Menschen dargestellt waren, um für jede Figur den genau richtigen Platz zu finden.

Das abgerundete Fresko würde ihm die ideale Gelegenheit geben, die Illusion von Weite zu erschaffen.

Am liebsten hätte er an diesem Morgen an der *Schule* weitergearbeitet, doch zuerst musste die *Disputa* fertig werden. Der Heilige Vater erwartete Ergebnisse, und wenn dieses erste Fresko nicht seinen Vorstellungen entsprach, wäre es mit dem Auftrag und seinem beginnenden Ruhm gewiss bald wieder vorbei.

Raffael nahm den Kohlestift in die Hand und begann, auf einem Papierbogen einen Teil des himmlischen Bogens der *Disputa* mit Figuren zu füllen.

War eine Zeichnung fertig, wurde sie von einem seiner Gehilfen auf einen großen Karton übertragen, der das ganze geplante Fresko abbildete. Dann wurde mit größter Sorgfalt jede Figur und jeder Aspekt der Zeichnung mit einer feinen Nadel nachgestochen, sodass die fertige Zeichnung schließlich mit einem Staubbeutel auf handlichere Papierbögen übertragen werden konnte.

Dieser Arbeitsablauf hatte sich als der schnellste und effizienteste herausgestellt, da ein Teil seiner Gehilfen unter Sebastianos Anleitung bereits in der *Stanza della Segnatura* ein Gerüst gebaut und mit den ersten Putzschichten begonnen hatten, während er noch die Zeichnungen vollendete.

Die Figuren, die er als Erstes entwarf, waren alle noch nackt, um ihre Haltung besser darstellen zu können. Erst im nächsten Durchgang würde er oder ein Schüler Kleider und den Faltenwurf hinzufügen.

Claudio tauchte plötzlich neben ihm auf und brachte ihm einen Krug Wasser und süßes Gebäck, das er von einer nahe liegenden Bäckerei für die ganze Werkstatt geholt hatte.

Raffael griff danach und biss hinein. Ihm wurde erst jetzt bewusst, dass er noch nicht gefrühstückt hatte.

Claudio war ein Junge mit verträumtem Blick und einem Vorhang dunkler Haare, der sehr darauf bedacht war, jedem zu gefallen. Raffael fragte sich manchmal, ob er selbst in Urbino ebenso gewesen war. Der Junge war das uneheliche Kind von Kardinal Cesarini und war von seinem Vormund in Raffaels Werkstatt gegeben worden, als dieser gemerkt hatte, dass er ein gewisses Talent zum Zeichnen mitbrachte.

Er sah aus dem Fenster in den Himmel, an dem die grauen Regenwolken allmählich aufklarten und der Sonne Platz machten.

Plötzlich bemerkte er, dass eine weibliche Figur unter den himmlischen Heerscharen der *Disputa* vertraute Züge angenommen hatte. Dunkles Haar, ein spezielles Lächeln. Er setzte den Stift ab und sah zum Fenster hinauf.

Nicht an Margherita denken, ermahnte er sich. Er konnte ohne sie leben, wenn er den Gedanken an sie weit von sich schob, und so musste es bleiben.

Als er das Fenster eingehender betrachtete, kam ihm plötzlich eine Idee. »Francesco«, rief Raffael. »Lass uns die Zeichnungen für die Nische noch einmal anschauen.«

Die Nische stellte eine besondere Herausforderung für sie dar, weil sich in der Mitte der Wand, auf die das Fresko aufgetragen werden würde, ein Fenster befand, um das sie herumarbeiten mussten. *Aber vielleicht müssen wir gar nicht herumarbeiten, sondern können es in das Bild einbinden?*

Als Gianfrancesco Penni zu ihm kam, sagte Raffael: »Stell dich mit dem Rücken zu mir an diese Kiste, die unser Fenster darstellt. Ich will etwas ausprobieren.« Francesco sah ihn fragend an, lehnte sich aber seitlich gegen die Kiste.

Raffael rief Giulio und Claudio herbei. »Los, holt eure Stifte«, sagte er.

»Die Haltung ist langweilig«, bemerkte Raffael nach den ersten Strichen, die er auf das Papier setzte. »Dreh die Arme mal so, dass deine Hände hinter dem Rücken zu sehen sind.«

Francesco gehorchte, und Raffael begann von Neuem, sorgfältig darauf bedacht, Haltung und Hände so natürlich wie möglich zu gestalten, wie er es von Leonardo gelernt hatte.

Aber er war noch nicht zufrieden.

»Wir brauchen Bewegung, Dynamik. Kannst du deinen Oberkörper etwas nach vorne kippen?«

»Natürlich, Maestro.« Francesco verneigte sich mit den Händen auf dem Rücken, in einer seltsam angespannten Körperhaltung.

»Weiter vor«, bat Raffael. »So, als würdest du dich aus einem Fenster lehnen.«

»Wenn ich mich noch weiter vornüberbeuge, verlassen meine Füße den Boden«, erklärte Francesco. Die Lehrjungen kicherten.

Raffael drehte sich zu ihnen um. »Wollt ihr sehen, wo dieser Punkt liegt? Gianfrancescos Mittelpunkt?«

»Ja«, rief Giulio aufgeregt. »Ich will unbedingt sehen, wie er umkippt.«

»Also, lass dich noch weiter nach vorne sinken, noch ein Stück ...« Einen Augenblick hielt Gianfrancesco noch das Gleichgewicht, dann zog es ihn nach vorne, und er musste sich mit den Händen abstützen.

Giulio und Claudio klatschten begeistert.

Sie wurden unterbrochen, als laute Stimmen vom Eingang der Werkstatt zu ihm herüberdrangen.

Sebastiano trat gerade in die *bottega*, gefolgt von zwei Männern. »Schaut, wen ich mitgebracht habe«, rief der Venezianer zu Raffael herüber.

Raffael erkannte die beiden Männer sofort und lief ihnen erfreut entgegen. »Maestro Vannucci!« Er umarmte zuerst den Älteren, der inzwischen bereits sechzig Jahre alt sein musste, und dann seinen alten Freund Bernardino di Betto.

»Maestro Sanzio«, begrüßte ihn Perugino. »Ich wollte es zuerst ja kaum glauben, als ich deinen Brief erhalten habe. Der Maler des Papstes!«

»Nur seiner Stanzen«, gab Raffael zurück. »Der Hofmaler Seiner Heiligkeit ist nach wie vor Michelangelo.«

»Ist Buonarroti ebenfalls hier?«, wollte Perugino wissen.

Raffael schüttelte den Kopf. »Nein, er arbeitet allein in der Sixtinischen Kapelle und führt das Dasein eines Eremiten. Es heißt, dass er mittlerweile nackt malt und nachts den Mond anheult«, erklärte Raffael, der spürte, wie der alte Ärger wieder in ihm aufstieg. Er wechselte eilig das Thema. »Ich bin so froh, dass Ihr hier seid! Die Fresken in den den pästlichen Räumen sind eine ganz andere Herausforderung als die in Siena«, sagte er, an Bernardino gewandt.

»Rom ist der Ort, an dem man jetzt sein muss, das glaubt jeder Maler in Italien«, erklärte Perugino, dessen Leibesfülle noch zugenommen zu haben schien, seit sie sich zuletzt gesehen hatten. »Sonst hätte mich auch der freundlichste Brief von dir nicht dazu verleitet, mir Chiaras Zorn zuzuziehen und die unbequeme Reise auf mich zu nehmen. Und für dich zu arbeiten.«

»Lass dir nichts erzählen, Raffael«, sagte Bernardino. »Perugino konnte es kaum abwarten, nach Rom zu reisen.« Er musterte Raffael.»Du siehst gut aus! Offenbar ist der Papst großzügiger als Maestro Vannucci«, sagte Bernardino gut gelaunt, und alle drei Männer lachten.

Sebastiano trat auf Raffael zu und flüsterte ihm etwas ins Ohr.»Wir müssen etwas besprechen. Kannst du kurz mitkommen?«

Raffael nickte.

»Seht euch gerne in der Werkstatt um, liebe Freunde!« Er winkte den Lehrjungen zu.»Besorgt Wein und Erfrischungen für unsere Gäste«, beauftragte er sie.»Entschuldigt mich einen Moment.«

»Wir hatten vorhin einen Abgesandten des Heiligen Vaters zu Besuch«, erklärte Sebastiano.»Der Papst wünscht, dass wir nun auch die Decke des Studierzimmers neu gestalten.«

»Ich weiß«, sagte Raffael.»Michelangelo hat dem Papst wieder einmal gute Ratschläge gegeben. Und ich kann das ausbaden.«

»Dann beschwer dich bei Seiner Heiligkeit«, entgegnete Sebastiano ungewohnt unwirsch.

Raffael sah ihn überrascht an.»Vielleicht tue ich das. Aber jetzt müssen wir erst einmal schauen, dass wir unsere Gäste bewirten. Lass dir nichts anmerken, ich spreche später mit ihnen.«

Sebastiano nickte.

»Und heute Nachmittag haben wir ebenfalls Besuch«, fuhr Raffael fort.»Felice della Rovere gibt sich die Ehre.«

Vielleicht kann ich auch mit ihr darüber sprechen, dass ich nicht ohne Grund die Perugianer um Unterstützung gebeten habe, und darüber, dass es mehr als hilfreich wäre, wenn Michelangelo mir keine weiteren Steine in den Weg legen würde, dachte er.

Kapitel 32

SIENA, MÄRZ 1510

Margherita strich mit der Hand durch einen Lavendelstrauch, verrieb zwei der schmalen Blätter zwischen den Fingern und sog den Duft ein, der davon aufstieg. Später im Jahr würden sie die Blüten einsammeln, um Öl daraus zu pressen.

Der Frühling hatte in Siena Einzug gehalten. Margherita lief durch den Kräutergarten, der im Innenhof des Palazzos lag, und begutachtete die Pflanzen. Insekten schwirrten zwischen den Sträuchern umher. Thymian, Oregano und Rosmarin streckten ihre Zweige dem Sonnenlicht entgegen. Wenn der Sommer nicht zu trocken würde, stand ihnen für Küche und Hausapotheke eine reiche Ernte bevor.

Vom Dom klang das Mittagsläuten zu ihr herüber, und Margherita blickte zu den verschlossenen Fensterläden im zweiten Stock, hinter denen gerade Pandolfo Petrucci, sein ältester Sohn Borghese und ihr Mann Piero als Herren der Stadt mit einer päpstlichen Delegation verhandelten.

Ihre Schwägerin Aurelia hatte ihr erzählt, dass der Papst seine Gesandten nach Siena geschickt hatte, um eine neue Einigung zu erzielen. Er wollte die Franzosen aus den oberitalienischen Städten vertreiben. Aber noch waren die Petrucci nicht bereit, ihrem alten Feind Florenz zugunsten eines solchen Friedens die Hand zu reichen. Vielleicht hatte die päpstliche Abordnung neue Versprechungen aus Rom mitgebracht, um die Petrucci doch noch zu einem Einlenken zu bewegen. *Und wenn nicht, bringen sie vielleicht zumindest Neuigkeiten mit.*

Sie hatte von anderen Gästen aus Rom gehört, dass Raffael mittlerweile dort für den Papst arbeitete, und der Gedanke erfüllte sie mit Stolz, fast so, als wäre sie selbst daran beteiligt gewesen. Sie war immer begierig darauf, von seiner Arbeit zu hören, obwohl sie unendlich vorsichtig sein musste, damit Piero nicht auf die Idee kam, sie würde ihre Gäste nach dem Maler ausfragen.

Aurelia trat aus der geöffneten Küchentür und lief auf sie zu. Sie hatte sich ihre Haube zum Schutz gegen die Mittagssonne tief in die Stirn gezogen, und als sie ihre Schwägerin entdeckte, winkte sie ihr zu.

In den letzten Jahren hatte sich das Verhältnis zwischen Aurelia und Margherita gewandelt. Beide hatten erkannt, dass sie einander mehr nützten, wenn sie sich verbündeten, statt sich zu bekämpfen, und daraus war zuerst Achtung und inzwischen sogar Freundschaft geworden.

»Reden sie noch?«, fragte Margherita, als Aurelia sie erreichte.

»Oh ja. Vor ein paar Minuten hat Pandolfo so laut den Namen des Papstes verflucht, dass es vermutlich gerade in Rom ein Erdbeben gegeben hat«, gab ihre Schwägerin zurück.

»Wird heute Abend dennoch ein Bankett stattfinden, oder denkst du, die Gesandten reisen frühzeitig ab?«

»Schwer zu sagen. Es könnte sein, dass all das Schreien und Drohen nur dazu da ist, um bei den Verhandlungen mehr herauszuholen, aber ich fürchte, selbst wenn es so ist, weiß Pandolfo nicht, wann er aufhören muss.«

Aurelia hatte im Laufe ihrer Ehe mehr als genug Gelegenheit gehabt, zu lernen, mit der aufbrausenden Art und den Launen ihres Ehemanns umzugehen, das wusste Margherita.

»Und Piero trägt vermutlich auch nicht dazu bei, die Stimmung zu verbessern«, sagte Margherita. Ihr Mann war zwar weniger laut und polternd als sein Bruder, aber seine Schroffheit und Schärfe machten auch ihn als Diplomaten ungeeignet.

Aurelia zuckte mit den Schultern. »Er unterstützt Pandolfo, wie immer.«

Piero vertraute Margherita noch immer nur in den seltensten Fällen seine Gedanken an, und ihr fiel es nach wie vor nicht leicht, ihn zu verstehen. Sein Verhalten ihr gegenüber war in den letzten Jahren immer sprunghafter geworden, je klarer ihm wurde, dass er vielleicht niemals einen Erben mit ihr haben würde. Während er manchmal wochenlang dafür sorgte, dass sie ihm nicht unter die Augen trat, kontrollierte er zu anderen Zeiten jeden ihrer Schritte.

»Glaubst du, dass das Bündnis mit den Spaniern halten wird?«, fragte Margherita sorgenvoll. »Auch wenn sich Siena dem Kirchenstaat anschließen sollte?«

Aurelia strich ihr beruhigend über den Arm. »Die Spanier sind ja selbst mit dem Papst im Bunde«, sagte sie. »Ich glaube nicht, dass ein neues Bündnis an unserer Freundschaft zu Neapel etwas ändern wird.«

Margherita seufzte. Piero hatte den inzwischen siebenjährigen Alessandro als Unterpfand ihrer Bündnistreue an den von Spanien regierten Hof von Neapel geschickt. Sie wusste, dass dies ein kluger Schachzug war, auch wenn sie nicht ohne Traurigkeit an ihren weit entfernten Sohn denken konnte.

Die Spanier mussten die Petrucci als Verbündete für verlässlich halten, wenn der oberste Richter der Familie ihnen freiwillig seinen Erstgeborenen schickte. Außer Margherita ahnte wohl niemand, wie verzichtbar Alessandro für Piero im Ernstfall wäre. Sie wusste, dass Piero längst seinen Neffen, Aurelias und Pandolfos Sohn Borghese, als den einzig wahren Stammhalter der Familie akzeptiert hatte und sich nun nur noch für dessen Wohlergehen einsetzte, während ihr Sohn kaum mehr als eine Nebenfigur im Ringen um die Macht war, die er nach Belieben versetzen oder opfern konnte.

»Ich werde die Verhandlungen in meine Gebete einschließen«, sagte Margherita. »Die Liste meiner Bitten wird täglich länger, scheint mir.«

Beide Frauen blickten auf, als plötzlich von jenseits der Gartenmauer des Palazzos Rufe und Gesänge zu ihnen hinüberdrangen.

»Die Antoniter veranstalten eine Prozession«, sagte Aurelia. »Eine der Mägde hat es mir heute Morgen erzählt.«

Der Orden der Antoniter hatte es sich zur Aufgabe gemacht, sich um die Seuchenkranken zu kümmern, und die Brüder hofften, durch religiöse Hingabe und rituelle Feuer in der Stadt verhindern zu können, dass sich die Pocken auch in Siena ausbreiteten, die seit einiger Zeit in den benachbarten Orten grassierten.

»Wie schlimm ist es denn schon?«, wollte Margherita wissen. Sie selbst hatte noch kein Opfer der Krankheit gesehen, da sie den Palazzo nur selten verlassen konnte und, allen Heiligen sei Dank, die Seuche bislang vor den Toren haltgemacht hatte.

»Die meisten Fälle soll es bislang in der Lupa gegeben haben«, erklärte Aurelia, und Margherita sah sie erschreckt an. Ihr Bruder Matteo lebte noch im Stadtteil ihrer Geburt. *Madonna, ich muss herausfinden, wie es ihm geht,* dachte sie.

»Aber die Mitglieder der *nobiltà* haben offenkundig nicht genug Angst vor der Seuche, dass sie heute Abend auf das Festessen verzichten würden«, fuhr Aurelia fort.

Margherita schnaubte. »Solange es nicht ihre Palazzi erreicht, glauben die Patrizier und die reichen Händler immer, dass nur die Armen betroffen sein werden. Und feiern weiter wie immer.«

Aurelia blickte sie scharf an, bevor sie dann spöttisch sagte: »Vielleicht lebst du schon zu lange selbst in einem Palazzo, Margherita. Du kennst uns schon zu gut.«

In diesem Moment wurde Margherita ihr Fehler bewusst. Für einen Moment hatte sie vergessen, wie sehr sich Aurelia und sie unterschieden – Aurelia als Tochter eines reichen Adeligen, sie selbst als Tochter eines Bäckers. Und egal, wie gut sie sich mittlerweile verstanden, dieser Abstand ließ sich nie ganz überwinden.

»Gibt es vor dem Festmahl noch viel zu tun?«, fragte Margherita hastig, um Aurelia auf ein anderes Thema zu lenken. »Lass mich dir helfen.«

»Mit der Aufsicht über ein paar gebratene Gänse werde ich

schon fertig«, erklärte Aurelia. »Aber ich müsste noch Wechsel für die Kaufleute aus Bologna schreiben ...«

»Das kann ich gerne übernehmen«, bot Margherita an. Sie hatte seit der Zeit in der Bäckerei nicht verlernt, mit Zahlen umzugehen, und seit Aurelia das wusste, überließ sie ihr gern diesen Teil der Haushaltsführung.

Margherita hingegen war glücklich, ihren Geist beschäftigen zu können. Ob sie die Dombibliothek besuchen konnte oder nicht, hing stets von Pieros Laune ab, und oft gelang es ihr wochenlang gar nicht, das Haus zu verlassen.

Plötzlich entstand am Eingang zur Küche ein Tumult. Aufgeregte Stimmen drangen zu ihnen herüber. Aurelia und Margherita wechselten einen Blick. Dann liefen beide zum Haus.

***

In der Eingangshalle herrschte Chaos. Vier Soldaten in den Farben des Petrucci-Haushalts standen um Charles Bougy herum, der wachsbleich und nur mit einem Hemd bekleidet auf dem Boden lag. Offenbar hatten die Soldaten den französischen Botschafter hierhergeschleppt. Margherita hatte den Mann einige Male gesehen, wenn er zu Gast im Palazzo war. Er war eher ein Gelehrter als ein Kämpfer, der eine Vorliebe für anzügliche Witze und süße Weine hatte.

Hinter Aurelia und Margherita sammelte sich allmählich die Bewohnerschaft des gesamten Palazzo, oder zumindest erschien es Margherita so.

Ein Diener schüttete dem Bewusstlosen gerade Wasser ins Gesicht und tippte zaghaft auf dessen Brust herum.

»Was ist los mit ihm?«, brüllte Pandolfo Petrucci, der eben die Treppe herunterstürmte, gefolgt von den drei römischen Gesandten, die sichtlich verstört aussahen. »Weck ihn auf, verdammt noch mal!«

Aurelias jähzorniger Ehemann war zornrot angelaufen, als wäre es ein persönlicher Affront gegen ihn, dass der Botschafter nicht bei Bewusstsein war.

»Euer Gnaden ... ich ... er reagiert nicht«, stammelte der Diener.

»Bekommt er Luft?«, rief einer der päpstlichen Gesandten, verstummte aber, als Pandolfo Petrucci ihn anschaute, als wollte er ihn erwürgen.

»Ihr Idioten! Ihr solltet ihn nur festsetzen, nicht umbringen! Und wie kommt ihr auf die verdammte Idee, den Mann hierherzubringen?« Piero Petrucci schritt drohend auf die Soldaten zu.

Das war also nicht geplant, erkannte Margherita.

»Er hat Widerstand geleistet, Messere«, sagte einer der Soldaten, offenbar ihr Anführer. »Wir haben ihn auf einer Hure gefunden, und er wollte nicht mitkommen. Also hat ihm Giacomo ein paar Schläge verpasst, und er ist gleich umgefallen.«

Wie zur Bestätigung stieß er dem Mann auf dem Boden einen Stiefel in die Rippen, doch dieser zeigte keine Regung.

»Was zur Hölle ...«, begann einer der Soldaten.

»Hat schon jemand einen Arzt geholt?«, fragte Aurelia mit ruhiger Stimme.

»Du! Bursche! Lauf und bring mir einen Quacksalber«, herrschte Petrucci den Diener an, der neben dem Botschafter kniete und sofort aufsprang, offenkundig erleichtert, eine einfachere Aufgabe übertragen bekommen zu haben.

Margherita nahm den Platz des Dieners ein und setzte sich neben den Franzosen. Kurzes, feuchtes Haar hing blutverklebt an seinem Kopf. Vorsichtig berührte sie sein Gesicht und die Hände. Seine Haut war aschfahl und kalt. Sie legte eine Hand auf seine Brust, doch sie konnte keine Bewegung feststellen.

»Verflucht, Weib, was machst du da?«, herrschte Pandolfo Petrucci sie an.

»Er ist tot«, flüsterte Margherita. Einer der römischen Gesandten, ein groß gewachsener Geistlicher mit scharfen Gesichtszügen, kniete sich neben sie und tastete den Franzosen ab. »Ihr habt recht, Madonna«, sagte er dann.

»*Porca miseria!*«, brüllte Pandolfo.

»Verschwindet. Alle«, herrschte Piero die Diener an, und die Versammelten stoben aufgeschreckt auseinander. Dann wandte er sich an die Soldaten. »Kein Wort darüber. Zu niemandem. Oder es ist euer Ende.«

Der römische Geistliche sah Piero an. »Ihr solltet den Leichnam, so schnell es geht, verschwinden lassen, wenn Ihr nicht wollt, dass sich der Tod des Gesandten wie ein Lauffeuer herumspricht. Ich wage zu vermuten, dass sein Verschwinden die Franzosen ohnehin misstrauisch machen wird.«

Piero nickte. »Soll ich an den französischen Hof schreiben, dass der Gesandte sich mit den Pocken infiziert hat?«, fragte er, an seinen Bruder gewandt.

»Wir haben uns lange genug von den verdammten Franzosen auf der Nase herumtanzen lassen!«, brüllte Pandolfo Petrucci plötzlich. »Es ist mir scheißegal, was du ihnen schreibst! Wir sind fertig mit diesen Hurensöhnen!«

Kapitel 33

ROM, MAI 1510

Felice erwachte davon, dass ihr die Sonne direkt ins Gesicht schien, und plötzlich wurde es ihr zu warm unter der bestickten, schweren Decke, die auf ihrem nackten Körper lag. *Wir haben vergessen, die Fensterläden zu schließen*, dachte sie schläfrig und war dankbar dafür, dass Raffaels Räume im obersten Geschoss des Gebäudes lagen und von außen nicht eingesehen werden konnten. Sie blickte zu ihm hinüber. Der Maler war bereits wach und kritzelte winzige Figuren und Notizen auf die Ecke eines Papiers.

Raffael schien unermüdlich zu arbeiten. Er war in jedem wachen Moment mit seiner Komposition für die Stanzen ihres Vaters beschäftigt.

Das füllt seine Tage, dachte sie. *Und seine Nächte füllt die Zeit, die er mit mir verbringt.* Mehr konnte und wollte sie nicht erwarten. Sie selbst war nur selten in der Lage, sich spätnachts aus ihrem Heim herauszuschleichen und, nur begleitet von ihrer vertrauenswürdigsten Zofe, herzukommen. Dabei musste sie sich stets auf das Stillschweigen der Dienerschaft ihrer Familie verlassen.

Ihr war bewusst, dass es vermutlich dennoch Gerüchte über sie beide gab, denn sie traf Raffael auch bei den Gesellschaften, die sie auf Wunsch ihres Vaters besuchte, um in engem Kontakt zu dem ehrgeizigen Bernardo Dovizi und dem freundlichen Kardinal de' Medici zu bleiben.

Egal, wie gut sie es zu verbergen versuchten – ein Menschenkenner wie Dovizi hatte sie vermutlich längst durchschaut.

Raffael sah, dass sie wach war, legte das Papier weg und blickte sie mit einer Mischung aus Bewunderung und neu entfachter

Begierde an. »Guten Morgen«, murmelte er und beugte sich vor, um sie zu küssen. Felice schloss die Augen, als seine Lippen ihre berührten und ihre nackte Haut sich an seiner entzündete.

Raffaels Hände glitten an ihrem Körper herunter und streichelten ihre Brüste. Mit sanftem Druck kniff er in ihre Brustwarzen, und sie stieß schwer den Atem aus. Seine Hand wanderte weiter, zwischen ihre Schenkel und an ihre Scham.

Sie umfasste sein Glied, spürte seine Erregung. Er vergrub seine Hände in ihrem Haar, dann zog er sie auf sich und drang in sie ein.

Felice seufzte, stützte sich mit den Händen ab und wiegte sich im Takt einer unhörbaren Musik auf ihm. Er wartete ihren Höhepunkt ab, bevor er sich aus ihr zurückzog und sich schwer atmend auf ihren Bauch ergoss.

Sie mussten vorsichtig sein, das war Felice immer bewusst. Ihre Liebschaft mit Raffael war das eine, aber das Risiko einer außerehelichen Schwangerschaft konnte sie nicht eingehen.

Raffael wickelte sich sacht eine ihrer dunklen Strähnen um den Finger.

Ein Geräusch auf dem Flur schreckte sie auf, aber Raffael schüttelte den Kopf. »Keine Sorge, das sind nur meine Nachbarinnen«, sagte er. »Niemand wird uns hier stören.«

Er küsste sie sanft auf einen Mundwinkel. »Solange dein Vater keinen neuen Ehemann für dich findet, sind wir hier sicher.«

Felice seufzte. Die Verlobung mit dem Prinzen von Salerno hatte sich wegen politischer Komplikationen schnell von selbst gelöst, ohne dass sie großen Widerstand hatte leisten müssen, aber natürlich war ihr Vater wie eh und je bemüht, einen neuen Kandidaten zu finden.

»Momentan fürchte ich am meisten, dass er mich mit einem französischen Salzhändler verkuppelt«, murmelte sie. »König Louis hat mittlerweile sehr viel Macht in Oberitalien, und die französischen Kardinäle arbeiten ihm alle zu. Jetzt, da die Liga von Cambrai zerbrochen ist, braucht die Kirche neue Bündnisse, und Frankreich muss fürchten, davon ausgeschlossen zu werden.«

Raffael nickte. »Ich verstehe«, sagte er. »Und du wärst das Unterpfand, damit die Franzosen uns trotz allem gewogen bleiben?«

»Genau.«

»Wenn du den Salzhändler nicht willst, wirst du ihn schon loswerden, so wie alle Bewerber zuvor«, versetzte er aufmunternd, und sie musste lachen.

Felice griff nach der Zeichnung, die er achtlos zur Seite gelegt hatte. »Wie geht die Arbeit voran?«, fragte sie.

»Nicht so schnell, wie es gehen könnte. Ich brauche mehr Leute – nicht nur, um die Wände für die Fresken vorzubereiten, sondern vor allem für die Zeichnungen. Momentan male nur ich, und das dauert einfach viel zu lange.«

»Weil mein Vater wünscht, dass nur du die Fresken ausführst«, stellte Felice fest.

»Genau. Immerhin stellt sich Sebastiano bei den Zeichnungen und beim *ai fresco*-Putz geschickt an, und ich danke Gott dafür, dass Pinturicchio bei mir geblieben ist, aber ich muss den Papst überzeugen, sie ebenfalls malen zu lassen.« Er blickte versonnen auf die Zeichnung. »Ich wüsste wirklich gerne, wie Michelangelo es schafft, überhaupt voranzukommen – nach allem, was ich höre, ist er in seiner Kapelle noch immer allein am Werk.«

»Nach allem, was ich höre, hat er auch keine Geliebte, die zusätzlich seine Zeit beansprucht«, erwiderte Felice lächelnd. »Er kann Tag *und* Nacht arbeiten.«

»Auch wieder wahr«, sagte er und küsste sie. »Ich wollte dir noch danken, dass du mit deinem Vater über Perugino gesprochen hast.«

»Hat es denn geholfen?«

»Er hat ihm jetzt den Auftrag gegeben, die Loggien der Engelsburg auszumalen. Perugino war sehr zornig, als er hörte, dass er umsonst nach Rom gereist ist, und ich wäre bis auf die

Knochen blamiert gewesen, wenn ich ihn ohne Arbeit wieder hätte nach Siena schicken müssen. Du hast meinen Ruf gerettet.«

Felice schüttelte den Kopf. »Mein Vater sollte dir dankbar sein, dass du Perugino nach Rom geholt hast. Er hat inzwischen sogar mehr Bauprojekte als Kriegszüge begonnen, und er könnte sich kaum fähigere Hände für das *Castel Sant'Angelo* wünschen. Ich glaube, er ist eigentlich sehr glücklich mit euren Absprachen, würde das aber niemals so sagen.«

»Dein Wort in Gottes Ohr«, sagte Raffael. »Auch wenn es mir lieber wäre, wenn er seine Dankbarkeit etwas öffentlicher zeigen würde.«

Felice lachte. »Du klingst schon wie ein römischer Aristokrat«, sagte sie und legte die Hand mit einer gespielt theatralischen Geste an die Stirn.

Er lachte ebenfalls. »Das war nicht meine Absicht. Ich fürchte nur, dein Vater wird unzufrieden sein, wenn ich schon mit dem ersten Saal so langsam vorankomme. Ganz davon abgesehen, dass ich mit seiner Tochter schlafe.«

Felice drehte sich auf die Seite und betrachtete ihn, strich mit einer Hand über seinen schlanken Körper, von seinem Hals über seine Brust bis zur feinen Haarlinie, die vom Bauch bis zu seiner Scham führte. »Du sagst es selbst, er wird es nicht herausfinden«, sagte sie. »Und wenn doch? Ich habe es so satt, dass meine Tugend immer größer sein muss als die der Männer. Hat es dem Borgia-Papst geschadet, mit Julia Farnese im Apostolischen Palast zu leben? Mein Vetter Girolamo hat gleich zwei Mätressen, die er gelegentlich beide mit zu Festen bringt. Und mein Vater selbst hat auch nie keusch gelebt, dafür bin ich der beste Beweis. Und ich habe nicht einmal ein Gelübde abgelegt, soll aber trotzdem wie eine Nonne leben.«

Er hielt ihre Hand fest, küsste die Innenfläche. »Du hast ja recht«, sagte er. »Aber du kennst die Geschichten, die die Leute über Lucrezia Borgia erzählen, oder? Ich weiß nicht, wie viel von den Gerüchten, die über sie im Umlauf sind, überhaupt wahr sein können, aber ihr Ruf ist für immer ruiniert. Ich will nicht, dass es dir ebenso ergeht.«

»Ich weiß, Raffael«, sagte sie seufzend. »Ich wünschte nur, es wäre anders, und ich könnte mir ebenso viele Liebhaber halten wie Messalina.«

Als er sie entsetzt ansah, ließ sie sich lachend zurückfallen. *Männer!*, dachte sie. Selbst Raffael war so unglaublich leicht aus der Fassung zu bringen.

* * *

Als sie sich angezogen und zum Gehen bereit gemacht hatte, trat sie noch einmal ans Bett und küsste ihn. »Es ist schon spät, ich hoffe, ich komme ungesehen aus dem Haus«, sagte sie und zog sich den Schleier tief ins Gesicht. Das Trastevere-Viertel mit seinen Handwerkern und dem Markt würde auf jeden Fall belebt sein.

»Wann sehe ich dich wieder?«, fragte er.

»Ich muss meinen Vater für einige Tage begleiten«, antwortete Felice. »Aber wir können uns nächste Woche wieder treffen.«

»Eine Woche?«, wiederholte Raffael, der den Verzweifelten spielte. »Das ist sehr lang, Madonna Felice. Wie gut, dass ich bis dahin Tag und Nacht arbeiten muss.«

»Und wir sehen uns übermorgen bei Kardinal Colonnas Feier. Ich vermute, dass er dich auch eingeladen hat?«

Raffael nickte. »Dovizi wird mich ganz sicher hinschleppen. Seiner Ansicht nach ist es viel wichtiger, dass ich jeden Würdenträger Roms persönlich kenne, als dass ich mit der Arbeit an den Fresken vorankomme.«

»Aus seiner Sicht ist das sicher richtig«, gab Felice zurück. Sie zögerte einen Moment, überlegte, ob sie noch etwas sagen sollte, aber dann fügte sie hinzu: »Bernardo Dovizi ist ein ehrgeiziger Mann. Du solltest ihn gut im Auge behalten.« Sie hatte Dovizi in den letzten Monaten gut kennengelernt. Der Erzbischof war ein gewandter Höfling mit edlen Umgangsformen und einem brillanten Verstand, aber manchmal, und nur für Augenblicke, blitzte eine kalte und ganz und gar verachtende Schärfe in seinen Worten durch, die sie glauben ließ, dass Dovizi letztlich nur einem Herrn dienen konnte: sich selbst. »Ich glaube nicht, dass er mit seinem jetzigen Posten in der Kirche schon zufrieden ist. So, wie ich es sehe, wird er mindestens noch Kardinal werden wollen.«

»Mindestens?«, sagte Raffael lachend. »Danach gibt es ja nicht mehr viel, wonach er streben könnte.«

»Glaub mir«, sagte sie und blickte ihn ernst an. *Du vertraust den Menschen zu rasch*, dachte sie. *In Rom kann das ebenso deinen Untergang bedeuten wie die Pest oder das Schwert.*

»Sei einfach ein wenig vorsichtig, wenn es um Dovizi geht. Verlass dich nicht zu sehr auf ihn, er ist ein Wolf im Schafspelz.«

Kapitel 34

ROM, JULI 1511

Raffael strich mit der flachen Hand über den frischen Putz, spürte jeder winzigen Unebenheit und der Kühle des noch feuchten Untergrunds nach. Er war überzeugt davon, das Mischungsverhältnis für den Mörtel diesmal richtig hinbekommen zu haben, doch er wollte ganz sichergehen, bevor er zu malen begann.

Es hatte sich als schwierig erwiesen, mit der römischen Puzzolan-Erde zu arbeiten, die Wasser anders aufnahm als die toskanische Erde, die Pinturicchio und er in Siena als Grundlage für ihre Fresken verwendet hatten.

Erst als er gezwungen gewesen war, bei der *Disputa* einige Teile wieder abzuschlagen, weil der Mörtel Risse bildete und er an anderen Stellen mit Tempera und Leim nacharbeiten musste, war ihm klar geworden, dass das Mischungsverhältnis im Kalkputz nicht stimmen konnte. Er hatte sich verflucht, unvorsichtigerweise nicht erst einmal mehr über die Eigenschaften des Puzzolans herausgefunden, sondern gleich mit der Arbeit begonnen zu haben. *Leonardo hätte mich einen Narren genannt, mit einem Material zu arbeiten, das ich nicht richtig verstehe und mit dem ich noch keine Erfahrung gesammelt habe,* schalt er sich selbst. Und sein früherer Mentor hätte recht gehabt.

Aber jetzt hatte Raffael die richtige Zusammensetzung gefunden: drei Teile Puzzolan zu einem Teil Kalk, wie bei Flusssand oder anderen Materialien, die das Wasser ebenso banden wie die römische Erde.

Raffael hatte gehört, dass Michelangelo von dem gleichen Problem betroffen und ihm dadurch die komplette Sintflut von der Decke gefallen war. Nicht zum ersten Mal ärgerte er sich, dass ihre Konkurrenz es unmöglich machte, sich mit dem anderen Maler auszutauschen, um solchen Katastrophen vorzubeugen.

Raffael ließ die Hände sinken und zerrieb weißen Kalkstaub zwischen den Fingern. Er war zufrieden mit der Grundierung, jetzt musste das Malen beginnen. Das *Spolvere*, der Übertrag der Zeichnung auf den frischen Putz für den ersten Teil des Freskos, war bereits abgeschlossen, und er hatte mit einem Stylos und einem Zirkel die geometrischen Flächen noch einmal so exakt wie möglich auf der Wand nachgezeichnet.

Insgesamt neunzig Blätter mit Zeichnungen hatten er und seine Schüler angefertigt, die nun nacheinander auf die Wand und den *ai fresco*-Putz übertragen werden würden.

Er zog das perlenbestickte Tuch aus seiner Tasche, Felices Unterpfand im Dichterwettstreit bei Dovizi, drehte seine Haare zusammen und band das Tuch darum, um sie vor Farbspritzern zu schützen. Die oberste Partie des Freskos würde er über Kopf malen müssen.

Das Gerüst, das sie gebaut hatten, besaß zwei Ebenen, um darauf zu arbeiten. Der junge Claudio kletterte behände wie ein kleiner Affe darauf herum und brachte ihm die Farben, die er für die Gewänder der Philosophen brauchen würde: Kobaltblau für den Mantel des Aristoteles, Eisenoxid für Euklid, als den er Bramante malen würde, zum Dank für dessen Empfehlung.

Platons Gewand würde zinnoberrot werden, und der Philosoph, der die zentrale Figur des Freskos war, würde die Züge Leonardo da Vincis tragen, eine Verneigung vor Raffaels Freund und Mentor.

Raffael warf einen letzten Blick auf den großen Karton, der an der gegenüberliegenden Wand lehnte. Er zeigte das gesamte Fresko als Zeichnung, und von diesem Karton kopierten sie die einzelnen Teile wieder auf Papier, um sie auf die Wand zu übertragen. Ein Papierbogen entsprach dabei in etwa einer *Giornata,* also dem Tagwerk, das er in einem Stück auf dem frischen Putz vollbringen konnte.

Raffael blickte zu Heraklit hinüber. Einsam saß er vor den anderen Denkern, die in Gruppen oder zumindest zu zweit zusammensaßen oder -standen. Ihn hatte er erst spät zu seinen Entwürfen hinzugefügt. Raffael hatte ihm die Züge von Michelangelo verliehen, mit seinem schweren Schädel und der gebrochenen Nase und viel zu sehr mit sich selbst beschäftigt, um irgendetwas anderes wahrzunehmen.

Er hatte mit sich gerungen, ob er sich diesen Seitenhieb erlauben konnte, aber nachdem der ältere Maler dafür gesorgt hatte, dass Raffael kaum Hilfe bei den Stanzen bekam, fand er diese kleine Vergeltung nur gerecht.

Sich selbst hatte Raffael ganz außen an der rechten Seite des Freskos angelegt, inmitten von Ptolemäus, Zarathustra und Kopernikus, von deren jeder die Züge eines seiner malenden Freunde trug. Für seine Haare, Augen und die Kappe würde er *nero vite* verwenden, ein Pigment, das sie aus Griechenland bezogen, und er würde Unmengen von Bleiweiß für das marmorne Forum brauchen, in dem seine Figuren sich befanden.

Er warf einen Blick auf die griechische Mathematikerin Hypatia, die er auf Felices Anraten hin ebenfalls im linken Teil des Freskos verewigt hatte. Nur sie und er selbst würden den Betrachter letztlich direkt anschauen, alle anderen Figuren waren miteinander beschäftigt.

»Wolltet Ihr nicht malen, Meister?«, fragte Claudio mit unschuldiger Stimme. »Ihr kennt die Zeichnung doch bereits?«

»Sei nicht so vorlaut ...«, begann er, aber dann erkannte er schuldbewusst, dass Claudio recht hatte.

Seine Sorge, ausgerechnet bei diesem Werk zu versagen, hielt ihn davon ab, wirklich mit der Arbeit zu beginnen, nicht das Nachsinnen über die Komposition, die schon längst fertiggestellt war.

»Schon gut«, sagte Raffael milde, hob den Pinsel und begann,

Bleiweiß mit einem winzigen Anteil Gamboge zu mischen, um die erste Marmorstatue, die in einer Nische über den Versammelten thronte, auszumalen.

Nur eine Statue, dachte er, um sich selbst zu ermutigen. *Die wirst du nicht versauen. Du kannst dabei kaum etwas falsch machen. Die schwierigen Teile kommen erst später.*

Die *Schule von Athen* hatte das Zeug dazu, sein bislang bestes Werk zu werden, das wusste er, und der Gedanke machte ihn nervös. Sosehr die *Disputa* auch formell alle Anforderungen erfüllte, die sein Auftraggeber an ihn gestellt hatte, so war das Fresko doch dem alten Denken verhaftet, zeigte noch zu sehr Peruginos und Urbinos Einfluss.

Die *Schule* aber war in jeder Hinsicht neu; alles ging von einer Zentralperspektive aus, bei der Platon und Archimedes den Fluchtpunkt bilden würden. Alle Figuren gingen, saßen oder lagen so im Raum, dass sie in einem harmonischen Verhältnis zueinander standen, und sie verkörperten durch ihre Haltung, ihre Kleidung und ihren Gesichtsausdruck ihr jeweiliges Können und ihre Philosophie.

Die Schüler debattierten lebendig mit ihren Lehrern, und der Geist der Wissenschaft erblühte unter den hohen Bögen, die dem Betrachter ein Gefühl von luftiger Weite geben würden. Viele der großen Denker würden die Züge bewunderter Maler tragen, und schon allein aus diesem Grund musste das Fresko gelingen.

Raffael wechselte zu einem noch feineren Pinsel, um den Stab in Händen der Statue mit einer Ockermischung auszumalen, lehnte sich zurück und betrachtete die kriegerische Göttin auf dem *intonaco*.

Es wird, dachte er. *Es gelingt mir!* Aufregung pulsierte durch seine Adern, gab ihm neue Energie.

Eigentlich hätte er erschöpft sein müssen. Er verbrachte seine Zeit von früh bis spät in seiner Werkstatt und in den Stanzen, und ständig erhielt die *bottega* neue Aufträge. Aber er war zufrieden. Vielleicht zum ersten Mal in seinem Leben war er vollständig von seinen eigenen Entwürfen überzeugt. Wenn ihm der Farbauftrag so gelang wie in seiner Vorstellung, würde die *Schule* das erste Bild sein, bei dem er sich wirklich *Meister* nennen durfte und sich dabei nicht länger wie ein Betrüger vorkäme.

Claudio lachte leise. »Was hast du, *piccolo*?«, fragte Raffael ihn.

»Ihr singt, Maestro«, erklärte Claudio. Raffael merkte erst jetzt, dass er leise eine Melodie vor sich hingesungen hatte, die er Sebastiano erst kürzlich bei einem Fest auf der Laute hatte spielen hören.

»Und, ist es gut?«

Der Junge sah ihn verschmitzt an. »Nicht besonders«, antwortete er.

»He! Es ist nicht dein Platz, mir solche Wahrheiten zu sagen.«

»Verzeiht, Maestro. Ihr singt wie eine Nachtigall. Oder war es eine Krähe? Ich kann mir den Unterschied nicht merken.«

Lachend hob Raffael den Pinsel, als wollte er ihn nach Claudio werfen, hielt dann aber inne, als er im Durchgang zum nächsten Saal eine Gestalt entdeckte.

Seine Heiligkeit Papst Julius höchstselbst stand in der Tür und beobachtete ihn. Auch wenn Raffael den Papst nun schon einige Male getroffen hatte, versetzte ihn der Anblick dennoch jedes Mal in Aufruhr. Von seinem Auftraggeber, dem Herrn über alle Christen, hing nicht nur sein Wohl und Wehe ab, sondern auch das der gesamten *bottega*, und der Jähzorn des Papstes war beinahe schon legendär.

Claudio schien geradezu vor Ehrfurcht erstarrt zu sein. Der Junge hatte sich fast bis zum Boden verneigt und wagte es nun nicht, den Blick zu heben.

Als Julius erkannte, dass sie ihn entdeckt hatten, trat er näher. In den zwei Jahren, die Raffael in Rom verbracht hatte, war der Papst sichtlich gealtert. Die Linien in Julius' Gesicht waren zu schroffen Furchen geworden, die Augen eingesunken, Haar und Bart beinahe weiß. Die unermüdlichen Feldzüge des Papstes waren nicht spurlos an ihm vorübergegangen, und in Rom hieß es, dass bald schon wieder ein neuer Kriegszug beginnen würde. Mittlerweile war der Kirchenstaat wieder mit Venedig verbündet, was die Franzosen so sehr verärgert hatte, dass ein Krieg in Oberitalien, das zu einem Gutteil von Frankreich kontrolliert wurde, kaum mehr vermeidbar schien. *Genau, wie Felice es prophezeit hat.*

»Heiligkeit! Was kann ich für Euch tun?« Raffael legte den Pinsel in einen Wassereimer, den Claudio zuvor dort abgestellt hatte, und kletterte so schnell wie möglich von dem Gerüst herunter. Es schien ihm unziemlich, über dem Papst zu stehen.

»Wir wollten Uns mit eigenen Augen davon überzeugen, ob Wir Unser Geld gut angelegt haben«, sagte der Papst unverblümt, während er auf das Gerüst zutrat.

Raffael neigte ergeben den Kopf. »Ich hoffe, ich kann Euch zufriedenstellen?«

»Wir werden sehen.«

Er wandte sich an Claudio. »Geh, Kind«, sagte er. »Wir müssen allein mit deinem Meister sprechen.«

Claudio ließ sich das nicht zweimal sagen. Er sprang vom Gerüst und flitzte ganz offenbar erleichtert aus dem Raum.

Julius stand nun direkt vor dem Gerüst und blickte zur Wand hinauf. Eingehend musterte er die Zeichnungen und die begonnene Malerei. »Das wird ein Meisterwerk, Maestro Sanzio«, erklärte er. »Unbestreitbar. Wir haben noch nie etwas Ähnliches gesehen.«

Die Worte erfüllten Raffael mit Stolz, und er senkte den Kopf, um ein Lächeln zu verbergen. »Nicht einmal in der *Sixtina?*«, konnte er sich nicht verkneifen zu fragen.

Julius lachte. »Michelangelo lässt Uns schon seit Monaten nicht mehr in die Kapelle hinein. Mittlerweile erzählen die Arbeiter auf der Dombaustelle die wildesten Geschichten über ihn und sein Werk. Aber wer wären Wir, einem Michelangelo Vorschriften machen zu wollen?«

Ihr seid der Papst, dachte Raffael verwundert, sagte aber nichts.

»Wir gedenken, die *Stanza della Segnatura* zu Neujahr einzuweihen«, erklärte der Papst. »Wir werden einen Empfang für die Kardinäle und einige andere Würdenträger in den neuen Räumen geben. Werdet Ihr bis dahin fertig sein?«

Raffael hatte längst im Kopf überschlagen, dass er um die neunzig Tage für das Ausmalen brauchen würde, wenn er jeden Tag eine Zeichnung schaffte. Es war sein Plan, zu Weihnachten fertig zu sein. Also nickte er.

»Ihr müsst bei diesem Empfang natürlich ebenfalls anwesend sein«, fuhr der Papst fort, »auch wenn Wir Uns sicher sind, dass Unsere Gäste versuchen werden, Euch abzuwerben, wenn sie erst einmal die Fresken sehen. Aber Wir vertrauen darauf, dass Ihr Uns treu seid.« Er warf Raffael einen scharfen Blick zu. »Ihr seid Uns doch treu ergeben, Maestro Sanzio?«, fragte er mit einem Unterton, der Raffael unbehaglich zumute werden ließ.

»Natürlich, Euer Heiligkeit«, versprach er erschrocken.

Julius nickte nachdenklich und trat zu dem Karton, auf dem das ganze Bild zu sehen war.

»Hypatia«, sagte er dann und deutete auf die Philosophin. »Was für eine schöne Idee, sie hier inmitten all der gelehrten Denker zu zeigen. Wisst Ihr, wie sie gestorben ist?«

»Sie wurde von einem wütenden Mob verfolgt und in Stücke gerissen«, sagte Raffael, bedrückt wie ein Schuljunge, der die richtige Antwort gibt und dennoch weiß, dass er etwas falsch gemacht hat.

Der Papst sah ihn aus sorgenvollen Augen an. »Genau. Sie wurde zerrissen. Von guten Christenleuten übrigens, die weder ihre Lehre noch ihren Lebenswandel zu schätzen wussten. Kein Wunder, dass es so wenig Frauen unter den Philosophen gibt. Hypatias Beispiel ist nicht gerade ermutigend, oder?«

»Gewiss nicht, Heiligkeit.«

»Wie seid Ihr auf die Idee gekommen, Hypatia zu malen, Maestro Sanzio?«

Einen Augenblick lang erwog Raffael, zu lügen, aber dann wurde ihm klar, dass das nichts nützen würde. Der Papst wusste sehr genau, wohin er mit diesem Gespräch wollte.

»Eure Tochter ... Madonna Felice hat mir von ihr erzählt.«

»Das dachten Wir Uns. Felice bewundert Frauen wie Hypatia, die getan haben, was sonst nur Männern vorbehalten ist«, erklärte Julius mit sanfter, sorgenvoller Stimme. »Unsere Tochter Felice ist eine geschickte Diplomatin, findet Ihr nicht auch?«

Raffael nickte. Er spürte, dass er auf schwankendem Boden stand und vorsichtig auftreten musste, oder er würde von der Urgewalt des päpstlichen Zorns verschluckt werden.

»Gewiss, Heiligkeit.«

»Wir wissen, dass Ihr ... befreundet seid«, sagte der Papst mit einer bedeutungsschwangeren Pause, die Raffael erkennen ließ, dass der Heilige Vater noch viel mehr wusste.

»Wir beabsichtigen, Unsere Tochter nach Frankreich zu schicken«, erklärte Julius. »Sie kann dort in Unserem Namen an den Verhandlungen teilnehmen, die vielleicht einen Krieg verhindern. Sie spricht sogar die Sprache der Franzosen. Felice war schon immer ein kluges Kind, sie hat so schnell gelernt.«

Unter den lobenden Worten des Papstes schwang noch etwas anderes in seiner Stimme mit, etwas Urtümliches wie ... Wut. Wie ein Vulkan, der jederzeit ausbrechen konnte.

Gott, ich hoffe, er hat seinen Zorn nicht an ihr ausgelassen, dachte Raffael. Er senkte den Kopf und schwieg.

»Wir schätzen Euer Talent und Euer Können über alle Maßen, Maestro Sanzio. Aber diese Affäre muss ein Ende haben, daraus kann nichts Gutes entstehen, weder für Euch noch für sie.« Plötzlich lag Stahl in der Stimme des Papstes, und der Ausdruck des sorgenvollen Beichtvaters war komplett verschwunden.

Raffael schloss kurz die Augen. Das Hochgefühl dieses Tages war restlos verflogen.

»Ich weiß«, sagte er schlicht. »Und sie weiß es auch.«
»Wir sagten ja bereits, dass sie eine kluge Frau ist. Und eine, deren Ehre unangetastet bleibt, bis sie wieder heiratet. Wir wären bereit, dafür über Leichen zu gehen, Maestro.«
»Ich verstehe.«
Julius lächelte, nun wieder ganz der liebenswürdige alte Mann, der die schwere Bürde seines Amtes zu tragen hatte.
»Wenn Wir noch Kardinal wären oder Erzbischof, wäre es etwas anderes, Messere. Wir würden gerne sehen, dass Felice glücklich ist, und Ihr wärt als Schwiegersohn nicht die schlechteste Wahl für einen alten Mann, der seine Tochter gut versorgt sehen will.« Er sah Raffael in die Augen. »Aber sie ist nun einmal mehr als das, sie ist auch die Tochter des Papstes. Ihre Hand ist eine Trumpfkarte in einem großen Spiel, und sie ist durch nichts zu ersetzen. Es heißt, Blutsbande kann man nicht kaufen. Eine Heirat kommt dem so nahe, wie es nur möglich ist. Und anders als der verfluchte Borgia-Papst mit seinem Stall voller Kinder haben Wir mit Felice nur diesen einen Trumpf in der Hand.«
Raffael blieb nichts anderes übrig, als ergeben zu nicken.
»Verabschiedet Euch von Ihr, Maestro«, fuhr der Papst fort. »Und sucht Euch eine Frau aus dem römischen Adel. Auch für Euch wäre eine kluge Heirat empfehlenswert. Und es gibt doch gewiss viele, die Ihr für Euch gewinnen könntet?«
»Ja, Heiligkeit«, erwiderte Raffael einsilbig.
Julius nickte noch einmal bekräftigend, drehte sich dann um und ging.
Raffael blieb allein zurück. Nachdenklich setzte er sich auf die untere Ebene des Gerüsts.
Sie hatten beide immer gewusst, dass ihre Liebschaft nicht von Dauer sein würde, und einem Teil von ihm war klar, dass Julius mehr Milde gezeigt hatte, als sie zu hoffen gewagt hatten.
Dennoch fühlte er sich, als habe sich ein dunkler Schatten über sein Herz gelegt.

Kapitel 35

ROM, MÄRZ 1512

»Diese Bastarde! Wir werden es nicht dulden!« Der Papst brüllte diesen Satz so laut, dass mehrere der anwesenden Kardinäle erschrocken zusammenfuhren. »Die Franzosenkrankheit muss das Hirn dieser Hurensöhne vollständig aufgeweicht haben«, fügte er mit donnernder Stimme hinzu.

Auch wenn Daniele die grobe Ausdrucksweise, die der Heilige Vater im Zorn oft verwendete, jetzt schon einige Jahre kannte, musste er sich noch immer davon abhalten, sich hastig zu bekreuzigen, wenn der Papst so fluchte, selbst wenn er den Grund dafür verstehen konnte.

Nachdem das Bündnis von Cambrai zerbrochen war, hatte Julius den Kirchenstaat mit den Spaniern und Venedig zur Heiligen Liga zusammengeschlossen, und Louis XII. von Frankreich hatte darauf reagiert, indem er seine Eroberungen weiter ausbaute. Die Städte der Romagna und des Veneto waren eine nach der anderen in französische Hand gefallen.

Heute hatte die Nachricht Rom erreicht, dass der Oberbefehlshaber der Franzosen, Herzog Gaston de Foix, mit seinen Truppen gen Ravenna marschierte, dem letzten wichtigen Stützpunkt des Kirchenstaats in Oberitalien, nachdem er erst im Februar Bologna eingenommen und den Vizekönig von Neapel, Ramón de Cardona, davon abgehalten hatte, die Stadt zu stürmen.

Die Franzosen schienen überall zu sein. Obwohl die Spanier behaupteten, zwanzigtausend Soldaten zu haben, hatte der Vizekönig sich zurückgezogen, da es ihm nicht gelungen war, den Einmarsch der Franzosen in die Stadt aufzuhalten. Beim Rückzug hatte Cardona allen Berichten nach einen guten Teil seines

Trosses zurücklassen müssen, was der Schmach noch einen empfindlichen Verlust hinzufügte.

Doch damit nicht genug. Niemand wusste, wie es Gaston de Foix gelungen war, doch er hatte kurz darauf auch Brescia zurückerobert. Da die Stadt sich nicht ergeben wollte, waren die Landsknechte unter dem Kommando der Franzosen wie Berserker über sie hergefallen. Nach der brutalen, fünftägigen Plünderung hatte sich das nahe gelegene Bergamo den Franzosen aus Angst vor dem gleichen Schicksal ohne Widerstand ergeben.

»Hundertzwanzig Meilen in neun Tagen, drei Siege, drei Städte in französischer Hand«, hatte Dovizi fassungslos gesagt. »Dieser Gaston de Foix ist wirklich ein Fuchs!«

Als die Berichte der Niederlagen eintrafen, hatte der Heilige Vater seine engsten Vertrauten um sich gesammelt – die meisten der römischen Kardinäle sowie Kardinal de' Medici und Erzbischof Dovizi.

Daniele stand im Rang unter allen anderen Männern im Raum, doch er hatte sich im Dienste Bernardo Dovizis an diese Situation gewöhnt. Dovizi sagte ihm stets, dass er froh sein konnte, noch von allen übersehen zu werden. Weitaus schwieriger sei es, im Zentrum des Interesses zu stehen.

Der Papst hielt die Audienz in der *Stanza della Segnatura* ab, dem ersten der Räume, die Raffael für den Papst neu gestaltet hatte. Obwohl Daniele Raffaels Fresken schon einige Male zu Gesicht bekommen hatte, wurde er es nie müde, über die Kunstfertigkeit der *Disputa* und der *Schule von Athen* zu staunen. Das Fresko, das die großen Dichter und Denker des Altertums zeigte, schien ihm perfekt komponiert zu sein. Platon strahlte eine solche Ruhe und heitere Gelassenheit aus, dass man nur wünschen konnte, dass etwas davon auf die anwesenden Kirchenfürsten übergehen würde.

Die kleine Eitelkeit, mit der Raffael sich selbst am Rand des Freskos verewigt hatte, verzieh Daniele seinem Freund gerne.

Seine Heiligkeit hatte auf einem Stuhl Platz genommen, der direkt unterhalb der *Schule von Athen* stand, während die Kardinäle auf den an den Wänden aufgereihten, gepolsterten Holzbänken saßen.

Daniele hielt sich in der Fensternische des Raumes und war in Gedanken versunken gewesen, bis der Zornesausbruch des Papstes ihn ins Hier und Jetzt zurückholte.

Das Gesicht des Heiligen Vaters war rot angelaufen. Julius schüttelte eine hocherhobene Faust – in Richtung Frankreichs, wie Daniele annahm.

»Heiligkeit, Ihr habt recht«, sagte Bernardo Dovizi nun. »Wir können es nicht zulassen, dass die Franzosen auch noch Ravenna einnehmen.«

»Wir werden es nicht dulden«, wiederholte Julius, diesmal jedoch etwas ruhiger.

»Was gedenkt Ihr zu tun?«, wollte Kardinal Riario wissen.

»Diesem Hund de Foix den Kopf abreißen und auf seinen Leichnam pissen.«

Daniele sah, dass Kardinal Farnese eine Hand vor den Mund hielt, um ein Grinsen zu verbergen. »Wir müssen eine Armee aussenden, so schnell es geht«, erklärte er dann jedoch mit ruhiger Stimme. »Die Bürger Ravennas verlassen sich auf uns, wir können sie nicht den Franzosen überantworten. Wie Brescia.«

Die Erwähnung der Gräuel ließ alle verstummen. Alle sahen Farnese an, dessen Miene nun ernst war. Daniele war immer wieder erstaunt, dass dieser das Amt, das er seiner Schwester, der Geliebten des Borgia-Papstes, zu verdanken hatte, tatsächlich gut und umsichtig ausfüllte.

»Glaubt Ihr nicht, dass eine diplomatische Lösung möglich ist, um den Vormarsch der Franzosen aufzuhalten?«, fragte Kardinal de' Medici, der nach Daniele der jüngste Mann im Raum war, mit seiner üblichen sanften Stimme. »Immerhin sind Orsini und Eure eigene Tochter Gäste am französischen Hof.«

»Was immer sie dort tun, es scheint nicht den gewünschten Erfolg zu bringen«, gab der Papst scharf zurück. »Zudem ergötzen sich die Franzosen gerade an ihren Siegen, und sie glauben, de Foix sei ein unschlagbares militärisches Genie.«

Nicht nur unsere Feinde glauben das, dachte Daniele, *auch in Rom war man ob seiner Erfolge eingeschüchtert.* Und Dovizi hatte es sogar laut ausgesprochen, wenn auch nur, als sie beide allein waren.

»Nein, genug der Verhandlungen. Jetzt müssen Wir Louis zeigen, mit wem er es zu tun hat«, fuhr Julius entschlossen fort.

»Ich fürchte, wir haben nicht genug Truppen zur Verfügung«, sagte Kardinal Colonna. Seine Familie war eng mit dem Militär verbunden. Er wusste also vermutlich nur zu genau, wie sehr die Kriegszüge des Papstes gegen die Venezianer die Armeen des Kirchenstaates ausgehöhlt hatten.

Bernardo Dovizi neigte nachdenklich den Kopf zur Seite.

»Aber die Spanier haben genug Truppen in Neapel«, erklärte er. »Und wir könnten sie schnell nach Oberitalien ziehen, wenn Ihr um Hilfe bittet, Heiligkeit. Der Vizekönig wird doch wohl darauf brennen, die Schmach von Bologna auszulöschen?«

»Was ist mit den Engländern?«, fragte Farnese.

»Wie sollen die Engländer schnell genug Truppen nach Italien bringen?«, fragte Colonna verächtlich. »Außerdem ist ihr König ein dummer Junge.«

Tatsächlich hatte Heinrich VIII., kaum achtzehnjährig, erst kürzlich den Thron bestiegen, war aber bereits der Heiligen Liga beigetreten.

»Er kann vielleicht keine Truppen hierherschicken«, erklärte der Papst, nun wieder in einem besonneneren Tonfall. »Aber er kann Soldaten nach Frankreich schicken und Louis so zwingen, seine Kräfte aus Unseren Ländereien abzuziehen.«

Julius blickte von einem Kardinal zum anderen, dann nickte er Dovizi zu. »Wir werden dem Vizekönig von Neapel schreiben, dass Wir seine Hilfe benötigen«, bestätigte er. »So können die

Spanier auch gleich unter Beweis stellen, dass sie es mit der neuen Liga ernst meinen.«

Dass die Spanier ihren Bündnisverpflichtungen nachkommen, ist tatsächlich sehr wahrscheinlich, dachte Daniele. Schließlich waren die Franzosen auch Feinde der Spanier und bedrohten ihre Besitztümer südlich der Alpen.

Julius sah jetzt Kardinal Colonna an. »Lasst Euren Vetter die päpstlichen Truppen zusammenrufen«, befahl er. »Fabrizio Colonna soll den Oberbefehl über die Reiterei erhalten.« Er zögerte kurz.

»Was ist mit Euch, Herr?«, fragte der Kardinal.

Julius schüttelte den Kopf. »Wir können die Truppen nicht anführen, nicht diesmal. Die Osterzeit steht vor der Tür, Rom ist voller Pilger. Wir müssen an den hohen Feiertagen die Messen lesen.«

Sein Blick wanderte über die versammelten Kardinäle und blieb an Kardinal de' Medici hängen, der unmerklich nickte. »Werdet Ihr die päpstlichen und spanischen Truppen mit geistlichem Beistand versorgen?«, fragte er, und de' Medici sagte sofort: »Es ist mir eine Ehre, Heiligkeit.« Der Florentiner Kardinal war auch schon bei früheren Feldzügen des Papstes dabei gewesen, wie Daniele wusste. Julius vertraute ihm.

»Sehr weise, Heiligkeit«, bemerkte Dovizi glatt. »Wenn Ihr es wünscht, lasse ich sofort ein entsprechendes Schreiben aufsetzen. Daniele hier kann es persönlich nach Neapel bringen und mit den spanischen Truppen zurückkehren.«

Daniele blickte völlig überrascht zu seinem Herrn, doch dieser bedeutete ihm mit einem Nicken, nichts zu sagen.

Als die Versammelten die *Stanza della Segnatura* verließen, wartete Dovizi in der Tür auf seinen Sekretär.

»Ihr wünscht, dass ich nach Neapel reise, Exzellenz?«, fragte Daniele kühl, den es zunehmend wütender machte, von seinem Herrn immer wieder wie eine Schachfigur eingesetzt zu werden. Denn er glaubte keinen Augenblick, dass Dovizi die Idee, ihn mit einem Schreiben nach Neapel zu schicken, erst während der Beratung gekommen war.

»Vermutlich wirst du zuerst nach Neapel und dann sogar in den Krieg ziehen müssen, Daniele«, gab Dovizi zurück. »Willst du dich etwa weigern?«

»Mich weigern?« Daniele schnaubte. »Nein. Aber wie lange diene ich Euch schon, Exzellenz? Meint Ihr nicht, Ihr hättet mir Eure Pläne vorher anvertrauen können?«

Dovizi öffnete den Mund, vielleicht, um zu einer scharfen Antwort anzusetzen. Dann aber besann er sich offenbar anders.

»Die Situation ist äußerst komplex«, erklärte er. »Wir können uns nicht einmal auf die italienischen Kardinäle verlassen, solange Ferrara mit den Franzosen verbündet ist. Wer ist noch Freund, und wer ist schon Feind? Ich frage mich das ständig und will dich nicht mit denselben Fragen belasten. Aber du bist der einzige Mensch, dem ich genug vertraue, um ihn auf diese heikle Mission zu schicken. Wenn ich irgendwo nicht selbst hingehen kann, bist du immer meine erste und einzige Wahl, um mich zu vertreten.«

Daniele merkte, wie seine Wut verrauchte. Sein Herr war ein äußerst kluger Mann, das wusste er. Und obwohl er die Schmeichelei erkannte, verfehlte sie ihre Wirkung nicht.

»Natürlich werde ich tun, was Ihr von mir verlangt. Das wisst Ihr.«

»Ja, das weiß ich«, sagte Dovizi nachdenklich. »Um hier in Rom die richtigen Entscheidungen treffen und den Heiligen Vater gut beraten zu können, muss ich wissen, was auf diesem Feldzug geschieht. Du wirst nicht auf dem Schlachtfeld stehen, aber du musst die Truppen als Seelsorger nach Ravenna begleiten. Du wirst unterwegs alles beobachten und mich unterrichten. Das ist von äußerster Wichtigkeit. Ich weiß, wovon ich rede, ich war auch einmal an einer Belagerung beteiligt, vor langer Zeit.«

Welcher Feldzug mochte das gewesen sein?, fragte sich Daniele. *Vermutlich einer unter Führung der Borgia.* Er schüttelte den Kopf, um das Gefühl von Benommenheit abzuschütteln. Dann überkam ihn die Erkenntnis. *Ich ziehe in den Krieg.*

* * *

Es gab nicht allzu viele Menschen in Rom, von denen er sich verabschieden musste, das wurde Daniele klar, als er allein durch die hohen Flure des Vatikans lief. Aber zumindest Raffael wollte er Lebewohl sagen. Er fand den Maler dort, wo er ihn vermutet hatte – in seiner Werkstatt, wie immer ganz versunken in seine Arbeit. Die Melancholie, die ihm schon immer zu eigen gewesen war, hatte sich in letzter Zeit noch verstärkt. Nicht, dass Raffael unfreundlich oder eigenbrötlerisch gewesen wäre – aber Daniele fand, dass sich hinter seinem üblichen freundlichen Auftreten mehr Schwermut als üblich verbarg.

Daniele räusperte sich, um Raffael auf sich aufmerksam zu machen. Der hob den Kopf und grüßte ihn.

»Woran arbeitest du gerade?«, fragte Daniele.

Raffael seufzte. »An einem Porträt des Papstes. Einer Madonna. Und an der *Messe von Bolsena* für die *Stanza di Eliodori*«, erklärte der Maler.

»Ist die Zeichnung für das Fresko gedacht?«

»Ja. Hier. Über der Fensternische wird Papst Julius zu sehen sein, und rechts unten die Schweizergardisten. Und dort, unter den Zuschauern, wird Felice stehen.«

»Vermisst du sie?«, fragte Daniele direkt.

Raffael sah ihn an. »Ja, natürlich. Ich vermisse ihren scharfen Geist, den Humor, die Leichtigkeit, mit der sie sich in der diplomatischen Schlangengrube bewegt.«

»Das ist nicht dasselbe, wie sie zu lieben, oder?«

»Sagt der Experte in Liebesdingen?« Raffael schüttelte den

Kopf. »Aber warum bist du hergekommen?«, wechselte er das Thema.

»Ich muss dir etwas Wichtiges erzählen«, sagte Daniele. »Begleitest du mich?«

»Wohin?«

»Wir können uns die Sixtina anschauen«, schlug Daniele vor. »Ich weiß, wo der Schlüssel aufbewahrt wird. Und Michelangelo ist heute nicht dort, er speist mit dem Papst.«

Tatsächlich hatte Michelangelo Erzbischof Dovizi den einzigen weiteren Schlüssel anvertraut, den es außer dem gab, den er immer bei sich trug. Wie es so oft geschah, hatte er bei der Übergabe gar nicht darauf geachtet, dass sich dabei auch Daniele im Raum befand.

Raffael schaute ihn erstaunt an, dann nickte er grinsend. »Unbedingt! Die Gelegenheit lasse ich mir auf keinen Fall entgehen!«

Als sie in Richtung der Sixtina liefen, fühlte sich Daniele beinahe so, als wären sie wieder die Kinder in Urbino, die den Schulunterricht schwänzten.

* * *

In der Kapelle war es dunkel und still. Vorsichtig entzündete Daniele einige der bereitstehenden Öllampen, in deren Schein sich die ganze Herrlichkeit von Michelangelos Werk entfaltete.

Raffael war wie geblendet von dem, was er sah. Er setzte sich auf den Fußboden, zog die Knie an und schlang die Arme darum. Andächtig betrachtete er die schon vollendeten Fresken. Daniele folgte seinem Blick zu Noahs Opfer, der Sintflut, dem Sündenfall und der Erschaffung der beiden ersten Menschen.

Er deutete auf das Fresko, das einen gebieterischen, Ehrfurcht einflößenden Gott mit weißem Bart zeigte, der eben einen kraftstrotzenden Adam erschaffen hatte und diesem mit der Berührung eines Fingers Leben einhauchte.

»Das ist vollendete Schönheit«, flüsterte Raffael mit belegter Stimme. »Es ist perfekt.«

»Das ist deine Philosophenschule auch«, gab Daniele sanft zurück. »Du wirst überall als Meister gefeiert, dem kein anderer ebenbürtig ist.«

Raffael fuhr auf. »Und was bringt es mir, wenn Blinde und Narren mich feiern und zu ihrem König wählen, nur weil sie nicht erkennen können, wer von uns der Bessere ist?«

»Das ist nicht wahr«, versuchte Daniele, ihn zu beschwichtigen. »Und die Stanzen werden kaum dein letztes Werk gewesen sein.«

»Ja«, sagte Raffael. »Aber ich werde bei allen Werken, die noch folgen, wissen, dass Michelangelo *so etwas* schaffen kann – und ich nicht.«

»Du tust dir unrecht, Raffael. Das kannst du nicht wirklich glauben.«

Raffael schüttelte den Kopf. Er schien noch etwas hinzufügen zu wollen, besann sich dann aber offenbar anders. »Aber du wolltest mit mir reden, und vermutlich nicht über meine Selbstzweifel.«

»Früher hätte ich nicht einmal geglaubt, dass du so etwas kennst«, gab Daniele leichthin zurück. »Ich dachte immer, dass du deiner selbst so sicher wärst.«

»Früher habe ich mich mit Männern gemessen, bei denen es leicht war, keine Zweifel zu bekommen.«

Einen Moment lang schwiegen sie beide. »Was wolltest du mir nun erzählen?«, fragte Raffael dann.

»Erzbischof Dovizi schickt mich in den Krieg.«

Raffael fuhr herum, um Daniele direkt anzusehen. »Was? Warum?«

»Der Heilige Vater schickt ein Heer, um Ravenna zu befreien. Kardinal de' Medici und ich sollen die Soldaten als Seelsorger begleiten. Ich breche schon morgen früh bei Tagesanbruch nach Neapel auf, um den Vizekönig um Truppen zu bitten.«

Raffael sah bestürzt aus. »Du wirst in eine Schlacht reiten? Konnte Dovizi dafür keinen anderen finden?«

»Er sagt, dass er nur mir vertraut.«

Raffael schüttelte den Kopf. »Sei vorsichtig, was deinen Herrn angeht. Felice hat mich vor ihm gewarnt. Sie hat gesagt, dass sein Ehrgeiz keine Grenzen kennt, und wenn es hart auf hart geht, ist er nur sich selbst der Nächste.«

»Ich kenne meinen Meister mittlerweile gut genug, um zu wissen, dass das nicht weit von der Wahrheit entfernt ist«, gab Daniele zurück. »Aber bei all seinen vielen Schwächen und seiner Eitelkeit ist er doch loyal. Er würde nichts Leichtfertiges tun, um mir zu schaden. Wenn er sagt, er kann nur mich mit nach Ravenna schicken, dann glaube ich ihm.«

»Ich hoffe, dass du recht behältst«, sagte Raffael. Er trat auf Daniele zu und umarmte ihn. »Sei vorsichtig«, bat er. »Du bist kein Soldat, niemand erwartet Heldentaten von dir.«

Kapitel 36

ROM, OSTERSONNTAG 1512

Als der Gesang begann, schloss Sebastiano kurz die Augen. Lateinische Worte aus Tausenden von Kehlen füllten die kühle Luft.

San Pietro war an diesem Ostersonntag voller Menschen, die darauf warteten, den Segen des Papstes zu empfangen, auch wenn die Kirche derzeit kaum mehr als eine Baustelle war. Der größte Teil der alten Petersbasilika war bereits abgetragen, nur die Apsis und ein Teil des Langhauses standen noch.

Von dem geplanten Neubau waren noch kaum mehr als die Grundmauern und die Vierungspfeiler zu sehen, sodass die Gläubigen von Planen und Gerüsten umgeben waren, die wie steinerne Finger in den Himmel ragten. Ein Großteil der Gottesdienstbesucher stand unter freiem Himmel, da nur noch ein Teil der Kirche überdacht war.

Vor dem *Tegurio*, dem Schutzhaus, das Donato Bramante über dem Petersgrab hatte errichten lassen, war ein Altar aufgebaut worden, außerdem der päpstliche Thron, der auf den Heiligen Vater wartete. Die päpstlichen Banner hingen zu beiden Seiten des Altars und verdeckten das beschädigte Mauerwerk.

Sebastiano öffnete die Augen wieder, als Fanfarenstöße verrieten, dass der Papst den Dom erreicht hatte, und sich aller Augen zum Eingang wandten. Den Heiligen Vater begleiteten seine Schweizergardisten in ihren bunten Uniformen sowie eine ganze Prozession kirchlicher Würdenträger, die alle in Richtung Altar schritten.

Ein Subdiakon mit einem großen Goldkreuz in den Händen ging voran. Acht Männer in roten Damastgewändern hielten einen Baldachin über den Heiligen Vater, dessen Sänfte von zwölf weiteren getragen wurde. Diese wiederum wurden von sieben Leuchterträgern flankiert, und dahinter folgten die Serviten und Auditoren sowie ein Kaplan, der die Mitra des Papstes in Händen hielt. Dann kamen die Kardinäle in vollem Ornat. Inmitten all der roten Gewänder wirkte der Papst in seinem weißen Chormantel, angetan mit einer goldbestickten Stola und einer funkelnden Tiara, noch strahlender und beinahe wie nicht von dieser Welt.

Die Ministranten schwenkten reich verzierte Weihrauchgefäße, die Luft füllte sich mit dem würzigen, schweren Duft.

Die Kardinäle und Ordensbrüder gingen gemessenen Schrittes zu ihren Plätzen in der vordersten Reihe vor dem Altar und bezogen davor Aufstellung. Nur zwei von ihnen, Kardinal Riario und Kardinal Farnese, begleiteten die Sänfte des Heiligen Vaters bis zum Altar, wo der Papst die *Sedia* verließ und seinen vergoldeten Thron bestieg. Der Kaplan nahm ihm feierlich die Tiara ab und setzte ihm die Mitra auf. Während die versammelten Gläubigen die Terz sangen, erwiesen alle Kardinäle und Ordensbrüder Papst Julius die Ehre, indem sie einer nach dem anderen seine Füße küssten und sich erst dann zu ihren Plätzen begaben. Nur die beiden Kardinäle Riario und Farnese nahmen rechts und links des Thrones Aufstellung.

Sebastiano warf Michelangelo, mit dem er hergekommen war, einen Blick zu. Der Maestro schien ebenfalls ganz gebannt von dem Schauspiel zu sein.

Beide Männer saßen ein Stück hinter den kirchlichen Würdenträgern. Sie waren umgeben von römischen Adeligen und reichen Kaufleuten, die ebenso wie sie im vorderen Teil des unfertigen Gotteshauses windgeschützt und auf Bänken der Messe lauschen würden.

Die einfachen Gläubigen hingegen standen im hinteren Teil der Kirche, was ihrer Begeisterung jedoch keinen Abbruch zu tun schien, denn sie jubelten, als das Lied verklungen war und der Papst die Menge würdevoll grüßte.

Sebastiano wusste, dass die Mitglieder von Raffaels Werkstatt irgendwo in der Menge stehen mussten, aber er vermisste ihre Gesellschaft nicht. Er hatte den ständigen Trubel der *bottega* längst satt. Von morgens bis abends Teil einer Gruppe zu sein, Lehrlinge anzuleiten und immer nur einen kleinen Teil einer Aufgabe erledigen zu können, fand er mühselig und anstrengend, und er verstand mit jedem Tag, der verging, immer besser, warum Michelangelo es bevorzugte, alleine zu arbeiten.

Raffael selbst war heute nicht bei der Messe. Er traf den Kupferstecher Marcantonio Raimondi vor den Toren Roms, mit dem er eine Zusammenarbeit plante, um die Werke der Werkstatt in ganz Italien und darüber hinaus bekannt zu machen. Das machte es Sebastiano leichter, mit Michelangelo hierherzukommen.

Von seinem Platz aus hatte Sebastiano einen guten Blick auf den Papst. Der weißhaarige Herr der Christenheit trug eine sorgenvolle Miene zur Schau, und Sebastiano fragte sich, ob die Gedanken des Pontifex wirklich bei der Messe waren oder ob sie sich um den Krieg im Norden drehten.

Kardinal Riario trat vor die Menge und begann mit der ersten Fürbitte. Auch Sebastiano und Michelangelo falteten die Hände und sprachen andächtig die Worte mit, doch sobald der Kardinal seinen Teil der Predigt begann, lehnte sich Michelangelo zu Sebastiano hinüber und flüsterte: »Ist es wahr, dass Agostino Chigi dem Papst Raffael abgeworben hat?«

Sebastiano warf einen vorsichtigen Blick nach vorn, aber offenbar beachtete sie niemand. »Ja«, gab er leise zurück. »Die Arbeit an den nächsten päpstlichen Gemächern wird auf unbestimmte Zeit verschoben, weil Chigi darauf bestanden hat, dass Raffael zuerst die Loggia seiner neuen Villa ausmalt. Sobald Chigis Palazzo vollendet ist, werden wir mit der Arbeit beginnen. Ich frage mich, wie es der Heilige Vater zulassen kann, so behandelt zu werden?«

Michelangelo rieb grinsend Daumen und Fingerspitzen aneinander. »Agostino Chigi ist der reichste Mann Roms«, sagte er. »Er hat durch den Alaunhandel mehr Gold verdient als König

Midas, und die Feldzüge des Papstes kosten Unsummen. Ohne Chigi müsste selbst Julius betteln gehen, da konnte er ihm Raffael vermutlich schlecht verweigern.«

Sebastiano schüttelte ungläubig den Kopf. Stand der Vatikan wirklich so tief in der Schuld dieses Großkrämers? Andererseits hatte der Papst gerade erst wieder eine große Streitmacht in den Norden nach Ravenna geschickt, während der Kirchenstaat kurz zuvor wichtige Besitzungen in Oberitalien verloren hatte. Das alles musste Geld kosten. Viel Geld.

»Vermutlich hast du recht«, gab er zurück. »Wir leben in verrückten Zeiten.«

Michelangelo zuckte die Achseln. »Weißt du schon, welche Motive Sanzio für die Loggia wählen wird?«, fragte er.

»Natürlich. Er lässt mich ja an allem teilhaben.«

Sebastiano fand Raffael oft sträflich vertrauensselig, nicht nur ihm, sondern auch den anderen Mitgliedern der Werkstatt gegenüber. Er tat fast so, als wären sie eine Familie, und schien kein Gespür dafür zu haben, dass zumindest einige von ihnen ihn auch als Konkurrenten sehen mussten.

Insgeheim hatte sich Sebastiano bereits gefragt, was Raffael von dem neuen Auftrag, bei dem er nicht mitentschieden hatte, und vor allem von ihrem Auftraggeber hielt. Er selbst kannte Agostino Chigi noch aus Venedig. Chigi war ein grober Klotz, der es gewohnt war, sich alles kaufen zu können, wonach ihm der Sinn stand.

Zuletzt hatte er nicht nur durch den Bau der prachtvollen Villa am Tiberufer von sich reden gemacht, sondern auch damit, dass er bei seinem letzten Besuch in der Lagunenstadt die Tochter eines Händlers verführt und als seine Geliebte mit nach Rom gebracht hatte. Das Paar hatte bereits einen Sohn, lebte aber immer noch in Sünde zusammen, was auf allen Festen Roms für reichlich Gesprächsstoff sorgte.

Raffaels Werkstatt hatte den Auftrag erhalten, die umlaufende, offene Galerie auszugestalten, die zum Garten der neuen

Villa hinausging. Die Fresken an den Wänden sollten eine mythologische Geschichte erzählen, die der Nymphe Galatea.

»Natürlich wird Raffael dann selbst die Schöne malen«, bemerkte Sebastiano säuerlich und möglicherweise zu laut, denn eine alte Patrizierin, die vor ihnen saß, drehte sich zu ihnen um und warf ihm einen ärgerlichen Blick zu.

Sebastiano senkte den Blick und wartete, dass die Predigt von Kardinal Riario wieder lauter wurde, dann fuhr er fort: »Obwohl er kaum genug Zeit für die Entwürfe haben wird.«

Michelangelo verzog das Gesicht. »Natürlich«, sagte er spöttisch. »Der Auftrag dürfte auch ganz nach seinem Geschmack sein – nah genug an seinen Madonnen und eine hübsche Möglichkeit, ein paar Titten hinzuzufügen«, murmelte er.

Sebastiano blickte erschreckt auf, erntete diesmal aber keinen strengen Blick.

»Immerhin darf ich den Polyphem beisteuern«, erklärte er. Es war ein undankbarer Auftrag, fand er. Wer würde schon den abscheulichen Zyklop beachten, der sich in die schöne Nymphe verliebte und vor Eifersucht den Hirtenjungen Akis erschlug, wenn er daneben ein liebliches Porträt Galateas bewundern konnte?

Sebastiano war es leid, dass Raffael immer alles zuzufallen schien. *Natürlich* würde er das Hauptfresko in Chigis Loggia malen. *Natürlich* hatte der Papst ihn persönlich gebeten, sein Porträt anzufertigen.

Es war einfach nicht gerecht. Maestro Michelangelo erschuf in der *Sixtina* ein solches Wunder und litt so sehr unter den Strapazen, denen er sich während der monatelangen Überkopf-Arbeit aussetzte – und doch erhielt er so wenig Anerkennung dafür. Die Enthüllung von Raffaels *Schule von Athen* dagegen war ein derartiger Triumph gewesen, dass es dem Urbinaten nun anscheinend besser denn je ging und er von Adeligen, Kaufleuten und Kardinälen umschmeichelt wurde. Obwohl seine Werkstatt mittlerweile mehr als zwei Dutzend Maler und Lehrlinge beschäftigte, mussten sie jede Menge Aufträge ablehnen.

Um sie herum hob plötzlich wieder Gesang an, der Sebastiano aus seinen Gedanken riss. Er bekreuzigte sich und stimmte in den Chor ein.

Die Predigt war beendet, nun würde der Heilige Vater den Segen *Urbi et Orbi* sprechen. Alle Anwesenden knieten nieder, als Julius sich erhob und zum Altar nach vorne trat.

»*Sancti Apostoli Petrus et Paulus, de quorum potestate et auctoritate confidimus, ipsi intercedant pro nobis ad Dominum*«, begann der Heilige Vater, und ein »Amen« von unzähligen Stimmen antwortete ihm.

Als der Segen vorbei war, erhob sich Jubel in dem unfertigen Gotteshaus. Menschen fielen sich in die Arme und wünschten sich ein gesegnetes Osterfest. Jesus war auferstanden, die Fastenzeit beendet, und auf jeden wartete heute ein Festmahl, so gut er es sich leisten konnte.

Auch Sebastiano wandte sich an Michelangelo. »Der Herr ist auferstanden, halleluja«, sagte er, und Michelangelo erwiderte den traditionellen Gruß.

»Ich muss noch Vittoria Colonna meine Aufwartung machen«, sagte der Ältere dann und deutete auf eine junge Frau, die sich angeregt mit ihrem Verwandten Kardinal Colonna unterhielt. »Sehen wir uns zum Fastenbrechen bei Erzbischof Dovizi?«

»Du willst tatsächlich dorthin gehen?«, fragte Sebastiano überrascht. Normalerweise vermied es Michelangelo nach Kräften, in denselben Kreisen wie Raffael zu verkehren.

»Da dein *Maestro* ja verhindert ist, wie du sagst, würde ich gerne die gute Gelegenheit nutzen, um mit ein paar Leuten zu sprechen.«

Sebastiano nickte. »Natürlich«, sagte er, bevor er aufstand und sich in die Menschenmenge einreihte, die den Bau von San Pietro verließ.

* * *

Im Haus des Erzbischofs hatte sich eine kleine, aber umso illustrere Runde versammelt. Die Kardinäle Farnese und Riario waren ebenso anwesend wie Familienmitglieder der Orsini und della Rovere, und Sebastiano bemerkte mit einigem Staunen, dass am Kopf der Tafel ein Sessel mit einem prunkvollen Überwurf stand, der offenbar auf einen noch höher gestellten Ehrengast wartete.

Erzbischof Dovizi begrüßte ihn herzlich und brachte sein Bedauern darüber zum Ausdruck, dass Raffael nicht hier sein konnte.

Da heute auch die Fastenzeit endete, war das Mahl, das Dovizi hatte auffahren lassen, besonders üppig. Obwohl die meisten Anwesenden wohl auch in den vergangenen Wochen keinesfalls gehungert hatten, herrschte allgemein große Freude darüber, dass nun auch wieder Fleisch, Milch und Eier auf dem Speiseplan standen.

Zum Auftakt gab es eine kräftige Suppe mit Rindfleisch, dann folgten Reis mit Mandeln und Rosinen, Lamm in dunkler Soße und eine Eierspeise als Nachtisch. Dazu floss der Wein in Strömen. Schon nach zwei Gängen glaubte Sebastiano, dass er nie wieder etwas würde essen können.

Als die Nachspeise serviert wurde, entstand plötzlich Unruhe an der Tür. Schweizergardisten betraten den Raum und bezogen Posten in den Ecken, dann folgte der Heilige Vater selbst, der dem Gastgeber den Friedenskuss gab, nachdem dieser ehrerbietig seine Hände geküsst hatte. Dovizi geleitete Julius zu dem vorbereiteten Ehrenplatz und winkte einen Diener herbei, der dem Papst unverzüglich einen Becher Wein einschenkte. Dovizi kostete einen Schluck vor, bevor er dem Heiligen Vater den Becher reichte. Julius trank und seufzte sichtbar.

Aus der Nähe betrachtet, wirkt er nur wie ein durstiger, alter Mann, ging es Sebastiano durch den Kopf.

Alle Gäste waren beim Eintritt des Papstes aufgestanden, nun trat einer nach dem anderen vor und küsste den Ring des Heiligen Vaters.

Und er ist wirklich ein alter Mann, dachte Sebastiano, als er an der Reihe war. Auf der Hand, an der der päpstliche Siegelring steckte, traten die Adern geschwollen hervor. Sie war mit Altersflecken übersät. Julius' Stimme klang dünn und angeschlagen, als er einige Segensworte murmelte.

Michelangelo war nach ihm an der Reihe, und beim Anblick des älteren Malers hob der Papst die Stimme. »Alter Freund! Wir haben nicht erwartet, Euch hier zu sehen.«

»Meine Arbeit lässt mir selten Zeit zum Feiern, Heiligkeit«, gab Michelangelo zurück. »Ich arbeite unermüdlich in der Sixtinischen Kapelle, wie Ihr wisst.«

Julius lachte. »Wir wissen um Eure Anstrengungen, und dass sie mehr als löblich sind. Wir hoffen darauf, nächstes Jahr zu Ostern bereits eine Messe in der *Sixtina* lesen zu können«, entgegnete er.

»Das wird gewiss der Fall sein«, versicherte Michelangelo dem Papst mit einer für ihn ungewohnten Demut, fügte jedoch noch »Ich bringe die Arbeiten, die ich beginne, für gewöhnlich auch zu Ende« als kleine Spitze hinzu.

Sobald sie an ihre Plätze zurückgekehrt waren, hob Michelangelo einen Becher und prostete Sebastiano zu. »Dieser Raimondi muss Raffael ja Nektar und Ambrosia versprochen haben, wenn er sich dafür das hier entgehen lässt«, bemerkte er süffisant, bevor er einen Becher zum Mund führte.

Sebastiano zuckte die Achseln. »Größeren Ruhm. Dazu konnte er ja noch nie Nein sagen.«

Michelangelo schnaubte. »Und den will er mit Kupferstichen erreichen? Für den Pöbel? Aber wenn er schon einmal nicht da ist, um sich in den Vordergrund zu drängen, sollten wir auch etwas für unseren Ruhm tun und mit Kardinal Riario sprechen, eh? Wenn es im Vatikan neue Aufträge gibt, wird er davon wissen.«

Riario war nicht nur ein bedeutender Kirchenmann und entfernter Verwandter von Papst Julius, sondern auch ein Förderer der schönen Künste, dem Michelangelo bereits mehrere Aufträge verdankte.

»Sein Einfluss scheint noch größer geworden zu sein«, erwiderte Sebastiano, der an Riarios Rolle während der heutigen Messe dachte. »Besonders jetzt, da Kardinal de' Medici mit der Armee im Norden ist.«

»Und er erhält jedes Jahr einen neuen Titel und eine neue Diözese hinzu. Mach einen guten Eindruck auf ihn, und er kann viel für dich tun«, sagte Michelangelo aufmunternd. Dann deutete er unauffällig mit dem Kinn über den Tisch. »Und du solltest herausfinden, wer die junge Dame dort drüben ist. Dovizis neueste Mätresse?«, vermutete er.

Sebastiano ließ seinen Blick über die Tafel schweifen. Erzbischof Dovizi hatte seinen Platz aufgegeben und stand noch immer neben dem Papst, mit dem er sich leise unterhielt.

Neben dem nun leeren Stuhl des Kardinals saß ein junges Mädchen, vielleicht fünfzehn oder sechzehn Jahre alt. Sie hatte honigfarbene Haare, die mit einem Schleier bedeckt waren, ein schmales Gesicht und trug ein schlichtes, dunkelblaues Kleid, das ihre helle Haut beinahe leuchten ließ.

Sollte das wirklich Dovizis Geliebte sein, so hat er einen exquisiten Geschmack, dachte Sebastiano. Die junge Frau wirkte zwar schüchtern in der Art, wie sie auf ihren Teller schaute und an der Unterhaltung um sie herum nicht teilnahm, aber von ihr ging eine Ruhe aus, die Sebastiano in dem hektischen Durcheinander bei Tisch, in dem jeder versuchte, sich selbst gut darzustellen und möglichst die Aufmerksamkeit des Papstes zu erringen, sehr anziehend fand. Er schaute sie an, bis sie den Kopf hob, dann lächelte er ihr zu. Sie erwiderte das Lächeln vorsichtig.

Er ließ seinen Blick auf ihr ruhen, auch als sie die Augen abwandte. Einen Moment später sah sie wieder hoch. Diesmal lächelte sie breiter und entblößte eine Reihe hübscher Zähne.

»Ich bin Bastiano«, formte er mit den Lippen, da es unschicklich gewesen wäre, einfach zu ihr herüberzugehen und sich vorzustellen. »Wie ist Euer Name?«

»Das ist meine Nichte, Maria da Bibbiena«, ertönte plötzlich die Stimme Bernardo Dovizis, der unbemerkt hinter Sebastiano getreten war.

»Eure Nichte?«

»Ganz genau. Sie ist gerade erst mit ihrer Familie aus der Toskana in Rom eingetroffen. Es sind unsichere Zeiten im Norden, wie Ihr wisst.«

Die Stimme des Kardinals klang liebenswürdig, enthielt aber genug Schärfe, um Sebastiano zu entmutigen, das Gespräch mit Maria zu suchen.

»Natürlich, Exzellenz«, gab er zurück. »Danken wir Gott für die sichere Ankunft Eurer Familie in Rom. Habt Ihr schon Neuigkeiten aus Ravenna?«

Dovizi schüttelte nachdenklich den Kopf. »Im letzten Brief meines Sekretärs hieß es, dass sie die Stadt bald erreichen, und der kam heute an. Vielleicht tobt die Schlacht sogar in diesem Moment, wer weiß?«

Der Erzbischof schaute zum Papst hinüber, der nun mit Kardinal Riario und Michelangelo sprach.

Sebastiano konnte es sich kaum vorstellen, dass vielleicht in diesem Augenblick in Ravenna Männer kämpften und starben. Hier, inmitten von all dem Reichtum und Überfluss, in dem zwar mit Worten, aber nicht mit Waffen gefochten wurde, schien der Krieg so weit weg zu sein. Verstohlen sah er erneut zu Maria Dovizi hinüber. Sein Blick wurde wie magisch von ihr angezogen.

»Wir sollten alle für den Sieg der Heiligen Liga beten«, sagte Dovizi nachdenklich. »Davon mag mehr für uns alle abhängen, als wir uns vorstellen.«

Kapitel 37

AUF DER STRASSE NACH RAVENNA, APRIL 1512

Soldaten hatte Daniele in seinem Leben schon mehr als genug gesehen, doch jetzt reiste er zum ersten Mal als Teil einer Armee.

Laut ihren Kommandeuren lag die Zahl der Soldaten bei über fünfzehntausend, und mit dem Tross, den Wagen und all dem anderen, was zu einem Kriegszug gehörte, zog sich das Heer auf einer Länge von vielen Meilen durch die Landschaft. Zurück ließ es eine Schneise der Verwüstung und aufgewühlten, schlammigen Boden. Auf Daniele wirkte die Armee wie eine gewaltige Schlange, die sich durch die Landschaft fraß.

Schnell hatte er gelernt, dort zu reiten, wohin der Wind den Geruch nicht trug. Und generell Abstand zu den Soldaten zu halten. Offiziell hatte Daniele den Titel eines militärischen Beraters inne; das hatte Dovizi noch vor Danieles Abreise aus Rom beim Papst selbst durchgesetzt. Damit hatte er zwar keinen echten Rang und befehligte keine Truppen, aber niemand wagte es, ihn aus den Beratungen und Treffen der Kommandeure auszuschließen. Zudem hielt das meiste Fußvolk Abstand, auch wenn Daniele nicht umhinkam, zu bemerken, dass ihm immer wieder misstrauische oder amüsierte Blicke zugeworfen wurden.

Selbst in seiner dem Wetter angemessenen Reitkleidung wirkte er inmitten dieser kriegserfahrenen Männer fremd, ebenso wie sie es wohl am Hof des Heiligen Vaters gewesen wären.

Ein Pferd galoppierte heran, ein prachtvoller Hengst, dessen Reiter Daniele als Fernando d'Ávalos erkannte, den Schwiegersohn von Fabrizio Colonna, kaum mehr als zwanzig Jahre alt.

Sein Bart sah noch ungleichmäßig und fusselig aus, aber er war prächtig gerüstet. Als er Daniele sah, zügelte er sein Ross.

»Heda, Ihr militärischer Berater«, rief er spöttisch, aber nicht unfreundlich. »Die Späher sind zurück. Wir wollen ihren Bericht anhören.«

Daniele hob grüßend den Arm und nickte. Hinter d'Ávalos ritten zwei grimmig dreinblickende *condottiere*, deren vernarbte Haut zeigte, dass sie schon mehr als eine Schlacht geschlagen hatten. Sie würdigten Daniele keines Blickes.

D'Ávalos wartete offensichtlich darauf, dass Daniele ihm folgte, und fiel neben ihm in einen gemächlichen Trott, der so gar nicht zu dem Sturmritt passen wollte, den der junge Markgraf zuvor zur Schau gestellt hatte.

»Hat Euch denn kein Bote mit der Nachricht erreicht?«, erkundigte sich d'Ávalos im Plauderton. Seine Haut war gebräunt, sein Profil so ebenmäßig wie das einer klassischen Statue. Als Daniele verneinte, lachte er auf. »Vermutlich hat der Vater meines reizenden Weibes seine Hand im Spiel.«

»Oh?« Dovizi hatte Daniele gelehrt, dass die meisten Menschen lieber sprachen als zuhörten. Oft genügte schon die kleinste Ermunterung, um ihre Sorgen und Geheimnisse zu erfahren. Auch bei d'Ávalos verfehlte diese Taktik ihre Wirkung nicht.

»Er hat gehörig geflucht, als er von Eurem Posten erfahren hat. Moment, wie waren seine Worte?« Er legte die Hand ans Kinn, dann fuhr er in einer passablen Imitation des Generals fort: »*Dovizis verdammter Schoßhund hat mir gerade noch gefehlt!*«

Mit einem schnellen Seitenblick versuchte Daniele zu erkennen, ob die Beleidigung eine Prüfung war, doch der junge Markgraf schien nur ehrlich erheitert zu sein. *Nun*, dachte er, *ich habe ja geahnt, dass meine Verbindung zum Erzbischof mir hier nicht nur Freunde schaffen wird.*

Mit der Erkenntnis stieg Sorge in ihm auf. Eine Schlacht lag vor ihnen, und er war umgeben von Männern, die an den Geruch von Blut und Pulver gewöhnt waren. Was, wenn jemand beschloss, den lästigen Sekretär verschwinden zu lassen?

»Mir ist bewusst ...«, hob er an, doch d'Ávalos winkte rasch ab. »Der Alte ist zu sehr in die Intrigen seiner Familie verstrickt. Aber das hier ist Krieg, die Zeit für Wagemut und Glorie, nicht für das Geschacher alter Männer in noch älteren Gemäuern.«

»So würde ich die Kardinalskongregation nicht unbedingt bezeichnen«, widersprach Daniele vorsichtig, was d'Ávalos wieder auflachen ließ.

»Ihr mögt vielleicht im Namen des Erzbischofs hier sein, aber Ihr pfuscht uns Soldaten nicht ins Handwerk«, stellte er fest.

Hinter sich meinte Daniele ein kurzes Schnauben zu hören, doch ob es eines der Pferde oder einer der *condottiere* gewesen war, konnte er nicht mit Sicherheit sagen.

»Mein Herr wünscht sich nichts sehnlicher als den Sieg der Liga«, erwiderte er vorsichtig. »Er würde niemals etwas tun, was dies gefährdet.«

»Recht so.« Der Markgraf schlug ihm mit der Hand hart auf die Schulter. »Seht Ihr das Kaff da vorne?«, fragte er.

Daniele nickte.

»Das ist Forli. Zwanzig Meilen noch von dort, dann lehren wir die Franzosen das Fürchten. Ich werde mir eigenhändig den Kopf von de Foix holen!«

Nur allzu gerne wollte Daniele sich von der Begeisterung des Mannes anstecken lassen, aber er hatte die Berichte von Brescia gelesen.

»Und fällt de Foix, dann holen wir uns die Lombardei.«

»Die Heilige Liga kämpft mit Gottes Segen«, erklärte Daniele und fügte dann schnell hinzu: »Und dem Segen des Heiligen Vaters.«

»Meine Ehefrau würde sagen, dass wir dann weder Schwert noch Schild benötigen«, versetzte d'Ávalos.

Daniele lachte, und der Markgraf tätschelte den Knauf seiner

Klinge. »Aber ich denke, der Stahl wird uns schon bald gute Dienste leisten.«

Für einen Moment wirkte d'Ávalos abgelenkt, er deutete auf einen niedrigen Hügel unweit der Straße. Daniele erkannte dort einen prächtigen Pavillon, der selbst im fahlen Licht der Aprilsonne rot leuchtete. Ein gutes Dutzend verschiedener Banner flatterte davor im kühlen Nordwind.

Gemeinsam ritten sie zu dem Rat der Generäle. Als Daniele abstieg und die Zügel seines Pferdes einem Diener übergab, ließ ihn der Schweiß auf seiner Haut frösteln. Der Winter war lang und hart gewesen – ein Grund, warum der Vormarsch der Franzosen alle so überrascht hatte –, und noch immer lag eine Ahnung von Kälte in der Luft.

Die besten Heerführer Roms und Neapels waren an diesem Ort versammelt. Es waren erfahrene Männer, die etliche Kriege erlebt hatten. Dagegen stammte alles, was Daniele über die Kunst der Kriegsführung wusste, aus den Texten der Antike in seiner Lateinklasse.

Aber durch den Ehrentitel eines Beraters hatte Dovizi sichergestellt, dass Daniele an allen Besprechungen beteiligt werden musste, damit ihm so keine Entscheidungen entgingen. Das alles, damit er seinem Herrn immer berichten konnte, was auf dem Feldzug geschah.

Daniele grüßte die Männer höflich, die bereits in ihre Lagebesprechung vertieft waren. Einige sahen auf, nickten ihm zu, andere ignorierten ihn. D'Ávalos hingegen wurde sogleich in die Besprechung einbezogen.

»Wie erwartet haben die Franzosen ihr Lager zwischen Montone und Ronco aufgeschlagen und konzentrieren ihren Beschuss auf die Porta Aurea und die Porta Adriana«, sagte Ramón de Cardona eben und strich sich über die langen Enden seines dunklen Schnurrbarts. Vor ihm lag eine grobe Karte der Umgebung Ravennas, kaum mehr als ein paar Linien auf einem dünn abgeschabten Pergament. Der behandschuhte Finger ruhte auf dem Umriss der Stadt, deren Mauern an drei Seiten von Flüssen umgeben waren. Als er den Finger hob, blieb ein dunkler Fleck auf dem Pergament zurück. Der Vizekönig schien es nicht zu bemerken.

»Unsere Vermutung war also korrekt. Allerdings enden die guten Nachrichten damit auch schon. Soldat?«

Ein junger Mann in schlammbespritztem Reitleder trat vor. Sein dunkles Haar klebte an der Stirn, und seine Haut war gerötet.

»Die Franzosen haben große Bombarden«, erklärte er auf Italienisch mit starkem Akzent. »Und die haben bereits eine Bresche in die Mauer der Stadt geschlagen.«

Einige stöhnten auf, d'Ávalos schüttelte zornig den Kopf.

»Diese französischen *pajeros* mit ihren verschissenen Kanonen«, entfuhr es Don Alfonso Carvajal, der knapp fünfhundert Reiter der Nachhut befehligte.

»Uns bleibt also nicht viel Zeit«, befand Piero Petrucci, ein hagerer Sieneser, der als Kommandant einiger Fußtruppen diente.

»Die Garnison allein kann niemals einem Sturm standhalten, wenn die Stadtmauer gefallen ist«, sagte Fabrizio Colonna. Der bullige Mann hatte mehr als sechzig Winter gesehen, hielt sich aber aufrecht wie ein Mann im halben Alter. Als ranghöchster Vertreter Roms war er Cardona fast ebenbürtig, doch der Vizekönig hatte den Oberbefehl über die vereinten Truppen Neapels und Roms.

»Wir marschieren weiter«, erklärte Cardona entschlossen. »Je eher wir de Foix zur Schlacht zwingen können, desto besser.«

»De Foix ist kein Narr.« Der Vizekönig hatte den Rücken durchgedrückt und die Hände in die Seiten gestemmt. Nach allem, was Daniele von der Kriegskunst verstand, war das eine massive Untertreibung. »Er wird nicht zulassen, dass wir ihn zwischen uns und der Stadtmauer festsetzen.«

»Wir wären der Hammer, und Ravenna unser Amboss.« Dieser Ausspruch von d'Ávalos brachte einige der Männer zum Lächeln.

»Und genau deshalb wird de Foix sich uns zuwenden und die Schlacht suchen«, erwiderte Petrucci. Cardona wies auf den südlichen Fluss der Karte. »Wir marschieren den Ronco entlang, am östlichen Ufer. Und hier werden wir uns aufstellen.«

Für Daniele ergab das alles wenig Sinn. Der Feind lagerte weit entfernt, auf der anderen Seite des Flusses. *Wie sollen wir da kämpfen?*

»Ich denke, wir sollten direkt auf die Franzosen zumarschieren«, entgegnete Colonna. »Sie überraschen und direkt ihr Lager angreifen.«

»Wir kommen niemals ungesehen heran«, wandte Carvajal ein. »De Foix weiß doch längst, dass wir kommen.«

Mit einem Blick auf die Truppen, die unter ihnen weiterzogen, musste Daniele ihm zustimmen. Er konnte sich nicht vorstellen, dass es eine lebende Seele in zwanzig Meilen Umkreis gab, die nicht von ihnen wusste.

»Don Carvajal hat recht«, pflichtete d'Ávalos bei. »Wir werden die Franzosen nicht überraschen können.«

»Warum aber das Lager so weit im Süden?«

Der Vizekönig sah einen seiner Männer an, einen ergrauten Mann in seinen Fünfzigern. Daniele versuchte, sich an seinen Namen zu erinnern.

»Don Pedro ...« Da fiel es Daniele ein. Don Pedro Navarro, Graf von Oliveto, Veteran der Schlachten gegen Frankreich der letzten zehn Jahre, und davor gegen die Türken und andere Piraten.

Navarro galt als Experte für Belagerungen und hatte sich einen Ruf als Ingenieur gemacht. Er räusperte sich.

»Die Franzosen haben nicht nur mehr, sondern auch größere Geschütze als wir. Nicht nur Feldschlangen, auch große Bombarden. Greifen wir an, laufen wir genau in ihr Feuer.«

»Deshalb lassen wir sie zu uns kommen«, fuhr der Vizekönig fort. »Wir errichten hier am Ufer des Ronco eine Verteidigungsstellung. Gräben, Wälle, Schilde. Don Pedro hat einige exzellente Ideen für unsere Arkebusen. Wir verschaffen unseren Leuten jeden Vorteil, als würden sie eine Festung verteidigen. Und die Franzosen werden sich an uns blutig stürmen.«
Der Schluss klang vielversprechend, das musste Daniele zugeben.

»Der Ronco ist nicht tief genug, um die Franzosen vor größere Schwierigkeiten zu stellen«, wandte Don Pedro ein. »Reiterei, auch Fußtruppen können ihn an mehreren Stellen einfach überqueren. Aber für ihre Artillerie wird es schwieriger sein, hoffen wir.«

Er deutete auf einige Stellen am Fluss, wo er offensichtlich die Überquerung durch die Franzosen erwartete.

»Dann sollten wir dort zuschlagen«, forderte Colonna. »Während sie am verwundbarsten sind, mitten im Fluss.« Alle schwiegen und sahen nachdenklich auf die Karte. Piero Petrucci nickte zögerlich, doch er war der Einzige in der Runde. Hilfe suchend blickte Colonna seinen Schwiegersohn d'Ávalos an: »Was meinst du?«

Dieser schwieg. So zurückhaltend hatte Daniele ihn bislang nicht erlebt. Sein Blick wanderte von Colonna zu Cardona. *Sieh genau hin,* Daniele konnte die Stimme seines Herrn beinahe hören, *was erkennst du?* Der Markgraf rang mit sich selbst. Sein Schwiegervater suchte den Sturm, die Attacke, was größeren Ruhm versprach. Doch der Vizekönig war bedächtiger und d'Ávalos ihm als Spanier treuer ergeben als dem General Roms. *Er will Colonna beipflichten, aber sein spanisches Herz hält ihn davon ab.*

»Beide Pläne zeugen von großem Wissen um die Kunst des Krieges«, erklärte er schließlich umständlich, offensichtlich bedacht darauf, keinen der mächtigen Männer zu erzürnen. »Don Pedros Worte jedoch überzeugen mich. Ich habe seine Skizzen gesehen, und ich denke, so werden wir de Foix' Herr werden. Spanische Piken und päpstliche Lanzen vereint!«

Während die Antwort den Vizekönig und seine spanischen Offiziere zufrieden nicken ließ, blieb Colonna hartnäckig. Sein Blick fiel auf Daniele.

»Und was sagt Ihr als Gesandter des Papstes?«

»Ich ... ich bin keinesfalls Legat des Heiligen Stuhls. Sondern nur ...«, erwiderte Daniele.

»Geschenkt«, unterbrach ihn Colonna. »Eure Titel interessieren niemanden. Also?«

Bislang hatte Daniele sich gut aus den Besprechungen heraushalten können, frei nach der Boethius-Maxime *Lieber schweigen und ein Philosoph bleiben*. Doch nun trieb ihn Colonnas direkte Frage in die Ecke.

»Wenn wir de Foix nicht vor den Mauern Ravennas überraschen können, wird es das Beste sein, ihm unseren Willen aufzuzwingen. Der Ronco bietet nicht genug Hindernis, um die Franzosen aufzuhalten. Ich sage also, lasst sie zu uns kommen.«

Colonna verzog das Gesicht. Sein Versuch war nach hinten losgegangen, wie eine schlecht geladene Kanone. Danieles Worten mochte in dieser Runde wenig Gewicht beigemessen werden, aber Cardona nutzte sie selbstverständlich dennoch zur Gänze aus.

»Dann ist es entschieden. Wir marschieren eilig weiter und beziehen dort Stellung. Und dann werden die Franzosen wieder einmal lernen, warum man sich dem Heiligen Stuhl und seinem alleruntertänigsten Diener Spanien nicht widersetzt!«

Es gab tatsächlich ein wenig Jubel, aber die Versammlung löste sich bereits auf. Alle würden nach Forli eilen, in der Hoffnung, vor der Schlacht noch einmal die Annehmlichkeiten einer befestigten Stadt genießen zu können.

Als Daniele sich abwandte, trat Colonna einen Schritt auf ihn zu.

»Genießt Euren kleinen Triumph. Ich werde dafür sorgen,

dass man in Rom erfährt, dass Ihr mit den Spaniern gegen den General des Heiligen Stuhls agitiert habt.«

»Die Spanier sind Teil der Heiligen Liga«, erwiderte Daniele kühl, obwohl sein Mund trocken wurde.

»Bald erlebt Ihr Eure erste Schlacht, Herr Berater. Hoffen wir, dass es nicht Eure letzte sein wird.«

Bevor Daniele sich von dem Gift in den Worten erholt hatte, stapfte Colonna von dannen. Die anderen Kommandeure waren schon aufgebrochen; um ihn herum räumten nur noch die Diener auf und bauten den Pavillon ab.

Daniele war allein.

Kapitel 38

CIVITAVECCHIA, OSTERN 1512

Der Himmel spannte sich wie ein grauer Bogen über der Stadt, und die schwarz geränderten Wolken ballten sich so dicht über dem Hafenbecken, dass es fast aussah, als könnten sie das Wasser berühren. *Es muss bald Regen geben*, dachte Raffael, als er aus der Kirche trat. Die Basilika *Vergine delle Grazie* war für die Ostermesse bis zum letzten Platz gefüllt gewesen, und nun strömten die Bürger auf die Straße, umarmten sich und wünschten sich Glück zur Feier der Auferstehung Christi.

Für einen Moment wanderten seine Gedanken zu Daniele, der mit der Armee des Kirchenstaates im Norden war. Er hoffte inständig, dass sein Freund das Osterfest in Sicherheit verbringen konnte.

Die Seeleute und Arbeiter am Hafen von Civitavecchia schien das Wetter nicht zu kümmern. An den Pieren herrschte dasselbe Gedränge und Geschiebe wie bei Sonnenschein, Schiffe wurden be- und entladen.

»Seid Ihr sicher, dass Ihr nicht noch mit mir das Fasten brechen wollt?«, fragte Marcantonio Raimondi. Raffael schüttelte den Kopf. »Das ist sehr freundlich von Euch, aber ich will bald aufbrechen.«

Rom war anderthalb Tagesreisen entfernt, und er vermisste die Werkstatt bereits und wollte so schnell wie möglich zurück an die Arbeit. Er warf einen Blick zu Giulio und Claudio hinüber, die ihn nach Civitavecchia begleitet hatten und gerade Segenswünsche mit anderen Kirchgängern austauschten. Die beiden Jungen hätten sicher nichts gegen ein Festmahl einzuwenden gehabt, aber er würde sie in Rom für das entschädigen, was ihnen als Gäste von Raimondi möglicherweise entging. Der Kupferstecher hatte in Civitavecchia großzügige Räume angemietet, in denen er wohnte, solange er sich hier um seine Geschäfte kümmerte.

Raffael war mit dem Ergebnis ihrer Reise zufrieden. In den letzten Tagen hatte er mit Raimondi eine umfangreiche Vereinbarung getroffen, von welchen seiner Bilder und Zeichnungen Stiche angefertigt werden sollten, und sie hatten über die Handelsrouten gesprochen, über die die Kupferstiche künftig ihren Weg nach Deutschland, England und in die Schweiz finden sollten. Raimondi hatte ihm versichert, dass man jenseits der Alpen geradezu begierig auf Kunst aus Italien war und sich der Name *Raffael Sanzio* allmählich auch dort herumzusprechen begann. Die Vorstellung war verlockend und auch ein wenig erschreckend. Er wusste, dass die Bilder, wenn sie erst einmal Verbreitung gefunden hatten, für immer mit seinem Namen verbunden bleiben würden.

Michelangelo hatte in der Sixtinischen Kapelle Fresken, die ihm nicht mehr gefallen hatten, einfach wieder abgeschlagen, Leonardo hatte einige seiner Bilder zerstört, und auch er selbst hatte schon Zeichnungen vernichtet. Aber wenn es einen Kupferstich von einem Werk gab, half es nichts mehr, ein Exemplar verschwinden zu lassen, er konnte trotzdem weiterverbreitet werden. Von welchen Bildern er Stiche anfertigen lassen wollte, musste deswegen gut überlegt werden.

Aber er glaubte daran, dass dieser Technik die Zukunft gehörte, und hatte deshalb seine talentiertesten Schüler mitgenommen, weil er hoffte, dass sie verstanden, welche Möglichkeiten sich der Werkstatt durch den Handel mit den Kupferstichen boten. Das war nicht nur für seine, sondern sicher auch für ihre Karriere wichtig.

Der deutsche Meister Albrecht Dürer war mit seinen Stichen weit über Nürnberg hinaus bekannt geworden, und Raffael hatte vor, auch Leonardo zu bitten, von einigen seiner Zeichnungen Kupferstiche anfertigen zu lassen. *Was für ein Gewinn das für alle Maler wäre, wenn sie seine anatomischen Studien einsehen könnten.*

Raimondi fuhr sich mit der Hand durch den krausen rötlichen Bart. »Schade, aber wie Ihr wünscht. Ich bleibe noch bis morgen und steige dann auf ein Schiff, das mich nach Frankreich bringt.«

»Wann werdet Ihr zurück in Rom sein?«

»In wenigen Wochen. Dann können wir direkt mit der Arbeit an den Stichen weitermachen.«

Plötzlich ging ein Raunen durch die Menge, und Raffael merkte, dass Claudio an seinem Ärmel zupfte und versuchte, seine Aufmerksamkeit zu erringen. Er wandte den Kopf und sah seinen Schüler an. »Was ist denn?«

Giulio Romano streckte die Hand aus und wies zum anderen Ende des Platzes, von dem aus plötzlich lauter Gesang ertönte. Eine Gruppe Männer hielt Einzug, Bettelmönche, wie unschwer zu erkennen war, vermutlich Franziskaner.

Die Mönche und ihre Anhänger, vielleicht vier Dutzend Menschen insgesamt, hatten nackte Füße oder trugen einfache Sandalen und schlichte braune Kutten, die teils vor Schmutz starrten. Ihre Haare und Bärte waren lang und ungekämmt. Ganz offensichtlich lebten sie nach der Armutsregel ihres Ordensgründers.

Der Unterschied zu den Bürgern der Stadt, die in ihren besten Kleidern zum Gottesdienst gekommen waren, hätte größer nicht sein können.

»Das sind *Amadeiti*«, sagte Raimondi leise. »Ich habe schon davon gehört, dass sie in der Gegend sind. Sie fordern alle Gläubigen zur Buße auf. Und sie sind keine großen Freunde des Vatikans.«

Einer der Wanderprediger, ein hochgewachsener Mann mit langen, verfilzten, sandfarbenen Haaren, dem die linke Hand fehlte, kletterte in der Mitte des Platzes auf das Henkersgerüst, während seine Brüder begannen, mitgebrachtes Holz aufzuschichten, das sie auf dem Rücken getragen hatten.

Das Bild, das der Prediger bot, war beeindruckend, seine Gestalt zeichnete sich scharf vor den dunklen Wolken ab. *Er hätte sich kaum einen besseren Rahmen für diesen Auftritt wünschen können,* dachte Raffael.

Die Bürger Civitavecchias sahen teils neugierig, teils misstrauisch zu den Bettelmönchen herüber.

»Wer ist das?«, fragte Claudio.

»Ich weiß nicht. Ein Franziskaner.«

»Brüder und Schwestern«, begann der Mann auf dem Gerüst. Der Mönch hatte eine überraschend volle und klare Stimme, die klang, als ob er öffentliches Predigen gewohnt sei.

»Heute ist das heilige Osterfest, der Tag, an dem unser Herr Jesus von den Toten auferstanden ist. Halleluja!«

Die Menschen auf dem Platz stimmten vorsichtig in den Hochruf ein. Hatten sie nicht eben noch die Auferstehung Christi selbst gefeiert?

»Wir sollten frohlocken, denn ist nicht Christus am Kreuz für unsere Sünden gestorben?« Er ließ seinen Blick über die Menge schweifen.

»Aber nur, wenn wir Buße tun, wird uns dieses Opfer auch ins Himmelreich bringen! Ich sage euch, hängt euer Herz nicht an weltliche Dinge, denn unser Herr Jesus lehrt uns, dass es Armut ist, die unsere Seele rettet. Meine Brüder hier schüren gerade ein Feuer, mit dem ihr euch von eitlem Tand befreien könnt, damit der Drang danach nicht eure Seele zerstört! Gebt euch nicht den Todsünden der Habgier und des Neides hin. Wenn wir in der Nachfolge unseres Herrn leben wollen, dann müssen wir Buße tun! Wir müssen ein einfaches Leben führen und von unseren bisherigen Wegen abkommen.«

Die Reaktion auf seine Worte war geteilt. Es war klar, dass, wer wenig hatte, dem Prediger zujubelte, doch viele der wohlhabenden Bürger sahen aus, als fühlten sie sich in ihrer Haut nicht mehr wohl.

»Und was macht der Oberhirte aller Christen?«, fuhr der

Mönch ungerührt fort. »Der Papst begeht alle Todsünden auf einmal! Er überzieht die Christenheit mit Krieg, er verkauft den Menschen den Ablass, und er unterstützt die Sodomie! Während im Norden eure Väter und Söhne verrecken, herrschen in Rom Wollust und Völlerei, nicht Frömmigkeit und gute Werke.«

Ob er selbst einmal Soldat gewesen ist und so seine Hand verloren hat?

Raffael sah sich um. Giulio Romano blickte den Prediger gebannt an, doch Claudio schien die Rede des Mönchs, der seinen Armstumpf zum Himmel gereckt hatte, eher Angst zu machen.

»Ich werde von hier verschwinden, Messeres«, sagte Raimondi leise. »Und Ihr solltet Euch auch auf den Weg machen. Was er zu sagen hat, ist Häresie. Das sollten die Jungen besser nicht hören.«

Warum sollten sie das nicht hören?, dachte Raffael. *Sollten sie nicht besser wissen, was diese Menschen denken?* Unter dem einfachen Klerus gab es längst Widerstand dagegen, dass der Papst beständig neue Abgaben erhob und Ablässe verkaufte, um seine Bauprojekte und Kriege zu finanzieren, und viele Arme hassten das verschwenderische Leben der Kardinäle und Kirchenfürsten.

Vielleicht ist es Zeit, dass sie sehen, dass es auch eine Schattenseite hat, in Rom für den Papst zu arbeiten.

Er sah wieder zu dem Prediger und seinen Anhängern hinüber. Mittlerweile brannte vor dem Gerüst ein helles Feuer. Eine Frau, nicht mehr jung und noch nicht alt, ging darauf zu und zog im Laufen einen kostbar aussehenden Schal von ihren Schultern. Sie warf ihn mit einer schwungvollen Geste ins Feuer, und die umstehenden Mönche jubelten. »Ja! Verbrennt die Zeichen der Eitelkeit! So kommt Ihr dem Himmel näher, Madonna!«, riefen sie. Eine andere Frau tat es der ersten nach und verbrannte einen Schleier, dann folgte ein junger Mann, der voller Zorn seinen Gürtel abriss, in die Höhe reckte und dann ebenfalls in die Flammen warf.

Die Menge ließ sich von dem Spektakel anstecken und stimmte in das Gejohle ein.

Raffael nickte Raimondi zu. »Wir sehen uns in Rom!« Der Kupferstecher legte Giulio und Claudio je eine Hand auf die Schulter und drückte sie, dann drehte er sich um und verschwand in der Menge.

Einige der wohlhabenden Bürger der Stadt, die offenbar keine Lust hatten, ihren Besitz in die Flammen zu werfen, stahlen sich vom Platz.

»Ihr dort«, rief der Wanderprediger einer Frau hinterher, die eben zwischen den Häusern, die den Platz umstanden, verschwinden wollte. »Wollt Ihr keine Buße tun? Am heiligen Osterfest? Habt Ihr keine Sünden begangen?«

Die Frau blieb stehen, aller Augen waren auf sie gerichtet. Die Stimmung hatte plötzlich etwas Bedrohliches bekommen. Die Umstehenden zischten sie an, und erste Beschimpfungen wurden laut. Offenkundig eingeschüchtert lief die Frau auf das Feuer zu. Unter dem Geschrei der Menge warf sie ihren Schmuck in die Flammen.

Der Mönch auf dem Gerüst sah sie triumphierend an. *Würdest du keine Kriege führen, alle Menschen lieben und ihnen ihre Sünden vergeben, wenn du Papst wärst?*, dachte Raffael, der den Wanderprediger musterte. *Ich bezweifele es.* Wer einmal Macht hatte, zögerte nie, sie auch einzusetzen.

»Ich sage euch, dass ich Zeichen gesehen habe«, fuhr der Mönch nun fort. »Schlimme Zeichen. Der falsche Papst wird in den Feuern der Hölle brennen, noch bevor ein Jahr vergangen ist. Und wenn sein Nachfolger nicht Buße tut und ein gottesfürchtiges Leben führt, dann wird darauf die Apokalypse folgen.«

In Claudios Augen sah Raffael die Angst stehen, und Giulio ergriff die Hand des Jungen. *Genug ist genug*, beschloss er. *Wir sollten auch von hier verschwinden.*

»Die Bußprediger werden uns nichts tun«, sagte er beruhigend. »Aber wir sollten trotzdem nicht mehr länger hierbleiben. Lasst uns in Richtung des Stadttores gehen und unsere Pferde holen, und dann verschwinden wir von hier.«

Viele Zuhörer sahen sich nun besorgt um. Es war das eine, Armut und ein gottgefälliges Leben einzufordern, aber den Tod des Papstes anzukündigen, nur einen Steinwurf von Rom entfernt, war etwas gänzlich anderes. Worte wie diese waren Ketzerei, und Ketzer wurden mit dem Tod bestraft.

Doch noch immer traten einzelne Menschen vor, legten ihre Mäntel und sogar ihre Wämser ab und warfen sie in die Flammen. Einige warfen ihre Besitztümer voller Enthusiasmus in die Flammen, viele andere taten es aus Angst, das war deutlich zu sehen. Die Menge johlte, und der Mönch segnete die Bußfertigen. »Kniet nieder!«, brüllte er. »Preisen wir gemeinsam den Herrn, der uns diese Umkehr ermöglicht hat!«

Die Franziskaner stimmten einen Choral an, und ihre Stimmen stiegen mit dem Rauch der brennenden Kleider zum Himmel.

»Lasst eure irdischen Besitztümer brennen, damit eure Seelen in der Hölle keine Qualen leiden müssen.«

Raffael schob die beiden Jungen vor sich her auf eine Gasse zu, bis er plötzlich ein donnerndes »Ihr dort« hinter sich hörte.

Verdammt, er hat uns gesehen. »Ihr seht aus wie reiche Männer, Messeres. Sehr reiche Männer. Fürchtet Ihr nicht um Euer Seelenheil? Jesus lehrt uns, dass eher ein Kamel durch ein Nadelöhr geht, als dass ein reicher Mann in den Himmel kommt.«

Raffael blieb stehen. »Ihr bleibt hier«, sagte er eindringlich zu den beiden Jungen. Er ergriff Claudios Schulter und umklammerte sie. »Euch wird nichts geschehen«, flüsterte er.

»Legt Euren Reichtum ab und tut Buße«, rief der Prediger.

»Das will ich gerne«, sagte Raffael. Er trat nach vorne. *Ein Mantel ist nichts. Ein Beutel auch nicht. Ich gehe ruhig zum Feuer, verbrenne etwas und bringe die Jungen aus der Stadt.*

Wie auch schon zuvor bei der Frau hörte Raffael, dass die aufgewühlte Menge zornig wurde, als sie ihn musterte. »Geldschneider!«, schrie einer. »Dreckiger Sünder.«

»Ich kenne ihn«, schrie plötzlich ein Mann. »Das ist der Maler des Papstes!«

Sofort schwoll das Raunen der Menge an. »Er gehört zum Papst?«

Raffael schloss kurz die Augen. Einen schlechteren Moment, um von jemandem erkannt zu werden, konnte er sich kaum vorstellen. Er hatte das Feuer fast erreicht und löste bereits die Schnalle seines Mantels. *Bring es hinter dich*, ermahnte er sich selbst.

Er streckte bereits die Hand nach den Flammen aus, als er in den Rücken gestoßen wurde und taumelte. »Verfluchter Satansjünger«, knurrte jemand.

Er warf den Mantel ins Feuer, der beinahe sofort zu brennen begann.

»Habt Ihr nicht noch mehr, wovon Ihr Euch befreien wollt? So wenig ist Euch Eure Seele wert?«, fragte der Mönch spöttisch, und die Menge brüllte und johlte. Wer jetzt noch auf dem Platz stand, war von den Lehren des Wanderpredigers überzeugt. Die aufgeheizte Stimmung war geradezu körperlich spürbar.

Raffael nahm seine Mütze ab. *Was noch?*, dachte er eben, als plötzlich ein Blitz über den Himmel zuckte. Der Geruch nach Regen füllte die Luft, und dann fielen die ersten schweren Tropfen. Einen Augenblick später war es, als ob die Schleusen des Himmels sich geöffnet hätten.

»Der Herr zürnt dem Papst und seinen Anhängern«, rief der Mönch auf dem Gerüst noch, aber es war schon zu spät. Die Menschenmenge stob auseinander, Raffael wurde von ihr mitgerissen.

Er kämpfte sich bis zu dem Punkt vor, an dem er Giulio und Claudio zurückgelassen hatte, die zwar bis an eine Mauer zurückgedrängt worden waren, aber sofort auf ihn zuliefen, als sie ihn sahen. Er umarmte die beiden Jungen, bevor sie sich auf den Weg aus der Stadt machten.

Als sie losritten, waren sie schnell bis auf die Haut durchnässt. *Ich hätte meine Mütze zuerst ins Feuer werfen sollen und dann erst meinen Mantel,* dachte er. *Wir sollten irgendwo Schutz suchen.* Aber er ahnte, dass es Claudio und Giulio ebenso erging wie ihm. Bevor sie wieder anhielten, wollten sie genug Entfernung zwischen sich und die unheimlichen Wanderprediger bringen.

Schließlich lenkte Claudio sein Pferd neben Raffaels und sah ihn unter der Kapuze des Mantels an, die er tief in die Stirn gezogen hatte. »Stimmt es, was der Bruder gesagt hat?«, fragte der Junge unsicher. »Wird der Heilige Vater bald sterben, und die Apokalypse beginnt?«

»Der Heilige Vater ist ein alter Mann, Claudio. Irgendwann wird er sterben, aber ich glaube nicht, dass das die Apokalypse ankündigt. Es ist aber klug, in einer Predigt beides anzukündigen: ein wahrscheinliches und ein unwahrscheinliches Ereignis, weil du so leichter beides glaubst.« Er hoffte, dass das eine Erklärung war, die dem Jungen einleuchtete.

Claudio schwieg und schien über seine Worte nachzudenken. »Aber der Mönch ist ein heiliger Mann?«

»Ob er das wirklich ist, weiß Gott allein. Ich bin mir sicher, er selbst glaubt an seine Worte. Aber ob wir das auch tun sollten, kann nur die Zeit zeigen.«

»Glaubt Ihr ihm, Maestro?«, wollte Giulio wissen.

Er schüttelte den Kopf. »Es gab schon einmal einen Mönch wie ihn. Er hieß Savonarola und beherrschte ganz Florenz. Er vertrieb sogar die Medici. Maestro Botticelli warf freiwillig seine Bilder ins Feuer, genau wie die Reichen und die Armen ihre kostbarsten Besitztümer.«

»Und was ist aus ihm geworden?«

»Der Borgia-Papst hat ihn verbrennen lassen. Und das Ende der Welt ist trotzdem ausgeblieben.«

Kapitel 39

RAVENNA, OSTERSONNTAG, APRIL 1512

Eine seltsame Stille hatte sich über das Lager gelegt. Tausende Männer blickten auf die kleine Gruppe Männer, die an den langen Gräben entlangritt, die Navarro hatte ausheben lassen. Es war eine Knochenarbeit gewesen, ausgeführt, direkt nachdem die Truppen etwa eine Meile südlich von Ravenna angekommen waren, und sie hatte bis tief in die Nacht hinein gedauert. Der Boden war sandig, feucht und schwer, und die Hufe von Danieles Pferd sanken selbst beim langsamen Gang tief ein.

Er ritt in einem kleinen Trupp mit Ramón de Cardona, Fabrizio Colonna, Piero Petrucci und den anderen Befehlshabern an ihren aufgereihten Soldaten vorbei. Nur Kardinal de' Medici war nicht bei ihnen; er hatte sich noch nicht erholt und befand sich zusammen mit dem Feldscher in einem Zelt hinter den Reihen, soweit Daniele wusste.

Immer wieder wurde sein Blick nach Norden gezogen, Richtung Ravenna. Die Stadt erhob sich stolz im frühen, klaren Morgenlicht. Zur Erleichterung aller wehten noch die Banner des Vizekönigreichs Neapel auf den Türmen. Die hektischen Sturmangriffe der Franzosen gegen die Bresche in der Mauer waren noch nicht von Erfolg gekrönt gewesen.

Doch im Norden war auch die Armee von de Foix, über zwanzigtausend Mann, die sich seit Sonnenaufgang in Bewegung gesetzt hatte. Fort von Ravenna. Hin zu ihrem Lager.

Ganz wie der Vizekönig es angeordnet hatte, hatte niemand versucht, die gegnerischen Truppen am Überqueren des Ronco zu hindern. Und so sammelten sie sich zu einer langen Schlachtlinie, gerade außerhalb der Reichweite von Geschützen und Arkebusen. Stolze Gendarmen in metallene Panzer gerüstet, französische Fußtruppen und im Zentrum die deutschen Landsknechte in ihren bunten Gewändern, mit langen Piken und weitaus mehr Arkebusen, als die Truppen aus Rom und Neapel zur Verfügung hatten. Es hätte ein erhebender Anblick sein können, aber Daniele war es nur allzu sehr bewusst, dass jeder dieser Soldaten darauf aus war, ihm die Kehle aufzuschlitzen.

Ihre eigenen Truppen hatten nicht nur weniger Männer, sie sahen auch weniger beeindruckend aus, was aber vor allem daran lag, dass sie in den Gräben standen. Navarro hatte das sandige Erdreich, das für die Verteidigungsstellungen ausgehoben worden war, zu Wällen anhäufen lassen, hinter denen zwei weitere Reihen von Fußsoldaten standen: Die erste bildeten die Spanier, die zweite, weitaus dünnere, war zusammengeschustert aus Spaniern und Soldaten des Heiligen Stuhls, die letzte Reserve im Gefecht.

Dazwischen stand der Stolz der Spanier, dreißig Karren, auf denen jeweils mehrere schwere, oft fünf Schritt lange Arkebusen befestigt worden waren, geschützt von Schilden, mit Klingen an den Wagenrändern. Die Feuerwaffen waren für den Einsatz von Stadt- oder Festungsmauern gedacht und viel zu schwer, um sie von der Schulter abzufeuern. Die Wagen gaben ihnen nicht nur Halt, sondern auch genug Mobilität für den Einsatz auf dem Schlachtfeld. Zwischen ihnen hatte Navarro Feldschlangen platziert, tödliche Geschütze, wenn auch in geringerer Anzahl und oft von kleinerem Kaliber als die französischen Gegenparts.

Eigentlich hatte Daniele erwartet, dass Ramón de Cardona bei seiner letzten Inspektion der Schlachtreihen noch einmal das Wort an die Männer richten würde, doch der Vizekönig ritt schweigend und mit ernster Miene an der großen Armee der Heiligen Liga vorbei.

Es war seltsam, an diesem Ostersonntag nicht in einer Kirche zu sein, nicht den heiligen Weihrauch zu riechen, sondern

Schweiß und Urin und Fäkalien. Und nicht der Stimme eines Bischofs oder Kardinals zu lauschen, sondern dem unflätigen Gerede der Soldaten. Eigentlich sollten alle hier, egal ob Italiener, Spanier, Deutscher oder Franzose, die Auferstehung Jesu Christi feiern und diesen Tag nicht mit Blutvergießen besudeln.

Fabrizio Colonnas Gesichtsausdruck verdüsterte sich beim Anblick der Franzosen, die alle Zeit der Welt hatten, sich zu organisieren. Falls sie Probleme damit gehabt hatten, ihre schwere Artillerie über den Fluss zu schaffen, so sah man es ihnen nicht an.

Obwohl der Morgen kühl war, schwitzte Daniele. Für seinen Geschmack waren die Franzosen viel zu nah. Ohne es zu wollen, stellte er sich vor, wie die Artilleriemeister auf sie zielten und mit einer einzigen Salve alle Anführer in seiner Gruppe auslöschten. Doch die Soldaten um ihn schienen nicht weiter beunruhigt zu sein. Einige lachten und scherzten sogar noch.

Endlich erreichten sie das Ende der Verteidigungslinie und ritten zurück in das Lager und brachten so eine beruhigende Anzahl von Leibern zwischen sich und ihre Feinde.

»Gute Arbeit, Don Pedro«, lobte Cardona laut seinen Offizier. »Daran wird sich der Fuchs eine blutige Schnauze holen!«

Navarro schwang sich aus dem Sattel und verneigte sich lächelnd. Dann ging er als Befehlshaber der Infanterie zu seinen Männern.

Die Franzosen brachten ihre Geschütze in zwei Blöcken links und rechts in Stellung. Dazwischen standen vor allem die Fußsoldaten, unter denen Daniele jetzt auch die Armbrustschützen aus der Gascogne entdecken konnte. Die Reiterei war zum größten Teil an den Flanken positioniert, bis auf schwere Kavallerie im Zentrum und einen kleinen Trupp mitsamt Infanterie jenseits der Schlachtreihen, vermutlich die Reserve der Franzosen.

Banner knatterten im Wind, hier und da wurden Befehle gerufen und letzte Vorbereitungen getroffen. Um sich herum sah

Daniele einige Männer beten. Aus Gewohnheit fiel er mit ein und war überrascht, wie fest und sicher seine eigene Stimme klang. Die so oft gesprochenen Worte gaben ihm Kraft.

»Priester«, wandte sich de Cardona an Daniele. »Ich will, dass die Männer zu Gott beten und ihre Sünden bereuen. Nicht wenige werden heute ihrem Schöpfer gegenübertreten.«

»Ja, Messere«, gab Daniele zurück. »Ich gehe durch das Lager und sehe, ob jemand geistlichen Beistand braucht.«

»Gut, gut. Und die Feldscher sollen sich auch bereit machen. Bald schon werden sie viel Arbeit haben.«

Damit wandte Cardona sich wieder ab, und Daniele war entlassen. *Sicher gibt es auch auf französischer Seite einen Priester, der gerade den gleichen Befehl erhalten hat und heute für den Sieg seiner Seite beten wird,* dachte er. *Doch der Herr kann uns wohl kaum beide erhören.*

Wie Cardona es ihm aufgetragen hatte, ging er zwischen den Soldaten umher und bot ihnen die Beichte an. Hauptsächlich erntete er spöttische Kommentare, vor ihren Kameraden mochte keiner der Männer zugeben, dass sie Angst vor dem hatten, was bald kommen würde. Aber natürlich fürchteten sie sich trotzdem.

Deshalb sollte ich eigentlich hier sein, dachte Daniele, *um mich um das Seelenheil dieser Männer zu kümmern, und nicht, um Dovizi Meldung zu machen.*

»Nehmt Euch lieber ein Schwert, Bruder«, erklärte einer der *Rodeleros*, ein Mann aus der spanischen Infanterie, auf Italienisch mit starkem Akzent, als Daniele vorüberkam. Die Männer standen in dem ausgehobenen Graben und sahen zu ihm hinauf.

»Wie heißt du?«, fragte Daniele ihn, ohne auf den Vorschlag einzugehen.

»Fernando, Padre«, entgegnete dieser mit einem Grinsen. »Aber die meisten nennen mich Nando.«

»Und, Nando, hast du schon viele Schlachten geschlagen?«

Der *Rodelero* spie aus und strich sich mit den Fingern über eine breite Narbe, die vom Ohr bis unter sein Kinn verlief.
»Ja, Bruder. Und Ihr?«
Seine Kameraden grinsten nun auch, einige lachten. Daniele lächelte. »Keine.«
»Habt Ihr Schiss?«
Daniele sah keinen Grund zu lügen. »Ja«, entgegnete er schlicht.
»Bleibt in meiner Nähe, Bruder, und ich passe auf Euch auf.«
Warum eigentlich nicht?, dachte Daniele plötzlich.
»Das Versprechen nehme ich dir gerne ab, Nando. Aber ich werde wieder zurückkehren müssen.« Daniele winkte den Soldaten zu sich. »Wenn du wirklich mein Schwert sein willst, musst du mich begleiten. Ich muss noch mit vielen Männern beten, bevor ...«
»Bevor sie in die Hölle fahren«, knurrte ein alter, vom Wetter gegerbter Pikenier, doch Daniele ignorierte ihn. Stattdessen hielt er Fernando die Hand hin. Der Soldat ergriff sie und stieg aus dem Graben. Als Daniele weiterging, drehte Fernando sich noch einmal zu seinen Kameraden um: »Ihr habt den Padre gehört, ihr Hurensöhne, ich bin jetzt sein Schwert! Ihr müsst die Franzosen ohne mich kastrieren!«

Unter ihrem Gejohle schloss Nando zu Daniele auf. Er war groß, mit breiten Schultern und einem Schnauzbart, trug einen ledernen Harnisch mit metallenen Streifen darauf, einen glänzenden Helm und hatte ein Schwert an der Seite und einen Schild auf den Rücken gebunden. Die *Rodeleros* standen in der Schlachtreihe zwischen den Arkebusieren und Pikenieren, um Lücken zwischen den Piken der Feinde zu nutzen und die Gegner auf kürzeste Distanz anzugreifen, wo ihre eigenen Waffen nutzlos waren. Es war eine Aufgabe für Furchtlose, wie Daniele wusste, denn sie konnten erst kämpfen, wenn der Feind schon heran war, und mussten sich dann in ihre Reihen werfen.

Gemeinsam schritten sie die Linien ab. Daniele betete laut

und segnete die Männer, so schnell er konnte. Die Gesichter der Soldaten rauschten nur so an ihm vorbei, grimmige und furchtsame, die meisten jung, aber darunter waren auch Veteranen der zahllosen Kriege um die Vorherrschaft in Oberitalien. Spanier standen da, die von weit her kamen und denen dennoch das Latein seiner Gebete und Segnungen ebenso bekannt war wie seinen Landsleuten. Wie es auch die Franzosen kannten, dort auf der anderen Seite des Schlachtfelds.

Einfache Soldaten knieten nieder, andere streckten ihre Finger nach Danieles Kutte aus, als könnte eine bloße Berührung ihr Überleben in der Schlacht sichern. Manche wandten sich dagegen ab, wollten nicht an die Möglichkeit ihres Todes erinnert werden, auch wenn Daniele sich fragte, wie sie ihn in diesen letzten Augenblicken der Ruhe vergessen konnten.

Ein lauter Aufschlag ertönte, gefolgt von Schreien. Daniele war so in ein Gebet vertieft, dass er es kaum wahrnahm. Erst als Fernando ihn unsanft am Arm packte, schreckte er auf.

»Runter, Padre!«

Bevor er es sich versah, stürzte er in den Schlamm, gezogen von Nandos festem Griff. Verdutzt sah er sich um. Um ihn herum lagen Soldaten am Boden, viele hielten die Arme über den Kopf. Erde prasselte auf sie nieder.

Dann hörte er es. Ein rollendes Donnern, so als brächen alle Stürme der sieben Weltmeere auf einmal über sie herein. Die Kanonen der Franzosen hatten ihr Bombardement begonnen.

Unmenschliche Schreie aus menschlichen Kehlen antworteten ihnen. Pferde wieherten, und noch lauterer Kanonendonner erklang, als die Spanier antworteten. Die Arkebusen auf den Karren sandten ihre tödliche Ladung krachend gegen ihre Feinde.

»In die Gräben!« Don Pedros Stimme übertönte allen anderen Lärm. »Auf den Boden! Hinter den Wall!«

Daniele hob den Kopf, sah den alten Haudegen hocherhoben die Reihe entlang laufen, wild gestikulierend.

»Arkebusen auf das Fußvolk! Und nehmt die Geschütze links aufs Korn!«

Seine Stimme war laut, schnitt Daniele durch Mark und Bein, aber es schwang keine Angst mit, nur Entschlossenheit.

»Wollt Ihr die Franzosen hier ohne Klinge empfangen?«, fragte Nando, der neben Daniele im feuchten Erdreich lag. Sein Gesicht war schon schmutzverschmiert, nur seine Augen und Zähne leuchteten weiß darin hervor – zumindest jene Zähne, die er noch hatte.

»Ich ... ich«, stammelte Daniele, der Mühe hatte, zu begreifen, was um ihn herum geschah. Hinter Fernando lag ein junger Spanier auf dem Rücken, die Augen blicklos in den grauen Himmel gerichtet. Der untere Teil seines Gesichts fehlte, dort war nur noch ein klaffendes Loch, dunkel und blutig rot.

»Padre?« Fernando schaute hinter sich, dann packte er Danieles Schulter. »Der ist hinüber. Ihr habt gerade für ihn gebetet, jetzt steht er schon vor der Himmelspforte.«

Daniele konnte den Blick nicht abwenden. Dann sah er, wie Fernando die Hand hob. Wieder rollte Donner über sie hinweg, wieder brach die Hölle über sie herein, schrecklicher als jedes Bild des Jüngsten Gerichts, so laut und nah und blutig. Die Erde selbst bebte, flog in die Luft, regnete auf sie hernieder.

»Bruder, Ihr solltet nicht hier sein, sondern dort hinten«, sagte Nando und deutete hinter die Schlachtreihen. »Das hier ist anderes Handwerk als das Eure.«

Daniele nickte. Es stimmte, er konnte hier nichts mehr tun.

Nando sprang geschickt auf die Füße, als behinderten ihn Rüstung und Waffen überhaupt nicht, und warf einen schnellen Blick über den Wall.

»Jetzt oder nie.«

Damit zog er Daniele hoch, der unbeholfen im Schlamm krabbelte und erst einmal ausrutschte, bevor er Halt fand und sich aufrichtete.

Dann lief Nando los, fand zielsicher Platz zwischen den auf

dem Boden liegenden Leibern. Halb erwartete Daniele, dass alle um sie herum tot waren, zerfetzt von französischen Geschossen, zerschmettert, blutend, mit so leeren Augen wie der junge Spanier. Doch die allermeisten lagen mit grimmigen Gesichtern dort, die Zähne zusammengebissen, die Fäuste geballt. Daniele konnte es ihnen nachfühlen. Nichts tun zu können, Sklaven eines gnadenlosen Schicksals zu sein, zehrte an der Seele.

»*Pater Noster, qui es in caelis, sanctificetur nomen tuum*«, kamen ihm die altvertrauten Worte über die Lippen, erst leise, dann lauter und lauter. »*Adveniat regnum tuum. Fiat voluntas tua, sicut in caelo, et in terra.*«

Das Vaterunser, gelehrt von ihrem Herrn Jesu selbst, das älteste Gebet der Christenheit. Oft nur eine Formel, doch jetzt stieß Daniele die Worte mit einer Inbrunst hervor, die ihn selbst erstaunte.

Die Luft rauschte um ihn herum, als es weitere Einschläge gab, mehr Schreie, mehr Donnern, mehr Blut.

»*Panem nostrum quotidianum da nobis hodie. Et dimitte nobis debita nostra, sicut et nos dimittimus debitoribus nostris.*«

Hier und da fielen andere Stimmen mit ein. Daniele lief zwischen den Soldaten entlang, kam sich vor wie ein Fahnenflüchtiger, doch sein Gebet schenkte ihnen Kraft und Hoffnung. Seine Hand schlug das Kreuz, wieder und wieder.

Würden seine Gläubiger ihm vergeben? Würden die Feinde dort jenseits des Schlachtfeldes, mit ihren Piken und Armbrüsten, Lanzen und Kanonen ihnen allen vergeben? Sein Blick fiel auf zerrissene Leiber, geborstene Rüstungen, auf Erde, dunkel vom Blut guter Männer. Würde er?

Die spanischen Kanonen feuerten erneut, spien Tod und Vernichtung in Richtung der Feinde. Rauchschwaden stiegen auf, weiß und in der Kehle brennend, und machten jeden Atemzug zu einer Qual.

»*Et ne nos inducas in tentationem: sed libera nos a malo. Quia tuum est regnum et potestas et Gloria in saecula.*«

Pferde ragten vor ihnen auf. Nando wurde langsamer, und Daniele war bewusst, dass der Soldat schneller hätte laufen können, doch für ihn seinen Schritt zügelte. Er hielt kurz inne, suchte nach einem Weg durch die Reiterei. Daniele wollte ihm etwas sagen, ihm danken, doch er hatte keinen Atem mehr für Worte.

Nando wies zur Seite.

Vor Danieles Augen schlug ein Geschoss in die dicht gedrängte Reiterei, durchschlug Metall, Fleisch und Knochen, ließ Blut regnen, schleuderte Mensch und Tier umher. Etwas streifte Danieles Wange, hinterließ einen Schnitt, den er kaum spürte. Wo gerade noch stolze Ritter hoch zu Ross gestanden hatten, bot sich nun ein unerträglicher Anblick der Verwüstung. *So also sehen Menschen von innen aus,* fuhr es Daniele ungewollt durch den Kopf. Dann wurde ihm eiskalt, als er verstand, dass sie dort gewesen wären, hätten die Reiter ihnen eine Lücke gelassen.

Blut, so viel Blut. Schreiende, weinende Männer, die fassungslos auf ihre abgerissenen Gliedmaßen starrten. Wie zum Hohn der Donner der französischen Kanonen, nach dem Einschlag, nachdem sie ihre Wirkung längst erzielt hatten.

Zu Danieles Glück ließ Fernando ihn nicht zurück, sondern zog Daniele durch das Gemetzel hindurch.

Daniele war dem Tod schon oft begegnet, in seiner Lehrzeit bei Fra Michele ebenso wie als Priester, der die Sterbesakramente spenden musste. Aber er hatte den Tod noch nie so erlebt wie durch das Feuer der Kanonen, wie eine rohe, blutige Urgewalt.

Sie ließen die Sterbenden und Toten hinter sich. Immer noch war da Navarros Stimme, die Befehle brüllte, die Männer zusammenhielt und die Kanoniere anfeuerte. Sie drängten sich durch die Menge der Reiterei, Fernando fand einen Weg, schuf ihnen Platz, wenn es sein musste. Endlich waren sie durch die letzten Reihen hindurch, vor sich nur noch den Fluss. Daniele sank auf die Knie. Dann fiel ihm ein, dass er sein Gebet noch nicht vollendet hatte.

Er schloss die Augen und bekreuzigte sich.

»Amen.«

* * *

Es gab kein Versteck, keine Sicherheit, keinen Ort, den die Kanonen der Franzosen nicht erreichen konnten. Daniele stand so weit hinten, wie es ihm möglich war, ohne durch den Ronco zu waten. Nichts hatte ihn auf dieses Erlebnis vorbereitet, kein Text, den er gelesen, kein Bild, das er gesehen hatte. Es schien kein Ende nehmen zu wollen. Nachdem der rollende Donner einer Salve verklungen war, hörte man wieder die Schreie, manche so wild wie von Tieren, andere elend wie von kleinen Kindern. Männer, die in ihren letzten Momenten nach ihren Müttern riefen. Daniele wusste nicht, was er tun sollte, was er tun konnte. Eine schreckliche Hilflosigkeit umschloss sein Herz, lähmte ihn. *Wie kann eine Seele diese Grausamkeit ertragen?* Darauf fand er keine Antwort.

Das Gebet war seine Flucht. Die Stimme leise, den Blick gesenkt, Tränen in den Augen. Doch das Gebet konnte nicht die Eindrücke der tobenden Schlacht verdrängen. Dabei hatte noch keine Klinge ihr Ziel gefunden. Nur die Geschütze beider Seiten hielten blutige Ernte unter den Soldaten, egal ob Fußvolk oder Reiterei, ob *condottiere* oder hoher Herr.

Vor ihm stand Fernando, breitbeinig, die Fäuste in die Hüfte gestemmt, trotzte so dem Zorn der Franzosen. Aber Daniele sah, dass selbst der abgehärtete Veteran sich immer wieder fahrig mit der Rechten über das Gesicht strich.

Im Pulverdampf riss eine Lücke auf, und Daniele sah den Graben und den Wall. Die Fußsoldaten lagen auf dem Boden, der Wall wies breite Breschen auf, doch für den Moment schien Navarros Werk die schlimmsten Auswirkungen des Beschusses von seinem Teil der Armee abgehalten zu haben.

Bei der Kavallerie sah es schlimmer aus. Ungeschützt, ohne jegliche Deckung, war sie dem Feuersturm der französischen Feldschlangen und Bombarden gnadenlos ausgeliefert.

Danieles Augen brannten vom Rauch. Er rieb sie sich, doch davon schmerzten sie nur noch mehr. Er blickte auf seine Hand, die schmutzigen Finger, an denen Blut trocknete. Es war ihm, als wären es nicht seine Gliedmaßen, sondern die eines anderen, die er wie aus großer Ferne betrachtete.

Dann schlug eine Kugel nur wenige Schritt neben ihm ein und ließ die Erde unter seinen Füßen beben. Ein Reiter der päpstlichen Kavallerie ging schreiend zu Boden. Daniele wandte sich ab, sah zum Himmel empor.

»Was verlangst du von mir, oh Herr? Ich verstehe dich nicht. Was soll ich tun? Warum bin ich hier?«

Der gefallene Reiter schrie noch immer. Eine andere Antwort gab es nicht. Daniele war es, als kehrte seine Seele zurück in seinen Leib. Er blickte zu dem Verwundeten. Der schien den Blick zu erwidern, voller Furcht und Entsetzen.

»Bitte«, kam ein rauer Schrei, und wieder: »Bitte!«

Fast trotzig wischte sich Daniele eine Träne aus dem Augenwinkel.

»Gut, Herr. Ich verstehe.«

Mit diesen Worten ging er an Nando vorbei und kniete sich neben den am Boden liegenden Soldaten aus Rom. Daniele musste kein Feldscher sein, um zu wissen, dass diese Wunden tödlich sein würden.

Einschläge überall. Das Donnern der Kanonen.

»Mein Sohn«, sagte er mit so viel Sicherheit in der Stimme, wie er aufzubringen vermochte. Die Hand des Mannes fuhr suchend durch die Luft, Daniele ergriff sie, hielt sie fest. »Ich bin hier. Der Herr ist bei uns.«

Tief beugte sich Daniele über den Sterbenden, seine Lippen

berührten fast dessen Ohr, und er begann, für ihn zu beten. Er hatte kein Öl, um ihn mit einer Letzten Ölung zu salben, aber es waren die Worte, die zählten. Dass Daniele da war, seine Hand hielt, zu ihm sprach. Dankbarkeit glänzte in den Augen des Mannes, und dann waren sie leer. Der feste Druck seiner Finger erschlaffte. Sanft legte Daniele ihm die Arme auf die Brust, zeichnete mit dem Daumen ein Kreuz auf die Stirn des Toten.

»Gott ist mit dir.«

Als er sich erhob nickte Fernando ihm zu. Auch in den Mienen der Reiter um sie herum bemerkte Daniele einen neuen Ausdruck: Respekt. Ein Priester konnte keine Schlachten auf dem Felde schlagen, wohl aber spirituelle.

»Lasst mich durch, verdammt noch mal!«

Die wütende Stimme riss Daniele aus dem Moment. Seine Ruhe verschwand, als Colonna mit seinem Gefolge durch die Reihen schritt. Ihre Pferde hatten sie irgendwo zurückgelassen, doch der Auftritt des Generals verschaffte ihnen auch so Gehör.

»Wo ist dieser Bastard von einem Vizekönig?«

Die Soldaten sahen sich betreten an. Einer wies unsicher voraus, und Colonna stapfte von dannen. Er schien Daniele nicht zu bemerken, nicht einmal, als dieser ihm folgte.

Inmitten eines kleinen Pulks von prächtig gerüsteten Reitern stand Cardona über einen Tisch gebeugt, auf dem einige bunt angemalte Holzfiguren standen, die offenbar Truppen darstellten. Rechts und links neben ihm standen d'Ávalos, wie immer makellos gerüstet, und Navarro, dessen Gesicht schwarz vor Ruß war.

»Meine Männer werden da vorne abgeschlachtet«, donnerte Colonna ohne Gruß und zwängte sich an den Wachen vorbei.

»Während Navarros Hosenscheißer im Schlamm kriechen!«

Der Vizekönig richtete sich auf und musterte den päpstlichen General mit kühlem Blick.

»Wir alle erleiden Verluste, mein Herr. So ist der Krieg.«

Hinter Colonna hatte d'Ávalos ein sardonisches Grinsen aufgesetzt, als wäre das alles nur ein Spiel für ihn. Immerhin schenkte er Daniele ein Nicken, als er ihn bemerkte.

»Verluste!« Jetzt brüllte Colonna. »Verluste? Die französischen Schafficker und ihre Kanonen machen Hackfleisch aus der besten Reiterei südlich der Alpen!«

Mit einem Blick auf Navarro wies der Vizekönig auf den Tisch. »Don Pedro hat mir gerade erst berichtet, dass es die Franzosen schlimmer trifft als uns. Wir ...«

»Don Pedro«, spie Colonna aus. »Der sich im Graben versteckt, während wahre Männer dem Feind ins Auge blicken.«

Fast erwartete Daniele, dass Navarro eine scharfe Replik geben würde, aber der lächelte nur und schüttelte den Kopf.

»Ihr vergesst Euch, mein Herr«, erwiderte stattdessen Cardona gefährlich kühl. »Don Pedros Mut ist über jeden Zweifel erhaben.«

Vielleicht waren es die leisen Worte oder der aufziehende Sturm auf Cardonas Miene, aber Colonna wurde etwas ruhiger.

»Lasst mich einen Angriff reiten«, bat er, immer noch mit Nachdruck in der Stimme. »Wir zerschlagen ihre Geschützstellung, hier an ihrer rechten Flanke.«

Er wies auf die rot bemalte Miniatur einer Kanone, die wohl eine der beiden französischen Artilleriestellungen darstellte.

»Dafür ist es zu früh«, befand der Vizekönig, ohne auf den Tisch zu blicken. »Wir lassen die Franzosen kommen. Sie werden an unserer Stellung brechen wie die See an einem Felsen.«

»Zwei Mal habe ich Euch nun um die Erlaubnis gebeten, dieser Narretei ein Ende zu bereiten und die Schlacht für uns zu gewinnen.« Colonna breitete die Arme aus.

Die beiden starrten sich an. Keiner gab nach. Daniele war wie gebannt von ihrem stummen Duell. Dann drehte Colonna sich abrupt um.

»Ein drittes Mal frage ich nicht.«

Er stapfte davon.

»Wenn Ihr dem Papst die Banner der Franzosen vor die Füße

legt und ihm Oberitalien zurückgebracht habt, werdet Ihr mir noch danken«, rief ihm Cardona wenig würdevoll hinterher. Leiser fügte er hinzu: »Arroganter Bastard.«

Navarro grinste, ebenso d'Ávalos, der die leichte Reiterei an der linken Flanke kommandierte.

»Die Italiener halten viel zu viel auf sich«, stellte er fest. »Dabei würden sie ohne Spanien längst Louis den Hintern küssen.«

Alle drei lachten kurz. Dann fiel d'Ávalos' Blick auf Daniele.

»Verzeiht, Padre. Ausnahmen gibt es natürlich immer.«

Daniele schenkte ihm ein Nicken, auch wenn ihm nicht danach zumute war.

»Colonna wird sich nicht mehr lange halten lassen«, erklärte d'Ávalos dann ernst.

»Dann sorgt dafür, dass er sich an den Schlachtplan hält«, befahl der Vizekönig grimmig. »Ein Sturm der Vorhut ohne Unterstützung wäre ein Todesurteil. Für uns alle.«

»Carvajal hat mich einen Hurensohn genannt und seine Reiter noch Schlimmeres«, berichtete Navarro. »Sie halten das Feuer der Franzosen auch nicht gut aus.«

Der Vizekönig seufzte.

»Kehrt zu Eurer Männern zurück und bändigt Carvajal«, befahl er d'Ávalos. Der verneigte sich und eilte von dannen, jedoch nicht ohne Daniele noch vorher auf die Schulter zu klopfen und sich zu ihm zu beugen: »Schaut genau zu. Das wird noch ein großer Tag!«

Die Worte überraschten Daniele, doch er rief dem jungen Edelmann noch ein »Gott sei mit Euch!« hinterher.

Nun war er allein mit Cardona und Navarro, die ihn jedoch nicht weiter beachteten, sondern über die Feinheiten des Artilleriebeschusses sprachen. Gerade wollte er sich leise wieder entfernen, da erklang ein Schrei.

»Seht! Seht!«

Von ihrer leicht erhöhten Position aus hatten sie einen guten Überblick über das Schlachtfeld, und vor allem über ihre eigenen Reihen. An ihrer rechten Flanke, dort, wo die Truppen einen schmalen Streifen zwischen Graben und Fluss gelassen hatten, war Bewegung in die Reiterei gekommen. Es war wie eine Flut aus Pferd, Mensch und Metall, die sich durch die Lücke zwängte und auf das Schlachtfeld drängte.

»Verflucht, Carvajal!« Der Vizekönig schrie, doch seine Stimme konnte unmöglich über das Donnern von Hufen und Kanonen dringen. Der spanische Offizier führte die fünfhundert Reiter seiner Nachhut auf das Feld. Daniele sah mit schreckgeweiteten Augen zu. Den schweren Reitern schlossen sich viele Hundert weitaus leichter gerüstete Soldaten zu Pferde an. Das musste die leichte Kavallerie unter d'Ávalos sein.

»Der Hund, er sollte doch ...«

Jetzt ergaben die Worte Sinn. Daniele wusste nicht, ob es eine Absprache mit seinem Schwiegervater Colonna war oder seine eigene Entscheidung, aber d'Ávalos hatte Carvajal keineswegs im Zaum gehalten. Im Gegenteil, offenbar hatte er ihn zum Angriff angestachelt.

Ein Hornstoß ertönte, und die Reiter stürmten vorwärts, endlich von der Kette gelassen. Es war eine wilde Attacke, gezielt auf das Herz der französischen Artillerie auf deren linker Seite.

»Sind denn alle verrückt geworden?« Don Pedro starrte dem Sturmritt fassungslos hinterher.

»Alleine sind sie so gut wie tot«, stellte Navarro überraschend ruhig fest. Niemand hörte auf ihn, also packte er Cardona am Unterarm. »Hört Ihr? Alleine werden sie aufgerieben.«

Das zeigte Wirkung. Zumindest, wenn man die Tirade von Flüchen, die der Vizekönig ausstieß, als Wirkung bezeichnen mochte.

»Sagt Colonna, er hat seinen Angriff«, befahl er schließlich einem seiner Untergebenen. »La Palude und Petrucci ebenfalls. Wir werfen alles in die Schlacht. Und eilt Euch!«

»Pedro, geh und halt die Linien«, bat Cardona dann ungewohnt leise. »Wenn der Gegenangriff kommt, halt die Linien!«

Der Angesprochene verschwand zwischen den Leibern der Soldaten, und so blieb Daniele mit dem Vizekönig allein. Der jedoch hatte keinen Blick für ihn übrig, sondern starrte nur gebannt auf das Schlachtfeld.

Dort hatte die spanische Reiterei die tödliche Zone zwischen den Stellungen beider Armeen überquert und schien nun schier auf die Geschütze ihrer Feinde hinzuzufliegen. Einen Moment lang keimte Hoffnung in Danieles Herzen auf, doch dann ritten ihnen französische Gendarmen entgegen, die besten Ritter ihrer Nation, gehüllt in schwere Rüstungen.

Selbst auf diese Distanz konnte Daniele den Aufprall hören, als aus dem Sturmritt ein wilder Nahkampf wurde. Freund und Feind in chaotischem Durcheinander – doch nach und nach wurden die Franzosen zurückgedrängt, auf ihre Geschütze zu, die tatsächlich für den Moment schwiegen.

Da ritten die päpstlichen Ritter unter Colonna aus dem Lager und sammelten sich. Wie gebannt blickte Daniele auf das Schauspiel, das sich ihnen darbot. Er glaubte, Colonna selbst sehen zu können, doch vermutlich war es nur eine Einbildung, eine Illusion, die zerbrach, als sich die schwere Reiterei in Bewegung setzte.

Der Sturmritt war hier anders als auf der gegenüberliegenden Flanke. Der Boden war uneben, aufgebrochen von Kanonen, und so ritten Colonnas Männer langsamer. Das gab den Franzosen mehr Zeit, sich zu sammeln und den Angriff gebührend in Empfang zu nehmen.

Wieder dachte Daniele daran, dass es Ostern war. *Das ist mein Blut, das Blut des Bundes, das für viele vergossen wird*, kamen ihm die biblischen Worte des Markus-Evangeliums in den Sinn. Denn ja, dort, jenseits des Schlachtfeldes, wurde Blut vergossen. Viel Blut.

Die Franzosen und ihre Landsknechte bewegten sich, schützten ihre Artillerie, verwickelten sowohl italienische als auch spanische Reiterei in einen grausamen Nahkampf. Niemand musste Daniele erklären, dass der Sturmangriff gescheitert war. Kein Reiter war auch nur in die Nähe der Geschütze gekommen. Es war schrecklich, so hilflos mit anzusehen, wie gute Männer ihr Leben für eine verlorene Sache gaben. Sosehr Daniele sich auch anstrengte, er konnte niemanden mehr erkennen. Banner fielen in den Schmutz, Pferde stürzten, Soldaten wurden von schweren Hufen zertrampelt.

Dann, so schnell, wie es begonnen hatte, endete es. Spanische Reiter lösten sich aus dem Gefecht, ritten blindlings davon, ließen ihre eigenen Kameraden im Stich. Als Daniele sah, wie wenige es waren, sank sein Herz. *Kaum mehr als hundert.*

»Zurück! Zurück!«

Doch niemand hörte die Schreie des Vizekönigs. Die fliehenden Spanier kehrten nicht zurück ins Lager, sondern ritten nach Süden davon, fort von ihren Verbündeten, fort von der Schlacht.

»Ein Sturmangriff ist Narretei«, flüsterte Cardona fast.

Vermutlich sahen die päpstlichen Reiter an der anderen Flanke die Flucht der spanischen Reiterei, denn auch dort löste sich ein Trupp von jenen, die es noch konnten. Halb erwartete Daniele, dass Colonna sie ebenfalls davonführte, doch sie ritten schnell Richtung ihres Lagers zurück.

Cardona fluchte. Dann wurde er unvermittelt ruhig.

»Mein Pferd«, befahl er. Als ein Soldat es ihm brachte, ließ er sich in den Sattel helfen. »Alle zu mir.«

Sein kleiner Trupp versammelte sich um ihn. Er sah sich um, dann nahm er wohl zum ersten Mal Daniele wahr.

»Ihr da, päpstlicher General.«

»Ich bin nicht ...«

»Sagt Navarro, dass ich mich vom Schlachtfeld zurückziehe. Er soll tun, was er kann.«

So verdutzt war Daniele, dass er zunächst keine Worte fand.

»Zurückziehen?«, brachte er schließlich hervor. »Ihr ...«

»Herrgott, Mann, die Schlacht ist verloren. Petrucci hat sich schon ergeben. Macht daraus, was Ihr wollt!«

Dann ritt er nach Süden davon. Daniele sah ihm nach, bis er aus dem Lager geritten war und Carvajals Trupp folgte. Ratlos, was er tun sollte, ratlos, was er tun konnte, blieb er wie angewurzelt stehen.

»Bruder, mir scheint, Ihr seid jetzt General«, sagte Fernando, ging zu dem Tisch, nahm die Figur eines Berittenen in die Hand, betrachtete sie abschätzig und ließ sie in den Schlamm fallen.

»Wollt Ihr meinen Rat?«

Dankbar blickte Daniele ihn an. »Ja.«

»Schnappen wir uns zwei Pferde und machen es wie der Vizekönig.«

»Wir können doch nicht ...«

Bevor er protestieren konnte, stürmte Colonna heran.

»Wo ist der Bastard?«

»Auf dem Weg nach Forli«, entgegnete Daniele so ruhig, dass es ihn selbst überraschte. Der General des Kirchenstaates hatte nicht einmal sagen müssen, wen er meinte. »Er sagte, die Schlacht sei verloren.«

Colonnas Antlitz, schon vorher vor Anstrengung gerötet, nahm ein gefährliches Puterrot an.

»Geflohen? Diese verdammten feigen Spanier verkriechen sich im Schlamm und rennen dann einfach weg!« Er warf seinen Helm zu Boden, packte die Tischplatte und kippte den Tisch schwungvoll um. »Feige Bastarde! Elendes Pack!«

Daniele hielt es für besser, Colonna nicht in seinem Ausbruch zu stören oder auch nur auf seine Anwesenheit aufmerksam zu machen. Dies geschah von selbst, als sich der General etwas beruhigte.

»Aber Ihr seid geblieben?«

Daniele nickte nur. Da war etwas Neues in Colonnas Blick. Als revidierte er gerade seine Meinung über Daniele.

»Also habt Ihr doch italienisches Blut in den Adern«, sagte er schließlich. Plötzlich wirkte er müde und viel älter als noch vor wenigen Augenblicken. »Heilige Liga, was für ein Hohn.«

»Was tun wir nun?«, erkundigte sich Daniele.

»Entweder Ihr sucht Euch einen guten Ort zum Sterben«, empfahl Colonna und seufzte, »oder Ihr lasst Euch von dem Hundsfott da über den Fluss bringen.« Er nickte in Richtung Fernando, der spöttisch und offensichtlich kein bisschen gekränkt salutierte.

»Über den Fluss?«

»Und dann nach Rom. Berichtet Dovizi, was hier geschehen ist. Sagt ihm, wie die verdammten Spanier mit eingekniffenen Schwänzen davongelaufen sind.«

Schreie brandeten auf. Daniele sah, dass die französischen Fußtruppen am anderen Ende des Schlachtfelds vorrückten. Arkebusen knallten, Armbrustbolzen schossen auf die spanischen Verteidiger zu. In der Mitte liefen die Landsknechte mit ihren langen Piken.

»Geht«, sagte Colonna noch einmal, hob seinen Helm wieder auf und strich mit dem Ärmel den gröbsten Schmutz ab.

* * *

Die Sonne stand hoch am Himmel und hatte gerade ihren Zenit überschritten. Daniele versuchte, die furchtbaren Schreie hinter sich zu ignorieren, als er mit Fernando durch das Wasser des Ronco watete. Es war kühl und zerrte an seiner Robe, aber es war nicht so tief, dass er hätte schwimmen müssen. Am anderen Ufer kroch er die Böschung empor. Nando blieb im Ronco stehen.

»Kommst du?«

Der spanische Veteran schüttelte traurig den Kopf. »Ich bin kein Vizekönig«, stellte er ruhig fest und wies in Richtung Süden. »Geht den Fluss entlang. Dort findet Ihr Freunde Roms.«

Die Schreie wurden lauter. Schüsse donnerten, es war ein heilloses Durcheinander.

»Gott sei mit dir«, sagte Daniele schlicht, als Fernando sich abwandte und durch den Fluss zurückstapfte, zurück in Richtung der Schlacht, die nun zu einem brutalen Gemetzel geworden war.

Vor Daniele erstreckte sich eine grüne Weide, voll Versprechen auf neues Leben nach dem harten Winter. Hinter ihm gab es nur den Tod.

Es war Ostern.

Er richtete sich auf, blickte nach oben.

Heiliger Vater im Himmel, was haben wir getan?

Kapitel 40

SAN QUIRICO D'ORCIA, MAI 1512

Ein schmaler Streifen Licht fiel durch einen Schlitz im Mauerwerk, nicht genug, um den düsteren Raum wirklich zu erhellen, aber genug, um Margherita daran zu erinnern, dass außerhalb der Mauern von San Quirico der Frühling Einzug hielt, Bäume blühten und Mohnblumen sprossen. Durch die Mauerspalte drang der Duft der Wiese zu ihr herein, und für einen Augenblick presste sie die Stirn gegen den Stein. Im Untergeschoss des Landhauses herrschte selbst am helllichten Tag nur dämmriges Licht, und es roch muffig nach altem Holz und vergessenen Winteräpfeln.

Der Gutshof der Petrucci in San Quirico war alt, und seine Mauern waren zum Schutz errichtet worden und nicht, um seinen Bewohnern große Bequemlichkeiten zu bieten. Sie waren nun schon seit einigen Wochen hier, und sie fand den düsteren Bau mit jedem Tag beklemmender.

Pandolfo Petrucci war sich schließlich doch noch mit dem Kirchenstaat einig geworden, hatte zähneknirschend Frieden mit Florenz geschlossen und im Gegenzug einen Großauftrag zur Versorgung der päpstlichen Truppen und einen Kardinalshut für einen seiner Neffen erhalten.

Ob es letztlich die Kardinalswürde war oder die Sorge, dass die Franzosen sonst eines Tages auch vor Siena stehen würden, wusste sie nicht, aber das neue Bündnis trug sogar so weit, dass sich ihr Mann Piero dem Heereszug des Kirchenstaates mit einigen Sieneser Truppen angeschlossen hatte und nach Ravenna gezogen war.

Pandolfo Petrucci war jedoch schon seit einigen Wochen nicht ganz er selbst gewesen, weshalb er die Truppen auch nicht begleitet hatte. Immer wieder hatten ihn Fieber und Krämpfe geschüttelt, und obwohl ihn die besten Ärzte Sienas mit Theriak behandelt und zur Ader gelassen hatten, war keine dauerhafte Besserung eingetreten.

Dennoch hatte er darauf bestanden, die Sieneser Soldaten bis zum Stammsitz der Familie Petrucci nach San Quirico zu begleiten und dort mit Margherita und Aurelia auf die Rückkehr Pieros zu warten. Margherita vermutete, dass er so auch verhindern wollte, dass die Sieneser Signoria von seiner zunehmenden Schwäche erfuhr.

Sie seufzte. *Alles ist Politik, selbst eine schwere Krankheit.*

»Geht es dir gut?«, fragte Aurelia und trat neben sie. Die ältere Frau wischte sich den Schweiß von der Stirn. Es war nicht leicht, Ordnung in die Vorräte des Gutes zu bringen, aber sie hatten sich vorgenommen, alle Keller zu inspizieren und Listen davon anzulegen, welche Lebensmittel hier eingelagert waren.

Die Petrucci hatten um Siena herum große Besitzungen und Ländereien, doch Pandolfo kümmerte sich auch in Friedenszeiten nur wenig darum, was auf seinen Gütern geschah. Er hatte keine Lust, sich mit dem Preis von Getreide und Olivenöl auseinanderzusetzen, und so überließ er einen Gutteil der Verwaltung seinen Sekretären und Aurelia.

»Es ist nichts«, sagte Margherita. »Ich habe nur allmählich das Gefühl, in diesem Keller eingesperrt zu sein.«

»Und ich habe allmählich genug davon, Ölfässer und Pecorinolaibe zu zählen«, gab Aurelia zurück. »Wir sollten nach draußen gehen. Die Vorräte laufen uns fürs Erste nicht weg.«

»Vermutlich nicht. Allerdings fürchte ich, dass wir nicht sehr weit kommen werden«, wandte Margherita ein. Piero hatte ihr vor seiner Abreise verboten, sich allzu weit vom Gut zu entfernen. Sie hatte es zwar noch nicht ausprobiert, vermutete aber, dass die Diener von diesem Befehl wussten und sie daran hindern würden, sollte sie es versuchen.

»Ich will ja auch gar nicht bis nach Sizilien, nur ein bisschen an die frische Luft.«

Als sie vor den Torbogen traten, der auf den Innenhof des Gutes führte, stand die Sonne schon tief am Himmel. Der kleine Ort San Quirico wirkte ganz friedlich. Kein Vergleich mit den immer betriebsamen *contrade* Sienas.

Margherita ließ ihren Blick schweifen. Der Hof war von Olivenhainen und Feldern umgeben, auf denen Bauern Getreide anbauten und Vieh hielten. Gelbe Halme sprossen bereits zwei Handbreit in die Höhe.

»Mittlerweile müssten die Truppen schon lange in Ravenna sein, nicht wahr?«, fragte sie. »Findest du es nicht seltsam, dass noch kein Bote gekommen ist und wir noch nichts gehört haben?«

Aurelia zuckte mit den Schultern. »Ich weiß nicht. Ein Kriegszug ist eine langsame Angelegenheit. Vielleicht sind sie doch noch nicht angekommen? Viel seltsamer fand ich es, wie stolz sie aussahen, als sie weggeritten sind. Und wie unbesorgt sie waren. So als ob sie nicht in den Krieg zögen, sondern zu einem Jagdausflug aufbrächen.«

»Pandolfo hätte es vielleicht besser gewusst, er hat schon in Kriegen gekämpft. Aber Piero nicht. Ich glaube nicht, dass er wirklich ahnt, worauf er sich da eingelassen hat.«

»Hauptsache, er kann sich als *condottiere* fühlen«, sagte Aurelia. Die Verachtung in ihrer Stimme war unüberhörbar. »Nun, ich habe nicht vor, den ganzen Tag für den Sieg unserer Soldaten zu beten. Ich denke, wir können Besseres tun. Wenn wir damit fertig sind, die Vorräte zu zählen, würde ich gerne herausfinden, wie es um die Mauern von San Quirico bestellt ist und was die Bauern hier überhaupt vom Krieg verstehen. Nur, falls ... es anders kommen sollte, als Pandolfo und Piero denken.«

Sie warf ihrer Schwägerin einen fragenden Blick zu. »Glaubst du, dass das passieren kann? Dass die Franzosen bis hierher kommen und uns belagern?«

»Das möge Gott verhüten. Aber was wird wohl geschehen, wenn die Heilige Liga in Ravenna nicht gewinnt? Dann steht ein riesiges französisches Heer nur wenige Tagesmärsche von hier entfernt. Und es heißt, dass die Franzosen von allem mehr haben als die Italiener: Söldner, Waffen und Geld.«

Margherita rieb sich die Schläfen; sie spürte, dass sie Kopfschmerzen bekam. »Zumindest was das Geld angeht, glaube ich, dass du recht hast. Ich habe nämlich nachgerechnet: Dieser Kardinal de' Medici hat kaum die Hälfte der Vorräte bezahlt, die die Petrucci mit auf den Kriegszug geschickt haben. Wie ich es auch drehe und wende, die Kirche schuldet uns noch mehr als dreihundert Golddukaten. Ich denke, Pandolfo wird einen schönen Wutanfall bekommen, wenn er erfährt, dass die päpstlichen Truppen zwar von Siena versorgt wurden, aber sie die Rechnung nie bezahlt haben.«

»Wenn Pandolfo noch einmal in der Lage sein wird, das überhaupt zu begreifen«, sagte Aurelia vorsichtig. »Ich habe das Gefühl, dass es ihm jeden Tag schlechter geht. Momentan schläft er meist oder redet über Dinge, die weit in der Vergangenheit liegen. Im Augenblick könnte ich ihm gar nichts von de' Medici und seinen Schulden erzählen.«

»Glaubst du, dass er ...« Margherita ließ die Frage unausgesprochen in der Luft hängen.

»Ja«, gab Aurelia zurück, ohne Margherita anzusehen. »Ich habe bereits Borghese geschrieben. Er muss nach Siena zurückkehren.«

Borghese war Aurelias ältester Sohn und Pandolfos Erbe, doch das Verhältnis der beiden war schon seit Jahren angespannt, und Borghese lebte in Rom als Mündel der Colonnas.

Eine Gruppe Frauen, die gerade von einem der Felder zurückkam, sah neugierig zu ihnen herüber.

»Die Sonne wird bald untergehen. Wir sollten wieder hineingehen«, sagte Aurelia, als plötzlich Hufgetrappel auf der Straße ertönte.

Ein Trupp Reiter tauchte auf der Straße auf, der einen Karren in ihrer Mitte begleitete. Aurelia schien ebenso wie Margherita unschlüssig zu sein, ob sie warten sollten, aber dann erkannte sie, dass es sich um Soldaten handelte, die die Sieneser Farben trugen, auch wenn sie abgerissen und dreckverkrustet waren. Die Frauen, die eben an ihnen vorbeigegangen waren, blieben stehen und starrten die Reiter an.

Ob es am Zustand oder an der Haltung der Männer lag – der Anblick jagte Margherita einen Schauer über den Rücken. *Das kann nur schlechte Nachrichten bedeuten.*

Als der Trupp die beiden Frauen vor dem Hof stehen sah, kamen sie auf sie zu und hielten ihre Pferde an. Ein müde aussehender Mann mit verhärmten Gesichtszügen und rasiertem Schädel stieg aus dem Sattel und verneigte sich.

»Capitano Montalban, Madonna, zu Euren Diensten. Wir kommen ... aus Ravenna.« Er warf einen vorsichtigen Blick auf den Karren, den sie dabeihatten.

»Was habt Ihr für Neuigkeiten?«, wollte Aurelia wissen.

Der Hauptmann sah sich vorsichtig um. »Wir sollten mit Messere Petrucci sprechen«, sagte er dann.

»Messere Petrucci ist krank«, erwiderte Margherita. Dann warf sie Aurelia einen Blick zu und nahm ihre Hand, die eiskalt war. »Aber wollt Ihr nicht mit Euren Männern auf den Hof kommen?«

Aurelia nickte wie zur Bestätigung. Auf ein Zeichen ihres Anführers hin stiegen die Soldaten von ihren Pferden und schoben das Hoftor auf. Im Inneren kamen ihnen bereits die Knechte des Gutes entgegen. »Versorgt die Pferde«, wies der Hauptmann seine Leute an.

»Die Schlacht um Ravenna ist verloren«, sagte Montalban schließlich, als sie außer Hörweite der Gutsleute waren.

»Die Schlacht ist verloren?«, wiederholte Margherita. »Was heißt das?«

»Die Franzosen haben die Spanier vernichtend geschlagen,

Madonna«, berichtete der *Capitano*. »Ihre Kanonen haben uns auseinandergenommen, und jeder, der nicht fliehen konnte, ist tot. Sie haben nur die Adeligen gefangen genommen und alle anderen erschlagen.«

»Mein Gott«, flüsterte Aurelia.

»Sind das alle Sieneser?«, fragte Margherita entsetzt. »Diese paar Männer?«

»Vielleicht zwei Dutzend waren noch hinter uns, die meisten zu Fuß und langsamer als wir«, gab Montalban zurück.

»Ist Messere Piero bei ihnen?« Margherita wusste nicht einmal sicher, ob sie eine Antwort auf diese Frage überhaupt hören wollte.

Der Hauptmann schüttelte den Kopf. »Nein, Madonna. Ich weiß nicht, wo er ist.« Montalban deutete mit dem Kinn zum Karren. »Wir haben Kranke dabei. Das Fleckfieber ging unter den Truppen um, und einige von unseren Leuten haben sich früh angesteckt.«

Aurelia war bereits an den Wagen getreten. Sie schlug das Tuch zurück, mit dem das Gefährt bedeckt war, und hielt sich dann die Hand vor den Mund.

»Kein schöner Anblick«, sagte der Soldat bedauernd.

Ihre Schwägerin, sonst immer so beherrscht, wirkte wie gelähmt. »Wie viele Kranke sind es?«, fragte Margherita.

»Vielleicht ein Dutzend. Aber nicht alle ... leben noch«, antwortete Aurelia gepresst.

Als Margherita einen Blick in den Wagen warf, sah sie, was Aurelia so erschreckt hatte. Die Kranken lagen achtlos neben- und übereinander in ihrem eigenen Unrat, stöhnten oder waren bereits tot. Bläulich rote Flecken bedeckten ihre Haut. Es stank bestialisch.

»Wir müssen uns um sie kümmern«, flüsterte Margherita.

Aurelia nickte. »Ladet sie ab!«, befahl sie. »Bringt die kranken Männer in die Scheune.«

»Und die Toten, Madonna?«, fragte einer der Soldaten.

Margherita blickte sich um. »In die Kapelle«, sagte sie dann. »Wir holen morgen einen Mönch aus dem Kloster, der sich um ein christliches Begräbnis kümmern kann.«

»Wo ist Messere Petrucci?«, fragte der Soldat eindringlich. »Soll ich ihm nicht Meldung machen?«

»Ihr könnt es zumindest versuchen«, sagte Aurelia leise.

***

Pandolfo Petrucci lag reglos auf dem Bett, als sie in das Schlafgemach kamen. Margherita hatte ihn einige Tage nicht gesehen, aber es schien, als hätte sich selbst in dieser kurzen Zeit sein Zustand noch verschlechtert. Sein vormals massiger Körper schien geschrumpft zu sein.

Als sie die Hand ausstreckte und seine Haut berührte, fühlte sie sich kalt und klamm an. Sein kurzes, eisgraues Haar hing schweißverklebt an seinem Kopf.

Capitano Montalban blieb unschlüssig im Raum stehen und drehte seine Mütze in den Händen.

»Ihr seht, gerade könnt Ihr meinem Mann nicht Bericht erstatten«, sagte Aurelia.

Margherita überlegte gerade, ob sie versuchen sollten, Pandolfo zu wecken, als plötzlich sein ganzer Leib bebte. Seine Muskeln verkrampften sich, und er winkelte die Arme und Beine wie an Schnüren gezogen an. Unartikulierte Laute drangen aus seinem Mund, Schleim und Spucke troffen zwischen seinen Lippen hervor. Es sah aus, als sei er von einem Dämon besessen. Margherita sprang vom Bett zurück.

»Haltet ihn fest«, rief Aurelia dem Soldaten zu. »Er wird sich noch selbst verletzen.«

Montalban hielt Petruccis Beine fest, Aurelia und Margherita ergriffen je einen Arm. Sie zwangen den Kranken, sich zu strecken, obwohl er sich in ihrem Griff wand.

Einen Moment später war es vorbei, und er lag wieder ganz ruhig da. Aurelia wischte Pandolfo mit einem Tuch das Erbrochene aus dem Gesicht.

Der Soldat blickte seinen Herrn mit vor Schreck geweiteten Augen an und bekreuzigte sich.

»Es ist gut«, sagte Aurelia zu ihm. »Ihr könnt jetzt gehen. Kümmert Euch um Eure Soldaten. Sie werden etwas zu essen und ein Nachtlager erhalten, ich verspreche es.«

Ihre Schwägerin ließ den Kopf sinken, sobald sie allein waren. Margherita wusste, dass sie keine Liebe für den jähzornigen und ungeschlachten Petrucci hegte, aber jetzt schien es, dass sie sein Anblick aufrichtig aus der Fassung brachte. »Was tun wir jetzt nur?«

»Wir sollten einen Boten nach Siena schicken und den Rat wissen lassen, dass die Heilige Liga die Schlacht verloren hat«, sagte Margherita. »Und sollten wir nicht einen Arzt holen?«

»Ja, die Signoria muss wissen, dass vielleicht die Franzosen kommen.« Aurelia blickte zu Petrucci. »Aber er würde nicht wollen, dass ganz Siena von seinem Zustand erfährt. Die Ratsmitglieder würden seine Schwäche sofort nutzen und nach der Macht greifen.«

Margherita überlegte einen Moment. »Wir können den Arzt und den Boten zu Stillschweigen verpflichten. Oder es zumindest versuchen.«

Aurelia blickte ihren Mann an und zog die Stirn in Falten. »Ich will nicht leugnen, dass ich mir oft genug gewünscht habe, er wäre nicht mehr am Leben. Aber jetzt kann ich ihn nicht einfach so sterben lassen. Du hast recht. Morgen früh schicken wir jemanden.«

Margherita legte einen Arm um ihre Schwägerin. »Sie wissen nicht, wo Piero ist«, meinte sie.

»Ich habe es gehört. Dann sind es jetzt nur noch wir beide«, murmelte Aurelia halblaut und legte den Kopf an Margheritas Schulter. »Wenn Pandolfo stirbt ...« Sie ließ den begonnenen

Satz in der Luft hängen. »Ich weiß nicht, was dann mit mir passiert.«

»Borghese wird seinen Vater beerben und Siena regieren, oder nicht?«

»Mein Sohn ist kein Mann wie sein Vater«, sagte Aurelia. »Ich weiß nicht, wie lange er sich an der Spitze Sienas wird halten können. Ich kenne Borgheses Schwächen nur zu genau. Ich bete zu Gott, dass Rom aus ihm einen anderen Menschen gemacht hat, aber wer weiß, was aus ihm werden wird, wenn er einmal erkannt hat, über welche Macht er verfügt. Ich hatte immer gehofft, dass er mehr Zeit hat, um zur Vernunft zu kommen, aber ...«

Aurelia sah erschöpft aus. Die beiden tiefen Sorgenfalten auf ihrer Stirn wirkten wie eingegraben. Margherita wusste, dass ihre Schwägerin recht hatte. Borghese hatte zwar den Hitzkopf seines Vaters geerbt, aber weder dessen Befähigung als Feldherr noch als Politiker. Er trank unmäßig und neigte zu Gewaltausbrüchen. Vor einigen Jahren hatte sein Vater ihn zu den Colonna nach Rom geschickt, in der Hoffnung, dass ein anderer Hof ihn zur Vernunft bringen würde. Vermutlich war es weise, von Borghese nicht allzu viel zu erwarten.

»Vielleicht hat er sich wirklich verändert«, sagte sie dennoch, denn sie brachte es nicht übers Herz, Aurelia diese letzte Hoffnung zu nehmen.

»Hast du dir jemals überlegt, was geschehen würde, wenn Piero stirbt?«, fragte Aurelia unvermittelt.

»Natürlich«, sagte Margherita. *Viel zu oft*, fügte sie in Gedanken hinzu.

»Du wärst eine außerordentlich schöne und sehr reiche Witwe. Du würdest dich vor Verehrern kaum retten können, und die Familie wäre dumm, wenn sie deine Hand nicht nutzen würden, um den Einfluss der Petrucci zu mehren«, entgegnete Aurelia schonungslos.

»Nein«, Margherita schüttelte den Kopf. »Ich heirate nicht wieder. Lieber gehe ich zurück in die Lupa.«

»Ich hoffe wirklich, dass du diese Wahl hast. Aber Borghese wird alle Unterstützung brauchen können, die er bekommen kann, wenn er sich als Herr der Stadt halten will. Ich hingegen werde als Witwe, die ihre Jugend längst hinter sich gelassen hat, im schlimmsten Fall meinem Sohn im Weg stehen. Wenn er mich in ein Kloster gehen lässt, habe ich noch Glück.«

Margherita schloss für einen kurzen Moment die Augen. *Ich soll noch eine Ehe eingehen, die den Petrucci nutzt? Nein. Und wenn ich barfuß ins Heilige Land laufen muss, um das zu verhindern, aber ich werde mich dem nicht beugen, sollte Piero wirklich tot sein.*

Kapitel 41

ROM, FEBRUAR 1513

*B*leiweiß mit einem Hauch von Ocker für die nackten Füße. *Canarigelb für ihren Schleier und natürlich Ultramarin und Kermesrot für die Gewänder der Heiligen Jungfrau.*
Die Madonna zu malen, fühlte sich vertraut und gleichzeitig fremd an. Es war, als träfe er auf der Leinwand eine gute Freundin wieder, die er seit einiger Zeit nicht gesehen hatte, und könnte nun all den kleinen und großen Veränderungen nachspüren, die es seit ihrem letzten Treffen gegeben hatte. Natürlich war es nicht das Bild der Jungfrau das sich verändert hatte, sondern lediglich sein Können. Er wusste, dass er ihrer Schönheit, dem wissenden Lächeln und der Vorahnung ihres Leides heute viel gerechter werden konnte, als das noch vor wenigen Jahren der Fall gewesen war.

Es war wirklich lange her, dass er Maria gemalt hatte – zuletzt in seiner Zeit in Florenz. Aber jetzt hatte der Papst ein Altarbild bei ihm in Auftrag gegeben, das er stiften wollte, um seine Dankbarkeit dafür zu zeigen, dass die Madonna Rom durch ein Wunder davor bewahrt hatte, in die Hände der Franzosen zu fallen.

Als nach der Schlacht von Ravenna die Überreste des geschlagenen päpstlichen Heeres zurückgekehrt waren, hatte der Kirchenstaat vor der Gefahr gezittert, dass König Louis XII. seinen Truppen nun befehlen könnte, die heilige Stadt einzunehmen. Doch da die französischen Soldaten ihren Heerführer de Foix verloren hatten, fehlte ihnen der strategische Kopf, und alle anderen Generäle waren offenbar uneins und zerstritten.

Als dann auch noch Krieg mit England und Spanien drohte, hatte der französische König entschieden, seine Armee lieber aus Italien abzuziehen. So war die Ewige Stadt verschont geblieben.

Viele Römer sahen darin ein göttliches Zeichen. Der Himmel hatte ihre Stadt und ihren Papst gerettet, und ein Jahr des Friedens war angebrochen.

Raffael war sich weniger sicher, was die Beteiligung des Allerhöchsten an der Rettung anging. Daniele hatte ihm nur wenig von der Schlacht bei Ravenna erzählt, aber das wenige war so schrecklich, dass er sich nicht vorstellen konnte, dass Gott zuerst ein solches Gemetzel unter den Soldaten zuließ, um dann im letzten Moment ein Einsehen zu haben.

Von all diesen Fragen würde natürlich auf seinem Madonnenbild nichts zu sehen sein. Die Jungfrau mit dem Jesuskind, flankiert vom heiligen Sixtus und der heiligen Barbara, sollte die göttliche Gnade ebenso feiern wie die Macht der päpstlichen Familie della Rovere, egal, wie groß beider Einfluss auf die Geschehnisse letztlich gewesen war.

Das Gesicht der Madonna fiel ihm noch immer leicht, er hatte es oft genug gemalt. Ihr Blick ging in die Ferne, zu dem Kreuz, das das Schicksal ihres Sohnes sein würde. Dennoch erschien ihm die Komposition mittlerweile unbefriedigend, daran änderten auch die himmlischen Heerscharen im Hintergrund nichts. Etwas fehlte, und er war sich nicht sicher, was es war.

Es klopfte an der Werkstatttür, und das Geräusch erschien ihm beinahe unnatürlich laut. Eine seltsame Stille hatte sich über Rom gelegt, die sich nicht mit dem kalten Wetter und dem schneidenden Wind allein erklären ließ. Selbst in der Werkstatt, in der es nie leise zu sein schien, wurde nur im Flüsterton gesprochen. Schon seit Tagen hieß es, dass der Papst schwer krank sei, und es war, als hielte die ganze Stadt den Atem an.

Daniele betrat die Werkstatt und zog die Mütze vom Kopf, die er zum Schutz vor der Kälte getragen hatte. »Salve«, sagte er zur Begrüßung. »Bernardo Dovizi schickt mich, ich soll dich abholen und zu Seiner Heiligkeit bringen.«

Raffael bekreuzigte sich. »Ist es so schlimm?«, fragte er. Einen Moment lang dachte er an die Prophezeiung des Franziskaners in Civitavecchia. *Noch vor Jahresfrist wird der falsche Papst zur Hölle fahren.* Aber dann versuchte er, den Gedanken abzuschütteln. *Du hast es selbst gesagt, der Heilige Vater ist ein alter Mann, es braucht keinen Propheten, um vorherzusehen, dass er nicht ewig leben würde.*

Daniele neigte den Kopf. »Zumindest will der Papst nun seinen Letzten Willen diktieren.«

»Was sagen denn die Ärzte?«

»Er lässt keinen mehr an sich heran, nicht einmal den Antoniterbruder, der sein Leibarzt ist. Aber Dovizi meint, dass es bald zu Ende geht, und er lässt alle holen, die den Heiligen Vater vorher noch einmal sehen müssen.« Auch Daniele schlug ein Kreuzzeichen. »Lass uns gehen, wir werden erwartet.«

Sein Freund sah blass und müde aus. Obwohl Daniele glücklicherweise unverletzt aus der Schlacht von Ravenna zurückgekehrt war, fand Raffael, dass er sich seitdem verändert hatte und oft von einer Melancholie heimgesucht wurde, die er gar nicht mehr abschütteln konnte. Er ahnte, dass Daniele mit sich und seinem Glauben schwere Kämpfe ausfocht.

»Einige der adeligen Feldherren sind einfach davongelaufen und überließen ihre Soldaten dem Tod, ohne zurückzuschauen, während ein einfacher Mann mich beschützte, ohne auf sein eigenes Leben zu achten«, hatte er erzählt. »Ich bete jede Nacht für ihn.«

Am Ende schien der Anblick der Kriegsgräuel seinen Glauben jedoch nicht besiegt zu haben. Raffael fragte sich oft, wie sich Danieles Hingabe mit den Absichten seines Herrn vertrug, der ebenso ehrgeizig und der Welt zugewandt war wie eh und je.

Als sie sich auf den Weg zum Apostolischen Palast machten, sah er zu seiner Überraschung in einiger Entfernung, dass die Engelsbrücke voller Schaulustiger war. »Sie warten auf Neuigkeiten«, erklärte Daniele. »Die Nachrichten verbreiten sich schnell.«

Das Vorzimmer des päpstlichen Palastes, in das Daniele ihn führte, war bereits bis in den letzten Winkel mit Menschen gefüllt, die auf eine letzte Audienz beim Heiligen Vater hofften. Viele der Versammelten waren Kirchenmänner. Er entdeckte eine Vielzahl von Kardinälen, aber auch die Markgräfin von Mantua, Isabella d'Este, die seit einiger Zeit in Rom weilte, und den neuen Botschafter Urbinos, Baldassare Castiglione. Die Markgräfin hatte Raffael schon mehrfach um ein Porträt gebeten, für das er einfach keine Zeit fand; er hoffte, sie würde ihn nicht darauf ansprechen.

Alle sprachen nur im Flüsterton und hielten den Blick gesenkt. In einer Ecke des Zimmers waren die leisen Gebete zweier Nonnen zu hören, die vor einem Kreuz knieten.

»Dovizi ist drinnen«, flüsterte Daniele. »Ich gehe wieder hinein. Du wirst gerufen.« Er nickte Daniele zu, der durch eine Tür verschwand, vor der zwei Schweizergardisten standen.

»Wisst Ihr, wie es um ihn steht?«, fragte Raffael den jungen, untersetzten Kardinal de' Medici leise.

»Seine Heiligkeit hat schon seit Wochen keinen Appetit mehr und lebt nur noch von süßem Malaga-Wein und Eierspeisen«, gab der Kirchenmann zurück. »Und er hat seine Tochter aus Frankreich zurückgeholt. Ich nehme an, aus gutem Grund.«

»Felice ist hier?«, fragte er überrascht.

»Ja, sie ist schon seit einigen Tagen im Vatikan, zusammen mit Orsini.«

Ein dröhnendes Lachen ertönte, das in diesem Moment so unpassend wirkte, dass alle Anwesenden den Kopf hoben. Raffael sah zu dem Mann hinüber, der die Ruhe gestört hatte, und erkannte Agostino Chigi, den Bankier, dessen Villa er auf Geheiß des Papstes bald ausmalen sollte.

Chigi fing seinen Blick auf, schien jedoch nicht im Geringsten peinlich berührt zu sein. »He, Messere Sanzio«, rief er zu ihm hinüber. De' Medici nickte ihm aufmunternd zu, und er gesellte sich zu dem Bankier, schon allein, damit dieser nicht noch weiter herumbrüllte.

Chigi war ein vierschrötiger Mann Anfang fünfzig, der von seinem Auftreten her ebenso gut ein altgedienter Soldat wie ein Kaufmann hätte sein können. Er legte wenig Wert auf höfische Umgangsformen, umso mehr jedoch auf verschwenderisch teure Kleidung, die seinen Status als reichster Mann Roms unterstrich. Er befand sich gerade mit dem Botschafter Urbinos im Gespräch, und der Gegensatz zwischen beiden Männern trat überdeutlich hervor. Baldassare Castiglione war ein feingliedriger Diplomat, den Bedacht und große Höflichkeit auszeichneten, egal, wie hoch oder niedrig geboren sein Gesprächspartner war.

»Wir sprachen gerade über die Schulden des Papstes, und ich habe mich gefragt, ob ich Euch für Eure Dienste eigentlich etwas zahlen muss oder ob der alte Wolf das noch übernommen hat.«

Es erschien ihm höchst unpassend, in diesem Moment so über den Papst zu sprechen, der nur einen Raum weiter mit dem Tod rang, aber Chigi wirkte gänzlich unbekümmert. Raffael schüttelte den Kopf. »Ich kann Euch leider nicht sagen, was Seine Heiligkeit geplant hatte, aber meine Gehilfen und ich haben noch keine Anzahlung bekommen.«

Wieder lachte Chigi, und Castiglioni lächelte höflich, wenn auch leicht gequält, wie Raffael fand.

»Das habe ich mir schon fast gedacht. Gnade Gott dem Mann, der das Amt von Julius übernimmt. Der Heilige Stuhl ist fast bankrott.«

»Steht es wirklich so schlimm um die Kassen des Vatikans?«, fragte Castiglione vorsichtig.

Erstaunlicherweise senkte Chigi die Stimme und sah beide Männer mit einem verschwörerischen Blick an. »Julius hat die Edelsteine seiner Tiara bei mir verpfändet, um das Geld für mehr Schweizer Söldner zu bekommen, die Rom beschützen sollten, falls die Franzosen kommen, wusstet Ihr das?«, fragte er. »Ich bringe ihm die Tiara heute zurück, denn ich habe sie ja nicht einschmelzen müssen, da die verfluchten Franzosen von allein abgezogen sind.«

Wie zum Beweis hob Chigi einen offenbar schweren Samtbeutel hoch, den er über der Schulter trug.

»Ihr hättet die Krone des Papstes in den Schmelzofen geworfen?« Raffael konnte Chigis Worten kaum glauben.

Chigi zwinkerte ihm zu. »Wer weiß? Vielleicht hätte ich es auch nur behauptet und sie in mein Schlafzimmer gestellt, um sie Francesca aufzusetzen, wenn ich sie vögele?«

Die Liebschaften des Bankiers waren in ganz Rom ein beliebtes Gesprächsthema, das er selbst immer wieder dadurch anheizte, dass er freimütig darüber sprach. Derzeit lebte er mit einer wunderschönen, aber praktisch mittellosen Venezianerin zusammen, die er aus der Lagunenstadt mitgebracht hatte. Es hieß, dass er für sie sogar seine langjährige Geliebte, die berühmte Kurtisane Imperia, aufgegeben hätte. *Geld kann in Rom alles ersetzen,* dachte Raffael nicht zum ersten Mal. *Einen Titel, Tugend und Manieren.* Aber er war nicht dumm genug, zu glauben, dass jemandem ohne Chigis märchenhaften Reichtum das gleiche Verhalten gestattet war.

Bevor Chigi jedoch noch weitere skandalöse Einzelheiten erzählen konnte, hob Castiglione abwehrend die Hände.

»Das müsst Ihr mit Euch und Eurem Gewissen ausmachen«, sagte er. »Danken wir lieber Gott für die Engländer, und für die Spanier, die Navarra angegriffen und so auch die päpstliche Tiara gerettet haben.«

»Da habt Ihr verflucht recht!« Chigi schlug dem Botschafter freundschaftlich auf die Schulter. »Das wäre mir nicht mal die Tiara wert gewesen, dass die französischen Hunde hier umherstolzieren, als ob die Stadt ihnen gehörte.«

Er wandte sich an Raffael. »Wenn Ihr mir eine ansehnliche

Galatea malt, dann soll die Bezahlung Eure Sorge nicht sein. Jeder weiß, dass ich ein großzügiger Mann sein kann. Und meine Astrologen sagen, dass meine Sterne gerade günstig stehen. Ich nehme an, dass auch der nächste Papst einen Bankier gebrauchen kann.«

Noch bevor sie die Unterhaltung fortsetzen konnten, öffnete sich die Tür, durch die Daniele verschwunden war, und Raffaels Name wurde aufgerufen. Er verbeugte sich vor Chigi und Castiglione und ging in das Schlafzimmer des Papstes.

Das Zimmer, das er betrat, war mit erlesenem Mobiliar eingerichtet, wirkte aber nicht überladen, sondern so, als ob hier ein gelehrter Mann in aller Bequemlichkeit studieren konnte. Ein kostbarer Betstuhl stand an einer Wand, ein Sekretär an der anderen. Gegen die einsetzende Dunkelheit waren bereits Kerzen und Lampen entzündet worden. Julius lag auf blütenweißen Laken in einem Bett, dessen Vorhänge zurückgebunden waren. Mehrere Nonnen waren im Raum, die offenbar für den Kranken sorgten, ebenso Kardinal Riario, der *Camerlengo* des Papstes, der den Tod bestätigen musste, wenn er denn eintrat.

Neben Julius' Bett stand ein Tisch mit einer Weinkaraffe und allerlei Tiegeln und Fläschchen. Bernardo Dovizi und Daniele saßen zu seiner Linken. Daniele hatte ein Brett mit seinem Schreibzeug auf den Knien liegen, offenbar bereit, jede Anweisung des Papstes zu Papier zu bringen.

Auf einem Lehnstuhl zur Rechten saß Felice della Rovere. Sie trug ein hochgeschlossenes schwarzes Kleid und hatte einen Schleier über ihr dunkles Haar gelegt. Ihr Gesicht sah voller aus als bei ihrer letzten Begegnung, und ihr vorgewölbter Bauch verriet eine schon weit fortgeschrittene Schwangerschaft.

Raffael wusste, dass sie während ihres langen Aufenthalts in Frankreich Gian Giacomo Orsini geheiratet hatte, den erstgeborenen Sohn der mächtigen Orsini-Familie. Papst Julius hatte ihn zusammen mit ihr an den Hof Louis XII. geschickt, und sie hatten bereits gemeinsame Kinder. Felice hatte ihm aus Frankreich geschrieben, nicht häufig, aber oft genug, damit er sich ein Bild von ihrem Leben machen konnte. *Aber ich habe nicht gewusst, dass sie nach Rom zurückgekehrt ist.*

Er vermutete, dass es Orsini war, der neben Felice am Bett des Papstes stand, ein Mann in den Vierzigern, mit grauen Schläfen und einem sorgfältig gestutzten grauen Vollbart.

Als Raffael eintrat, hob Felice den Blick und suchte den seinen, dann lächelte sie.

Raffael kniete am Bett des Papstes nieder und küsste den Ring des Heiligen Vaters, der an einer von geschwollenen Adern bedeckten Hand saß. Er versuchte, den stechenden Geruch zu ignorieren, der trotz der frischen Laken von dem sterbenden Mann ausging. Julius war stark abgemagert, sein einst sehniger Leib wirkte jetzt ausgezehrt. Einen Moment lang tauchte ein Erinnerungsfetzen vor Raffaels innerem Auge auf: Er sah seinen sterbenden Vater und dachte daran, wie sehr er sich vor dem Abschied von ihm gefürchtet hatte.

»Maestro Sanzio«, begrüßte ihn Julius mit leiser Stimme. »Wie geht es Unserer Madonna?«

»Sie ist fast fertig, Heiligkeit. Es fehlen nur noch ein paar letzte Pinselstriche.«

Der Papst nickte zufrieden. »Sie soll in Unsere Familienkapelle in Piancenza gebracht werden, wenn sie vollendet ist, und dort für immer davon künden, dass Wir die Franzosen aus Italien vertrieben haben. Dieses Wunder soll den Menschen in Erinnerung bleiben.«

»Gewiss. Das wird nicht vergessen werden.«

Julius blickte einen Moment schweigend zur Decke. »Und ich bitte Euch, Unsere Abmachung mit Chigi einzuhalten«, sagte er dann. »Auch nach Unserem Tod. Der nächste Heilige Vater wird es Euch danken, er wird das Geld dieses Halunken ebenso brauchen, wie Wir es taten.«

Wie typisch das für Julius ist. Den Bankier verächtlich zu machen, während er mich gleichzeitig an ihn bindet.

»Natürlich, Heiligkeit.«

Der Papst hustete und griff mit zittrigen Fingern nach dem Weinglas. Dann trank er und sah zu Dovizi hinüber. »Unser Grabmal, Eminenz. Michelangelo soll es vollenden. Ob er Lust dazu hat oder nicht, er hat den Auftrag angenommen. Werdet Ihr dafür sorgen?«

Dovizi neigte den Kopf. »Ich werde mein Bestes geben.«

Julius wandte sich wieder Raffael zu. »Mehr kann wohl niemand tun, wenn es um Michelangelo geht«, sagte er mit einem Lächeln. »Seine *Sixtina* wird ihn überdauern, ebenso wie die Stanzen Euch. Und Wir hoffen, dass sich so alle nachfolgenden Generationen auch an Unser Pontifikat erinnern als an eine Zeit, in der all dies geschaffen wurde.«

»Ohne Euch wäre nichts davon möglich gewesen.«

»Ihr seid mir ein treuer Verbündeter gewesen«, begann der Papst. Dann zog er Raffael mit erstaunlich viel Kraft zu sich heran. »Verzeiht mir wegen Felice«, flüsterte er ihm ins Ohr.

Es war das erste Mal, dass Raffael hörte, dass der Papst nicht im *pluralis majestatis* von sich sprach. Im Angesicht des Todes fiel offenbar die übermenschliche Würde seines Amtes von ihm ab, und zurück blieb nur ein alter Mann und Vater.

Er warf einen schnellen Blick zu Felice hinüber, doch sie schien nichts gehört zu haben. »Es gibt nichts zu verzeihen«, entgegnete er ebenso leise. »Ihr habt gehandelt wie ein Vater, der seine Tochter gut versorgt wissen will, das habt Ihr selbst gesagt. Und das ist Euch gelungen.«

Der Papst drückte Raffaels Hand. »Dann nehmt Unseren Segen.« Raffael neigte den Kopf, und der Papst legte ihm die Hand auf den Scheitel. »*Benedicat vos omnipotens Deus, Pater et Filius et Spiritus Sanctus.*«

Danach hob Julius wieder die Stimme. »Und nun müssen Wir über Unsere Beisetzung sprechen. Kommt her, Riario.«

Raffael wusste, dass er entlassen war. Beim Hinausgehen hörte er, wie Julius Anweisungen gab, in welchem Gewand er bestattet werden wollte. Wie es schien, wollte der Papst auch nach seinem Ableben nichts dem Zufall überlassen, ganz so, wie er auch im Leben gewesen war.

Kurz nachdem er in den Vorraum zurückgekehrt war, öffnete sich die Tür zum Schlafgemach des Papstes erneut, und Felice della Rovere trat heraus und stellte sich zu ihm.

»Felice!« Er küsste ihre Hand.

»Ich kann nicht lange vom Bett meines Vaters fortbleiben, aber ich wollte dich zumindest begrüßen«, sagte sie.

Als sie den Schleier zurückschlug, sah er dunkle Ringe unter ihren Augen.

»Wie geht es dir? Du siehst erschöpft aus«, fragte er besorgt.

»Ich bin nur müde, das ist alles. Die Reise war lang, und seit wir in Rom angekommen sind, habe ich beinahe ständig an seinem Bett gesessen.«

»Es tut mir leid, dass du aus keinem angenehmeren Grund nach Hause kommen konntest. Es ist sicher schlimm für dich, ihn so zu sehen.«

»Es ist furchtbar. Er war immer so voller Kraft und voller Pläne. Aber er selbst hadert nicht mit dem Tod. Er ist alt geworden und hat alles erreicht, was er je wollte.«

»Ich bin sicher, er ist froh, dass du hier bist. Wie ist es dir in Frankreich ergangen? War es schwer während des Krieges?«

Sie schüttelte den Kopf. »Wir hatten anfänglich Angst, dass König Louis uns als Geiseln nehmen würde, aber er hat uns stets als Gesandtschaft und mit aller Ehrerbietung behandelt. Mir kam es vor, als wollte er sich unsere Gunst sichern, ganz egal, wie der Krieg ausgeht. Ein kluger Mann.«

»Die Orsini sind eine mächtige Familie, selbst ein König tut gut daran, es sich mit ihnen nicht zu verderben«, gab Raffael zurück.

Felice sah ihn fragend an, aber in seinen Worten lag keine Bitterkeit. Wenn er sie ansah, kehrte die Erinnerung daran zurück, welche Leidenschaft er für sie empfunden hatte, aber es blieb eine Erinnerung.

»Werdet ihr hierbleiben? Auch wenn ...« Raffael beendete die Frage nicht.

»Ja«, gab Felice zurück. »Ich denke, wir werden die Verwaltung der Orsini-Güter übernehmen.«

Raffael konnte sich Felice ausgezeichnet in ihrer neuen Rolle vorstellen. Sie hatte jahrelang Savona ganz allein verwaltet und besaß mehr als genug Erfahrung, um sich um die Orsini-Ländereien zu kümmern. Zusätzlich half ihr sicher ihr scharfer, in den römischen Intrigen geübter Verstand dabei, Konkurrenten auszubooten und bei Händlern die besten Preise durchzusetzen.

»Orsini kann froh sein, dich an seiner Seite zu haben.«

Felice zeigte nur den Ansatz eines Lächelns. »Vielleicht.« Sie legte eine Hand auf ihren vorgewölbten Bauch und sagte mit gesenkter Stimme: »Aber ich würde mir wirklich wünschen, weniger schwerfällig als Kardinal de' Medici zu sein.«

Fast hätte er gelacht, erinnerte sich dann aber daran, wo sie waren. Er zögerte einen Augenblick, ob er fragen sollte, tat es dann aber doch. »Ist es denn das, was du wolltest?«

»Du weißt, wie schwierig es für mich war, unabhängig zu bleiben«, antwortete sie. »Noch viel länger wäre es mir nicht gelungen. Und Orsini ist ein guter Mann, der keine Angst hat, mich um Rat zu bitten, und keine Neigungen, mich zu beherrschen oder wie ein kostbares Juwel vor aller Augen zu verbergen. Seine Familie vertraut mir, und ich ihnen. Es ist ein gutes Leben, und ich kann tun, worin ich gut bin.«

Er lächelte. »Ich freue mich für dich.«

Sie berührte ganz leicht seinen Arm. »Ich hoffe, dir geht es auch gut? Sie reden selbst am französischen Hof von der *Schule von Athen* und von dir.«

»Tatsächlich? Ich kann mich jedenfalls nicht über mangelnde Arbeit beklagen. Dein Vater hat mich reichlich mit Aufgaben eingedeckt. Zuletzt habe ich sein Porträt angefertigt, und jetzt male ich eine Madonna, die er stiften will.«

»Das Porträt habe ich gesehen, ich glaube, es zeigt ihn genau so, wie er der Nachwelt in Erinnerung bleiben will.«

»Er hatte zumindest sehr genaue Vorstellungen, wie ich ihn malen soll.«

»Es heißt, Imperia wäre deine Geliebte gewesen, nachdem Chigi mit ihr gebrochen hatte?«

Raffael warf ihr einen fragenden Blick zu. *Ist der römische Klatsch wirklich bis nach Frankreich zu ihr gedrungen?* »Das habe ich auch schon gehört«, antwortete er. »Aber ich hoffe, du traust mir nicht wirklich zu, den gleichen Frauengeschmack wie Agostino Chigi zu haben, oder? Denn dann muss ich dich enttäuschen. Sie hat mir beim *Parnass* Modell für die Sappho gestanden, aber wir haben nie das Bett geteilt.«

Sie legte zwei Finger an die Lippen. »Schon gut. Du bist mir keine Rechenschaft schuldig.« Sie schwieg kurz und fragte dann: »Du lebst aber nicht wie ein Mönch, oder?«

Er schüttelte den Kopf. Er lebte nicht wie ein Mönch, aber mehr musste sie nicht darüber wissen.

Felice warf einen Blick zu der verschlossenen Tür. »Ich muss wieder hineingehen«, sagte sie.

»Ja. Ich wünsche dir nur Gutes, Felice.«

»So wie ich dir.«

* * *

Als er sich auf den Weg nach Trastevere machte, war es schon spätabends, und die meisten Menschen, die auf Nachrichten gewartet hatten, waren nach Hause gegangen. Er wickelte den Mantel gegen den eiskalten Wind fester um sich und ging tief in Gedanken versunken am Tiberufer entlang. Er dachte über Felice nach, über Agostino Chigi, und darüber, was die Zukunft ihnen allen bringen würde, wenn der Papst wirklich starb.

Als er den Platz vor Santa Maria erreichte, entdeckte er vor

der Bäckerei zwei Straßenjungen, der eine auf den Schultern des anderen stehend, die versuchten, etwas aus einem der Fenster zu ziehen. Raffael blieb stehen und beobachtete die beiden Kinder, unschlüssig, ob er sie vertreiben oder ignorieren sollte.
Hübsch wie Engel, aber fehlbar wie alle Menschen.
Das untere Kind sah ihn, und der Junge stieß einen zischenden Warnlaut aus. Der obere Junge sprang geschickt von den Schultern des unteren, und beide liefen in die kalte Nacht davon, ob mit oder ohne ihre Beute, konnte Raffael nicht erkennen.

Vielleicht ist es das, was der Maria fehlt, dachte er. Etwas zutiefst Menschliches, ein Ausdruck allen irdischen Verlangens, das die Verbindung zwischen dem Göttlichen und dem Irdischen zeigt. Zwei kleine Engel, hübsch und unvollkommen wie die beiden Jungen vor dem Fenster.

Manchmal muss man auch eine alte Freundin mit neuem Blick sehen.

* * *

Er zeichnete die beiden Engelsfiguren noch bis in die frühen Morgenstunden und war gerade erst eingeschlafen, als ihn das Geläut der Glocken wieder aufweckte. Santa Maria Maggiore, San Giovanni in Laterano, San Pietro und San Paolo läuteten, und ihr Läuten verband sich zu einem einzigen hohen, klagenden Ton.

Papst Julius II. war abberufen worden.

Kapitel 42

ROM, MÄRZ 1513

Daniele konnte sich nicht rühren. Als er versuchte, sich zu bewegen, brach ihm am ganzen Körper der Schweiß aus. Er sah auf seine Hände, die ihm wie fremde Gliedmaßen erschienen. Nicht einmal ein Finger zuckte, egal, wie sehr er sich anstrengte.

Um ihn herum wieherten Pferde in Todesangst, und Männer schrien voller Qual. Der nächste Einschlag der Geschütze würde ihn treffen, und dann wäre es vorbei. Die Kugel würde ihn zerschmettern, so wie den Soldaten, dem das halbe Gesicht weggerissen worden war, oder den, dessen Eingeweide sich rings um ihn auf dem Schlachtfeld verstreut hatten.

Er bekam kaum noch Luft, sein Atem ging in kurzen, heftigen Stößen, und sein Herz raste. Er würde sterben, das wusste er mit völliger Klarheit.

»Daniele? Daniele!« Eine Stimme drang aus weiter Entfernung zu ihm. *Nando. Es musste Nando sein, der ...*

Eine Hand ergriff seine Schulter. »Daniele, wach auf. Verdammt noch mal, wach auf!« Die letzten Worte wurden laut gerufen, und sie drangen endlich zu ihm durch. Die Bilder des Krieges verblassten, und Daniele erkannte Bernardo Dovizi, der vor seiner Pritsche in der Zelle stand, die sie sich während des Konklaves mit Kardinal de' Medici teilten.

Der Erzbischof hielt eine Kerze in der Hand und blickte ihn besorgt an. Der Kardinal hatte sich ebenfalls im Bett aufgerichtet und schaute schlaftrunken zu ihnen hinüber. »Was ist mit ihm?«, wollte er wissen.

»Ich ... hatte einen Albtraum«, stammelte Daniele.

»Du hast den halben Vatikan zusammengeschrien, und ich

konnte dich nicht aufwecken«, gab Dovizi zurück. Er leuchtete ihm prüfend ins Gesicht, und Daniele blinzelte gegen die Flammen an. Verstohlen atmete er ein und stellte endlos erleichtert fest, dass er wieder Luft bekam.

Diese Art von Träumen quälte ihn, seit er aus Ravenna zurückgekehrt war. Immer und immer wieder hatte er die entsetzlichen Bilder des Schlachtfeldes vor Augen, unfähig, etwas dagegen zu tun oder von allein aus dem Albdruck zu erwachen. In manchen Nächten schlief er lieber gar nicht, als sich seinen Träumen zu stellen.

Aber heute war er nicht allein in seinem Zimmer im Vatikan, sondern in einer Kammer im zweiten Stock des Apostolischen Palastes. Alle Mitglieder des Kardinalskollegiums, die an der Wahl des neuen Papstes teilnahmen, hatten hier Zellen zugewiesen bekommen, und offenbar hatte er nun seine beiden Zimmergenossen mit seinen Schreien geweckt. *Wie peinlich.*

»Es ist nichts«, sagte er erneut. »Nur ein Traum.«

Dovizi ließ sich auf die schmale Pritsche fallen, die neben Danieles stand. »Du hast mir einen ordentlichen Schreck eingejagt«, erklärte er.

»Das tut mir leid, Monsignore.«

»Können wir jetzt alle wieder schlafen?«, fragte Kardinal de' Medici. »Morgen steht uns ein weiterer langer Tag mit Debatten und Wahlen bevor, und ich gehe davon aus, dass Kardinal Riario ausgeschlafen sein wird.«

Kardinaldiakon Riario war einer der stärksten Kandidaten bei der Wahl und hatte bislang noch bei jeder Abstimmung die meisten Stimmen erhalten.

Dovizi blies die Kerze aus. »Das war schon das zweite Mal, seit wir hier sind, dass du solche Träume hast«, sagte er leise zu Daniele. »Du solltest abends weniger beten und mehr trinken.«

Daniele nickte, auch wenn er wusste, dass der Erzbischof es nicht sehen konnte. Wie hätte er ihm auch erklären können, was mit ihm passierte?

Dann drehte er sich auf den Rücken und starrte in die Dunkelheit. Der Schweiß auf seinem Körper trocknete langsam, als sein Herzschlag sich beruhigte.

Um sich abzulenken, ging er im Geist alle Kardinäle durch, die am Konklave teilnahmen. Da der verstorbene Papst Julius einige Kardinäle exkommuniziert oder entmachtet und nur eine moderate Anzahl neuer Kardinäle ernannt hatte, waren es nur fünfundzwanzig kirchliche Würdenträger, die in den versiegelten zweiten Stock des apostolischen Palastes gezogen waren, um den neuen Oberhirten aller Christen zu wählen. Von denen hatte kaum eine Handvoll wirkliche Aussichten, die Papstkrone zu erringen.

Er dachte an alle, die in den ersten Wahlgängen Stimmen erhalten hatten – Kardinal Grimani, Kardinal Riario, Kardinal Carretto und Kardinal Serra –, und rechnete aus, welcher Kandidat jeweils aufgeben müsste, damit ein anderer gewann.

Ihr eigener Kandidat, Kardinal de' Medici, lag noch weit hinter seinen Mitbewerbern.

***

»So kommen wir nicht weiter«, stellte Bernardo Dovizi beim Frühstück fest, das nach der Laudes in einem extra für das Konklave eingerichteten Speisesaal eingenommen wurde. Er hob betrübt seinen Löffel aus dem graubraunen Eintopf, der ihnen heute serviert worden war.

»Was meint Ihr°«, fragte Daniele, der sich bei dem Anblick überlegte, lieber beim Brot zu bleiben, statt die Grütze zu probieren.

»Dieses Essen ist schlecht für die Gesundheit«, fuhr Dovizi fort. »Und ich merke bereits, wie mich eine nicht zu lindernde Schwermut befällt wenn ich nicht bald die schöne Albinia wiedersehen kann, sondern stattdessen weiterhin in das griesgrämige Gesicht schlecht gelaunter Kardinäle blicken muss. Wenn wir nichts unternehmen, werden wir hier drin noch steinalt.«

»Wenn uns dieser Fraß nicht vorher umbringt«, fügte de' Medici hinzu, der offenbar von den Aussichten ebenso wenig begeistert war wie Dovizi. Seit der Zeit von Papst Gregor X., der die Regeln des Konklaves auf dem Konzil von Lyon hatte festschreiben lassen, sollten eine spartanische Unterbringung und bescheidene Mahlzeiten dazu beitragen, dass sich die Kardinäle schnell auf einen neuen Papst einigten. *Vermutlich eine weise, wenn auch kaum sehr beliebte Regelung,* dachte Daniele.

Kardinal de' Medici hatte wenig überraschend Bernardo Dovizi als einen von zwei Konklavisten ausersehen, die er dem Gesetz nach mit zur Papstwahl nehmen durfte, aber Daniele hatte es kaum fassen können, dass die zweite Wahl des Kardinals ausgerechnet auf ihn gefallen war.

In den vergangenen Tagen war er Sekretär gewesen, Kammerdiener und Vertrauter des Kardinals, und er fragte sich, welche Rollen er wohl noch würde übernehmen müssen, ehe sich die Versammelten auf einen aus ihrer Mitte als Papst geeinigt hatten.

»Was wollt Ihr denn unternehmen?«, fragte er und hoffte darauf, dass die Antwort weder ketzerisch noch bei Todesstrafe verboten sein würde.

»Wir müssen eine der anderen großen Fraktionen auf unsere Seite bringen, damit sie uns unterstützt. Sieben Kardinäle können wir sicher hinter uns bringen, also brauchen wir noch zehn für die Zweidrittelmehrheit.«

Daniele nickte. Dasselbe Zahlenspiel hatte er in der vergangenen Nacht auch angestellt.

»So viele Stimmen hat momentan auch keiner der Gegenkandidaten«, entgegnete de' Medici und warf verstohlene Blicke nach links und rechts.

»Wohl wahr. Aber Grimani hatte beim letzten Durchgang fünf und Riario acht Stimmen. Wenn wir einen der beiden und einige einzelne Kardinäle überzeugen, wird das auch genügen.«

Grundgütiger, wohin wird das wieder führen?
»Ihr wisst, dass die Simonie verboten ist!« Daniele blickte ernst von einem zum anderen.

Dovizi seufzte. »Nur zu gut. Deshalb müssen wir die Kardinäle ja überzeugen, statt sie einfach zu kaufen, auch wenn Letzteres natürlich der leichtere Weg wäre. Rede mit Kardinal Grimani«, sagte er, an Daniele gewandt. »Seine Aussichten stehen mittlerweile recht schlecht, und das weiß er auch. Ich nehme an, er wird jetzt das wollen, was für Venedig am besten ist, und das ist auf keinen Fall ein neuer Krieg. Versuch, ihn davon zu überzeugen, uns die Stimmen zu verschaffen, die sonst sicher auf ihn gegangen wären. Ich selbst werde mir Kardinal Riario vorknöpfen.«

»Wie, bei allen Heiligen, soll ich das machen?«

»Nun, die Latrinen wären ein guter Ort. Ich höre, dass sich der Kardinalsubdiakon dort jeden Morgen nach der Laudes eine Weile aufhält.«

Daniele stöhnte und ließ sein Brot unangetastet liegen. »Ihr wollt, dass ich den Kardinal beim Scheißen davon überzeuge, für Eure Eminenz zu stimmen?«

Kardinal de' Medici legte einen Finger an die Lippen. »Leise«, sagte er warnend.

»Etwas prosaisch zusammengefasst, aber ja, genau das«, gab Dovizi aufgeräumt zurück.

»Warum bekomme ich immer diese Art von Auftrag?«

»Glaub mir, Raffaele Riario zu überzeugen, wird nicht leichter sein, auch wenn es dort, wo ich hingehe, vielleicht besser riecht«, versetzte Dovizi.

* * *

Bitte, Herr, lass gerade keinen der Kardinäle dort sein, die gegen uns sind, betete Daniele im Stillen, als er die Tür zu den Latrinen öffnete. Dann wurde ihm bewusst, wie absurd diese Bitte war.

Sein Vorhaben war gefährlich nah an dem streng verbotenen Versuch, Stimmen bei der Papstwahl zu kaufen, und er konnte Gott dafür kaum um Unterstützung bitten. Also entschuldigte er sich im Geiste und spähte in das Halbdämmer, das auf dem Abort herrschte. Tatsächlich entdeckte er Kardinal Grimani, wie von Dovizi vorausgesagt, und nahm neben ihm Platz.

»De' Medici schickt Euch, um meine Stimmen zu bekommen, nicht wahr?«, fragte Grimani ohne Umschweife.

Daniele stutzte, dann bejahte er. Die einzige andere Möglichkeit wäre es gewesen, unverrichteter Dinge wieder abzuziehen.

»Nun, ich werde Euch nicht lange auf die Folter spannen. Venedig ist noch immer nicht zu früherer Stärke zurückgekehrt und braucht eine längere Zeit des Friedens und der Prosperität. Glaubt Ihr wirklich, dass Giovanni de' Medici die Kriege seines Vorgängers nicht fortsetzen wird?«, fragte Grimani.

»Ich kenne den Kardinal nun schon seit über zehn Jahren«, sagte Daniele wahrheitsgemäß. »Er ist kein Kriegstreiber. Er will seiner Familie in Florenz wieder an die Macht verhelfen, da bin ich mir recht sicher, aber was Venedig angeht – ich glaube, die Lagune wäre im Fall seiner Wahl sicher, und er würde sich an die Zusagen der Heiligen Liga halten.«

Grimani nickte nachdenklich. »Bei Kardinal Carretto bin ich mir da nicht so sicher. Ich denke, er würde die Politik seines Vorgängers fortführen. Aber im Großen und Ganzen teile ich Eure Einschätzung zu de' Medici. Ich denke, ich könnte Euch vier Stimmen von friedliebenden Kardinälen einbringen.«

»Bei der letzten Stimmabgabe hattet Ihr fünf.«

»Kardinal Soderini wird niemals für den Medici stimmen, er stammt aus Florenz und ist Prato eng verbunden.«

Daniele schluckte. Prato hatte zu jenen Städten gehört, die im Krieg mit den Franzosen gemeinsame Sache gemacht hatten. Um ein Exempel zu statuieren, hatte der Papst Giovanni de' Medici mit einigen Truppen des Kirchenstaates dorthin geschickt, um die Stadt zu bestrafen. Doch das Unternehmen hatte sich verselbstständigt, und Prato war nicht nur geschliffen und geplündert worden. Niemand hatte die Söldner mehr aufhalten können, die tausend Männer gejagt und getötet und tausend Frauen vergewaltigt haben sollten. Die Vorkommnisse waren so entsetzlich, dass Papst Julius verboten hatte, darüber zu sprechen. »Dann vier Stimmen«, krächzte Daniele mühsam und räusperte sich.

»Bevor Ihr geht – ich habe gehört, dass Ihr ein guter Freund von Maestro Sanzio seid?«

Innerlich seufzte Daniele. *Wenn ich ihm jetzt ein Porträt verspreche, nachdem er schon zugestimmt hat, ist es dann immer noch Simonie?*

»Ja, wir kennen uns«, gab er zu. »Wir stammen beide aus Urbino.«

»Nun, dann müsst Ihr mit ihm über einen Auftrag sprechen ...«

* * *

Nach dem Gespräch mit Grimani lief Daniele zuerst zurück zu ihrer Zelle, doch offenbar hatten sich Dovizi und de' Medici schon auf den Weg in die *Sixtina* gemacht. Als er dort ankam, hatten die Beratungen des Tages bereits begonnen.

»Sollte nicht jeder Kandidat schriftlich festlegen, wofür er steht?«, fragte Kardinal Castello gerade.

Die Versammelten steckten die Köpfe zusammen, doch Daniele sah, dass viele zustimmend nickten.

»Ich unterstütze den Vorschlag. Vielleicht sehen wir klarer, wenn uns die Ziele und Absichten der *Papabili* besser bekannt sind«, erklärte Kardinal Farnese schließlich.

Kardinal de' Medici stand umständlich auf. »Ich beantrage, die letzte päpstliche Bulle zu verlesen!«, forderte er mit lauter Stimme. »Unser verstorbener Heiliger Vater hat sicher im göttlichen Willen gehandelt, als er die Simonie auf das Schärfste verbot, und ich möchte sicher sein, dass ein solches Vorgehen nichts damit zu tun hat.«

Daniele sah, dass viele der Anwesenden mehr oder weniger offen aufstöhnten. Das Konklave dauerte nun schon mehrere Tage an, eine Einigung war nicht in Sicht, und die Aussicht auf die Verlesung einer komplizierten, in Kirchenlatein abgefassten Bulle trug nicht dazu bei, die Stimmung zu heben.

Dennoch war es geltendes Recht, dass jeder Kardinal eine solche Lesung fordern konnte, weshalb der Zeremonienmeister Paris de Grassis nickte und einen seiner Konklavisten zur Bibliothek schickte, um das Schriftstück zu holen.

»Ein kluger Schachzug«, murmelte Dovizi, während sie warteten. »Es kann nicht schaden, die Unentschlossenen mürbezumachen. Hast du die Stimmen von Grimani?«

Daniele nickte. »Vier. Soderini wird abspringen, sagt Seine Eminenz.«

»Kardinal Riario wird weiter gegen uns stimmen, aber er gibt seine Anhänger frei.« Dovizi sah sichtlich zufrieden aus.

»Kardinal Farnese ist auch auf unserer Seite, und einige andere der jüngeren Kardinäle ebenfalls«, fuhr er fort. »Sie finden es gut, einen aus ihrer Mitte zu wählen, und Giovannis angeschlagene Gesundheit trägt dazu bei, dass sie sich sicher fühlen. Trotz seiner Jugend wird ihm kein langes Pontifikat vorausgesagt.«

»Warum unterstützt Ihr ihn?«, fragte Daniele geradeheraus. *Wenn ich schon Stimmen für den Kardinal beschaffe, habe ich wohl ein Recht darauf, das zu wissen.* »Ich hatte nie den Eindruck, dass Ihr ihn für einen geborenen Herrscher haltet. Ein wichtiger Verbündeter, und viel klüger, als er zugibt, aber als Papst?«

Dovizi sah ihn direkt an. »Du hast völlig recht, er ist kein Machtmensch, wie es Julius war. Aber dadurch gelüstet es ihn weder nach der Romagna noch nach Sizilien. Vermutlich wird er den Frieden halten, der jetzt herrscht, und das ist es, was

Rom braucht. Und denkst du außerdem nicht, dass mir Scharlachrot gut stehen würde?«, fügte er mit einem Zwinkern hinzu.
»Er hat Euch einen Kardinalshut versprochen?«
»Ist das nicht offensichtlich?«
Daniele musste ein Lachen unterdrücken. Natürlich tat Dovizi, was zuallererst ihm nutzte, darauf hätte er wirklich auch selbst kommen können.
»Würden die Stimmen dann nicht schon reichen?«, fragte er.
»Ich bin mir nicht sicher«, erwiderte Dovizi. »Das kann sich schnell wieder ändern. Kardinal Petrucci und Kardinal della Rovere sind äußerst umtriebig. Ich sah ihre Konklavisten schon den ganzen Tag auf Stimmenfang.« *Ganz anders als wir,* dachte Daniele.

Der Zeremonienmeister rief alle Versammelten zurück an ihre Plätze, und die päpstliche Bulle von Julius II., in der er die Simonie gegeißelt und bei Androhung der Exkommunikation verboten hatte, wurde von de Grassis vorgetragen. Daniele nutzte die Zeit, um in die müden Gesichter der Kardinäle zu blicken. Die Strategie, sie mürbezumachen, ging offenkundig auf. Allmählich legte sich eine allumfassende Müdigkeit auf die anwesenden Männer, und Daniele ahnte, dass sie alle sich danach sehnten, dass das Siegel gebrochen wurde und sie den Vatikan verlassen konnten.

Bei der nächsten Wahl war es knapp geworden, aber es reichte noch immer nicht für einen der Kandidaten. »Ich glaube, ich muss heute Nacht noch ein paar Gespräche führen«, bemerkte Bernardo Dovizi und seufzte.

***

Herr, gib diesen Männern die Weisheit, deinen Willen zu erfüllen, dachte Daniele, als er frühmorgens am nächsten Tag des Konklaves seinen Blick über die Kardinäle schweifen ließ. Allein Bernardo Dovizi wirkte aufgekratzt und erschöpft zugleich, und Daniele fragte sich, ob er überhaupt im Bett gewesen war. Er selbst hatte zum ersten Mal seit Wochen traumlos geschlafen und fühlte sich halbwegs erfrischt.

Kardinaldekan Riario sprach wie auch schon an den vergangenen Tagen mit sonorer Stimme ein einleitendes Gebet und bat um göttliche Führung, aber Daniele ertappte sich dabei, wie er, statt den Worten zu folgen, die Genesis in Michelangelos Fresken bewunderte. Er dachte daran, wie fassungslos Raffael auf den Anblick reagiert hatte, auf dieses Meisterwerk, das Maestro Buonarroti hier mit unmenschlicher Anstrengung erschaffen hatte. *Wie unterschiedlich und wie ähnlich sich die beiden doch sind! Beide von Gott mit so großen Gaben gesegnet, und doch so voller Zweifel, die dazu führen, dass der eine niemandem vertraut und der andere zu leichtfertig zu vielen.*

Als das Gebet beendet war, fand der erste Wahlgang des Tages statt. Vor dem Altar war ein Tisch aufgebaut worden, an dem der Zeremonienmeister Paris de Grassis, sein Stellvertreter und Kardinal de' Medici saßen. Letzterer war das jüngste Mitglied des Kollegiums und musste sich daher an der Stimmenauszählung beteiligen.

Jeder Kardinal warf seinen Wahlzettel gefaltet in eine bereitstehende Urne, bevor er nach einer Verbeugung in Richtung des Altars an seinen Platz zurückkehrte. Der Prozess dauerte recht lange, und Daniele mochte sich kaum vorstellen, wie ermüdend es sein mochte, wenn bei einem großen Konklave achtzig oder mehr Kardinäle stimmberechtigt waren.

Als alle Zettel abgegeben waren, zählten de Grassis und sein Stellvertreter mit ernster Miene die Stimmen aus, bevor sie die Zettel an Kardinal de' Medici weiterreichten, der die Ergebnisse vortrug. Als Letztes wurde der Kandidat mit den meisten Stimmen genannt. Eine kurze Pause entstand, als alle Stimmen ausgezählt waren.

»Kardinal ... Kardinal ...« Die Stimme des Kardinals begann

zu zittern. Er räusperte sich und begann erneut. »Giovanni de' Medici: Dreiundzwanzig Stimmen.«

Alle in der *Sixtina* wussten, was das bedeutete. De' Medici hatte die erforderliche Zweidrittelmehrheit erhalten, es gab einen Sieger. Jubel wurde laut, als Kardinaldekan Riario aufstand und zum Wahltisch hinüberging. Er nahm Kardinal de' Medici den letzten Zettel aus der Hand. »Preiset den Herrn, wir haben ein Ergebnis«, sagte er dann mit lauter, volltönender Stimme. »Kardinal de' Medici, nehmt Ihr die Wahl an?«

»Ich nehme die Wahl an.«

»Und welchen Namen werdet Ihr tragen?«

»Es soll der Name Leo sein.«

Beschwingt schlug Dovizi Daniele auf die Schulter. Sie waren unter den Ersten, die dem neuen Heiligen Vater gratulierten. De' Medici umarmte sie beide. »Danke«, wisperte er. »Ich werde nicht vergessen, was ihr geleistet habt. Gott hat uns das Papsttum gegeben«, fuhr er fort und zwinkerte Daniele zu. »Genießen wir es!«

Als alle Kardinäle den neu gewählten Heiligen Vater beglückwünscht hatten, klatschte de Grassis in die Hände, um für Ruhe zu sorgen.

»Dann, Brüder, lasst uns beten und dem Herrn danken, dass er unsere Schritte gelenkt hat und wir einen aus unserer Mitte zum Stellvertreter Christi gewählt haben. Und dann ist es an der Zeit, den Gläubigen das Ergebnis zu verkünden. *Habemus papam!*«

Kapitel 43

ROM, MAI 1514

Der Weg vom Tiberufer bis zur Villa Agostino Chigis war mit Fackeln erleuchtet, die Gäste betraten den Garten durch einen eigens für das Fest errichteten Triumphbogen. Sebastiano und Michelangelo schritten hindurch und wurden sofort von Dienern in griechischen Kostümen in Empfang genommen, die ihnen Schalen mit Rosenwasser zum Waschen der Hände reichten und gleich danach Silberpokale mit süßem, gekühltem Wein.

Im Garten selbst hörten sie Musik, fröhliche Stimmen und lautes Lachen. Ein halbes Dutzend Musiker spielte auf Gamben und Schalmeien, und ein junger Mann mit einer vollen, klaren Stimme sang dazu. In aufwendig geschmückten Pavillons war eine Vielzahl von Speisen und Getränken aufgebaut worden, die von Statuen aus Duftzucker und Marzipan bewacht wurden, und auf einer Holzbühne zeigten Schauspieler Szenen aus griechischen Theaterstücken.

Agostino Chigi hatte an nichts gespart. Die gestutzten Büsche und Bäume waren mit goldenen Girlanden geschmückt, in der Mitte des Gartens stand eine goldfarbene Pyramide, und alle Diener waren bekränzt und gekleidet wie Figuren der antiken Mythologie. Feuerschalen und Öllampen tauchten die Szenerie in ein beinahe magisches Licht.

Sebastiano war schon lange genug in Rom, um den Prunk, der auf Festen gern zur Schau gestellt wurde, ebenso gut zu kennen wie die verschwenderischen Feierlichkeiten seiner Heimat Venedig. Er wusste, wie begierig die Reichen und Mächtigen darauf waren, das zu zeigen, was sie besaßen, aber Agostino Chigi hatte sich für die heutige Nacht offenbar vorgenommen, all dies noch zu übertreffen.

Als Sebastiano sich umsah, entdeckte er praktisch jeden, der in Rom Rang und Namen hatte, auch den Heiligen Vater selbst, der unbekümmert mit seinem Gastgeber und der hochschwangeren Francesca Ordeaschi scherzte. Chigis dröhnendes Lachen hörte man im ganzen Garten.

Anders als sein Vorgänger auf dem Papstthron gab Leo X. das Geld des Vatikans lieber für prächtige Prozessionen und Lustbarkeiten aus als für Kriegszüge. Der neue Papst hatte nach seiner Thronbesteigung schnell die Bündnisse mit Spanien und England erneuert, und zumindest der Waffenstillstand mit den Franzosen schien zu halten. Die Römer liebten ihn dafür, und auch für die glanzvollen Spiele und Paraden, die er ihnen bot. Kürzlich hatte ihm der portugiesische König Manuel einen weißen Elefanten zum Geschenk gemacht, und als der Papst dem Volk das Tier präsentierte, kannte die Begeisterung kein Halten mehr.

In einiger Entfernung sah Sebastiano den unvermeidlichen Raffael, der inmitten einer kleinen Gruppe von Gästen stand und sich mit Felice Orsini, der Tochter des verstorbenen Papstes, und Baldassare Castiglione, dem Botschafter Urbinos, unterhielt. Die beiden hatten sich im letzten Jahr angefreundet. Offenbar plante der Höfling, ein Buch zu schreiben, zu dem er dringend Raffaels Meinung hören wollte. Raffael war vollständig in Schwarz gekleidet, wohl noch zum Zeichen der Trauer um seinen Mentor Donato Bramante, der vor vier Wochen verstorben war. Sebastiano warf Michelangelo einen vorsichtigen Seitenblick zu. Der Papst hatte seither noch keinen neuen Dombaumeister berufen, und Maestro Buonarroti wartete noch immer darauf, dass eine Entscheidung fiel. Das war vermutlich auch der Grund, aus dem er sich bereit erklärt hatte, heute Nacht überhaupt an der Feierlichkeit teilzunehmen, bei der sein Gegner im Mittelpunkt stehen würde.

Sebastiano wusste, dass Michelangelo seit einiger Zeit mit dem Gedanken spielte, nach Florenz zurückzukehren und so der sich immer weiter verschärfenden Konkurrenz zu Raffael aus dem Weg zu gehen. In Florenz herrschte zum ersten Mal seit fast zwanzig Jahren wieder ein Medici, und die Familie hatte sich an Michelangelo gewandt, damit er die Neugestaltung der Fassade von San Lorenzo übernahm – ein Auftrag, der ihn sicher auf Jahre hinaus von Rom fernhalten würde.

Bei der Gruppe um Raffael stand auch Kardinal Dovizi, der neue Generalschatzmeister des Papstes, in Begleitung einer betörend schönen blonden Frau, die in ein griechisches Gewand gekleidet war.

»Das ist Albinia. Natürlich eine Kurtisane«, raunte Michelangelo Sebastiano zu. »Offenbar genießt Dovizi jeden Aspekt seiner neuen Stellung. Und des sicher nicht unbeträchtlichen Einkommens. Wusstest du, dass Imperia Cognati sich wegen Chigi umgebracht haben soll?«

Sebastiano hörte dem Klatsch nur mit halbem Ohr zu. Er suchte den Garten mit Blicken nach Maria ab, der Nichte des neuen Kardinals. Obwohl er sie bislang nur bei wenigen Gelegenheiten getroffen hatte, hatte er eine starke Zuneigung zu ihr gefasst. Schließlich entdeckte er sie inmitten einiger vornehmer Frauen. Maria sah heute besonders liebreizend aus, fand er. Sie trug ein Kleid in der Farbe von Malachit mit einem tiefen Ausschnitt und hatte ihr blondes Haar zu Locken gedreht.

Als sie ihn sah, lächelte sie, und er hob verstohlen grüßend den Becher in ihre Richtung. *Vielleicht gelingt es mir später, noch ein paar Worte mit ihr zu wechseln,* dachte er. Inmitten all der prunksüchtigen und oberflächlichen Römer schien sie ihm der einzige Lichtblick zu sein. Doch noch bevor er in ihre Richtung gehen konnte, hielt ihn ein Diener an, der wie ein griechischer Hirtenknabe gekleidet war. »Begleitet mich bitte zu Messere Chigi«, sagte er.

Sebastiano blickte zu Michelangelo. »Geh nur«, sagte dieser. »Es ist ja auch deine Feier. Und es ist vielleicht ohnehin besser, wenn *er* uns nicht zusammen sieht.«

Damit gemeint war natürlich Raffael, der offenbar auch zu ihrem Gastgeber gerufen worden war, denn er wartete bereits vor dem Pavillon. Als Chigi sie beide bemerkte, trat er daraus hervor und gab den Musikern ein Zeichen, die daraufhin das Stück, das sie gerade spielten, beendeten und durch einen Trommelwirbel dafür sorgten, dass auch die Gäste verstummten.

»Liebe Freunde« begann Chigi. »Ihr habt mir die Ehre erwiesen, heute meine Gäste zu sein, und es ist mir eine besondere Freude, Euch als Ersten meine neue Loggia zu präsentieren, die die Maestros Sebastiano Luciani und Raffael Sanzio ausgemalt haben.«

Beifall brandete auf, und einzelne Hochrufe erklangen.

»Ihr kennt mich und wisst, dass ich darauf vertraue, dass unser aller Schicksal im Lauf der Sterne festgeschrieben ist. Meine Astrologen sagen mir, dass diese Nacht eine ganz besondere Nacht ist – also lasst sie uns miteinander feiern und das Beste daraus machen!«

Nachdem auch der nächste Beifall verklungen war, ging Chigi zur Loggia voran, und die ganze Gesellschaft folgte ihm.

Die Bögen, die den Durchgang zur Loggia bildeten, waren mit Tüchern abgehängt worden. Dutzende Diener mit Fackeln nahmen Aufstellung, und der Gastgeber zog mit dramatischer Geste an einem der Vorhänge, der rauschend auf den Boden fiel und den Rest der Tücher mit sich zog. Mit einer Verbeugung trat Chigi zwei Schritte zurück. »Ich präsentiere euch Galatea und Polyphem!«

Das Innere der Loggia war mit Öllampen hell erleuchtet, um die Fresken ins richtige Licht zu setzen.

Zuerst ertönten Raunen und Gemurmel, als die Gäste nach vorne drängten, um die Bilder zu betrachten, doch schon bald hörte Sebastiano entzückte Rufe aus der Menge.

Er selbst blieb hinter den anderen Gästen stehen. Er kannte die Geschichte der schönen Nymphe, die der hässliche Zyklop

Polyphem begehrte, wirklich gut genug – er hatte lange genug hier mit Raffael und den Gehilfen aus der Werkstatt Seite an Seite daran gearbeitet. Raffael hatte den Moment von Galateas größtem Triumph dargestellt. Die schöne Nereide lenkte eine von Delfinen gezogene Muschel wie einen Streitwagen und ritt damit über das Meer, umgeben von mystischen Kreaturen wie Meerjungfrauen und Zentauren. Über ihrem Kopf schwebten drei kleine Amoretten, die mit ihren Pfeilen auf die Nymphe zielten. Sah man genau hin, konnte man jedoch erkennen, dass die Pfeile ihr Ziel verfehlen würden. Da Galatea den von Polyphem erschlagenen Geliebten Acis nicht haben konnte, würde sie frei von Amors Werben bleiben.

Die Nereide selbst war wunderschön, ihr schlanker Körper fast nackt bis zur Scham, doch ihr rechter Arm verdeckte geschickt ihre Brust bis auf den Ansatz, und ein karmesinroter Mantel, wie die Heilige Jungfrau keinen schöneren hätte tragen können, war locker um ihren Leib geschlungen. Die helle Farbe ihrer Haut, die durch das Rot des Mantels noch betont wurde, war Raffael beeindruckend gut gelungen. Was der Urbinate in den Stanzen über die *al fresco*-Malerei gelernt hatte, hatte er hier noch weiter perfektioniert.

Chigis Gäste waren begeistert, das war nicht zu übersehen. Raffael stand unter seinem Fresko, nahm Glückwünsche und Lob entgegen und lächelte sein ihm eigenes, selbstzufriedenes, verdammtes Lächeln, das es ihm so leicht machte, andere für sich einzunehmen.

Raffael hob den Kopf, und ihre Blicke begegneten sich. Er winkte Sebastiano zu sich herüber. »Das ist der Mann, der Polyphem erschaffen hat«, rief er und deutete auf ihn.

Die Gäste richteten ihre Aufmerksamkeit nun auf Sebastianos traurigen Zyklopen, der, in eine schlichte aquamarinblaue Tunika gehüllt, dem Treiben seiner Angebeteten tatenlos zusehen musste. Die Panflöte, mit deren Musik er sie betören wollte, war nutzlos unter den Arm geklemmt. Eine junge Frau sah hinüber und lachte. »Der Arme! Wie konnte er nur glauben, dass sich Galatea jemals in ihn verliebt?«

»Nun, meine teure Francesca hat sich ja auch in mich verliebt, da besteht auch für dieses Ungetüm noch Hoffnung!«, rief Chigi zur allgemeinen Erheiterung.

Die Gäste kicherten über Polyphems dicke Beine, den Spitzbart und sein Unglück, während sich gleichzeitig alle in immer neuem Lob für die Schönheit der Galatea überbieten wollten.

Genau wie ich es mir gedacht habe. Sebastiano senkte den Kopf. Polyphem war genau so, wie ihn die Sage beschrieb, aber wer würde schon seinen unglücklichen Zyklopen preisen, wenn daneben vollkommene Schönheit und Anmut zu bewundern waren?

Er ertrug das Gelächter nicht und trat aus der Menge heraus. Plötzlich stand Maria Dovizi neben ihm. »Ich mag ihn«, sagte sie schlicht. »Ihr habt seinen Kummer so gut eingefangen.«

Sebastiano lächelte sie an. »Wirklich?«

In diesem Moment hob Chigi seinen Becher, gab einigen Männern am Tiberufer ein Zeichen, und ein Feuerwerk begann. Laute Knallkörper, Blumen aus Feuer und ein Feuervogel, der über dem Tiber zu schweben schien, verzückten die Anwesenden.

»Ich denke, ich habe genug gesehen«, sagte Michelangelo mit unüberhörbarer Verachtung in der Stimme. »Ein weiteres Mal hat Sanzio alle mit einem schönen Weib geblendet. Das kennen wir ja schon zur Genüge. Ich glaube nicht, dass es mir gelingt, heute noch mit dem Papst über die Nachfolge Bramantes zu sprechen. Aber du solltest ihm das Feld nicht kampflos überlassen.«

»Hat er denn nicht schon gewonnen?«, fragte Sebastiano bitter.

»Nur, wenn du ihn lässt.«

Während du dich zurückziehst, soll ich eine aussichtslose Schlacht schlagen?, dachte Sebastiano. *Aber was soll's. Mehr als verlieren kann ich nicht.*

Er drängte sich zu dem Kreis durch, der sich um Raffael gebildet hatte. Der andere Maler war offenbar blind für die Schmach, die Sebastiano heute erlitten hatte, und umarmte ihn, als er ihn sah. »Das hätten wir nicht zu träumen gewagt, als der Papst uns einfach an Chigi ausgeliehen hat, oder?«, sagte er.

»Auch meinen Glückwunsch, Messere Luciani«, sagte Daniele Brandi, der junge Priester, der neben Raffael stand. »Was wäre Galatea schon ohne ihren Polyphem? Ihr habt sein Unglück mit meisterhafter Heiterkeit dargestellt, finde ich.«

Meisterhafte Heiterkeit, leck mich doch, dachte Sebastiano, aber er sagte nichts, sondern neigte nur den Kopf.

Nur wenige Schritte von ihnen entfernt stand Kardinal Dovizi, der gerade mit seiner Mätresse flüsterte.

Raffael bemerkte Sebastianos Blick und beugte sich zu ihm hinüber. »Der Kardinal will, dass ich mich mit seiner Nichte verlobe, kannst du dir das vorstellen? Warum will alle Welt, dass ich heirate? Mein Onkel bedrängt mich in jedem seiner Briefe damit, und er scheint einfach nicht zu verstehen, dass ich nicht auf der Suche nach einer reichen Mitgift bin. Dir steht der Sinn auch nicht nach einer Ehe, oder, Bastiano?«

Sebastiano sah ihn benommen an. *Kann er nicht einmal das Maul halten?*, dachte er. *Dovizi will ausgerechnet ihm Maria zur Frau geben? Mein Gott!*

»Komm mit, ich will sie mir aus der Nähe ansehen«, bat Raffael ihn.

Sebastiano schüttelte sich, um die Benommenheit loszuwerden. »Was? Wen?«

»Maria Dovizi. Ich sollte sie mir vielleicht wenigstens anschauen, wenn der Kardinal schon darauf besteht, uns zu verloben? Nein sagen kann ich ja immer noch.«

»Überlegst du wirklich, das Angebot anzunehmen?«, fragte Daniele, der nicht besonders überzeugt klang. »Du hast doch gerade selbst gesagt, dass dich ihre Mitgift nicht interessiert.«

»Ihr Geld interessiert mich auch nicht, aber immerhin ist sie die einzige Tochter des Herrn von Bibbiena.«

Daniele schüttelte den Kopf und sah Raffael ungläubig an. »Seit wann willst du denn unbedingt einen Titel führen? So kenne ich dich gar nicht!«

Der Maler zog ärgerlich die Stirn in Falten. »Du willst wissen, wofür ich einen Titel brauche? Wofür brauchen die Colonna, die della Rovere, die Orsini ihre Titel und Ämter? Oder dein Herr, *Kardinal* Dovizi? Ja, heute Nacht feiern sie meine Bilder, aber das kann ebenso schnell wieder vorbei sein, wie es gekommen ist, sollte ich jemals einen der hohen Herren verärgern. Ich habe keine Lust mehr, wie ein Schoßhund herumgereicht und gelobt zu werden, und der einzige Weg, um sicherzustellen, dass das nicht mehr passiert, ist es, selbst zu genügend Macht und Reichtum zu gelangen.«

»Du klingst schon wie mein Vater«, bemerkte Felice, die zu ihnen getreten war. »Und gar nicht mehr nach dir.«

»Madonna Orsini!«, rief Raffael. »Ich bin überrascht, von Euch solche Ratschläge dazu zu bekommen. Ihr solltet doch wissen, wie schwer es ist, sich der Politik der Mächtigen zu entziehen.«

»Daran ändert allerdings auch keine Ehe etwas«, gab Felice freundlich, aber bestimmt zurück.

Sebastiano ließ seinen Blick von einem zum anderen wandern. *Was, wenn ich ihn bitte, es nicht zu tun?*, dachte er. *Wird er auf mich hören? Mir die Gelegenheit geben, um Maria zu werben?* Wenn Dovizi seine Nichte einem Maler zur Frau geben würde, warum dann nicht auch einem anderen?

Er öffnete den Mund, um etwas zu sagen, aber Raffael kam ihm zuvor. »Hast du auch etwas dazu zu sagen?«, fragte er unwirsch. »Vielleicht kannst du mir erklären, warum ich plötzlich der einzige Mann in ganz Rom sein soll, der nur für die Kunst leben muss und sonst keinen Ehrgeiz haben darf?«

Sebastiano schüttelte den Kopf.

»Raffael, das hat niemand gesagt ...«, begann Felice, aber der

Maler machte sich los und trat zu Dovizi. Die beiden wechselten einige Worte. Dovizi lächelte erfreut. Dann blickte er sich suchend um und rief schließlich seine Nichte zu sich. »Komm her, Kind!«

Sebastiano sah hilflos zu, wie Maria sich zu ihrem Onkel und Raffael stellte und Raffael ihr galant die Hand küsste.

Er hatte das Gefühl, sich übergeben zu müssen, und bemerkte kaum, dass Michelangelo plötzlich bei ihm auftauchte.

»Ich dachte, du hättest dich schon verabschiedet?«, fragte Sebastiano.

»Das wollte ich, aber es hat länger gedauert zu gehen, als anzukommen. Kardinal Riario wollte noch mit mir sprechen.« Er warf einen Blick zu Raffael, Dovizi und Maria hinüber. »Und, hat er gewonnen?«

»Er soll Dovizis Nichte heiraten«, sagte Sebastiano kleinlaut.

Michelangelo schüttelte den Kopf und trat ohne ein weiteres Wort zu der Gruppe um Dovizi. »Ich wollte mich von Euch verabschieden, Eminenz. Und auch von Euch, Maestro Sanzio. Ich gratuliere Euch zu Eurem Erfolg und hoffe, dass Ihr ihn diesmal ohne sinistre Pläne erreichen konntet.«

Raffael zog die Stirn in Falten. »Was wollt Ihr damit sagen, Maestro Buonarroti?«

»Wart Ihr es nicht, der das Gerüst in der Sixtina beschädigt hat, damit ich herunterfalle und mir den Hals breche?«

Michelangelo hatte die Stimme erhoben und war nun auch über die Musik hinweg zu verstehen. Die Umstehenden unterbrachen ihre Gespräche, um ihm zuzuhören.

Raffael war kalkweiß geworden. »Seid Ihr wahnsinnig, Mann? Ihr wisst, dass das nicht wahr ist.«

Michelangelo verneigte sich höflich. »Wenn Ihr es sagt? Ich verabschiede mich und überlasse Euch das Feld. Geht, und sucht Euch ruhig eine weitere Karriere im Bett einer Frau. Obwohl ich die Nichte eines Kardinals für einen ziemlichen Abstieg halte, nach der Tochter eines Papstes.«

Mit einem Schrei wollte sich Raffael auf den älteren Maler stürzen, doch Dovizi fiel ihm in den Arm, gerade noch rechtzeitig, bevor er Michelangelo schlagen konnte. »Ihr geht vielleicht wirklich besser«, sagte er zu dem älteren Maler. Michelangelo lächelte Dovizi an und verbeugte sich. »Natürlich, Eminenz.« Dann schickte er sich an davonzugehen. Sebastiano sah, dass Maria verunsichert zu ihm herüberblickte. Er lächelte sie aufmunternd an. Falls Michelangelo Zweifel am Charakter ihres künftigen Verlobten hatte streuen wollen, war ihm das anscheinend gelungen.

Aber ob das reichen würde? Vielleicht sollte ich besser noch einmal in dieselbe Kerbe schlagen.

»Wie konntest du das nur tun, Raffael?«, fragte er süffisant und mit größtem Bedauern in der Stimme. »Wo du doch die *Schöpfung Adams* so sehr bewundert hast?«

»Bastiano!« Raffael war offenkundig noch immer außer sich und sah ihn fassungslos an. *Gut so.* Er beschloss, das Messer noch einmal herumzudrehen. »Ich kann dich nicht mehr decken. Mein Gewissen verbietet es«, sagte er und folgte dann Michelangelo aus dem Garten.

Kapitel 44

SIENA, MAI 1514

Die Sonne ging gerade unter, als Margherita die Lupa erreichte. Die letzten Strahlen tauchten die Dächer des Viertels in spektakuläres Rot und Gold. *Raffael hätte das Farbenspiel geliebt,* dachte sie, als sie anhielt, um ihr altes Zuhause anzusehen.

Die Straßen waren voller Menschen, wie sie es gewohnt war. Handwerker, die ihr Tagwerk beendet hatten, Klosterbrüder, Frauen, die vor den Häusern Wäsche wuschen, Kinder, die auf dem Pflaster spielten.

Die Lupa hatte so viel erlebt in den letzten Jahren, in denen sie nicht hier gewesen war: einen verheerenden Brand, der viele Häuser zerstört hatte, Seuchen und natürlich die Kriegszüge, in denen zu viele Söhne Sienas gefallen waren. Doch heute Abend schien es ihr, als wären die zähen Bewohner der Lupa einfach zu stolz, um aufzugeben. Sie lebten ihre Leben in ihrem Viertel unbeirrt weiter.

Matteo wohnte mittlerweile in dem alten Haus, das ihrem Vater gehört hatte. Er hatte seine Lehrzeit längst beendet und nun selbst eine Küfnerwerkstatt aufgemacht, dort, wo vorher die Backstube gewesen war.

Im Haus von Alessandra hingegen wohnte längst eine andere Familie. Alessandra war bei der Geburt ihres vierten Kindes gestorben. Ihr Mann war im Jahr darauf Soldat geworden und in einem der zahlreichen Feldzüge gefallen. Die Kinder der beiden lebten jetzt bei Verwandten in einer anderen *contrada*.

In der geöffneten Tür ihres Hauses konnte sie ihren Bruder bei der Arbeit sehen. Bei ihm war eine Frau, die sie nicht kannte. Einen Moment lang fühlte sie sich in der Zeit zurückversetzt.

Sie sah sich selbst in dem Laden stehen, mit hochgebundenen Haaren, wie sie Teig zu kleinen Broten formte. Sie dachte daran zurück, wie Raffael sie nach seiner Arbeit in der Bibliothek besuchte und in den Nacken küsste, ein Gebäckstück stahl und es nicht abwarten konnte, dass die Sonne unterging, damit sie sich nicht mehr vor neugierigen Blicken fürchten mussten. Raffael, der sie gezeichnet hatte. Raffael, der sie geliebt hatte.

Ich wünschte, wir hätten dort bleiben können. In unserem Haus. Wir hätten dort unsere Kinder großziehen und zusammen alt werden können. Du hättest die Adeligen Sienas gemalt, und ich hätte Focaccia verkauft. Du hättest Alessandro ein Vater sein können, und er hätte gewusst, wer du bist.

Das Bild vor ihrem inneren Auge war friedlich und schön. Aber es war auch falsch, das wusste sie. *Das wäre ihm niemals genug gewesen. Sein Ehrgeiz hätte ihn immer fortgetrieben, und wenn er geblieben wäre, dann nur meinetwegen. Wer weiß, ob wir nicht beide unglücklich geworden wären.*

In Margheritas Hals saß plötzlich ein Kloß, und sie spürte, dass ihr Tränen in die Augen traten. »Versprich mir etwas«, hatte er gesagt, bei ihrem Abschied in Siena vor zehn Jahren. »Versprich mir, dass du zu mir kommst, wenn du es kannst.«

Seit einigen Monaten kreisten ihre Gedanken immer wieder um diesen Satz, um dieses Versprechen. Piero war nicht aus Ravenna zurückgekehrt. Mittlerweile wusste die Familie Petrucci, dass er als Geisel am französischen Hof lebte, so wie auch einige andere italienische Adelige, die bei der Schlacht um Ravenna gefangen genommen worden waren. Der französische König hatte seine Eroberungen in Oberitalien nicht fortgesetzt, aber die Geiseln waren seine Sicherheit dafür, dass die Italiener ihre Hände nicht nach den französischen Besitzungen ausstreckten.

Zuerst hatten die Petrucci noch mit einer schnellen Rückkehr gerechnet, doch mittlerweile war klar, dass sich Pieros Gefangenschaft noch auf unbestimmte Zeit hinziehen konnte.

Es war jetzt fast zwei Jahre her, dass Pandolfo Petrucci verstorben war und sein Sohn Borghese die Herrschaft über Siena angetreten hatte. Aber sein Anspruch wurde ständig bedroht, und es bedurfte allen diplomatischen Geschicks seiner Mutter, um ihn an der Macht zu halten.

Margherita unterstützte Aurelia, wo sie konnte, auch wenn sie wenig Hoffnung hatte, dass Borgheses Herrschaft noch lange dauern würde; er war zu sehr von seinen Launen abhängig, zu unbedarft und vor allem viel zu sehr von sich eingenommen, um auf Dauer kluge politische Entscheidungen treffen zu können.

Sie selbst hatte in den letzten Jahren mehr Freiheiten genossen als lange Zeit davor. Sie konnte gehen, wohin sie wollte, und war endlich wieder die Herrin ihrer eigenen Zeit. Es war kein schlechtes Leben, aber eines, das irgendwann enden musste, wenn Piero Petrucci doch zurückkam oder Borghese seinen Machtanspruch verlor. Je mehr sie darüber nachdachte, desto klarer wurde ihr, dass jeder Tag der letzte sein konnte, an dem sie eine Entscheidung in der Frage treffen konnte, die sie so sehr beschäftigte. *Will ich mich an unser Versprechen halten und Raffael wiedersehen?*

Wird er mich denn überhaupt sehen wollen?

Er war mittlerweile so berühmt geworden wie Leonardo und Michelangelo. *Er hat erreicht, was er sich immer gewünscht hatte.*

Sie wusste, dass das für den ehrgeizigen Jungen aus Urbino nicht einfach gewesen war. Und gewiss galten in Rom keine anderen Regeln als überall sonst auf der Welt. Um seine Verbindungen zu festigen oder neue zu knüpfen, war eine vorteilhafte Ehe sicher auch dort ein wichtiger Schritt – und sie hatte keine Ahnung, ob er mittlerweile verheiratet war oder nicht.

Als könntest du ihm eine Ehe anbieten, dachte sie. *Du bist noch nicht einmal eine Witwe.*

»Margherita«, rief Matteo eben, der sie offenbar entdeckt hatte und in die Tür getreten war. »Willst du nicht hereinkommen?«

Sie schüttelte ihre Gedanken ab, lief auf ihn zu und schloss ihn in die Arme. Durch die jahrelange harte Arbeit war er ein kräftiger Mann geworden. Er hatte eine feste Lederschürze umgebunden und trug mittlerweile einen vollen Bart, der ihm bis zur Brust reichte.

»Komm herein«, sagte er. »Ich wollte gerade die Werkstatt für heute zusperren!«

Die junge Frau, die sie durch das Fenster gesehen hatte, trat neben ihren Bruder und blickte unsicher zu Boden. Dunkle Locken fielen über ihre hohe Stirn. »Madonna«, murmelte sie, offenkundig eingeschüchtert von Margheritas Besuch.

Sie glaubt vermutlich, dass ich mich verirrt habe, dachte Margherita. Sie trug für ihren Besuch in der Lupa das schlichteste Kleid, das sie besaß, aber es war dennoch um ein Vielfaches kostbarer und aufwendiger als die Kleidung des Mädchens.

»Das ist Emilia«, sagte Matteo. »Aus der *contrada dell'Istrice*. Und das ist meine Schwester Margherita.« Die junge Frau warf ihm einen ungläubigen Blick zu. Er räusperte sich verlegen. »Emilia und ich werden heiraten«, sagte er dann.

Heiraten? Mein kleiner Bruder! »Herzlichen Glückwunsch! Das sind ja großartige Neuigkeiten!« Sie umarmte erst ihn und dann Emilia, die endlich den Blick hob und sie schüchtern anlächelte.

Matteo trat von der Tür zurück und winkte Margherita herein. »Wollen wir zusammen etwas essen?«, fragte er.

»Ich kann nicht bleiben; ich muss Carla abholen und mich auf den Heimweg machen«, erklärte Emilia.

Natürlich. Sie ist ein gutes Mädchen aus der Istrice. Sie muss vor Sonnenuntergang zu Hause sein.

»Ich hoffe, dich bald wiederzusehen, Emilia!«, sagte Margherita. Emilia neigte den Kopf. »Ja, Madonna. Ciao, Matteo.«

* * *

»Wie hast du sie kennengelernt?«, wollte Margherita wissen, als sie mit ihrem Bruder allein war, einen Becher verdünnten Wein trank und Pinienkerne aus einer Schüssel naschte, die schon einen Sprung gehabt hatte, als sie noch ein kleines Mädchen gewesen war.

»Emilia ist die jüngste Tochter meines früheren Meisters. Ich hatte schon lange ein Auge auf sie geworfen, habe mich aber erst getraut, ihr den Hof zu machen, seit ich die Werkstatt selbst besitze. Ihr Vater ist mir immer noch sehr gewogen, deshalb war es glücklicherweise nicht so schwer, ihn zu überzeugen. Außerdem hat er fünf Töchter und nur einen Sohn, ich glaube, er ist froh über jeden Schwiegersohn, der nicht auf eine große Mitgift besteht.«

Sie lachte. »Ich freue mich so für dich! Wann soll die Hochzeit stattfinden?«

»Schon bald, wir dachten an den Juli.«

Vor ihrem inneren Auge tauchten Bilder der fröhlichen Hochzeitsfeiern auf, die sie früher in der Lupa miterlebt hatte. Jede Eheschließung war eine Angelegenheit des ganzen Viertels, dessen Bewohner das Haus der Brautleute schmückten und tagelang Essen vorbereiteten.

»Vergiss nicht, dass sie einen Topf Erde aus der *Istrice* mitnehmen muss.«

Matteo sah sie an. »Du hast nichts aus der Lupa mitgenommen, auch keine Erde für deinen Sohn.«

»Nein. Aber ein Kind, dass im Palazzo Petrucci zur Welt kommt, ist auch zuallererst ein Petrucci und kein Kind der Lupa.«

Der Gedanke tat weh. Sie hatte Alessandro so lange nicht gesehen und vermisste ihn immer noch so sehr.

Matteo schüttelte den Kopf und lächelte schief. »Ich weiß nicht, was Emilias Verwandtschaft sagen wird, wenn sie erfährt, dass eine Petrucci zu unserer Hochzeit kommt. Vermutlich trauen sie sich dann gar nicht erst in die Kirche.«

Sie wollte schon widersprechen, tat es dann aber nicht. Vermutlich hatte er recht, sie hatte ja gesehen, wie Emilia auf sie reagiert hatte. So wie auch ihr Vater auf Piero Petrucci reagiert hatte, als er vor so vielen Jahren in der Tür gestanden hatte.

»Trotz allem bin ich auch immer noch eine Luti«, sagte sie sanft.

Er lächelte und füllte ihren Becher auf. »Wie geht es dir?«, wollte er wissen. »Habt ihr etwas von deinem Mann gehört?«

»Er hat Borghese ein Mal geschrieben, aber danach nicht mehr. Der Brief klang so gespreizt, dass Aurelia glaubt, dass die Franzosen ihn zuerst gelesen haben. Nach dem, was darin steht, behandeln die Franzosen ihre Gefangenen gut.«

»Und wie geht es im Palazzo Podestà? Sogar wir in der Lupa haben gehört, dass sich die Signoria gegen Borghese auflehnt.«

»Ich kann dir nicht sagen, wie lange er sich wohl noch halten wird. Sowohl seine Cousins als auch alle einflussreichen Familien Sienas wetzen schon die Messer, und er ist nicht besonders gut darin, das zu erkennen.«

»Ob er regiert oder ein anderer Petrucci, für uns hier wird das vermutlich keinen so großen Unterschied machen. Solange sie uns nicht die verfluchten Medici auf den Hals hetzen ...« Matteo zerbiss ärgerlich einen Pinienkern.

Die alte Konkurrenz zu Florenz wurde schon seit Generationen nicht nur von der Signoria, sondern auch von den Bürgern Sienas gepflegt, und »Medici« war schon ein Schimpfwort, seit sie denken konnte.

»Ich frage mich, was aus Aurelia und mir wird, wenn Borghese die Macht verlieren sollte. Aurelia überlegt, in ein Kloster zu gehen.«

Matteo sah sie forschend an. »Du bist aber nicht hier, um mir zu sagen, dass du in einen Orden eintrittst, oder?«, wollte er wissen.

Margherita sah sich in der Küche um, die sich kaum verändert hatte, seit sie hier gelebt hatte. Sie hatte an dem Feuer gekocht, an dem vielleicht bald Emilia stehen würde, hatte hier gegessen, gebetet, geliebt. Aber sie konnte nicht hierher zurückkehren. Auch wenn sie das vielleicht geglaubt hatte – aber hier war kein Platz mehr für sie. Plötzlich stand ihr ihre Entscheidung klar vor Augen. Es war an der Zeit, Siena hinter sich zu lassen.

Sie schüttelte den Kopf. »Nein, ich gehe nicht in ein Kloster, aber ich bin hier, um mich zu verabschieden. Ich werde auf eine Pilgerfahrt nach Rom gehen, um Vergebung für meine Sünden zu suchen.«

»Eine Pilgerfahrt?« Matteo sah sie verständnislos an. »Ist das nicht zu gefährlich? Willst du etwa ganz allein gehen?«

»Ich schließe mich der nächsten Pilgergruppe an, die durch Siena kommt.«

»Wirst du denn zu unserer Hochzeit zurück sein?«

»Vielleicht. Ich kann es dir nicht versprechen. Aber du hast es ja selbst gesagt, vielleicht wäre es besser, wenn dort keine Petrucci auftauchen.«

Er sah sie mit einer Mischung aus Überraschung und Kummer an, aber dann lächelte er plötzlich. »Nach Rom. Gehst du zu ihm? Zu Raffael?«

Sie legte eine Hand auf Matteos schwielige Finger. »Ich habe ihn seit vielen Jahren nicht gesehen. Ich weiß nicht, ob er sich noch an mich erinnert.«

»Das kann ich dir auch nicht sagen, Margherita. Aber er war einmal bereit, alles stehen und liegen zu lassen, um zu dir zu kommen, das kann ich dir versichern. Ich kann mir nicht vorstellen, dass er dich inzwischen vergessen hat.«

»Das hoffe ich. Inzwischen kann sich so viel verändert haben, aber ich will es trotzdem versuchen. Ich habe es ihm versprochen, und vielleicht bietet sich nie wieder die Gelegenheit, zu gehen und das Versprechen einzulösen.«

Matteo stand auf und küsste sie auf die Stirn. »Dann geh«, sagte er. »Du hast etwas Besseres als die Petrucci verdient. Und in ein Kloster kannst du immer noch gehen.«

Kapitel 45

ROM, JUNI 1514

»... verleihen Wir Euch, Raffael Sanzio, den Titel eines Bauleiters von *San Pietro in Vaticano*«, verkündete Papst Leo feierlich vor der versammelten Menge in der Kapelle *Sancta Sanctorum*.

Raffael verbeugte sich tief und küsste den Saum des Papstgewandes, bevor ihm der Zeremonienmeister Paris de Grassis die Urkunde und einen symbolischen Schlüssel zu San Pietro überreichte. Die Gäste der päpstlichen Audienz, die dicht gedrängt in der Kapelle standen, jubelten. Wegen des heutigen hohen Feiertags fand die Versammlung nicht im Apostolischen Palast, sondern im Lateran statt.

Dombaumeister. Der Titel klang in seinen Ohren ungewohnt und Respekt einflößend. Und dennoch war er ihm eben von Seiner Heiligkeit selbst verliehen worden, inmitten der Arbeiter, Steinmetze und Maurer, die den Auftrag hatten, die alte Petersbasilika nach und nach abzutragen und die neue Kirche zu errichten. Sie alle waren heute hergekommen, um den Segen des Papstes zu empfangen und den neuen Herrn der Dombaustelle zu sehen.

Raffael konnte noch immer nicht ganz glauben, dass er von nun an tatsächlich die Verantwortung für den Bau tragen sollte, und ein Teil von ihm fragte sich noch immer, ob es wirklich die richtige Entscheidung gewesen war, den Titel anzunehmen. Zwar hatte er von Donato Bramante vieles gelernt, aber es schien ihm, als wäre nie genug Zeit gewesen, um die Ideen des klugen Architekten für den gewaltigen Kirchenbau wirklich in ihrer Gesamtheit zu erfassen.

Offenbar hatte der alte Baumeister jedoch noch vor seinem

Tod den Wunsch geäußert, Raffael zu seinem Nachfolger zu machen, und Papst Leo hatte sich nun entschieden, dem zu entsprechen.

Ich hätte ja kaum ablehnen können, dachte er. Dennoch fühlte er sich ein wenig so, als hätte man ihm den festen Boden unter den Füßen weggezogen, als er wieder in die Menge zurückkehrte. Paris de Grassis rief jetzt den Namen eines Steinmetzes auf, der vor den Papst trat, um feierlich in die Dombauhütte berufen zu werden.

Die Audienz endete erst am späten Nachmittag, und der Heilige Vater zog sich zurück, bevor in den frühen Abendstunden die feierliche Prozession *Corpus Domini* beginnen würde.

Der Umzug würde ein großes Schauspiel werden, an dem auch die allermeisten Besucher der Audienz teilnahmen. Als Raffael die Kapelle verließ, hatten sich bereits zahlreiche Menschen auf dem Platz vor der Basilika San Giovanni versammelt, um auf den Beginn der Prozession zu warten. Neben den Römern waren auch besonders viele Pilger anwesend. Eine Wallfahrt zu den Pilgerkirchen der Ewigen Stadt zum *Fest des heiligsten Leibes und des Blutes Christi* versprach einen Ablass aller Sünden.

Raffael war jedoch in Gedanken weniger bei seinem Seelenheil als vielmehr bei seiner neuen Aufgabe, als er auf dem Vorplatz der Lateranbasilika zu einer Gruppe Kirchenmänner aufschloss, unter denen sich auch Daniele und Kardinal Dovizi befanden.

Daniele umarmte ihn. »Meinen Glückwunsch!«, sagte er strahlend. »*Maestro e Soprintendente.* Du kannst sehr stolz auf dich sein.«

»Danke. Momentan fühle ich mich eher noch so, als spielte mir jemand einen Streich. Gleich wird jemand aus dem Lateran kommen und sagen, ›Nein, nein, wir haben uns geirrt, natürlich ist Maestro Michelangelo der neue Dombaumeister‹.«

Daniele lachte. »Falls es dazu eine groß angelegte Verschwörung der Kurie gibt, wurde ich zumindest nicht eingeweiht. Wisst Ihr etwas davon, Eminenz?«, fragte er Bernardo Dovizi. Der Kardinal schüttelte den Kopf.»Bedauere. Ich fürchte, Ihr müsst den Titel und die Aufgabe wirklich übernehmen.«

Vermutlich hatte auch die Fürsprache Dovizis ihren Teil dazu beigetragen, dass der Papst ihn zum Dombaumeister berufen hatte. Leo X. tat kaum etwas, ohne den Rat seines Schatzmeisters einzuholen, und Dovizi förderte Raffael mittlerweile, wo er nur konnte, seit er zugestimmt hatte, die Nichte des Kardinals zu heiraten.

Bislang hatte er den Gedanken an seine bevorstehende Eheschließung allerdings eher vor sich hergeschoben. Er hatte kaum ein Dutzend Sätze mit Maria Dovizi gewechselt, und die Vorstellung, sie zu heiraten, erschien ihm immer noch fremd. Andererseits drängte ihn seine Familie in Urbino ebenso wie der Kardinal zu diesem Schritt, und Maria schien eine gute Wahl zu sein – gebildet, hübsch und aus einer einflussreichen Familie. Und hatte nicht auch Felice eine politische Ehe geschlossen, die sie glücklich gemacht hatte?

»Weiß Michelangelo denn schon davon, wer das Amt bekommen hat?«, wollte Daniele wissen.

»Ich habe gehört, dass er einen Wutanfall biblischen Ausmaßes hatte und Rom vielleicht ganz den Rücken kehren will«, antwortete Raffael.

»Vielleicht wäre das besser so. Euren fortgesetzten Streit zu sehen, ist so traurig.«

»Weiß Gott, ich habe den Streit nicht angefange, sondern mich nur zur Wehr gesetzt.«

»Das habe ich nicht bestritten, aber es ändert ja nichts. Und, wann wirst du mit der Arbeit am Dom beginnen?«

»Am liebsten gleich morgen früh.«

Es war wichtig, dass der Bau so rasch wie möglich fortgesetzt wurde, der seit Bramantes Tod nur schleppend vorangegangen war. Der Heilige Vater hatte unmissverständlich klargemacht, dass allein der Unterhalt der Arbeiter den Heiligen Stuhl Unsummen kostete. Der Papst musste bereits jetzt darauf setzen, dass sich die Spanier mit ihrem Gold aus der neuen Welt am Bau beteiligen würden.

Allerdings hatte Leo nichts davon gesagt, dass die Fresken in den verbleibenden Räumen des Vatikans zugunsten Raffaels neuer Aufgabe warten konnten. Auch Agostino Chigi würde sicher keine Verzögerungen dulden. Außerdem hatte Kardinal Grimani eine Madonna bei ihm in Auftrag gegeben, der junge Bankier Bindo Altoviti hatte ein Porträt bei ihm bestellt, und beiden Aufträgen hatte eine begleitende Bitte des Heiligen Vaters sanft, aber nachdrücklich Gewicht verliehen.

Und dann hatte Kardinal Bernardo Dovizi, der gerade neue, prächtige Räume im Vatikan bezog, ihn gebeten, sein wahrhaft fürstliches Bad auszumalen.

Selbst wenn ich von heute an bis Neujahr nicht mehr schlafe, das ist nicht zu schaffen, dachte Raffael, als er die Liste seiner Aufträge im Geist durchging. *Die Werkstatt muss mehr übernehmen als bisher. Gianfrancesco Penni ist so weit, dass er die Arbeit an dem päpstlichen Speisezimmer leiten kann, wenn ich die Kartons liefere. Zu schade, dass Maestro Vannucci nach Perugia zurückgekehrt ist, jetzt hätte ich mehr als genug Aufträge für ihn.*

Zu seiner großen Trauer war sein Freund Bernardino di Betto im vergangenen Jahr gestorben. Er hatte immer gern mit ihm zusammengearbeitet.

Aus seiner Werkstatt traute er es Giovanni di Udine ebenfalls zu, eigenständig größere Aufgaben zu übernehmen. Er war ein guter Stuckateur; wenn er von Claudio und Giulio unterstützt würde, könnte er vermutlich einen Großteil der Arbeit bei Chigi leisten.

Dann kann ich hauptsächlich in der bottega *arbeiten, Vorzeichnungen anfertigen, die Porträts beginnen und mich vor allem mit der Arbeit am Dom vertraut machen.* Blieb noch das Bad des Kardinals, aber das konnte vielleicht warten, bis einer der anderen Aufträge erledigt war?

Wenn ich es so mache, sollte es vielleicht reichen, wenn ich bis Allerheiligen ohne Pause durcharbeite.

Dennoch würde ihm Sebastiano bei den anstehenden Aufgaben schmerzlich fehlen. Seit dem Streit bei Agostino Chigi hatte er ihn nicht mehr gesehen, aber das Gerücht, Raffael habe Michelangelos Gerüst in der *Sixtina* sabotiert, hielt sich seitdem durch Sebastianos Unterstützung hartnäckig. Was genau seinen früheren Freund dazu getrieben hatte, ihm solchen Schaden zufügen zu wollen, war ihm nach wie vor nicht klar. Eigentlich sollte er wohl eine Aussprache mit Sebastiano suchen, doch bislang war sein Zorn noch zu groß gewesen.

»Ich muss gehen«, erklärte Daniele. »Ich habe heute die Ehre, den Baldachin mitzutragen.« Er winkte einigen anderen jungen Geistlichen zu, und gemeinsam drängten sie sich durch die Menge und zur Kirche hindurch.

»So viel Hingabe«, bemerkte Kardinal Dovizi mit einem Kopfschütteln. »Mir wird schon heiß, wenn ich nur daran denke, bei diesem Wetter einen Baldachin durch die Menge zu schleppen.«

»Ich bewundere Daniele, Eminenz«, gab Raffael zurück. »Er hat eine unverrückbare Gewissheit in seinem Leben. Das gibt ihm seine Stärke.«

»Habt Ihr das nicht auch? Mit Eurer Kunst?«

»Ich wünschte, mein Glaube daran wäre so fest wie Danieles Glaube an unserem Schöpfer. Aber es liegt wohl in der Natur der Sache, an sich selbst mehr als an allem anderen zu zweifeln.«

Mit einem hatte der Kardinal auf jeden Fall recht: Obwohl die Sonne schon tief am Himmel stand und San Giovanni in pastellfarbenes Licht tauchte, war es inmitten der Menschenmenge auf dem Vorplatz sehr warm. Er hatte für die Verleihung des Titels seine besten Sachen angezogen und schwitzte in der pelzverbrämten *zimarra* und dem schweren Wams. Er sehnte sich danach, sich umzuziehen, doch das konnte er frühestens nach dem festlichen Umzug tun.

Endlich, als die Sonne schon halb hinter dem Horizont verschwunden war, öffneten sich die Tore der Basilika, und die Prozession trat heraus. Das letzte Licht des Tages fiel auf die goldene Monstranz, in der der geweihte Leib Christi aufbewahrt wurde, und verlieh ihr einen überirdischen Glanz. Die Goldmonstranz wurde unter einem reich verzierten Baldachin vorangetragen, und bei ihrem Anblick jubelte die Menge. Raffael sah, dass Daniele, der ganz vorne ging und eine der vier Tragstangen in Händen hielt, eine feierliche Miene aufgesetzt hatte und unbeirrt voranschritt.

Auf die Monstranz folgte die päpstliche Sänfte, die von den Schweizergardisten beschützt wurde. Der Heilige Vater lächelte gütig in die Menge und machte das Segenszeichen.

Dann kamen die Kardinäle und Bischöfe in vollem Ornat, ein prächtiger, farbenfroher Anblick zum höheren Ruhme Gottes und der Kirche.

Die Schweizergardisten sorgten dafür, dass sich eine Gasse unter den Gläubigen bildete. Unter den Hochrufen der Umstehenden setzte sich der Umzug in Bewegung. Als Nächstes schlossen sich die Pilgergruppen den kirchlichen Würdenträgern an. Unterwegs stießen immer mehr Menschen zu der Prozession, bis sie sich wie ein Heereszug durch die Stadt wand.

Lauter Gesang aus vielen Kehlen erscholl, und jedes Mal, wenn die Begleiter des Heiligen Vaters Münzen oder Süßigkeiten in die Menge warfen, brandete Jubel auf.

Raffael ließ sich mit der Menge treiben, aber als die Prozession auf der Höhe der Basilika von Santi Silvestro e Martini in eine schmalere Straße einbog, wurde er ein Stück zurück und in die Menge gedrängt, hinein in eine große Gruppe Frauen, die aus vollem Halse sangen. Es waren Ordensschwestern und Pilgerinnen, leicht zu erkennen an ihren Pilgermänteln, Hauben und Stöcken.

Wahrscheinlich ist ihnen noch wärmer als mir, dachte er, bevor sein Blick auf eine Pilgerin fiel, die sich links hinter ihm in der Menge befand. Als er sie sah, beschlich Raffael plötzlich ein seltsames Gefühl. Etwas an ihr wirkte eigenartig vertraut auf ihn, auch wenn er nicht hätte sagen können, was es war. Dann wandte sie den Kopf in seine Richtung, und er konnte ihr Profil erkennen. *Konnte das sein? Margherita?*

Er wäre stehen geblieben, aber das war unmöglich, die Menge schob ihn einfach weiter, und die Frau drohte aus seinem Gesichtsfeld zu verschwinden.

Er löste sich aus seiner Starre und rief ihren Namen. Sie schien ihn über dem Gesang und dem Jubel nicht zu hören. Er rief noch einmal, versuchte, sich gegen den Strom und in ihre Richtung zu bewegen.

Schließlich wandte sie sich zu seiner Stimme um, und es konnte keinen Zweifel mehr daran geben: Es war Margherita.

»Raffael!« Als sie ihn sah, strebte sie vorwärts, auf ihn zu.

Schließlich waren sie so dicht beieinander, dass sie sich in die Augen sehen konnten, wurden jedoch noch immer von der Menge vorangeschoben, die nun in eine noch engere Straße eingebogen war. Unvermutet fühlte er sich an eine andere Menge erinnert, vor langer Zeit in Siena, als sie erfahren hatten, dass Cesare Borgia die Petrucci aus der Stadt vertrieben hatte.

»Was tust du hier?«, rief er, aber der Gesang schwoll wieder an, und er konnte ihre Antwort nicht verstehen. Er streckte die Hand nach ihr aus, voller Sorge, sie im Gedränge wieder zu verlieren, und zog sie mit sich, aus der Masse der Leiber heraus, schob sie beide voran, bis sie sich am Ende der Straße aus der Menge befreien und in eine Gasse einbiegen konnten, die sie von der Prozession wegführte.

Margherita blieb stehen und musterte ihn, und Raffael erwiderte den Blick stumm, um jedes Wort verlegen.

Er hatte nicht damit gerechnet, sie je wiederzusehen, aber jetzt stand sie vor ihm, in Fleisch und Blut.

»Du bist auf einer Pilgerfahrt?«, fragte er schließlich.

»Ja. Ich bin mit den Schwestern der heiligen Katharina hergekommen, die auf Wallfahrt sind. Mein Gott, du bist es wirklich!«, sagte sie unvermittelt.

Er blickte in ihr Gesicht unter der strengen Haube, die ihr Haar bis auf wenige dunkle Strähnen verbarg, suchte nach Vertrautem und nach Veränderungen. Bei allem, was er sah, war sie jedoch ganz unverkennbar Margherita.

Sie wich seinem Blick nicht aus. »Du hast dir einen Bart wachsen lassen«, sagte sie schließlich mit einem verlegenen Lachen.

Unwillkürlich hob er eine Hand an sein Kinn und strich sich über die kurzen Stoppeln. »Ja. Ich hatte irgendwann vor lauter Arbeit keine Zeit mehr für einen Besuch beim Barbier, und als ich das nächste Mal in den Spiegel gesehen habe, beschloss ich, den Bart zu behalten.« *Himmel, was rede ich denn da?*

»Er steht dir«, sagte sie.

Raffael schüttelte den Kopf. Konnte es wirklich sein, dass Margherita hier vor ihm stand und sie so miteinander sprachen, als hätten sie sich gerade erst voneinander verabschiedet? Plötzlich erschien ihm der ganze Augenblick irreal.

»Bist du wirklich hier, oder bilde ich mir das ein?«

»Wenn du es dir einbildest, habe ich dasselbe Trugbild.«

»Was hat dich dazu gebracht, eine Pilgerfahrt auf dich zu nehmen?« *Ausgerechnet diese, die sie hierher geführt hat.*

»Meine Sünden, so wie bei allen Pilgern«, antwortete sie ernst.

Er konnte sich nicht vorstellen, worin diese Sünden bestehen sollten, aber was wusste er schon davon, was ihr in den letzten Jahren widerfahren war?

»Wie lange bist du schon hier?«

»Sieben Tage.«

Sieben Tage. Und er hatte sie erst heute gefunden, zufällig.

»Ich habe schon alle Pilgerkirchen besucht«, erklärte sie.

»Und sonst beinahe nichts von der Stadt gesehen. Die Ordensregel, nach der wir leben, ist sehr streng.«
Die Ordensregel? Ist sie in ein Kloster eingetreten?
Er konnte seine Gedanken nicht ordnen. Alles an dieser Begegnung verwirrte ihn.
Sie sah ihn mit einem kleinen Lächeln an. »Ganz Rom redet über dich, weißt du das?«, fragte sie. »Jeder kennt deinen Namen. Der große Raffael! Und was sie nicht alles sagen: Du sollst in den Gemächern des Papstes ein wahres Wunder vollbracht haben, du hast versucht, Michelangelo zu ermorden, und du wirst bald die Tochter eines Kardinals heiraten.«
»Du glaubst nicht wirklich, dass ich versucht habe, Michelangelo umzubringen, oder?«
Sie lachte auf. »Nein. Aber was ist mit der Tochter des Kardinals?«
Heilige Muttergottes. »Ich fürchte, das ist die Wahrheit. Oder zumindest fast.« Er hob hilflos die Hände. »Es stimmt, ich bin mit der Nichte eines Kardinals verlobt. Was kann ich dazu sagen?«
»Sag nichts«, bat sie. »Du bist verlobt, ich bin verheiratet.«
»Dann bist du immer noch Piero Petruccis Frau?«
Sie legte einen Finger an die Lippen und nickte langsam.
Natürlich, dachte er. *Deshalb ist sie auch nicht zu mir gekommen. Sie wird mit ihrer Familie hier sein, mit einem ganzen Tross aus Petrucci, die zum Fest des heiligsten Leibes aus Siena angereist sind.*
Er hatte sich so lange Zeit mit dem Gedanken an sie gequält, und es war so schwer gewesen, die Erinnerung an sie abzuschütteln, dass es ihm jetzt beinahe wie ein grausamer Scherz erschien, sie wiederzusehen und zu erkennen, dass es ihm nie vollständig gelungen war.

Kapitel 46

ROM, JUNI 1514

Was hat mich bloß dazu getrieben, auf diese Pilgerfahrt zu gehen und ihn zu suchen?, dachte Margherita. *Wie konnte ich glauben, dass er darauf gewartet hat, dass ich alles hinter mir lasse und zu ihm komme?*

Raffael wirkte beinahe wie ein Fremder auf sie, aber was hatte sie nach all der Zeit erwartet? Er war so vornehm wie ein Fürst gekleidet. Er trug eine pelzverbrämte Samt*zimarra*, ein besticktes Wams und ein geschnürtes Hemd, kostbare Ringe an der rechten Hand und eine Samtkappe auf dem Kopf. Selbst im Palazzo Podestà wäre er aufgefallen. Hier, auf der Straße, war der Unterschied zwischen ihm und ihr in ihrer Pilgerkleidung überdeutlich.

Sein Gesicht hatte sich verändert, und doch wieder nicht. Die langen dunklen Haare, die schönen Augen waren genau wie in ihrer Erinnerung. Aber der wachsame Blick darin war neu. Dies war nicht mehr der heitere, sorglose Raffael, den sie in Siena gekannt hatte. *Wie hätte er das auch sein können?*

Seit sie in Rom angekommen war, hatte sie so viel von ihm gehört, und je mehr Gerüchte ihr zu Ohren gekommen waren, desto mehr hatte sie daran gezweifelt, ob es eine gute Idee gewesen war, die Pilgerfahrt hierher anzutreten. Und nun, da sie ihn sah, war sie davon überzeugt, dass sie einen Fehler gemacht hatte. Raffael hatte offenbar alles erreicht, was er je gewollt hatte, und um das zu krönen, würde er bald heiraten. Welches Recht hatte sie da, ihn an Versprechen zu erinnern, die sie sich vor einer halben Ewigkeit gegeben hatten?

Vielleicht sollte ich mich doch einem Orden anschließen, dachte sie. *Meinen Frieden mit Gott machen, bevor Piero Petrucci zurückkehrt.*

»Ich sollte jetzt wohl besser gehen«, sagte sie leise.

»Natürlich.« Raffaels Gesicht verriet nicht, was er dachte. Er verbeugte sich leicht. »Dann sollten wir uns verabschieden. Ich nehme an, dass die Petrucci sonst bald nach dir suchen werden.«

Ohne nachzudenken, schüttelte sie den Kopf. »Sie sind nicht hier. Bei den Pilgern bin ich ein Niemand«, gab sie zurück. »Nur Margherita, die kleine Bäckerin aus der Lupa. Ich bin allein mit ihnen mitgereist.«

»Die Pilger wissen nicht, dass du Margherita Petrucci bist?« Jetzt zeichnete sich sein Erstaunen deutlich auf seinen Zügen ab.

Das hätte ich ihm vielleicht nicht sagen sollen.

»Nein. Ich wollte für meine Sünden büßen. Und wäre Margherita Petrucci hier, würde sie auf Schritt und Tritt von Dienern begleitet. Dort vorne würden zwei Wachen stehen, die sie nie aus den Augen lassen. So kann man weder Einkehr noch Buße finden.«

Er ließ sich nicht anmerken, was er darüber dachte. »Wo bist du untergebracht?«, fragte er stattdessen. »Denn dann bringe ich dich dorthin. Rom kann nachts ein gefährlicher Ort sein.«

»In einem Kloster in der Nähe der Porta del Popolo.«

Sie wusste, dass es besser gewesen wäre, sich hier und jetzt von ihm zu verabschieden. Jede Minute, in der sie ihn sah, machte es nur schwieriger, dies zu tun.

Aber ein Teil von ihr wollte ihn noch nicht verlassen, und dieser Teil gewann schließlich die Oberhand. *Wir gehen nur den Weg zum Kloster. Und dann sehe ich ihn nie wieder.* So viel Zeit mit ihm konnte sie sich zugestehen.

Gemeinsam liefen sie durch die Straßen, während allmählich die Dunkelheit anbrach. Rom verwandelte sich vor ihren Augen in eine andere Stadt, sobald die Sonne untergegangen war. Die großen Ruinen, die tagsüber von der stolzen Vergangenheit der

Stadt kündeten, wurden zu düsteren Mahnmalen, die bedrohlich in den Himmel ragten. Wegen des Feiertages und der Prozession lagen ganze Straßenzüge still da.

Die Menschen, denen sie begegneten, waren offenkundig jene, die bereits ausgelassen feierten, ohne dafür die Messe abzuwarten, die der Heilige Vater am Ende der Prozession in Santa Maria Maggiore lesen würde – Betrunkene und Huren zumeist.

Die wenigen wohlhabenden Römer, auf die sie trafen, waren zu dieser Zeit nur mit einem Bewaffneten an ihrer Seite unterwegs, aber Raffael lief ohne ein Anzeichen von Sorge neben ihr her. *Wahrscheinlich kennt er hier jeden Pflasterstein und jede Kreuzung*, dachte sie.

Sie schwiegen beide eine Weile, aber dann sagte er schließlich: »Wir haben uns so lange nicht gesehen! Und ich habe dich noch nicht gefragt, wie es dir ergangen ist?«

»In Siena hat sich vieles verändert. Pandolfo Petrucci ist tot. Sein Sohn regiert jetzt die Stadt. Leider ist er in jeder Hinsicht glücklos, obwohl sich seine Mutter alle Mühe gibt, ihn klug zu beraten. Wir rechnen jeden Tag damit, dass die Signoria oder der Papst selbst Borghese absetzt.«

»Ich habe davon gehört. Kardinal Borghese könnte sein Nachfolger werden, nicht wahr?«

Sie nickte.

»Und du? Was machen deine Kinder?«, wollte er wissen.

Sie warf ihm einen prüfenden Blick zu, doch er schien die Frage ohne Hintergedanken gestellt zu haben.

»Ich habe nur einen Sohn, Alessandro. Piero hat ihn als Mündel nach Neapel geschickt, vor Jahren schon. Ich habe ihn sehr lange nicht gesehen.«

Er blieb stehen und sah sie an. »Das tut mir leid.«

Sein Mitgefühl versetzte ihr einen Stich. *Die alte Vertrautheit. Der alte Wunsch, ihm endlich zu erzählen, dass Alessandro sein Sohn war.*

Aber stattdessen sagte sie: »Ich vermisse ihn sehr.« Sie zögerte kurz. »Hast du Kinder?«, erkundigte sie sich dann.

Er schüttelte den Kopf. »Nicht, dass ich wüsste.«

»Hast du so viel gearbeitet, dass du erst jetzt zum Heiraten kommst?«, wollte sie wissen.

»Ja und nein«, gab er zurück. »Meine Familie in Urbino hat mir immer reichlich Kandidatinnen vorgeschlagen, aber ich wollte eigentlich nie heiraten.«

»Und was hat dich dazu bewogen, es nun doch zu tun?«

Er zögerte kurz. »Der Kardinal, dessen Nichte Maria ist, kann sehr überzeugend sein«, erklärte er dann.

Maria. Das war also ihr Name. Es war verrückt, dass ihr das etwas ausmachen sollte, und trotzdem schmerzte es, über seine Verlobung zu sprechen.

Aus der Ferne konnte sie erkennen, dass die Piazza del Popolo voller Menschen war. Offenbar war der Gottesdienst vorbei, und hier wurde nun gefeiert. Ohne dass sie darüber sprechen mussten, bog Raffael ab, noch bevor sie den Platz erreichten, und führte sie über einen Seitenweg zum Kloster.

»Du gehst jetzt am besten«, sagte sie, als das Gebäude vor ihnen auftauchte. »Bevor uns jemand zusammen sieht. Ich werde sagen, ich hätte die Pilgerinnen im Gedränge verloren und mich dann verlaufen.«

Sie wollte nicht, dass er ging. *Ich habe noch so viele Fragen.* Aber es musste sein. »Danke, dass du mich hergebracht hast.«

Er blieb stehen, streckte die Hand aus und legte sie auf ihren Arm. Die kleine Geste überraschte sie.

»Kann ich dich morgen wiedersehen?«, fragte er.

Nein. Das ist keine gute Idee, dachte sie, nickte aber fast gegen ihren Willen.

»Ich könnte das Kloster nach der Komplet verlassen. Kannst du mich hier treffen?«

Er lächelte und öffnete die Arme. Sie machte einen Schritt auf ihn zu, und er zog sie für einen Moment an sich.

Wie gut sich das anfühlt! Wie lange bin ich ihm nicht mehr so nahe gewesen?
»Dann bis morgen«, flüsterte sie, als sie sich von ihm löste.

* * *

Als sie den Eingang des Klosters erreichte und klopfte, öffnete sich eine Klappe in der Tür, und die Schwester an der Pforte hob ihre Laterne und leuchtete ihr ins Gesicht. »Margherita«, rief sie. »Dem Himmel sei Dank, da seid Ihr ja! Wir haben uns solche Sorgen gemacht, als es hieß, dass Ihr in der Prozession verschwunden seid.«

»Ich ... wurde abgedrängt. Es waren so viele Menschen dort!«

Die Schwester öffnete die Tür und ließ sie hineinschlüpfen. Die Klosteranlage lag still da; Margherita vermutete, dass die meisten Schwestern längst in ihren Zellen waren.

»Ihr müsst Euch gleich bei der Äbtissin melden. Sie wollte schon einen Boten zum Vatikan schicken, damit eine Suche nach Euch organisiert wird.« Die Stimme der Schwester nahm bei diesen Worten einen neugierigen Unterton an.

Kein Wunder, dachte Margherita. *Wahrscheinlich wundert sie sich, warum ein solches Aufhebens um mich gemacht wird.*

»Natürlich«, gab sie zurück. »Ich gehe gleich zu ihr.«

Die Äbtissin war eine kleine drahtige Frau, die durch das Antoniusfeuer mehrere Finger der rechten Hand verloren, aber überlebt hatte und zum Dank für ihre Rettung ins Kloster gegangen war. Sie hatte offenbar auf Margheritas Rückkehr gewartet und saß kerzengrade an ihrem Schreibtisch.

Sie war die Einzige, die wusste, zu welcher Familie Margherita gehörte.

Aurelia hatte darauf bestanden, zumindest ihre Gastgeberin in Rom darüber nicht im Unklaren zu lassen. *Und jetzt ist sie si-*

cher in heller Aufregung, weil sie fürchtet, sich den Petrucci erklären zu müssen.

»Madonna!«, rief sie, als Margherita ihre Schreibstube betrat. »Es tut gut zu sehen, dass Ihr unbeschadet zurück seid.«

»Ich danke allen Heiligen, dass ich den Weg hierher gefunden habe.«

Die Äbtissin sah sie forschend an. »Ihr solltet nach Einbruch der Nacht nicht allein unterwegs sein«, erwiderte sie. »Ihr tätet gut daran, solche Abenteuer in Zukunft zu vermeiden, Kind.«

»Ich habe dieses *Abenteuer* nicht gesucht, Mutter Oberin«, erklärte Margherita geduldig. »Aber ich werde dafür beten, dass es sich nicht wiederholt.«

Die Äbtissin warf ihr einen letzten fragenden Blick zu. »Dann solltet Ihr Euch jetzt besser zurückziehen, ich bin sicher, dass der Tag sehr aufregend für Euch war.«

Margherita nickte bloß.

Als sie endlich in ihrer Zelle ankam, ließ sie sich auf das schmale Bett fallen und sah den Gekreuzigten an, der an der gegenüberliegenden Wand hing, aber ihr kam kein Gebet über die Lippen, sondern nur ein Name.

Kapitel 47

ROM, JUNI 1514

Unterwegs blickte Raffael immer wieder zu Margherita. Er konnte das Gefühl nicht abschütteln, dass er sich in einem Traum befand, und er wusste nicht, ob er sofort daraus aufwachen wollte oder niemals.

Er hatte in der vergangenen Nacht nicht geschlafen und den Tag wie in Trance verbracht, bis es an der Zeit gewesen war, zum Kloster an der Porta del Popolo zurückzukehren. Seine Angst, dass Margherita nicht zu ihrem verabredeten Treffpunkt kommen würde, hatte sich nicht bewahrheitet. Er wusste nicht, wie lange er gewartet hatte, aber als es vollständig dunkel geworden war, war sie aus dem Schatten des Klosters getreten und hatte ihn lächelnd begrüßt.

Sie ist nicht deinetwegen in Rom, vergiss das nicht. Du weißt nicht einmal, warum sie eingewilligt hat, dich zu treffen.

»Wo gehen wir hin?«, fragte sie, als er sich in Bewegung setzte.

»Ich dachte, ich zeige dir die Stadt.«

»Bei Nacht?«

»Ich würde es lieber bei Tag tun, aber ich fürchte, die guten Schwestern hätten etwas dagegen, oder nicht?«

Sie neigte den Kopf. »Du hast recht. Die Äbtissin ist ein misstrauischer Mensch.«

Er hatte keine Pläne gemacht, die über den Moment hinausgingen, an dem er sie wiedersah, aber als er sah, wie sie die antiken Ruinen bestaunte, an denen sie vorbeikamen, beschloss er, mit ihr in Richtung des Domus Aureus und des Kolosseums zu gehen. Er erinnerte sich nur zu gut daran, wie es gewesen war, als er zum ersten Mal mit Daniele durch Rom zum Vatikan gelaufen war.

Sie waren bereits einige Zeit unterwegs und redeten über

Nichtigkeiten, als sie plötzlich stehen blieb. Zu ihrer Rechten erhob sich das Pantheon.»Was ist das?«, wollte sie wissen.
»Das ist *La Rotonda*. Ein alter Tempel, der jetzt eine Kirche ist. Sie ist sehr beeindruckend. Willst du sie dir ansehen?«, fragte er.
»Das ist eine Kirche?«, gab sie ungläubig zurück.»Ich würde sie sehr gerne anschauen.«

Als sie den Tempelbau erreichten, erhoben sich die gewaltigen Säulen des Vorbaus bereits in den Nachthimmel, und der Mond war aufgegangen. Der Platz, auf dem die Anlage stand, war mit Gras bedeckt und von Mauerresten und Gesteinsbrocken umgeben, zwischen denen niedrige Büsche sprossen, was der gesamten Anlage ein verwunschenes Äußeres verlieh.

»Ich komme oft hierher, um zu zeichnen. Die Kuppel ist ein wahres Wunder.« Raffael hatte es unwillkürlich geflüstert.
»Wenn es ein Bauwerk aus der Zeit der Cäsaren gibt, das besser erhalten ist, habe ich noch nichts davon gehört.«

Margherita legte den Kopf in den Nacken und blickte an den Säulen empor.»Es ist wunderschön«, sagte sie.»Und so ... erhaben.«

Sie folgte ihm durch die Säulen hindurch, und er schob die schwere, weit übermannshohe Tür auf. Im Inneren war es fast vollständig dunkel, aber am Scheitelpunkt der Kuppel fiel Mondlicht durch eine kreisrunde Öffnung.

Die Weite des Innenraums war so nur zu erahnen. Sie waren von völliger Stille umgeben, und eine Weile schwiegen sie beide.
»Was für eine gewaltige Leistung«, wisperte Margherita dann. »Dass Menschen so etwas erschaffen konnten, und vor so langer Zeit! Welche Götter wurden hier verehrt?«
»Mars und Venus, heißt es.«
»Der Krieg und die Liebe? Wie passend.«

Hätte Margherita Luti das gewusst?, fragte er sich. Sie war nicht mehr das Mädchen aus der Lupa, das wurde ihm mit jedem ihrer Worte mehr klar. Die Frau, die hier vor ihm stand, hatte viel mehr gesehen, viel mehr erlebt. Und doch war es eindeutig Margherita, ihr Lachen, ihre Hände, ihr Geist und ihre Worte. *Margherita Petrucci.*

Das alles erschien ihm plötzlich so unwirklich. Er spürte, wie ihn auf einmal die Kraft verließ, und er schwankte.

Sie machte einen hastigen Schritt auf ihn zu. »Was ist mit dir?« *Ich habe seit zwei Tagen nichts gegessen, auch nicht geschlafen, und du bist hier.*

»Nichts«, entgegnete er und stützte sich mit der Hand an der Wand ab, um dem Schwindel zu begegnen. »Es war ... ein langer Tag.« Sie sah ihn zweifelnd an.

»Margherita, warum bist du wirklich nach Rom gekommen?«, fragte er. »Warum nicht Assisi, Padua oder das Heilige Land, um deine Sünden abzubüßen?«

Sie löste ihren Blick von der Weite der Kuppel und sah ihn an.

»Weil ich mich endlich bei dir bedanken wollte, dass du damals mit Maestro Leonardo nach Siena gekommen bist. Und weil ich es dir versprochen habe.«

Er fühlte sich überwältigt. »Du bist wegen unseres Versprechens hergekommen? Warum hast du dann nicht ...?«

Sie ließ ihn nicht ausreden. »Warum ich nicht zu dir gekommen bin? Weil mir ganz zuletzt der Mut gefehlt hat. Als ich merkte, wer du geworden bist, welchen Namen du in Rom besitzt, konnte ich es nicht mehr. Ich will dir nicht im Weg stehen, wenn du eine Patriziertochter heiratest.«

Er schüttelte den Kopf. »Ich kenne das Mädchen kaum, mit dem ich verlobt bin. Es war die Idee ihres Onkels, eines Mannes, der im Vatikan die Fäden zieht. Als er mir diese Ehe vorschlug, erschien es mir wie eine gute Idee.«

»Es geht also dabei um Politik?«

»Um nichts anderes, ja.«

Der Schwindel ließ nach. Er nahm einen tiefen Atemzug. »Und dein Mann?«, wollte er wissen. »Warum bist du ohne ihn hier? Wieso haben die Petrucci das zugelassen?« Er wusste ja, wie wenig Unabhängigkeit Margherita früher in ihrer neuen Familie besessen hatte.

»Weil ich heute so frei von ihm bin, wie ich es vielleicht überhaupt sein kann. Er ist seit der Schlacht um Ravenna verschwunden, ein Kriegsgefangener der Franzosen. Ich habe seit zwei Jahren nichts von ihm gehört. Und mich dann entschieden, auf diese Pilgerfahrt zu gehen.«

Er suchte ihren Blick, den er in dem schwachen Licht mehr erahnte als sah. *Wie viel Mut musste dazu gehört haben, sich auf diesen Weg zu machen?*

»Ich bin froh, dass du gekommen bist«, sagte er schlicht.

Sie stand so dicht vor ihm, dass er die Wärme ihres Körpers spüren konnte.

»Ich wusste davon ja nichts«, flüsterte er. »Wenn ich daran denke, dass ich dich fast wieder hätte gehen lassen.«

Er beugte sich vor und strich mit der Hand über ihre Wange. Dann küsste er sie ganz sacht. Sie erwiderte die Zärtlichkeit, und er merkte, dass sie gar nicht vorsichtig sein wollte. Sie hob die Hände an seinen Hals, zog ihn zu sich, küsste ihn mit so viel Leidenschaft, dass es ihn erstaunte.

Ihn überkam ein Verlangen, das nichts hatte stillen können, seit er sich von ihr getrennt hatte. Er küsste Margheritas Hals, ihre Brust, ihre Finger.

Dann nestelte er an seiner Mantelschließe herum, bis er die *zimarra* endlich zu Boden gleiten lassen konnte.

Er hob seine Hand. »Wenn meine Finger nicht aufhören zu zittern, werde ich nie wieder malen können«, murmelte er.

»Ich hoffe doch nicht«, entgegnete sie lachend, küsste seine Fingerkuppen und ließ ihre Hände unter sein Hemd gleiten.

»Ist das hier keine Kirche?«, flüsterte sie zwischen zwei Küssen. »Begehen wir nicht eine Todsünde?«

»Ein Tempel der Venus, du erinnerst dich?«, wisperte er. »Welche Götter uns hier auch immer zusehen, sie sehen das sicher nicht zum ersten Mal.«

Margherita lachte wieder, in seine Küsse hinein, und das steigerte seine Erregung noch. Sie lehnte sich gegen eine Säule, nahm seine Hand und führte sie unter ihr Kleid. Er hatte sich gefragt, ob es das war, was auch sie wollte, aber dann merkte er, dass sie bereit für ihn war. Er entledigte sich seiner Hose und hob sie hoch. Mit einer Hand schob er ihr Gewand bis zu den Hüften hinauf, und dann vergaß er alles um sich herum in ihr.

Als es vorbei war, glitt sie an der Säule hinab und auf den Boden. Er ließ sich neben sie fallen.

»Ich glaube, ich muss die Kirchen morgen noch einmal ablaufen«, sagte sie. »Für die Sünde der Wollust.«

»Ich komme mit dir«, versicherte er ihr und versuchte, wieder zu Atem zu kommen.

Er legte einen Arm um sie und zog sie an sich, versuchte, die kantigen Steine des Bodens, so gut es ging, zu ignorieren. Plötzlich musste er lachen. Er lag hier, halb angezogen, auf dem Boden einer uralten Kirche, mit Margherita.

»Was ist so lustig?«, wisperte sie.

Er schüttelte den Kopf. »Nichts. Und alles.«

Sie beugte sich vor und küsste ihn. »Ich will nicht gehen, aber irgendwann muss ich zurück ins Kloster, fürchte ich.«

Einen Moment lang überlegte er, sie zu bitten, mit ihm nach Hause zu kommen. Aber seine Wohnung in Trastevere glich mittlerweile einem Taubenschlag. Ein Teil der Lehrjungen wohnte dort, und er hatte zwei Diener, die Margherita sicher sehen würden. Daraus würden Fragen entstehen, denen sie sich vermutlich nicht stellen wollte.

»Dann begleite ich dich zurück«, sagte er stattdessen. »Allerdings nur, wenn du versprichst, dass wir uns auch morgen sehen.« Einen Augenblick lang dachte er an alles, was er morgen hatte erledigen wollen – an den Aufriss, die Werkstatt, den Dom.

Zur Hölle damit.

Kapitel 48

ROM, JULI 1514

Die Glocke, die die Schwestern und ihre Pilgergäste zur Laudes rief, ertönte noch vor Sonnenaufgang. In der Lupa hatte es Margherita nie etwas ausgemacht, so früh das Bett zu verlassen, doch in den letzten Jahren hatte sie sich an einen anderen Tagesablauf gewöhnt, weshalb es ihr auf der Pilgerfahrt nicht immer leichtgefallen war, noch im Dunkeln zum ersten Gebet des Tages aufzustehen. Da sie in der heutigen Nacht jedoch noch gar nicht geschlafen hatte, sprang sie beim ersten Läuten der Glocke bereits aus dem Bett. Sie hatte sich erst vor wenigen Stunden ins Kloster zurückgestohlen und fühlte sich hellwach und schläfrig zugleich, als sie ihre Pilgertracht überstreifte und dabei daran dachte, wie Raffael sie ihr gestern Nacht ausgezogen hatte. Mit einem Lächeln strich sie über den Stoff.

Es fiel ihr noch immer schwer zu glauben, dass sie mittlerweile seit vier Wochen in Rom und drei davon seine Geliebte war. Dass sie sich beinahe jede Nacht aus dem Kloster schlich, um sich heimlich mit ihm zu treffen, und sogar, dass sie deshalb seit Wochen kaum geschlafen hatte.

Obwohl ganz Rom von ihm sprach, und trotz allem, was aus ihm geworden war, schien es ihr doch, als hätte sie den Raffael wiedergefunden, den sie in Siena kennengelernt hatte, freundlich und innig, überschwänglich und von Gott gesegnet.

Nachdem sie in der Kapelle die Psalmen gesungen hatten, gingen die Nonnen gemeinsam für ein frugales Frühstück ins Refektorium, bevor die Klosterschwestern ihr Tagwerk begannen und die Pilgerinnen sich in guten Werken wie dem Verteilen von Almosen übten.

Auf dem Weg in den Speisesaal lächelte ihr Clara zu, eine Pilgerin, die aus Modena stammte und die sie auf der Reise kennengelernt hatte. »Wir werden bald aufbrechen, habe ich gehört«, flüsterte sie ihr zu. »Damit alle den Großteil der Reise noch vor dem Herbst hinter sich bringen können.« Einige der Pilgerschwestern waren sogar aus dem weit entfernten Augsburg hergekommen, sie würden den Weg über die Alpen noch im Sommer antreten wollen.

Sie lächelte gequält zurück. Das bedeutete, dass Raffael und sie schneller eine Lösung finden mussten, was nun aus ihnen werden sollte. Ihr war längst klar, dass sie nicht mit den Pilgerinnen nach Siena zurückkehren wollte, aber als Raffaels Mätresse in Rom leben konnte sie auch nicht. Wenn die Petrucci sie hier fanden, würden sie sie zur Rückkehr zwingen, das stand fest.

Vielleicht konnte sie nach dem Frühstück mehr darüber herausfinden, wann genau die Pilgerinnen den Aufbruch geplant hatten.

Aber kaum hatte sie das Refektorium verlassen, rief jemand ihren Namen. Sie drehte sich um. Die Äbtissin stand vor ihr und musterte sie mit einem kritischen Blick. »Ihr habt Besuch«, sagte sie.

Besuch? Sie sah die Äbtissin fragend an. »Euer römischer Verwandter Monsignore Brandi ist hier. Er sagt, es gibt einen Krankheitsfall in Eurer Familie, Eure Tante, und Ihr müsst ihn begleiten.«

Margherita war sich mehr als sicher, dass sie keine römischen Verwandten hatte, schon gar nicht im geistlichen Stand. *Ich hoffe sehr, Raffael gibt sich nicht als Priester aus. Das würde eine weitere schwere Sünde auf uns laden.*

»Ich danke Euch, Mutter Oberin.«

»Ihr habt gar nicht erwähnt, dass Ihr Familie in Rom habt.«

Eine Spur Misstrauen lag in der Stimme der Äbtissin, aber Margherita sah bescheiden zu Boden. »Vergebt mir, Ehrwürdige Mutter. Ich habe vergessen, Euch davon zu erzählen.«

Margherita lief zur Klosterpforte, und als sie durch die Tür trat, sah sie sofort Raffael in Begleitung eines Priesters mit blondem Haar und einem ebensolchen Bart, der vermutlich im gleichen Alter wie der Maler war.

Welchen Namen hat die Äbtissin noch erwähnt? Himmel, denk nach. Bandi?

Aber noch bevor sie den Mund aufmachen konnte, streckte der Priester schon seine Hand aus.»Meine liebe Cousine«, sagte er, und sie erwiderte die Umarmung mit einem Seitenblick zu der Pförtnerin, die die Begrüßung jedoch glücklicherweise eher gelangweilt verfolgte.

»Meine arme Tante ist krank, wie ich höre?«

»Ja, und sie möchte dich unbedingt sehen.«

Sie hielten die Scharade noch aufrecht, bis sie die Piazza del Popolo erreichten.

Alle drei begannen zu lachen, und Margherita fühlte sich beinahe wieder wie damals als junges Mädchen, als sie mit Matteo zusammen die Obstbäume ihrer Nachbarn geplündert hatte. Raffael griff nach ihrer Hand.»Margherita, das ist Daniele Brandi, ein alter Freund aus Urbino, der sich bereit erklärt hat, mir heute zu helfen, und dafür extra sein Seelenheil aufs Spiel gesetzt hat.«

Sie senkte den Kopf vor dem Geistlichen.»Ich danke Euch, *Padre*.«

Der Priester nickte ihr freundlich zu.»Ich wünschte wirklich, das hier wäre alles, womit ich mein Seelenheil gefährde. Ihr seid also Margherita? Ich freue mich, Euch kennenzulernen. Nicht, dass ich es mir zur Gewohnheit machen möchte, Nonnen zu belügen, aber Raffael sagte, er könne keinen Augenblick länger ohne Euch sein. Ich wollte ihn lediglich davon abhalten, etwas Dummes zu tun.«

Raffael hob abwehrend die Hände, aber sie sah, dass er lachte.

»Wohin gehen wir?«

Der Maler rieb sich mit der altvertrauten Geste mit der Hand über die Stirn.»Ich habe vielleicht eine Lösung für uns gefunden«, sagte er.

Daniele warf Raffael einen Blick zu, den sie nicht richtig deuten konnte. »Ist das eine Lösung, die dafür sorgt, dass du wieder an die Arbeit gehen kannst?«, fragte der Priester.

»Wie meinst du das?«

»Raffael, der Dom vermisst schmerzlich seinen Baumeister, in deiner Werkstatt gehen die wildesten Gerüchte um, und Agostino Chigi soll in einem lästerlichen Wutanfall mindestens drei Generationen deiner Familie verflucht haben, weil du seit Wochen nicht bei ihm aufgetaucht bist. Selbst Seine Eminenz ist in großer Sorge.«

Margherita sah Raffael forschend an. Konnte das stimmen? Aber sie ahnte bereits, dass es wahr war. Sie trafen sich jede Nacht, und anders als sie hatte er den Luxus, tagsüber schlafen zu können.

Raffael nickte. »Ich verstehe.«

»Und?«, hakte Margherita ein.

»Was und? Ich kann es nicht ändern. Du bist hier, und ich habe Angst, dich sofort wieder zu verlieren, wenn ich dich allein lasse.«

»Du wirst mich nicht wieder verlieren«, erwiderte sie. »Ich bleibe bei dir.«

In Siena gab es nichts mehr für sie. Sie hatte Raffael einmal aufgegeben, und sie würde es kein zweites Mal tun. Wenn er sie nicht fortschickte, würde sie in Rom bleiben.

Ihr Blick traf Danieles, der sie prüfend ansah. »Wollt Ihr das wirklich, Madonna?« Dann wandte er sich Raffael zu. »Als was soll sie denn bleiben? Als Kurtisane? Deine offizielle Mätresse?«

Raffael schüttelte den Kopf, noch bevor sie etwas sagen konnte. »Nein, auf keinen Fall.«

»Wenn Ihr bleiben wollt, müsst Ihr in Rom aber eine Rolle für Euch finden«, erklärte der Priester.

Raffael nickte. »Wenn wir einen Skandal vermeiden wollen, kannst du nicht bei mir wohnen. Du hast es selbst gesagt, hier wird ohnehin schon zu viel über mich geredet. Es würde sich sofort herumsprechen. Und dann würde es nicht lange dauern, bis herauskommt, wer du bist.«

»Wenn Borghese Petrucci herausfindet, wo ich bin, kann mir auch Aurelia nicht mehr helfen, fürchte ich. Dann werden sie mich zurückholen. Er könnte es nicht auf sich sitzen lassen, dass die Frau seines Onkels die Geliebte eines anderen ist.«

Daniele blickte von einem zum anderen. »Dann müssen wir Euch als jemand anderen ausgeben.«

»Für einen Priester ist dein Freund ziemlich ... weltgewandt«, bemerkte Margherita.

»Er ist der Sekretär von Bernardo Dovizi«, sagte Raffael, als erklärte das alles.

Dann erst wurde ihr klar, was er da gerade gesagt hatte. »Der Sekretär des Onkels deiner Verlobten?« Für einen Moment versetzte ihr der Gedanke einen Stich der Eifersucht, auch wenn sie selbst sofort merkte, wie dumm das war. »Wird er uns nicht ...«

Raffael legte Daniele eine Hand auf die Schulter. »Ich vertraue niemandem so sehr wie ihm«, erklärte er. »Und wie ich schon sagte, ich habe vielleicht eine Lösung für uns. Wir brauchen jemanden, in dessen Haushalt du unterkommen kannst und bei dem wir sicher sein können, dass er unser Geheimnis nicht preisgibt. Ich hätte Kardinal Dovizi vorgeschlagen, aber das geht ja aus naheliegenden Gründen nicht.«

»Du denkst an Agostino Chigi«, warf Daniele ein.

»Ja. Vorausgesetzt, er spricht noch mit mir.«

Daniele wiegte den Kopf. »Vielleicht eine gute Wahl. Er hat Verwandte und Geschäfte auf der halben Welt und ständig Gäste von überall her. Das würde wohl wirklich nicht auffallen.«

»Und er sollte unbestechlich genug sein, um nichts zu sagen. Immerhin hat er selbst keine ganz gewöhnliche Beziehung zu Francesca Ordeaschi.«

»Chigi? Der Bankier?«, mischte sich Margherita ein, die fand, dass gerade zu viel über sie und zu wenig mit ihr geredet wurde.

»Du kennst ihn?«, fragte Raffael.

»Natürlich, er ist Sienese.«

»Das würde eure Geschichte sogar noch glaubhafter machen«, versetzte Daniele.

»Zuerst müsste ich allerdings aus dem Kloster verschwinden«, sagte Margherita. »Bevor die Pilgerinnen sich auf die Rückreise machen, was bald der Fall sein wird. Möglichst ohne dass daraus ein Skandal entsteht.«

»Ich werde zu Chigi gehen und mit ihm sprechen«, bot Raffael an.

»Ich kann dich allerdings nicht begleiten, ich muss zurück zum Vatikan, meine Pflichten rufen«, sagte Daniele. Er küsste Margheritas Hand. »Gottes Segen, Madonna.«

»Ich danke dir, Cousin«, sagte sie, was ihn zum Lachen brachte.

»Dann kehre ich ins Kloster zurück und schreibe noch einen Brief an Aurelia. Um sie wissen zu lassen, dass es mir gut geht, und dass sie nicht nach mir suchen sollen«, erklärte Margherita. »Und du triffst mich heute Nacht.«

* * *

Sie lief mit Raffael ein langes Stück schweigend am Tiberufer entlang. Erst jetzt wurde ihr bewusst, dass sie sich zum letzten Mal aus dem Kloster fortgestohlen hatte.

»Hast du wirklich die Arbeit ruhen lassen in den letzten Wochen?«, fragte sie. »Das sieht dir gar nicht ähnlich.«

»Ich kann nicht arbeiten, zumindest nicht in der Werkstatt oder bei Chigi. Aber ich zeichne. Wenn du nicht bei mir bist, zeichne ich dich.«

Sie schüttelte den Kopf, unsicher, ob sie geschmeichelt oder verärgert sein sollte.

Nachdem sie die Ponte Sisto überquert hatten, bogen sie vom Tiberufer ab, liefen durch das alte Stadttor und schließlich weiter bis zum Platz vor der Kirche Santa Maria. Tagsüber war es dort sicher oft belebt, da viele Frauen am Brunnen Wasser holten, aber wegen der Hitze hatten sich heute die meisten Bewohner in ihre Häuser zurückgezogen. Einmal war sie bereits in den letzten Wochen hier gewesen, als er sie mitten in der Nacht in seine Wohnung gebracht hatte.

Während des ganzen Weges war Raffael schweigsamer, als sie ihn in den letzten Wochen erlebt hatte.

»Margherita.« Er blieb plötzlich stehen. »Willst du das wirklich? Wenn du jetzt mit den Pilgerinnen nach Siena zurückkehrst, ist kein Schaden entstanden. Niemand außer Daniele weiß von uns, und du kannst dein Leben weiterleben wie bisher. Aber wenn du bleibst, gibt es wahrscheinlich sehr bald keinen Weg mehr dahin zurück.«

Sie schüttelte den Kopf. »Ich will das Leben, das ich in Siena habe, nicht weiterführen. Während meiner gesamten Ehe war ich praktisch eine Gefangene. Wenn Petrucci freikommt, wird das wieder so sein. Mein Sohn ist in Neapel, weit fort von mir. Ich habe genug davon. Wenn du mich nicht willst, gehe ich eher in ein Kloster als zu den Petrucci zurück.«

»Ich will, dass du bei mir bleibst. Aber Gott weiß, es wäre mir lieber, wir müssten kein Geheimnis daraus machen. Ich möchte vom Papst bis zu dem Bettler dort drüben jedem sagen können: ›Schau her, das ist meine Frau.‹ Und ich will nicht, dass du es bereust, hierzubleiben, weil du ein ehrenhaftes Leben in Siena aufgibst.«

Sie tastete nach seiner Hand. »Mir ist es egal, ob ich deine Mätresse bin. Ich kann nicht deine Frau sein, aber ich kann bei dir sein.«

Er sah aus, als ob er sie küssen wollte, aber auf offener Straße traute sich das selbst Raffael Sanzio nicht.

Stattdessen nickte er. »Dann komm«, sagte er und zog sie weiter, bis sie eine prachtvolle Villa in der Nähe des Tiberufers erreichten.

Margherita fiel sofort auf, dass Raffael hier gut bekannt sein musste, denn die Diener grüßten ihn respektvoll.

Sie mussten nicht lange warten, bis sie der Hausherr Agostino Chigi empfing. »Maestro Sanzio. Und hier stehe ich und dachte, alle Eure Musen seien Geschöpfe Eurer Einbildung. Aber diese hier wirkt doch höchst real.«

Er wandte sich ihr zu. »Meine wundervolle Nichte, soeben aus Siena eingetroffen, wie ich höre?«

»Ja, Messere.«

»Und wenn ich Euch helfe, wird das die Arbeit an meinen Fresken beschleunigen, ja?«, fragte er Raffael.

»Wenn Ihr das für mich tut, werde ich Tag und Nacht nichts anderes machen.«

»Außer den Petersdom zu bauen.«

»Außer den Petersdom zu bauen.«

»Dann haben wir eine Vereinbarung, Maestro. Willkommen in der Familie, Margherita. Francesca, zeigst du meiner lieben Nichte, wo sie schlafen kann?«

Er ließ seinen Blick von ihr zu Raffael und wieder zurückwandern. »Am besten in einem diskreten Teil des Hauses, wo sie Messere Sanzio häufig Modell sitzen kann, wenn ich das hier richtig verstehe.«

Sie sah, dass Raffael sich auf die Lippen biss. »Ganz genau, Messere Chigi. Wir sind Euch beide sehr dankbar«, sagte er schließlich.

* * *

»Das ist die erste Nacht seit Siena, die wir gemeinsam verbringen«, sagte Margherita, als sie später in der Nacht neben Raffael im Bett lag.

Er küsste ihren Scheitel und zog ihren Kopf an seine Brust.

»Und ich bin so müde«, fügte sie hinzu. »Das Klosterleben wäre auf Dauer wohl doch nichts für mich gewesen.«

»Schlaf, Liebste.« Raffael blies die Kerze aus, und die Dunkelheit hüllte sie beide ein.

»Gehst du morgen auf die Dombaustelle?«, fragte sie.

»Ich verspreche es dir«, antwortete er, schon mit schwerer Stimme. »Wenn du versprichst, dass du morgen Abend noch hier bist, stehe ich morgen auf und gehe zur Arbeit.«

Einen Augenblick später war er eingeschlafen, doch Margherita lag noch einen Augenblick in dem Moment zwischen Wachen und Schlafen gefangen, in dem Realität und Traum sich schon vermischten.

Sie strich mit der Hand über Raffaels Haar und lauschte in die Nacht. Tausend Sorgen lauerten darauf, sich ihrer zu bemächtigen. Aber was immer noch geschehen würde, sie hatte ihre Entscheidung getroffen. Sie hatte keine Angst mehr.

Kapitel 49

ROM, OKTOBER 1514

Raffael strich sorgfältig die Reste der mit Malachitpigmenten angemischten Farbe aus dem Pinsel und stellte ihn ins Wasser. Die Glocken läuteten zu Mittag, also war es an der Zeit, mit der Arbeit aufzuhören, da er Leonardo versprochen hatte, ihn heute zu besuchen. Er sah zu Margherita hinüber, die geduldig versuchte, Chigis jüngsten Sohn auf ihrem Schoß ruhig zu halten, während sie, ihre Wange an die Stirn des Kindes gelehnt, zu ihm hinübersah.

Er hatte sie gebeten, ihm als Madonna Modell zu sitzen, damit er gleichzeitig den Auftrag für Kardinal Grimani erledigen und seinem Wunsch nachkommen konnte, sie zu malen. Schon jetzt widerstrebte ihm die Vorstellung, das fertige Bild in die Hände eines anderen geben zu müssen und so ein kleines Stück von ihr wieder zu verlieren.

Margherita trug ein weißgoldenes Tuch über dem Haar, das sie nach türkischer Art aufgebunden hatte, wie es gerade in Rom Mode war. Für ihr grünes Seidenkleid mit den dunkelroten Ärmeln und einem grün-roten Überwurf hatte er Malachit fein zermahlen und zu Farbe angerührt.

Auf den blauen Umhang zu verzichten, der sonst stets die Madonna auszeichnete, war eine Spielerei seinerseits, denn er wollte Maria diesmal als eine menschliche Frau darstellen, und nicht als die entrückte Muttergottes. Deshalb ging auch ihr Blick direkt zum Betrachter. Er hatte ihr lediglich eine blaue Decke über die Knie gelegt, auf der das Kind spielte.

Um die Szenerie noch lebendiger zu machen, malte er Chigis älteren Sohn, der immer wieder ins Bild sprang, als den Jungen, aus dem später einmal Johannes der Täufer werden würde.

Das Arrangement, das er mit Agostino Chigi getroffen hatte, funktionierte besser, als er erhofft hatte. Sowohl Margherita als auch er hatten sich in den vergangenen Monaten erstaunlich gut im Haushalt der Chigis eingelebt, auch wenn das bedeutete, dass er seine eigene Wohnung nur noch aufsuchte, um sich ein frisches Hemd zu holen. Die Lehrlinge nutzten die Abwesenheit ihres Meisters weidlich aus; bei seinem letzten Besuch hatte er gedacht, dass die Räumlichkeiten mittlerweile eher den Augias-Ställen als einer menschlichen Behausung glichen.

Aber inzwischen träumte er ohnehin davon, Trastevere zu verlassen. Er wollte ein eigenes Haus bauen, in das er mit Margherita ziehen konnte, nach seinen eigenen Plänen und Vorstellungen. Auch wenn Chigi ein Gastgeber war, wie man ihn sich kaum besser wünschen konnte, ging es ihm doch gegen den Strich, von dem Bankier abhängig zu sein.

Die Schwierigkeiten, die sein Plan unübersehbar bereithielt, ignorierte Raffael noch, und bislang hatte er auch noch nicht mit Margherita darüber gesprochen. *Vielleicht heute Abend?*

»Wir sollten uns auf den Weg machen«, sagte er und rieb sich die Hände mit einem Tuch ab. »Ich fürchte, dass Leonardo eine Aufmunterung gut gebrauchen kann. Als ich ihn zuletzt gesehen habe, wirkte er ziemlich niedergeschlagen.«

Leonardo da Vinci war zu Raffaels Freude erst vor wenigen Wochen nach Rom zurückgekehrt, doch seit er in der Stadt war, hörte der Ärger um ihn nicht auf. Praktisch sofort hatte es Anschuldigungen wegen seiner anatomischen Studien gegen ihn gegeben, und auch die alte Anklage wegen Sodomie, die in Florenz gegen ihn erhoben worden war, lebte wieder auf. Es hieß, dass der Papst ihn nur um seines Bruders Giuliano willen duldete, der ein großer Bewunderer von Leonardo war.

Michelangelo, alles andere als froh, dass nun noch ein weiterer Rivale in Rom eingetroffen war, nutzte jede Gelegenheit, nun nicht nur gegen Raffael, sondern auch gegen Leonardo Stimmung zu machen.

Zuletzt hatte es geheißen, dass gegen Leonardo Anklage wegen Leichenschändung erhoben werden sollte. Der Zutritt zum *Ospedale San Spirito* sei ihm bereits verwehrt worden. Raffael machte sich Sorgen um ihn.

Margherita übergab das Kind seiner Amme und legte das Umschlagtuch, das sie nur für das Bild umgelegt hatte, auf einen Stuhl. »Wir können sofort aufbrechen, wenn du willst«, sagte sie und kam auf ihn zu. Sie rückte das Tuch auf ihrem Haar zurecht, und wie so oft überkam ihn der Wunsch, sie zu umarmen, durch eine kurze Berührung zu spüren, dass sie wirklich bei ihm war.

Im Garten der Villa kam ihnen Chigi entgegen, der sich von vier Dienern in einer Sänfte tragen ließ. Vermutlich war er bis eben in seiner Bank gewesen.

»Wenn Ihr ausgeht, wollt Ihr dann nicht die Sänfte nehmen?«, rief er schon von Weitem. »Es gibt keinen Grund, wie der römische Pöbel zu Fuß zu gehen. Schon gar nicht, wenn Ihr Margherita bei Euch habt!«

Margherita lächelte höflich. »Vielen Dank, noch kann ich auf meinen eigenen Füßen recht gut laufen«, gab sie zurück.

Chigi lachte. »Wenn Ihr meint. Aber wehe, sie wird von Banditen verschleppt, Messere Sanzio! Ich brauche sie noch, um mir auszurechnen, wie viel Salz die neue Saline in Cervia liefern kann.«

»Ich passe gut auf Eure *assistente* auf, Messere Chigi.« Er fand es noch immer erstaunlich, wie schnell Margherita begonnen hatte, sich im *Palazzo Chigi* nützlich zu machen.

Der Bankier nickte. »Dann gehabt Euch wohl, und bestellt Maestro Leonardo meine Grüße.«

Der Weg von Chigis Villa bis zum Vatikan war nicht weit, kaum eine halbe Stunde, und der Herbsttag war freundlich, auch wenn ein Gewitter in der Luft zu liegen schien.

Leonardo war mit Salai und einem weiteren Gehilfen im *Belvedere* untergebracht, einem Gebäude, das über einen weitläufigen Innenhof mit dem Apostolischen Palast verbunden war.

»Meine Unterkunft ist ebenso eine Ehre wie eine Beleidigung«, hatte Leonardo gleich nach seiner Ankunft in Rom zu Raffael gesagt. »Der Papst zeichnet mich damit vor aller Augen aus und stellt doch sicher, dass ich nichts tun kann, wovon er nichts erfährt.«

Es hieß, dass der Heilige Vater argwöhne, dass Leonardo heimlich in Diensten der Franzosen stände und ihnen alles über die Verteidigungsanlagen in Civitavecchia weiterberichtete, aber Raffael fand den Vorwurf absurd – wer Leonardo kannte, wusste, dass Politik ihn viel zu schnell langweilte, als dass man aus ihm einen passablen Spion hätte machen können. Sie stiegen den kleinen Hügel hinauf, auf dem das Belvedere lag. Vor den Fenstern des *Palazzettos* stand eine antike Apollo-Statue, die junge Künstler aus ganz Rom wieder und wieder zeichneten und nachbildeten, denn der römische Gott galt als Musterbeispiel für Ästhetik und Ausgewogenheit der Proportionen. Auch jetzt saßen fünf oder sechs junge Männer zu Füßen der Statue und fertigten Skizzen an. Raffael winkte Claudio Ganzoli zu, der auf seinem Skizzenblock eine Detailzeichnung des Kopfes begonnen hatte. Er verspürte Gewissensbisse. *Ich sollte mich mehr um die Jungen kümmern,* dachte er. In letzter Zeit blieb die Werkstatt viel zu oft sich selbst überlassen, während er versuchte, sich zwischen all ihren Auftraggebern und Margherita aufzuteilen.

Als sie die Räume im zweiten Stock erreichten, wurden sie bereits von Salai und Leonardo erwartet. Raffael umarmte zuerst den älteren Maler, dann seinen Gehilfen, und blickte sich um. An Platz mangelte es seinen Freunden zumindest nicht.

Neben seinen Privaträumen hatte Leonardo im Belvedere ein großzügiges Atelier zur Verfügung, das ihm Raum für seine Experimente, Modelle und für das Mischen von Farben bot. Er verfügte über Staffeleien und Zeichentische und eine halbe Tischlerwerkstatt, mit der er seine Modelle bauen konnte.

Im Sonnenlicht, das durch die hohen Fenster fiel, lag ein Kissen auf dem Boden, und darauf eine schwarze Katze, die friedlich schlief. Eine naturgetreue Zeichnung des Tieres hing gleich an der Wand gegenüber.

Aber so vertraut das kreative Durcheinander der Werkstatt ihm auch vorkam, umso veränderter erschien ihm Leonardo. Zum ersten Mal, seit er ihn kannte, wirkte der Maler nicht voller Energie, sondern abgekämpft und müde.

Leonardos Haar und Bart waren inzwischen vollständig ergraut und die Falten in seinem Gesicht noch zahlreicher geworden, aber sein Geist war so lebhaft wie eh und je. Er lächelte, als er Margheritas Hand küsste. »Wie erfreulich von Raffael, Euch mitzubringen«, sagte er. »Es ist schön, Euch hier an seiner Seite zu sehen. Ich muss gestehen, das ist eine Entwicklung, die ich nicht vorausgesehen habe.«

»Glaubt mir, Maestro, ich auch nicht«, antwortete Margherita. »Ohne Euch wäre das wohl auch nicht möglich gewesen.«

Leonardo verbeugte sich. »Das lag in Gottes Hand, Madonna. Ich hatte daran nur den allerkleinsten Anteil.«

»So bescheiden kenne ich ihn gar nicht«, murmelte Salai Raffael zu, bevor er sich an Leonardo wandte. »Es steckt ja ein echter Höfling in dir, alter Mann.«

Leonardo seufzte übertrieben. »Das ist Salai, Madonna, die Bürde meines Alters, wie Euch Raffael vielleicht schon berichtet hat.«

Salai setzte theatralisch eine zutiefst verletzte Miene auf.

»Bürde? Gewiss wolltest du *Stütze* sagen, oder?«

Raffael blickte zu Margherita hinüber, unsicher, wie die beiden auf sie wirken würden, aber sie lachte bloß.

»Ich habe gehört, man lässt dich nicht mehr ins *Ospedale*?«, fragte er, auch wenn es ihm leidtat, die Wiedersehensfreude dadurch zu stören.

Leonardo warf ihm einen Blick zu, bevor er zu einem Weinkrug ging und damit begann, Becher zu füllen. »Man wirft mir Leichenfledderei vor und hat mir mit der Inquisition gedroht, wenn ich meine anatomischen Studien fortsetze«, antwortete er dann gepresst.

»Dieser *figlio di puttana* Georgio Tedesco hat uns angezeigt«, Salai spie die Worte beinahe aus, bevor er einen entschuldigenden Blick zu Margherita warf.

»Der Papst hat ihn uns an die Seite gestellt, angeblich, um Leonardo zu unterstützen, aber eigentlich ist es seine einzige Aufgabe, uns zu bespitzeln.«

»Warum hat er dich überhaupt nach Rom geholt, wenn er sich so vor dir fürchtet?«, wollte Raffael wissen.

»Das ist hauptsächlich Giuliano de' Medici geschuldet. Er will, dass ich die neuen Hafenanlagen in Ostia und Civitavecchia baue. Der Papst selbst hat mir noch keinen Auftrag gegeben. Er zahlt mir dreiunddreißig Dukaten im Monat dafür, dass ich möglichst untätig bleibe, aber das ist auch schon alles.«

»Ich hoffe, dass wir Rom bald wieder verlassen können«, bemerkte Salai. »Das Klima bekommt Leonardo nicht. Er ist ständig krank und sollte überdies das Herumklettern auf Hafenanlagen jüngeren Männern überlassen.«

Raffael sah von einem zum anderen. »Gibt es etwas, das ich tun kann? Mit dem Heiligen Vater sprechen zum Beispiel?«

»Das könnte er ja auch selbst«, warf Salai ein. »Aber dafür ist er zu stolz.«

Leonardo zuckte mit den Schultern. »So habe ich zumindest reichlich Gelegenheit, an meinem Täufer zu arbeiten.« Er wies auf eine Staffelei in der Ecke, in der ein schon weit fortgeschrittenes Gemälde stand, das Raffael schon beim Eintritt in das Atelier bemerkt hatte.

Das Bild zeigte Johannes den Täufer, und das Modell für den Johannes war unzweifelhaft Salai gewesen, der darauf noch mehr Anmut, aber auch viel weniger weltliche Schönheit besaß als im echten Leben. Die unverkennbaren, prächtigen roten Locken fielen ihm über die Schultern und bis auf den Rücken, und in seinem Gesicht verschwammen die Grenzen zwischen dem

Prinzip des Weiblichen und des Männlichen. Das Bildnis war auf eine Art schön, die sich solchen Zuschreibungen entzog. Johannes hatte ein schlichtes Tuch um seinen nackten Oberkörper geschlungen, hielt einen Kreuzstab in der Linken, und seine Rechte wies zum Himmel. Sein Lächeln wirkte verlockend und heilig zugleich und ebenso rätselhaft wie das der *Mona Lisa*, die Raffael vor so vielen Jahren in Florenz gesehen hatte.

Am meisten faszinierte Raffael jedoch der Gegensatz zwischen Licht und Dunkel. Die Kontrastmalerei, das *Chiaroscuro*, war fantastisch und ließ die entrückte Grazie des Modells noch mehr zutage treten.

»Das seid Ihr, nicht wahr?«, fragte Margherita, die ganz nah an das Bild herangetreten war und es mit staunenden Augen betrachtete.

»Ich kann es nicht leugnen. Maestro Leonardo hat mir etwas geschmeichelt.«

»Ich habe nur aufgegriffen und veredelt, was ohnehin schon vorhanden war«, sagte Leonardo freundlich. »Manche von uns sind nun einmal dankbarere Modelle als andere, wie Ihr sicher wisst, Madonna Margherita.«

Salai zwinkerte Raffael zu. »Du kannst dir nicht vorstellen, wie stolz er darauf war, dass du ihn in den Stanzen verewigt hast«, meinte er. »Das hat *ihm* sehr geschmeichelt.«

»Platon, mein Lieber«, sagte Leonardo und zeigte mit der rechten Hand gen Himmel, genau wie sein Bildnis in der *Schule von Athen*. »Wem würde das nicht schmeicheln?«

»Es war das Mindeste, was ich tun konnte. Mir wäre kein Würdigerer für diese Figur eingefallen«, gab Raffael zurück.

Plötzlich ertönte ein seltsames Geräusch, wie eine missgestimmte Trompete, und er brauchte einen Moment, um zu erkennen, worum es sich dabei handelte.

»Das war der Elefant Seiner Heiligkeit«, erklärte Salai. »Madonna Margherita, wollt Ihr die Menagerie des Papstes sehen?«, fragte er dann.

Sie nickte begeistert.

Das Belvedere ging direkt auf einen ovalen Hof hinaus, in dem die legendäre Tierschau des Heiligen Vaters untergebracht war. Die Menagerie des Vatikans war nicht umsonst weit über die Grenzen der heiligen Stadt hinaus bekannt, die exotischen Kreaturen, die der Papst hielt, waren ein wahrhaft staunenswerter Anblick. Neben zwei dressierten Leoparden gab es auch einen zotteligen Braunbären und eine erstaunliche kleine Echse, rot mit schwarzen Streifen und Rückenstacheln, die aussah wie ein Miniaturdrache. Raffael hatte gehört, dass es sich dabei um ein Chamäleon genanntes Tier aus den afrikanischen Ländern handelte.

Er schaute Margherita nach, als sie unter fröhlichem Lachen mit Salai aus dem Raum ging. Sie begleitete ihn nicht oft, aus Angst, jemandem zu begegnen, der sie erkennen konnte, aber er hoffte, dass die Gefahr an diesem Spätsommertag eher gering sein würde.

»Wir haben viel Glück gehabt, oder nicht?«, fragte er Leonardo, der seinem Blick offenbar gefolgt war.

»Ja. Aber ich frage mich allmählich, ob sie ebenso viel Glück mit uns hatten.«

»Wie meinst du das?«

»Ich weiß nicht, wie lange wir das noch aushalten«, erwiderte Leonardo, der plötzlich viel düsterer und niedergeschlagener klang als noch vor wenigen Augenblicken.

»Was haltet ihr nicht mehr aus?«, fragte Raffael erschrocken.

»All die Gerüchte. Die Anschuldigungen. Hast du gehört, dass Michelangelo die alte Geschichte um Jacopo Saltarelli wieder ans Tageslicht gezerrt hat?«

Raffael nickte. »Aber sie konnten dich doch schon in Florenz nicht dafür verurteilen, und heute bist du noch wesentlich berühmter, als du es damals warst.«

»Mir kann man vielleicht so nicht mehr schaden, aber Salai.« Leonardo warf einen Blick zu dem lächelnden Bildnis des Johannes. »Ich fürchte, wenn man mich nicht anklagen kann, werden sie Salai für meine Sünden büßen lassen. Und er ist zu sorglos und unterschätzt die Lage.«

»Glaubst du, dass es so ernst ist?«

»Der Papst handelt nur nach seinen Launen«, antwortete Leonardo. »Und ich finde, es gibt kaum etwas, das gefährlicher ist.«

»Gibt es nichts, was ich tun kann?«

»Eine Sache könntest du wirklich übernehmen. Ich weiß nicht, ob meine Korrespondenz abgefangen wird. Deshalb bitte ich dich, nach Mailand zu schreiben, an die Sforza. Ich überlege, Salai dorthin zu schicken, solange der Papst noch meine Anwesenheit in Rom wünscht. Dort wäre er sicherer als hier.«

»Ich glaube nicht, dass er dich verlassen wird«, gab Raffael zu bedenken, aber als er Leonardos Blick sah, fügte er hinzu: »Ich schreibe Massimiliano Sforza, ich verspreche es dir, und informiere dich sofort, sobald ich etwas höre.«

»Danke. Aber jetzt genug von meinen Sorgen, mein Freund. Wie geht es dir? Du hast mehr als reichlich Aufträge, wie ich höre?«

»Chigis Villa, drei Porträts, die letzte *Stanze*, Margherita als Madonna und natürlich die ›Schöpfung der Tiere‹«, entgegnete er. Als er es aussprach, wurde ihm erst bewusst, welcher Wahnsinn das eigentlich war. »Wenn ich nicht gerade auf der Dombaustelle bin und versuche, den Zentralbau zu verstehen, den Bramante geplant hat.«

»Soll ich einmal einen Blick auf den Aufriss werfen? Ich kenne Bramantes Art zu denken gut, glaube ich.«

»Ich wäre mehr als froh, wenn du das tun könntest!«

»Wir können morgen zur Baustelle kommen, Salai freut sich sicher ebenfalls. Er hat die Untätigkeit auch satt.«

»Abgemacht. Du erweist mir einen großen Gefallen. Der Mann, den sie mir auf der Dombaustelle an die Seite gestellt haben, ist zwar vielleicht nicht ganz so schlimm wie dieser *Giorgio*

Tedesco, aber auch er hat nur die Aufgabe, herauszufinden, wann ich welchen Fehler mache.«

»Du solltest deine Aufträge vielleicht besser auswählen«, sagte Leonardo. »Du bist noch jung, aber nicht unsterblich. Ich denke in letzter Zeit viel darüber nach, was ich erreicht und was ich versäumt habe. Was habe ich wirklich geschaffen?«

»Wenn es einen gerechten Gott gibt, wird das, was du geschaffen hast, alle Zeit überdauern. Du warst schon immer der Größte von uns allen.«

Leonardo sah ihn an, und für einen Moment kehrte offenbar die alte Lust, ihn herauszufordern, zurück. »Und du, mein Freund, hast vielleicht kein Talent dafür, Bewässerungsanlagen, Bombarden und Spiegelburgen zu bauen, aber du solltest niemals vergessen, was für ein Geschenk der Götter dein einnehmendes Wesen ist.«

»Das tue ich nicht.«

»Na ja, und ein wenig malen kannst du ja auch.«

Raffael lachte. »Noch ein bisschen, und du klingst fast wie Michelangelo.«

»Fast.«

Sie plauderten noch eine Weile, bis Margherita und Salai zurückkehrten.

Salai legte Raffael eine Hand auf den Arm. »Wir müssen uns häufiger sehen. Ich habe das Gefühl, dass du die arme Margherita aus Eifersucht bei Chigi einsperrst, damit kein anderer ihre Schönheit bewundern kann.«

»Sehr galant«, gab Margherita zurück. »Aber ich bleibe lieber aus freien Stücken dem Vatikan fern. Einer der Kardinäle ist ein Verwandter der Petrucci, das ist ein Risiko, das ich lieber nicht eingehen will.«

»Ich wünschte wirklich, es wäre nur meine Eifersucht«, sagte Raffael.

Sie lachten, aber er hatte das Gefühl, als lasteten die Schatten der Vergangenheit heute auf ihnen allen.

Kapitel 50

ROM, FEBRUAR 1515

Obwohl es für einen Februartag schon recht sonnig war, fröstelte Daniele, als er mit einer Gruppe Geistlicher über die Engelsbrücke zum Platz vor dem *Castel Sant'Angelo* lief, wo heute ein päpstliches Urteil vollstreckt werden würde.

Auf dem Richtplatz war bereits ein Scheiterhaufen errichtet worden, und der Anblick jagte Daniele einen Schauer über den Rücken.

Die beiden Sünder, die hier den reinigenden Flammen übergeben werden sollten, wurden der Ketzerei beschuldigt. Sie waren als Bettelmönche durch das Land gezogen und hatten wiederholt die Kirche und insbesondere den Papst angeklagt, dem Satan zu dienen.

Er wusste, dass der Papst zwar bei vielen Römern beliebt war, weil sein Pontifikat einem endlosen Fest glich, aber außerhalb der Stadtmauern gab es genug arme Menschen, die die Kirche hinter vorgehaltener Hand verfluchten. All die Abgaben, die nötig waren, um den Prunk des päpstlichen Hofes und vor allem den Bau von San Pietro zu finanzieren, hatten den Boden für solche radikale Lehren bereitet wie die, denen die beiden Männer anhingen.

Daniele ahnte, dass ihre Botschaft heute nicht mit ihnen sterben würde. Erst gestern hatte der Heilige Vater im Kreis seiner Kardinäle eine neue Ablassbulle beschlossen, die Vergebung nicht nur für arme Sünder in Aussicht stellte, sondern mit der man auch bereits im Fegefeuer leidende Verwandte vor weiteren Höllenqualen retten konnte, so denn nur die Summe stimmte, die dafür geboten wurde.

Manche guten Christen mochten daran glauben, dass das

Zahlen von einigen Dukaten die Pforte des Himmelreichs aufschloss, aber Daniele war nicht so naiv, als dass er nicht erkannt hätte, worum es hierbei wirklich ging.

»Auch wenn es gut ist, dass Leo nicht der Sinn nach Krieg steht, bedeutet das eben auch weniger Einnahmen aus Tributen, weniger Einnahmen aus Eroberungen und auch weniger Steuern neuer Subjekte des Kirchenstaates«, hatte Dovizi gesagt. »Deshalb muss jetzt eben das Seelenheil zu Geld gemacht werden.«

Er stimmte oft genug nicht mit seinem Herrn überein, aber Dovizis scharfen Analysen konnte er selten widersprechen.

Der Papst selbst stellte an diesem Tag jedoch erst einmal seine Sorglosigkeit angesichts der ketzerischen Lehren zur Schau, die im Land umgingen. Daniele war sicher, dass die Hinrichtung heute eine Inszenierung sein würde, um dem Volk zu zeigen, dass der Pontifex sich nicht vor den Ketzern fürchtete.

In Sichtweite der Richtstätte, auf dem Platz vor der Engelsburg, hatte der Papst eine Tafel aufstellen lassen und ließ sich vor den Augen der Bürger Roms im Kreis seiner Kardinäle Brot und Wein reichen. Fast der gesamte Hof war geladen, sich die Gerichtsbarkeit Gottes anzuschauen, und wer heute nicht hier war, lief Gefahr, in den Verdacht zu geraten, heimlich mit den Ketzern zu sympathisieren.

Daniele entdeckte Raffael unter den Menschen auf der Brücke und ließ sich zurückfallen, um auf seinen Freund zu warten. Der Maler sah blass aus. So wie Daniele ihn kannte, stand ihm der Sinn genauso wenig nach dem grausamen Spektakel wie ihm selbst.

»Weißt du, wer die Verurteilten sind?«, fragte Raffael halblaut.

Daniele nickte. »Zwei Wandermönche, die den Franziskanern angehören. Aber es heißt, dass der Heilige Vater besondere Angst vor ihnen hat, weil einer von ihnen ein Prophet ist.«

Er hatte schon häufig erlebt, wie sehr der Papst sich auf Vorhersagen der Zukunft verließ. Leo ließ sich oft die Sterne von seinen Astrologen deuten und glaubte daran, dass das Schicksal aller Menschen am Firmament zu lesen war.

Die geladenen Gäste nahmen einer nach dem anderen an der Tafel Platz. Einige lachten und schwatzten, als wären sie zu einem feierlichen Bankett geladen, aber andere sahen nervös und überreizt aus. Auch Sebastiano Luciani und Michelangelo waren anwesend, hatten sich aber mit Bedacht einen Platz am anderen Ende der Tafel gesucht. Daniele hatte beide seit dem öffentlichen Streit bei Agostino Chigi nicht mehr gesehen.

»Braucht Ihr mich, Eminenz?«, fragte Daniele Bernardo Dovizi.

»Geh ruhig zu Raffael hinüber«, sagte Dovizi. »Mir bleibt es wohl nicht erspart, direkt auf den Scheiterhaufen zu blicken, aber du musst dieses Schicksal nicht teilen.«

»Es ist barbarisch«, bemerkte Baldassare Castiglione, der Botschafter aus Urbino, der sich nicht allzu viel Mühe gab, seine Stimme zu senken. Daniele war schon bei mehreren Gelegenheiten aufgefallen, dass der Mann ungewöhnliche Ansichten hatte, vor allem über die Hofhaltung, in der er eine unbedingte Vorbildfunktion der Reichen und des Adels sah.

Das Tor der Engelsburg öffnete sich, und der vermummte Henker trat heraus. Die Menge, die auf der Engelsbrücke und weit darüber hinaus stand, johlte. Dann wurden die beiden verurteilten Männer aus der Festung geführt. Beide waren barfuß und trugen nichts als ein Büßerhemd. Man hatte ihnen den Kopf geschoren. Ihr schleppender Gang verriet, dass sie vermutlich auch die Folter erduldet hatten. Einem von beiden, einem Mann von beeindruckender Gestalt, fehlte die linke Hand.

Unter dem Kreischen der Menge wurden sie auf die Scheiterhaufen gezerrt und festgekettet. Ein Priester, den Daniele vom Sehen kannte, sprach ein letztes Gebet für die beiden Männer, während sie ein Soldat des Vatikans mit Öl übergoss.

Der kleinere der beiden Männer hatte sich eingenässt.

Daniele schloss kurz die Augen, um dem erbärmlichen Anblick

zu entgehen. Zu seiner Überraschung erhob der Einhändige die Stimme, als der Priester ihn fragte, ob er bußfertig sei, und rief mit lauter Stimme: »Nicht ich sollte meine Sünden bereuen, sondern ihr alle! Eure Kirche ist nicht die des Herrn, sondern die scharlachrote Hure der Offenbarung. Der Papst ist der Antichrist, und seine Schergen handeln im Namen der Hölle! Ich habe sie alle exkommuniziert, jeden Einzelnen von ihnen ...« Der Priester, der mit seiner Stimme nicht gegen die des Predigers ankam, sah hilflos zu ihrem Tisch hinüber. Das Gesicht des Papstes war vor Wut verzerrt, und er deutete auf den Soldaten, der dem Delinquenten einen harten Schlag gegen den Kopf versetzte.

»Ich kenne den Mann«, flüsterte Raffael mit Entsetzen in der Stimme.

»Was?« Daniele erschrak. Was konnte sein Freund mit diesem Ketzer zu tun haben? »Ich habe ihn in Civitavecchia gesehen, vor einigen Jahren. Er hat den Tod von Papst Julius vorhergesagt«, antwortete Raffael.

Der Schlag hatte den Prediger nicht betäubt. Anscheinend hatte er bereits wirklich seinen Frieden mit dem Ende gemacht, denn er wirkte ganz furchtlos, als er erneut die Stimme erhob. »Brüder und Schwestern, ihr braucht die verrottete Kirche nicht länger zu fürchten. Verlasst sie, verstoßt ihre Götzenpriester, werft sie aus der Stadt! Gott wird sie strafen, und die falsche Natter auf dem Stuhl Petri wird binnen eines Jahres in die Hölle fahren. Der wahre Papst, der Engelspapst aber, wird schon bald zu euch kommen und arm wie Christus selbst sein.«

Einige Kardinäle sprangen auf. »Bringt ihn zum Schweigen«, schrie Kardinal Riario. Die Menge raunte entsetzt, aber manche Rufe klangen verdächtig nach Zustimmung zu den Worten des Häretikers. Der Papst gab ein Zeichen, und der Henker entzündete eine Fackel und hielt sie an das Holz und an die ölgetränkten Kutten der Verurteilten.

Nur Augenblicke später erklangen lang gezogene, entsetzliche Schreie, und die Worte des Bettelmönchs fanden für immer ein Ende. Daniele hätte sich vor den unmenschlichen Lauten am liebsten die Ohren zugehalten. Ungerufen kehrten die Bilder des Schlachtfelds von Ravenna in seinen Geist zurück. Dann drangen schwarzer Rauch und der Geruch schmorenden Fleisches zu ihnen hinüber – kaum anders, als wenn ein Ochse am Spieß gebraten wurde.

Er fühlte sich, als ob er sich jeden Moment übergeben müsste. Raffael legte ihm mitfühlend eine Hand auf den Arm.

Daniele blickte zum Papst hinüber, der bleich geworden war und zusammengesunken auf seinem Stuhl saß.

Was auch immer er den Römern beweisen wollte, es hat sich ins Gegenteil verkehrt. Sie werden sich sicher länger an die Worte des Ketzers erinnern als an alles andere, was sie heute hier gesehen haben.

Er bohrte seine Nägel in die Innenseiten seiner Handflächen, um nicht aufzuspringen und davonzulaufen. Es schien endlos zu dauern, bis die brennenden Körper nicht mehr zuckten, keine Schreie mehr ertönten. Endlich war es vorüber.

* * *

Als sie aufstanden und den Richtplatz verließen, merkte Daniele, dass Raffael genauso angespannt war wie er selbst. Der Maler nahm die Hand von Danieles Arm und schüttelte die schlanken Finger aus, die er offenbar die ganze Zeit verkrampft hatte.

»Gehst du noch mit in den Apostolischen Palast?«, fragte Daniele.

»Nein. Was ich heute überhaupt nicht mehr aushalte, sind die schlechten Scherze des neuen Hofnarren und die Intrigen deines Herrn, verzeih.«

»Schon gut. Ich könnte selbst gut darauf verzichten, wie du weißt. Aber ich glaube, heute ist eine der seltenen Gelegenheiten, zu denen ich mich betrinken will.« Er warf einen Blick auf die noch glimmenden Scheiterhaufen. Sein Magen war noch immer in Aufruhr, und er fürchtete, nie wieder einen anderen Geruch in der Nase zu haben als den der brennenden Ketzer.

»Ich habe Margherita versprochen, mit ihr zu Leonardo zu gehen, damit sie sich das Spiegelkabinett anschauen kann, das er gebaut hat. Er sagt, es biete einen Blick in die Unendlichkeit. Und ich sehne mich nach einem anderen Anblick als diesem hier.«

»Wie geht es Leonardo?«

»Er ist rastlos und zur Untätigkeit verdammt, das bekommt ihm nicht gut. Und in der vergangenen Woche wurde Salai von einem aufgebrachten Mob angegriffen und in den Tiber geworfen, zweifellos Anhänger von Michelangelos Lügen. Ich hoffe für Leonardo, dass der Papst ihn bald aus seinen Diensten entlässt, so gern ich ihn auch hier habe.«

»Wird er das denn tun?«

»Schwer zu sagen. Ich habe ihn darum gebeten, aber ich glaube, er weiß selbst nicht, was schlimmer für ihn ist – Leonardo direkt vor sich zu haben oder gar nicht mehr zu wissen, wo er ist und was er treibt.«

Daniele sah seinen Freund an. Seit Margherita in Rom und die beiden ein Paar waren, ruhte Raffael in sich. Auch wenn ihn die Sorge darum oft umtrieb, dass man herausfinden könnte, wer sie in Wirklichkeit war, hatte sie ihm doch das Rastlose, stets Unzufriedene, stets noch mehr Wollen genommen.

»Grüß sie von mir«, sagte Daniele.

»Das werde ich. Ich hoffe, wir sehen dich bald?«

»Das nächste Fest ist nie weit entfernt, seit unser Heiliger Vater ein Medici ist«, gab Daniele zurück. *Und die nächste Grausamkeit ebenso wenig.*

* * *

Der Papst hatte es sich nicht nehmen lassen, zahlreiche Würdenträger des Vatikans zu einem Empfang einzuladen, um zu feiern, dass der Gerechtigkeit im Kirchenstaat Genüge getan worden war. Die Audienz fand in dem Speisezimmer statt, das Raffael vor einiger Zeit mit Fresken versehen hatte. Daniele erschien die *Stanza dell'Incendio*, die eine Darstellung des Borgobrands schmückte, nach den Ereignissen des heutigen Tages eher unheilvoll zu sein, aber vielleicht hatte der Papst den Ort genau deswegen ausgesucht. Leo selbst hatte sich wieder vollständig in der Gewalt und unterhielt sich leutselig mit seinen Kardinälen.

Die Stimmung nach dem Spektakel vor der Engelsburg war jedoch gedrückt, und selbst Bernardo Dovizi wirkte fahriger, als es Daniele von ihm gewohnt war.

»Geht es dir gut?«, fragte der Kardinal mit erstaunlich sanfter Stimme, als sie gemeinsam darauf warteten, dem Heiligen Vater ihre Aufwartung zu machen.

»Ich frage mich, ob es wirklich nötig war, die Ketzer zu verbrennen? Hätte man sie nicht zur Buße zu ihren Franziskaner-Brüdern hinter dicken Klostermauern einsperren und darauf hoffen können, dass sie ihre Fehler einsehen?«

»Sicherlich. Aber es heißt, dass immer mehr *Amadeiti* auf den Straßen und Dörfern unterwegs sind, und einige predigen bereits in den größten Kirchen des Landes. Ich glaube, Seine Heiligkeit wollte ein Exempel statuieren, damit sie nicht noch mehr Anhänger gewinnen.«

»Raffael sagte, dass der Mönch, der die Prophezeiungen ausgesprochen hat, auch schon den Tod von Papst Julius vorhergesehen hat.«

»Alle Menschen müssen sterben. Das ist die einzige Prophezeiung, die einfach nicht fehlgehen kann.«

Mag sein. Aber auch das Wann zu wissen? Der Papst sah jedenfalls ängstlich genug aus.

Sebastiano Luciani kam auf sie zu, und Daniele fragte sich,

was der Maler hier tat. Er wirkte jedenfalls deutlich gefasster, als er selbst sich fühlte.

»Kann ich Euch sprechen, Eminenz?«, fragte Sebastiano.

»Sicher«, gab Dovizi zurück. Falls er überrascht war, von Luciani angesprochen zu werden, ließ er es sich nicht anmerken. »Worum geht es?«

»Um Raffael Sanzio«, sagte Sebastiano. »Ich habe Informationen über ihn, die auch für Euch von Belang sein dürften.«

Daniele horchte auf. Welchen Klatsch und welche Intrigen hatte der venezianische Maler wohl nun schon wieder vorbereitet?

»Das achte Gebot ist Euch bekannt, Messere Luciani, oder?«, fragte er mit Schärfe in der Stimme. »›Du sollst nicht falsch Zeugnis reden wider deinen Nächsten?‹« Luciani würdigte ihn keiner Antwort.

Bernardo Dovizi sah den Venezianer mit einer Mischung aus Neugierde und Verachtung an, doch die Neugierde schien schließlich zu siegen. »Was hat er denn getan? Falls Ihr mir sagen wollt, dass er heute nicht ganz bei der Sache war, muss ich Euch enttäuschen, das war ich auch nicht. Es ist nicht jedermanns Geschmack, zwei arme Teufel auf diese Art zur Hölle fahren zu sehen.«

Sebastiano lächelte höflich und schüttelte den Kopf. »Nein, Eminenz, darum geht es mir nicht. Es ist eher ein Fall delikaterer Natur. Er treibt Unzucht mit einer Bäckerstochter aus Siena und entehrt so Eure Nichte.«

Daniele versuchte stillzuhalten, aber es fiel ihm schwer. Sebastiano war Raffaels Gehilfe, sein Lehrling, sein *Freund* gewesen, und diesen Verrat mit anzusehen, machte ihn zornig.

Dovizi winkte beschwichtigend ab. »Ich habe schon davon gehört, dass Raffael eine neue Geliebte haben soll. Ich dachte, sie wäre eine frühere Mätresse von Chigi? Aber es ist eine Bäckerin aus Siena?«, sagte der Kardinal. »Nun, wenn das seinem Geschmack entspricht, soll er nur. Ich bin sicher, der arme Junge könnte auch eine Beischläferin finden, die keinen Mehlstaub unter den Fingernägeln hat, aber vielleicht ist es ja das, was ihm gefällt? Nein, es ist mir egal, wen Raffael sich ins Bett holt. Er wird sie ja nicht gleich heiraten wollen.«

Höchste Zeit, einzuschreiten, dachte Daniele. »Wohl kaum«, stimmte er seinem Herrn zu. »Lasst uns gehen, Eminenz, hier noch länger Gerüchte anzuhören, ist Eurer nicht würdig.«

Fast hätte es Daniele geschafft, Dovizi von Sebastiano fortzuziehen, doch da legte ihm der Maler eine Hand auf den Arm und hielt ihn noch einmal auf.

»Das könnte er nicht einmal, wenn er es wollte, Eminenz«, sagte Luciani mit unterwürfiger Stimme. »Die schöne Margherita ist nämlich bereits verheiratet. Und auch Ihr kennt sicher das sechste Gebot, Monsignore Brandi – Ehebruch?«, erklärte er mit Honig in der Stimme.

»Oh?« Bernardo Dovizi blieb stehen und sah Sebastiano mit neu erwachtem Interesse an. »Das ist interessant. Wer ist der gehörnte Ehemann?«

»Ich habe herausgefunden, dass diese Margherita die Frau von Piero Petrucci ist, die vor einiger Zeit auf einer Wallfahrt verschwunden sein soll.«

»Sebastiano!«, rief Daniele warnend, aber dieser ließ sich nicht aufhalten.

»Die Frau eines Petrucci?« Dovizi zog die Stirn in Falten. »Himmel, Raffael hat wirklich ein Händchen dafür, sich mächtige Feinde zu machen.«

Daniele hätte Sebastiano am liebsten geschüttelt. *Mit welchem Recht nimmst du es dir heraus, Raffael zu zerstören?*

»Eminenz ...«, begann er noch einmal. Aber Dovizi war inzwischen ganz Ohr. »Du hast recht, mein Freund, das ist eine spannendere Information als die Tatsache, dass Raffael es mit der Treue seiner Verlobten gegenüber nicht allzu genau nimmt. Wenn er mit einer Hetäre schläft, die eine Spionin von Gott weiß wem sein könnte.«

»Eminenz«, mischte sich Daniele ein. »Wir sollten dieser Frau nicht voreilig vorwerfen, dass sie aus niederen Motiven Raffaels Geliebte ist.«

»Niedere Motive oder nicht, aber das ändert alles. Das Weib muss zu ihrem Mann zurückkehren und Buße tun, und wir werden endlich die Heirat zwischen Raffael und Maria vorantreiben. Das arme Mädchen wird noch alt und hässlich werden, während sie wartet.«

Aus irgendeinem Grund schien das nicht das Ergebnis zu sein, das sich Sebastiano erhofft hatte. Die Enttäuschung stand ihm deutlich ins Gesicht geschrieben.

»Eminenz, wollt Ihr Eure Nichte wirklich diesem Scharlatan zur Frau geben? Der sie schon jetzt vor aller Augen betrügt und selbst vor einem Mordanschlag auf Maestro Michelangelo nicht zurückgeschreckt hat?«, sagte er mit flehentlicher Stimme.

Doch Dovizi schien für die Not des Malers blind zu sein. Er schlug Sebastiano auf die Schulter. »Er ist ein Genie, und seine Bilder sind eine Währung, die zurzeit kostbarer als Gold ist. Bald wird er fast so etwas wie mein Schwiegersohn sein und mir so die Möglichkeit geben, in dieser Währung zu bezahlen. Da verzeihe ich ihm einen kleinen Fehltritt gerne, sobald diese Margherita verschwunden ist. Und was diese Geschichte mit dem Gerüst in der Sixtina angeht – Ihr glaubt doch selbst nicht, dass Raffael das ernsthaft versucht hat? Und Michelangelo lebt ja noch und erfreut sich bester Gesundheit, wie ich höre?«

Der Maler erwiderte nichts, sah den Kardinal aber mit so viel Zorn im Blick an, dass Daniele zusammenzuckte.

Schließlich nickte Sebastiano mit verkniffenem Mund, drehte sich um und ging.

Dovizi wandte sich an Daniele. »Hast du davon gewusst?«, fragte er. »Dass Raffael mit dieser Sieneserin schläft?«

»Ja«, gab Daniele gepresst zu.

»Warum hast du es mir nicht erzählt?«

»Weil ich glaube, dass es nur die beiden und Gott etwas angeht. So wie ich es auch bei Euch und Euren Mätressen halte«, konnte er sich nicht verkneifen, hinzuzufügen.

Dovizi schüttelte den Kopf und grinste schief. »Ich vermeide es für üblich, mit verheirateten Frauen zu schlafen, das bringt nichts als Ärger. Und Roms berühmtester Maler und die Frau eines Petrucci soll nur sie beide etwas angehen? Hast du denn in all der Zeit bei mir gar nichts gelernt?«

Ich muss Raffael so schnell wie möglich warnen, dachte Daniele. Wenn Sebastiano Luciani herausgefunden hatte, wer Margherita war, war es mit Raffaels Frieden wohl bereits vorbei.

»Du wirst kein Wort zu Raffael sagen«, bestimmte Dovizi, als hätte er seine Gedanken gelesen.

»Was?«, fuhr er auf. »Das könnt Ihr nicht verlangen. Wollt Ihr ihn ins offene Messer laufen lassen?«

»Denk nach, Daniele. Das ist die sauberste Lösung. Lass die Petrucci sich um die untreue Frau kümmern. Sollen sie sie wieder nach Siena holen oder ins Kloster stecken, das ist mir gleich. Raffael kann sagen, dass er nicht gewusst hat, wer sie ist, und ich bringe die Ehe mit Maria nicht in Gefahr, indem ich intervenieren muss.«

»Raffael wird Margherita nicht einfach aufgeben, Eminenz«, erwiderte Daniele. »Er liebt sie.«

Dovizi seufzte. »Das ist genau, was ich befürchtet habe. Was, wenn er etwas Voreiliges tut? Wenn du ihn warnst und er versucht, mit ihr zu verschwinden? Glaubst du, er kann glücklich werden ohne Rom und ohne den päpstlichen Hof?«

Das kann er nicht. Alles, was ihn ausmacht, ist hier. Bei allen Heiligen, der arme Mann!

Kapitel 51

ROM, MÄRZ 1515

Noch im Halbschlaf tastete Raffael nach Margheritas warmem Körper an seiner Seite, aber er fand ihre Hälfte des Bettes leer.

Erschreckt schlug er die Augen auf, beruhigte sich aber sofort, als er sah, dass sie am Fenster stand und im Licht des beginnenden Morgens auf den kunstvoll bepflanzten Garten der Chigi-Villa hinausblickte, in dem sich jeder Strauch und jede Blume am richtigen Platz befanden.

Margheritas dunkle Haare fielen ihr offen auf den Rücken, und das dünne Hemd, das sie trug, ließ den Ansatz ihrer Brust frei. Sie hatten sich gestern Nacht geliebt, aber bei ihrem Anblick regte sich sofort wieder Verlangen in ihm.

»Was hat dich geweckt?«, fragte er.

»Vom Tiber steigt Nebel auf«, entgegnete Margherita, ohne sich umzublicken oder auf seine Frage einzugehen. »Vielleicht fällt der ganze Umzug ins Wasser.«

Raffael lachte. »Daniele sagt, dass der Papst und zwei Dutzend Kardinäle in den letzten Tagen unablässig für Sonnenschein gebetet haben. Glaubst du wirklich, dass Petrus so grausam sein wird, sie bitter zu enttäuschen?«

Nun sah sie doch zu ihm hinüber. »Vielleicht sollte er das besser.« Ihr Ton war ernst, und er fragte sich, weshalb sie so schwermütig klang.

»Warum? Glaubst du nicht, dass diese Hochzeit Frieden zwischen Frankreich und dem Kirchenstaat bringen wird?«

»Das weiß ich nicht. Den Medici wird sie sicher nutzen. Aber ich habe einfach kein gutes Gefühl, was den heutigen Tag angeht. Willst du wirklich, dass ich dich begleite?«, fragte sie.

»Glaubst du nicht, dass dir die Feiern gefallen werden? Es wird ein großes Schauspiel geboten, mit Narren, Musikern, geschmückten Wagen und dem Elefanten des Papstes.«

Der Bruder des Papstes, Giuliano de' Medici, hatte zu Beginn des Jahres Filiberta von Savoyen geheiratet, die Schwester des französischen Königs. Um dem Paar die angemessene Ehre zu erweisen, sollte es heute einen Triumphzug durch Rom geben. Bereits in den letzten Tagen waren alle Straßen, über die Giuliano und seine Frau reiten würden, mit bemalten Bögen und Blumen geschmückt worden. Ganz Rom war in Feststimmung.

»Und wenn mich jemand erkennt?«

Er schlug die warme Decke zur Seite und trat zu ihr. Er legte die Arme um sie und strich behutsam mit den Daumen über ihr zartes Dekolleté. »Die ganze Stadt wird heute auf den Beinen sein, und wir können uns von der Kurie fernhalten, wenn du möchtest. Wir müssen niemanden treffen, den du nicht sehen willst.«

Er konnte spüren, dass sie noch immer zögerte. Einerseits, da war er sich sicher, wollte sie den Triumphzug ebenso gern miterleben wie praktisch alle anderen Römer, andererseits waren ihre Sorgen aber nicht so einfach wegzuwischen. Er war inzwischen davon überzeugt, dass ihr Geheimnis verborgen bleiben würde, solange nichts Unvorhergesehenes geschah. Margherita war nun seit einem halben Jahr in Rom, und bislang waren ihm nicht einmal spitze Bemerkungen über sie zu Ohren gekommen, abgesehen vom gutmütigen Spott der jungen Maler in seiner *bottega*. Die anzüglichen Scherze von Giulio Romano und Gianfrancesco Penni drehten sich allerdings hauptsächlich um seine nächtlichen Aktivitäten und nicht so sehr darum, wer die geheimnisvolle Schöne eigentlich war, mit der er seine freie Zeit verbrachte.

Aber sie schien die Furcht vor einer Entdeckung nie wirklich abschütteln zu können.

»Leonardo und Salai werden auch dort sein«, sagte er in der

Hoffnung, dass sie das überzeugen würde. Margherita hatte sich mit beiden angefreundet, wusste aber auch, wie vorsichtig gerade Leonardo war, wenn es darum ging, das *Belvedere* zu verlassen.

Sie seufzte. »Du hast ja recht. Ich bin neugierig auf das Spektakel. Also gut, ich ziehe mich gleich an. Möchtest du hier oder mit Chigi frühstücken?«

Er küsste ihren Hals. »Müssen wir überhaupt frühstücken?«, flüsterte er. »Könnten wir nicht ...?«

Es klopfte an der Tür zu Margheritas Gemächern, und mit einem leisen Fluch zog er hastig das Hemd über, das er gestern achtlos auf den Boden geworfen hatte.

Auf Margheritas Rufen hin betrat eine Dienerin mit einem Tablett den Raum, auf dem sich frische Milch und Brot befanden. »Meine Herrin bittet Euch, später zu ihr zu kommen«, sagte die junge Frau. »Sie braucht Euren Rat.« Dann wandte sie sich an Raffael. »Und Messere Chigi fragt, ob Ihr ihm im Dampfbad Gesellschaft leisten wollt.«

»Vermutlich kann Francesca sich nicht entscheiden, was sie anziehen soll«, bemerkte Margherita, als die Dienerin den Raum verlassen hatte.

Raffael griff nach einem Stück hellen Brotes und biss hinein. Es war noch warm und schmeckte köstlich.

Ebenso wie die gesamte Ausstattung der Villa Chigi erlesen und geschmackvoll war, hatte auch das Essen stets höchste Qualität. Dennoch, und das wurde ihm wieder einmal bewusst, war es nicht sein Brot und nicht seine Entscheidung, wann er es aß.

»Margherita, ich möchte ein Haus bauen«, sagte er. Plötzlich hatte er den Wunsch, ihr von seinem Plan zu erzählen.

Sie sah ihn mit einem Lächeln an. »Ich habe gehört, dass du ein recht guter Architekt bist? Mit etwas Glück sollte dir das also gelingen.«

»Du verstehst mich nicht. Ich möchte nicht irgendein Haus

bauen, sondern *unser* Haus. So, wie wir es haben wollen. Wir können nicht für immer bei Chigi bleiben.«

Sie wurde sofort wieder ernst. »Das klingt wundervoll«, gab sie zurück. »Aber was willst du den Leuten erzählen, wer ich bin?«

»Dass du Chigis Nichte bist, so wie bisher auch. Chigi und Francesca sind schließlich auch nicht verheiratet, und niemand schert sich darum.«

»Seine Heiligkeit soll Chigis Beichtvater genötigt haben, ihm zu raten, aus Francesca eine ehrbare Frau zu machen, hat sie mir erzählt.«

Raffael nahm ihre Hände in die seinen. »Du weißt, dass ich nichts lieber tun würde, nicht wahr? Selbst das Wort *Mätresse* kommt mir lächerlich vor, wenn ich dich ansehe. Aber ich will mit dir leben, egal wie wir es nennen, was wir tun.«

Sie beugte sich vor und küsste ihn. »Du weißt, dass ich nicht hier wäre, wenn ich das nicht auch wollen würde. Ich denke darüber nach, ja?«

Das ist gut, dachte er. *Lass ihr Zeit. Für sie ist das alles schwerer als für dich.* Er erwiderte den Kuss. »Ich werde zu Chigi gehen«, meinte er dann. »Und sehe dich später.«

* * *

»Seine Heiligkeit hat sich für diese Hochzeit von mir so viel Geld geliehen, dass er davon auch gleich Savoyen hätte kaufen können«, verkündete Chigi fröhlich, als sie nebeneinander im Dampfbad saßen.

Der Bankier hatte sein Bad nach römischem Vorbild bauen lassen und wurde darum in der ganzen Stadt beneidet. Bernardo Dovizi hatte sich die Pläne für seine neuen Räumlichkeiten erbeten und das Bad bereits nachbauen lassen.

»Das hätte er tun können, wenn es ihm nur darum gegangen

wäre, bei den Franzosen Eindruck zu schinden. Aber er will die Macht der Medici unter Beweis stellen, jetzt, wo sie endlich in Florenz und in Rom das Sagen haben.«

»Dazu scheint mir der Triumphzug ein gutes Mittel zu sein. Ich habe gehört, es soll ein nie da gewesenes Spektakel werden?«

Raffael neigte den Kopf. »Die Werkstatt hat auf Geheiß des Papstes seit Wochen hölzerne Aufbauten bemalt.«

»Solche Aufträge bekommt Michelangelo nie, oder?«, fragte Chigi.

»Der ist noch immer mit seinem Juliusgrabmal beschäftigt«, erwiderte Raffael. Er hatte Teile daraus inzwischen gesehen, einen kraftvollen, faszinierenden Mose und zwei männliche Sklaven, deren Qualen ihm so lebensecht, so anrührend erschienen waren, dass sie ihm die Tränen in die Augen getrieben hatten. Wie konnte der Mann, der menschliches Leid mit solcher Wucht, mit solcher Tiefe darzustellen vermochte, so blind sein, wenn es um den Schmerz ging, den er seinen Mitmenschen zufügte?

»Unter uns gesprochen, weiß ich nicht, wie viel Frankreichs neuer junger König auf diese Hochzeit geben wird. Vielleicht reicht es ihm, untätig auf dem Hintern zu hocken und Feste zu feiern, wie es auch unserem Papst gefällt. Aber François ist ein junger gesunder Mann, und nach dem, was man mir berichtet hat, wird er schon bald seine Finger nach Oberitalien ausstrecken«, erklärte Chigi.

Ein neuer Krieg?, dachte Raffael. Haben es die Fürsten, Könige und Päpste es denn nie satt, immer wieder um dieselben Fleckchen Erde zu streiten?

»Wir können nur hoffen, dass der Heilige Vater sich rechtzeitig mit ihm einigt«, gab er nachdenklich zurück.

»Ja, wir müssen uns mit kleineren Eroberungen zufriedengeben.« Chigi lachte. »Ich muss sagen, dass ich Euch um Margherita beneide. Nicht, dass ich mich mit Francesca langweilen würde, aber Ihr wisst, wie es ist. Wenn Ihr tauschen wollen würdet, für eine Nacht oder zwei, würde ich nicht Nein sagen.«

Raffael spürte, wie sein Gesicht noch heißer wurde. *Was? Chigi stellt Margherita nach? Culo! Ich hoffe, er hat sie bislang in Frieden gelassen, und das ist nicht der Grund für ihre Schwermut.*

»Messere Chigi«, sagte er eindringlich. Er nahm sich zusammen, obwohl er den Mann am liebsten angeschrien hätte. »Ihr wisst, dass diese ganze Situation nicht meinen Wünschen entsprungen ist. Margherita und ich haben Eure Gastfreundschaft schon viel zu lange strapaziert. Ich werde eine andere Lösung finden. Aber Eure Idee steht außer Frage.«

Chigi schlug ihm leutselig auf die Schulter. »Nichts für ungut. Ich weiß sowieso nicht, ob Francesca von dem Vorschlag sehr begeistert gewesen wäre.«

***

Als sie schließlich zum Aufbruch bereit waren, war es ein ganzer Tross aus Dienern und Familienmitgliedern, der sich vom Chigi-Anwesen aus in Richtung des Vatikans bewegte. Auch Gianfrancesco Penni, Giulio Romano und Claudio Ganzoli, seine engsten Vertrauten aus der Werkstatt, stießen aus der nahe gelegenen Wohnung in Trastevere zu ihnen.

Margherita schien mit ihren düsteren Vorhersagen nicht recht zu behalten. Zwar wehte ein kühler Wind, der an ihren Kleidern zerrte, aber die Sonne schien. Die Straßen waren bereits jetzt von Menschen gesäumt, die Blumen auf das Paar werfen würden, wenn sie sich von der im Norden gelegenen Ponte Milvio in Richtung Vatikan bewegen würden, während ihnen gleichzeitig ein Festzug vom päpstlichen Palast aus entgegengehen sollte.

Der Papst, der ohnehin selten an Lustbarkeiten sparte, hatte sich diesmal selbst übertroffen. Die Triumphbögen glitzerten in der Sonne, auf kleinen Bühnen gab es Darbietungen aller Art, und von überall her erklang Musik.

Margherita hatte ihr Haar hochgesteckt und einen hellen Schleier darübergelegt. Mit einem Lächeln sah er, dass sie die Perle hineingebunden hatte, die er als Bezahlung für sein Porträt von Bindo Altoviti erhalten und ihr geschenkt hatte.

Der Zug, der sich auf das Brautpaar zubewegte, bestand aus Reitern der Orsini, der Colonna und den Schweizergardisten.

Die Menge jubelte und kannte kein Halten mehr, als der Elefant des Papstes auftauchte und laut trompete. Er trug eine Art hölzernen Aufbau, in dem zwei bunt geschmückte Bogenschützen saßen.

Als sie den Tiber fast erreicht hatten, kamen Giuliano de' Medici und sein Tross in Sicht. Der Bruder des Papstes und seine neue Gattin saßen auf schneeweißen Pferden; Soldaten in den Farben der Medici begleiteten sie.

Giuliano war ein Mann, der die Massen offenbar begeisterte. Seine Haltung, die glänzende Rüstung und ein kostbarer Mantel verliehen seiner Erscheinung etwas Edles, er wirkte wie ein Ritter aus den Sagen und Legenden.

Als die beiden Trosse aufeinandertrafen, stieg der Papst aus seiner Sänfte und Giuliano von seinem Pferd. Die Medici-Brüder umarmten und küssten sich, und Giuliano wandte sich nach der Begrüßung an die jubelnde Menge.

»Um die unverbrüchliche Freundschaft zwischen dem Heiligen Stuhl und Frankreich zu feiern, hat Seine Majestät, König François, sich entschlossen, zum Ehrentag seiner Schwester alle Geiseln freizulassen, die sich seit der Schlacht von Ravenna in seiner Obhut befunden haben, und ich habe die große Freude, diese verlorenen Söhne nun zurückzubringen.« Er wies auf eine Reihe Berittener, die hinter dem Paar kamen, vielleicht ein Dutzend Männer, die wie Soldaten gekleidet waren und Rüstungen trugen zum Zeichen, dass ihre Rückkehr ehrenvoll war. Hinter ihnen gingen Soldaten in den Farben ihrer Häuser und Fürstentümer. Die ehemaligen Gefangenen hielten ihre Pferde an und stiegen ab, und die Menge jubelte auch ihnen zu.

»Und ich will sie für ihre besondere Tapferkeit auszeichnen«, fuhr der Papst fort.

Raffael spürte, wie ihm die Luft wegblieb. Einer der Männer war unzweifelhaft Piero Petrucci. Hinter ihm standen Soldaten in den Farben Sienas.

Er warf einen Blick zu Margherita, die ebenfalls sofort erkannt haben musste, was das bedeutete.

»Lass uns verschwinden«, flüsterte er. »Bevor ...«

In diesem Moment erklangen Salutschüsse zu Ehren des Brautpaares. Die Menge jubelte. Hanno, der Elefant, trompetete ängstlich und versuchte, sich zur Seite zu bewegen, wurde aber von seinem *Mahout* zurückgedrängt. Doch die nächste Salve Salut wurde bereits verschossen. Da erschreckte sich der Elefant, brach aus dem Tross aus und lief in Richtung Tiber, mitten hinein in die umstehenden Menschen.

Die Menge geriet in Panik, Leiber schoben sich vor und übereinander, jeder versuchte, in eine andere Richtung zu fliehen.

Margherita und Raffael wurden zum Fluss gedrängt. Raffael wollte nur noch fort – fort von dem rasenden Tier, fort von der aufgebrachten Menge, vor allem aber fort von Petrucci.

Er ergriff Margheritas Hand, und sie flohen aus der Menge in Richtung Esquilin.

* * *

Sie waren einen weiten Umweg gegangen, um zurück nach Trastevere zu gelangen, und als sie endlich bei Santa Maria eintrafen, erkannte er, dass Petrucci ihnen zuvorgekommen war.

Er weiß schon, dass sie hier ist. All die halb ausgereiften Pläne, die sie unterwegs geschmiedet hatten, zerfielen zu Staub.

Ruhig, dachte Raffael. *Wir sind noch immer in Rom. Er kann uns hier nicht einfach verschleppen.*

Piero Petrucci lehnte an der Tür zu Raffaels Haus und sah so unbekümmert aus, als wäre er dort ein gern gesehener Gast. Als er Margherita und ihn entdeckte, kam er ihnen entgegen und baute sich vor ihnen auf.

Die Jahre der Geiselhaft waren nicht spurlos an ihm vorübergegangen. Seine Figur war noch hagerer geworden, und seine Miene wirkte verhärmt. Er würdigte Margherita keines Blickes, sondern sah lediglich Raffael an.

»Messere Sanzio. Ich kann nicht sagen, dass ich gehofft hatte, Euch noch einmal wiederzusehen, aber so ist es wohl nun einmal. Mir wurde bereits zugetragen, dass mein unglückseliges Weib bei Euch ist. Aber dieser Spuk hat nun ein Ende. Margherita kommt mit mir zurück nach Siena.«

Raffael erwiderte seinen Blick, sah den Mann direkt an, der vor mehr als einem Dutzend Jahren sein Glück zerstört hatte. Damals hatte er geglaubt, nachgeben zu müssen. Heute würde er nicht zurückweichen. »Nein. Ich lasse sie nicht mit Euch gehen«, sagte er. Seine Stimme klang brüchig, und er konnte es nicht unterdrücken.

Petrucci spie auf den Boden. »Dann lasst mich deutlicher werden: Mir könnte es nicht egaler sein, ob Ihr das wollt oder nicht. Sie ist mein Weib, sie gehört mir. Vor Gott und der Welt, und ich nehme mir, was rechtmäßig mir gehört. Niemand wird mir das verweigern, auch Ihr nicht.«

Raffael biss sich so fest auf die Lippe, dass er Blut schmeckte. Ihm musste dringend etwas einfallen. Doch noch bevor er etwas sagen konnte, erhob Margherita die Stimme.

»Ich werde nicht mitkommen, Piero«, sagte sie. Ihre Stimme zitterte, und er konnte nur ahnen, was der Anblick ihres Mannes in ihr auslöste.

Nun endlich wandte sich Petrucci Margherita zu und musterte sie. »Ich habe dich aus der Gosse geholt«, sagte er. »Dich und deinen verlausten Bruder. Und was war mein Dank? Du hast mich entehrt, meine Familie entehrt, und mit ihm wie eine Hure gelebt, in aller Öffentlichkeit, während ich ein Gefangener der gottverfluchten Franzosen war.«

Er hob eine Hand, als wollte er sie schlagen, hielt sich aber gerade noch zurück. »Du wirst den Rest deiner Tage in einem Kloster verbringen«, erklärte er dann ruhiger. »Bei Wasser und Brot strenge Buße tun und über das Ausmaß deiner Sünden nachdenken.«

Vor Raffaels innerem Auge tauchte das Bild Margheritas auf, die allein in einem Bett in Siena lag, von Petrucci dem Tod überlassen. Er würde sie nie wieder in den Händen dieses Mannes lassen, dem es egal war, ob sie lebte oder starb. Er war zu oft der Spielball der Reichen und Mächtigen gewesen, hatte nur zu oft getan, was man von ihm erwartete, ob es ihm gefiel oder nicht. Aber nicht heute, nicht in diesem Augenblick. Wenn er sie nicht mehr hatte, dann hatte er nichts, und wenn er sie nicht verteidigen konnte, dann war alles, was er bis zum heutigen Tag erreicht hatte, umsonst gewesen. Dann würde er immer nur ein Spielzeug bleiben, ein Hofnarr, nicht freier, als Hanno es war.

»Ihr werdet Margherita nicht mit Euch nehmen, Messere Petrucci«, erwiderte er mit leiser, aber fester Stimme. »Und sie wird auch in kein Kloster gehen, wenn sie es nicht will. Wenn Ihr sie zu etwas zwingt, das sie nicht tun möchte, dann gnade Euch Gott, denn ich werde Euch niemals verzeihen und es Euch niemals vergessen. Ich habe in den letzten Jahren hart gearbeitet. Ich male für Kardinäle und Kaufleute, Fürsten und Bankiers in ganz Italien. Man kennt meinen Namen von Nürnberg bis Sizilien. Der Heilige Vater nennt mich einen Freund, er hat mich gerade gebeten, ein Porträt von ihm anzufertigen.

Ich habe in der Zeit, die ich in Rom verbracht habe, vielen Leuten einen kleinen oder größeren Gefallen getan, ohne mir jemals großartig Gedanken darum zu machen, weil es mir nicht schwerfiel, das zu tun. Aber ich bin willens, jeden einzelnen dieser Gefallen einzufordern, wenn es nötig ist, um Euch zu schaden. Ich werde Agostino Chigi bitten, Eure Geschäfte zu unterlaufen, und Bindo Altoviti, die Kredite Eurer Familie aufzulösen. Ich flehe den Papst an, Euch zu exkommunizieren, und bezahle Machiavelli, Euch allerorten in Verruf zu bringen. Ich werde Euren Ruf ruinieren, Eure Geschäfte und Euch selbst.

Es ist mir egal, wen ich bestechen muss, egal, wen ich anlügen muss, und egal, ob ich den Rest meines Lebens umsonst arbeite, als Bezahlung für alle, die bereit sind, mir zu helfen. Seht mich an, Messere Petrucci: Ich habe nichts zu verlieren. Wenn Ihr Margherita zwingt, mit Euch zu gehen, werde ich jedes bisschen Einfluss, das ich besitze, alles Geld, alle Gefälligkeiten nutzen, um Euch zu vernichten.«

Petrucci schwieg. Ob er in Raffaels Gesicht gelesen hatte, dass es ihm ernst war, war nicht klar. Einen Augenblick lang schien es, als würde Petrucci vor ihm zurückweichen, aber dann erwiderte er: »Eine schöne Rede, Messere, wirklich. Haltet Ihr auch noch an Euren Worten fest, wenn ich meinen Zorn an Eurem Bastard auslasse, den ich großmütig aufgezogen habe?«

Raffael warf einen verständnislosen Blick zu Margherita. *Meinen Bastard? Um Himmels willen.* »Mein ... was? Was wollt Ihr damit sagen?«

Petrucci stieß ein freudloses Lachen aus und sah ebenfalls Margherita an. »Du hast es ihm nicht gesagt? Mein Gott, eine Ehebrecherin, eine Lügnerin und eine Hure. Vielleicht sollte ich froh sein, dich loszuwerden?«

Margherita sah absolut verzweifelt aus, als sie von ihm zu Petrucci blickte.

»Gehabt Euch wohl, Messere. Ich fürchte, auch dies war nicht das letzte Mal, dass wir uns gesehen haben.« Mit einer spöttischen Verbeugung drehte sich Petrucci um und ging.

Raffael spürte, wie ihm bittere Galle die Kehle hochstieg.

Margherita schlug die Hände vor das Gesicht. Er konnte sehen, dass sie weinte. Er hatte sich noch nie in seinem Leben hilfloser gefühlt, hatte das Gefühl, als ob ihm alles zu entgleiten drohte.

»Warum hast du es mir nicht gesagt?«, brach es aus ihm heraus. Er hatte keinen Zweifel daran, dass Petrucci die Wahrheit gesagt hatte.

»Als du Siena verlassen hast, wusste ich es noch nicht. Und als ich es merkte, warst du schon weit fort, und das Beste, was ich tun konnte, war, Alessandro als Petrucci aufwachsen zu lassen.«

»Aber warum hast du es mir später nicht erzählt? Verdammt noch mal, vertraust du mir denn nicht?« Er merkte, wie Zorn die Hilflosigkeit überdeckte, aber auf wen er eigentlich am wütendsten war – auf sie, auf Petrucci oder auf sich selbst –, hätte er nicht sagen können.

»Ich wollte es dir erzählen, als ich glaubte, sterben zu müssen.« Ihre Stimme war tränenerstickt. »Deshalb habe ich damals Matteo zu dir geschickt, um dich zu holen. Aber dann? Als ich wieder klar denken konnte, hatte ich Angst, dass du nicht gehst, wenn du es weißt.«

Er ließ sich auf die Treppenstufen vor dem Haus fallen.

Undeutlich erinnerte er sich an eine Begegnung, am Tag, nachdem er mit Leonardo nach Siena geritten war. Der kleine Junge, den Matteo ihm vorgestellt hatte. Das Gefühl der Vertrautheit, das ihn bei seinem Anblick überkommen hatte.

Mein Sohn, dachte er benommen.

Hätte ich es damals ahnen können? Wollte ich mir die Frage nicht stellen? Nicht sehen wollen, dass das Kind nicht Petruccis ist?

Er hob abwehrend die Hände. »Wir leben seit Monaten zusammen. Habe ich dir einen Grund gegeben, aus dem du mir nichts davon sagen konntest?«

»Um Gottes willen, nein.« Margherita schüttelte den Kopf und setzte sich neben ihn. Ihr Gesicht war vom Weinen verquollen. Er zog ein Tuch aus seinem Beutel und gab es ihr. Sie wischte sich die Tränen ab und schnäuzte sich. »Es tut mir so unendlich leid. Ich weiß nicht, wie ich dich um Verzeihung bitten kann. Es dir nicht gesagt zu haben, war die Sünde, für die ich auf der Pilgerfahrt Vergebung gesucht habe. Ich wollte immer, dass Alessandro ins Kloster geht und niemals eine Bedrohung für die Petrucci wird. Stattdessen hat Piero ihn nach Neapel geschickt, als Unterpfand für das Bündnis Sienas mit den Spaniern.«

»Was wird Piero jetzt tun?«, fragte Raffael, in Gedanken plötzlich bei der Drohung, die Petrucci ausgesprochen hatte.

»Das frage ich mich auch. Gerade bin ich zum ersten Mal froh, dass Alessandro so weit weg ist und er ihm nicht sofort etwas antun kann. Aber ich traue Piero alles Mögliche zu, wenn er ihn je wieder in die Finger bekommt.«

Das Wissen, dass er einen Sohn hatte, war verstörend, aber nicht so sehr wie der Gedanke, dass sein Kind Piero Petrucci ausgeliefert sein würde, der Alessandro für die Sünden seiner Eltern bestrafen würde, wenn sie nichts unternahmen. Ihr musste das ebenfalls klar sein.

Sein Zorn verflog. Er legte einen Arm um Margherita und zog sie an sich. *Wir haben ein Kind zusammen.* Ein Grund mehr für alles, was er zu Petrucci gesagt hatte.

Er würde Margherita nicht aufgeben. *Oder unseren Sohn.*

Kapitel 52

ROM, APRIL 1516

Das hier müsste sich selbst vor dem Palazzo Contarini in meiner alten Heimat nicht verstecken, dachte Sebastiano, als er sich staunend in den neuen Räumen des Kardinals umsah. Früher hatte sich Bernardo Dovizi gerne den Anschein eines bescheidenen Kirchenmannes gegeben, dem eine spartanische Bleibe genügte, doch seit er zum Schatzmeister des Vatikans aufgestiegen war, hatte er diese Bescheidenheit endgültig hinter sich gelassen. Die Räume waren großzügig und mit kostbaren Tapisserien und edlen Möbeln ausgestattet. Über einem massiven Sekretär hing ein lebensechtes Porträt des Kardinals in der roten Robe seines Amtes. Die scharfe Nase und der wache, stets leicht spöttische Blick waren perfekt getroffen. Raffaels Hand, unzweifelhaft.

»Es sieht mir ähnlicher, als ich mir selbst«, sagte der Kardinal, der das geräumige Arbeitszimmer eben durch einen schweren Vorhang betrat. »Schön, dass Ihr meiner Einladung Folge leisten konntet, Messere Luciani.«

»Soll ich hierbleiben und für Euch mitschreiben?«, fragte Daniele Brandi, der Sebastiano empfangen und in Dovizis Privaträume begleitet hatte. Sebastiano warf ihm einen Seitenblick zu. Dovizis Sekretär schien geradezu begierig darauf zu sein, ihr Gespräch zu belauschen.

Bernardo Dovizi nahm einen Krug von der Anrichte und goss daraus Wein in zwei Becher.

»Danke, aber du müsstest stattdessen etwas für mich erledigen. Der Brief dort müsste so rasch wie möglich zu Kardinal Riario. Und warte bitte auf seine Antwort.«

Daniele warf seinem Herrn einen fragenden Blick zu, den Sebastiano reichlich anmaßend fand, nickte dann aber und nahm den Brief. »Wie Ihr wünscht.«

Dovizi reichte Sebastiano einen Becher, sobald der Sekretär verschwunden war. »Setzt Euch, Messere. Daniele ist ein wenig zu gut mit Raffael befreundet, als dass er hören sollte, was wir heute zu besprechen haben. Insbesondere, da wir noch einen weiteren Gast erwarten.«

Er hatte kaum ausgesprochen, als es an der Tür klopfte und ein groß gewachsener, hagerer Mann eintrat. »Das ist Messere Piero Petrucci«, stellte Dovizi ihn vor.

Er sieht aus, als hätte er einen Krug saure Milch getrunken, dachte Sebastiano. *Nun, kein Wunder, setzt ihm sein Weib doch jeden Tag Hörner auf.*

Vielleicht lag es aber auch an der Enttäuschung darüber, bei den jüngsten Machtspielen in Siena übergangen worden zu sein. Nicht Piero, der Bruder des früheren Regenten, sondern sein Neffe Kardinal Petrucci hatte von Papst Leo die Schlüssel zur Stadt erhalten, nachdem Borghese Petrucci ins Exil gezwungen worden war.

Dovizi reichte auch dem Neuankömmling einen Becher Wein. »Wir alle haben Grund dazu, uns zu wünschen, dass die unglückliche Verbindung zwischen Raffael Sanzio und Madonna Petrucci zu einem Ende kommt«, erklärte er dann. »Und wären mehr als froh, wenn Messere Petrucci sein Weib zurück nach Siena bringen würde, um dort so mit ihr zu verfahren, wie er es für richtig hält. Oder, Messere Luciani?«

Sebastiano nickte langsam. Er wusste schon längst nicht mehr, ob er das wirklich um Marias willen tat, aber zumindest würde er so in der Gunst des Kardinals steigen, und Raffael würde endlich einmal eine verdiente, empfindliche Niederlage einstecken. »Selbstverständlich, Eminenz.«

»Und das Ganze, bevor ihm der Papst noch seinen eigenen Thron anbietet. In Kürze wird er ihm auch noch die Verwaltung über die Antiken antragen.«

»Hat ihn der Heilige Vater nicht schon mit genug Ämtern überhäuft?«, platzte es aus Sebastiano heraus, dem die Vorstellung, dass Raffael nun auch noch für die Ausgrabungen und die Rekonstruktion des antiken Stadtplans verantwortlich sein sollte, beinahe absurd vorkam. Jeder wusste, dass er schon jetzt kaum noch seinen zahlreichen Verpflichtungen nachkommen konnte. Die Hauptarbeit an allen möglichen Fresken und Gemälden hatten längst seine Gesellen und Lehrlinge übernommen – natürlich zum selben Preis, den ein echter Raffael gekostet hätte.

Petrucci sah aus, als wolle er etwas sagen, besann sich aber im letzten Moment.

»Könnten wir ihn nicht auch der Ketzerei anklagen?«, fragte Sebastiano. »So wie den alten Leonardo?«

»Eine reizvolle Idee, aber nein«, gab Bernardo Dovizi mit einer Spur Gereiztheit in der Stimme zurück. »Zum einen betreibt Raffael keine anatomischen Studien, die man ihm vorwerfen könnte, und zum anderen würde es wenig glaubhaft wirken, wenn wir behaupten, er habe sich plötzlich gefährlicher, ketzerischer Philosophie zugewandt, mit der er sich nie zuvor beschäftigt hat. Die Lüge muss immer nah an der Wahrheit bleiben, dann wirkt sie am glaubhaftesten.«

»Dann muss er eben verschwinden«, warf Piero Petrucci nun doch ein.

Der Kardinal wandte sich ihm mit einem schmallippigen Lächeln zu. »Ich will nicht, dass ihm etwas geschieht«, sagte er. »Nur ein wenig Demut sollte er lernen. Und sich künftig von den Frauen anderer Männer fernzuhalten.«

»Und ich habe kein Interesse daran, ihn ein *wenig Demut* zu lehren«, widersprach Petrucci. »Er hat meinen Weg einmal zu oft gekreuzt, hat mich einmal zu oft herausgefordert. Ich lasse es nicht bei einem Klaps auf die Finger bewenden. Mittlerweile lebt er vor aller Augen mit Margherita zusammen, diese Schmach werde ich nicht länger dulden.«

So als wäre sie nicht seine Hure, sondern eine ehrbare Frau, dachte Sebastiano, der merkte, wie der vertraute Ärger wieder in ihm aufstieg. Er hatte es so satt. Die Bewunderung, die Raffael entgegengebracht wurde, die endlose Unterstützung des Papstes – warum gegenüber diesem Urbinaten, und nicht gegenüber ihm oder Michelangelo?

»Dann lehrt ihn viel Demut. Brecht ihm ein Bein, wenn Ihr müsst, aber bringt sein Leben nicht in Gefahr. Tot oder verkrüppelt ist er wertlos für mich«, erklärte Dovizi.

»Ich sage, wir zünden zumindest seine Werkstatt an.«

Damit würden sie Raffael wirklich treffen. Seine Zeichnungen, seine Entwürfe und vermutlich einige halb fertige Gemälde würden Raub der Flammen werden. *Aber ein Feuer ist immer gefährlich, für die ganze Stadt.* »Habt Ihr keine Sorge, dass der halbe Vatikan abbrennen könnte, wenn wir das tun?«, fragte Dovizi.

Petrucci schüttelte den Kopf.

»Nicht, wenn wir einen guten Zeitpunkt wählen. Wenn niemand im Haus ist, können wir eindringen und den Brand im Inneren legen. Dann kann das Feuer begrenzt ausbrechen.«

»Und wie wird uns das nutzen?«, fragte Sebastiano. »Dann hat er im schlimmsten Fall keine Werkstatt mehr, aber warum sollte er sich deswegen von Margherita trennen?«

»Nun, ich denke, Margherita wird ein Einsehen haben und ihn verlassen, wenn sie glaubt, dass sein Leben bedroht ist«, gab Petrucci zurück.

»Ihr könnt Euch dann allerdings kaum mit der Tat brüsten, Messere. Vergesst das nicht«, mahnte Dovizi.

»Das wird auch gar nicht nötig sein, glaubt mir. Sie wird auch so wissen, dass ich es war, der gnädig das Leben ihres kostbaren Raffael verschont hat.«

»Und es wird ansonsten ganz unverdächtig aussehen«, überlegte Sebastiano laut. »In der *bottega* gibt es mehr als genug brennbare Materialien. All das Öl, Ihr wisst?«

»Und niemand kommt zu Schaden?«, wollte Dovizi wissen.

Die Miene des Kardinals verriet, dass er noch nicht restlos überzeugt war. »Was ist mit seinen Lehrlingen?«

Sebastiano schüttelte den Kopf.

»Einige leben in seinem Haus in Trastevere. Und viele der Älteren haben eigene Unterkünfte. Die Werkstatt dient nur der Arbeit«, versicherte er.

»Ihr könntet zu dieser *bottega* hinübergehen und herausfinden, ob Raffael dort ist, während ich inzwischen Zunder besorge«, bot Petrucci an.

Dovizi sah von einem zum anderen. »Wichtig ist, dass wir hinterher alle unsere Rollen gut spielen. Daniele und ich werden die väterlichen Freunde sein, die Raffael raten, Margherita aufzugeben. Messere Luciani, Ihr versucht, Eure alte Freundschaft wiederzubeleben. Und Ihr, Messere Petrucci, müsst ihm vorgaukeln, dass Ihr Eurer Frau vergebt und sie kein schlimmes Los erwartet, wenn sie mit Euch nach Siena zurückkehrt. Sonst wird er sie womöglich nicht gehen lassen.«

Piero Petrucci neigte zustimmend den Kopf. »Das sollte mir gelingen.«

»Und Ihr lasst Euch am besten beide kurz nach der Tat nicht in der Nähe blicken, aber das versteht sich hoffentlich von selbst.« Dovizi wandte sich an Sebastiano. »Ich vermute, wenn Raffael mit dem Wiederaufbau seiner *bottega* beschäftigt ist, wird er ein paar anderen Verpflichtungen noch langsamer nachkommen als jetzt schon. Mehr Gelegenheit für Euch, in die Bresche zu springen.«

Sebastiano nickte ebenfalls. »Dann steht unser Pakt?«

»Ich hoffe, dass wir schon bald alle das erreicht haben, was wir erreichen wollen«, gab der Kardinal glatt zurück. »Und jetzt solltet Ihr beide gehen, bevor mein neugieriger Sekretär zurückkehrt.«

***

»Auf ein Wort, Messere Luciani?«, fragte Piero Petrucci, als sie gemeinsam die Unterkunft des Kardinals verließen.

»Natürlich.«

»Ihr habt so wenig Interesse daran wie ich, dass der Maler das Ganze unbeschadet übersteht, nicht wahr?«, meinte der Sieneser überraschend liebenswürdig.

Sebastiano schluckte. Der Gedanke war ihm tatsächlich nicht fremd. *War Raffael erst einmal aus dem Bild, würde alles ihm zufallen. Seine Aufträge, sein Ruhm, seine Maria.*

»Ihr habt den Kardinal gehört«, sagte er dennoch vorsichtig. »Seine Eminenz wünscht nicht, dass Raffael zu Schaden kommt.«

»Mir ist egal, was Seine Eminenz sich wünscht«, gab Petrucci unumwunden zu. »Für mich war Dovizi ohnehin nur Mittel zum Zweck.«

»Was habt Ihr vor?«

»Ich lasse ein paar meiner Männer unserem Freund folgen. Und dann zünden wir die Werkstatt mit ihm darin an«, sagte Petrucci. »Und wenn es Euer Gewissen beruhigt, werden wir dem guten Kardinal später berichten, dass es ein Unfall war, ein schreckliches Versehen, aber gänzlich nicht unsere Schuld.«

Es wäre aber ein Mord, sagte eine kleine Stimme in Sebastianos Gewissen. *Den nicht du, sondern Petrucci begehen wird*, beruhigte er sich dann selbst. Er sah seinen neuen Verbündeten an. Schließlich nickte er.

»Wir treffen uns bei Einbruch der Dunkelheit an der Werkstatt. Vielleicht haben wir Glück, und er ist dort.«

* * *

Als Sebastiano Luciani den Flur entlanglief, der zur *Sixtina* führte, folgte er einer Eingebung und ging in die Kapelle.

Er erinnerte sich daran, wie er hier zum ersten Mal Michelangelo getroffen hatte. Der Maestro war mittlerweile nach Florenz zurückgekehrt, um an der Fassade für San Lorenzo zu arbeiten. Zwar war es ihnen gelungen, Leonardo aus der Stadt zu vertreiben, aber Michelangelo war trotzdem verbittert gewesen, als Raffael den Auftrag erhalten hatte, die Wandbehänge für die *Sixtina* zu gestalten, die den Innenraum vervollständigen sollten. »Rom besteht nur noch aus Malern«, pflegte er zu sagen. »Der neue Papst hat kein Auge für die wahre Kunst.«

Obwohl er oft und leidenschaftlich mit Papst Julius aneinandergeraten war – letztlich war der kriegerische Papst dennoch ein Mann nach Michelangelos Herzen gewesen, während er den Medici-Papst in seinem tiefsten Inneren verachtete.

Mittlerweile hatte Raffael bereits die Kartons für die Wandbehänge angefertigt, die jetzt weite Teile der Wände schmückten, bis die Tapisserien fertiggestellt sein würden. Sebastiano kannte die dargestellten Geschichten gut. *Die Heilung des Lahmen, das Opfer in Lystra, die Predigt des Paulus.*

Die Szenen aus dem Neuen Testament ergänzten perfekt die unvergleichlichen alttestamentarischen Szenen, die Michelangelo an das Deckengewölbe gemalt hatte.

Was für ein Wunder das war. Und vielleicht war beides nur möglich gewesen, weil die beiden Künstler eine so starke Konkurrenz gegenüber dem jeweils anderen empfanden, sich beneideten, bekämpften und vielleicht auch bewunderten.

Ich kann es nicht, begriff Sebastiano plötzlich. *Ich kann Raffael nicht dem Tod ausliefern. Was hätte er noch schaffen können, welche Werke vollbringen, wenn er den heutigen Tag überlebt hätte? Das würde ich mich immer fragen. Und es würde für immer auf meinem Gewissen lasten.*

Es ging nicht anders. Er musste Raffael retten.

Kapitel 53

ROM, APRIL 1516

»Madonna!«

Jemand hielt ihre Schulter umklammert und schüttelte sie sacht, aber nachdrücklich. Schlaftrunken fuhr Margherita hoch und erkannte Giulio Romano, einen von Raffaels Schülern, die mit ihnen in Trastevere lebten. Sie schüttelte verwirrt den Kopf. »Was machst du hier?«

Bis auf die Flamme einer Kerze, die der junge Maler mitgebracht hatte, war es stockdunkel in ihrem Schlafzimmer, und sie wusste, dass es spät in der Nacht sein musste. Neben ihr war das Bett leer, Raffael war offenbar noch nicht zurückgekehrt.

»Madonna, Sebastiano Luciani ist hier«, meinte Giulio. »Er behauptet, dass der Maestro in Gefahr sei, und will ihn unbedingt sprechen.«

Plötzlich war sie hellwach. *Was soll das bedeuten? Warum ist Sebastiano Luciani hier?* Sie wusste nicht viel über den Mann, nur, dass er einst Raffaels Freund gewesen und nun sein erbittertster Gegner war.

Was immer es war, sie musste es herausfinden.

»Entzünde das Licht dort, dann warte einen Augenblick draußen«, sagte sie. »Ich komme sofort.«

Giulio entfachte die Öllampe und verließ ihr Gemach. Sofort sprang Margherita aus dem Bett, streifte ihr Nachthemd ab und zog ihr Unterkleid über.

Sie nahm sich weder die Zeit, ihr Haar zu richten, noch sonst etwas mitzunehmen, und war noch mit der Schnürung des Kleides beschäftigt, als sie das Schlafzimmer verließ.

»Er wartet unten«, sagte Giulio.

»Glaubst du ihm? Dass Raffael in Gefahr ist?«

Der Gehilfe hob unschlüssig die Hände. »Ich weiß nicht. Aber wenn es stimmt, was er sagt?«

Sie liefen die Treppe hinunter in das untere von zwei Geschossen, die zu Raffaels Wohnung gehörten. In diesem Stockwerk lagen sowohl die Küche als auch das Schlafzimmer der Lehrlinge. In dem breiten Flur stand ein Mann in Raffaels Alter, mit dunklen Augen in einem gebräunten Gesicht und kurzen schwarzen Locken, dem die Anspannung, unter der er stand, förmlich anzumerken war.

Als er sie sah, neigte er den Kopf. »Madonna, es tut mir leid, Euch zu stören«, sagte er gepresst. »Aber wo ist Raffael? Ich muss ihn sprechen.«

Margherita bemühte sich, ihre Stimme ruhig zu halten.

»Ich nehme an, dass Ihr Messere Luciani seid? Warum seid Ihr hier?« Als Luciani keine Anstalten machte, ihr zu antworten, fügte sie hinzu: »Raffael ist nicht hier.«

Wo ist er nur? In der Werkstatt? In der Villa Caprini? Am Dom? Mitten in der Nacht? Er zeichnete oft bis in die frühen Morgenstunden, aber die Baustellen waren nach Einbruch der Nacht verlassen.

In Lucianis Gesicht arbeitete es. Was immer ihn hergetrieben hatte, musste ihm wirklich Angst machen.

»Es ist Euer Ehemann, Madonna«, sagte er schließlich. »Er hat heute Nacht einen Anschlag auf Maestro Sanzio vor.«

»Einen Anschlag? Was für einen Anschlag?« Sie konnte hören, dass ihre Stimme sich beinahe überschlug.

»Ein Feuer. In der Werkstatt.«

Margherita schlug sich eine Hand vor den Mund. »Was?«

»Woher wisst Ihr das?«, wollte Giulio Romano wissen. »Und warum seid Ihr hier, um uns das zu erzählen, und nicht dort?«

»Mir würde er nicht glauben«, entgegnete Luciani schlicht. »Aber Euch wird er vertrauen.«

Einem Teil von ihr war klar, dass Luciani nur eine der zwei Fragen von Giulio beantwortet hatte, aber wenn es stimmte, was er sagte, blieb keine Zeit mehr für ein Verhör.

»Dann müssen wir uns sofort auf den Weg machen«, erklärte sie.

Plötzlich hörten sie jedoch von unten schwere Schläge gegen die Tür. Nicht, als ob jemand klopfte, sondern als ob jemand dagegen schlug.

Sie sah Giulio Romano an. »Was ist das?«, flüsterte sie.

Luciani sah eben so erschreckt aus, wie sie sich fühlte.

»Vielleicht ist es Petrucci«, sagte er. »Vielleicht hat er mich belogen.«

Petrucci ist hier? Madonna steh uns bei. Was hat er bloß vor?, dachte Margherita voller Angst. *Aber wenn er es war, dann waren sie alle in Gefahr.* »Wir müssen die Lehrlinge holen und ins obere Geschoss bringen«, raunte sie. »Schnell!« Sie lief bereits in das angrenzende Zimmer, noch während sie das sagte. Ein halbes Dutzend Lehrlinge schlief auf Matratzen auf dem Boden. Die Jüngsten hatte der Lärm nicht aufgeweckt, aber der sechzehnjährige Claudio saß auf seiner Decke und sah sie misstrauisch an. »Was ist los, Giulio?«, fragte er.

»Steht auf«, rief der ältere Lehrling. »Alle.«

Sie begannen, die schlaftrunkenen Jungen von ihren Betten hochzuziehen. »Ihr müsst alle mit Giulio hoch ins obere Stockwerk gehen«, sagte Margherita, so ruhig es ihr möglich war. »Das Schlafzimmer hat eine feste Tür. Macht sie zu und gebt keinen Laut von euch.«

»Und Ihr?«, fragte Giulio.

»Ich gehe und frage meinen Ehemann, was bei allen Heiligen hier eigentlich los ist.«

Den schweren Schlägen folgte plötzlich das Geräusch splitternden Holzes. Margherita hatte das Gefühl, als bliebe ihr Herz stehen.

»Ihr könnt nicht ...«, begann Sebastiano Luciani, aber sie

schnitt ihm das Wort ab. »Geht mit Giulio, oder kommt mit mir«, befahl sie. »Wie Ihr wollt.«

Giulio schob und zerrte die Jungen aus der Tür.

»Madonna Margherita, wo ist Maestro Raffael?«, wollte Claudio wissen, derjenige von Raffaels Schülern, der ihm mit seinen langen dunklen Haaren und der schmalen Silhouette so ähnlich sah.

»Nicht hier. Los, geh!«, forderte Margherita ihn auf.

»Soll ich ihn nicht lieber suchen?«, fragte er.

»Wir werden angegriffen«, zischte Giulio. »Hörst du den Lärm an der Vordertür nicht?«

»Ich kann an der Fassade entlangklettern. Das habe ich früher oft gemacht.«

»Damals warst du zehn und gelenkig wie ein Affe. Jetzt passt selbst du nicht mehr durch das Fenster.«

Margherita wusste, dass Giulio recht hatte. In ihrem Kopf rasten die Gedanken. Aus dem unteren Stockwerk, in dem sich die Läden befanden, die um diese Zeit natürlich leer standen, drangen jetzt Stimmen herauf. *Sie hatten keine Zeit mehr zu verlieren.*

»Los, geht«, rief sie noch einmal.

Sie hörte, wie die Schritte der Jungen auf der Treppe verklangen, und sah Sebastiano Luciani an, dem eine Ader an der Schläfe pochte. Offenbar hatte er ebenso viel Angst wie sie.

Sie ging in Richtung der Treppe und schaute in dem Augenblick hinunter, als die Eingangstür unter den Hieben eines Hammers zerbarst.

»Salve, Piero«, sagte sie, so ruhig sie konnte.

Piero Petrucci sah aus, als ob er in den Krieg ziehen würde, wie der *condottiere*, der er im Auftrag des Kirchenstaates gewesen war. Er trug einen Brustpanzer, hatte eine Armbrust und ein halbes Dutzend bewaffneter Soldaten bei sich.

»Hast du solche Angst vor Kindern mit Pinseln und Rötelstiften?«, fragte sie beherrscht, während sie ihren Blick über die Bewaffneten gleiten ließ. »Was willst du hier?«

»Ich werde die Schande beenden, die ihr den Petrucci zufügt«, gab er so ruhig zurück, als hätte sie ihn nach dem Wetter gefragt. »Ein für alle Mal.«

»Rom gehört nicht den Petrucci. Für diesen Angriff wird man dich vor der Engelsburg aufhängen«, entgegnete sie mit einer Überzeugung, die sie nicht verspürte.

Als er sie ansah, glomm in seinen Augen ein Funke, der ihr sagte, dass die Aussicht auf seine Rache alle anderen Gedanken verdrängt hatte. Sie war ihm nie nah gewesen, aber nun stand ein völlig Fremder vor ihr, der nur noch ein Ziel kannte. Die Angst vor einer weltlichen Strafe würde ihn nicht mehr aufhalten.

Heilige Muttergottes, ich hoffe, Raffael ist weit weg und kommt nicht zurück.

Aber ihre Hoffnung zerschlug sich sofort, als zwei von Pieros Männern durch die geborstene Tür eine Gestalt hereinschleppten, die leblos zwischen ihnen hing, und sie dann achtlos zu Boden gleiten ließen.

Margherita lief die Stufen hinunter und auf Raffaels leblosen Körper zu, doch bevor sie ihn erreichen konnte, wurde sie von einem von Petruccis Männern abgefangen und festgehalten.

»Was hast du mit ihm getan? Lebt er noch?«

Petrucci würdigte sie keiner Antwort.

Plötzlich erschien Sebastiano oben an der Treppe. »Messere, ich beschwöre Euch«, rief er. »Begeht hier keine Bluttat.«

»Und aus welchem Grund habt Ihr plötzlich Eure Meinung geändert, *traditore?*«, erwiderte Petrucci spöttisch.

»Weil ich Raffaels Tod nicht auf mein Gewissen laden will, und schon gar nicht den Eurer Frau oder der Lehrlinge.«

Piero Petrucci spie aus. »Warum nur habe ich mir bereits gedacht, dass du weder den Mut noch die Nerven für dieses Unternehmen hast?«

Margherita hätte ihn am liebsten geschlagen. »Piero, ich bitte dich. Was hast du vor?«, fragte sie eindringlich.

Einen Augenblick schien ihr Mann zu zögern, aber dann sagte er: »Ihr habt unsere Familie gedemütigt und entehrt, damit ist es nun vorbei.« Er wandte sich an seine Männer. »Sperrt sie ein, und dann verteilt das Öl in der Küche und zündet es an.«

»Was wollt Ihr dem Kardinal sagen?«, Sebastiano schrie beinahe.

»Dem Kardinal?«, fragte Margherita verwirrt. *Was für ein Kardinal?*

»Ich werde ihm sagen, dass ich aus Versehen das falsche Haus angesteckt habe. Ist das hier nicht Raffaels Werkstatt?«, fragte Petrucci unschuldig. »Er kann mich kaum beim Papst verklagen, schließlich war er doch ein Mitwisser hierbei, nicht wahr?«

Einer seiner Schergen verpasste Margherita einen Schlag ins Gesicht, der ihren Kopf zurückwarf. Der Schock lähmte sie, als der Mann seine Arme um sie schlang und sie die Treppe hinaufschleppte. Sie schlug und trat um sich, aber gegen den gerüsteten Mann waren ihre Bemühungen fruchtlos. Er lachte belustigt auf, als wäre ihr Überlebenskampf ein feiner Scherz.

»Die hat Feuer«, grölte er, dann schüttelte er sie so hart von links nach rechts, dass ihr schwindlig wurde.

»Halt den Mund und tu, wofür du bezahlt wirst«, fauchte Petrucci ihn an, dann wies er auf Sebastiano. »Und nehmt diesen Feigling auch mit.«

Zwei weitere Soldaten gingen auf Sebastiano zu. Einer trat ihm mit voller Wucht gegen ein Knie, er schrie schmerzerfüllt auf, dann nahmen sie ihn in ihre Mitte, als er umzukippen drohte.

»Messere«, brüllte Sebastiano, aber ein brutaler Schlag gegen seine Brust brachte ihn zum Verstummen.

Petrucci folgte ihnen seelenruhig.

»Ich habe die Küche gefunden, *Padrone*«, sagte einer der Bewaffneten, der vorangegangen war.

»Sehr gut«, Petrucci öffnete die Tür zum Schlafzimmer der

Jungen, sah sich um und wies dann hinein. »Hier hinein mit ihnen, und dann verbarrikadiert die Tür. Ich will, dass niemand hier je wieder herauskommt!«

Die Soldaten stießen sie und Sebastiano in den Raum mit den Schlafstätten und warfen den noch immer bewegungslosen Raffael achtlos hinter ihnen hinein. Augenblicke später hörten sie ein schleifendes Geräusch und unterdrücktes Fluchen vor der Tür.

Margherita ließ sich neben Raffael auf den Boden fallen und streckte die Hand nach ihm aus. *Gott sei Dank, er lebt noch!* Sie nahm seinen Kopf in den Schoß und streichelte sein Haar. Wie lange sie so dort saß, konnte sie nicht sagen, aber dann hustete Raffael und schlug die Augen auf. »Was ... wo ...«

Er sah verständnislos zu ihr empor. Blut lief aus einer Wunde an seiner Schläfe, und er tastete danach, sah das Rot auf seinen Fingern fragend an. Dann fiel sein Blick auf Sebastiano. »Was zur Hölle tust du denn hier?«

»Das erkläre ich dir später«, gab Sebastiano Luciani zurück. »Wenn wir dann noch leben sollten. Petrucci versucht, uns alle lebendig zu verbrennen.«

Wie zum Beweis seiner Worte drang eine dünne Rauchfahne durch die Türritzen. Petruccis Männer hatten ihr Feuer offenbar wirklich gelegt, und es breitete sich bereits aus. Die Angst griff mit einer eiskalten Hand nach Margheritas Eingeweiden, dieselbe Angst, die sie auch in Raffaels Gesicht sehen konnte, als er begriff, in welcher Situation sie waren.

»Wo sind die Jungen?«, fragte er, als sein Blick auf die leeren Matratzen fiel. Er zog sich unsicher auf die Knie.

»Oben, in unserem Schlafzimmer«, erwiderte sie mit erstickter Stimme.

»Wir müssen hier heraus.«

Raffael sah sich um. »Lass uns die verdammte Tür eintreten«, sagte er. »Sebastiano?«

Luciani streckte die Hand aus und zog Raffael auf die Füße.

Gemeinsam warfen sie sich zu dritt mit aller Macht gegen die Tür. Beim ersten Versuch wackelte das Holz zwar, gab aber nicht nach.

»Noch einmal«, rief Margherita.

Von draußen erklangen plötzlich Schreie. Metall klirrte.

»Vielleicht kommt Hilfe«, wisperte sie mit einem Funken Hoffnung. *Wir haben Nachbarn, Freunde in diesem Viertel, sie mussten doch etwas gehört haben?*

»Wer auch immer das ist, wir müssen trotzdem die Tür aufbekommen. Los, noch mal«, drängte Sebastiano, obwohl er offenkundig sein verletztes Bein kaum belasten konnte.

Sie warfen sich wieder gegen das Holz, aber auch dieser Versuch blieb erfolglos. Der Rauch wurde allmählich dichter, inzwischen mussten sie alle husten. Von draußen drangen laute Rufe zu ihnen herein.

»Wir sind hier! Um Himmels willen, wir sind hier!«, rief Margherita.

Raffael sah sich um. »Wir nehmen die Truhe«, sagte er dann.

»Als Rammbock.« Sebastiano nickte, und die beiden Männer hoben das schwere Möbelstück hoch, trugen es zur Tür, schwangen es hin und her und ließen es schließlich mit voller Wucht gegen das Türblatt krachen. Nur ein winziges Stück bewegte sich die Tür. Margherita hustete. Jeder Atemzug brannte in ihrer Brust.

»Noch einmal«, befahl sie dennoch. Ein harter Stoß, mit aller Kraft geführt. Noch ein Stück mehr. Margherita wollte jubeln, aber aus ihrer schmerzenden Kehle drang nur ein raues Keuchen.

»Los«, würgte Raffael hervor. Sie richteten sich wieder auf. Sebastiano schrie auf, sein Bein gab unter ihm nach. Die schwere Truhe rutschte ihnen aus den Händen. Margherita sprang zurück; um ein Haar wäre das schwere Möbelstück Sebastiano auf den Leib gefallen. Nur im letzten Moment konnte er sich zur Seite werfen.

Hustend und keuchend halfen Margherita und Raffael ihm auf. *Wir werden hier jämmerlich ersticken,* dachte sie voller Angst. Doch da war noch etwas anderes in ihr. Ein unbändiger Wille zum Leben. Sie packte die Ecke der Truhe. Die beiden Männer griffen ebenfalls zu und hoben ihren Rammbock an. Mit aller Kraft warf sich Margherita gegen das störrische Holz. Die Tür sprang polternd auf.

Im Flur schlug ihnen Hitze entgegen. Aus der Küche leckten Flammen über die Wände und die Decke. Dichter Rauch füllte den Korridor, fraß sich in ihre Lungen und brannte in ihren Augen. Von der Treppe, die nach unten führte, drang der Lärm eines Kampfes zu ihnen herauf. Sie konnte kaum drei Schritt weit sehen.

»Ich hole die Jungen«, rief Raffael. »Sebastiano, bring Margherita hier raus.« Er rannte die Treppe hinauf, noch bevor sie etwas sagen oder ihn aufhalten konnte, und wurde sofort von dem Rauch verschluckt.

Margherita schaute um die Ecke nach unten, in Richtung der Schreie und des Kampfeslärms. Es war Hilfe gekommen, sie entdeckte einige Schweizergardisten, die mit Petruccis Männern kämpften und sich dabei langsam die Stufen hinaufarbeiteten. Schwerter trafen in der Enge aufeinander, und sie sah, wie der Bastard, der sie geschlagen hatte, von einer kurzen Klinge regelrecht aufgespießt wurde und dann zu Boden sackte. Sie spürte grimmige Befriedigung. Ein anderer Sieneser drang mit einem Schwert auf einen Schweizergardisten ein und traf den Mann ins Gesicht. Der Getroffene schrie, Blut schoss aus seinem zerstörten Auge, bevor er fiel. In der geborstenen Eingangstür entdeckte sie den Umriss eines Mannes in einer Kutte.

»Vorwärts!«, trieb der Mann die Gardisten an. »Sie sind da drin gefangen!«

Und da erkannte sie ihn. *Daniele? Was tat der Priester hier? Hatte er die Gardisten mitgebracht?*

Piero Petrucci stand am oberen Treppenabsatz, sein Gesicht

war zu einer wütenden Maske verzerrt. Er hob seine Armbrust, als er sie entdeckte. Die grausame Spitze des Bolzens richtete sich auf sie. Hinter sich hörte sie plötzlich Gepolter und ängstliche Rufe. Sie konnte Raffael und die Jungen nur ahnen, die im dichten Rauch die Treppe hinunterstürzten.

Ein Sieneser Soldat stürmte mit der gezogenen Klinge auf sie zu, das Gesicht zu einer wütenden Maske verzerrt.

Sie bekam keine Luft mehr. Überall war Rauch, Flammen, Feinde. Panik ergriff sie, und sie sprang instinktiv nach vorne, versuchte, den Soldaten zu erreichen, um ihn wegzustoßen. Seine Klinge flog auf sie zu, sie warf sich darunter hindurch, prallte gegen ihn. Er taumelte zur Seite.

Der Erste aus Raffaels Gruppe erreichte die unterste Treppenstufe. Langes dunkles Haar umrahmte ein helles Gesicht, mehr konnte sie nicht erkennen. Sofort riss Petrucci die Armbrust herum, zielte auf ihn. Margherita schrie auf. Der Bolzen löste sich, traf den Mann in die Brust und schleuderte ihn nach hinten. Jetzt konnte sie erkennen, dass es Claudio war. Der Bolzen war ihm bis zu den Federn ins Fleisch getrieben worden. Mit vor Schreck aufgerissenen Augen fiel er nach vorne, machte keine Anstalten mehr, seinen Sturz abzufangen.

Einer der Gardisten stürmte die Treppe hinauf. »Alle raus hier«, brüllte er. Die Flammen begannen bereits, den ganzen Flur zu verzehren – das Haus war nicht mehr zu retten. Der Soldat, der Margherita eben noch angegriffen hatte, ließ seine Waffe fallen und hob die Hände. In seinem rußverschmierten Gesicht sah sie die schiere Angst. Sie blickte zu Petrucci hinüber, der ihr gegenüberstand, die Armbrust noch immer im Anschlag, auch wenn kein Bolzen mehr eingelegt war. In seinen Augen schien der Wahn zu verblassen, und er schüttelte den Kopf. Dann trat er einen Schritt zurück, auf die Flammen in der Küche zu statt von ihnen fort. In diesem Moment wusste sie, dass ihm bewusst war, dass er verloren hatte. Das Feuer, die Toten – damit würde er niemals ungeschoren davonkommen. Hätte er sich nur an ihr gerächt, wäre es vielleicht anders gewesen: Ein Ehemann bestraft seine abtrünnige Frau. Aber so wartete nur noch eine eiserne Spitze auf den Mauern der Engelsburg auf ihn.

Sein letzter Blick galt ihr, als er seelenruhig in die Flammen trat. Sie leckten über seine Rüstung, seine Kleidung, seine Haut, entzündeten sein Haar. Inmitten des tosenden Feuers sah sie nur noch seine Augen, umgeben von einem lodernden Halo, fast engelsgleich, doch mit dem Hass des Teufels in seiner Seele.

Raffael rief ihren Namen, und sie taumelte auf ihn zu. Aber Sebastiano stieß sie in Richtung der Treppe. Margherita handelte wie im Schlaf. Sie lief schwankend die Stufen hinunter. Sie musste über einer weiteren toten Sieneser Soldaten hinwegsteigen. Der Rauch war mittlerweile so dicht, dass sie kaum noch die Hand vor Augen sehen konnte. Sie folgte den Schemen der Gardisten, hustend, keuchend, bis sie Licht vor sich sah und aus der Tür stolperte.

Hinter ihr kamen die Jungen, Sebastiano und Raffael, die einer nach dem anderen ins Freie liefen.

Sie blinzelte, versuchte, wieder klar zu sehen. Draußen hatte sich bereits eine Menschenmenge versammelt. Die ersten Bewohner des Viertels hatten begonnen, Wasser aus dem Brunnen vom Platz vor Santa Maria zu holen und eine Kette zum Löschen zu bilden. Das geschah nicht nur aus Nächstenliebe, sondern auch aus der Furcht heraus, dass der Brand sonst auf das ganze Viertel übergreifen würde. Dennoch war dieser Anblick nach dem Schrecken des Überfalls wie Balsam für ihre Seele. Ein Viertel, das zusammenstand, sich half, eine Gemeinschaft bildete.

Einige ihrer Nachbarn kamen auf sie zu, nahmen die Jungen in die Mitte. Margherita entdeckte Daniele, der bei den Gardisten stand, die den letzten Überlebenden der Sieneser festhielten. Als der Priester sie sah, lief er auf sie zu und umarmte sie und Raffael, der sich zu Boden fallen ließ, als wäre alle Energie aus ihm gewichen.

Sie ließ sich neben Raffael auf das Pflaster gleiten. Immer wieder wurden ihre Leiber von Hustenanfällen geschüttelt. »Claudio«, keuchte er, als er wieder zu Atem kam. Auch Daniele setzte sich neben sie und legte seinem Freund den Arm um die Schulter. »Wie kommst du hierher?«, fragte Margherita, als sie wieder genug Luft in den Lungen hatte. »Du hast uns gerettet.«

Daniele presste die Lippen zusammen. »Ich kenne meinen Herrn mittlerweile zu gut«, murmelte er. »Als ich Sebastiano Luciani bei ihm sah und er mich fortschickte, wusste ich sofort, dass etwas nicht in Ordnung war. Also ging ich zurück, statt seinen Auftrag zu erfüllen, und lauschte an der Tür. Ich hörte, dass Luciani und Petrucci die Werkstatt anzünden wollten.

Und dann holte ich die Schweizergardisten. Leider waren wir zuerst an der *bottega*, statt hierherzukommen.«

Sie ergriff Danieles Hand hinter Raffaels Rücken, und für einen Moment saßen sie so da, mit einem Band verbunden, das nie wieder aufgelöst werden würde.

»Dieser verfluchte Dreckskerl«, murmelte Raffael leise. »Wie konnte er das zulassen?«

»Ich weiß nicht«, sagte Daniele. »Und ich habe die Intrigen des Vatikans so unendlich satt. Ich hätte euch viel früher vor Dovizi warnen sollen. Wie kann ich mich selbst noch länger einen Diener Gottes nennen, wenn wir tagaus, tagein gegen seine Gebote verstoßen?«

»Was ist mit Luciani?«, wollte Raffael wissen.

Margherita schüttelte den Kopf. »Ich weiß nicht, wieso, aber er kam lange vor Petrucci. Er wollte uns warnen.«

Sie warf einen suchenden Blick über die immer dichter werdende Menschenmenge, bis sie Sebastiano Luciani entdeckte, der sie zugleich verraten und gerettet hatte. Er nickte ihr zu, bevor er humpelnd in der Nacht verschwand.

Kapitel 54

ROM, JULI 1518

*D*as späte Licht des Tages fiel auf die kostbare Robe des Papstes und brachte das Rot darin zum Leuchten. Rot war die vorherrschende Farbe des Gemäldes, fand sich im Überwurf des Tisches, in den Gewändern der beiden Medici-Kardinäle, die Leo zur Seite standen, und in dem mit Samt bezogenen Sessel, auf dem der Herr aller Christen saß. Aber dennoch waren alle Rottöne, die Raffael verwendet hatte, ganz unterschiedlich, und nur die *Mozetta* des Papstes war in einem tiefen Karmesinrot gemalt, das seinen überlegenen Rang gegenüber den beiden anderen Figuren noch hervorhob.

Raffael arbeitete konzentriert an den Feinheiten des Bildes. Alle drei Kirchenmänner kamen zwar in regelmäßigen Abständen in seine neue *bottega*, um ihm Modell zu sitzen, aber am Faltenwurf und den Zeichen der päpstlichen Weisheit – Buch, Glocke und Lupe – konnte er auch arbeiten, wenn er die Porträtierten, so wie heute, nicht vor Augen hatte.

Das Gemälde war beinahe fertig gewesen, als Leo auf die Idee gekommen war, noch seine beiden Cousins einfügen zu lassen, weshalb nun umfangreiche Nachbesserungen nötig waren.

Wie so oft, wenn er ins Malen versunken gewesen war, kam Raffael nur langsam wieder in die Welt zurück, die ihn umgab. Erst jetzt nahm er das Lachen, den Lärm und das Fluchen der Werkstatt wieder wahr, die intensiven Gerüche nach Harz, Öl und Farbe.

Er hatte die Werkstatt mit allen Lehrlingen in die zweistöckige Villa im Borgo verlegt, die er kurz nach dem Brand in Trastevere gekauft hatte. Die neue *bottega* mit großzügigen, lichtdurchfluteten Räumen befand sich im unteren Geschoss des Hauses.

Er winkte einen Lehrjungen zu sich, als er sah, dass Margherita in die Werkstatt gekommen war und sich die letzten Entwürfe für die Schlacht an der *Milvischen Brücke* anschaute, die als Fresko einen neuen, großen Empfangssaal des Papstes schmücken sollte.

»Mach die Pinsel sauber, ja?«, bat er den Jungen und ging zu ihr hinüber.

»Ich wollte dich nicht stören«, meinte sie. »Du warst so in die Arbeit vertieft.«

»Ich glaube, ich wollte mich von dem Gedanken ablenken, dass ich Seine Heiligkeit später noch persönlich sehe.«

»Du willst wirklich zu diesem Treffen gehen?«

Raffael schüttelte den Kopf. »Ich will nicht, aber ich kann dem Papst ja wohl kaum verweigern, mich mit Dovizi zu treffen. Und Daniele hat mich gebeten zuzustimmen«, erklärte er, obwohl er in diesem Moment alles andere als überzeugt davon war, dass er dem Kardinal wirklich gegenübertreten sollte. Es war zwei Jahre her, dass das Haus in Trastevere abgebrannt war, zwei Jahre, seit Claudio gestorben war, und er versuchte seitdem, so gut es ging, Dovizi zu meiden. Wenn er ihn zufällig sah, dann spürte er noch immer bittere Galle in der Kehle und den Wunsch, dem Mann an die Gurgel zu gehen.

»Ich dachte, Daniele arbeitet nicht mehr für Dovizi?«

»Er ist nicht mehr sein Sekretär, aber er steht immer noch in Diensten des Vatikans, was wahrscheinlich bedeutet, dass er auch immer noch in die Intrigen und Machtspiele des Kardinals verwickelt ist. Sicher mehr, als ihm lieb ist.«

»Was kann Dovizi von dir wollen?«

»Ich weiß es nicht, aber was immer es ist, ich werde ihm nicht entgegenkommen. Nicht nach allem, was er uns angetan hat.«

Margherita umarmte ihn. »Dann musst du wohl gehen«, sagte sie. »Aber ich wollte vorher noch über eine Sache mit dir reden – ich habe heute einen Brief von Aurelia aus Siena erhalten.

Sie wird im nächsten Monat zusammen mit Kardinal Petrucci nach Rom kommen.«

»Sie kann natürlich bei uns wohnen, wenn ihr das möchtet. Freust du dich, sie zu treffen?«

Margherita lächelte. »Das sicherlich. Und sie schreibt, dass Alessandro aus Neapel zurückgekehrt ist und sie ihn mitbringen wird.«

Er schob sie auf Armeslänge von sich und sah sie an. »Wirklich? Wie schön! Du hast ihn so lange nicht gesehen!«

Und ich lerne meinen Sohn kennen.

»Acht Jahre lang. Er ist sicher kein Kind mehr, sondern eher ein junger Mann von vierzehn Jahren.«

»Ich bin sehr gespannt auf ihn.« Er zögerte. »Willst du es ihm sagen?«, fragte er dann.

»Ich weiß es nicht. Piero Petrucci hatte nie viel mit ihm zu schaffen, aber für Sandro stand immer außer Frage, dass er sein Vater und er selbst ein Petrucci ist. Ich bin mir nicht sicher, ob er die Wahrheit würde wissen wollen.«

Er küsste sie auf die Stirn. »Wir warten ab, wie es ist, wenn er hier ist. Gib uns die Möglichkeit, uns kennenzulernen. Wir entscheiden dann, ja?«

Sie nickte. »Ich bin sehr aufgeregt.«

»Ich auch«, gab er zu.

* * *

In Gedanken versunken, machte sich Raffael auf den kurzen Weg von der Piazza Scossacavalli zum Vatikan.

Es war bereits dunkel, und die Flure des Vatikans waren beinahe menschenleer, als Raffael den Empfangssaal des Papstes betrat, der nun nach seinen Fresken *Saal des Heliodors* genannt wurde. Der Raum bot wenig mehr als einen langen Tisch und Stühle und diente Papst Leo beinahe ausschließlich für Besprechungen in kleinem Kreis. Auch bei dem heutigen Gespräch würden nur wenige Personen anwesend sein, und es würde ein schwieriges Treffen werden, dessen war sich Raffael sicher. Er blickte auf seine linke Hand, die er unwillkürlich zur Faust geballt hatte.

Er atmete einige Male tief durch, bevor er den Raum betrat, denn er wollte sich nicht anmerken lassen, wie aufgewühlt er war. Als er über die Schwelle trat, sah er, dass alle anderen Geladenen schon anwesend waren. Der Papst saß am Kopfende des Tisches, Daniele zu seiner Linken und Bernardo Dovizi zu seiner Rechten.

Das Porträt beschreibt Seine Heiligkeit gut, dachte Raffael. Einen Mann, der gebildet und grausam, gütig und skrupellos zugleich war.

Raffael küsste den Ring des Heiligen Vaters und setzte sich neben Daniele, der ihn aufmunternd anlächelte. Er schluckte und musste sich zwingen, seine verkrampfte Hand auszustrecken und auf den Tisch zu legen.

Schweigen lastete schwer auf den Anwesenden. *Es ist wohl kaum an mir, zuerst zu sprechen,* dachte er.

Sein Blick wanderte zu der *Messe von Bolsena,* dem Fresko, das das Fenster hinter der Stirnseite des Tisches umrahmte. Felice della Rovere blickte aus der Menge der Gottesdienstbesucher kämpferisch zu dem Blutwunder empor, das sich am Altar ereignete, und er sah sein jüngeres Selbst, das den Betrachter aus der Mitte der Schweizergarde heraus ansah. So viel war in den sechs Jahren passiert, seit das Fresko entstanden war.

Der Papst hielt sich nicht mit langen Vorreden auf. »Wir haben genug davon, dass Unser Schatzmeister und Unser Hofmaler miteinander verfeindet sind«, erklärte Leo, der sich mit einer korpulenten Hand über das Kinn strich. »Es ist an der Zeit, diesen Konflikt zu beenden.«

»Und wie wollt Ihr das tun, Heiligkeit?«, fragte Raffael mühsam beherrscht.

Dovizi sah ihn mit einem schwer zu deutenden Blick an. »Maestro Sanzio«, begann er dann förmlich. »Ich weiß, dass Euch ein großes Unrecht geschehen ist, aber ich bin nicht derjenige, der es verursacht hat. Ich wusste nicht, was Piero Petrucci in jener Nacht wirklich vorhatte. Er ließ mich in dem Glauben, dass er lediglich seine Frau zurückholen wollte, was immerhin sein gutes Recht war.«

Daniele warf Dovizi einen warnenden Blick zu, und der Kirchenmann verstummte.

Raffael strich mit der Hand über die helle Narbe an seiner linken Schläfe, die er seit damals trug. »Dazu habt Ihr es in Kauf genommen, dass er meine Werkstatt in Brand setzt«, erklärte er. *Wie konnte Dovizi sich hier nur als Unschuldslamm hinstellen? Und wie konnte Seine Heiligkeit das anscheinend billigen?*

»Ein Fehler, für den ich mich gerne bei Euch entschuldigen will«, gab Dovizi glatt zurück. »Aber es lag niemals in meinem Interesse, dass Ihr zu Schaden kommt. Und ich kann nur noch einmal anbieten, Euch für den Verlust Eurer Wohnung zu kompensieren.«

»Behaltet Euer Geld, Eminenz. Es wird Claudio Ganzoli nicht lebendig machen.«

»Nein, das wird es nicht. Aber Euer Zorn wird ihn ebenfalls nicht wieder zum Leben erwecken.«

Zorn, dachte Raffael. *Wenn ich wenigstens zornig wäre.* Aber es war vielmehr so, dass er sich stets fragte, ob er nicht eine Mitschuld an Claudios Tod trug. Wäre er zuerst die Treppe hinuntergegangen. Hätte er erkannt, wie gefährlich Petrucci wirklich war, hätte, hätte, hätte ...

»Glaubt mir, ich bedaure den Tod des Jungen über alle Maßen«, sagte Dovizi.

Raffael erhob sich halb. »Ich hätte nicht herkommen sollen. Ihr entschuldigt mich?«, wandte er sich an den Papst.

»Hör dir zumindest an, was Seine Heiligkeit vorschlägt«, bat Daniele.

»Wir haben Euch hier zusammengebracht, um eine Lösung vorzuschlagen. Nicht, um den Streit erneut ausbrechen zu lassen«, erklärte der Papst mit sanfter Stimme, in der der Tadel jedoch nicht zu überhören war. »Setzt Euch, Maestro Sanzio.«

»Ihr seid noch immer mit Maria Dovizi verlobt«, fuhr Leo fort. »Und Wir haben verstanden, dass Ihr diese Verlobung lösen wollt?«

»Willigt Ihr endlich ein?«, fragte Raffael Dovizi überrascht und ließ sich wieder auf seinen Stuhl sinken. »Ich werde sie nie heiraten, das wisst Ihr.«

»Ja, das weiß ich. Aber wenn Maria nach einer so langen Verlobungszeit von Euch verlassen wird, wird es schwer, einen anderen geeigneten Kandidaten zu finden. Ihr Marktwert sinkt dramatisch, wenn Ihr versteht, was ich meine.«

»Ja, ich verstehe, dass Ihr Eure Nichte wie ein Stück Vieh zu Markte tragt«, murmelte er.

»Ich handele hier auch in ihrem Interesse«, gab Dovizi scharf zurück.

Daniele hob beschwichtigend die Hände. »Das Mädchen kann wirklich nichts für all dies.«

Er wusste, dass sein Freund recht hatte, aber es fiel ihm schwer, die Situation aus dieser Warte heraus zu sehen. Wenn er es gewollt hätte, hätte Dovizi ihn längst aus seiner Verpflichtung entlassen können, um den Schaden zu begrenzen.

»Nun, Wir sind zu dem Schluss gekommen, dass es das Beste für alle Parteien wäre, wenn Ihr die Verlobung zwar auflöst, es dafür aber einen so guten Grund gibt, dass kein Schatten auf den Ruf von Maria da Bibbiena fällt«, erklärte der Papst. »Und Wir wollen Euch dafür auszeichnen, was Ihr in den letzten Jahren an Unserem Dom und in Unserem Palast vollbracht habt. Wir wünschen, Euch noch enger an Uns zu binden. Dafür werden wir Euch in den Kardinalsstand berufen, Raffael Sanzio.«

»Ihr wollt was?« Raffael war so verblüfft, dass er die übliche Höflichkeit vergaß. »Ich bin nicht einmal ein Priester.«

»Das waren Wir auch nicht, als Uns das Konklave zum Oberhirten über alle Christen gewählt hat«, gab Leo sanft zurück. »Die Kardinalswürde zu besitzen, ist nicht davon abhängig.«
»Wir könnten uns in Ehren die Hände reichen«, erklärte Dovizi. »Ohne einen Gesichtsverlust. Maria heiratet einen anderen, und Ihr würdet unbehelligt mit der schönen Margherita zusammenleben. Ihr könnt sie zwar nicht zur Frau nehmen, aber das ist ja ohnehin bereits der Status quo.«
»Wir würden Euch eine Titularkirche verschaffen, die Eure Einnahmen noch einmal erheblich steigert«, stellte der Papst lächelnd in Aussicht.

Raffael wunderte sich insgeheim, dass Seine Heiligkeit noch solche Versprechungen machen konnte. Inzwischen waren die Kassen des Vatikans so leer, dass nicht einmal der Ablasshandel die Schulden abtragen konnte. Er vermutete, dass der Apostolische Palast inzwischen ohnehin Agostino Chigi gehörte, inklusive des Stuhls, auf dem der Heilige Vater gerade saß.

Kardinal, dachte er. In seinem Kopf formte sich ein Bild von ihm selbst, ins Rot der Kirchenfürsten gekleidet, die er heute Nachmittag noch gemalt hatte. *Ist das nicht lächerlich?* Er überlegte, welche Pflichten mit der Kardinalswürde verbunden sein mussten. »Müsste ich Euer Heiligkeit dann nicht als Berater zur Verfügung stehen? Ich fürchte, ich habe in theologischen Dingen nur wenig zu sagen, das für Euch von Wert wäre.«

»Nur soweit es Eure sonstigen Aufgaben zulassen«, erwiderte Leo. »In Eurem Fall wäre der Kardinalshut eher eine ... Ehrenbezeigung als eine weitere Verpflichtung.«

Weiter würde ich es wohl nie bringen, dachte Raffael, den die Vorstellung überwältigte. Ein Kardinal besaß mindestens so viel Macht und Einfluss wie ein weltlicher Fürst, und war oft mindestens genauso reich. Es wäre ein riesiger Schritt für den Sohn Giovanni Sanzios. Leicht benommen schüttelte er den Kopf. Die Idee war absurd und verlockend zugleich. Zu verführerisch, um sie einfach auszuschlagen, aber er wollte und konnte dazu nichts sagen, ohne mit Margherita gesprochen zu haben. Und er wollte Dovizi nicht so einfach aus der Verantwortung für seine Taten entlassen. »Ich würde darüber nachdenken, aber ich kann Eurem Schatzmeister nicht täglich in die Augen sehen, Heiligkeit.« *Nicht nach dem, was Claudio passiert ist, und beinahe auch Margherita.*

»Das müsstet Ihr auch nicht«, erklärte Dovizi überraschend sanft. »Seine Heiligkeit schickt mich als Sondergesandten nach Frankreich, um dort die römische Kurie zu vertreten. Ich reise schon in wenigen Tagen ab.«

In den Worten des Kardinals lag eine gewisse Melancholie, und er fragte sich, ob Dovizis stets unaufhaltsam scheinender Aufstieg jetzt zu einem vorläufigen Ende gekommen war. Er konnte sich nicht vorstellen, dass der machthungrige Kardinal Rom freiwillig verließ, wie wohlklingend sein neuer Titel auch immer sein mochte.

»Wirst du ihn begleiten?«, wandte er sich an Daniele.

Sein Freund schüttelte den Kopf. »Nein. Die Kirche hat mir eine andere Aufgabe übertragen. Ich werde eine Pfarrei im *Rione Campo Marzio* übernehmen. Dort ist jetzt mein Platz.«

»Das freut mich für dich.« Er wusste, dass es Daniele guttun würde, den Vatikan hinter sich zu lassen.

»Wie immer Ihr Euch entscheidet – es ist Unser Wunsch, dass Ihr Kardinal Dovizi die Hand reicht, bevor Ihr geht«, erklärte der Papst bestimmt.

Dovizi stand auf und streckte ihm die Rechte hin. Für einen kurzen Moment zögerte Raffael, aber dann schlug er ein. *Möge mir vergeben werden, wenn ich ihm vergebe.*

***

Als er in den Borgo zurückkehrte, hörte er trotz der späten Stunde noch immer Stimmen in der Werkstatt. Giulio Romano arbeitete wie er selbst gerne spätabends. Aber er ging nicht in die *bottega*, sondern stieg direkt in den ersten Stock hinauf, den er gemeinsam mit Margherita bewohnte. Er fand sie lesend in ihrem Schlafzimmer. Sie hatte die Fensterläden geöffnet, um die Hitze des Tages zu vertreiben und kühle Nachtluft hereinzulassen.

»Wie war dein Treffen? Du wirkst ganz aufgebracht«, meinte sie.

»Ich glaube nicht, dass ich jetzt schon schlafen kann«, gab er zurück. »Am liebsten möchte ich an deinem Bild weiterarbeiten.«

Sie lachte. »Jetzt?«

Er nickte.

»Dann lass mich die Kerzen wieder anzünden.«

Das Porträt stand nicht in der Werkstatt, denn es zeigte Margherita, wie er noch nie zuvor jemanden gemalt hatte. Sie stellte keine Allegorie dar, war keine Madonna, keine Grazie.

Er hatte Leonardos Technik der Hell-dunkel-Malerei, den *Chiaroscuro* verwendet, aber sie ganz anders gemalt, als Leonardo es mit dem Johannes getan hatte.

Er hatte das Bild hier im Schlafzimmer begonnen, und die Frau auf dem Gemälde war kein ätherisches, entrücktes Wesen von überirdischer Schönheit. Es war einfach nur Margherita, in all ihrer glorreichen, unperfekten Schönheit, nackt auf dem Bett sitzend, nur mit einem Schleier bedeckt. Er wusste, dass dies nicht sein bestes Bild war, aber auch, dass er nie ein wahreres malen würde.

Sie streifte ihr Nachthemd ab und setzte sich in Positur, als der Raum genügend ausgeleuchtet war.

»Der Papst will, dass ich Kardinal werde«, erklärte er endlich, als er schwarze Farbpigmente neu mit Walnussöl anrührte. »Dafür könnte sogar die elende Verlobung mit Maria Dovizi gelöst werden. Und Dovizi verlässt den Vatikan, um an den französischen Hof zu gehen.«

Sie sah ihn zuerst ungläubig an, dann lachte sie, als hätte er einen Witz gemacht. »Kardinal? Nun, ich bin mir sicher, dass du in den roten Roben sehr würdig aussehen würdest.«

»Denkst du? Wenn ich mir die Kardinäle so ansehe, dann kommt es mir eher vor, als stünde diese Farbe niemandem so richtig zu Gesicht.«

»Ist es dem Papst wirklich ernst damit?«

»Ja. Er wollte unbedingt, dass Dovizi und ich uns versöhnen, bevor er den Kardinal nach Frankreich schickt. Wir brauchen ihn also für eine lange Zeit nicht wiederzusehen.«

»Vielleicht ist die Idee dann gar nicht so abwegig, wie es auf den ersten Blick scheint«, meinte sie nachdenklich. »Die Kardinalswürde besteht ja nicht nur aus den Roben. Würde dich dieser Titel nicht auch schützen? Vor Leuten wie Bernardo Dovizi, den Anhängern Michelangelos? Und im schlimmsten Fall auch vor dem nächsten Papst, wer immer das sein wird?«

Er neigte den Kopf, kniff die Augen zusammen, um selbst noch die feinsten Pinselstriche in ihrem Haar zu verwischen.

»Das wäre schon möglich.« Wie so oft stellte Margherita die richtigen Fragen und erkannte die Tragweite des Angebots schneller, als er selbst es getan hatte.

»Dann solltest du jedenfalls darüber nachdenken. Zumindest würde dich dann niemand mehr zu einer Heirat drängen«, sagte sie. Sie dachte wohl an die Briefe seines Onkels, der ihm noch immer mit schöner Regelmäßigkeit die Ehe empfahl. Zu seinem Erstaunen schien sich Margherita mehr und mehr für die Idee seiner kirchlichen Karriere zu erwärmen.

»Aber mit einer Hochzeit mit dir wäre es dann auch vorbei«, gab er vorsichtig zurück.

»Aber nicht mit uns. Alle Kardinäle haben Mätressen. Für uns ändert sich nichts.«

Er ließ den Pinsel sinken. *Was sie sagt, stimmt. Für uns ändert sich nichts.* Er ließ den Blick über die Margherita auf seinem Gemälde wandern, über ihr angedeutetes Lächeln, die nackte

Brust, die zarte Hand, die darauf ruhte, und den schmalen blauen Reif an ihrem rechten Arm. Aus einer Laune heraus nahm er seinen feinsten Pinsel und zog Goldstaub darauf. Dann tupfte er vorsichtig seinen Namen in das Schmuckstück. *Raffael Urbinas.*

Er blickte zu Margherita hinüber, zu der Frau, die er liebte.

»Nein«, Plötzlich war er ganz entschlossen. »Wir haben schon zu oft getan, was wir glaubten, tun zu müssen. Du bist bei Petrucci geblieben. Und ich musste dich zwei Mal verlassen. Ich will nicht mehr. Sollen der Papst und Dovizi doch ihre Intrigen spinnen, aber nicht mehr mit uns. Ich will kein Kardinal werden. Margherita, ich will, dass wir heiraten. So schnell wie möglich.«

Sie sah ihn mit einer Mischung aus Überraschung und Freude an. »Wird sich der Papst nicht betrogen fühlen, wenn du doch nicht Kardinal wirst, weil du plötzlich eine Ehefrau hast?«, fragte sie vorsichtig.

»Wir warten ab, bis die Verlobung mit Maria gelöst und Dovizi in Frankreich ist, bevor ich es ihm sage. Er wird mich schon nicht vor der Engelsburg aufhängen lassen, jedenfalls nicht, bevor sein Porträt nicht abgeschlossen ist.«

Er legte den Pinsel auf die Palette und ging zu ihr hinüber.

»Ich bitte dich. Wenn du mich immer noch willst, dann heirate mich. Wir halten es geheim, so lange, wie wir müssen. Notfalls bis auch Maria Dovizi verheiratet ist und niemand mehr einen Grund hat, uns etwas vorzuwerfen.«

Sie neigte den Kopf zur Seite und blickte ihn an. »Wenn du darauf verzichten kannst, Kardinalsrot zu tragen, kann ich sicher darauf verzichten, dich darin zu sehen. Du hast recht. Wir haben lange genug gewartet.«

* * *

Die Kirche Sant'Agostino, die Daniele künftig als Pfarrer leiten würde, war still und leer, als Raffael einige Tage später zur verabredeten Zeit mit Margherita dort eintraf. Zu der späten Stunde war es noch immer warm in den Straßen, aber in der Kirche herrschte eine angenehme Kühle.

Daniele erwartete sie bereits am Altar, in seinen vollen Ornat gekleidet, und sie umarmten sich.

»Bevor wir beginnen, sollte ich euch warnen.« Daniele räusperte sich nervös. »Ich habe vorher noch nie eine Hochzeitsmesse gelesen, dies ist das erste Mal.«

»Du hast noch nie eine Ehe geschlossen?«, fragte Raffael ungläubig. »Du bist seit über zehn Jahren Priester!«

»Im Vatikan hat man dazu weniger Gelegenheit, als man vielleicht annehmen sollte«, gab Daniele trocken zurück. »Aber theoretisch sollte ich das schon können. Habt ihr zwei Zeugen mitgebracht?«

»Zwei Zeugen und einen Ring. Gianfrancesco Penni und Giulio Romano warten draußen«, erklärte Raffael.

»Dann hol sie herein. Wir können gleich anfangen.«

Als sie einander schließlich gegenüberstanden, ergriff Raffael Margheritas Hand. Die Hand mit den graziösen Fingern, die er so oft mit Rötel, Kohle und Silberstift zu Papier gebracht hatte, die er auch mit verbundenen Augen hätte malen können. Er dachte an all die Jahre, die vergangen waren, seit er diese Hand zum ersten Mal gezeichnet hatte.

»*Creator et conservator humani generis, dator aeternae salutis, omnipotens Deus, tu permitte Spiritum Sanctum paraclitum super hunc annulum*«, begann Daniele.

Raffael hatte es nicht anders erwartet, aber in der Stimme seines Freundes lag keine Unsicherheit, und er machte keinen Fehler. Er blickte von Daniele zu Margherita, die ihn mit einem strahlenden Lächeln ansah.

Es ist Zeit, dachte er, *für uns alle etwas Neues beginnen zu lassen.*

Epilog

ROM, 7. APRIL 1520

Als Daniele das große Haus an der Piazza Scossacavalli betrat, hatten alle anderen Besucher es bereits verlassen. Nur Margherita stand allein in der leer geräumten Werkstatt, und ihre Augen ruhten auf dem letzten Bild, das Raffael je gemalt hatte. Es stellte die Verklärung Christi auf dem Berg Tabor und die Heilung des mondsüchtigen Knaben dar. Daniele wusste, dass Raffael mit der Darstellung auf dem Gemälde immer wieder gerungen und seine Entscheidung, beide Teile der Geschichte in Beziehung zu setzen, immer wieder angezweifelt hatte. Er hatte es beinahe vollendet, aber nicht mehr ganz.

Und nun ist er darunter aufgebahrt worden.

Margherita starrte den verklärten Christus an, als könnte er ihr helfen zu verstehen, was in den letzten Tagen geschehen war.

»Der Zug ist schon auf dem Weg«, sagte Daniele sanft. »Wir sollten auch aufbrechen.«

Margherita drehte sich um und schlug den schwarzen Schleier zurück, der ihr Haar und Gesicht bedeckt hatte, und er konnte sehen, wie blass und abgekämpft sie aussah, die schönen Züge von Trauer gezeichnet. »Ich kann nicht, Daniele«, flüsterte sie und begann zu schluchzen. »Ich kann es einfach nicht.«

Daniele trat auf sie zu und umarmte sie. »Doch. Ich weiß, dass du es kannst.«

Margherita hatte in den Wochen von Raffaels Krankheit einen endlosen Strom aus Besuchern ertragen, sich um die Jungen in der Werkstatt gekümmert und selbst am Krankenbett gesessen, bis sie, am Ende ihrer Kräfte, beinahe zusammengebrochen war.

Er legte den Arm um sie und führte sie nach draußen, wo sie gegen das Sonnenlicht anblinzelte.

»So viele Menschen«, flüsterte sie, als sie auf den Platz traten. Tatsächlich waren die Straßen, die von hier zum Pantheon führten und über die Raffael seinen letzten Weg antreten würde, mit Trauernden gesäumt, das wusste er.

»Rom hat ihn geliebt«, gab er zurück.

Zwei Wochen lang hatte sein Freund mit dem Fieber gerungen, das er sich bei einer Ausgrabung in der sumpfigen Umgebung Roms zugezogen hatte, und dann schließlich den Kampf verloren.

Margherita und seine Schüler waren bei ihm geblieben, bis er drohte ins Delirium zu gleiten. Da hatte Daniele ihm die Beichte abgenommen und das Sterbesakrament gespendet.

Ganz am Ende ging alles so schnell. Raffael starb bei Tagesanbruch, und nur einen weiteren Tag später sollte er bereits ins Pantheon gebracht werden, wo er auf seinen Wunsch hin bestattet werden sollte.

Margherita stand noch immer regungslos da. »Komm.« Daniele, ergriff ihren Arm, und sie folgten der Menge, die hinter Raffaels Sarg herging, bis sie *La Rotonda* erreichten.

Auch das Gotteshaus war voller Menschen, die sich von dem Maler verabschieden wollten. *Was für ein passender Ort für ihn,* dachte Daniele, als er seinen Blick zu der gewaltigen Kuppel des antiken Bauwerks schweifen ließ, durch die nur an der höchsten Stelle Licht fiel.

Kaum ein anderer Ort drückte so sehr alles aus, was Rom ausmachte – das Erbe der Antike, die Kunst, und die Macht der Kirche.

Daniele entdeckte Raffaels Lehrlinge in der Menge, hinter den Kirchenfürsten, den Bauleuten von San Pietro und all den Patriziern, die dem Maler die letzte Ehre erweisen wollten. Im Pantheon mussten sich beinahe ebenso viele Menschen versammelt haben, wie damals, als man den letzten Papst im Petersdom zur letzten Ruhe gebettet hatte. Viele der Lehrjungen weinten.

Er schob Margherita, die ganz still geworden war, zu Giulio Romano und Gianfrancesco Penni, die ihr Platz machten und sie gleichzeitig vor neugierigen Blicken abschirmten. Denn davon gab es bei Gott genug. Für alle Welt war Margherita Raffaels Geliebte gewesen, und solange der Maler lebte, war es zur Selbstverständlichkeit geworden, sie an seiner Seite zu sehen. Aber nun? *Was würde aus ihr werden?* Daniele wünschte sich so sehr, dass mehr Leute den Anstand besäßen, sie nicht anzugaffen.

Fast alle Kardinäle, die sich derzeit in Rom aufhielten, waren hier, um den Maler noch ein letztes Mal zu sehen. Auch Bernardo Dovizi war unter ihnen, der kürzlich aus Frankreich zurückgekehrt war. Daniele hatte gehört, dass Dovizi schwer krank war, und die gebeugte Haltung des Kardinals sowie der Stock, auf den er sich schwer stützte, sprachen dafür, dass die Gerüchte stimmten.

Felice Orsini war mit ihrem Mann und ihren Kindern gekommen, Baldassare Castiglione, Agostino Chigi mit seiner ganzen Familie und Marcantonio Raimondi, ebenso wie die jungen und alten Künstler Roms, die mit Raffael in Verbindung gestanden hatten. Selbst Sebastiano Luciani stand in der Menge und nickte Daniele zu.

Ich sollte meinen Frieden mit ihm machen, dachte er.

Der geöffnete Sarkophag, in den Raffaels Körper gebettet werden sollte, befand sich in einer Aedikula zu seiner Rechten, die schwere Grabplatte, die ihn verschließen würde, lehnte an der Wand daneben. Raffael hatte in seinem Testament verfügt, dass über seinem Grab eine Statue der Madonna stehen sollte.

Als die vier Träger, die Raffaels Sarg bis hierher gebracht hatten, den Raum betraten, trat eine feierliche Stille ein. Sie betteten den Toten in den Sarkophag. Der Heilige Vater selbst trat vor und sprach ein letztes Gebet über dem Körper.

Bevor der Steinsarg verschlossen werden würde, konnten alle Besucher noch Abschied von dem Toten nehmen. Sie traten nacheinander an die Grabstätte heran.

Es dauerte sehr lange, bis das Pantheon sich endlich leerte, aber schließlich waren nur noch die vier Männer, die den Sarg getragen hatten, Giulio Romano, Margherita und er selbst übrig.

»Kommt ihr mit zurück in den Borgo?«, fragte Giulio, der ebenfalls Tränen in den Augen hatte, nachdem er an den Sarg getreten war. Daniele sah Margherita an, aber sie schüttelte den Kopf.

»Geht ihr schon vor«, erwiderte er daher. »Wir kommen später.«

»Ich habe gehört, dass Kardinal Dovizi darauf besteht, dass Maria als Raffaels Witwe betrachtet wird«, erklärte sie mit rauer Stimme. »Sie soll eines Tages hier mit ihm bestattet werden.«

Daniele merkte, wie Zorn in ihm aufstieg. *Warum kann er sie nicht in Ruhe lassen? Nicht einmal jetzt?* »Es tut mir so leid«, meinte er leise.

Margherita schluckte sichtbar, hielt aber die Tränen, die in ihren Augen schimmerten, zurück. »Es ist egal«, erklärte sie schließlich trotzig. »Lass ihn doch neben Raffael beerdigen, wen er will.«

»Was Raffael selbst gewollt hätte, weißt du. Und wer immer in Zukunft seine Bilder betrachtet, wird dich sehen.« Er wusste nicht, ob sie der Gedanke tröstete, aber sie ging unsicher auf den offenen Steinsarg zu. Erst als sie ihn schon beinahe erreicht hatte, strauchelte sie und wäre gefallen, wenn Daniele sie nicht festgehalten hätte. Er ging die letzten Schritte mit ihr gemeinsam auf die Grabnische zu.

Raffael lag mit geschlossenen Augen und gefalteten Händen in dem steinernen Sarkophag, sein Gesicht ausgezehrt nach den Wochen der schweren Krankheit. Als er noch gelebt hatte, war es ihm nie aufgefallen, aber jetzt sah Daniele, dass das dunkle Haar seines Freundes bereits von Silberfäden durchzogen war.

Wie es üblich war, hatte man den Leichnam mit Öl eingerieben, dessen Duft alle anderen Gerüche überdeckte.

Margherita trat noch einen Schritt näher und nahm schließlich etwas aus dem Beutel, den sie bei sich trug. Es war ein zusammengerolltes Pergament, das sie so vorsichtig aufrollte, als könne es unter ihren Fingern zerfallen.

Daniele warf einen Blick darauf; es war die Zeichnung eines Frauenkopfes, ohne Frage Margherita als junges Mädchen.

»Das ist das erste Bild, das er von mir gemalt hat. Damals, als ich ihn kennengelernt habe.«

Sie schob die Zeichnung vorsichtig in Raffaels gefaltete Hände und schloss für einen Moment die Augen, bevor sie sich abwandte.

»Was wirst du jetzt tun?«, wollte er wissen.

»Heute gehe ich in den Borgo zurück. Und morgen werde ich packen. Ich gehe nach Hause«, erwiderte sie. »Nach Siena.«

»Bist du sicher?«, fragte er verblüfft. »Zu den Petrucci?«

Raffael hatte Margherita in seinem Letzten Willen den größten Teil seines erheblichen Vermögens vermacht. Sie war eine reiche Frau und konnte unzweifelhaft leben, wo sie wollte.

»Nein. Zu den Lutis. Aber ich will in der Nähe unseres Sohnes sein, und ich habe noch immer Familie und Freunde in der Lupa. Und du?«

»Ich bringe die Bilder, die er seiner Familie hinterlassen hat, nach Urbino. Und dann komme ich zurück nach Sant'Agostino und kümmere mich um meine Gemeinde.«

Bevor sie sich zum Gehen wandten, fiel Danieles Blick auf den Grabspruch, der in den Deckel des Sarkophags eingemeißelt worden war. *Ille hic est Raphael, timuit quo sospite vinci, rerum magna parens et moriente mori.*

»Hier ist jener Raffael, von dem die Natur fürchtete, übertroffen zu werden, solange er lebte, und zu sterben, als er starb.«

Nachwort

Im Jahr 2005 wurde das Bild Margherita Lutis, das heute den Titel »La Fornarina« trägt und das Raffael im Roman im letzten Kapitel malt, einer gründlichen Restaurierung unterzogen. Dabei wurde festgestellt, dass das Gemälde schon kurz nach seiner Entstehung bearbeitet worden sein muss; der Hintergrund wurde verändert, und ein Rubinring, den Margherita in der Originalfassung an der linken Hand trägt, wurde übermalt.

Das brachte den italienischen Kunsthistoriker Maurizio Bernardelli Curuz auf die Spur einer geheimen Hochzeit, die zwischen Margherita Luti und Raffael Sanzio kurz vor dem Tod des Künstlers stattgefunden haben könnte.

Für die Kunstgeschichte ist das eine akademische Spielerei, aber ich war von der Frage fasziniert: Was kann es gewesen sein, das Raffael, den Superstar der Renaissance, der wie kaum ein Zweiter in Rom gefeiert und geehrt wurde, dazu zwang, die Frau, die er liebte, nur im Geheimen zu heiraten? Und welchen Skandal wollten seine Schüler verdecken, als sie Margheritas Ehering so kurz nach dem Tod ihres Meisters übermalten?

Aus dieser Frage heraus entstand schließlich die Lebens- und Liebesgeschichte Raffaels, die ich im »Lächeln der Madonna« erzählt habe. Ob sie wahr sein könnte? Das lässt sich heute unmöglich mit letzter Sicherheit herausfinden.

Ich habe mich im Roman bemüht, der belegten Historie gerecht zu werden, obwohl ich natürlich eine fiktive Geschichte erzähle. Wenn zwei historische Figuren im Roman aufeinandertreffen, dann ist das zumindest theoretisch auch möglich gewesen.

An drei Stellen habe ich mich jedoch bewusst entschieden, im Sinne der Romanhandlung die historischen Fakten zu beugen:

Sebastiano Luciani ist erst ab 1511 in Rom nachgewiesen; vermutlich hat Agostino Chigi ihn dorthin geholt.

Ich wollte der gut belegten Rivalität zwischen Raffael und Sebastiano jedoch gern einen Grund geben, deshalb ließ ich ihn bereits früher in Rom eintreffen und von Raffaels Freund zu dessen erbittertstem Gegner werden.

Felice della Rovere war bereits ab 1506 mit Gian Giordano Orsini verheiratet, was eine Affäre mit Raffael (über die in der Kunstgeschichte durchaus spekuliert wird) nicht unmöglich, aber zumindest unwahrscheinlich macht. Ich wollte Felice, die eine der faszinierendsten Frauengestalten der Renaissance war, gerne einen Platz im Roman und an Raffaels Seite geben, deshalb habe ich ihre Heirat verschoben.

Über Margherita Lutis Leben wissen wir insgesamt nur sehr wenig, deshalb habe ich mir hier die Freiheit genommen, sie bereits früh auf Raffael treffen zu lassen, der tatsächlich ab 1502 in Siena arbeitete. Durch Bilder belegt ist die berühmt gewordene Liebesgeschichte zwischen Raffael und Margherita jedoch erst ab 1514.

Was wir wirklich über Raffael wissen können, verraten uns vor allem seine Bilder – bewegende Altarbilder, wunderschöne Madonnen, groß angelegte Fresken und lebensnahe Porträts. Raffael, der trotz seines kurzen Lebens ungeheuer produktiv war, hat ein sehr umfangreiches Werk hinterlassen. Man findet seine Gemälde in Rom und Florenz, in Dresden, Berlin, Paris, Madrid, Mailand, München, London, in Rio, Washington und natürlich im Internet.

Wenn dieser Roman Sie, liebe Leser*innen, dazu inspirieren kann, sich seine Werke erstmalig oder wieder anzuschauen und sich selbst auf die Suche nach Raffaels Geheimnissen zu machen, dann habe ich damit alles erreicht, was ich wollte – denn dann bin ich Raffael so gut gerecht geworden, wie ich es konnte.

Danksagung

Ein Buch wie dieses hätte ich niemals ohne Hilfe schreiben können, deshalb gibt es eine Vielzahl von Menschen, denen ich danken möchte.

Mein erster Dank gilt meinem Verlag Droemer Knaur, allen voran Verlagsleiter Steffen Haselbach, der zuerst an diesen Roman geglaubt hat, und meiner Lektorin Hannah Paxian, die ihn über die Ziellinie begleitet hat. Mathias Kuhlemann und Ernst Kurz waren die ersten Leser aus dem Vertrieb, vielen Dank für eure Unterstützung!

Markus Weber vom Guten Punkt hat die wunderschöne Karte beigetragen, und Konstanze Treber geduldig die Coverdiskussionen gemanagt, bis wir alle zufrieden waren. Chrisi Weber hat mit viel Elan und Punktgenauigkeit Fehlern nachgespürt.

Ein besonderes Danke geht an Christian »Leo« Braun für die äußerst sachkundige Unterstützung bei der Beschreibung anatomischer Einzelheiten und einer Obduktion. Ein weiteres großes *Merci* geht an Michelle Gyo für ein stets offenes Ohr, eine starke Schulter und entscheidende Hinweise zur Kleiderordnung.

Meine wunderbare Redakteurin Katharina Naumann war nicht nur bereit, immer wieder italienische Schreibweisen und geschichtliche Fakten zu recherchieren, sondern auch exotische Farbpigmente, und sie hat mich liebevoll dazu gezwungen, dahin zu gehen, wo es wehtut. Du hast dem Roman so gutgetan – danke!

Ein Dank geht an jemanden, der ihn vermutlich nie lesen wird: Ramin Djawadi, dessen »Game of Thrones«-Soundtracks den gesamten Schreibprozess begleitet haben.

Und der letzte und größte Dank geht an meine »Band of Brothers«: Christoph Hardebusch für all die sachkundigen und klugen Kommentare zum Schreiben allgemein und zu historischen Schlachten im Besonderen, und für alles, was du getan hast, um mir zu helfen, und an Oliver Plaschka und Christoph Lode – ob historische Formulierungen oder neumodische Nervenzusammenbrüche, ihr drei wart von Anfang an bei diesem Abenteuer dabei und immer für mich da. Bessere Testleser kann sich niemand wünschen. Bessere Freunde übrigens auch nicht.

Noah Martin im Dezember 2019

*Das erfolgreiche Barbarossa-Epos
von Sabine Ebert bei Knaur:*

Schwert und Krone – Meister der Täuschung

ROMAN

Schwert und Krone – Der junge Falke

ROMAN

Schwert und Krone – Zeit des Verrats

ROMAN

»Schreibpäpstin des Mittelalters«
Sächsiche Zeitung

»Sabine Ebert versteht es, das ganz große historische Bild aufzublättern, und bei aller schriftstellerischen Freiheit, die Fakten korrekt wiederzugeben und auch einzuordnen.«
MDR Kultur

Band 4 des großen Mittelalter-Epos!

SABINE EBERT

Schwert und Krone – Herz aus Stein

ROMAN

Friedrich Barbarossa wähnt sich im Zenit seiner Macht. Zum Kaiser gekrönt, von Königen hofiert, legt er sich sogar mit dem Papst an. Doch die Herren von Mailand provozieren und beleidigen ihn, mit dem jungen Sohn von König Konrad wächst ihm ein Rivale um den Thron heran, und reihenweise gehen Fürsten erneut in Opposition gegen seinen maßlosen Freund und Vetter Heinrich der Löwe, der skrupellos die Zollstation des Bischofs von Freising zerstört, um eine eigene in der noch unbedeutenden Ansiedlung München zu errichten. Vor allem aber braucht Barbarossa dringend einen Erben – doch dieses Glück bleibt ihm und seiner geliebten Beatrix über Jahre verwehrt.

Eine Sorge, die auch den Meißner Markgrafen Otto und seine junge Gemahlin Hedwig bedrückt, die Werber ausschicken, um Siedler in ihr Land zu holen. Auch Ottos Ritter Christian übernimmt diese nicht ungefährliche Aufgabe ...

*Akribisch recherchiert,
hochspannend und authentisch.*

SOPHIA LANGNER

Die Herrin der Lettern

HISTORISCHER ROMAN

Tübingen 1554: Als Ulrich Morhart, der einzige Buchdrucker Württembergs, überraschend stirbt, geht die Druckerei an seine Frau Magdalena und seinen Sohn Ulrich über – und für Magdalena beginnt eine harte Zeit. Sie hat zwar bereits seit Jahren in der Werkstatt mitgeholfen und sogar das Zeichen der Druckerei entworfen, doch stößt sie plötzlich bei den Gehilfen auf Widerstand: Sie sehen eher ihren Stiefsohn Ulrich als ihren neuen Meister an und können eine Frau als Herrin nicht akzeptieren. Doch als sich ihr Stiefsohn als unfähig erweist und den Betrieb fast zugrunde richtet, trifft Magdalena eine folgenschwere Entscheidung: Sie übernimmt die alleinige Leitung der Druckerei. Von nun an hat sie nicht nur ihren Stiefsohn gegen sich, sondern auch viele Einwohner der Stadt, denn eine Frau als Herrin einer Buchdruckerei verstößt gegen die göttliche Ordnung! In den unruhigen Zeiten der Reformation muss Magdalena bald nicht nur um ihr Ansehen, sondern um ihre Existenz kämpfen ...